ullstein

Das Buch

Die junge Amerikanerin Nora O'Brien kam der Liebe wegen nach Edinburgh – und um ihren großen Traum zu verfolgen. Drei Jahre später ist ihr nichts davon geblieben, außer Schuldgefühlen und großer Trauer. Bis Aidan Lennox in ihr Leben tritt: gutaussehend, gebildet und sexy as hell. Beide haben schwere Verluste hinter sich und suchen Leichtigkeit, Liebe und Leidenschaft. Aber dann schlägt das Schicksal erneut zu, und Aidan verschwindet einfach. Nora fällt in ein tiefes Loch. Um sich daraus zu befreien, beschließt sie, endlich ihren Traum wahr zu machen: Sie studiert und spielt Theater. Jeden Gedanken an Aidan verbietet sie sich. Doch dann taucht Aidan plötzlich wieder auf …

Die Autorin

Samantha Young wurde 1986 in Stirlingshire, Schottland, geboren. Seit ihrem Abschluss an der University of Edinburgh arbeitet sie als freie Autorin und hat bereits mehrere Jugendbuchserien geschrieben. Mit ihrer ersten Serie für Erwachsene, den *Edinburgh Love Stories*, wurde sie zur internationalen Bestsellerautorin.
Homepage der Autorin: authorsamanthayoung.com

Von Samantha Young sind in unserem Hause bereits erschienen:

*Dublin Street – Gefährliche Sehnsucht • London Road – Geheime Leidenschaft • Jamaica Lane – Heimliche Liebe • India Place – Wilde Träume • Scotland Street – Sinnliches Versprechen • Nightingale Way – Romantische Nächte • Fountain Bridge – Verbotene Küsse (E-Book) • Castle Hill – Stürmische Überraschung (E-Book) • Valentine – Tag der Liebenden (E-Book) •
King's Way – Verlockende Berührung (E-Book)
Stars Over Castle Hill – Schicksalhafte Begegnung (E-Book)*

Hero – Ein Mann zum Verlieben

Into the Deep – Herzgeflüster • Out of the Shallows – Herzsplitter

The Real Thing – Länger als eine Nacht • Every Little Thing – Mehr als nur ein Sommer

SAMANTHA YOUNG

play on

Dunkles Spiel

Roman

Aus dem Englischen von Nina Bader

Ullstein

Besuchen Sie uns im Internet:
www.ullstein-taschenbuch.de

MIX
Papier aus verantwortungsvollen Quellen
FSC® C083411

Deutsche Erstausgabe im Ullstein Taschenbuch
1. Auflage Februar 2018

Titel der englischen Originalausgabe: *Play On*
Umschlaggestaltung: zero-media.net, München,
nach einer Vorlage von Hang Le
Titelabbildung: © Hang Le
Satz: Pinkuin Satz und Datentechnik, Berlin
Druck und Bindearbeiten: CPI books GmbH, Leck
ISBN 978-3-548-29122-2

Dieses Buch ist für meine Familie und meine Freunde, weil sie mir meine Abwesenheit und Zerstreutheit verziehen haben, während ich Aidans und Noras Geschichte durchlebt und durchlitten habe, und weil sie mich ermutigt haben, meine Träume zu verwirklichen.
Wie Nora ist auch mir klar, wie wichtig diese Unterstützung ist, und ich bin jeden Tag dankbar dafür.

Erster Teil

Prolog

Edinburgh, Schottland
Oktober 2015

Die Mutter meiner besten Freundin sagte einmal zu mir: »Man sollte doch meinen, dass der Mensch nach unzähligen Schicksalsschlägen nicht mehr imstande ist, noch mehr Kummer zu verkraften. Aber unsere Herzen haben eine nicht zu unterschätzende Leidensfähigkeit.«

Da sie einer der tapfersten Menschen war, die ich kannte, blieben mir ihre Worte im Gedächtnis, als ich älter wurde. Und ich fand heraus, dass sie recht hatte. Unvorstellbar, wie viel Verlust und Schmerz man aushalten kann.

Doch niemand hat etwas von Schuld und Reue erwähnt, und wie sehr diese Gefühle dich noch lange quälen können.

Ich wollte mich nicht quälen lassen. Niemand möchte das. Also ignorierte ich sie und konzentrierte mich voll und ganz auf meinen Job. Nicht auf den Job als Verkäuferin in einer schicken Modeboutique in Old Town. Der diente nur dazu, meine Rechnungen bezahlen zu können, und das auch nur gerade so eben. Weswegen ich auch zu spät dran war, denn ich hatte heute Überstunden gemacht. Ich machte so viele Überstunden wie möglich, vorausgesetzt, mein anderer Job litt nicht darunter.

Es war eigentlich kein richtiger Job. Es war viel mehr als das.

»Nora, kannst du bitte einer Kundin behilflich sein?« Leah spähte in das Kabuff, das wir als Personalraum bezeichneten. »Wo willst du denn hin?«

Ich schulterte meinen Rucksack und drängte mich an ihr vorbei. »Vergiss nicht, dass ich heute um zwölf Uhr Schluss mache. Jetzt ist es schon fünf nach.«

»Aber Amy ist noch nicht da.«

»Tut mir leid. Ich muss ins Krankenhaus.«

Sie riss die Augen auf. »Oh? Was ist denn passiert?«

Das Leben war passiert.

»Äh … entschuldigen Sie.« Ein sichtlich angesäuertes Mädchen stand an der Theke. »Könnte mir vielleicht jemand weiterhelfen?«

Leah wandte sich ab, um die Kundin zu bedienen, und ich nutzte die Gelegenheit, aus dem Laden zu stürmen, ohne irgendwelche Erklärungen abgeben zu müssen. Ich wusste, dass meine Chefin vermutlich bereute, mich eingestellt zu haben. Sie beschäftigte zwei Amerikanerinnen: Amy und mich. Nur eine wurde dem Ruf der Angehörigen unserer Nation gerecht, freundlich und extrovertiert zu sein.

Ratet mal, welche.

Es ist nicht so, als wäre ich nicht gut in meinem Job oder sogar unfreundlich. Ich vertraue meinen persönlichen Scheiß nur nicht Menschen an, die ich gar nicht richtig kenne, und Amy und Leah schienen nichts dabei zu finden, sich von ihrer Lieblingsfarbe bis hin zu der Fähigkeit ihrer Partner, ihnen freitagnachts einen Orgasmus zu verschaffen, einfach alles zu erzählen.

Als ich über die alte Kopfsteinpflasterstraße Royal Mile den Hügel hinaufeilte, nahm meine Nervosität mit jedem Schritt zu. Es war albern, weil die Kids alle da sein würden, wenn ich kam, aber ich hasste die Vorstellung, mich zu verspäten. In all den Wochen war ich kein einziges Mal zu spät gekommen. Und ich musste mich noch umziehen, bevor eines der Kinder mich zu Gesicht bekam.

Man nannte Edinburgh die windige Stadt, und heute –

wo es mir so vorkam, als würde sie ihre geballten Kräfte gegen mich einsetzen – machte sie ihrem Namen alle Ehre. Ich stemmte mich dem Wind entgegen und spürte seinen eisigen Widerstand. Meine etwas wunderliche Seite fragte sich, ob die Stadt mir etwas mitzuteilen versuchte. Würde ich irgendwann in der Zukunft auf diesen Tag zurückblicken und mir wünschen, ich hätte auf sie gehört und wäre umgekehrt? So schräge Gedanken kamen mir in letzter Zeit oft in den Sinn. Mein Leben spielte sich in meinem Kopf ab.

Nur an einem Tag der Woche nicht.

Heute.

Der heutige Tag gehörte ihnen.

Ich beeilte mich so sehr, dass ich einen normalerweise zwanzigminütigen Fußmarsch auf eine Viertelstunde reduzierte. Ohne den verdammten Wind wäre es noch schneller gegangen. Ich blieb abrupt stehen, als ich das Krankenhaus erreichte, und die Schwestern blickten überrascht auf, als ich verschwitzt und außer Atem im Schwesternzimmer erschien.

»Hey«, schnaufte ich.

Jan und Trish grinsten mich an. »Wir wussten nicht, ob du heute kommst«, sagte Jan.

Ich erwiderte ihr Lächeln. »Nur Krankheit oder Tod könnten mich daran hindern.«

Sie begriff, was ich meinte, kicherte und ging um den Tisch herum. »Sie sind alle im Gemeinschaftsraum.«

»Wo kann ich mich umziehen, bevor sie mich sehen?«

Sie schüttelte belustigt den Kopf. »Es würde sie nicht stören.«

»Ich weiß.« Ich zuckte die Achseln.

»Alison ist im Gemeinschaftsraum, also dürfte ihr Privatbad frei sein.« Sie deutete den Gang hinunter in die entgegengesetzte Richtung zum Gemeinschaftsraum.

»Danke. Ich brauche nur zwei Minuten«, versprach ich.

»Sie sind schon da. Beide«, sagte Jan.

Ich nickte erleichtert und hastete durch Alys leeres Privatzimmer zu ihrem Bad und schlug die Tür hinter mir zu.

Als ich meinen Pulli und meine Jeans abstreifte, begann in meinem Bauch ein leises Summen freudiger Erregung einzusetzen, so wie immer, wenn ich hier bei ihnen war. Und es ging nur um sie.

Wirklich.

»Ausschließlich«, zischte ich mir selbst zu.

Ich zog meine grünen Leggings und mein Hemd an und wollte das Hemd gerade zuknöpfen, als die Badezimmertür plötzlich aufgerissen wurde.

Jegliche Luft wich aus meinen Lungen, als ich erstarrte und in seine mir so vertrauten Augen blickte, die nun auf mich hinunterstarrten.

Er war so groß und seine Schultern so breit, dass er fast den ganzen Türrahmen ausfüllte.

Ich versuchte, den Mund zu öffnen und ihn zu fragen, was er sich eigentlich einbildete, als sein Blick von meinen Augen zu meinen Lippen und dann weiter nach unten wanderte. Er musterte mich lange und gründlich von Kopf bis Fuß und wieder zurück. Seine Augen hefteten sich auf den Anblick meines BHs unter dem offenen Hemd, und als sie endlich zu meinem Gesicht zurückkehrten, loderten sie vor Glut.

Sein Gesichtsausdruck verriet Entschlossenheit.

Eine Mischung aus Furcht, Erregung und Nervosität durchströmte mich und löste mich endlich aus meiner Erstarrung, als er ins Bad kam und die Tür hinter sich schloss.

»Was soll das denn?« Ich taumelte gegen die Wand hinter mir.

Ein erheiterter Funke tanzte in seinen Augen, als er sich langsam, auf eine fast raubtierhafte Weise, näher an mich heranpirschte. »Ich finde, dass Peter Pan noch nie so sexy ausgesehen hat.«

Dummerweise hatte ich eine Schwäche für einen schottischen Akzent.

Logisch, sonst wäre ich ja nicht hier gelandet, so weit weg von zu Hause.

Aber vor allem kam ich allmählich zu dem Schluss, dass er eine Schwäche für mich hatte. »Nicht.« Ich hob eine Hand, um ihn aufzuhalten, aber er stemmte seine Brust dagegen und bedeckte meine Hand mit seiner. Ich staunte darüber, wie klein meine im Vergleich dazu wirkte, und ein Schauer lief meinen Rücken hinunter und über meine Brüste. Mir stockte der Atem, als er noch ein paar Schritte auf mich zukam, bis kaum noch Abstand zwischen uns war. Er war so groß und ich so klein, dass ich den Kopf in den Nacken legen musste, um ihm in die Augen sehen zu können.

Sie glühten. Sie glühten wie ich es noch nie zuvor bei einem Mann gesehen hatte.

Wie sollte ich da widerstehen können?

Und doch wusste ich, dass ich widerstehen musste, also funkelte ich ihn finster an. »Du solltest gehen.«

Als Antwort presste er seinen Körper gegen meinen, woraufhin mich ein Hitzestrahl durchzuckte. Mein Unterleib zog sich vor Erregung zusammen, zwischen meinen Beinen setzte ein Kribbeln ein, und meine Brustwarzen verhärteten sich.

Voller Wut auf meinen Körper und auf ihn versuchte ich ihn wegzuschieben, aber genauso gut hätte ich versuchen können, eine Betonmauer zu verrücken. »Das ist absolut unpassend«, fauchte ich.

Er hielt meine Hände fest, um meinen fruchtlosen Abwehrbemühungen Einhalt zu gebieten, und fixierte sie sacht, aber wirksam über meinem Kopf. Mein Brustkorb prallte gegen seinen, und ich rang nach Luft, als meine Brüste anschwollen.

Er neigte seinen Kopf zu mir. Seine Augen hatten sich wissend und zielstrebig verdunkelt.

»Lass das.« Ich schüttelte den Kopf; ich verabscheute den schneidenden Unterton in meiner Stimme, aber sprach trotzdem weiter: »Ich spiele dein Höhlenmenschspiel nicht mit.«

Seine Lippen zuckten. »Zu schade. Versagst du dir oft das, was du willst?«

»Nein, aber ich denke mit meinem Kopf, nicht mit meiner Vagina.«

Er lachte. Sein warmer Atem streifte meine Lippen.

Ich liebte es, wenn er lachte. Ich liebte es, wenn ich ihn zum Lachen brachte. Er brauchte das Lachen mehr als alles andere. Der Klang elektrisierte mich, bewirkte, dass sich mein Bauch vor Wonne verkrampfte. Und ich erkannte, dass mich nicht nur mein Körper verriet, sondern auch mein Herz.

Als hätte er diesen Gedanken in meinen Augen gelesen, gab er eine meiner Hände frei, so dass er kühle Finger über meinem Herzen auf meine Brust legen konnte. Das schwindelerregende Gefühl, so intim berührt zu werden, entlockte mir ein leises Keuchen. »Hast du je erwogen, damit zu denken?«, fragte er.

»Soweit es mir bekannt ist, denkt meine linke Brust nicht viel nach«, wich ich aus.

Er grinste. »Du weißt, was ich meine, Pixie.«

»Nenn mich nicht so.«

Sein Gesichtsausdruck wurde nachdenklich. »Ich dachte, wir wären Freunde.«

»Waren wir auch. Aber dann hast du mich gegen eine Badezimmerwand gedrängt.«

»Danke für die Erinnerung.« Er griff erneut nach meiner

freien Hand und presste sie zusammen mit der anderen gegen die Wand. Angesichts des in meinen Augen aufblitzenden Zorns meinte er: »Wenn du deswegen wirklich sauer wärst, würdest du dich wehren.«

Ich lief rot an. »Das würde mir nichts nützen. Du bist ein Riese.«

»Ich würde dich gehen lassen. Das weißt du. Alles andere als gerne, aber ich würde dich gehen lassen … wenn du das hier nicht wolltest.«

Wir sahen uns stumm an. Sein Gesicht war meinem so nah, dass ich die kleinen gelbgoldenen Flecken in seinen grünen Augen erkennen konnte.

In solchen Momenten vergaß ich, wo ich war. Wer ich war. Und was ich um seinetwillen tun musste.

Und ich merkte noch nicht einmal, wie sehr es mich zu ihm hinzog, bis er es mir in Erinnerung rief. »Warum kämpfst du dagegen an?«

Warum kämpfte ich eigentlich schon wieder dagegen an?

»Nora?«

Ich schloss die Augen und blendete ihn aus, was es der Erinnerung daran, warum ich gegen ihn ankämpfte, erlaubte, sich wieder in mein Gedächtnis zu schleichen. »Weil …«

Sein Mund senkte sich auf meinen und brachte mich so zum Schweigen. Überraschung schlug in Instinkt um. Ich erwiderte seinen Kuss, umspielte seine Zunge mit meiner und versuchte meine Hände aus seinem Griff zu befreien, aber nicht, um mich von ihm loszumachen, sondern um die Arme um ihn zu schlingen. Und mit den Fingern durch sein Haar zu fahren.

Hitze wallte in mir auf, als wäre ich mit Öl übergossen worden und er hätte zu meinen Füßen ein Feuer entzündet. Es flammte auf wie ein Blitz, bis ich von lodernder Glut umgeben war.

Zu heiß. Zu gierig. Zu alles.

Ich wollte mir die Kleider vom Leib reißen.

Ich wollte ihm die Kleider vom Leib reißen.

Und dann beendete er den Kuss, wich ein Stück zurück und starrte mich triumphierend an.

Wenn er irgendein anderer gewesen wäre, wenn es irgendein anderer Moment gewesen wäre, dann hätte ich ihn wegen seiner Selbstgefälligkeit herausgefordert.

Stattdessen erinnerte ich mich genau daran, warum wir das nicht tun sollten.

Was auch immer er in meinem Gesicht las, es bewog ihn dazu, den Griff um meine Handgelenke zu lockern. Ich ließ sie sinken, aber er blieb, wo er war.

Er wartete, während seine Hände behutsam auf meinen Schultern ruhten.

Irgendetwas in seinen Augen ließ meine Abwehr erlahmen. Zärtlichkeit stieg in mir auf, und ich strich ihm über die Wange, spürte, wie seine Bartstoppeln an meiner Haut kratzten. Traurigkeit löschte das Feuer aus. »Sie ist fort«, sagte ich leise zu ihm. »Noch nicht einmal ich kann dich davon ablenken.«

Unerträgliche, nackte Qual rang mit dem Verlangen in seinen Augen, und er ließ die Hände langsam von meinen Schultern und zu meiner Taille hinuntergleiten. Ein sachtes Ziehen, und ich kippte gegen ihn und klammerte mich an seiner Brust fest.

Mit seinen nächsten Worten, die voller Qual waren, traf er mich mitten ins Herz. »Aber du kannst es versuchen.«

Kapitel 1

Donovan, Indiana
Juli 2011

Eigentlich wollte ich nicht nach Hause. Der Geruch von Fastfood klebte an mir, und ich befürchtete, dass ich ihn nie mehr von meiner Haut und aus meinen Haaren bekommen würde. Und trotzdem wollte ich immer noch nicht nach Hause. »Schönen Tag noch«, sagte ich zu meinen letzten Kunden, als ich ihnen ihre Burger und Fritten reichte.

Dann trat ich ein paar Schritte von der Theke zurück, was Mollys Blick auf mich lenkte. Sie stand am Getränkespender und füllte einen Riesenbecher mit Limo. Sie schnitt eine Grimasse. »Warum habe ich mich bloß auf Überstunden eingelassen?«

Ich grinste sie spöttisch an. »Ich springe für dich ein!«, hätte ich am liebsten gerufen: Stattdessen erinnerte ich sie an den Grund ihrer Überstunden: »Weil du sparst, um Laurie ihre Schrottkarre abzukaufen.«

»Ach ja. Große Träume.«

Ich kicherte. »Größer als meine. Ich schleppe meinen Hintern immer noch darauf herum.« Ich zeigte auf meine Beine.

»Yeah, und deswegen wird dieser Hintern auch den Gesetzen der Schwerkraft trotzen.«

»Er trotzt den Gesetzen der Schwerkraft?« Ich schielte hinter mich. »Ehrlich? Und ich dachte, er wäre gar nicht vorhanden.«

Molly grinste. »Oh nein, du hast einen Hintern. Er ist so

niedlich wie der Rest von dir. Ein süßer kleiner herzförmiger Knackarsch.«

»Du schenkst meinem Hinterteil entschieden zu viel Aufmerksamkeit.«

»Das nennt man vergleichen und gegenüberstellen«, widersprach sie, dabei deutete sie auf ihre eigene Kehrseite. »Dein ganzes Hinterteil würde in eine meiner Pobacken passen.«

»Äh … könnte ich jetzt vielleicht bestellen?«

Wir blickten zu ihrem Kunden hinüber, einem mürrischen Erstsemester, der uns anstarrte, als wären wir unter einem Stein hervorgekrochen.

»Wir sehen uns morgen«, sagte ich zu Molly, doch bevor ich um die Ecke verschwand, lehnte ich mich zurück und rief ihr zu: »Oh, und ich könnte für deinen Hintern sterben. Und für deinen Vorbau auch. Nur, damit du es weißt.«

Meine Freundin strahlte mich an, und ich ging in der Hoffnung, ihr eine Freude gemacht zu haben, in den Umkleideraum. Molly war eine Granate, machte sich aber entschieden zu viele Gedanken über ihr Gewicht.

Als ich meine Sachen aus einem der Spinde im hinteren Teil des Gebäudes holte, versuchte ich mein Schuldgefühl abzuschütteln, das mich plagte, weil ich lieber weiter Fritten servieren als nach Hause gehen wollte. Es sagte viel aus. Über mich oder über mein Leben, da war ich mir nicht sicher. Ich war mir noch nicht einmal sicher, ob es da einen Unterschied gab.

In Teilzeit in einem Fastfoodrestaurant zu arbeiten war nicht das, was ich mir nach meinem Schulabschluss vom Leben erträumt hatte. Aber ich hatte gewusst, dass etwas in der Art auf mich zukam. Während alle anderen ein Collegestudium oder Reisen planten, gehörte ich zu den wenigen, für die das alles nicht in Frage kam. Achtzehn Jahre alt, und schon in einer Falle gefangen.

Meine beste Freundin war Molly. Sie verschaffte mir diesen Job, weil sie die letzten zwei Jahre an den Wochenenden hier gearbeitet hatte. Jetzt war sie in Vollzeit beschäftigt. Obwohl sie Witze darüber gerissen hatte, hatte Molly nie große Träume gehabt. Ich wusste nicht, ob das einfach nicht ihr Ding war oder ob sie zu träge war oder was, ich wusste nur, dass meine Freundin die Schule hasste. Sie schien damit zufrieden zu sein, in dem Fastfoodladen zu arbeiten und zu Hause zu wohnen, weil sie nie einen Gedanken an die Zukunft verschwendete. Sie lebte ausschließlich im Hier und Jetzt.

Ich jedoch dachte ständig über die Zukunft nach.

Ich hatte gerne die Schule besucht.

Ich war hier *nicht* zufrieden.

Ein Gefühl von Klaustrophobie überkam mich, aber ich verdrängte es. Manchmal kam es mir so vor, als würden fünfzig Leute auf meiner Brust sitzen und sich über mich lustig machen. Ich kämpfte dagegen an und griff nach meiner Tasche.

Zeit, nach Hause zu gehen.

Ich rief Molly ein Tschüss zu, als ich den vorderen Teil des Restaurants durchquerte, und zuckte innerlich zusammen, als ich Stacey Dewitte mit ein paar Freundinnen am Tisch in der Nähe der Tür sitzen sah. Sie musterte mich mit schmalen Augen, woraufhin ich den Blick abwandte. Meine Nachbarin war ein paar Jahre jünger als ich und hatte sich früher einmal der Illusion hingegeben, ich wäre jemand anderes. Ich weiß nicht, wer enttäuschter darüber war, dass ich in dem Fastfoodrestaurant arbeitete: Stacey oder ich.

Da ich diesen Tag unbedingt hinter mich bringen musste, stieß ich die Tür auf. Die beiden Typen, die draußen herumlungerten und spielerisch miteinander rangen, bemerkte ich zunächst nicht.

Bis einer den anderen anrempelte und der mit solcher Wucht gegen mich prallte, dass ich unsanft auf der staubigen Straße landete.

Ich war so überrascht, mich auf dem Boden wiederzufinden, dass es einen Moment dauerte, bis der Schmerz einsetzte und ich das Stechen in meinem linken Knie und das Brennen in meinen Handflächen spürte.

Plötzlich war ich von Lärm, von fremdartigen Geräuschen umgeben.

»Oh Scheiße, tut mir echt leid.«

»Alles in Ordnung, Mädel?«

»Komm, ich helf dir hoch.«

»Lass das, ich mach das, du Depp.«

Eine kräftige Hand umschloss meinen Bizeps, und ich wurde behutsam auf die Füße gezogen. Ich blickte zu dem Typen auf, der mich festhielt; die Freundlichkeit und Sorge in seinen dunklen Augen zogen mich in seinen Bann. Er wirkte nicht viel älter als ich – hochgewachsen und mit dem drahtigen, schlaksigen Körperbau der Jugend.

»Hier ist deine Tasche. Tut mir wirklich leid.« Der andere junge Mann reichte mir meine Handtasche.

Da ich seine Worte zwar verstand, mich aber die Art, wie er sie aussprach, verwirrte, platzte ich heraus: »Wie bitte?«

»Sprich anständig. Sie kann dich nicht verstehen.« Der, der meinen Arm hielt, stieß seinen Freund an. Dann wandte er sich wieder zu mir. »Bist du okay?«

Seine Worte klangen jetzt bedächtiger, langsamer und betonter. Ich löste mich sacht aus seinem Griff und nickte. »Yeah.«

»Es war echt keine Absicht.«

»Das ist schon angekommen. Keine Sorge. Eine Schramme am Knie wird mich nicht umbringen.«

Er zuckte zusammen und blickte auf mein Knie hinunter.

Meine Arbeitshosen waren staubig und schmutzig. »Mist.« Als er den Kopf hob, sah ich ihm an, dass er sich schon wieder entschuldigen wollte.

»Schon gut.« Ich lächelte. »Mir fehlt wirklich nichts.«

Er lächelte zurück, ein wenig schief und sehr anziehend. »Jim.« Er streckte mir eine Hand hin. »Jim McAlister.«

»Seid ihr Schotten?«, fragte ich, als ich seine schwielige Hand schüttelte. Die Vorstellung gefiel mir.

»Aye.« Sein Freund reichte mir ebenfalls die Hand. »Roddy Livingston.«

»Ich bin Nora O'Brien.«

»Irisch-Amerikanerin?« Jims Augen funkelten vor Belustigung. »Weißt du, du gehörst zu den ganz wenigen Menschen in Amerika, denen wir begegnet sind, die erraten haben, woher wir kommen. Wir sind für …«

»Iren gehalten worden«, mischte sich Roddy ein. »Und für Engländer. Und vergiss die Schweden nicht. Das war der absolute Hammer.«

»Ich entschuldige mich für meine Landsleute«, witzelte ich. »Ich hoffe, wir haben euch nicht allzu sehr gekränkt?«

Jim grinste mich an. »Überhaupt nicht. Woher wusstest du, dass wir Schotten sind?«

»Ein Schuss ins Blaue«, gestand ich. »Wir haben in unserer kleinen Stadt nicht oft Touristen aus Europa.«

»Wir sind auf einem Roadtrip«, erklärte Roddy. Er hatte dichte, wellige, rötlichbraune Haare und war größer als ich (wie die meisten Menschen), aber kleiner als sein Freund.

Während Roddy mittelgroß, aber stämmig gebaut war, war Jim hochgewachsen, hatte die Statur eines Schwimmers, sonnengebräunte Haut, dunkles Haar und dunkelbraune Augen mit dichten Wimpern.

Und er musterte mich eindringlich, während sein Freund erzählte, wo sie bislang überall schon gewesen waren. Ich errötete unter seinem Blick, weil mir noch nie jemand solche Aufmerksamkeit geschenkt hatte, und schon gar kein attraktiver Schotte.

»Offen gestanden«, unterbrach Jim seinen Freund, als dieser sagte, sie würden morgen weiterfahren, »überlege ich, ob wir nicht noch ein bisschen länger bleiben sollten.« Er richtete die Worte an mich und schenkte mir dabei ein jungenhaftes Lächeln.

Flirtete er mit mir?

Roddy schnaubte. »Och, aye? Nach einer fünfminütigen Unterhaltung?«

»Aye.«

Fasziniert von der Vorstellung, dass ein Fremder seine Abreise aus Donovan verschieben könnte, um mich wiederzusehen, obwohl wir nur ein paar Worte miteinander gewechselt hatten, musste ich grinsen. Es war albern und abenteuerlich, es sprach mein insgeheim romantisches Naturell an, und es unterschied sich vollkommen von meinem sonstigen, eintönigen Leben. Vermutlich schlug ich deshalb jegliche Vorsicht in den Wind. »Wart ihr schon am See?«

Jims ganzes Gesicht hellte sich auf. »Nein. Willst du ihn mir zeigen?«

»Euch beiden.« Lachend erinnerte ich ihn daran, dass es seinen Freund auch noch gab. »Angelt ihr gerne?«

»Ich ja.« Roddy schien sich mit dem Gedanken, noch zu bleiben, plötzlich anzufreunden.

»Ich nicht. Aber wenn *du* dabei bist, spielt das keine Rolle.«

Völlig bezaubert errötete ich, und er machte einen Schritt auf mich zu, was mich erschreckte. Er wirkte gleichfalls überrascht, als hätte er keinen Einfluss auf die Bewegung gehabt.

»Fuck, wenn ich mir die ganze Zeit wie das fünfte Rad am

Wagen vorkommen, dann danke, aber danke, nein.« Roddy schaltete auf stur.

Jims Blick verdunkelte sich, aber ehe er etwas sagen konnte, das vielleicht zu einem Streit geführt hätte, mischte ich mich ein. »Deinetwegen bin ich auf meinem Hintern gelandet«, erinnerte ich Roddy. »Du schuldest mir was.«

Er seufzte, doch sein Mundwinkel hob sich. »Also gut.«

»Ich muss nach Hause.« Widerstrebend wich ich einen Schritt zurück.

Jim verfolgte jede meiner Bewegungen, so dass ich mir wie ein gefangenes Reh vorkam. Er starrte mich mit absoluter Entschlossenheit an. Mit einem Mal wusste ich nicht, ob ich davon angetan oder auf der Hut sein sollte.

»Wo treffen wir uns?«

Meine Schicht begann erst am nächsten Nachmittag. Ich würde meine Eltern anlügen und behaupten, ich wäre zu Überstunden verdonnert worden. »Hier. Um neun Uhr morgen früh.«

»Neun Uhr morgens? Ich denke ja gar nicht …«

Jim presste seinem Freund eine Hand auf den Mund und grinste mich an. »Neun Uhr ist prima. Wir sehen uns morgen, Nora O'Brien.«

Ich nickte und machte auf dem Absatz kehrt. Mein Nacken prickelte, da ich seine Augen die ganze Zeit auf mir spürte. Ich ging in südlicher Richtung die Main Street hinunter, die ungefähr vier Meilen lang durch das Zentrum von Donovan verlief und die Stadt in Norden und Süden spaltete. Die meisten Geschäfte und Gewerbebetriebe lagen am Nordende, von Foster's Tierklinik ganz an der Spitze hinter der Grundschule und der Highschool. In Donovan gab es viele kleinere Läden – Wilson's Market, die Anwaltskanzlei Montgomery & Söhne, die Pizzeria – und dann waren da noch die Filialen größerer Ketten wie die Tankstelle, das kleine rotweiße Gebäude, in dem ich arbeitete, und so weiter. Die South Main war hauptsächlich Wohngebiet.

Ich ging die North Main hinunter und bog rechts in die West Sullivan ein, wo ich in einem kleinen einstöckigen Haus mit zwei Schlafzimmern wohnte, das ich nach Kräften in Ordnung zu halten versuchte, damit es einen gepflegten Eindruck machte. Vom Fastfoodrestaurant bis hierher brauchte man zu Fuß eine Viertelstunde, und als ich näherkam, seufzte ich, weil das Gras unseres winzigen Rasens schon wieder ein bisschen zu hoch stand. Unser Haus gehörte zu den kleinsten in der Nachbarschaft, die zumeist aus zweistöckigen Gebäuden mit hübschen Veranden bestand. Wir hatten keine Veranda. Das Haus war ein hellgrauer rechteckiger Kasten mit einem überhängenden Dach in einem dunkleren Grau. Die kleinen Fenster hatten aber zumindest schöne weiße Läden, die ich jedes Jahr frisch strich.

Obwohl es sich bei Donovan um die Art von Stadt handelte, in der alle Gebäude weit genug voneinander entfernt lagen, dass es Raum zum Atmen und viel Licht gab, bekam unser Haus wegen eines riesigen Baumes nicht viel davon ab. Durch mein Schlafzimmerfenster fiel kaum Licht.

»Du bist spät dran.« Meine Mom seufzte und schob sich an mir vorbei, als ich das Haus betrat. Ich sah zu, wie sie ihren Mantel von dem Haken an der Wand nahm und dabei so heftig daran zerrte, dass sich der Haken löste. Sie seufzte erneut und warf mir einen Blick zu. »Ich dachte, du wolltest das reparieren.«

»Das mache ich heute Abend.« Ich streifte meine Schuhe ab.

»Er hat gegessen und schaut sich jetzt das Spiel an.« Mom schlüpfte in ihren Mantel und dämpfte die Stimme. »Er hat eine Stinklaune.«

Wann hatte er mal keine Stinklaune? »Alles klar.«

»Im Kühlschrank stehen ein paar Reste.«

»Ich muss morgen Überstunden machen«, sagte ich, ehe sie gehen konnte.

Ihre Züge verhärteten sich. »Ich dachte, du würdest Überstunden ablehnen? Du wirst hier gebraucht.«

»Und wir brauchen diesen Job. Wenn ich keine Überstunden mache, suchen sie sich jemanden, der dazu bereit ist.« Ich log zum ersten Mal überhaupt. Dabei legte sich ein unangenehmer Schmerz auf meine Brust. Doch die Vorfreude darauf, hier wegzukommen und einen Jungen zu treffen, der mich ansah, als wäre ich etwas ganz Besonderes, war zu groß, als dass der Schmerz sie hätte besiegen können.

»Himmel«, schnappte Mom. »Ich habe zwei verdammte Jobs, Nora. Du weißt, dass ich keine Zeit habe, um hier zu bleiben.«

Ich biss mir auf die Lippe, und das Blut stieg mir in die Wangen. Ich fühlte mich furchtbar.

Aber nicht furchtbar genug.

»Also schön. Wir werden Dawn bitten müssen, ab und zu nach ihm zu sehen.« Dawn war unsere Nachbarin – eine nicht berufstätige Mutter, die uns des Öfteren einen Gefallen tat. »Du bist um sechs Uhr fertig?«

Ich nickte.

»Ich bin für diese Woche noch nicht für Überstunden eingeteilt, also werde ich morgen um zwei Uhr Schluss machen.«

»Was ist mit heute?« Mom arbeitete an fünf Abenden in der Woche als Barkeeperin bei Al's und an fünf Tagen als Teilzeitkellnerin bei Geena's.

»Ich bin um halb zwei zu Hause.«

Dad machte für gewöhnlich Theater, wenn sie zurückkam, was hieß, dass sie wahrscheinlich vor drei Uhr morgens nicht zum Schlafen kommen würde, und dann musste sie um sieben wieder aufstehen, weil um acht ihre Schicht in der Gaststätte begann.

Es müsste nicht so sein. Ich hätte tagsüber Vollzeit arbeiten können und sie nachts oder umgekehrt, und wir wären schon klargekommen. Aber sie hielt sich genauso ungern hier auf wie ich. Sie hatte mein ganzes Leben lang ständig gearbeitet.

Ich sah ihr nach, als sie ging, und erinnerte mich daran, wie weh mir das früher getan hatte.

Jetzt schmerzte es nicht mehr so. Tatsächlich fürchtete ich, dass ich allmählich gar nichts mehr empfand.

»Bist du das, Kind?«, rief mein Dad.

Ich fand ihn im Wohnzimmer, sein Rollstuhl stand vor dem Fernseher. Seine Augen klebten an dem Bildschirm, und er blickte nicht ein einziges Mal auf, als er fauchte: »Du kommst spät.«

»Ich weiß. Sorry. Brauchst du irgendetwas?«

Seine Lippen kräuselten sich. »Brauche ich etwas? Gott hat schon vor langem beschlossen, dass ich weniger brauche als jeder scheißandere Mensch.«

Ich seufzte innerlich, weil ich das hörte, seit ich elf war. Mein Blick wanderte zu seinem linken Bein. Oder dem, was davon übrig war. Vor sieben Jahren war es am Knie amputiert worden.

»Möchtest du etwas zu trinken?«

»Hab schon was.« Er warf mir einen gereizten Blick zu. »Ich rufe dich, wenn ich dich brauche.«

Mit anderen Worten: Verschwinde.

Mit Vergnügen.

Ich fand die Pastareste, die Mom in den Kühlschrank gestellt hatte, und häufte sie auf einen Teller. Ich würde sie kalt essen. Dann starrte ich auf die Küchentür, die ich offen gelassen hatte, falls er herumbrüllte.

Bevor die Hölle losbrach, hatte mein Dad mich nie angebrüllt. Jetzt regte er sich ständig lautstark über irgendetwas auf.

Überraschenderweise verlangte er nach nichts, und ich konnte in Ruhe meine kalten Nudeln essen. Ich erledigte den Abwasch, den Mom stehen gelassen hatte, holte mein Werkzeug und schraubte den Kleiderhaken an einer anderen Stelle in der Wand fest. Das alte Loch füllte ich mit Spackle.

Nachdem ich geduscht hatte, brachte ich Dad ein weiteres Bier. »Das letzte für heute«, erinnerte ich ihn. Der Arzt sagte, er solle innerhalb einer Zeitspanne von vierundzwanzig Stunden nicht mehr als zwei trinken.

Seine Augen blitzten mich wütend an. »Wenn ich noch ein Bier will, dann werde ich noch ein gottverdammtes Bier trinken. Ich habe doch sonst nichts. Ich sitze nur hier und verrotte langsam, schaue in deine langweilige Visage, sehe zu, wie deine Mutter ihren Arsch öfter zur Tür hinaus als hineinbewegt, und du willst mir die einzigen Freuden wegnehmen, die mir im Leben noch bleiben. Ich werde noch ein Scheißbier … wag es nicht, einfach wegzugehen, Mädchen!«

Wenn er sich in einen Wutanfall hineinsteigerte, blieb einem gar nichts anderes übrig. Wenn er mich so anraunzte, würde ich ihn manchmal am liebsten mit Gebrüll zum Schweigen bringen. Selbst wenn mir nach fünf Minuten immer noch nicht die Luft wegblieb, wäre das immer noch kein Ausgleich für die vielen Male, die ich die Speicheltropfen dieses Mannes auf meiner Wange gespürt hatte.

Für den Fall, dass er noch einmal nach mir rief, ließ ich meine Zimmertür angelehnt. Der Fernseher wurde lauter. Viel lauter. Aber es reichte noch nicht, um mich dazu zu bringen, wieder zu ihm zu gehen und ihn zu bitten, den Ton leiser zu stellen.

Da ich mittlerweile Übung darin hatte, ihn auszublenden, drehte ich mich um und betrachtete mein Refugium. Mein Zimmer war klein; ein Bett, ein kleiner Schreibtisch und ein Schrank für die wenigen Kleidungsstücke, die ich besaß. Es gab ein paar Bücher, aber nicht viele. Meinen Lesestoff holte ich mir größtenteils aus der Bücherei.

Größtenteils.

Aber nicht alles. So wie das, was ich in meinem Zimmer versteckt hatte.

Ich bückte mich, zog den Schuhkarton unter meinem Bett hervor und stellte ihn behutsam auf meine Bettdecke. Ich öffnete ihn ganz langsam, kostete es förmlich aus, als wäre er eine Schatztruhe. Beim Anblick meiner gehorteten Schätze durchströmte mich eine tiefe Ruhe. In dem Karton bewahrte ich einen Stapel aus zweiter Hand erstandener Schauspiele und Gedichtbände auf; Bücher, die ich online gekauft und vor meiner Mom versteckt hatte, damit sie nicht sah, wofür ich mein Geld »verschwendete«.

Ich betrachtete es allerdings nicht als Verschwendung. Ganz und gar nicht.

Ich nahm einen Stoß heraus und strich über den abblätternden Einband von *Hexenjagd*. Darunter lagen *Doktor Faustus* und *Romeo und Julia*, darunter *Was ihr wollt*, *Othello*, *Hamlet* und *Macbeth*. Ich war ein Fan von Shakespeare. Er ließ die gewöhnlichsten Gefühle und Gedanken so grandios klingen. Besser noch, er konnte die komplexesten, düstersten Gefühle wunderschön und fesselnd beschreiben. Ich wünschte mir sehnlichst, einmal eine Aufführung eines seiner Stücke zu sehen.

Ich wünschte mir sehnlichst, einmal bei der Aufführung eines seiner Stücke *mitzuwirken*.

Niemand wusste das. Noch nicht einmal Molly. Niemand wusste, dass ich insgeheim davon träumte, als Schauspielerin auf der Bühne zu stehen. Sie hätten mich ausgelacht, und das zu recht. Als Kind hatte ich in einer Amateurtheatergruppe mitgespielt, musste aber damit aufhören, als Dad sich nicht mehr selbst versorgen konnte. Das waren meine ganzen Erfahrungen auf der Bühne. Aber ich hatte es geliebt. Ich liebte es, in das Leben eines anderen Menschen zu schlüpfen, in eine andere Welt, und Geschichten zu erzählen, die das Publikum faszinierten. Und die Art, wie es am Ende klatschte. Dieses Klatschen! Es glich einer langen, festen Umarmung, stellvertretend für die, die mir von meiner Mutter verwehrt geblieben waren.

Ich sank auf das Bett und machte mir Vorwürfe. Mom war kein schlechter Mensch. Sie sorgte dafür, dass ich ein Dach über dem Kopf, Essen im Magen und Schuhe an den Füßen hatte. Sie hatte nur wenig Zeit für mich; sie arbeitete hart. So sah das Leben meiner Mom aus. Ich sollte deswegen nicht sauer auf sie sein.

Lautes Gebrüll der Zuschauer des Spiels, das mein Dad sich ansah, ließ mich zusammenzucken.

Nun ja, was ihn betraf … ich weiß nicht, ob es Wut war, die ich empfand.

Vielleicht eher Feindseligkeit.

Es war schrecklich, ihm sein Schicksal zu verübeln. Ich wusste das. Manchmal dachte ich, dass ich wohl kein besonders netter Mensch war.

Ich legte die Bücher in den Karton zurück, schloss ihn und versuchte, den Schmerz in meiner Brust und das furchtbare, nagende Gefühl im Magen zu verdrängen, das mich jetzt schon seit längerer Zeit plagte. Traurig nahm ich ein Buch, das ich mir ausgesucht hatte, und machte es mir auf meinem Bett bequem.

Eine Weile lang verlor ich mich in einer Geschichte über eine andere Welt und ein Mädchen, das in einem Gefängnis schmachtete, im Vergleich zu dem meines wie der reinste Urlaubsaufenthalt wirkte. Endlich blickte ich auf die Uhr und legte das Buch widerwillig weg.

Im Wohnzimmer stellte ich fest, dass mein Dad mit auf die Brust gesunkenem Kopf eingeschlafen war. Als ich den Fernseher ausschaltete, flog sein Kopf hoch, und er blickte sich verwirrt um. Wenn er so war wie jetzt, schläfrig und durcheinander, wirkte er so verletzlich. Dann erinnerte ich mich daran, wie Dad früher gewesen war.

Vor dem Rollstuhl hatte er nie fremde Hilfe in Anspruch genommen. Deswegen war er jetzt auch andauernd so stinkig. Er hasste es, von uns abhängig zu sein.

»Hey, Dad.« Ich berührte sacht seine Schulter, und er blinzelte zu mir hoch. »Zeit fürs Bett.«

Dad nickte, und ich wich zur Seite und ging dann langsam hinter ihm her in das Schlafzimmer meiner Eltern. Mom half ihm immer, seine Pyjamahose anzuziehen, in der er schlafen konnte, so dass mir das erspart blieb. Dad zog sein Hemd aus und ließ nur sein T-Shirt an. Früher einmal waren seine Schultern von der Arbeit auf dem Bau breit und seine Bizeps ausgeprägt gewesen. Im Laufe der Jahre hatte beides viel Kontur verloren.

Aber er war immer noch kräftig genug, um mir zu helfen, ihn zu Bett zu bringen.

»Warm genug, Dad?«

»Ja.«

»Dann gute Nacht.«

»Nora.« Er griff nach meiner Hand, und ich verspürte ein flaues Gefühl im Magen, denn ich ahnte, was kommen würde. »Es tut mir leid.«

»Ich weiß, Dad.«

Seine Augen flehten um Verständnis. »Mich macht das alles oft einfach fertig, und ich will meine schlechte Laune dann gar nicht an dir auslassen, Kleines. Du weißt doch, dass du das Beste bist, was deine Mom und ich je zustande gebracht haben, oder?«

Tränen brannten in meinen Augen, und meine Kehle fühlte sich heiß und wie zugeschnürt an. »Ich weiß«, flüsterte ich noch einmal.

»Weißt du das wirklich?« Sein Griff verstärkte sich. »Ich hab dich lieb, Kleines.«

Ich kämpfte gegen das Brennen in meiner Nase an und stieß zittrig den Atem aus. »Ich hab dich auch lieb, Dad.«

Erst als ich wieder in meinem Zimmer war und im Bett lag, presste ich den Mund in mein Kissen und begann zu schluchzen.

Das Leben wäre ohne die Erinnerungen an einen Dad, der mir all die Zuwendung geschenkt hatte, die meine Mom mir nicht zukommen ließ, so viel leichter gewesen. Er verteilte großzügig und ganz selbstverständlich Küsse und Umarmungen, und er schwärmte ständig von seinen Plänen für meine Zukunft. Ich würde das College besuchen – mir würde die Welt gehören.

Und dann änderte sich alles.

Seit ich denken konnte, hatte mein Dad sich krummgelegt, was einer der Gründe war, weshalb ich nicht verstand, warum Mom so viel arbeitete. Dad besaß die größte Baufirma im County. Er beschäftigte einen Haufen Leute, und wir wohnten in einem schönen großen Haus, das er am Stadtrand von Donovan gebaut hatte. Aber er litt unter schwerer Diabetes. Als die Firma immer besser lief, nahm Dads Stress zu. Er hörte auf, auf seine Ernährung zu achten und Alkohol zu meiden, und schließlich wurde sein Bein brandig, und den Ärzten blieb nichts anderes übrig, als es unterhalb des Knies zu amputieren. Da war ich elf. Noch ein Kind.

Dad verlor Aufträge, und Kyle Trent kaufte seine Firma für einen Spottpreis und brachte sie wieder nach oben. Die Trents erwarben sogar unser altes Haus. Ich konnte nur vermuten, dass es bis unter das Dach mit Hypotheken belastet war, denn soweit ich weiß blieb von dem Erlös nichts übrig.

Mom begann noch mehr zu arbeiten. Irgendwie blieb Dads Pflege an mir hängen. Es war kein leichter Job, aber er war mein Dad. Das Leben war für ihn und Mom hart geworden, also tat ich alles, um ihnen zu helfen. Das hieß jedoch, dass ich häufig erschöpft war und mir nicht mehr so viel Zeit blieb, für die Schule zu lernen. Trotzdem war ich entschlossen, meine Noten zu halten, selbst dann noch, als Dad ein anderer Mensch wurde und meine Zukunftspläne zerplatzen ließ. Er stellte unmissverständlich klar, dass das College für mich nicht mehr in Frage kam. Ich tröstete mich damit, dass es immer noch die Volkshochschule gab.

Irgendwann.

Wenn ich je die Zeit dazu fand.

Ich dämpfte mein Schluchzen mit meinem Kissen und umklammerte meine dünne Decke mit der Hand. Ich trauerte um meine Zukunft. Dad hatte meine ersten elf Lebensjahre damit verbracht, sie mir in den leuchtendsten Farben auszumalen. Aber am meisten trauerte ich um meinen Dad. Ich brauchte meinen Helden, der meine Tränen weggeküsst, meine Ängste mit Umarmungen verscheucht und mich behandelt hatte, als wäre ich das Einzige, was ihm wichtig war.

Als ich klein war, hatte ich einen liebevollen Vater gehabt. So sollte es sein. Und als sein altes Ich einem verbitterten, traurigen und verwundbaren Mann gewichen war, fühlte ich mich, als hätte ich jeglichen Schutz vor den Stürmen des Lebens, die mich erwarteten, verloren und als liefe ich nun Gefahr, gen Himmel zu schweben.

Ich kann nicht beschreiben, wie unheimlich dieses Gefühl

ist. Manchmal denke ich, es wäre besser gewesen, all das Gute in meinem Leben gar nicht erst gekannt zu haben.

Weil ich es dann nicht so verdammt vermissen würde.

Ich erschauerte vor Schmerz, schlang die Arme fest um meinen Oberkörper und versuchte, mich zu beruhigen.

Ich dachte an den Jungen, den ich heute kennengelernt und der mich angesehen hatte, als wäre ich etwas ganz Besonderes.

So wie mich mein Dad an Tagen ansah, an denen sich der Mann, der er gewesen war, an die Oberfläche kämpfte.

Die Schauer, die mich überliefen, ebbten langsam ab und trugen die Schuldgefühle, die mich quälten, weil ich Mom angelogen hatte, mit sich fort. Ich brauchte einen Tag Abstand vom Alltag. Einen Tag, an dem ich frei atmen konnte. Nur einen einzigen Tag. Nur eine Erinnerung, die mir half, die folgenden Tage durchzustehen, wenn mir das Atmen wieder ein bisschen schwerer fallen würde.

Kapitel 2

Sie warteten am nächsten Morgen neben einem nagelneuen Ford Mustang auf mich. Ich fuhr mit der Hand über die Motorhaube. »Wo habt ihr den denn her?«

Jim ging um den Wagen herum, um sich neben mich zu stellen, so dass ich den Kopf in den Nacken legen musste, um ihm in die Augen zu sehen. »Wir haben ihn gemietet.«

»Nicht schlecht.«

»Es hat eine Weile gedauert, bis wir uns daran gewöhnt haben, auf der anderen Straßenseite zu fahren.«

Ich lachte, als ich mir vorstellte, wie sie falsch herum abbogen. »Das glaube ich gern.«

»So.« Roddy verschränkte die Arme vor der Brust. »Fahren wir jetzt an diesen See oder nicht?«

»Er hat nicht gerade strahlende Laune«, sagte ich zu Jim.

»Er ist ein Morgenmuffel.«

Sein Freund ächzte. »Als ob du keiner wärst.«

»Wenn ein Mädchen auf mich wartet, dann nicht.« Jim zwinkerte mir zu und führte mich zu dem Auto.

Ich zögerte einen Moment unschlüssig. »Äh … ihr Jungs seid nicht zufällig Serienkiller, oder?«

»Die Frage kommt ein bisschen spät«, schnaubte Roddy. »Steig ein, Mädchen.«

»Wow. Er ist wirklich ein Morgenmuffel.«

»Was macht dein Knie?«, fragte Jim und warf einen Blick auf meine Beine, als ich ins Auto stieg.

»Alles gut. Ich habe nur eine kleine Schramme, sonst nichts.«

»Das war nur ein Vorwand, um ihre Beine anzustieren«, knurrte Roddy, als Jim hinter ihm auf die Rückbank rutschte.

Er wurde mit einem Klaps auf den Hinterkopf bestraft.

Roddys Stimmung hob sich ein wenig, als wir den See erreichten. Countrypark und See lagen im Nordosten der Stadt an der südlichen Biegung des Donovan Lake. Ich hatte beschlossen, mit ihnen dorthin zu fahren, weil da zahlreiche Wohnwagen standen – von Dauercampern oder Feriengästen – und das bedeutete, dass dort während des Sommers viele Familien anzutreffen waren. Für mich ein sicherer Ort, um zwei Typen besser kennenzulernen, denen ich gerade erst begegnet war.

Wir fuhren mit einem kleinen Ruderboot und Angelruten auf den See hinaus, und Roddy angelte, während Jim mich ausfragte. Oder zumindest versuchte er es.

»Du verrätst mir ja fast gar nichts.« Er lachte. »Die meisten Mädchen tun nichts lieber, als von sich selbst zu reden.«

»Ich fürchte, da gibt es bei mir nicht viel zu erzählen.«

»Okay. Tja, ich weiß, dass du in einem Burgerladen arbeitest. Vollzeit, Teilzeit oder nur im Sommer?«

»Wer weiß.« Ich zuckte mit den Schultern, und er lachte wieder. Meine Antworten schienen ihm zu gefallen.

Ich wollte mich nicht interessant machen, aber ich wusste wirklich nicht, was die Zukunft zu diesem Zeitpunkt für mich bereithielt.

»Hast du dein ganzes Leben hier verbracht? Wohnst du bei deinen Eltern? Was machen sie beruflich? Was willst du mit deinem Leben anfangen?«

Er überschlug sich förmlich mit seinen Fragen, was mir ein Lächeln entlockte. Die Sonne kam allmählich über die

Bäume, also setzte ich meine Sonnenbrille auf und war froh, meine Gedanken hinter einem weiteren Schutzschild verbergen zu können. »Ja und ja. Meine Mom hat zwei Jobs – als Barkeeperin und als Kellnerin. Mein Dad arbeitet nicht, weil er schwerer Diabetiker ist. Und ich weiß noch nicht, ich möchte irgendetwas tun, was Menschen hilft.« *Oder Theaterschauspielerin werden.*

Jim lächelte langsam. »Siehst du? Das war doch gar nicht so schwer.«

»Was ist denn mit dir? Woher in Schottland kommst du? Wohnst du noch bei deinen Eltern? Was machen sie beruflich? Was willst du mit deinem Leben anfangen?«

»Wir arbeiten in Edinburgh auf dem Bau.« Jim deutete auf Roddy, der träumend über das Wasser starrte. Er schien damit zufrieden zu sein, den Frieden und die milde Hitze der Morgensonne zu genießen. »Ich wohne mit meiner Mum und meiner Schwester in Sighthill in Edinburgh.« Er hielt inne. »Mein Dad ist vor ein paar Monaten gestorben. Herzinfarkt.«

Bei dem leichten Zittern in seiner Stimme durchzuckte mich ein Stich von Mitgefühl. Und mein bisheriges Bild von Roddy geriet ins Wanken, als er hinter sich griff, um seinem Freund tröstend das Knie zu tätscheln. Jim klopfte ihm zum Dank auf die Schulter.

»Das tut mir wirklich leid.«

Jim nickte.

Verlegenes Schweigen lag über dem Boot, während ich fieberhaft nach einem unverfänglichen Thema suchte. Ich wollte nicht, dass es so aussah, als würde ich über seinen Kummer hinweggehen, aber ich hatte den Eindruck, dass er nicht weiter darüber reden wollte.

»Warum der Roadtrip?«

Er lächelte mir dankbar zu. »Ich habe von Dad etwas Geld

geerbt. Roddy und ich sind einundzwanzig geworden, und wir haben beschlossen, alles bei einem Roadtrip in den USA auf den Kopf zu hauen. Davon haben wir schon als Kinder geträumt.«

»Du bist einundzwanzig?«

»Aye.« Er kniff die Augen zusammen. »Bitte sag mir, dass du volljährig bist.«

Ich errötete ein wenig und lachte. »Ich bin achtzehn.«

»Gott sei Dank«, gab er lächelnd zurück. »Du hättest mir das Herz gebrochen, wenn du nein gesagt hättest.«

»Deine Anmachsprüche werden immer mieser, *mate*«, grummelte Roddy.

»Das ist kein Anmachspruch.« Jim gab ihm erneut einen spielerischen Klaps auf den Hinterkopf. Diesmal zuckte Roddy nicht zusammen. Jim sah mich wieder an. »Wirklich nicht.«

Ich musterte ihm. »Warum lässt du deinen ganzen Charme spielen? Du kennst mich doch überhaupt nicht.«

»Genau das habe ich gestern Abend auch gesagt. Und heute Morgen.«

Jim verdrehte die Augen. »Roddy. Halt die Klappe.«

Roddy grunzte.

»Also?«, beharrte ich.

»Ich weiß es nicht.« Wieder starrte er mich an. »Du hast irgendetwas an dir.«

Sein Freund drehte sich zu mir und schützte seine Augen mit einer Hand vor der Sonne. »Was er wirklich sagen will, ist, dass er rattenscharf auf dich ist, er denkt nur mit seinem Schwanz, und wenn du ihm nicht irgendwie klarmachst, dass du nur ein Mädchen bist wie jedes andere auch, dann hänge ich den Rest des Sommers in diesem scheiß Indiana fest.«

Ich konnte mir trotz der schottischen Sprechweise das

meiste zusammenreimen, was er gesagt hatte, und errötete noch mehr.

»Roddy, wenn du jetzt nicht die Schnauze hältst, schmeiße ich dich über Bord, *mate*!«

»Wieso, ist doch wahr. Ihr kennt euch doch noch nicht mal.«

»Deswegen sitzen wir ja in diesem Boot. Um uns kennenzulernen.«

»Ich mein ja nur ... mach ein bisschen hin, damit wir hier wegkommen.«

»Ich habe eine bessere Idee.« Jim begann das Boot zur Anlegestelle zurückzurudern.

»Was wird das denn?«, beschwerte sich Roddy. »Mir gefällt es auf dem See.«

»Ach ja? So, wie du andauernd meckerst, wäre ich da nie drauf gekommen.«

»Ach, komm schon. Das war doch nur Spaß.«

Aber Jim ruderte uns weiter ans Ufer zurück. Er zog die Ruder ein, stand auf und streckte die Hände nach mir aus. Ich ließ mich von ihm auf den Steg ziehen. Und dann drehte er sich um und stieß das Boot samt dem noch darinsitzenden Roddy auf das Wasser hinaus.

Roddy packte hastig die Ruder. »Was soll das?«

Zu meiner Überraschung umschloss Jim meine Hand. »Ich gehe mit Nora irgendwo hin, wo ich sie in Ruhe kennenlernen kann. Und *du* kannst angeln. Wir kommen dann wieder und holen dich ab.«

»Och, aye, echt nett!«, rief Roddy laut, was die Aufmerksamkeit einiger Leute auf uns lenkte. »Lass ruhig mich, deinen ältesten Freund, wegen einer eines Mädchens fallen, das du gerade erst getroffen hast!«

»Nur vorübergehend, Roddy. Und nur, weil du eine Nervensäge bist.«

Ich schnaubte, als Jim auf mich hinuntergrinste. Und dann zog er mich hinter sich her. »Bist du sicher, dass er da draußen klarkommt?«

»Dem geht's gut«, lachte Jim. »Ich gebe ihm nur, was er will. All das Gemecker und Genörgel sollte uns nur dazu bringen, uns zu verziehen und ihn allein zu lassen. Glaub es mir.«

»Oh. Okay.«

»Also … wohin jetzt?«

»Hier lang.« Ich führte ihn von der Anlegestelle weg zu dem Schotterweg, der sich um den Wald am Rand des Sees herumwand. Zu meinem Erstaunen schlenderten wir in kameradschaftlichem Schweigen nebeneinander her, bis ich fand, wonach ich gesucht hatte. Eine leere Bank am Rand des Sees, ein paar Minuten von den Wohnwagen und Booten entfernt. Ein bisschen Ungestörtheit. »So haben wir immer noch etwas von dem See.«

Jim grinste und setzte sich. »Es ist toll hier.«

»Yeah, mir gefällt es hier auch.« Ich setzte mich ebenfalls, und da ich Shorts trug, spürte ich die Wärme, die das Holz von der Morgensonne aufgesaugt hatte. Im Hochsommer konnte man am frühen Nachmittag nicht auf diesen Bänken sitzen, ohne sich zu verbrennen. Um diese Zeit am Morgen fühlte sich die Hitze jedoch genauso angenehm an den Beinen an wie die niedrig am Himmel stehende Sonne. »Ich komme nur nicht oft genug hierher.«

»Warum nicht?«

»Ich arbeite viel.«

»So …« Jim entspannte sich, winkelte ein Bein an, streckte das andere aus und legte die Arme der Länge nach auf die Rückenlehne der Bank. »Beantwortest du mir jetzt ein paar Fragen?«

Ich legte nachdenklich den Kopf schief. »Kommt auf die Fragen an.«

»Fangen wir mit den leichteren an. Lieblingsfarbe?«

»Aber hallo«, spöttelte ich. »Das ist ein bisschen zu persönlich.«

Jim kicherte. Ein angenehmes Geräusch. »Meine Lieblingsfarbe ist Hibs-Grün.«

»Kenne ich nicht.«

»Irischgrün. Die Farbe der Hibs, einem Edinburgher Footballteam. Soccer.«

»Ich weiß nicht viel über Soccer. Aber mein Dad ist ein großer Fan der Colts.«

»Ich liebe American Football.«

»Wirklich?« Ich war überrascht. »Ich dachte, ihr Jungs steht auf Rugby?«

»Tun wir auch … aber ich finde American Football aufregender. Versteh mich nicht falsch, Rugby ist heftig, aber euer Football ist strategisch interessanter. Meine Schwester hasst Sport, aber sogar sie schaut sich ein NFL-Spiel an. Ich bin ein Patriots-Fan.«

»Schsch«, neckte ich ihn, dabei blickte ich mich vielsagend um. »Sag das hier in der Gegend nicht zu laut.«

Jim grinste. »Sicher nicht.« Er zupfte spielerisch an meinem Pferdeschwanz. »Erzähl mir mehr von dir. Was ist dein Lieblingssong?«

Augenblicklich schoss mir eine Erinnerung an meinen Dad und ein paar Männer aus seinem Bautrupp, die lauthals mit Bon Jovi mitsangen, durch den Kopf und löste einen Anflug von Wehmut und einen leisen Schmerz in meiner Brust aus. Ich war zehn, und Cory Trent hatte aus einem Grund, den ich erst noch herausfinden musste, jedem in unserer Klasse erzählt, meine Mom hätte zu seiner Mom gesagt, ich hätte ins Bett gemacht. Was eine glatte Lüge war. Ich ließ mich von der besten Freundin meiner Mom bei dem Haus absetzen, an dem Dad gerade zu tun hatte. Es stand eine Meile von unserem Haus entfernt. Es war ungewöhnlich, dass er in der Stadt arbeitete – sein Trupp wurde für gewöhnlich irgendwo anders im County gebucht, und ich dankte Gott dafür, dass er in der Nähe war. Ich fühlte mich so elend, weil mich alle anderen in der Schule wie eine Ausgestoßene behandelten.

Dad war aus dem Haus gekommen, als einer von den Jungs ihm zugerufen hatte, dass ich da war. Sowie ich ihn sah, brach ich in Tränen aus, und er schwang mich in seinen Armen hoch. Nachdem ich ihm erzählt hatte, was passiert war, bekam er eine Stinkwut auf Cory. Dann drehte Dan, sein Vorarbeiter, das Radio auf, und ein paar von den Jungs und mein Dad heiterten mich mit einer fürchterlichen Bon Jovi Imitation auf.

Da hatte ich gewusst, dass ich den besten Dad der Welt hatte.

Was es umso schlimmer machte, ihn nicht lange danach zu verlieren.

»›Livin' on a Prayer‹.«

Als Jim schwieg, schielte ich zu ihm hinüber – sein ganzer Körper bebte vor Lachen. Ich kniff die Augen zusammen. »Okay, ich beantworte keine weiteren Fragen mehr, wenn du dich über mich lustig machst.«

»Nein, nein!« Er legte mir lachend eine Hand auf die Schulter. »Es tut mir leid. Ich hatte nur nicht mit Bon Jovi gerechnet.«

»Oh? Was ist denn dein Lieblingssong, cooler Typ?«

»›All These Things That I've Done‹ von den Killers.«

Ich rümpfte die Nase. »Okay. Das *ist* cool.«

Die Bank zitterte, als er wieder lachte, und plötzlich schob er meine Sonnenbrille behutsam auf meine Stirn, damit er meine Augen sehen konnte. »Du bist einfach süß.«

Dieses Kompliment hatte ich schon öfter gehört und mich

früher darüber geärgert. Ich maß nur einen Meter sechzig und war zierlich, obwohl ich in den letzten paar Jahren endlich Kurven bekommen hatte. Und ich hatte große dunkle Augen mit ausgesprochen langen Wimpern, die sie noch größer wirken ließen. Wenn mich irgendjemand beschrieb, dann als »niedlich« oder »süß«. Ich wollte nicht niedlich oder süß sein. Sondern mehr.

Doch Jim ließ »süß« tatsächlich wie mehr klingen. Ich errötete. »Nicht wirklich.«

»Doch«, beharrte er.

Ich schielte wieder zu ihm und errötete angesichts seiner intensiven Musterung noch stärker. »Du starrst mich an.«

»Aye. Es fällt mir schwer, das nicht zu tun.«

Ich stöhnte innerlich und wusste nicht so recht, wie ich reagieren sollte. Ich musste noch nie auf Flirtversuche eingehen. »Sind alle Schotten solche Flirtkanonen wie du?«

Jim zuckte die Achseln. »Ich glaube nicht, dass ich geflirtet habe. Ich habe nur gesagt, was ich denke.«

»Offenbar kommt das bei dir auf ein und dasselbe heraus«, zog ich ihn auf.

Er rückte näher an mich heran, und ich sog den Atem ein, weil seine Nähe nervöse Schmetterlinge in meinem Bauch tanzen ließ. »Lieblingsfilm?«

Als mir klar wurde, dass er mich nicht küssen würde, wusste ich nicht, ob ich enttäuscht oder erleichtert sein sollte. »Ich weiß nicht … *Moulin Rouge?*«

»Noch eine Überraschung.« Er hob eine Braue. »Ich habe ihn nicht gesehen, aber darauf hätte ich nicht getippt.«

»Worauf denn dann?«

»Ehrlich gesagt habe ich keine Ahnung.« Er grinste. »Mein Lieblingsfilm ist *Red*.«

»Ich glaube nicht, dass ich den gesehen habe.«

»Er ist scheißlus… Mist, sorry.« Ihm stieg das Blut in die

Wangen. »Ich versuche, in deiner Gegenwart nicht zu fluchen.«

Sein Bemühen, sich wie ein Gentleman zu verhalten, war wirklich goldig, aber ich wollte auch, dass Jim er selbst war. Die Röte auf seinen Wangen verlieh ihm eine Verletzlichkeit, die ich nicht erwartet hatte, und ich begriff, dass ich ihn vielleicht unter seiner lässigen Fassade ebenfalls nervös machte. Ich fand die Vorstellung erheiternd. »Du sagtest, du arbeitest auf dem Bau?«

Er nickte.

»Ich wette, du fluchst ständig, eh? Mein Dad hatte früher eine Baufirma. Er hat auch andauernd geflucht. Obwohl er sich alle Mühe gegeben hat, das zu unterlassen. Das galt für seine gesamte Truppe. Es stört mich nicht. Manchmal …«, ich senkte meine Stimme um eine Oktave, »fluche ich sogar selbst. Der reinste Horror.«

Er stupste mich spielerisch an. »So viel zu meinem Versuch, ein Gentleman zu sein.«

Ich grinste. »Sei einfach du selbst.« Und ehe er anfangen konnte, mir Fragen zu stellen, von denen ich nicht wusste, ob ich sie beantworten wollte, sagte ich: »Was hat dich und Roddy denn ausgerechnet nach Donovan verschlagen?«

Jim sah mich an, als dächte er über eine Entscheidung nach. Endlich lehnte er sich entspannt zurück, drehte sich um und blickte über den See. Das lenkte meine Aufmerksamkeit auf den Umstand, dass ein Mann und zwei kleine Jungen in einem Boot saßen und lachten, als sie vorüberruderten. Ich war so in unsere Unterhaltung versunken gewesen, dass ich den Lärm gar nicht bemerkt hatte.

»Mein Dad«, sagte Jim plötzlich. »Er hieß Donovan.«

Ich spürte wie schon zuvor, dass es Jim schwerfiel, von ihm zu sprechen. »Du musst nicht …«

Er sah mich wieder an. »Roddy vermeidet das Thema

ganz. Mum fängt an zu weinen, wenn ich ihn erwähne. Und ehrlich gesagt ist es wirklich schwierig, mit Menschen, die ihn kannten, über ihn zu reden.«

Mitleid wallte in mir auf, und ich überwand meine übliche Zurückhaltung und legte ihm tröstend eine Hand auf das Knie. Er sah sie an, wirkte überrascht und mehr als nur etwas verloren.

»Manchmal ...« Ich seufzte tief, weil sich meine Brust plötzlich zusammenzog. »Manchmal ist es leichter, mit jemandem darüber zu reden, der ihn nicht gekannt oder geliebt hat, weil du dann nicht mit ihrer Trauer umgehen musst, sondern nur mit deiner eigenen. Du kannst über ihn sprechen, ohne darüber nachdenken zu müssen, welche Auswirkungen das auf deinen Gesprächspartner haben könnte.« Ich nahm meine Hand von seinem Knie, drehte mich aber zu ihm, so dass ich fast seine Hüfte berührte. »Du kannst mit mir über ihn sprechen ... wenn du willst.«

Jim wirkte halb verunsichert, halb verwundert. »Ganz schön heftig für ein erstes Date.«

»Ist das ein Date?«

»Aye, es ist ein Date.«

Sein beharrlicher Tonfall reizte mich zum Lachen. »Dann werden wir vermutlich entscheiden müssen, wie dieses Date verlaufen soll. Ich bin eine wirklich gute Zuhörerin. Aber wir müssen nicht reden.«

Er hob eine Braue, seine Lippen verzogen sich zu einem vielsagenden Grinsen, und ich versetzte ihm zur Strafe für seine unanständigen Gedanken einen Rippenstoß. »Du weißt, wie ich das gemeint habe. Lieber Gott.« Ich verdrehte die Augen. »Männer!«

Sein Lachen erstarb, und er rutschte auf der Bank noch näher an mich heran, so dass mein Knie jetzt tatsächlich seine Hüfte berührte. Langsam und gleichmäßig legte sich

Ernsthaftigkeit wie ein Theatervorhang über seine Augen, während er sich mein Gesicht einzuprägen schien. Bevor er den Blick auf mein Haar senkte, fiel mir auf, dass wir fast dieselbe Augenfarbe hatten. Bei schwachem Licht fast schwarz, aber wenn sich die Sonne darin fing, glühten sie wärmer, wie dunkles Mahagoni.

Jim wickelte eine Strähne meines Pferdeschwanzes um seinen Finger und spielte damit, als er zu erzählen begann. »Die Mum meines Dads war Irin, mein Großvater Schotte, und mein Dad hat immer gesagt, sie wären beide unheimlich stolz auf dieses Erbe gewesen. Sie starben, als ich vier war. Autounfall.« Sein Blick wanderte eine Sekunde lang zu mir, wie um meine Reaktion zu checken, bevor er ihn wieder abwandte. »Als mein Dad geboren wurde, schlug mein Großvater meiner Großmutter vor, ihn Donovan McAlister zu nennen. Donovan war der Mädchenname meiner Oma.«

»Roddy und ich waren also auf der I-70, auf dem Weg zur Route 66 in Illinois. Die wollten wir ganz entlangfahren. Wir haben angehalten, um zu tanken, und da sah ich an einem schwarzen Brett eine Anzeige, dass eine Aushilfe gesucht wurde. Für einen Supermarkt in Donovan.« Er bedachte den See mit einem verlegenen Lächeln. »Lächerlich, ich weiß, aber es … ich hatte irgendwie das Gefühl, wir müssten hierher kommen.«

»Das ist überhaupt nicht lächerlich«, versicherte ich ihm.

Jim drehte sich zu mir, um mich mit einem forschenden Blick zu messen. »Nein … allmählich komme ich auch zu dem Schluss, dass es genau richtig war.«

Ich wand mich unter seiner Musterung; vermochte seinem Blick nicht standzuhalten, weil er mich einfach überwältigte. So cool er auch war, so sehr ich seinen Akzent mochte und so anziehend ich ihn fand, ich war weder auf Jim

McAlister noch auf die Art vorbereitet, wie er mich ansah, als wäre er vom Blitz getroffen worden.

»Wie war dein Dad denn so?«

»Er war der fröhlichste Mensch, den ich kannte.« In Jims Stimme schwang eine Mischung aus Humor und Kummer mit, die in mir schmerzhaftes Mitgefühl mit ihm auslöste. »Und er hatte für fast jeden Zeit. Wenn jemand Hilfe brauchte, war das nie ein Problem. Nichts war ihm zu viel. Ich war sein bester Kumpel.«

Sein Lächeln wurde zittrig, und ein feuchter Schimmer legte sich über seine Augen. Ich nahm seine Hand zwischen meine Hände, was Jim etwas Kraft zu verleihen schien, denn der Schimmer verschwand, und er entspannte sich. »Er hat mir eingeschärft, dass die Familie immer zuerst kommt. Dass Familie wichtiger ist als Geld zu scheffeln oder ähnlicher Mist. Er hat mir das Gefühl gegeben, dass es in Ordnung ist, nicht zu ehrgeizig im Beruf zu sein, im Privatleben dafür umso mehr. Ich sollte das richtige Mädchen finden und eine Familie gründen. Darum ging es ihm.»

Ich hatte noch nie einen Jungen über solche Themen reden oder sie auch nur in den Vordergrund stellen hören. Mir fiel auch auf, dass sein Akzent bei der Erinnerung an seinen Dad ausgeprägter wurde. Als würde er im Umgang mit mir immer ungezwungener. »Das klingt, als wäre er ein prima Kerl gewesen.«

»Aye.« Er nickte, aber irgendetwas in seinem Gesicht veränderte sich. »Aber er war nicht perfekt, und alle scheinen das unter den Teppich zu kehren.«

»Wie meinst du das?«

»Mum vor allem. Versteh mich nicht falsch, er liebte sie, aber was sie betraf, war er in mancher Hinsicht ein egoistischer Bastard. Er ging nie mit ihr aus oder verbrachte viel Zeit mit ihr. Er ging immer nur mit seinen *mates* in den Pub und ließ Mum zu Hause. Dann war er sauer, wenn er zurückkam und sie nicht da war. Als dürfte es für sie kein Leben ohne ihn geben ...« Er warf mir einen Blick zu, den ich nicht verstand, bis er weitersprach. »Außerdem hat er sie betrogen, und soweit ich gehört habe, ging es da nicht nur um Sex. Er hat sich in eine andere verliebt. Meine Eltern hätten sich beinahe getrennt. Am Ende entschied er sich für Mum, aber ich glaube nicht, dass sie ihm je wirklich verziehen hat.«

»Das tut mir leid.«

»Aber jetzt tut sie so, als wäre er ein Heiliger gewesen.« Ein Anflug von Zorn hatte sich in seine Stimme geschlichen. »Ich ... es ist nur ... ich habe meinen Dad geliebt, und ich verzeihe ihm, dass er nicht perfekt war, weil wir alle nicht perfekt sind ... aber ich möchte mich an meinen Dad erinnern, nicht an die glorifizierte Version von ihm, verstehst du?«

Ich nickte und drückte seine Hand.

»Macht mich das zu einem schlechten Menschen?«

»Lieber Himmel, nein.«

Jim stieß langsam den Atem aus und blickte wieder über das Wasser hinweg. Ich betrachtete sein Profil; registrierte, dass die Anspannung aus seinen Kiefermuskeln und seinen Schultern gewichen war. Während er einen Vogel beobachtete, der im Tiefflug über den See schoss und dann zwischen den Bäumen verschwand, sagte er: »Ich bin froh, dir begegnet zu sein, Nora O'Brien.«

»Yeah?«

Er sah mich wieder an und zog dann seine Hand behutsam hervor, aber nur, um mir den Arm um die Schultern zu legen. »Ich würde gern ein bisschen länger bleiben, wenn das okay für dich ist.«

»Klar, ich muss erst in ein paar Stunden zur Arbeit zurück.«

»Nein.« Er lachte leise und schüttelte den Kopf. »Nein, ich meinte … ich würde gerne etwas länger in Donovan bleiben.«

Plötzlich wusste ich, worum er bat, und obgleich mich das Verlangen in Jims Augen einschüchterte, faszinierte mich seine Andersartigkeit. Seine Heimat unterschied sich so sehr von Donovan. Ich kannte die Stadt, in der er aufgewachsen war, aus dem Fernsehen und aus Filmen, doch wie das Leben dort war, konnte ich mir trotzdem nicht vorstellen. Und das war mir auch nicht wichtig. Für mich zählte, dass sie so weit von Indiana entfernt war, rätselhaft und verlockend wie ein Abenteuer, das mich aus meinem öden Leben befreien könnte. Und Jim gehörte dazu.

Ich nickte, denn ich verspürte gleichfalls wenig Lust, ihn schon gehen zu lassen.

Kapitel 3

Seit ich zwölf war, hasste ich den antiseptischen Geruch von Krankenhäusern. Er schlug mir regelmäßig auf den Magen.

Dennoch stieg ich einmal im Monat in einen Bus und nahm eine neunzigminütige Fahrt nach Indianapolis zu der dortigen Kinderklinik auf mich. Und zwar seit fünf Jahren, das Jahr davor, als Mom mir häufigere Besuche gestattet hatte, nicht mitgerechnet.

Meine Mom billigte mir nicht oft Atempausen von meinem Alltag zu, aber in dem Jahr, als ich zwölf wurde, war es so.

Inzwischen denke ich, dass sie mich für verrückt hält. Wir hatten wegen meiner monatlichen Besuche ständig gestritten, aber in diesem Punkt gab ich nicht nach, und irgendwann hatte sie es aufgegeben.

»Hey, Nora.« Anne-Marie tauchte auf, als ich über den Gang auf den Gemeinschaftsraum im dritten Stock des Krankenhauses zusteuerte. »Du wirst jeden Tag hübscher, Süße.« Sie legte einen Arm um mich und drückte mich.

Ich lächelte die Schwester, die ich seit meiner Kindheit kannte, liebevoll an. »Du auch.«

Sie verdrehte die Augen, ließ mich aber nicht los. »Was hast du denn heute mitgebracht?«

Ich hielt das Buch in meiner Hand hoch: *Hexen hexen* von Roald Dahl. »Nicht zu gruselig, oder?«

»Nein«, versicherte sie mir.

Ich grinste erleichtert. Das Einzige, was mich die bedrückende Atmosphäre ertragen ließ, war das Wissen darum, dass die Kids dank mir eine Zeitlang die Schläuche in ihrem Körper, die Atemgeräte und Sauerstoffflaschen und ihren absoluten Mangel an Energie vergaßen.

Ich versuchte, Bücher und Stücke auszusuchen, die nicht zu anspruchsvoll für die jüngeren Kinder, aber gleichzeitig unterhaltsam genug waren, damit auch die älteren daran Spaß hatten.

Anne-Marie öffnete die Tür des Gemeinschaftsraums. »Hey, Leute, schaut mal, wer hier ist!«

Ich ging in das Zimmer und wurde mit Lächeln, Winken und »Hey, Nora«-Rufen begrüßt, manchmal ausgelassen, manchmal matt, aber freudig. Kinder jeden Alters, die an allen möglichen Krankheiten litten, sahen mich erwartungsvoll an. Einige saßen in Rollstühlen, andere ruhten in Sesseln, einige spielten am Computer, andere Brettspiele, einige hatten Glatzen, andere waren bleich, hatten dunkle Ringe unter den Augen, und ihre junge Haut wies eine ungesunde Färbung auf. Und ein paar der Kinder wirkten zu meiner Freude gesünder, als es bei meinem letzten Besuch der Fall gewesen war.

»Seid ihr bereit, euch zu gruseln?«, fragte ich mit einem Grinsen, während Anne-Marie mir zuzwinkerte und uns allein ließ.

Ich liebte es, dass diese Kids im Gegensatz zu den meisten anderen ihres Alters aufhörten, mit ihren Smartphones oder iPads oder Computerkonsolen zu spielen und mir ihre völlige Aufmerksamkeit schenkten. Und zwar deshalb, weil ich nicht hier war, um sie zu fragen, wie schlecht sie sich heute fühlten oder ob es ihnen besser ging oder ob sie ihren Zustand ständiger Erschöpfung satt hatten. Ich war da, um sie eine Weile lang in eine andere Welt zu entführen.

Wir machten es uns bequem, und ich wappnete mich dafür, das ganze Buch vorzulesen, wenn uns die Zeit dafür blieb. Bevor ich ins Krankenhaus gekommen war, hatte ich es mehrmals gelesen und überlegt, wie jede Figur klingen sollte. Die einen klein und leise, andere laut und großspurig. Vor den Kids verwandelte ich mich von der zurückhaltenden, oft todmüden Nora O'Brien in eine Charakterdarstellerin. Ich wusste nicht, ob ich gut war. Oder grauenhaft. Aber ich wusste, dass die Kids meine Vorstellungen liebten. Und sie wirkten befreiend.

»Das Wichtigste, was ihr über ECHTE HEXEN wissen müsst, ist Folgendes«, begann ich mit einem imitierten englischen Akzent, der sie lächeln und sich vorbeugen ließ. »Hört jetzt sehr gut zu …«

Als ich auf die Uhr blickte, stellte ich fest, dass unsere Zeit abgelaufen war, aber ich war ohnehin fast fertig. Endlich las ich den letzten Satz und klappte das Buch zu.

Zuerst herrschte Stille, dann begann Jayla, eine hübsche Achtjährige mit Leukämie, zu klatschen. Die anderen fielen ein, obwohl Mikey, ein vierzehnjähriger Nierenpatient, mit den Augen rollte. »Es sollte doch gruselig sein.«

»Es war gruselig«, beharrte Jayla, dabei sah sie ihn finster an.

»Yeah, für Babys wie dich.« Mikey kräuselte die Lippen in meine Richtung. »Du bist zu heiß, um die Hexe zu sein.«

»Die Hexe war schön«, widersprach Annie, eine Dreizehnjährige aus Greer, einer Stadt, die ein paar Meilen von Donovan entfernt lag.

»Yeah, bis sie als hässliche Vettel entlarvt wurde. Als sie die Szene gespielt hat, hat es nicht echt gewirkt.« Er deutete auf mich.

»Nenn mich nicht heiß, Mikey. Das ist unheimlich.«

Er grinste mich an. »Dann sei doch nicht so heiß.«

»Das kann sie nicht ändern, Blödmann«, schnaufte Jayla und sah mich an, als ob sie sagen wollte: »Jungs!«

Ich lachte, ging zu ihr und küsste sie auf die Stirn. »Freut mich, dass es dir gefallen hat, Süße.«

Sie strahlte mich an und warf Mikey einen selbstgefälligen Blick zu, der mich noch mehr zum Lachen brachte.

Mikey ignorierte sie und bedachte mich seinerseits mit einem Blick, der wohl glutvoll sein sollte. »Wieso kriegt Jayla einen Abschiedskuss und ich nicht?«

»Hör mit dem Unsinn auf, Mikey.« Ich wandte mich zur Tür.

»Was? Auf der Transplantationsliste zu stehen bringt mir nicht einmal einen Mitleidserfolg ein?«

Ich schnaubte. »Nicht von mir.«

»Das ist herbe.« Er dachte eine Minute nach und drehte sich dann zu Annie um, die neben ihm saß. »Was ist mit dir?«

Sie verzog das Gesicht. »Ich bin für niemanden die zweite Wahl, Michael Fuller.«

So lustig es mit ihnen auch war und so gern ich jeden Tag mit ihnen verbracht hätte – es ging nicht. »Ich muss zum Bus, Kinder. Danke, dass ihr da wart.«

»Sehen wir uns nächsten Monat wieder?«, fragte Jayla. Hoffnung schimmerte in ihren großen blauen Augen.

»Wenn du nicht hier raus und zu Hause bist, was hoffentlich der Fall sein wird, ja, dann komme ich nächsten Monat wieder.«

Ich spürte wieder den Kloß im Magen, nachdem ich mich verabschiedet und die Tür des Gemeinschaftsraums hinter mir geschlossen hatte.

»Ist Anne-Marie irgendwo in der Nähe?«, fragte ich, als ich am Schwesternzimmer vorbeikam.

Eine Krankenschwester, die ich nicht kannte, schüttelte den Kopf.

»Könnten Sie ihr ausrichten, dass Nora auf Wiedersehen gesagt hat und ich nächsten Monat um diese Zeit wieder da bin?«

»Selbstverständlich.«

Wie durch Zauberhand fühlte ich mich besser, als ich ins Freie trat und die heiße, stickige Stadtluft einatmete, die stark genug war, um den Krankenhausgeruch auszulöschen.

Ich nahm den Bus zurück nach Donovan und verbrachte neunzig wunderbare Minuten mit Lesen. Es war himmlisch, obwohl die Klimaanlage über meinem Kopf ausgefallen zu sein schien und mir der Schweiß über den Rücken rann und sich in meinem BH sammelte.

Die vertraute düstere Stimmung, die mich für gewöhnlich bei meiner Rückkehr nach Donovan überkam, blieb aus. Mein Leben war nicht mehr dasselbe wie vor einem Monat. Das Drehbuch dieses Lebens hatte auf einem staubigen, abgenutzten Couchtisch gelegen, nur damit Jim McAlister in den Raum stürmen und die Blätter durcheinanderwirbeln konnte. Jetzt war das Skript nur noch ein einziger Papierwust.

Und ich glaube, das mochte ich am meisten an ihm.

Ich dachte an ihn und die letzte Woche, in der ich versucht hatte, mich davonzustehlen und Zeit mit ihm zu verbringen, während ich aus dem Bus stieg und mir einbildete, seine Stimme zu hören, die meinen Namen rief.

Als ich mich umdrehte, stand er tatsächlich mit einem To-go-Becher in der Hand vor May's Coffeehouse. Ich blickte zu dem kleinen Parkplatz und sah Roddy auf der Motorhaube des Mustangs sitzen.

Wir gingen aufeinander zu. Er wirkte verdutzt.

Ich errötete schuldbewusst.

»Ich dachte, du würdest arbeiten.« Er nickte zu dem Bus hinüber, aus dem ich ausgestiegen war.

Ich wusste nicht, was ich sagen sollte. Ich hatte Jim nichts von meiner ehrenamtlichen Arbeit im Krankenhaus erzählen wollen, weil es … nun ja, weil ich es als zu persönlich empfand. Als müsste ich es begründen.

Und das wollte ich nicht. Ich war noch nicht bereit, darüber zu reden.

In seinen Augen blitzte Ärger auf, und ich begriff, dass ich unsere Freundschaft aufs Spiel setzte, wenn ich nicht ein paar Erklärungen abgab. »Habe ich ja auch. Na ja … nicht richtig. Ehrenamtlich. In einer Kinderklinik in Indianapolis.«

»Warum hast du mir das nicht einfach gesagt?«

Ich kickte einen Stein vor meinem Fuß weg, damit Jim die Wahrheit nicht in meinen Augen lesen konnte. »Es klingt so … so nach Pfadfinderin«, brummte ich.

Jim lachte und hob sacht mein Kinn an; mir blieb nichts anderes übrig, als zu ihm aufzublicken. »Das ist echt süß. Du bist so gottverdammt süß.«

»Hör auf, mich als süß zu bezeichnen.« Ich packte seine Hand, aber er ließ mich nicht los. »Was habt ihr jetzt vor, du und Roddy?«

»Tja, ich werde ihm einen Tritt in den Arsch geben, damit ich Zeit mit dir verbringen kann.«

Ich kicherte. »Du bist wirklich ein guter Freund.«

»Absolut nicht. Aber im Moment interessiert mich das einen Dreck, weil ich schon eine Woche hier bin und dich immer noch nicht geküsst habe … und dagegen muss ich etwas unternehmen.«

Das verschlug mir den Atem. »Oh.«

Jim bedachte mich mit einem trägen, verschmitzten Lächeln. »Ich werte das als ein: ›Ja, Jim, sieh zu, dass wir Roddy loswerden!‹«

Ich täuschte Lässigkeit vor, indem ich die Achseln zuckte. »Warum nicht?«

Jim legte mir lachend einen Arm um die Schulter und ging mit mir auf Roddy und den Mustang zu. »Roddy. Ich setze dich bei dem Motel ab, *mate.*«

Roddy verzog angeekelt das Gesicht und ließ sich auf der Motorhaube nach hinten fallen. »Wenn's denn sein muss.«

»Wenn diese kleine Kröte nicht aufhört, dir böse Blicke zuzuwerfen, ramme ich ihr das Eis hier ins Gesicht«, schnarrte Molly, als sie sich neben mich stellte, um den Becher ihrer Kundin mit Diätlimo zu füllen.

Ich seufzte. Die kleine Kröte, die Molly meinte, war Stacey. Sie hing fast jedes Mal, wenn ich arbeitete, mit ihrer Clique hier herum. »Lass es.«

»Was ist eigentlich ihr Problem?«

»Das ist Stacey Dewitte«, sagte ich so leise, dass ich überrascht war, dass Molly es hörte.

»Scheiße. Das ist Melanies kleine Schwester? Ich habe sie überhaupt nicht erkannt.« Molly steckte den Deckel auf den Becher. »Du brauchst trotzdem nicht – ooh, dein Freund ist hier.«

Ich folgte ihrem Blick. Jim und Roddy kamen in das Restaurant. Ich lächelte ihnen zu, packte das letzte Essen zum Mitnehmen in die Papiertüte für meine Kundin und ging damit zur Kasse.

»Schönen Tag noch.«

Sie ging, und plötzlich stand Jim an meinem Schalter. Er musterte mich grimmig, was mich in Alarmbereitschaft versetzte. Roddy und er waren seit zwei Wochen in Donovan, unternahmen oft kurze Ausflüge, wenn ich arbeitete oder sonst keine Zeit hatte, kamen aber immer wieder in die Stadt zurück.

Meinetwegen.

Immer wenn Roddy mit Jim zusammen war, nörgelte er permanent darüber, noch immer hier festzuhängen, aber Jim war entschlossen, möglichst viel Zeit mit mir zu verbringen, und ich genoss seine Gesellschaft – eine Abwechslung von der Eintönigkeit meines Lebens.

»Was ist los?«, fragte ich.

Aber bevor Jim antworten konnte, wurde meine Aufmerksamkeit von Stacey abgelenkt, die mit ihren Freundinnen in Richtung Ausgang ging. Sie machte ein missmutiges Gesicht, aber tief in ihren Augen erkannte ich auch Traurigkeit.

Und ich schämte mich dafür, sie enttäuscht zu haben.

»Wer ist das?«, riss mich Jim aus meinen Gedanken.

»Das ist Stacey *Dewitte*«, unterbrach Molly, dabei stemmte sie eine Hand in die Hüfte. Als sie bemerkte, dass Roddy ihren beeindruckenden Busen anstarrte, funkelte sie ihn finster an. »Denk noch nicht mal drüber nach, Scottie.«

Er verschränkte feixend die Arme vor der Brust. »Süße, wenn ich das wollte, würd dein Höschen ruckzuck auf deinen Knöcheln hängen«, sagte er in breitestem Schottisch.

Molly schnitt eine Grimasse und wandte sich an Jim. »Was hat er gesagt?«

»Das willst du nicht wissen.« Jim verbiss sich ein Lächeln. »Was wolltest du sagen … dieses Mädchen?«

Ich öffnete den Mund, um von Stacey abzulenken, aber Molly schien heute eine übersprudelnde Informationsquelle zu sein. »Melanie Dewittes kleine Schwester. Melanie war während Noras Kindheit ihre beste Freundin.« Sie drückte meinen Arm. »Sie starb an Krebs, als sie beide zwölf waren.«

Ich wollte ihre tröstende Hand wegstoßen und sie nach allen Regeln der Kunst zusammenstauchen. Wenn es mein

Wunsch gewesen wäre, dass Jim von Mel erfuhr, hätte ich es ihm selbst gesagt.

»Mist.« Er griff nach meiner Hand. »Tut mir leid, Nora.«

Mein Lächeln fiel etwas zittrig aus. »Danke. Es ist lange her.«

»Trotzdem benimmt sich Stacey wie eine ungezogene Göre, Nora. Du musst dir das nicht gefallen lassen.«

»Sie macht doch gar nichts.« Ich maß Molly mit einem »Halt-den-Mund«-Blick, woraufhin sie die Augen verdrehte und wieder zu ihrer Kasse ging.

»Was führt einen hübschen und einen nicht ganz so hübschen Burschen wie euch heute hierher?« Molly wechselte das Thema. »Die schöne Nora, wie es aussieht.«

»Ja.« Jim starrte mich an, und erneut fiel mir die Trostlosigkeit in seinen Augen auf.

»Was ist los? Ist mit deiner Familie alles in Ordnung?«

»Meiner Familie geht es gut ... aber ...« Er blickte zu Roddy hinüber.

Sein bester Freund seufzte. »Nora, wenn wir hier bleiben, bringen wir unseren Roadtrip nie zu Ende. Uns geht vorher das Geld aus. Wir müssen weiter.«

Mein Puls begann plötzlich zu rasen, als ich mich ruckartig zu Jim umdrehte. »Was? Jetzt?«

»Morgen. In aller Herrgottsfrühe. Wann hast du hier Schluss?« Mir schoss durch den Kopf, dass Jim zwar traurig wirkte, ich jedoch in Panik geraten war. »Ich würde gern noch etwas Zeit mit dir verbringen, bevor wir abreisen.«

Bevor wir abreisen.

Scheiße. Sie wollten wirklich weg.

Wenn Jim und Roddy weg waren, würde wieder Normalität einkehren, und ich würde mich erneut gefangen, unerwünscht und deprimiert fühlen. Irgendwie war dieser junge Mann zu meinem Rettungsanker geworden.

»Ich muss nach meiner Schicht eigentlich nach Hause …« Meine Mom würde mich umbringen, wenn ich nicht auftauchte und sie sich bei der Arbeit krankmelden musste. Dennoch brachte ich es nicht über mich, darauf Rücksicht zu nehmen. So selbstsüchtig es auch war, ich wollte die Zeit auskosten, die mir mit diesem Jungen, der wie ein Komet in mein Leben gekracht war und es mir zum ersten Mal seit langer Zeit ermöglicht hatte, frei zu atmen, noch blieb. »Aber das geht schon klar. Wir können uns treffen. Ich habe um fünf Uhr Feierabend.«

Jim atmete aus und nickte. Er musterte mich ernst, und ich bemerkte, dass er unter seiner Sonnenbräune ein bisschen blass und müde aussah. »Wir kommen in ein paar Stunden zurück.«

Molly wartete, bis die Jungs weg waren. »So eine Scheiße.«

Ich nickte und tat so, als wäre ich damit beschäftigt, das Gewürztablett neben meiner Kasse aufzuräumen. Ich spürte, wie sie näher an mich heranrückte.

»Habt ihr schon …«

Als ich sie ansah, musste ich angesichts ihres Gesichtsausdrucks lachen. Ihre Brauen waren bis zum Haaransatz hochgeschossen. »Du weißt schon …«

»Was?«

Sie formte mit ihrem linken Daumen und Zeigefinger einen Kreis und schob dann den rechten Zeigefinger hinein und hinaus.

»Ugh, Molly.« Ich packte ihre Hände und drückte sie nach unten, damit die Kunden nichts mitbekamen.

»Und?«, fragte sie lachend.

Die Antwort hieß Nein. Jim und ich hatten keinen Sex gehabt. Wir hatten uns ein paar Mal geküsst, und er hatte meine Brüste gestreichelt, aber damit hatte es sich schon. Und er hatte geradeheraus gesagt, er würde mich nicht zum Sex drängen, weil ich wissen sollte, dass ich ihm mehr bedeutete.

Einerseits war ich erleichtert. Ich war nicht sicher, ob ich bereit war, meine Unschuld an Jim zu verlieren … oder an irgendeinen anderen Mann. Auf der anderen Seite hatte ich Angst. Jim stürzte mich in heillose Verwirrung, weil ich ihn gern in meiner Nähe hatte. Der Gedanke, er böte mir eine Fluchtmöglichkeit aus einem Leben, in dem ich unglücklich war, gefiel mir, und ich liebte das Gefühl, etwas ganz Besonderes zu sein. Aber ich war zugleich auf der Hut davor, einem anderen Menschen so viel Macht über mich einzuräumen.

Einst hatte ich gedacht, die Sonne würde mit meinem Vater auf- und wieder untergehen.

Doch die Zeiten waren vorbei.

»Nein«, gestand ich Molly endlich.

»Das solltest du heute Abend nachholen«, riet sie. »Wenn er abreist, würde ich meinen Enkeln zu gern erzählen, dass ich meine Unschuld an einen heißen schottischen Typen verloren habe, der auf der Durchreise in der Stadt war. Vielleicht passiert das ja tatsächlich. Alles ist besser als Kenny Stringer hinter der Zuschauertribüne.«

»Du willst deinen Enkeln erzählen, wie du deine Unschuld verloren hast?«

»Klar, wenn sie danach fragen.«

»Und Kenny Stringer? Hinter der Zuschauertribüne? Wirklich?«

Molly rümpfte die Nase. »Wir waren vierzehn.« Sie erschauerte. »Ich wundere mich, dass ich es danach überhaupt noch mal mit dem Sex versucht habe.«

Moment mal … irgendetwas regte sich in meinem Gedächtnis. »Du hast mir erzählt, du hättest in der elften Klasse mit Corys Cousin Caden zum ersten Mal Sex gehabt.«

»Na ja, ich wollte es nicht erzählen. Fairerweise muss ich aber sagen, dass Caden der erste Junge war, der im Bett tatsächlich etwas getaugt hat.«

Ich schüttelte den Kopf. »Ich bin nicht du, Molly. Ich kann nicht einfach so mit jemandem schlafen.«

»Aber er ist heute die letzte Nacht hier. Ich wette, er erwartet es.«

Bei der Vorstellung tanzten die Schmetterlinge in meinem Bauch. Das würde er doch sicher nicht erwarten? Jim hatte mir gesagt, er wolle mich nicht drängen … andererseits hatte er das gesagt, ohne zu bedenken, dass er weiterfahren würde. Wir beide wussten, dass seine Abreise bevorstand, aber wir hatten es ignoriert.

Jetzt, wo die Realität uns eingeholt hatte, hatte Molly vielleicht recht. Vielleicht wollte Jim zum Abschied wirklich Sex.

Ich kaute auf meiner Lippe.

»Nora.«

Die Schmetterlinge verursachten mir Übelkeit.

»Nora.«

Meine Knie fingen an zu zittern.

»Nora!« Molly schnippte vor meinem Gesicht mit den Fingern. »Lieber Gott, du bist weiß wie ein Laken. Scheiße. Du musst nichts tun, was du nicht willst, okay?«

Ich nickte benommen. »Molly, ich bin noch nicht so weit …«

»Dann lass es.« Sie drückte meine Schulter. »Du schuldest diesem Typen nichts.«

Gerade als ich meine Schicht beendete, bog der Mustang auf den Parkplatz ein. Obwohl mir Mollys Worte ein wenig geholfen hatten, war meine Beklemmung nicht ganz verflogen. Ich hatte Angst, Jim zu enttäuschen. So sehr ich auch dagegen ankämpfte, er bedeutete mir inzwischen viel.

»Du hast Feierabend.« Molly grinste mich an. »Amüsier dich!«

Ich lächelte unsicher und holte meine Tasche aus dem Laden. Leider konnte ich mich nicht umziehen, also musste ich in meiner Uniform mit den Jungs abhängen. Ich würde um keinen Preis nach Hause gehen, um etwas anderes anzuziehen, weil meine Mom dann darauf bestehen würde, dass ich bei Dad blieb.

Ein Mal … nur dieses eine Mal wollte ich unbekümmert, verantwortungslos und absolut egoistisch sein.

Jim und Roddy holten Burger zum Mitnehmen, als ich wieder nach vorne kam.

»Wir haben etwas zu essen besorgt.« Jim deutete auf die Tüten.

Ich war nicht begeistert davon, das Zeug zu essen, das ich den ganzen Tag serviert hatte, aber es war lieb gemeint von ihnen, also lächelte ich.

Jim, Roddy und ich hatten gerade das Restaurant verlassen, als mich der Anblick eines großen Blonden, der aus seinem GMC-Truck stieg, zögern ließ.

»Scheiße«, murmelte ich.

Cory Trent.

Jims Hand ruhte auf meinem Kreuz. »Was ist los?«

»Nichts, lass uns gehen.« Leider mussten wir an Cory und seinem Cousin Caden vorbei.

Schon bevor Corys Dad die Firma meines Dads gekauft hatte, hatte er sich mir gegenüber wie ein Riesenarschloch verhalten. Es war noch schlimmer geworden, als er mich im Abschlussjahr um eine Verabredung gebeten und eine Abfuhr kassiert hatte. Das wurmte Cory, der sich selbst als Gottes Geschenk an die Frauenwelt betrachtete, bis heute.

Es hieß, er würde den Sommer vor dem College in Palm

Springs verbringen, wo Cadens Mom nach der Scheidung seiner Eltern hingezogen war.

Scheinbar nicht den ganzen Sommer.

»Sieh an, sieh an, sieh an«, sagte Cory gedehnt, als er auf uns zukam.

Er trug Boardshorts, Flipflops und ein grünes Poloshirt, und er stolzierte so prahlerisch herum, als würde ihm die Stadt gehören. Gebt einem Jungen ein bisschen Geld und Popularität, und er verwandelt sich in ein riesengroßes Stück Scheiße.

Zumindest traf das auf diesen hier zu.

Wenn ich es recht bedenke, war er schon in der Vorschule ein Stück Scheiße.

»Cory«, seufzte ich.

Jim musste meine Körpersprache richtig gedeutet haben, oder vielleicht lag es auch an der lüsternen und gleichzeitig erbitterten Art, mit der Cory seinen Blick an mir hinuntergleiten ließ. Was auch immer es war, ich merkte, dass die Jungs neben mir plötzlich auf der Hut waren, und Jim schob sich ein Stück vor mich.

Corys Augen schossen zu ihm und dann wieder zu mir. Er grinste höhnisch. »Wie sehr Hochmut doch vor dem Fall kommt, was, Nora?«

»Was hast du für ein Problem?« In Jims Stimme schwang eine deutliche Warnung mit.

Cory hob eine Braue und musterte Jim, bevor er sich mit einem abfälligen Schnauben an seinen Cousin wandte. »Wer ist denn der Scheißausländer?«

»Hört auf damit.« Ich zog an Jims Ärmel und trat einen Schritt vor, als Cory mir plötzlich den Weg versperrte.

»Wieso so eilig, O'Brien? Meinst du nicht, es ist an der Zeit, dass du zugibst, einen Fehler gemacht zu haben?«

Seine Augen glitten zu meinen Brüsten, und ich verspürte

plötzlich den Wunsch, sie zu bedecken ... oder ihn in die Eier zu treten. Genau genommen wollte ich beides.

Nicht, dass das nötig gewesen wäre, denn Jim mischte sich in diesem Moment ein, legte eine Hand auf Corys Schulter und verpasste ihm einen harten Stoß. »Verpiss dich.«

Cory zupfte sein Poloshirt zurecht und starrte uns wutentbrannt an. »Freut mich zu sehen, dass du kriegst, was du verdienst, Nora. Du hast dich immer für etwas Besseres gehalten. Wie es aussieht, machst du jetzt, wo du weißt, dass das nicht stimmt, für jeden deine Storchenbeine breit.«

»Es wäre besser für dich, den Mund zu halten, *mate*«, warnte Jim.

»Oh, ich würde wegen einer wie der keinen Streit anfangen«, höhnte Cory. »Sie mag sich ja aufführen, als wäre sie etwas Besonderes, aber das ist sie ganz und gar nicht.« Sein Kumpel Caden stand daneben und grinste wie ein Schwachsinniger. »Stimmt doch, oder, Nora? Du weißt, dass ich dich damals nur eingeladen habe, weil du mir leidgetan hast, nicht? Wäre bloß ein Mitleidsfick gewesen. Aber Loch ist schließlich Loch.«

Irgendwie musste ich instinktiv gewusst haben, wie Jim reagieren würde, und ohne meine schnellen Reflexe wäre er wohl auf Cory losgegangen, bevor ich auch nur blinzeln konnte. Aber so reagierte ich, als Jim einen Satz nach vorne machte, und setzte all meine Kraft ein, um die Arme um ihn zu schlingen und ihn wegzuziehen.

»Vergiss ihn. Er ist es nicht wert.« Ich schob Jim sacht zum Auto, dabei warf ich Roddy einen hilfesuchenden Blick zu.

Roddy schlug einen Bogen um mich und legte seinem Freund eine Hand auf den Rücken, um sich gegen ihn zu stemmen, während ich Cory über meine Schulter einen giftigen Blick zuwarf. Ich war an seine Beleidigungen gewöhnt, empfand es aber als demütigend, ihn solche Sachen in Gegenwart meiner neuen Freunde sagen zu hören.

»Nimm sie, fick sie und mach, dass du wegkommst, so lautet mein Rat«, fuhr Cory fort. »Die Schlampe wird sich trotzdem die Augen nach dir ausweinen.«

Jim wirbelte erneut zu ihm herum, aber er kam zu spät.

Roddy, der unser Essen bereits zu Boden hatte fallen lassen, war mit drei Sätzen bei Cory und versetzte ihm einen so wuchtigen Schlag, dass Cory die Beine wegknickten. Schweigen machte sich breit, als er der Länge nach auf dem Boden lag und den Kopf benommen von einer Seite zur anderen drehte, während Blut aus seiner Nase rann.

Caden hob die Hände, als sich Roddy drohend an ihn wandte. »Hey, Mann, ich hab überhaupt nichts gesagt.«

Ohne ein weiteres Wort stapfte Roddy mit finsterer Miene zu uns zurück. Er hob die Essenstüten auf, öffnete die Autotür und stieg ein.

Ich blickte von Cory zu Jim, auf dessen Gesicht ein unangenehmer Ausdruck grimmiger Befriedigung lag.

»Was ist denn da eben passiert?«

»Steigt ein, damit wir essen können«, erklang Roddys barsche Aufforderung.

Jims Lippen krümmten sich zu einem breiten Grinsen. »Er mag dich.«

Mein Blick wanderte zu Cory zurück, dem Caden endlich auf die Füße half. »Sieht so aus.«

Wir parkten vor dem Motelzimmer der Jungs am Stadtrand. Roddy saß auf dem Bürgersteig und aß seinen Burger auf, während Jim und ich auf der Motorhaube des Mustangs hockten und unsere verdrückten.

Niemand hatte Cory oder den Umstand erwähnt, dass Roddy mich verteidigt hatte. Tatsächlich war kaum ein

Wort gefallen, während wir aßen. Zwischen uns herrschte verlegenes, betretenes Schweigen.

»So.« Roddy zerknüllte seine jetzt leere braune Tüte und stand auf. »So anregend diese Unterhaltung auch ist, ich hau mich in die Falle.« Er kam zu dem Wagen und blieb direkt vor mir stehen. »Runter von der Motorhaube.«

Ich gehorchte augenblicklich. Roddy wirkte mehr als nur ein bisschen furchteinflößend.

Und dann fand ich mich zu meinem Schreck in einer ungestümen Umarmung wieder. Er schwang mich ein Stück in die Luft, und mir blieb nichts anderes übrig, als die Umarmung zu erwidern, was mir ein überraschtes Kichern entlockte.

Als er mich wieder auf die Füße stellte, drückte er ein letztes Mal meine Taille. »Du bist ein Schatz, Nora. Lass dir von diesem Abschaum ja nichts anderes einreden.« Er zwinkerte mir zu, und ich errötete.

»Danke, Roddy.«

»Aye. Gut.« Er nickte mir stoisch zu und entfernte sich dann in Richtung Motel.

Da ich begriff, dass dies seine Art war, sich zu verabschieden, rief ich ihm nach: »Bye! Schöne Reise noch!«

Er hob die Hand zu einem Winken, ohne sich umzudrehen, und verschwand dann in seinem Zimmer.

Als ich mich endlich wieder zu Jim umwandte, wirkte er so bekümmert, dass es mir einen Stich versetzte. Ich setzte mich wieder neben ihn auf die Motorhaube. »Hey, was ist los?«

»Was los ist?« Er hob eine Braue. »Ich reise ab, das ist los.«

»Ich weiß.« Bedrückt schob ich den Rest des Burgers weg und sah auf die Straße vor uns.

»Du hast mir nie von Melanie erzählt«, sagte er plötzlich.

Ich verkrampfte mich bei dem unerwarteten Themawechsel und zog die Schultern hoch. »Sie ist eben nie zur Sprache gekommen.«

»Tut mir leid, dass du deine Freundin verloren hast.«

»Danke.«

»Von deinen Eltern hast du mir auch nicht viel erzählt.«

Ich schielte aus dem Augenwinkel zu ihm hinüber und stellte fest, dass er mich stirnrunzelnd musterte. »Was willst du denn wissen?«

»Ob sie dich gut behandeln. Wie es dir geht, wenn ich weggehe.«

»*Wenn* du weggehst?« Mein Kopf fuhr zu ihm herum, und ich starrte ihn verdutzt an. »Jim … du bist doch nicht für mich verantwortlich.«

Seine dunklen Augen glühten plötzlich. »Glaub mir, was ich für dich empfinde, ist bestimmt kein Verantwortungsgefühl. Zumindest ist das nicht das stärkste meiner Gefühle. Ich …« Er fuhr sich mit einer zitternden Hand durch das Haar. »Fuck, ich weiß selbst nicht, was ich dir zu sagen versuche. Es ist nur so … du bist etwas Besonderes, Nora. Du bist etwas verdammt Besonderes, und als dieses Arschloch heute Abend all diesen Scheiß von sich gegeben hat, wollte ich ihn umbringen. Deswegen hat Roddy auch eingegriffen und ihm eine reingehauen. Nicht nur, weil ihm nicht gepasst hat, was der Kerl zu dir gesagt hat, sondern weil er wusste, dass ich ihn um einiges schlimmer zugerichtet hätte, wenn ich die Gelegenheit dazu bekommen hätte.«

»Cory ist ein Idiot und es nicht wert, dass du auch nur einen Gedanken an ihn verschwendest. Er hat mich in unserem Abschlussjahr gebeten, mit ihm auszugehen, und erwartet, dass ich ihm zu Füßen liege wie jede andere hohlköpfige Schnecke, die blöd genug war, mit ihm zu schlafen. Ich habe ihn abblitzen lassen, und das hat seinen Machostolz verletzt.«

»Das ist es nicht ... ich mache mir nicht seinetwegen Sorgen. Ich mache mir Gedanken um *dich*. Du verdienst etwas Besseres, als in diesem elenden Kaff festzuhängen und dich in einem Scheißjob abzurackern.«

»Ich komme schon klar«, erwiderte ich leise. Ich kannte meine Lage, aber ich musste Jim nicht mit der Nase darauf stoßen, wie beschissen sie war.

»Ich will nicht, dass du einfach nur klarkommst.« Er griff nach meiner Hand und zog mich zu sich hin. »Ich möchte, dass du ein gottverdammt phantastisches Leben hast, Nora. Ich glaube, das wünsche ich mir für dich mehr als für mich selbst.«

Ich sträubte mich gegen seinen Griff, weil er mich schon wieder zu erdrücken drohte.

Jim dachte nicht daran, meine Hand freizugeben. »Ich verstehe das alles nicht«, flüsterte er wie zu sich selbst.

»Ich auch nicht«, entgegnete ich nahezu unhörbar.

Und dann küsste er mich.

Ich kannte die ungeschickten Fummeleien mit meinem bislang einzigen Freund Steven, als wir in der zehnten Klasse waren, merkte aber schnell, dass Jim in puncto Küssen tausendmal besser war. Seine Lippen waren weich und fordernd zugleich und seine Küsse ausgesprochen angenehm. Die von Steven waren schlaff und nass gewesen. Alles andere als angenehm. Nicht dass ich sie lange ertragen musste. Wir trennten uns, sobald ihm aufging, wie wenig Freizeit ich tatsächlich hatte.

Jegliche Gedanken an Steven verblassten, als Jim seine Arme um mich legte und mich an seine Brust zog. Als wir uns küssten, streichelte er mit einer Hand meine Hüfte, während die andere nach oben wanderte, um meine rechte Brust sanft zu kneten.

Mir gefiel es. Es löste ein undefinierbares Kribbeln tief

unten in meinem Bauch aus. Aber mein Kopf war zu sehr auf Abwehr programmiert, und als Jims Küsse rauer und leidenschaftlicher wurden, bekam ich plötzlich Angst, dass Molly recht hatte.

Ich löste mich von ihm und stemmte mich gegen seine Brust, um ihn wegzuschieben. Da ich mich schämte, mich jung und unerfahren fühlte und Angst hatte, irgendetwas könnte mit mir nicht stimmen, brachte ich es nicht über mich, ihn anzusehen. »Ich kann keinen Sex mit dir haben.«

Jim schwieg so lange, dass mein Herz zu hämmern begann.

Endlich schob er die Finger unter mein Kinn und zwang mich, zu ihm hochzuschauen. Ich las Hunger, aber auch Zärtlichkeit in seinen Augen. »Ich erwarte keinen Sex, Nora. Ich habe es dir doch gesagt … du bedeutest mir mehr als eine schnelle Nummer. Und außerdem«, er blickte sich um und lächelte reumütig, »sind wir hier im Freien, und Roddy hat das Zimmer in Beschlag genommen.«

Ich lachte leise, während mich Erleichterung durchströmte. »Es tut mir leid. Ich bin noch nicht so weit.« Oder mit mir stimmte etwas nicht, und es müsste ein Wunder geschehen, um mich so anzutörnen, dass ich nach Sex gierte.

»Kein Problem.« Er drückte mich liebevoll an sich. »Lass uns einfach hier sitzen bleiben und reden. Erzähl mir mehr über deine Mum und deinen Dad.«

Und weil er immer so lieb und rücksichtsvoll zu mir gewesen war und ich ihn nie wiedersehen würde, verriet ich ihm ein bisschen mehr über mich. »Wir stehen uns nicht sehr nah.« Ich schmiegte mich entspannt an ihn. »Das war bei mir und meinem Dad früher anders, aber er hat sich verändert, als er …« Ich hatte Jim nichts von dem Bein meines Vaters erzählt, und irgendwie kam es mir so vor, als stünde es mir nicht zu, die Geschichte weiterzugeben. Mein Dad war in Bezug auf die Amputation so empfindlich, als würde er sich deswegen schämen. Ich wusste nicht, ob das einfach nur mit dem Verlust eines Körperteils einherging oder ob es daran lag, dass es gar nicht erst so weit gekommen wäre, wenn er besser auf sich geachtet hätte.

»Dein Dad ist …«

»Krank geworden«, wich ich aus. »Als er krank wurde, hat er sich von uns zurückgezogen.«

Zur Antwort schlang Jim seinen Arm noch enger um mich. »Und deine Mum?«

»Sie ist kein schlechter Mensch. Sie … sie weiß nicht, wie sie mir ihre Zuneigung zeigen soll, denke ich. Und sie arbeitet andauernd. Das war schon immer so.«

»Und sie hat es dir überlassen, dich um deinen Dad zu kümmern?«

Ich nickte.

Ich spürte seinen Atem an meinem Ohr, als er flüsterte: »Das ist zu viel für jemanden, der gerade erst am Anfang seines Lebens steht. Deine Eltern sollten dich in die Welt hinausschicken, statt dich an sie zu fesseln und dich für sie sorgen zu lassen. Du verdienst mehr als das, Nora.«

Ich lächelte traurig. »Wofür ist Familie denn sonst da?«

Er gab einen unverständlichen Laut von sich, wie um zu sagen, dass er mir da nicht zustimmte.

»Freut ihr euch auf den Rest der Reise?«, fragte ich in dem Versuch, das Thema zu wechseln.

»Roddy schon.« Er klang mutlos. »Ich werde *dich* entsetzlich vermissen. Ich … mir liegt wirklich viel an dir, Nora.«

Meine Kehle schnürte sich prompt zusammen, als mir bewusst wurde, dass unsere gemeinsame Zeit zu Ende ging. Ich spürte Panik in mir aufsteigen. »Ich werde dich auch vermissen.«

Als er meine Stimme zittern hörte, umarmte Jim mich

fest und barg den Kopf in meiner Halsbeuge. Ich spürte, wie er erschauerte.

Meine Arme schlangen sich enger um ihn, und während wir uns so fest aneinanderklammerten, wie es zwei Menschen möglich war, versuchte ich meiner Angst Herr zu werden, dass ich, wenn ich Jim morgen gehen ließ, mir die Zukunft verbaute, die mir bestimmt war.

Kapitel 4

Jim setzte mich zu Hause ab. Ich hatte beschlossen, dass es unnötig war, ihn vor Mom zu verstecken, da er ja morgen ohnehin fort sein würde.

Ich musterte ihn verstohlen, als wir draußen anhielten, weil ich wissen wollte, wie er auf unser kleines Haus reagierte. Aber er nahm es kaum zur Kenntnis, sondern fragte nur: »Hier wohnst du?«

»Ja.«

Er nickte, rieb sich mit der Hand über den Kopf und sah überall hin, nur nicht zu mir.

»Jim?«

Als ich merkte, wie aufgewühlt er war, und er mich nicht ansahen konnte, weil seine Augen in Tränen schwammen, empfand ich eine unermessliche Zärtlichkeit. Es berührte mich zu sehen, wie sehr ich diesem Jungen in so kurzer Zeit ans Herz gewachsen war. Es war nicht gerade so, dass Menschen, denen ich etwas bedeutete, bei mir Schlange standen, und ich nahm ein solches Maß an Zuneigung nicht als etwas Selbstverständliches hin.

Dieses Aufwallen von zärtlichen Gefühlen und Dankbarkeit ließ mich die Hand nach ihm ausstrecken. Ich berührte seine Wange und spürte frische Bartstoppeln unter meiner Haut. Behutsam zwang ich ihn, mich anzusehen. Meine Augen brannten, als ich sah, dass in seinen tatsächlich Tränen glitzerten.

Und ich las dort noch etwas.

Etwas, das es irgendwie schaffte, mir Angst einzujagen und gleichzeitig Verlangen in mir zu wecken.

»Jim«, flüsterte ich, dabei fragte ich mich, wie es möglich war, dass er so viel für mich empfand, obwohl er mich überhaupt nicht kannte.

Er zog mich mit einem Ruck an sich, seine Lippen pressten sich auf meine, und erst war ich unfähig zu reagieren, weil sein heftiger Kuss mich ängstigte. Ich streichelte seine Wange, um ihn zu beruhigen. Es schien zu funktionieren, denn sein Kuss wurde weicher, liebevoller, und ich konnte ihn genießen.

Schwer atmend löste er sich von mir und drückte mir einen letzten Kuss auf die Lippen.

Einen letzten Kuss auf die Nase.

Und einen letzten Kuss auf die Stirn.

Die Geste trieb mir die Tränen in die Augen.

»Bitte geh einfach«, bat er plötzlich.

Da ich mich schuldig fühlte, ohne zu wissen, warum, tat ich, wie mir geheißen, nahm meine Tasche und tastete nach dem Türgriff. Ich wollte die Tür gerade schließen und ihn wegfahren lassen, als ich mich besann und entschied, dass er mehr verdiente. »Jim.« Ich bückte mich, um ihn anzusehen, doch er starrte störrisch geradeaus. »Die letzten zwei Wochen … ich werde sie nie vergessen. Ich habe mich in der letzten Zeit einsam gefühlt, aber du hast mir gezeigt, dass es nicht so sein muss. Danke.«

Ich schloss die Tür, bevor er etwas erwidern konnte, weil ich mich, kaum dass die Worte heraus waren, unglaublich verletzlich fühlte.

Ich verwünschte mich innerlich für meine Worte, als ich den Weg hochlief und die Haustür aufschloss.

Noch ehe ich sie öffnete, hörte ich Dads Footballspiel.

Moms Jacke hing an dem neuen Haken, den ich angebracht hatte, darunter standen ihre Schuhe.

Ich verbannte Jim aus meinen Gedanken und wappnete mich. Es war Zeit, wieder in mein altes Leben zurückzukehren und mich zunächst damit abzufinden. Und zwar am besten sofort, weil Mom sicher gleich über mich herfallen würde.

Ich zog meine Schuhe aus. Meine Augen wurden schmal, als ich sie auf meine offene Schlafzimmertür richtete. Von dort fiel Licht in die Diele. »Mom?« Ich ging darauf zu.

Als ich sie auf meinem Bett sitzen sah, blieb ich unschlüssig an der Tür stehen.

Sie blickte auf und funkelte mich wütend an. »Ich musste mich krankmelden.«

»Tut mir leid.«

Mom lächelte spöttisch. »Nein, sicher nicht.«

Da ich nicht wusste, was ich sagen sollte, stand ich nur da und wartete auf die Explosion.

Sie blieb aus.

Mom stand auf und kam auf mich zu. Ich war so groß wie sie, so dass wir uns auf Augenhöhe befanden.

Unsere Augen hatten die gleiche Farbe und Form.

Nur dass ihre kälter, härter und müder waren. Es war eine meiner ärgsten Befürchtungen, eines Morgens aufzuwachen, in den Spiegel zu schauen und die Augen meiner Mutter darin zu sehen.

»Glaubst du, ich weiß nichts von dem Kerl mit dem Mustang?« Sie verdrehte die Augen. »Jesus, Nora, ich hätte dich für klüger gehalten. Stattdessen streunst du mit irgendeinem irischen Jungen in der Stadt herum und tischst mir Märchen von Überstunden auf.«

»Er ist Schotte«, murmelte ich.

»Wen interessiert das schon? Er ist ein Mann, und er will

dich benutzen, schwängern, danach abhauen und uns noch mehr Verantwortung aufbürden, die wir nicht brauchen können.«

»Erstens habe ich nicht mit ihm geschlafen, und zweitens …« Ich spürte, wie die Panik erneut in mir hochstieg, und plötzlich war es nicht meine Mom, die explodierte. Sondern ich. »Er ist weg! Okay? Weg!«

Meine Mom zuckte angesichts des für mich untypischen Gefühlsausbruchs mit keiner Wimper. Sie musterte mich eindringlich und erwiderte dann ruhig: »Das halte ich für das Beste. Du nicht?«

Ich lachte; ein hartes, hässliches Geräusch. »Diese Familie weiß schon lange nicht mehr, was ›das Beste‹ überhaupt ist.«

»Was soll denn das heißen?«

Ich zuckte erschöpft die Achseln. »Nichts. Es heißt überhaupt nichts.«

Meine Mom überbrückte mit schmalen Augen den geringen Abstand zwischen uns und flüsterte: »Du hörst mir jetzt zu, und hör gut zu … je eher du aufhörst, in einer Traumwelt und deinen beschissenen Büchern zu leben, desto besser. Dies hier ist das wahre Leben. Und es ist kein schlechtes Leben. Es ist einfach, es ist beengt, und du musst hart arbeiten, aber da draußen gibt es Menschen, die absolut nichts haben. Wir haben etwas. Und du stolzierst hier herum und tust so, als wärst du etwas Besseres, nicht?«

Ihre Worte glichen dem, was Cory gesagt hatte, so sehr, dass ich zusammenzuckte, als hätte sie mich geschlagen.

Ein Ausdruck des Bedauerns milderte die Härte in ihren Augen, und sie seufzte. »Ich will dir nicht weh tun. Ich möchte nur nicht, dass du dir das Leben schwermachst, indem du auf etwas wartest, das nie eintreten wird. Wenn wir mehr Geld hätten, wäre alles anders.« Sie tätschelte meine

Schulter; das Äußerste an Zuneigungsbekundungen, wozu meine Mom sich durchringen konnte. »Aber das haben wir nun mal nicht. Also müssen wir damit leben, was uns zugestanden wurde, und dankbar sein, überhaupt etwas zu haben.«

Augenblicklich fühlte ich mich schuldig und fragte mich, ob ich tatsächlich ein verwöhntes, undankbares Balg war. Ich atmete tief aus und nickte. »Du hast recht. Es tut mir leid, dass ich heute Abend nicht nach Hause gekommen bin. Es kommt nicht wieder vor.«

Sie betrachtete mich, als würde sie mir kein Wort glauben.

»Was ist?«

»Nichts«, murmelte sie. »Ich gehe schlafen.«

Doch bevor sie sich an mir vorbeischob, schoss ihr Blick zu meinem Bett zurück. Zu der Stelle unter meinem Bett.

Das Herz schlug mir bis zum Hals, aber ich wartete, bis sie verschwunden war, bevor ich die Tür schloss und den Schuhkarton unter meinem Bett hervorzog. Ich öffnete ihn und sog zischend den Atem ein.

Sowie ich achtzehn geworden war, hatte ich meine geringen Ersparnisse dazu verwandt, einen Pass zu beantragen. Ich weiß nicht, was mich dazu getrieben hat oder wie ich auf den Gedanken gekommen bin, dass ich je die Gelegenheit bekommen würde, ihn zu benutzen. Ich wusste nur, dass ich unbedingt einen haben musste. Er war für mich ein blaues Büchlein voller Hoffnungen und Träume, und das Wissen, ihn in diesem Schuhkarton zu verwahren, machte es mir leichter, jeden Tag in einem Leben durchzustehen, das ich so nicht führen wollte.

Ich bewahrte den Pass ganz unten unter dem Bücherstapel auf. Gut verborgen. Doch jetzt lag er auf einmal ganz oben.

Als ich zu meiner Schlafzimmertür sah, wurde mir klar, dass meine Mom geschnüffelt und ihn entdeckt hatte.

Sie hatte den Pass gefunden.

Plötzlich ergab ihre Mahnung, für das dankbar zu sein, was ich hatte, einen Sinn.

Und so sehr ich auch auf ihren Rat hören und ihre Worte für richtig halten wollte – eine aufsässige Stimme in meinem Inneren raunte mir zu, dass meine Mom sich größere Träume für mich wünschen sollte.

Alles andere wäre nicht richtig.

Ich rang mit mir selbst, zog meinen Schlafanzug an und ging ins Bett. Mir schwirrte der Kopf, als ich die Ereignisse des Tages noch einmal Revue passieren ließ.

Mein letzter Gedanke, bevor ich in den Schlaf hinüberglitt, galt Jim und der Erkenntnis, wie sehr ich ihn um seine Freiheit beneidete.

Drei Wochen später

»Dad, Mom möchte, dass ich ein paar Rechnungen bezahle. Kommst du eine Weile allein zurecht?«

»Ich bin kein Krüppel«, fauchte er, den Blick auf den Fernseher geheftet. »Oh, nein, ich bin ja doch einer.«

Ich seufzte. »Ich schätze, das heißt ja.«

»Das heißt, dass ich mir das Spiel anschaue und wegen deines Gejammers keinen Ton verstehen kann.« Gegen Ende des Satzes hob sich seine Stimme.

Ich machte mir nicht die Mühe, ihm zu antworten, schnappte mir meine Tasche und flüchtete erleichtert aus dem Haus. Als ich die West Washington hinunterging, sah ich unsere Nachbarin Dawn, die ihre Tochter Jane gerade in den Kindersitz ihres Autos setzte. Ich winkte ihr zu.

»Oh, hey, Nora«, rief sie lächelnd. »Wir fahren zum Einkaufszentrum. Soll ich dich irgendwohin mitnehmen?«

»Nein, ich gehe zu May's, ich brauche ihren Computer.« May's Coffeehouse war gleichzeitig ein Internetcafé, wo man gegen Bezahlung den Computer benutzen konnte. Wir hatten zwar selbst einen, aber der hatte vor sechs Monaten den Geist aufgegeben, und wir hatten es noch nicht geschafft, ihn reparieren zu lassen. Einen neuen konnten wir uns nicht leisten. Wir hatten Wi-Fi, aber mein Handy war eines dieser billigen veralteten Dinger, mit dem es schwierig war, Rechnungen online zu bezahlen. Es war einfacher, zu May's zu gehen, außerdem kam ich so aus dem Haus.

»Oh, Süße, du kannst unseren benutzen«, sagte Dawn. »Wir laufen schnell mit dir ins Haus zurück. Wir haben es nicht eilig.«

Dawn Reese und ihr Mann Paul gehörten zu den nettesten Menschen, die ich kannte. Sie waren die Art von Nachbarn, die alles für andere tun würden, sogar wenn das hieß, sich mit meiner nervtötenden Familie abzugeben. Ich lächelte dankbar. »Das ist wirklich lieb von dir, Dawn, aber ich …« Wie sollte ich erklären, dass ich von zu Hause und meinem Vater wegkommen wollte?

Ein wissender Ausdruck trat in Dawns Augen. »Weißt du was? May hat sowieso schnelleres Wi-Fi.«

Ich lächelte ihr erneut zu und nickte. »Macht euch einen schönen Tag im Einkaufszentrum.«

Wir winkten uns zu, und ich ging weiter.

Meine Gedanken wanderten zu Jim und Roddy, und ich fragte mich, wo sie wohl waren. Von unseren Gesprächen wusste ich, dass sie in einer Woche nach Schottland zurückflogen. Ein scharfer Schmerz durchzuckte meine Brust, und ich rieb geistesabwesend darüber. Als er hier war, hatten mich Jims Offenheit und seine Gefühle für mich eingeschüchtert. Aber während der letzten drei Wochen hatte ich mich so nach ihm gesehnt, dass ich mich allmählich fragte, ob ich mich vielleicht in ihn verliebt hatte.

Ich vermisste sein Lächeln.

Und ich vermisste die Art, wie er mich ansah.

Als wäre ich wichtig.

Als wäre ich wirklich wichtig.

Ich vermisste seine Küsse.

Und obwohl ich damals so unsicher gewesen war, stellte ich jetzt fest, dass ich es bereute, nicht mit ihm geschlafen zu haben. Jim lag etwas an mir. Mein erstes Mal hätte mit jemandem stattfinden sollen, der mir so aufrichtige Gefühle entgegenbrachte wie Jim.

Ich war so eine Idiotin.

Die Reue schmeckte bitter, und Tränen brannten in meinen Augen.

Seltsamerweise erkannte ich, dass ich Roddy ebenfalls vermisste. Für einen so jungen Mann war er reichlich barsch und kurz angebunden, aber dabei zugleich ausgesprochen witzig. Außerdem würde ich nicht so schnell vergessen, wie er mit Cory so kurzen Prozess gemacht hatte, als sei er ein lästiges Insekt auf der Windschutzscheibe. Das war der Höhepunkt meines Sommers gewesen.

»Willst du wirklich einfach so an mir vorbeilaufen?«

Ich blieb wie angewurzelt stehen.

Drehte mich um.

Und starrte mit offenem Mund. Wie vor den Kopf geschlagen.

Der Mustang stand auf dem Parkplatz. Roddy lehnte an der Fahrertür. Er trug eine Sonnenbrille, so dass ich seinen Gesichtsausdruck nicht deuten konnte. Und Jim stützte sich auf die Motorhaube, stemmte die Hände in die Hüften und grinste mich an.

Ich war so in Gedanken versunken gewesen, dass ich an ihnen vorbeigegangen war, ohne sie zu bemerken.

Freude durchströmte mich und nahm die schwere Last von mir, die ich nach ihrer Abreise verspürt hatte.

»Wie?« Ich lächelte verwirrt. »Was macht ihr denn hier?«

Jims Antwort bestand darin, lachend auf mich zuzulaufen, und als er bei mir war, schlang er die Arme um mich und schwang mich hoch.

Ich schnappte überrascht nach Luft und legte ihm die Arme um den Hals, um mich festzuhalten. Jim presste mich an sich, küsste mich, während meine Füße über dem Boden schwebten, stöhnte und drückte mich so fest, dass es weh tat. »Jim«, keuchte ich.

Er lockerte seinen Griff. Verwunderung und feierlicher Ernst spiegelten sich in seinen dunklen Augen wider. »Ich bin deinetwegen zurückgekommen.«

Seine Erklärung jagte mir einen Schreck in die Glieder. Ich grub die Finger in seine Schultern. Was meinte er damit?

Er las die Frage in meinen Augen, stellte mich auf die Füße, gab mich aber nicht frei. Dann lehnte er seinen Kopf an meinen. Seine Worte glichen einem Flüstern, so rau waren sie vor Ergriffenheit. »Ich habe dich so vermisst. Überdurchschnittlich heftig vermisst, wenn man bedenkt, dass wir uns nur so kurz gekannt haben. Aber es kommt mir vor, als würde ich dich schon mein ganzes Leben lang kennen, Nora. Und gleichzeitig habe ich das Gefühl, dich überhaupt nicht zu kennen … und alles, was ich mir in diesem Leben wünsche, ist, alles von dir zu wissen. Ich möchte der Mensch sein, der dich besser kennt als jeder andere. Die Vorstellung, dass irgendein anderer Kerl die Gelegenheit dazu bekommt, tut mir geradezu körperlich weh. Und du glaubst vielleicht, ich hätte den Verstand verloren, aber als Roddy und ich in Vegas waren, konnte ich nur daran denken, dass ich, wenn ich dich hierher bringen könnte, sofort heiraten und mit mir nach Hause nehmen würde.«

Ich war völlig schockiert und konnte ihn nur anstarren, während mir tausend Gedanken durch den Kopf schossen.

Natürlich hielt ich ihn für komplett verrückt.

Gleichzeitig war ich der Überzeugung, dass er es absolut ernst meinte.

»Ich liebe dich.« Er lächelte nervös. »Ich habe mich in dich verliebt. Du bist anders als jedes andere Mädchen, das ich kenne. Du wirkst älter als achtzehn, du bist liebenswert, unterhaltsam – ich weiß nie, was du denkst, und das treibt mich zum Wahnsinn, aber auf eine angenehme Art und Weise, und dir liegen deine Mitmenschen am Herzen. Und außerdem bist du das schönste Mädchen, das ich in meinem ganzen Leben je gesehen habe.«

Seine Worte gingen in dem Wirrwarr in meinem Kopf unter.

Was sich allerdings noch nachdrücklicher in den Vordergrund schob, war die Erinnerung an Jims Worte, ich hätte mehr vom Leben verdient. Er war ein Mann, der mir nicht nur Liebe, wahre Liebe anbot, sondern genau das – mehr vom Leben.

Er bot mir eine Fluchtmöglichkeit.

Ich kann nicht beschreiben, wie sehr mich dieser Gedanke gepackt hatte. Es war, als hätte sich lange Zeit ein Monster in meinem Inneren verborgen, und plötzlich hätte jemand die Tür seines Käfigs geöffnet. Es war selbstsüchtig, egozentrisch und hungrig. Und es war zielstrebig.

»Bittest … bittest du mich, dich zu heiraten und mit dir nach Schottland zu ziehen?«

Jim nickte mit schmerzlich verzogenem Gesicht. »Du hältst mich für verrückt, nicht wahr?«

»Ja. Absolut.«

Er lockerte seinen Griff und senkte den Blick. »Ich verstehe.«

»Aber …« Eine Hälfte von mir wollte einwilligen, was genauso irrsinnig war.

Jims Augen hefteten sich wieder auf mich. Hoffnungsvolle Ungläubigkeit leuchtete darin auf. »Was?«

Obwohl mir vor Aufregung ganz schlecht war, spürte ich auch einen Adrenalinschub. Das war schon lange nicht mehr der Fall gewesen, und ich fühlte mich lebendig. Wirklich lebendig. »Kannst du mir einen Tag Bedenkzeit geben?«

»Einen Tag?« Er nickte hastig. »Mit einem Tag kann ich leben.«

»Okay.« Ich zitterte am ganzen Körper. »Okay.« Ich konnte nicht glauben, dass ich diese Möglichkeit ernsthaft in Erwägung zog. »Komm heute Nacht zurück, um Mitternacht. Park oben in der Straße vor meinem Haus. Dann gebe ich dir meine Antwort.«

Jim stieß zitternd den Atem aus. »Ich glaube es nicht, dass du überhaupt darüber nachdenkst. Roddy hat gesagt, ich wäre komplett durchgeknallt, aber ich … egal was passiert, ich konnte nicht nach Hause fahren, ohne dir zu sagen, dass ich dich liebe.«

Angst und Hoffnung sind seltsame Bettgenossen – mir war schwindelig, ich schwankte leicht, und Jim streckte eine Hand aus, um mich zu stützen. »Alles in Ordnung?«

»Es ist ein bisschen viel auf einmal.« Ich lachte, es klang etwas hysterisch. »Äh … okay … ich werde darüber nachdenken. Heute Nacht?«

»Heute Nacht.« Er nickte.

Und dann küsste er mich, sanft und liebevoll, und murmelte: »Ich würde alles für dich tun, Nora. Dich beschützen, dich lieben, dir alles geben, was du willst. Ich verspreche es dir.«

Irgendwie schaffte ich es, Moms Aufträge zu erledigen

und die Rechnungen zu bezahlen, aber ich kann mich kaum noch an die einzelnen Vorgänge erinnern. Ich erinnere mich nicht daran, mit May gesprochen oder Leute begrüßt zu haben, die ich mein ganzes Leben lang gekannt hatte.

Und ich wusste nicht mehr, wie ich in den Bus gestiegen war oder fünfzig Minuten darin saß. Trotzdem stand ich hier, vor dem Eingang des Friedhofs von Donovan. Ich kann es nur so beschreiben: Ich kam mir vor, als hätte mich jemand hochgehoben und so kräftig durchgeschüttelt, dass in meinem Inneren alles durcheinander geriet.

Mit feuchten Handflächen ballte ich die Fäuste und zwang mich, durch das Tor zu gehen. Ich war seit einem Jahr nicht mehr hier gewesen. Seit ich definitiv wusste, dass ich in Donovan hängenbleiben würde.

Nach einem fünfminütigen Spaziergang fand ich sie.

In liebevollem Gedenken an
Melanie Dewitte
1993–2005
Geliebte Tochter, Schwester und Freundin
Für immer in unserem Herzen

Wie immer brannten Tränen in meinen Augen. Erleichtert, dass sich niemand sonst in diesem Teil des Friedhofs aufhielt, ging ich zu ihrem Grab und lehnte mich gegen den schwarzen Grabstein.

»Hey, Mel …« Meine Stimme klang weinerlich und krächzend. »Es tut mir leid, dass ich dich so lange nicht besucht habe.«

Erst herrschte Stille, und dann blies ein leichter Windstoß eine enthauptete Rose über Mels Grab. Ich lachte. Rosen waren meine Lieblingsblumen. Mel wusste das. »Ich werte das als ein verärgertes Hallo. Und das verdiene ich auch. Es tut mir leid.« Ich strich mit der Hand über ihren Grabstein, legte meine Wange dagegen und ließ meinen Tränen freien Lauf. Bei Melanie konnte ich zu meinen Gefühlen stehen. »Ich wollte dich einfach nur nicht enttäuschen. Du solltest sehen, wie Stacey mich anschaut. Mann, deine Schwester hält mich für einen Loser. Und genauso fühle ich mich auch. Ich weiß, ich weiß, du siehst das anders. Aber ich habe dich enttäuscht, Mel. Ich hatte dir versprochen, dass ich von hier weggehe, es irgendwie schaffe, zur Bühne zu gehen und ein phantastisches Leben zu führen. Nicht nur meinetwegen, sondern auch deinetwegen. Ich habe dir versprochen, dass ich etwas ganz Besonderes aus diesem Leben machen würde, und zwar stellvertretend für uns beide.« Ich erschauerte; versuchte, nicht die Kontrolle über mich zu verlieren. »Dir ist alles genommen worden. Alles. Aber ich bin noch da ... und ich arbeite in einem gottverdammten Fastfoodrestaurant und lasse mich von meinem Dad drangsalieren.«

Der sanfte Wind wehte tröstend durch mein Haar, und wie bei der Rose wollte ich nur zu gern daran glauben, dass mir meine beste Freundin wirklich ein Zeichen gab. Ich schloss die Augen; wünschte mir, ihre Stimme hören zu können, aber irgendwie war ihre Stimme im Lauf der Jahre meiner Erinnerung entschwunden. Ich konnte immer noch ihr Gesicht sehen, mir ihr Lachen ausmalen, aber so sehr ich es auch versuchte, und bei Gott, ich versuchte es – ich konnte sie nicht mehr hören.

»Ich vermisse dich«, flüsterte ich. »Ich vermisse jemanden, der mich kennt. Mich wirklich kennt. Besser als sich selbst. So jemanden habe ich nicht mehr, Mel ... und ich weiß, es ist egoistisch, hier zu sitzen und dir das zu sagen, aber du bist wie immer die Einzige, mit der ich reden kann.« Ich wischte mir über die Wangen und schniefte. Nach einem Moment des Schweigens gestand ich: »Ich habe jemanden kennengelernt. Einen Jungen. Er ist aus Schottland.« Ich grinste, weil ich wusste, wie sehr Melanie das begeistern würde. »Vielleicht ist er ein bisschen verrückt, weil er sagt, dass er mich liebt, obwohl er mich erst ein paar Wochen kennt. Eigentlich *kennt* er mich gar nicht richtig.« Ich runzelte die Stirn und versuchte meine Gefühle zu ordnen. »Nachdem er weg war, habe ich ihn so sehr vermisst, dass ich glaube, ich muss ihn lieben. Aber es ist ein Glücksspiel, nicht? Ein großes Risiko. Er will, dass ich ihn heirate.« Ich lachte. »Ich weiß, du würdest sagen, dass ich spinne. Du hältst mich für bescheuert, weil ich überhaupt daran denke, mit achtzehn schon zu heiraten. Wir haben immer gesagt, zu dieser Sorte Mädchen werden wir nie gehören, wir werden erst unsere Träume verwirklichen, bevor wir daran denken, uns zu verlieben. Aber er möchte, dass ich mit ihm nach Schottland gehe. Schottland. *Ich bin über Indianapolis nicht hinausgekommen.*«

Eine Weile saß ich schweigend da und versuchte den Mut aufzubringen, das auszusprechen, was ich zu niemandem sonst sagen konnte. »Wenn ich hierbleibe, bleibt mir das phantastische Leben verwehrt, das ich für uns beide führen wollte, wie ich es dir versprochen habe. Wenn ich etwas ganz Verrücktes tue und einen Typen heirate, den ich gar nicht richtig kenne, dann habe ich zumindest die Chance, hier herauszukommen. Das zu finden, wovon wir immer geträumt haben. Aber ich setze so viel aufs Spiel. Meine Eltern zurückzulassen – und auch wenn sie sich obermies verhalten können, sind sie immer noch meine Familie, und sie brauchen mich. Außerdem gehe ich ein großes Risiko ein. Wenn Jim so ist, wie ich glaube, dann ist alles bestens, weil ich es wunderbar finde, dass er ein Teil meines Lebens ist. Aber was, wenn ich mich irre? Was, wenn er sich als jemand anderer entpuppt und alles noch schlimmer wird? Ich bin eine Riesenegoistin, weil ich das überhaupt in Betracht ziehe, oder?«

Ich schloss die Augen und strich mit der Hand über den Grabstein. »Aber wenn ich mich dagegen entscheide – ich habe Angst davor, was dann hier aus mir wird, Mel. Ich habe das Gefühl, zu ersticken. Und niemanden interessiert es. Niemanden außer Jim. Und dafür liebe ich ihn. Das zählt doch sicher auch? Das ist doch alles, was zählt?«

Eine Windbö blies plötzlich über mich hinweg, und das Zittern in meinem Körper ebbte für einen Moment ab.

»Yeah.« Ich lächelte unsicher. »Ich dachte mir, dass du das sagen würdest.«

»Dad, Zeit fürs Bett.«

Mein Dad war wie immer vor dem Fernseher eingenickt, und meine Stimme riss ihn aus dem Schlaf. Er sah mich böse an, nickte aber, und wie jeden Abend ging ich hinter seinem Rollstuhl her, als wir auf das Schlafzimmer meiner Eltern zusteuerten.

Mom war noch nicht von ihrer Schicht im Restaurant zurück. Sie hatte mich angerufen, um mir zu sagen, dass sie Überstunden machte. Ich hatte geweint, als ich auflegte, denn obwohl wir uns nicht nahestanden, hatte ich sie doch noch ein letztes Mal sehen wollen. Ich musste mich damit begnügen, ihr einen Brief zu schreiben. Darin stand eine Erklärung. Eine Entschuldigung. Und eine Bitte um Verzeihung.

Dad half mir, ihn zu Bett zu bringen, und er rollte sich auf die Seite und kehrte mir den Rücken zu.

»Dad?«

Er grunzte nur.

»Dad.«

»Was?«, knurrte er.

Bevor ich sie zurückhalten konnte, stiegen mir die Tränen in die Augen und rollten über meine Wangen. Ich versuchte die Worte auszusprechen, ohne dass er das Schluchzen darin hörte. Ich leckte mir das Salz von den Lippen und atmete aus. »Du weißt, dass ich dich liebe, ja?«

Im schwachen Licht der Dielenlampe konnte ich sehen, dass er erstarrte.

Und dann entspannte er sich unmerklich. Er drehte sich nicht zu mir, sondern starrte die Wand an. Und dann flüsterte er in einem Ton voller Reue und Kummer: »Ich liebe dich auch, Kleines.«

Mein ganzer Körper zitterte vor Anstrengung, nicht zu weinen, und ich floh aus dem Raum, ohne ihm eine gute Nacht zu wünschen oder mich zu verabschieden.

Ich nahm meine Jacke vom Haken in der Diele, schlüpfte in meine Schuhe und überprüfte noch einmal meinen Rucksack, um mich zu vergewissern, dass ich alles dabeihatte. Nach meinem Besuch bei Mel war ich nach Donovan zurückgefahren, um mein Spar- und mein Bankkonto zu plündern. Das meiste steckte ich in den Umschlag mit dem Brief für meine Mom und meinen Dad und ließ ihn auf meinem Kopfkissen zurück.

Den Rest nahm ich mit, obwohl er wahrscheinlich nur für die Zeit in Vegas reichen würde.

Ich kontrollierte noch einmal, ob ich meinen Pass hatte, und kämpfte meine aufkeimende Übelkeit nieder.

Endlich zeigte die Uhr meines Handys Mitternacht.

Als ich mich aus dem Haus in der West Washington Street schlich, wischte ich meine Tränen ab, weil ich nicht wollte, dass Jim dachte, es würde mich innerlich zerreißen, mit ihm fortzugehen.

Mein Blick fiel auf den Mustang am Ende der Straße, aus dem er gerade ausstieg. Wir liefen aufeinander zu, und mein

Herz hämmerte so hart in meiner Brust, dass ich dachte, es würde gleich explodieren.

Dann lag ich in Jims Armen, und er hielt mich fest; das heftige Zittern ließ nach. »Schsch«, flüsterte er und drückte einen Kuss auf mein Haar. »Jetzt wird alles gut.«

Mir blieb nichts anderes übrig, als darauf zu hoffen, dass Jim recht behielt, denn wir waren auf dem Weg nach Las Vegas, und ich stand im Begriff, ihm mein Leben anzuvertrauen.

Kapitel 5

Edinburgh, Schottland
Juli 2014

Ich stopfte das Poloshirt in meine Arbeitshose und blickte kurz in den Spiegel, um mich zu vergewissern, dass ich ordentlich und gepflegt aussah. Ich hasste diese Uniform. Seufzend klemmte ich das Namensschild über meiner linken Brust fest. Gerade als ich mein Haar zu einem langen Pferdeschwanz zurückstrich, tauchte Jim hinter mir im Spiegel auf.

Er schlang die Arme um meine Taille und legte das Kinn auf meine Schulter, um mein Spiegelbild zu sehen. Sein Haar war zerzaust, seine Wangen stoppelig, und er lächelte auf seine anziehende schiefe Art.

Vor zwei Jahren war ich noch so vernarrt in ihn gewesen, dass ich mich rücklings gegen ihn gelehnt und meine Hände auf seine gelegt hätte. Aber in den drei Jahren, die wir verheiratet waren, hatte sich etwas in mir verändert. Nein … verändert war vielleicht nicht das richtige Wort.

Vielleicht lautete der Begriff, den ich suchte, Erkenntnis.

»Schade, dass du schon los musst. Ich fange heute Morgen erst um zehn an. In einer Stunde könnten wir einiges anstellen.« Er drückte mich fester an sich und schenkte mir ein verschmitztes Lächeln.

Ich fühlte mich immer noch zu meinem Mann hingezogen. Das war wenigstens etwas. Aber das ging in meinen ganzen anderen Gefühlen – oder vielmehr meinen mangelnden Gefühlen – unter, weswegen ich mich aus seinen Armen wand. »Sorry, keine Zeit.«

Als ich in unser kleines, mit einer offenen Küche kombiniertes Wohnzimmer ging, folgte er mir.

»Ich wünschte, ich wüsste, was zum Teufel in deinem Kopf vorgeht«, stieß er ungeduldig hervor. »Aber das weiß ich nie.«

Da ich mich vor der Arbeit nicht mit ihm streiten wollte, spähte ich über meine Schulter zu ihm, während ich meine bequemen Schuhe anzog, und neckte ihn: »Ich dachte, gerade das würde dir an mir so gefallen.«

Schmerz flackerte in seinen dunklen Augen auf, bevor er es vor mir verbergen konnte. »Am Anfang fand ich es sexy. Jetzt ist es eher ein schlechter Scherz.«

Schuldgefühle legten sich bleischwer auf meine Brust, und ich ging zur Verteidigung über. »Du wusstest, wie ich bin, als du mich geheiratet hast, Jim.«

»Aye.« Er nickte und wurde allmählich wütend. »Ich dachte nur, nach drei Jahren Ehe würdest du dich mir gelegentlich mal öffnen.«

Ich dachte an den letzten Abend und die Art, wie ich mich ihm auf unserer Couch geöffnet hatte, und warf vielsagend meinen Blick darauf.

Wenn überhaupt, machte ihn das nur noch wütender, obwohl in seinen Augen auch Hitze aufloderte. »Oh, aye, Baby, du lässt mich dich vögeln, wann immer ich will … aber Gnade mir Gott, wenn ich versuche, mit dir zu kuscheln oder zärtlich zu sein.«

Wir starrten uns an wie zwei Gegner; fragten uns, warum wir dieses leidige Gespräch alle paar Wochen führen mussten. Es kam mir vor, als würden wir diesen Kampf seit mindestens einem Jahr austragen.

»Geht es wieder ums College?«, schnappte er.

Meine Schuldgefühle ebbten einen Moment lang ab und machten Frustration Platz. Ich nahm meine Tasche und ging zur Tür. »Ich habe keine Zeit für diesen Mist.«

»Dann nimm dir die Zeit.« Er bewegte sich schnell; stand plötzlich vor mir und stemmte eine Hand gegen die Eingangstür.

»Was willst du jetzt von mir hören?«

Jim lenkte mit einem Mal ein und hob eine Hand, um meinen Kopf zu umfassen. »Baby, du weißt doch, dass wir dafür kein Geld haben. Um hier eine Schule zu besuchen, musst du dich an einer kostenpflichtigen Fernuni einschreiben, um die nötigen Qualifikationen zu erwerben … und du weißt ja noch nicht einmal, was du mit deinem Leben anfangen willst.«

»Ich weiß, dass ich nicht in einem Supermarkt Regale auffüllen will.« Ich hatte die Vereinigten Staaten nicht verlassen, nur um wieder genau da zu landen, wo ich angefangen hatte!

Schuldbewusst sah er mich an. »Sieh mal, ich arbeite hart, und in ein paar Jahren werde ich vielleicht zum Vorarbeiter befördert. Dann verdiene ich mehr Geld, und du brauchst gar nicht mehr zu arbeiten. Dann werden wir Kinder haben, und du kannst hier bei ihnen zu Hause bleiben.«

Die Vorstellung ließ mich erschauern. »Ich möchte dich nicht unter Druck setzen. Vor allem, weil es nicht darum geht, dass du mehr Geld verdienst, Jim. Es geht darum, dass ich etwas tun möchte, worauf ich stolz sein kann, und im Moment habe ich dafür nicht die nötigen Voraussetzungen.«

»Du setzt mich nicht unter Druck. Ich möchte dir ein

gutes Leben bieten, damit du dir keine Gedanken machen musst. Wir sind ein Team.«

Er hörte mir nie zu. So sehr ich auch versuchte, ihm verständlich zu machen, was ich meinte, er hörte nicht zu. Aber ich wollte darüber nicht streiten. »Das weiß ich.«

Er sah mich argwöhnisch an. »Wirklich?«

Zwei Wochen später war alles wieder beim Alten, wir steckten die Köpfe in den Sand und taten so, als wäre unsere Ehe in Ordnung. Aber sie war ganz und gar nicht in Ordnung. Sondern voll von gebrochenen Versprechen.

Am Tag unserer Hochzeit hatte ich versprochen, meinen Mann zu lieben und zu ehren, und geglaubt, dass ich mein Versprechen halten würde.

Und als er mich gebeten hatte, ihn zu heiraten, hatte Jim versprochen, dass ich bei ihm alles tun können und alles haben würde, was ich wollte. Auch das traf nicht zu. Edinburgh war teuer, und obwohl ein Studium hier nicht so kostspielig war wie bei mir zu Hause, lag es doch außerhalb unserer finanziellen Möglichkeiten. Es gab Wege, aber das würde bedeuten, dass wir uns eine Weile sehr einschränken müssten. Dennoch war es möglich. Natürlich war es möglich. Aber Jim hielt nichts von dieser Idee, und ohne seine Unterstützung konnte ich nichts machen.

Ich weiß nicht, ob es kindischer Groll war oder die traurige Wahrheit, dass alles, was ich je für meinen Mann empfunden hatte, naive Schwärmerei war, aber eines Morgens wachte ich auf und erkannte, dass ich mein Versprechen, ihn zu lieben, gebrochen hatte. Ich liebte ihn … aber ich war nicht in ihn *verliebt*. Ich hatte meinen Freund geheiratet, aber nicht meinen besten Freund, und wie sich herausstellte, war das ein gewaltiger Unterschied.

Ich wusste, dass wir auf eine Kollision zusteuerten, aber

der Gedanke jagte mir fast ebenso viel Angst ein wie der, dass *das* jetzt mein Leben sein sollte. Manchmal kam es mir so vor, als hätte ich nur ein Land gegen ein anderes eingetauscht, nicht eine Situation gegen die andere, aber das stimmte nicht ganz. Zumindest hatte ich mit Jim eine Familie, die mir eine Stütze war, und Freunde, die mich zum Lachen brachten.

Obwohl sie geschockt und mir gegenüber misstrauisch waren, als ich nach Edinburgh kam, schlossen mich Jims Mutter und seine ältere Schwester Seonaid allmählich ins Herz. Vermutlich blieb ihnen gar nichts anderes übrig, weil wir in den ersten paar Monaten in ihrem beengten Haus mit drei Schlafzimmern in Sighthill wohnten. Sighthill lag, wie ich herausfand, ungefähr zwanzig Minuten westlich von der Stadtmitte.

Die Gegend, in der Jim aufgewachsen war, reizte mich nicht sonderlich. Es war die Innenstadt, in die ich mich verliebte. Es war schwer, sie nicht zu mögen. Da war natürlich die einzigartige Architektur – die neoklassizistischen und georgianischen Gebäude in New Town waren prachtvoll. Als ich das erste Mal durch New Town schlenderte, sah ich mich in Kleidern im Regency-Stil in einer Jane-Austen-Verfilmung mitspielen.

Dann gab es da noch die Burg. Edinburgh Castle lag auf einem erloschenen Vulkan zwischen Old und New Town wie ein gigantischer König, der auf seinem Thron hockte und über sein Königreich wachte. Mehr als alles andere wünschte ich mir eine Wohnung mit Blick auf dieses majestätische Bauwerk, aber Jim und ich hätten unser Jahreseinkommen vervierfachen und noch etwas drauflegen müssen, um uns etwas mit so einer Aussicht leisten zu können.

Edinburgh war schön. Schottland war schön. Es war alles, was ich mir erhofft hatte, und mehr.

Old Town hatte auch seinen Charme, aber auf eine andere Weise als New Town. Dort lag die Universität, der natürlich mein Interesse galt. Und meine Sehnsucht.

Dort war auch die Royal Mile, eine Straße aus der Reformationszeit mit Kopfsteinpflaster und dunklen Gassen voller Atmosphäre.

Die Stadt hatte mehr zu bieten als Äußerlichkeiten. In New Town saß das Geld, hier gab es schicke Apartments, Anwälte, Wirtschaftsprüfer und Psychiater, noble Einkaufszentren, Cocktailbars, Fünf-Sterne-Restaurants und kleine Luxushotels. Eine aufstrebende Gegend, die meine geheimen Wünsche weckte und mich darüber nachdenken ließ, wie das Leben wohl sein mochte, wenn Geld keine Rolle spielte.

Old Town war komplexer – locker, bodenständig, künstlerisch angehaucht, protzig, Vergnügungsviertel, ernsthaft, schrullig und gesetzt zugleich. Hier wimmelte es von Studenten, und vielleicht vermischten sich hier deshalb alle Schwingungen und Richtungen, die man sich vorstellen kann. Und ich liebte dieses Viertel, weil es hier für jeden einen Platz gab, egal wer man war.

Mir gefiel auch Leith, eine Gegend unten am Shore. Leith lag am Wasser; ein Mischmasch von Luxus und Normalität. Am Ufer wurden Luxusapartments gebaut, es gab Restaurants mit Michelin-Sternen, Schönheitskliniken und die königliche Jacht *Britannia*. Aber auch Pubs fand man hier, die nicht so aussahen, als wären sie in letzter Zeit gründlich geschrubbt worden, und ein Einkaufszentrum mit Läden für Menschen mit geringem oder mittlerem Einkommen. Ich hatte einen Job in einem Supermarkt in Leith gefunden, und Jim verdiente auf dem Bau nicht schlecht. Aber wir sparten das meiste von unserem Geld, um ein Haus zu kaufen. Jim wollte ein gemütliches Heim für mich und mietete ein kleines Apartment, das fünfzehn Minuten zu Fuß vom Fluss und von meinem Job im Supermarkt entfernt lag.

Kurz nach unserem Einzug fand Seonaid eine Wohnung einen Block von uns entfernt. Bis ich den Namen seiner Schwester geschrieben sah, dachte ich, er würde Seona buchstabiert, weil er *sii-oh-nah* ausgesprochen wurde. Offensichtlich gab es manchmal Verwirrungen über die Aussprache, da viele glaubten, er würde wie »Shona« ausgesprochen. Sie hatte die Schule mit sechzehn verlassen, unter Anleitung ihrer Mutter bewusst an ihrem Akzent gearbeitet, so dass er anglisiert klang, und in einem Friseursalon angefangen. Dann hatte sie sich den Hintern aufgerissen, um einen Job in diesem schicken Salon in New Town zu ergattern, verdiente jetzt mehr als Jim und ich zusammen und konnte sich eine schöne Wohnung für sich allein leisten. Ich freute mich, sie in der Nähe zu haben, weil sie zu meiner engsten Freundin geworden war.

Unsere freie Zeit verbrachten wir gewöhnlich mit Roddy und Seonaid. Manchmal gesellten sich Seonaids Freundinnen und Kollegen von Jim und Roddy vom Bau dazu. Aber bei spontanen Pubbesuchen waren wir meistens zu viert.

So auch an einem Sonntag, ein paar Wochen, nachdem Jim und ich wieder einmal wegen der Zukunft gestritten hatten.

Wir hatten uns mit Seonaid und Roddy im Leith's Landing getroffen, einem Pub direkt am Ufer. An sonnigen Tagen saßen wir gern draußen am Wasser. Aber ich hatte festgestellt, dass Sonnentage in Schottland fast schon eine Rarität waren, und wenn ich etwas mehr vermisste als meine Familie, dann die Sommer in Indiana.

»Was für ein Arschloch«, schnaubte Roddy und kippte ein paar Schlucke von seinem Lager hinunter, während er auf den großen Fernsehschirm hinter Seonaids Kopf starrte. Dort lief ein Soccerspiel, und obwohl Jim und Roddy die letzte halbe Stunde lang alles und jedes kommentiert hatten, hätte ich noch nicht einmal sagen können, wer zum Henker da gegen wen spielte.

Bei Soccer wurden meine Augen glasig, und meine Ohren stellten sich auf Durchzug.

Obgleich Jim den Arm um mich gelegt hatte, existierte ich nicht für ihn, wie immer, wenn die Jungs Soccer guckten. Seonaid hatte mir von einer Schauspielerin erzählt, der sie diese Woche die Haare geschnitten hatte. Sie wusste nicht, um wen es sich handelte, aber wir hatten viel Spaß bei unserem Ratespiel.

Ich war überrascht, als Jim sich plötzlich zu mir drehte: »Ich habe uns ein Zimmer in einer Lodge am Loch Lomond gebucht. In zwei Wochen. Freitag bis Sonntag. Dachte, das könnte dir gefallen.«

Ich blickte in sein vertrautes Gesicht. Jim schaffte es immer, mich zu entwaffnen und mir Schuldgefühle einzuflößen. Obwohl wir wussten, wie wir unseren Kaffee tranken, in welcher Schlafposition wir schnarchten, von welchen Lebensmitteln wir Blähungen bekamen und wie viel Toilettenpapier wir jeder in einer Woche verbrauchten, kannte mein Mann mich nicht. Aber dann gelang es ihm, dass ich mich trotz meiner Verzweiflung schuldig fühlte, indem er etwas Liebenswertes tat, das mich fast für alles andere entschädigte.

Seit ich hierher gezogen war, hatte Jim versucht, mir Schottland zu zeigen, wann immer wir Zeit hatten. Normalerweise nahmen wir uns im Sommer Urlaub und mieteten ein Wohnmobil in einem Ferienpark oder nahmen uns irgendwo ein Zimmer in einer Lodge. Bislang war Loch Lomond mein Lieblingsort. Die Berge und Ruhe verliehen mir für eine Weile inneren Frieden. Und Frieden zu finden fiel mir zunehmend schwer.

»Yeah?«

Jim drückte einen sachten Kuss auf meine Lippen. Als er sich von mir löste, musterte er mich mit einer kleinen Falte zwischen den Brauen. »Ich glaube, wir brauchen eine gemeinsame Auszeit.«

Mein hässliches Unterbewusstsein wollte dem entgegenhalten, dass ein Wochenende am Loch Lomond wohl kaum unsere Probleme löste, doch genau wie Jim hoffte ich auf ein Wunder. »Klingt toll.«

»Was habt ihr denn da zu flüstern?«, fragte Seonaid laut über den Tisch hinweg.

Ich grinste. »Das geht dich nichts an.«

Sie feixte. »Geht es um die Uni?«

Ihre Frage bewirkte, dass ich mich neben Jim verkrampfte und sein Arm sich fester um mich schloss. Er maß seine Schwester mit einem bösen Blick. »Wovon redest du?«

Seonaid runzelte die Stirn und sah mich an. Angesichts meiner geweiteten Augen, des unmerklichen Kopfschüttelns und den zusammengebissenen Zähnen hob sie eine Braue. »Äh …«

Jim blickte auf mich hinunter. »Was ist mit der Uni?«

»Nichts.«

Er fluchte verhalten und wandte sich wieder an seine Schwester. »Was ist mit der Uni?«

Seonaids Blick huschte zwischen mir und ihrem Bruder hin und her, dann beschloss sie ganz eindeutig, nicht auf mich zu hören. »Ich habe mir die Aufnahmebedingungen der Universität von Edinburgh angesehen, und es hat sich herausgestellt, dass sie Nora da nehmen würden.«

»Wie bitte?« Jim starrte sie verdutzt an.

»Die Universität von Edinburgh«, wiederholte Seonaid

langsam. »Nora könnte dort einen Studienplatz bekommen.«

»Wie zum Teufel sollte Nora denn an der Uni von Edinburgh aufgenommen werden können?«, fragte Roddy plötzlich, ohne den Blick von dem Spiel abzuwenden. »Das ist eine der Top-Zwanzig-Universitäten der Welt. Die viertbeste im Königreich.«

Seonaid schnaubte. »Woher willst du das denn wissen?«

Roddy riss sich vom Fernseher los, um ihr einen belustigten Blick zuzuwerfen. »Ich weiß, dass du mich für einen Trottel hältst, aber ich kann tatsächlich lesen, weißt du, Cee-Cee?«

»Ich halte dich nicht für einen Trottel. Nur für faul«, gab sie ohne eine Spur von Reue zurück.

Er senkte kaum merklich die Lider. »Wenn es darauf ankommt, bin ich alles andere als faul.«

Niemand konnte die Anspielung in seiner Stimme überhören. Seonaid verdrehte die Augen und wandte sich wieder an Jim. Ich hatte schnell herausgefunden, dass Roddy der Einzige war, der Seonaid Cee-Cee nannte (ein Spitzname, den sie als sinnlos erachtete und der außerdem noch albern war, den sie aber trotzdem duldete). Zwischen den beiden war irgendetwas, aber ich konnte es nicht benennen. Jim schien nichts davon zu bemerken, oder aber er behauptete (das konnte er gut), seine Schwester und sein bester Freund wären lediglich gute Freunde. Ich war mir nicht sicher, ob das stimmte. Vielleicht, was Seonaid betraf, aber bezüglich Roddy war ich nicht überzeugt. Er flirtete ständig mit ihr, aber er war so raubeinig, trocken und sarkastisch, dass ich annahm, Seonaid sah es als belangloses Geplänkel an. Außerdem war sie vier Jahre älter als er, deshalb kam es ihr vermutlich überhaupt nicht in den Sinn, dass der Junge, der mit ihrem kleinen Bruder aufgewachsen war, scharf auf sie sein könnte.

»Wie … warte …« Jim nahm den Arm von meiner Schulter und drehte sich zu mir. »Wie kannst du einen Platz an der Uni von Edinburgh bekommen? Und was willst du studieren?«

Da ich eine Auseinandersetzung fürchtete, vor allem nach unserer letzten, bei der Jim klargestellt hatte, dass ein Studium nicht in Frage kam, schüttelte ich den Kopf. »Unwichtig.«

»Es ist wichtig.«

»Warte.« Seonaid beugte sich über den Tisch. »Soll das heißen, du hast ihm nichts von deiner überragenden SAT-Punktezahl erzählt?«

»SAT was?«

Ich konnte die Beunruhigung in seiner Stimme hören und hätte seiner Schwester am liebsten den Hals umgedreht. »Seonaid, es reicht.«

»SAT-Punkte entsprechen unseren Abiturnoten«, begann Seonaid. »Du brauchst eine hohe Punktezahl, um an der Universität angenommen zu werden. Wenn du aus den Staaten kommst und die Uni von Edinburgh besuchen willst, benötigst du einen Punktestand von mindestens eintausendachthundert und musst zwei AP-Prüfungen mit Note vier nachweisen. Nora hat zweitausendeinhundert SAT-Punkte und drei AP-Prüfungen mit Note fünf, also der Bestnote, abgelegt.«

»Ich weiß nicht, was zum Geier das heißen soll«, fauchte Jim.

Seonaid rümpfte die Nase. »Es heißt, dass deine Frau hochintelligent ist. Eigentlich hätte ich gedacht, dass du das inzwischen mitbekommen hast.«

Jim starrte mich an, als hätte er mich noch nie gesehen. »Warum weiß ich das nicht?«

»Dass ich intelligent bin?«

»Ich weiß, dass du intelligent bist, verdammt.«

Wusste er das? Wirklich?

»Du liest schließlich andauernd.« Er zuckte die Achseln.

»Tja, wie Roddy soeben bewiesen hat, können sogar taube Nüsse lesen, Jim«, sagte Seonaid.

»Meine Nüsse sind nicht taub«, gab Roddy zurück. »Ein kurzer Zungeneinsatz würde das beweisen.«

Jim gab ihm mit der Handfläche einen Klaps auf den Kopf.

Roddy warf ihm aus den Augenwinkeln heraus einen Blick zu. »Ging das zu weit?«

Ohne auf ihn zu achten, packte Seonaid die Hand ihres Bruders. Ihre Augen funkelten vor Aufregung. »Kannst du dir Nora an der Universität von Edinburgh vorstellen? Niemand aus unserer Familie hätte sich je träumen lassen, das zu schaffen! Mum wäre so verdammt stolz, wenn Nora einen Studienplatz bekäme.«

Mein Puls raste bei der Vorstellung, die Universität zu besuchen, zu den Studenten zu gehören, die ich jedes Mal beneidete, wenn ich sie in ihren Hoodies mit Unilogo sah. Sie saugten zusammen mit Gleichgesinnten, die Spaß am Lernen hatten, Wissen förmlich auf. Und Angie und Seonaid stolz zu machen wäre das Tüpfelchen auf dem i.

Jim sah seine Schwester an, als würde sie eine fremde Sprache sprechen.

Und dann schlich sich ein anklagender Ton in seine Stimme, als er sich an mich wandte. »Also was wolltest du studieren?«

»Psychologie.« Seonaid sprach wieder für mich.

Jims Augen wurden schmal. »Warum zum Teufel solltest du Psychologie studieren?«

»Äh, ich weiß nicht.« Seonaid schaltete auf Abwehr. »Vielleicht, damit sie in die klinische Psychologie gehen oder was mit Erziehung oder Gesundheit machen oder eine

Zusatzqualifikation anstreben kann. Oder sonst irgendetwas, was ihr wirklich etwas bedeutet.«

Jim sah sie finster an. »Würdest du bitte meine Frau antworten lassen?«

Seonaid warf ihm einen giftigen Blick zu, bevor sie sich zurücklehnte und einen Schluck Wein trank.

Schweigen breitete sich am Tisch aus.

»Also?«

Ich seufzte. »Jim, lass uns nicht streiten.«

»Weißt du, wie teuer das ist?«

»Da ich jetzt UK-Residentin bin, sind es weniger als ein paar Tausender pro Jahr.« Nach zwei Jahren konnte ich hier einen festen Wohnsitz beantragen, so dass die Gebühren für mich als schottische Studentin beträchtlich niedriger waren.

»Ein paar Tausender? Aye, und um dann was zu machen? Das Geld ist für unser Haus bestimmt«, gab er zu bedenken. »Wir haben doch darüber gesprochen.«

Wut, Scham und Schuldgefühle fluteten über mich hinweg und röteten meine Wangen. »Ich weiß. Deswegen habe *ich* das Thema auch nie zur Sprache gebracht.«

Nachdem er mich eindringlich gemustert hatte, schien Jim zu glauben, dass ich die Wahrheit sagte, und entspannte sich. Unmerklich. Sein Arm glitt wieder um meine Schulter, aber sein Gewicht fühlte sich nicht länger tröstlich an, sondern erdrückend, als würde er so Besitzansprüche anmelden.

Ich blickte über den Tisch hinweg zu Seonaid und stellte fest, dass sie ihren Bruder stirnrunzelnd betrachtete. Dann sah sie mich besorgt an. »Jim …«

»Seonaid, ich liebe dich wirklich, aber das hier geht dich nichts an.«

Das verlegene Schweigen, das daraufhin eintrat, wirkte im Kontrast zu dem Lärm im Pub – den Kommentaren und den Jubelrufen in Richtung Fernseher und dem fröhlichen Sonntagsgeschnatter an der Bar und den Tischen in dem großen Raum – noch greifbarer.

Aber wenn Roddy eine Kunst perfekt beherrschte, dann die, verlegenes Schweigen zu brechen.

»Weißt du, was dich etwas angeht, Cee-Cee? Wie einsam ich letzte Nacht in meinem Bett war.«

Trotz der Anspannung, die Jim ausstrahlte, prustete ich vor Lachen fast mein Bier über den Tisch.

In Seonaids dunklen Augen glitzerte Belustigung. »Solange du im Besitz deiner rechten Hand bist, Roddy, wirst du nie einsam sein.«

Jim erzitterte neben mir vor unterdrücktem Kichern, und ich lachte schallend los, vermutlich hauptsächlich vor Erleichterung darüber, dass er nicht länger auf dem vorigen Gesprächsthema herumritt.

Roddy grinste sie an. Sie war die Einzige, die ihm je ein solches Lächeln entlockte. »Ich bin beidhändig, Süße.«

»Eine Wichsversicherungspolice.« Sie hob eine Braue. »Also hat das Leben dir wenigstens einen harten Knochen hingeworfen. Wortspiel beabsichtigt.«

Glucksend öffnete Roddy den Mund, um zu einer schlagfertigen Antwort anzusetzen, als sein Blick mit einem Mal über Seonaids Schulter wanderte, und sein Lächeln erstarb. Er griff nach seinem Lager und verkündete, bevor er einen großen Schluck nahm: »Das Arschloch ist im Anmarsch.«

Seonaids neuester Lover Fergus kam auf unseren Tisch zu. Seonaid funkelte Roddy wütend an. »Benimm dich.«

Er achtete nicht auf sie, sondern starrte unverwandt auf den Fernseher, was er, wie ich wusste, so lange durchhalten würde, wie Fergus in der Nähe war. Roddy verhielt sich Seonaids Freunden gegenüber nie umgänglich und kumpelhaft, und sie hatte einige verschlissen, seit ich hier war. Warum sie noch nie auf den Gedanken gekommen war, dass sich hinter Roddys Flirterei echte Gefühle verbargen, war mir ein Rätsel.

Aber vielleicht verschloss sie ja auch die Augen vor der Wahrheit.

Oder vielleicht bevorzugte sie einen bestimmten Typ Mann, dem Roddy nicht entsprach.

Mitgefühl mit meinem Freund machte es mir schwer, Fergus wirklich zu mögen. Das und der Umstand, dass Seonaid immer von ausgesprochen gut aussehenden Typen angezogen wurde, die wussten, dass sie gut aussahen und deshalb meinten, die Sonne würde aus ihrem Arsch scheinen.

Roddy war viel zu kantig und ungeschliffen, um rein äußerlich mit diesen Typen konkurrieren zu können, aber trotz seiner Behauptungen von vorhin mangelte es ihm nie an Mädchenbekanntschaften. Er legte eine schroffe Zurückhaltung an den Tag, die auf Frauen wirkte. Sie spürten, was ich bereits wusste – dass sich hinter der barschen, kurz angebundenen, großspurigen Fassade ein äußerst warmherziger, loyaler Mann verbarg. Das machte sie verrückt und sprach ihren weiblichen Instinkt an, die Frau zu sein, die diese Seite von ihm zum Vorschein brachte.

»Hey, Babe.« Seonaid stand auf, um Fergus zu umarmen und zu küssen.

Er setzte sich zu uns an den Tisch. »Hey, alle miteinander. Wie geht's euch denn so?«

Jim und ich antworteten.

Roddy nicht.

Fergus achtete kaum darauf. »Ich kann nicht lange bleiben, Baby«, sagte er zu Seonaid. »Jack hat mich gebeten, ihm heute beim Umzug zu helfen.«

»Oh.« Seonaid zog ein langes Gesicht. »Aber wir haben uns die ganze Woche nicht gesehen.«

»Ich weiß …« Er küsste sie sacht. »Sei nicht zickig, Baby, ja?«

Ich hätte ihm am liebsten in die Eier getreten.

Seonaid anscheinend auch. »Ich bin nicht zickig. Klinge ich vielleicht irgendwie zickig?«, fragte sie uns.

Roddy musterte sie verstohlen von der Seite, gab aber keine Antwort.

Jim wich der Frage aus, zuckte die Achseln und ließ den Fernseher nicht aus den Augen.

»Noch eine Runde?«, sagte ich in dem Versuch, die peinliche Situation aufzulockern. »Wer möchte was?«

»Für mich noch ein Lager«, brummte Jim.

Roddy hob sein leeres Glas. »Für mich auch.«

»Wein«, seufzte Seonaid, der klar wurde, dass niemand in einen weiteren Pärchenstreit hineingezogen werden wollte.

»Ich nehme ein Tennent's. Danke, Nora.« Fergus drehte sich auf seinem Stuhl um, um zu sehen, was für ein Spiel gerade lief. »Was habe ich verpasst?«

Ich entfernte mich, während Jim ihn auf den neuesten Stand brachte.

Statt mich an die Theke zu stellen und darauf zu warten, dass ich bedient wurde, rutschte ich auf einen Barhocker. Wegen meiner Größe wurde ich des Öfteren nach meinem Ausweis gefragt, was ich als frustrierend empfand, da man hier schon mit achtzehn legal Alkohol trinken durfte. Obwohl Gareth, der Barkeeper, mich kannte, hasste ich das Gefühl, an der Theke wie ein kleines Mädchen auszusehen.

Gareth bediente gerade einen anderen Gast, und während ich dasaß und über die Probleme zwischen meinem Mann und mir nachgrübelte, spürte ich ein leises Prickeln. Um zu ergründen, wo dieses Gefühl herrührte, drehte ich ganz leicht den Kopf und ließ den Blick durch den Raum schweifen. Erst konnte ich nicht herausfinden, warum ich das Gefühl hatte, beobachtet zu werden … und dann bohrten sich meine Augen in die seinen.

Der Geräuschpegel an der Bar reduzierte sich auf ein Murmeln, während wir uns anstarrten, der Fremde und ich. Aus dieser Entfernung konnte ich nicht erkennen, welche Farbe seine Augen hatten, aber sie fixierten etwas. Durchdringend. Mich.

Er war schon etwas älter. Groß, breitschultrig und wirkte in der Sitzecke eingezwängt, in der er und sein Begleiter saßen. Die Frau am Tisch hinter ihm erschien im Vergleich zu ihm geradezu winzig. Er war auf eine Weise, die mir den Atem verschlug, durch und durch maskulin. Markantes Kinn, ein ausdrucksvoller Mund, Bartstoppeln und ein verdrossener Gesichtsausdruck. Zwischen seinen Augen hatte sich eine Falte gebildet, und seine Augen umrahmten sexy Lachfältchen.

Ich errötete und wandte mich rasch wieder zur Bar.

Mein Rücken fühlte sich unter meinem langen Haar heiß an, als würde sich der Blick dieses Fremden in mich bohren.

»Nora, ich bin gleich bei dir«, rief Gareth mir entschuldigend zu.

Ich lächelte beruhigend, weil der Pub sonntags immer brechend voll war.

»Nora, richtig?«

Der Hocker neben meinem erzitterte, und ich sah meinen neuen Nachbarn widerstrebend an. Ein schlaksiger Typ, vielleicht Ende Zwanzig, Anfang Dreißig, grinste mich von dem Hocker an, während ein anderer, stämmigerer, neben ihm stand. Jeder hielt ein Guinness in der Hand, und sie begafften mich auf eine lüsterne Weise, die ich kannte und fürchtete.

Ich spähte durch den Raum zu unserem Tisch und entspannte mich ein wenig, als ich sah, dass Jim mit Seonaid über irgendetwas lachte und der Bar keine Beachtung schenkte.

»Komm, wir spendieren dir einen Drink, Nora«, sagte der Schlaksige.

»Kein Bedarf, danke.«

»Ach, komm schon.« Er grinste schief, und seine Pupillen verrieten mir, dass er sich bereits etliche Biere genehmigt hatte. »Wir beißen nicht. Es sei denn, du bittest uns darum, versteht sich.«

Mit festerer Stimme erwiderte ich: »Nein, danke«, und blickte zur Seite.

Kaum eine Sekunde später spürte ich, wie seine Hand meinen Rücken streifte und sich dann auf die Kante meines Hockers legte. Ich schielte zu ihm und wich zurück, als ich feststellte, dass er mich an der Theke eingekesselt hatte.

»Ich bin Lewis.« Er nickte zu seinem Freund. »Das ist Pete. Und wir sind beide der Meinung, dass du das attraktivste kleine Ding bist, das wir seit Jahren gesehen haben.«

»Ich bin auch verheiratet.« Ich hob meinen Ringfinger. »Also …« *Verpisst euch.*

Lewis tat diese Information mit einer lässigen Geste ab. »Wen interessiert das?«

»Mich interessiert das.«

Angst stieg in mir auf, als mein Blick zu der Stelle hinter Pete schoss, an der mein Mann stand. Er schäumte sichtlich vor Wut. »Ist schon gut, Jim.«

Jim stieß Pete zur Seite und baute sich vor Lewis auf. »Nimm deine dreckige Hand von ihrem Hocker, bevor ich sie abreiße und dir in den Arsch stopfe.«

»Jim«, flehte ich.

»Was ist dein Problem, *mate*?« Lewis knallte sein Guinness

auf die Theke und rutschte von dem Hocker. Er war größer als Jim, aber nicht so kräftig gebaut, doch das schien nicht zu zählen.

Er war betrunken.

Und mein Mann hatte einen übermäßigen Beschützerinstinkt.

»Jim«, warnte ich, glitt vom Hocker und legte ihm eine Hand auf die Brust. »Lass sie einfach. Sie sind betrunken und haben es nicht böse gemeint.«

Jim stieß meine Hand so hart weg, dass ich zurücktaumelte, und schlug dann als Erster zu.

Danach verschwamm alles vor mir.

Wütende und anfeuernde Rufe und Schreie erfüllten den Raum, als Jim und Lewis aufeinander losgingen. Es war kein fairer Kampf, weil Jim nicht annähernd so betrunken war wie sein Gegner und außerdem stärker, aber Lewis war hartnäckig.

Nachdem Jim ihn fest genug getroffen hatte, um ihn gegen die Theke zu schleudern, brauchte Lewis nur einen Moment, um benommen den Kopf zu schütteln, sich dann wie ein gereizter Bulle auf Jim zu stürzen und ihn um die Taille zu fassen.

Ich sah, wie er Jim auf mich zutrieb, aber mir standen Stühle und ein Pfeiler im Weg. Meine Reflexe funktionierten nicht schnell genug.

Die beiden rissen mich mit voller Wucht um.

Schmerz schoss in mein rechtes Handgelenk, als ich hart auf dem Boden aufschlug. Über mir bewegte sich etwas, dann übertönte eine tiefe Stimme das Getöse. »Verdammt noch mal!«

Starke Hände packten mich unter den Armen, und ich spürte, wie ich auf die Füße gezogen wurde, als würde ich nicht mehr wiegen als ein Kolibri. Ich erhaschte einen Blick auf das Gesicht meines Retters und zuckte zusammen. Es war der Fremde, der mich zuvor so angestarrt hatte.

Dann legte er plötzlich die Arme um Jim und zog ihn von seinem Gegner weg, während sein Begleiter mit Lewis ebenso verfuhr.

»Das reicht«, verkündete er ruhig. Seine Stimme hallte durch den gesamten Raum.

Roddy drängte sich durch die Menge, um zu Jim zu gelangen. Auf jeden anderen hätte er völlig unbeteiligt gewirkt, aber ich kannte ihn besser. Er war genau wie ich stinkwütend auf meinen Mann.

Es dauerte einen Moment, dann gelang es Jim, sich von dem Fremden loszureißen. Er deutete mit dem Finger auf Lewis. »Du Scheißkerl hältst dich von meiner Frau fern.« Dann zeigte er auf mich, und ich wünschte, die Erde würde sich auftun und mich verschlingen.

Ich funkelte meinen Mann bitterböse an, während ich versuchte, die penetranten Blicke des Fremden zu ignorieren.

»Richtig. Raus mit euch.« Gareth bahnte sich einen Weg durch den Zuschauerpulk und blieb vor Lewis und seinem Freund stehen.

»Wieso sollen wir gehen?«, grollte Lewis, dabei wischte er sich Blut von der Nase. »Er hat mich zuerst geschlagen.«

»Weil ich ihn kenne und dich nicht. Ich weiß nur, dass Jim hier noch nie Probleme gemacht hat … bis du gekommen bist. Deswegen verschwindest du mit deinem Kumpel jetzt, oder ich werfe euch eigenhändig raus.«

Der Freund des Fremden ließ Lewis los, und unter Flüchen und leeren Drohungen torkelten die beiden nach draußen.

Roddy sagte etwas zu Jim, was diesen sichtlich verstimmte, aber ich verstand es nicht. Als sich alle wieder beruhigten, die umgefallenen Stühle aufhoben und sich an ihre Tische setzten, bemerkte ich, dass der Fremde und sein Freund an der Bar Platz nahmen. Ich wagte nicht, Blickkontakt mit ihm aufzunehmen. Nicht nur, weil ich mich gedemütigt fühlte, sondern weil ich ernsthaft befürchtete, dass Jim erneut überreagieren würde, wenn er mitbekam, dass ich einen anderen Mann ansah.

Mein Körper fühlte sich steif an, und mein Handgelenk pochte, als ich meinen Mann vorwurfsvoll ansah. Er hielt meinem Blick stand, wirkte aber sichtlich angeschlagen.

Ich hätte am liebsten geweint.

Jim war nicht immer so besitzergreifend wie jetzt, und es war im Lauf der Zeit immer schlimmer geworden. Ich brauchte kein Psychologiediplom, um zu wissen, dass das alles von seiner Unsicherheit herrührte.

Ich befürchtete, dass er meine wahren Gefühle ahnte.

Die Vorwürfe, die mir auf der Zunge brannten, verflogen, und machten Schuldbewusstsein Platz.

»Bist du okay?«

Abrupt wurde ich aus meinen melancholischen Gedanken gerissen. Seonaid stand vor mir und legte die Hände auf meine Arme. Ich blickte in ihr besorgtes Gesicht. »Mir fehlt nichts.«

»Du bist ziemlich hart auf den Boden geknallt. Mr. Hottie hier«, sie nickte zu dem Fremden an der Bar, »war eher bei dir als ich.«

Das Pochen in meinem Handgelenk verstärkte sich. Ich zuckte zusammen und hob es an. »Ich bin auf meine Hand gefallen.«

Seonaids Miene verdüsterte sich vor Ärger, und sie blickte über ihre Schulter zu ihrem Bruder hinüber. Das, was er in ihrem Gesicht las, bewog ihn endlich, auf mich zuzukommen.

»Bist du in Ordnung?«, fragte er leise.

»Nein. Sie hat sich am Handgelenk verletzt.«

»Nicht weiter schlimm.« Ich presste die Hand gegen meine Brust.

»Jesus.« Jim schrak zusammen und legte einen Arm um meine Taille. »Es tut mir leid, Nora. Es tut mir so leid.«

Ich nickte, zu erschöpft, um ihm die Strafpredigt zu halten, die er verdiente.

»Wir gehen nach Hause und verbinden dein Handgelenk.«

Die Stimmung war ohnehin im Keller, und ich war sicher, dass ein Seufzer der Erleichterung durch den Pub gehen würde, wenn wir weg waren. »Okay.«

»Soll ich mitkommen?«, fragte Seonaid.

»Nein.« Jim warf ihr einen abweisenden Blick zu, woraufhin sie abwehrend die Hände hob.

»Okay, dann hole ich deine Tasche, Nora.« Sie schlenderte zum Tisch zurück, und ich sah, wie sie etwas zu Roddy sagte. Fergus, blind für alles, was nichts mit ihm zu tun hatte, saß da und spielte mit seinem Telefon.

Jim küsste mich sanft und murmelte an meinem Mund: »Es tut mir wirklich leid.«

Ich nickte wieder. Ein ängstliches Flattern setzte in meinem Magen ein, als ich an das viel schwierigere Gespräch dachte, das mir bevorstand. Als Seonaid mit meiner Tasche wiederkam, nutzte ich den Moment, um verstohlen zu dem Fremden an der Bar zu spähen.

Wieder trafen sich unsere Blicke. Diesmal war er nah genug bei mir, um mein Gespräch mit Jim mithören zu können, nah genug, dass ich die Neugier in seinen schönen grünen Augen sah. Er war so ruhig und autoritär geblieben, als er den Kampf beendet hatte; er musste kaum etwas sagen.

Der Fremde hob sich nicht nur durch seine Größe und Attraktivität von der Menge ab. Er stank förmlich nach Geld. Trotz seiner schlichten Kleidung – Pullover und

Jeans – stank er nach Geld. Als er mir aufgeholfen hatte, war mir der Duft eines sexy Colognes in die Nase gestiegen … erdig, aber frisch. Wie Holz und Ambra, Minze und Apfel. Es duftete teuer.

Vielleicht waren es nicht nur die Kleidung oder das Cologne, die diesen Eindruck vermittelten. Vielleicht war es das Selbstbewusstsein, die Art, wie er den Raum beherrschte, so als würde dieser Typ überall, wo er hinging, die Zügel in der Hand halten.

Vielleicht lag es auch am Alter, mahnte ich mich. Er war wahrscheinlich Mitte dreißig.

Seonaid versperrte mir plötzlich den Blick auf ihn. Sie bedachte mich mit einem wissenden Lächeln. »Deine Tasche.«

Ich lief rot an und schielte zu Jim, um mich zu vergewissern, dass er mich nicht dabei ertappt hatte, wie ich einen anderen mit den Augen verschlang (hatte er zum Glück nicht), und umarmte meine Schwägerin.

Als Jim den Arm um mich legte und mich aus der Bar führte, blickte ich ein letztes Mal über meine Schulter und sah, dass der Fremde mich beobachtete. Er hob seinen Drink, und ich nickte zum Dank und sah ihn an, bis Jim und ich außer Sicht waren.

Kapitel 6

Es war nicht der Wecker, der mich am nächsten Morgen weckte.

Sondern Jims Zunge.

Ein träges, wohliges Gefühl in meinem Unterleib holte mich langsam ins Bewusstsein. Eine wonnevolle Spannung baute sich in mir auf, bis ich mit einem Keuchen hellwach wurde. Einen Moment lang herrschte Verwirrung. Ich lag mit bis zum Hals hochgeschobenem Schlafanzugoberteil und nackten Brüsten im Bett.

Und dann spürte ich die Zunge auf meiner Klitoris.

»Oh Gott«, stöhnte ich, blickte nach unten und sah Jims Kopf zwischen meinen Schenkeln.

Er sah mich unter seinen dichten Wimpern hervor an, fuhr aber fort, mich mit dem Mund zu bearbeiten.

Ich warf den Kopf in den Nacken, während er geschickt mit mir spielte.

Ich krallte meine Finger in die Bettdecke und kostete seine Bemühungen aus, mich zum Orgasmus zu bringen. Meine Hüften zuckten an seinem Mund, verlangten nach mehr.

Nach drei Jahren beherrschte Jim seine Rolle aus dem Effeff.

Es dauerte nicht lange, bis der Orgasmus in großen Wellen meinen Körper erfasste, und noch bevor er abgeebbt war, rollte sich Jim schon über mich. Er drang in mich ein, während mein Inneres noch vom Höhepunkt angeschwollen war, und ich klammerte mich an seiner Taille fest und zuckte bei dem leichten Brennen zusammen.

Als die Erfüllung nachließ, beobachtete ich, wie Jim den Kopf zurückwarf und mit geschlossenen Augen und zusammengebissenen Zähnen in mich hineinstieß. Ich hob meine Hüften seinen entgegen, wobei ich einen leisen Anflug von Lust verspürte, der sich aber nicht mit dem vergleichen ließ, was ich empfand, wenn er mit dem Mund zu Werke ging.

Wir hatten herausgefunden, dass ich bei Vaginalsex nicht kommen konnte. Ich würde es Jim nie gestehen, aber ich fühlte mich zu losgelöst, wenn er sich in mir bewegte. Jim schien sich nicht daran zu stören. Er war mit einem regelmäßigen Blowjob zufrieden. Er besorgte es mir zuerst mit dem Mund und brachte sich im Gegenzug dann in mir zum Höhepunkt.

»Das ist *gut*«, knurrte er und stöhnte laut, als seine Hüften kurz zum Stillstand kamen und dann ruckartig pumpten, als er kam.

Danach rollte er sich von mir herunter und legte einen Arm über die Augen, während sein Brustkorb sich heftig hob und senkte. Ich blickte auf den Wecker und stellte fest, dass mir nur noch zehn Minuten blieben, bis ich mich für die Arbeit fertig machen musste.

Was für eine angenehme Art, den Tag zu begrüßen, dachte ich, drehte mich auf die Seite und betrachtete Jim wie er von seinem Orgasmus herunterkam.

Als er wieder ruhiger atmete, flüsterte ich: »Wow, das war neu.«

Jim zog den Arm von den Augen weg und grinste mich an. »Neu wie gut?«

Es war ein bisschen verwirrend, mit seinem Mund zwischen meinen Beinen aufzuwachen, aber eindeutig gut. »Ja. Wow.«

Er kicherte und schmiegte sich an mich. Seine Hand glitt über mein nacktes Hinterteil. »Ich wollte das von gestern wieder gut machen. Ich habe mich wie ein Arschloch benommen.«

Ich berührte seine verletzte Wange, konnte ihm aber nicht in die Augen sehen. »Versprich mir einfach, so etwas nicht noch einmal zu machen.«

»Versprochen.« Er küsste mich. »Nora?«

»Mmm?«

»Ich möchte, dass du die Pille absetzt.«

Genauso gut hätte er einen Eimer mit eiskaltem Wasser über mir auskippen können. Ich löste mich aus seinen Armen und setzte mich auf. Unter meinen Armen und auf meinen Handflächen brach kalter Schweiß aus, und mein Herzschlag beschleunigte sich. »Was?«

Bitte sag mir, dass ich nicht richtig gehört habe.

»Ich denke, wir sollten versuchen, ein Baby zu bekommen.«

Was zum Teufel sollte das denn heißen?

»Nora?«

Er hatte den Verstand verloren!

»Nora?«

»Hast du den Verstand verloren?« Ich fuhr herum und starrte ihn entgeistert an.

Sein Gesicht nahm einen störrischen Ausdruck an, und er schlug die Decken zurück, um aus dem Bett zu steigen. Als er frische Unterwäsche und Jeans anzog, stieß er hervor: »Ich will Kinder, Nora.«

»Ich bin einundzwanzig«, hielt ich prompt dagegen.

»Und?«

»Und?« Jetzt sprang ich mit einem Satz aus dem Bett, weil ich ihm sonst vielleicht den Hals umgedreht hätte. Während ich meine Unterwäsche und Arbeitsklamotten zusammensuchte, zischte ich: »Ich bin noch nicht bereit, Kinder zu bekommen.«

»Warum nicht? Ich wollte nie zu diesen älteren Eltern gehören, die nicht mehr die Energie aufbringen, sich mit ihren Kids zu beschäftigen.« Er folgte mir ins Bad. »Einundzwanzig ist gar nicht mehr so jung.«

»Wenn du das wirklich denkst, dann leben wir beide im Moment auf ganz verschiedenen Planeten, Jim«, warnte ich. »Ich will nicht darüber diskutieren.«

Sein Gesicht verdüsterte sich. »Jetzt nicht? Oder nie?«

Plötzlich wurde ich von Furcht gepackt.

Und mit einem Mal sah ich, wie sich meine Furcht in seinen Augen widerspiegelte. »Nora, ich liebe dich. Ich möchte Kinder mit dir.«

»Ich bin zu jung, um schon Mutter zu werden. Und ein Kind ist keine Lösung für unsere Probleme.«

Seine Augen blitzten auf. »Darum geht es doch gar nicht.«

»Oh doch, genau darum geht es.« Es ging darum, dass er versuchte, mich ein Leben lang an sich zu ketten.

Bei dem Gedanken zuckte ich zusammen, als wäre ich in eine Glasscherbe getreten.

Es ging darum, dass er versuchte, mich ein Leben lang an sich zu ketten.

Irgendwie musste er mir diesen Gedanken wohl anmerken. Jim wich zurück und wurde blass. »Willst du keine Kinder, oder willst du keine Kinder mit mir?«

Übelkeit stieg in mir auf. Ich hob eine zitternde Hand, legte sie auf meine Stirn und konzentrierte mich auf meine Füße. »Du hast mir das Thema aufgezwungen. Das ist nicht fair.«

»Ich will ein Kind«, sagte er tonlos. »Du musst die Pille absetzen.« Mit diesen Worten verließ er das Bad, als wäre die Diskussion beendet.

Ich brauchte eine Minute, um zu verarbeiten, was er zu mir gesagt hatte. Von mir *verlangt* hatte. Und dann loderte ein Feuer in mir auf, und ich stürmte aus dem Bad hinter ihm her. »Wage es nicht, mir Vorschriften zu machen, und schon gar nicht, was meinen Körper angeht!«

Er fuhr an der Tür zu unserem Schlafzimmer zu mir herum. Seine Augen funkelten vor Wut. »Aye, und du hast mir diesen Körper versprochen, als du mich geheiratet hast, also habe ich auch darüber zu bestimmen. Das ist die einzige Möglichkeit, unsere Beziehung voranzubringen.«

Seine so offen zur Schau getragenen Besitzansprüche fühlten sich wie ein Schraubstock an, und die Worte sprudelten über meine Lippen, ehe ich sie zurückhalten konnte. »Nein, es ist ein verzweifelter Versuch, mich zu halten.«

Eisiges Schweigen breitete sich im Raum aus.

Wir fixierten uns wie Gegner, die darauf warteten, dass der andere den ersten Zug machte.

»Warum?«, fragte er mit rauer Stimme. »Warum müsste ich versuchen, dich zu halten? Das würde nur zutreffen, wenn ich das Gefühl hätte, dich zu verlieren.«

Da ich die Qual in seinen Augen nicht ertragen konnte, senkte ich meinen Blick wieder.

»Und wenn wir mal ganz ehrlich sind, Nora, habe ich schon eine ganze Weile das Gefühl, dich zu verlieren. Manchmal frage ich mich, ob du mir überhaupt je gehört hast oder ob du mich nur benutzt hast, um aus diesem elenden Kaff drüben in den Staaten zu entkommen.«

Ein sengender Schmerz schoss durch meine Brust, dann Schuld, dann Scham und überwältigende Angst. Ich taumelte gegen das Bett, da ich spürte, dass meine Beine die Last der furchtbaren Wahrheit nicht länger tragen würden.

»Und trotzdem kümmert mich das nicht«, flüsterte Jim.

»Es kümmert mich nicht, Nora, weil ich dich so verdammt liebe. Es kümmert mich nicht, dass du mir seit Monaten nicht mehr gesagt hast, dass du mich liebst. Alles, was für mich zählt, ist, jeden Morgen neben dir aufzuwachen und jeden Abend mit dir in meinem Bett einzuschlafen.

Ich möchte nicht so ein Arschloch sein, das seiner Frau nicht vertrauen kann, wenn sie sich mit anderen Männern unterhält. *Ich möchte nicht befürchten müssen, eines Tages nach Hause zu kommen und festzustellen, dass du deine Sachen gepackt hast und einfach abgehauen bist, so wie du das schon einmal gemacht hast.*«

Plötzlich lag er vor mir auf den Knien, schlang die Arme um meine Taille und sah mit einem Ausdruck so unendlicher Liebe zu mir hoch, dass etwas in mir zersprang. »Du musst mich nicht lieben, Nora. Hör nur nicht auf, mich zu mögen, denn du magst mich, das weiß ich, und versprich mir, dass du bleibst. Für immer. Entscheide dich für mich. Entscheide dich für uns als Familie ... mit Kindern.«

Diesmal blickten wir uns schweigend an. Seine Miene spiegelte Verlangen wider, meine drückte Schuldbewusstsein aus. Weil ich alles dafür gegeben hätte, diese so tiefe Liebe erwidern zu können.

Alles.

Aber Liebe lässt sich nicht erzwingen.

Er stand auf, und dabei beugte er sich zu mir, um mich sanft zu küssen. Als er sich von mir löste, flüsterte er: »Ansonsten können wir so nicht weitermachen. Heute Abend will ich deine Antwort.«

Heute Abend will ich deine Antwort.

Ich zuckte zusammen und hätte beinahe die Schachtel mit den Getreideflocken fallen lassen, die ich gerade einsortierte.

Ich möchte nicht befürchten müssen, eines Tages nach Hause zu kommen und festzustellen, dass du deine Sachen gepackt hast und einfach abgehauen bist, so wie du das schon einmal getan hast.

»Scheiße«, schnaufte ich und biss mir dann auf die Lippe, als mir einfiel, wo ich war.

Ich blickte mich um, sah aber nur eine Frau am Ende des Ganges, die mich nicht beachtete.

So einen Gefühlsaufruhr hatte ich nicht mehr durchgemacht, seit ich meine Eltern verlassen hatte. Ich war ein Risiko eingegangen, indem ich mit Jim weggelaufen war; hatte gehofft, meine Liebe zu ihm würde ausreichen, und ich würde mit ihm ein besseres Leben haben. Stattdessen verlief mein Leben ganz ähnlich wie das in Donovan, und ich hatte einen Mann, der nicht zu mir durchdrang, der mich nicht kannte und der mich trotz allem liebte. Oder die Version von mir, die er zu kennen glaubte. Er liebte mich so sehr, dass er daran zerbrach. Weil wir beide inzwischen wussten, dass das, was ich empfunden hatte, als wir uns kennenlernten, keine Liebe war. Es war naive Vernarrtheit. Und Vernarrtheit stirbt, wenn sie nicht genährt und gepflegt wird.

»Fuck«, murmelte ich.

Allmählich begann ich mich zu hassen.

Dabei zermürbte ich mich die ganze Zeit schon, lange bevor Jim und ich an diesen Punkt gelangten. Weil es mir ganz und gar nicht leicht gefallen war, meine Eltern zu verlassen. Nach meiner Ankunft in Edinburgh hatte ich meiner Mutter ein paar E-Mails geschickt, aber sie antwortete nie. Nach sechs Monaten kam eine Mail zurück, weil die Adresse nicht mehr stimmte.

Obwohl ich im Unrecht war, verletzte mich die Weigerung meiner Mom, mit mir zu reden, tief. Die Verletzung brodelte lange in mir. Ungefähr ein Jahr nach unserer Hochzeit schrieb ich Mom einen Brief, der einen Monat später ungeöffnet zurückkam.

Molly und Dawn, meine einzigen Kontaktpersonen, lebten nicht mehr in Donovan. Kurz nach meiner Abreise antwortete Molly auf meine entschuldigende E-Mail damit, dass ich sie inspiriert hatte. Eine Weile lang schickten wir uns noch Mails, doch das schlief bald ein, weil wir beide so mit unserem neuen Leben beschäftigt waren. Das letzte Mal hatten wir vor ungefähr achtzehn Monaten Kontakt gehabt. Molly lebte mit ihrem Freund Jed in San Diego. Er besaß eine Bar, heuerte sie als Barkeeperin an, und sie dachten, sie hassten sich, weil sie so viel stritten, aber es stellte sich heraus, dass die Grenze zwischen Liebe und Hass sehr schmal war.

Ich fürchtete, wenn ich bei Jim blieb, würde ich ihn in einen abgrundtiefen Hass auf mich treiben.

Unerwiderte oder ungenügende Liebe war nicht auszuhalten, ohne dass sich die Gefühle des Liebenden in Gift verwandelten.

Ich war schon selbstsüchtig genug gewesen, so viel stand fest. Ich konnte nicht zulassen, dass Jim sich das antat. Ich durfte Jim das nicht antun.

Aber ich hatte auch Angst, hier ohne ihn zu leben. Angst, Seonaid, Roddy und Angie zu verlieren.

Aber sie kamen für ihn an erster Stelle.

Wenn ich ehrlich sein sollte, wusste ich nicht, ob ich überhaupt zur Liebe fähig war. Vielleicht hatte all das, was mir mit Dad und Mel passiert war, mich von anderen Menschen abgeschottet, von ihnen losgelöst. Hieß das, ich wäre besser dran, wenn ich bei Jim blieb, auch wenn ich ihn nicht so lieben konnte? Oder war das noch egoistischer, als aus bloßen Schuldgefühlen bei ihm zu bleiben?

»Entschuldigen Sie, ich habe überall gesucht, aber ich kann keinen Sirup finden.«

Der Sprecher klang wie ein gereizter Ewan McGregor,

sein Akzent war anglisierter und geschliffener als der von Jim. Der tiefe, raue Tonfall riss mich aus meinen Gedanken, und ich drehte mich zu meinem Kunden um.

Mein Unterkiefer klappte herunter.

In den grünen Augen des Fremden leuchtete Wiedererkennen auf. »Sie.«

»Sie«, wiederholte ich.

Der Fremde aus der Bar. Der, der mir vom Boden aufgeholfen und die Prügelei beendet hatte.

»Die Welt ist klein.« Er grinste.

»Offensichtlich.«

Während wir uns ansahen, merkte ich, dass er mich absolut faszinierte. Aus der Nähe war seine maskuline Ausstrahlung überwältigend, und er überragte mich fast um Haupteslänge.

Der Fremde räusperte sich. »Sirup?«

Ich errötete und nickte. »Natürlich. Hier entlang.« Ich ging an ihm vorbei. Obwohl ich Abstand wahrte, stieg mir der Duft seines tollen Eau de Cologne in die Nase.

Er folgte mir. Ich stand vollkommen unter Strom. Warum musste er mich ausgerechnet hier sehen? In dieser albernen Uniform? Mir wurde plötzlich allzu stark bewusst, wie unvorteilhaft meine zierliche Figur darin wirkte.

»Woher in den USA kommen Sie denn?«, fragte er, als er seine weit ausgreifenden Schritte meinen anpasste.

»Indiana«, erwiderte ich.

»Mir gefällt Indiana.«

»Sie waren schon einmal da?«, fragte ich überrascht.

Er nickte und schenkte mir ein leichtes Lächeln, das viel, viel, *viel* zu sexy war. »Es liegt nicht in einer anderen Dimension.«

Ich lachte. Es ärgerte mich, wie nervös mein Lachen klang. Ich wollte nicht, dass dieser Mann dachte, er würde mich einschüchtern. Obwohl es stimmte. »Sie waren bestimmt noch nie in Donovan.«

Sein Tonfall klang amüsiert. »Das kann ich nicht bestreiten.«

Wenn er je nach Donovan gekommen wäre, hätten ihn die Frauen dort nie wieder gehen lassen. Ich biss mir auf die Lippe, um bei der Vorstellung nicht laut zu lachen.

»Sirup.« Ich blieb vor einem Regal stehen und deutete darauf. »Alle Sorten.«

Statt in das Regal zu schauen, sah der Fremde mich an. Sein Blick wanderte zu meiner Hand. »Was macht das Handgelenk?«

Das war ihm aufgefallen? Bei dem Gedanken, seine Aufmerksamkeit erregt zu haben, durchströmte mich ein Anflug von Erregung. »Dem geht es gut. Danke, dass Sie gestern eingegriffen haben.«

»Ich kann mir nur denken, dass diese Typen bei Ihnen eine Grenze überschritten haben, wenn Ihr Mann so reagiert hat.«

Yeah, sicher. Ich konnte es nicht beurteilen, ob Jim passiv aggressiv war oder wirklich nur vermutet hatte, wovon alle anderen ausgegangen waren. Es ließ auch die Schlussfolgerung zu, dass ich mich extrem zu verändern begann, weil mein Mann und ich uns plötzlich in der Defensive befanden. Aber darüber wollte ich mit diesem Fremden mit der schicken Uhr und dem melodischen, kultivierten schottischen Akzent, der in meinem Unterleib und meinen Brüsten ein Kribbeln auslöste, nicht reden. Er dachte vermutlich, Jim und ich wären so wie diese melodramatischen Pärchen in der Jerry-Springer-Show – so weit außerhalb seines gesellschaftlichen Umfeldes, dass es nicht mehr komisch war. »Kann ich Ihnen sonst irgendwie behilflich sein?«

Wenn ihn meine plötzliche Schroffheit überraschte,

zeigte er es nicht. »Nein, ich wollte nur Sirup.« Er nahm sich eine Flasche aus dem Regal.

Ich lächelte ihm schmallippig zu und machte auf dem Absatz kehrt, um ihn sich selbst zu überlassen.

»Sie sind sehr jung für eine Ehefrau, nicht wahr?«

Die Neugier in seiner Stimme ließ mich innehalten.

Ich verstand absolut nicht, dass ich ihm in einer Bar auffiel, ganz zu schweigen davon, dass er interessiert genug an mir war, um mich an meinem Arbeitsplatz auszufragen. Aber ich war ebenfalls auf ihn neugierig. Noch nie hatte ich so instinktiv auf einen Fremden reagiert. Ich drehte langsam den Kopf und zog die Brauen hoch. »Entschuldigung?«

Der Fremde grinste; scheinbar weidete er sich an meiner Entrüstung. »Was ich sagen wollte, war, dass es ausgesprochen klug von Ihnen war, so jung zu heiraten.«

Verwirrt verschränkte ich die Arme vor der Brust. »Woher wollen Sie wissen, ob ich klug bin?«

Er deutete auf seine Augen. »Das sehe ich.«

»Sie können mir ansehen, dass ich klug bin?« Ich sah ihn skeptisch an. »Wirklich?«

»Viele kluge Menschen haben in einem Supermarkt gearbeitet. Und Sie sehen für Ihr Alter zu müde aus. Ich bin viel herumgekommen und habe viele Menschen getroffen. Müdigkeit bei jungen Menschen heißt normalerweise, dass sie viel erlebt haben, mehr als es in ihrem Alter üblich ist.«

Das überraschte mich, weil ich mich tatsächlich älter *fühlte* als ich war. Abwehrend schnaubte ich: »Niemand kann so etwas von anderen behaupten, nur weil er ihm in die Augen schaut.«

»Sie haben sehr ausdrucksvolle Augen.«

Da mich seine Nähe und die Anziehungskraft nervös machten, trat ich einen Schritt zurück und beobachtete ihn matt. »Sie kennen mich gar nicht. Sie sind ein vollkommen Fremder.«

»Ich weiß.« Er bedachte mich mit einem schelmischen Lächeln, bei dem sich mein Bauch an einer empfindlichen Stelle tief unten zusammenzog. »Und leider wird das, solang dieser Ring an Ihrem Finger steckt«, er deutete auf meinen goldenen Ehering, »auch so bleiben.«

Geschmeichelt, eingeschüchtert und zugleich erregt überspielte ich meine aufgewühlten Gefühle mit Bissigkeit. »Bin ich nicht ein bisschen jung für Sie?«

»Autsch.« Er griff sich lachend an die Brust. »Direkt ins Ego getroffen.«

Ich grinste. »Nun?«

Er musterte mich fast ebenso eindringlich, wie Jim es getan hatte. Nur dass mich Jims Blicke damals misstrauisch gestimmt hatten. Dieser Fremde weckte meinen Argwohn nicht, sondern ich verspürte das überwältigende, bizarre Verlangen, meinen Mund auf seinen zu pressen.

»Gestern Morgen«, sinnierte er, dabei rieb er sich mit dem Daumen über die Lippen, die mich so in ihren Bann gezogen hatten, »hätte ich Ihnen zugestimmt, dass zwanzig …«

»Einundzwanzig«, half ich nach.

»Dass einundzwanzig eindeutig zu jung für mich ist.«

Mir stockte der Atem. »Und heute?«

»Würde ich alles, was ich habe, darauf verwetten, dass diese spezielle Einundzwanzigjährige nicht so ist wie die meisten ihres Alters. Schade«, sein glühender Blick schweifte über mich hinweg, was mich vor Verlangen erschauern ließ, »dass sie ein bisschen zu verheiratet ist.«

Wirklich schade, hätte ich am liebsten geantwortet.

Ich grinste ihn spöttisch an. »Sie sind gut, das muss ich Ihnen lassen. Arrogant, aber gut.«

Er legte den Kopf schief. Seine grünen Augen funkelten vor Erheiterung. »Arrogant? Inwiefern?«

»Weil ich allmählich das Gefühl habe, dass Sie, wenn ich

nicht verheiratet wäre, erwarten würden, dass ich am Ende des Tages in Ihrem Bett liege. Als wäre es Ihr gutes Recht.«

Der Fremde schien darüber nachzudenken. »Schon möglich«, murmelte er dann. »Ich schätze, das werden wir nie erfahren.«

Und ohne einen erkennbaren Grund lösten seine Worte eine unerklärliche, erdrückende Traurigkeit bei mir aus.

Es wurde noch unheimlicher; der Fremde schien es zu spüren, denn seine Miene verdunkelte sich ebenfalls bedauernd. Mit einem grimmigen Lächeln trat er ein paar Schritte zurück. »*Viel Glück im Leben, Mädchen aus der Bar.*«

Viel Glück im Leben, Fremder aus der Bar.

Aber ich brachte kein Wort heraus. Es blieb mir im Hals stecken.

Endlich verschwand seine hochgewachsene Gestalt um die Ecke, und seine Schritte verhallten.

Ich stieß vernehmlich den Atem aus.

Was zum Teufel war das gewesen?

Erschüttert ging ich den Gang hinunter und versuchte mich zu erinnern, was ich gerade tun wollte.

Dann schoss mir ein Gedanke durch den Kopf. Eigentlich eher eine Entscheidung, und ich blieb mitten in dem Gang mit Lebensmitteln aus aller Welt stehen. Ein Mann, ein Fremder, hatte in mir etwas ausgelöst, was Jim niemals auch nur annähernd in mir berührt hatte. Als ich dem Mann in die Augen geschaut hatte, wollte ich wissen, wer er war, was er machte, was ihn bewegte. Ich wollte alles über ihn erfahren. Ich begriff, dass dieser Fremde die Gefühle in mir weckte, die ich bei unserer ersten Begegnung in Jim geweckt haben musste.

Damals war ich zu naiv, um zu wissen, was ich hätte empfinden müssen.

Ich konnte nicht über die Hoffnung hinausschauen, die Jim für mich verkörperte.

Aber jetzt wusste ich es. Und ich war erwachsen. Ich konnte nicht länger Unkenntnis oder jugendliche Naivität vorschützen, um meinen Fehler zu entschuldigen. Jim verdiente es, jemanden zu finden, der ihn so liebte, wie es ihm gebührte. Ich durfte ihn nicht mit unerwiderter Liebe in den Wahnsinn treiben, und ich musste mich seinetwegen nicht schuldig fühlen.

Ich musste meinen Mann gehen lassen.

Die Entscheidung löste Übelkeit in mir aus.

»Nora.«

Ich erkannte die Stimme und fuhr herum. Zu meiner Überraschung stand Jims Mutter vor mir. »Angie?«

Anstatt zu antworten starrte sie mich nur an, und da überfiel mich wieder dieselbe Angst, die ich verspürt hatte, als Melanie mir sagte, dass sie sterben würde. Angie war blass, ihre Augen von abgrundtiefer Verzweiflung erfüllt.

»Nora?« Mein Name kam ihr nur zitternd über die Lippen.

Nein.

Nein.

NEIN!

»Er ist tot«, schluchzte sie plötzlich, ein raues, scharfes, entsetzliches Geräusch.

»Nein.« Ich schüttelte den Kopf und taumelte von ihr zurück.

Sie flehte mich stumm an.

»Angie …« Übelkeit stieg in mir auf. »Bitte.«

Sie schluchzte nur noch heftiger. »Er ist tot. Mein Baby ist tot.«

Zweiter Teil

Kapitel 7

Edinburgh, Schottland
August 2015

Während der Busfahrt von Sighthill zur Princes Street, blickte ich aus dem Fenster und beobachtete die Leute. Langsam rollten wir Richtung Westen zur Stadtmitte. Ich beobachtete gern andere Menschen, stellte mir vor, wie sie lebten. Der Bus blieb im Verkehr stecken, und ich bemerkte ein älteres Paar, das händchenhaltend die belebte Straße hinunterschlenderte. Ihre Schultern berührten sich, während sie sich lächelnd etwas zu murmelten.

War das eine Sandkastenliebe? Ein Beispiel für die ewige Liebe, von der man hörte, sich aber nie träumen ließ, sie selbst zu erleben? Sechzig Jahre, und noch immer so verliebt wie am Anfang.

Oder waren es Verwitwete, Geschiedene, die sich erst spät im Leben begegnet waren, endlich die Liebe ihres Lebens gefunden hatten und sie nun genossen, statt den Jahren nachzutrauern, die sie ohne den anderen verbracht hatten?

Ich lächelte wehmütig, als der Bus weiterfuhr und das ältere Paar zurückließ.

»Es ist heiß wie die Hölle hier!«, riss mich eine Frau in der gegenüberliegenden Sitzreihe aus meinen Gedanken, als sie den Fahrer ankeifte. »Wie wäre es denn, mal ein Fenster aufzumachen?«

Das entsprach nicht ganz der Wahrheit. Obwohl Schotten und ich unterschiedliche Ansichten darüber hatten, ab wann es heiß war, wusste sogar ich, dass dieser Monat ziemlich mild gewesen war. Und nass.

»Hören Sie, nur weil Sie in der Menopause stecken, heißt das noch lange nicht, dass wir darunter leiden müssen, ist das klar?«, mischte sich ein hinter ihr sitzender Typ ein.

Innerlich seufzend schob ich mir rasch meine Kopfhörer in die Ohren, um die bevorstehende Zankerei auszublenden.

Ich war froh, aus dem Bus auszusteigen, den gepflasterten Bürgersteig entlang der Princes Street zu gehen und weiter am Bahnhof Edinburgh Waverly vorbei. Als Hoziers »Take Me to Church« den Verkehrslärm, die Hektik und das Geschnatter der Passanten übertönte, spürte ich große Zufriedenheit. Ich liebte es, mich in der Stadt aufzuhalten; mich aus meinem winzigen Apartment in einem hässlichen grauen städtischen Gebäude eine Straße von Angies Haus entfernt dorthin zu flüchten.

Ich schätze, deswegen hatte ich den Job in Old Town angenommen, statt mir etwas näher bei meinem Apartment Gelegenes zu suchen. Angie hielt mir entgegen, ich würde Fahrgeld für den Bus verschwenden. Aber ich brauchte diese Fluchtmöglichkeit.

Ich ging die steile, kurvige Straße hoch, die in die Royal Mile mündete, und als ich an meiner Arbeitsstelle vorbeikam, spähte ich kurz hinein. Leah, die Inhaberin und meine Chefin, unterhielt sich lächelnd mit einer Kundin. Die Schaufensterpuppen im Fenster präsentierten Kleider im Vintage-Stil und hübsche Strickjacken. Die Boutique namens Apple Butter war klein, aber wegen ihrer Spitzenlage in der Cockburn Street (*Co-burn* ausgesprochen, zum Glück, denn ehrlich, wer würde denn eine Straße nach etwas benennen, was einem Mann passiert, wenn er sich zu lange einen runterholt?) immer gut besucht. Die Straße war kopfsteingepflastert, fast so wie die Royal Mile, und entlang der breiten, highheelfreundlichen Bürgersteige fand man zahlreiche kleine Läden, in denen Schmuck, Antiquitäten und Mode verkauft wurden. Es gab auch Pubs, Cafés und ein Tattoostudio.

Ich erklomm rasch den steilen Hügel; folgte der Kurve, die vom Apple Butter wegführte. Heute war mein freier Tag, und ich hatte anderswo zu tun. Ich hätte auch mit dem Bus fahren können, aber mir gefiel der Spaziergang durch die Stadt, durch Old Town.

In der Nähe des Universitätskomplexes machte ich bei meinem neu entdeckten Coffeeshop Halt und ging direkt in die Damentoilette. Dort zog ich dunkelgrüne Leggins und ein dunkelgrünes Hemd mit kurzen Fransenärmeln und gezacktem Saum an. Dann faltete ich meine Jeans und meinen Pulli ordentlich zusammen, verstaute sie in meinen Rucksack und erstarrte, als ich in den Spiegel blickte.

Der Anblick meiner kalten, harten, müden Augen jagte mir Angst ein.

Meine Befürchtung hatte sich bestätigt.

Die Augen meiner Mom starrten mich aus dem Spiegel an.

Ich zupfte an den Haaren in meinem Nacken herum und fragte mich, ob sie mich jetzt noch erkennen würde.

Ich erinnerte mich an den Morgen, an dem ich meine Haare hatte abschneiden lassen.

»Was hast du gemacht?« Seonaid starrte mich entgeistert an.

Ich war immun gegen ihren Schock. Gegen jeglichen Schock. »Ich habe sie abschneiden lassen.«

Sie stürzte auf mich zu und berührte eine kurze Strähne. »Du hast sie nicht nur abschneiden lassen. Du hast sie massakriert.«

Das stimmte. Meine Haarmähne existierte nicht mehr. Ich hatte den Haarstylisten gebeten, mir einen Pixiecut zu verpassen. »Bist du sauer, weil ich mir einen Kurzhaarschnitt habe machen lassen, oder sauer, weil ich damit nicht zu dir gekommen bin?«

»Wir wissen beide, dass ich mich geweigert hätte.« Seonaid schüttelte den Kopf. Ihre Augen schwammen in Tränen. Sie weinte ständig. Vergoss genug Tränen für uns beide. »Er hat deine Haare geliebt.«

»Mag sein, aber er ist nicht mehr hier.«

»Nora …« Ihr Gesicht verzerrte sich, und plötzlich lag ich in ihren Armen.

Ich erwiderte ihre Umarmung, so fest ich konnte, und flüsterte tröstende Worte, während sie von harten, zittrigen, herzzerreißenden Schluchzern geschüttelt wurde.

»Wir müssen gehen«, murmelte ich endlich. »Wir müssen Angie abholen.«

Seonaid trat widerstrebend ein paar Schritte zurück und wischte sich die Mascarareste aus den Augenwinkeln. Ich hielt inne, um in den Spiegel zu blicken, der neben der Eingangstür an der Wand hing. Jim hatte ihn dort für mich angebracht, als wir eingezogen waren. Ich strich mein schwarzes Kleid glatt, betrachtete mich von oben bis unten und fühlte mich seltsam losgelöst von dem Bild, das sich mir bot. Wer war die junge Frau in Witwenkleidung mit so kurz geschnittenem Haar, dass ihre Augen übergroß wirkten? Zu groß und zu leer, als wären sämtliche Gefühle an diesem Morgen im Supermarkt hinausgeschwemmt worden. Ich erinnerte mich daran, wie ich in Angies Armen zusammengebrochen war. Ich erinnerte mich daran, so heftig geweint zu haben, dass ich dachte, ich würde nie wieder atmen können. Meine Tränen schienen all meinen Kummer mitgerissen zu haben, als sie auf meine Kleider und auf Angies Schulter liefen.

Jetzt empfand ich … gar nichts mehr.

Ich blinzelte, als ich mich aus der Erinnerung löste. Meine Haare waren immer noch kurz. Aber ich fühlte mich nicht länger betäubt.

Die Gefühle, die mich einige Monate nach Jims Beerdigung übermannten, waren zu viel für mich. Die Kraft, von welcher Art auch immer sie war, die mich in einen Stahlpanzer aus Leere gehüllt aufrechtgehalten und angetrieben hatte, verflog im Lauf der Zeit. Bis die Gefühle meinen dünner werdenden Panzer zu durchdringen begannen, hatte ich mich nicht mit ihnen auseinandersetzen wollen, weil ich Angst davor hatte, wer ich sein würde, wenn der Verarbeitungsprozess beendet war.

Wie sollte eine junge Frau weitermachen, nachdem der Mann, von dem sie sich scheiden lassen wollte, im zarten Alter von vierundzwanzig Jahren plötzlich an einem Aneurysma im Gehirn gestorben war?

Ich strich mein Kostüm glatt, nahm meinen Rucksack, trat in den Coffeeshop hinaus und stellte mich in die Schlange, um mir einen Americano to go zu holen, während das gesamte Personal kaum Notiz von meiner Kleidung nahm. Nach ein paar Monaten wöchentlicher Routine waren die Baristas an mich gewöhnt.

Mit meinem Kaffee spazierte ich in die Welt hinaus, ohne mich zu wundern, dass niemand mich beachtete, als ich an den Universitätsgebäuden vorbei die Straße hinunterging. Genau aus diesem Grund liebte ich diesen Teil von Edinburgh und die Stadt im Allgemeinen. Die Leute waren es gewöhnt, dass jeder sein eigenes Ding machte, und schenkten jemandem, der etwas ungewöhnlich gekleidet war, keinerlei Aufmerksamkeit.

Ich durchquerte The Meadows, den Park hinter der Universität, wo die Einheimischen an sonnigen Tagen picknickten, Soccer oder anderes spielten und die Kids auf dem

Spielplatz lachten und herumtobten. Heute war der Himmel wolkenverhangen, aber das kümmerte keinen – es war der Festivalmonat. Das Edinburgh International Festival oder kurz The Fringe, wie ich gelernt hatte, vereinnahmte im August die gesamte Stadt. Die Straßen wimmelten von Touristen, und Reklametafeln, Wände und Geschäftsfassaden waren mit Werbung für Shows von bekannten Comedians und ehrgeizigen Newcomern übersät. Es gab Schauspiele, Einmannshows, Bücherfestivals, Kunstevents und Filmpremieren aus aller Welt. Jim hatte das Spektakel gehasst. Er konnte es nicht leiden, wenn wir in unserem Lieblingspub oder Restaurant in der Innenstadt keinen Platz mehr bekamen und man wirklich überall über Touristen stolperte. Das Einzige, was ihm gefiel, waren die Biergärten, die überall wie Pilze aus dem Boden schossen.

Aber ich mochte The Fringe. Ich liebte die Energie und das pulsierende Leben, die Gerüche und den Lärm.

Es gefiel mir, dass man so leicht in der Menge untertauchen konnte.

Und The Meadows voller Zelte und Menschen war für mich ein wesentlich leichter zu ertragender Anblick als der, der sich mir vor einigen Wochen geboten hatte. Überall Studenten. Sie saßen umgeben von aufgeschlagenen Büchern unter den Bäumen und lasen. Ich hatte immer rasch den Blick abgewandt, weil die in mir schlummernde Sehnsucht an Verrat grenzte. Ich hatte nicht das Recht, so zu empfinden.

Kurz darauf erreichte ich das rote Ziegelgebäude aus dem späten 19. Jahrhundert, in dem die Kinderklinik untergebracht war. Ich durchquerte die Unfallambulanz und Notaufnahme und nahm die Treppe zu dem Stockwerk, in dem ich mich jede Woche einfand.

Seonaids Freundin Trish war hier Oberschwester und ihr

verdankte ich, dass ich mich als Peter Pan verkleiden und die Kids hier besuchen durfte. Nach Jims Tod, als es immer schwerer für mich wurde, mit dem Gefühlswirrwarr fertigzuwerden, dachte ich an den Frieden, den ich damals bei meinen Besuchen in der Kinderklinik in Indianapolis verspürt hatte. Die Freude dieser Kinder, wenn ich kam, um sie zu unterhalten, schenkte mir das Gefühl, etwas Sinnvolles zu tun. Obwohl ich Anne-Marie geschrieben und mein plötzliches Verschwinden erklärt hatte, fühlte ich mich bis heute schuldig, weil ich diese Kinder im Stich gelassen hatte.

Als ich versuchte, es Seonaid zu erklären, war ich zunächst auf Widerstand gestoßen.

»Nein.« Seonaid schüttelte störrisch den Kopf. »Du wirst keine Zeit dazu haben.«

»Wie das?«

»Weil du dich an der Uni bewirbst.«

Darüber wollte ich nicht reden. Ein Felsblock setzte sich in meinem Magen fest. »Nein, ganz bestimmt nicht.«

Seonaid zuckte bei meinem Ton zusammen. »Nora …«

»Meinst du, deine Freundin Trish würde einmal mit mir darüber sprechen? Mir erlauben, die Kids von Zeit zu Zeit zu besuchen? Als ehrenamtliche Unterhalterin?«

Sie musterte mich, als befürchtete sie, dass ich den Verstand verlor. »Als Kinderunterhalterin?«

»Ja.«

»Und das hast du schon in den Vereinigten Staaten gemacht?«

»Ja.«

»Und Jim wusste davon?«

»Ja.«

»Warum hast du mir das nicht schon früher erzählt?«

»Was regst du dich auf? Ich erzähle es dir ja jetzt, oder?«

»Ich rege mich wegen des Timings auf, Nora«, gab Seonaid zurück. »Es ist zehn Monate her. Im ganz großen Spiel keine lange Zeit … aber du musst anfangen, dein Leben weiterzuleben. Tun, was du schon immer tun wolltest. Eine Ausbildung beginnen.«

»Ich möchte aber diesen Plan verwirklichen«, beharrte ich. »Hilfst du mir jetzt oder nicht?«

Obwohl sie mich ganz und gar nicht verstand, stellte Seonaid den Kontakt zu Trish her. Und Trish war zwar überrascht, dass eine Zweiundzwanzigjährige Kinder unterhalten wollte, gab mir aber trotz fehlender professioneller Referenzen eine Chance.

Zugegeben, ich freute mich, als sie davon schwärmte, wie brillant sie mich fand, nachdem ich ein paar Kapitel aus dem ersten *Lemony Snicket*-Band vorgetragen hatte.

»Trish sagte, du wärst phantastisch gewesen.« Seonaid musterte mich an diesem Abend misstrauisch. »Wirklich verdammt gut. Sie wundert sich, dass du nicht in einer Theatergruppe mitwirkst.«

Das Lob traf mich bis ins Mark, schürte jahrealte Sehnsucht und Ehrgeiz von neuem. Ich ließ mir jedoch nicht anmerken, wie sehr ihre Worte mich berührten. »Das war nett von ihr.«

Seonaid kniff die Augen zusammen und studierte mich, als wollte sie alle meine Geheimnisse ergründen. »Ich mache mir Sorgen um dich, Nora«, flüsterte sie.

»Nicht nötig.« Ich rang mir ein schwaches Lächeln ab. »Ich hatte heute eine Superzeit mit den Kids. So gut habe ich mich lange nicht gefühlt.«

»Gut«, murmelte sie, aber die Besorgnis in ihren Augen blieb.

»Da bist du ja«, sagte Jan, als ich sie auf dem Weg zum Kindergemeinschaftsraum auf dem Gang traf. Als Oberschwester war Trish an meinen Besuchstagen meistens sehr beschäftigt, daher hatte ich am häufigsten mit Jan zu tun.

»Wie versprochen.«

Jan grinste mich an. »Eine eifrigere Ehrenamtliche ist mir noch nie untergekommen.«

Ich hätte gern gelächelt, aber nach meinem letzten Besuch hatte ich Angst, dass ich nicht wiederkommen durfte. »Und die Eltern haben nichts dagegen?«

Eine Mutter war letzte Woche hier gewesen und hatte, wie es ihr gutes Recht war, jede Menge Fragen bezüglich meiner Tätigkeit in der Kinderklinik gestellt. Sie war nicht begeistert, als sie erfuhr, dass ich keine professionelle Kinderunterhalterin war, sondern eine Bekannte eines Mitglieds der Belegschaft. Dann bestand sie darauf, dazubleiben und zuzuschauen, und ich musste meine Nervosität überwinden und mich in Peter Pan verwandeln, der für die Kinder eine Weile die Zeit anhielt, während der sie nicht älter und kränker wurden, sondern Geschichten zuhörten.

»Mrs. Stewart findet, dass du sehr gut mit Kindern umgehen kannst«, versicherte mir Jan. »Sie war verständlicherweise sauer, weil man ihr nichts von deinen Besuchen gesagt hat. Ich dachte, alle Eltern wären informiert worden, aber sie müssen wir irgendwie übersehen haben. Auf jeden Fall lässt sie Aaron gerne weiter an deinen Besuchstagen teilnehmen.«

Ich stieß erleichtert den Atem aus. »Gut. Ich liebe die Zeit mit den Kindern.«

Jan schüttelte grinsend den Kopf. »Entweder hast du von allen jungen Frauen, die mir bislang begegnet sind, das größte Herz, oder du fliehst vor irgendetwas, wenn du herkommst.«

Es war, als hätte sie mich geschlagen.

Sie rieb mir tröstend über den Arm. »Vermutlich ist es ein bisschen von beidem. Und außerdem … das Ergebnis ist dasselbe. Was du da machst, ist gut.«

Meine Anspannung ließ nach, als mir klar wurde, dass sie mich nicht nach meinen Gründen fragen würde. Sie begleitete mich nur zum Gemeinschaftsraum und kündigte mich den Kids an.

Poppy, ein kleines nierenkrankes Mädchen, das an drei Morgen pro Woche eine vierstündige Dialyse bekam, strahlte mich an. »Nora.« Sie schenkte mir ein erschöpftes Lächeln, und ich lachte sie an. Innerer Friede durchströmte mich, und mein ganzer Körper entspannte sich. Mein Besuchstag war Dialysetag für Poppy, und egal wie ausgelaugt sie nach der Behandlung war, sie bestürmte ihre Mom immer, hierbleiben und mir zuhören zu dürfen. Jan setzte sie immer in einen großen bequemen Sessel und legte ihr eine Decke über den Schoß, und ihre besorgte Mutter holte sie am Ende meiner Besuche wieder ab. Obwohl Poppys Mutter ihre Tochter nach der Behandlung nicht gern hier ließ, verstand sie doch, dass ihr kleines Mädchen das Gefühl brauchte, dass es mehr im Leben gab als ihre Nierenkrankheit.

Und eine junge Amerikanerin, die als Peter Pan verkleidet Geschichten vortrug, lenkte sie eine Weile davon ab.

Und warum musste es das Peter-Pan-Kostüm sein?, fragt ihr?

»Warum zum Teufel hast du das gemacht?«, fragte Roddy, als ich bei Jims Beerdigung in der Kirche auf ihn zukam.

»Bitte?«

»Deine Haare.« Er betrachtete sie finster.

»Ich habe sie abschneiden lassen.«

»Aye, was du nicht sagst. Du siehst ja aus wie Peter Pan!«

»Sie sieht hübsch aus.« Angie küsste mich auf die Wange. Tränen standen in ihren Augen, und ihre Lippen zitterten. »Sie wird immer wie ein Engel aussehen, egal wie sie ihre Haare trägt. Jim würde genauso denken.«

»Jim würde durchdrehen«, knurrte Roddy. »Er hat deine verdammten Haare geliebt.«

Deswegen hatte ich sie abschneiden lassen. »Ich brauchte eine Veränderung.«

»Peter-Scheiß-Pan«, grollte Roddy, als wir uns in die vorderste Bank schoben.

Es ergab für mich einen Sinn, nicht nur wegen der Haare, sondern wegen allem, für das der Junge, der nicht erwachsen werden wollte, stand.

Ich blickte mich lächelnd im Raum um. Sieben Kinder waren heute da, die ich alle von letzter Woche her kannte. »Hallo zusammen.« Ich stolzierte wie Peter Pan in das Zimmer. »Seid ihr bereit für ein weiteres Abenteuer?«

»Äh … Peter?« Jan klang belustigt.

Ich blickte über meine Schulter. »Yeah?«

Jan kam zu mir und dämpfte ihre Stimme. »Da wäre noch jemand, der dir heute zuhören möchte. Hast du etwas dagegen? Sie heißt Sylvie. Ihre Mum Nicky war hier Krankenschwester, und Sylvie ist es gewohnt, sich hier bei uns aufzuhalten. Nicky ist vor nicht allzu langer Zeit gestorben. Sylvie lebt hier bei ihrem Onkel, aber ihr Dad sieht sie, wann immer er Zeit hat. Sie sollte heute eigentlich bei ihrem Dad sein, aber bei ihm hat es bei der Arbeit einen Notfall gegeben, und Sylvie hat darum gebeten, hier abgesetzt zu werden. Das kommt ziemlich regelmäßig vor. Wir haben nichts dagegen, die Kleine tut uns leid.«

Das klang nach einer furchtbar traurigen Situation. Natürlich hatte ich Verständnis. »Das ist überhaupt kein Problem.«

Sie verschwand, um Sylvie zu holen, und ich feixte mit in die Hüften gestemmten Fäusten und leicht gespreizten Beinen in den Raum. »Seid ihr alle bereit?«

»Was liest du denn heute vor?«, erkundigte sich Aaron von seinem Platz aus der Couch aus. Er hielt einen iPad in der Hand, aber seine Aufmerksamkeit galt mir.

»Oh, ich nehme euch heute zu dem spannendsten Abenteuer überhaupt mit. Wartet es nur ab.«

Nachdem ich mich ungefähr eine Minute mit den Kids unterhalten hatte, ging eine der Doppeltüren auf, und Jan kam herein, ihre Hand lag auf der Schulter eines großen, hübschen Mädchens mit kinnlangem weißblonden Haar.

Ihr Anblick verschlug mir den Atem.

Jesus Christus.

Sie sah aus wie Mel.

»Nora – Peter, meine ich, das ist Syl…«

»Sylvie Lennox.« Das Mädchen wand sich unter Jans Hand hervor. »Ich bin zehn, und ich wohne mit meinem Onkel Aidan in Fountainbridge. Direkt am Kanal.«

Ich konnte sie nur stumm anstarren – nicht nur, weil sie mich so an Mel erinnerte, sondern auch, weil sie so viel jünger war, als ich zunächst gedacht hatte. Zehn Jahre. Und doch wirkte sie, als hätte sie schon alles gesehen. Lebenserfahrung. Der Verlust ihrer Mom.

»Hey, Sylvie. Ich bin Peter Pan.«

»Nein, das bist du nicht«, sagte sie ernst, als sie auf mich zukam. Langsam setzte sie sich auf den Boden und schlug die Beine übereinander. »Jan hat dich Nora genannt. Und du siehst mehr wie eine Nora aus als wie ein Peter. Außerdem … Peter Pan ist eine Märchengestalt. Und außerdem ein Junge.«

Bezaubert von ihr und ihrem kultivierten schottischen Akzent kauerte ich mich vor sie, grinste und flüsterte: »Warum sollen wir sie nicht täuschen? Allen anderen hier ist Peter lieber als die langweilige, alte Nora.«

Sylvie schien ernsthaft darüber nachzudenken. Dann nickte sie. »Okay. Aber ich will Nora auch kennenlernen.«

Ein Anflug von Leichtigkeit breitete sich in meiner Brust aus und trug die Schichten einer schmerzhaften Last ab. »Du hast es verstanden.«

Ich stand auf und wandte mich an die anderen in der Gruppe, die geduldig darauf warteten, dass ich begann. »Letzte Nacht begab ich mich auf das größte Abenteuer. Ich reiste den ganzen langen Weg von Nimmerland zu diesem magischen Ort namens Indiana. Dort traf ich ein Mädchen, das Melanie hieß, und sie nahm mich auf eine wirklich coole Reise voller Helden und Schurken mit.« Ich zog ein Buch aus meiner Tasche und zeigte es ihnen. »Und jetzt werde ich euch auf dieselbe Reise mitnehmen.«

»Hmm … bist du heute Morgen nach Nimmerland zurückgeflogen? Und dann wieder hierher?« Poppy blinzelte mich verwirrt an.

»Natürlich.«

»Aber … wie ist das möglich?« Aaron, der Zehnjährige, der sich von Leukämie erholte, blieb argwöhnisch.

Sylvie meldete sich zu Wort. »Weil die Zeit in Nimmerland stehenbleibt.«

»Ganz recht, Sylvie. Vergesst nicht, Kinder, dass ich euch gesagt habe, in Nimmerland werden Träume geboren, und die Zeit wird nie verplant.«

»Ich wünschte, wir würden in Nimmerland leben«, sagte Kirsty, eines der jüngsten Kinder.

»Wie kommt man denn nach Nimmerland?«, fragte Poppy.

»Du musst hinfliegen«, gab Sylvie zurück. »Mit Feenstaub.«

Ich grinste sie an. Da hatte jemand eindeutig *Peter Pan* gelesen oder zumindest den Film gesehen. »Genau.«

»Aber wie *kommt* man dahin? Wo ist es?«

»Da oben, im Himmel.« Ich deutete nach oben. »Zweiter Stern rechts und immer geradeaus bis zum Morgen.«

»Okay, wir haben verstanden. Erzähl uns einfach, auf welches Abenteuer Melanie dich mitgenommen hat, Nora.« Aaron rutschte auf der Couch nach vorne, um einen Blick auf mein Buch zu erhaschen.

Ich lachte über sein Widerstreben, mitzuspielen, erfüllte aber seinen Wunsch, schlug Roald Dahls *Matilda* auf und bedachte mein Publikum mit einem koboldhaften Lächeln. »Das finden wir jetzt heraus.«

In der Mitte des dritten Kapitels schoss Sylvies Hand in die Höhe.

Ich hielt mit dem Lesen inne und sah sie gespielt finster an. »Gefällt dir das Abenteuer nicht?«

»Doch.« Sylvie nickte nachdrücklich. »Aber ich dachte … kann ich Fräulein Knüppelkuh sein?«

In den paar Monaten, seit ich die Klinik besuchte, hatte nie eines der Kinder gebeten, mit mir zusammen lesen zu dürfen. Irgendetwas regte sich in mir. Zuneigung. Ein Aufwallen von Zuneigung, fern jeder Vernunft und unerklärlich. Aber ich verspürte sie, als ich dieses Mädchen ansah, und staunte.

»Klar.« Ich streckte die Hand aus, und Sylvie ließ sich grinsend von mir auf die Füße ziehen.

Dann begannen wir gemeinsam zu lesen, und ich musste mir ein entzücktes Lächeln verbeißen, so brillant und bösartig gestaltete sie ihr Fräulein Knüppelkuh. Alle Kids lachten über ihre Darbietung, und meine Zeit mit ihnen flog schneller dahin als je zuvor.

Jan kam in den Raum, um mir mitzuteilen, dass die Zeit um war, und die Kids protestierten und bettelten mich an, doch zu bleiben.

»Peter Pan muss nach Nimmerland zurück. Wenn er zu lange wegbleibt, vermisst Glöckchen ihn.« Jan kam in den Raum und nahm Sylvies Hand. »Zeit, auf deinen Dad zu warten, Süße.«

»Warte.« Sylvie ließ ihre Hand los und lief zu mir hinüber, als ich mein Buch in meine Tasche packte. Sie beugte sich vor und fragte: »Setzt du dich zu mir, solange ich auf meinen Dad warte?«

»Jetzt?« Ich spähte zu Jan, die nickte. »Aber sicher doch.«

»Prima!«

Nachdem ich mich von den anderen Kindern verabschiedet hatte, folgte ich Jan und Sylvie ins Schwesternzimmer. »Ich muss mich erst umziehen.«

Sylvie blickte wie eine kleine Erwachsene zu mir auf. »Okay. Ich warte hier.« Sie deutete auf die zwei Wartezimmerstühle an der Wand.

Das kleine Mädchen, das mich so an Mel erinnerte, weckte meine Neugier. Ich beeilte mich, meine Jeans und mein Shirt anzuziehen, und ging zu ihr zurück.

Ihr Gesicht hellte sich bei meinem Anblick auf. »Nora.«

Ich lächelte, weil man hätte denken können, sie hätte mich wochenlang nicht gesehen. »Hey, du.«

»Wo kommst du her?«, fragte Sylvie ziemlich abrupt.

»Aus Amerika. Weißt du, wo das ist?«

»Ich war da.« Sylvie setzte sich aufrechter hin und strahlte. »Onkel Aidan ist mit mir und meiner Mum vor ein paar Jahren nach Disneyworld gefahren. Kommst du daher?«

»Nein, ich komme aus dem Mittleren Westen. Aus Indiana.«

»Wie in der Geschichte von diesem Mädchen? Melanie?«

»Yeah. Hat es dir gefallen? Du scheinst ganz schön viel über Peter Pan zu wissen.«

»Meine Mum hat mir daraus vorgelesen. Es war ihr Lieblingsbuch. Onkel Aidan liest mir immer noch ab und zu daraus vor.« Sie sah mich mit diesen ernsten Augen an. »Mum ist gestorben. Letztes Jahr.«

Es war zu viel. Zu viel für jedes Kind. In Momenten wie diesem wollte ich das Schicksal anbrüllen und anklagen und toben, denn wie zum Teufel konnte es angehen, dass ein Kind seine Mutter verlor, noch bevor es das Teenageralter erreicht hatte? Ich unterdrückte meine Gefühle und sagte: »Das tut mir so leid, Sylvie.«

Sie schluckte hart, versuchte ihre Gefühle zurückzuhalten. Tapfer zu sein.

Erst zehn Jahre alt und sie musste schon tapfer sein.

»Ich wohne jetzt bei Onkel Aidan, und ich habe eine Lehrerin, die zu uns nach Hause kommt und mir Schulunterricht gibt. Jede Menge.« Sie verdrehte die Augen. »Aber nicht an den Tagen, an denen Daddy Zeit für mich hat. Letzte Nacht war ich bei Daddy, aber heute musste er arbeiten, und Onkel Aidan ist in London, weil er Musik mit berühmten Leuten macht.«

Es klang nicht so, als gäbe es in ihrem Leben viel Stabilität, und ich fragte mich, was sich die beiden Männer in ihrem Leben eigentlich dachten. Sie sollte zur Schule gehen, nicht zu Hause unterrichtet werden, und sie sollte nicht hinter einem Job zurückstehen müssen und bei den alten Kolleginnen ihrer Mom abgesetzt werden. Ich spürte Zorn in mir aufsteigen, aber Sylvie zuliebe ließ ich mir nichts anmerken.

»Onkel Aidan sagt, er nimmt mich auf seine Reisen mit, wenn ich älter bin.« In ihren Augen glühte unverkennbare Heldenverehrung. Mir entging nicht, wie sie innerlich zu leuchten schien, wenn sie von ihrem Onkel sprach. Kam die Rede dagegen auf ihren Vater, blieb das Strahlen aus.

»Du hast die Rolle von Fräulein Knüppelkuh heute sehr gut gelesen. Du bist eine wirklich begabte Schauspielerin.«

Sylvie strahlte. »Ehrlich? Du auch! Die Kinder denken wirklich, dass du Peter Pan bist.«

Ich verkniff mir ein Lächeln über die Art und Weise, wie sie von den anderen Kindern sprach, als wäre sie selbst keines. »Oh, danke.«

»Ich kann es gar nicht erwarten, Onkel Aidan von dir zu erzählen …«

Ich hörte ihr zu; schenkte ihr meine ungeteilte Aufmerksamkeit, weil ich wusste, dass sie das brauchte, während sie mir eifrig von ihrem Leben mit ihrem Onkel Aidan berichtete.

Wenig später lief ein Mann eilig den Gang hinunter. Bei Sylvies Anblick ließ er erleichtert die Schultern sinken. Ich war sofort auf der Hut, als Sylvie verstummte. Der Typ war durchschnittlich groß, schlank und hatte ein bisschen Ähnlichkeit mit Colin Farrell.

»Sylvie.« Sein Blick schoss zu mir. Argwohn glomm darin auf.

»Daddy …« Sylvie winkte ihm halbherzig zu.

»Wer ist das?« Er kauerte vor seiner Tochter auf den Boden. Ich registrierte die dunklen Ringe unter seinen Augen und die Schweißperlen auf seiner Stirn. Der Mann wirkte erschöpft und besorgt, und ich schämte mich ein wenig dafür, ihn vorverurteilt zu haben.

»Das ist Nora.«

»Cal.« Jan kam den Gang hinuntergerauscht. Sie sah nicht gerade glücklich aus. »Du kommst spät.«

Er zuckte zusammen, stand auf und warf ihr einen entschuldigenden Blick zu. »Die Besprechung hat sich in die Länge gezogen. Tut mir leid.« Wieder wanderten seine Augen zu mir.

Jan deutete auf mich. »Das ist Nora. Sie ist Kinderunterhalterin. Sylvie hat sie gebeten, mit ihr zu warten.«

»Oh. Gut.« Seine Züge entspannten sich ein wenig. »Freut mich, Sie kennenzulernen.«

»Ganz meinerseits.«

»Gut, also dann. Noch einmal vielen Dank, Jan.«

Jan nickte ihm schmallippig zu.

»Komm, Sylvie.«

Sylvie drehte sich augenblicklich zu mir um. »Bist du nächste Woche wieder da?«

Mir wurde das Herz schwer. »Ja.«

»Daddy, kann ich nächste Woche wiederkommen?«

Er griff nach ihrer Hand, und sie erhob sich widerwillig. »Sylvie, das hier ist ein Krankenhaus. Wir dürfen uns nicht aufdrängen.«

»Nora hat nichts dagegen.«

»Sylvie.« Eine unmissverständliche Warnung schwang in seiner Stimme mit.

Sie schlug betrübt die Augen nieder und sah mich traurig an. »Tschüss, Nora.«

Der Abschied fiel mir schwer. Ich musste mich förmlich dazu zwingen, ihr Auf Wiedersehen zu sagen. »Bye, Sylvie.«

Während ich beobachtete, wie sie sich hastig den schnelleren Schritten ihres Vaters anpasste, empfand ich tiefen Kummer um das Mädchen.

»Sie lebt bei ihrem Onkel Aidan«, sagte Jan. »Als ihre Mum noch am Leben war, hatte sie das alleinige Sorgerecht, weil er«, sie nickte mit einem abfälligen Lächeln den Gang hinunter, »nicht gewillt war, sich wie ein Vater zu verhalten. Als er sich endlich doch dazu bereitfand, war er beruflich zu eingespannt, um genug Zeit dafür zu finden. Die Vormundschaft ging naheliegenderweise auf ihren Onkel Aidan über. Er organisierte eine Hauslehrerin für Sylvie, als Nicky krank wurde, und wollte sie nicht aus ihrer Alltagsroutine reißen, seit sie ihre Mum verloren hat. Ich denke allerdings, langsam wäre es an der Zeit.«

»Ja, sie sollte mit anderen Kindern ihres Alters zusammen sein«, stimmte ich zu.

»Er tut sein Bestes, nehme ich an.«

»Hört sich an, als würdest du ihn mögen.«

Zu meiner Überraschung errötete Jan. »Belassen wir es dabei, dass du Mühe hättest, eine Frau zu finden, die Aidan Lennox nicht mag.«

Kapitel 8

In den nächsten Tagen ertappte ich mich dabei, dass ich ständig an Sylvie dachte. Ob ich wie eine Motte von der persönlichen Tragödie anderer Menschen angezogen wurde oder ob es daran lag, dass sie mich an Mel erinnerte, wusste ich nicht. Vielleicht hatte das Kind mit seiner erwachsenen Ernsthaftigkeit etwas an sich, das mein Herz berührte. Was auch immer es war, sie ging mir andauernd durch den Kopf, und ich hoffte eine Woche später, sie wiederzusehen, als ich mich auf den Weg ins Krankenhaus machte. Ich wollte mich vergewissern, dass mit ihr alles in Ordnung war.

Als ich meinen Kaffee austrank und nach meinem Rucksack griff, klopfte es an meine Tür. Ich schlich leise zu ihr hinüber und stellte mich auf die Zehenspitzen, um durch den Spion zu spähen. Mein Magen krampfte sich beim Anblick von Seonaid und Angie zusammen. Ich drehte mich um und betrachtete mein kleines Apartment. Die Küche bestand aus einer Arbeitsplatte entlang der hinteren Wand mit Herd, Spüle, Schränken und einer kleinen Kühl-Gefrierkombination. Sie lag genau gegenüber von meinem Wohnzimmer, das nur Platz für zwei kleine Sofas, einen winzigen Couchtisch und einen Fernseher bot. Direkt hinter der Eingangstür führte eine Tür zum Schlafzimmer, das gerade groß genug für ein Bett war und über einen eingebauten Kleiderschrank für meine wenigen Sachen verfügte. Vom Schlafzimmer ging ein Minibad ab, das schon bessere Tage gesehen hatte.

Alles war ordentlich und sauber, aber trostlos, deprimierend und meilenweit von dem entfernt, was Jim angestrebt hatte.

»Wir haben dich gehört, Nora. Mach auf«, verlangte Seonaid.

Da mir nichts anderes übrig blieb, schloss ich die zahlreichen Schlösser an der Tür auf und zog die Kette zurück. Sofort drängten sich Angie und Seonaid in den Raum. Seonaid wirkte aufgebracht, Angie besorgt. Jims Mutter schüttelte den Kopf und bedeutete mir, die Tür zu schließen. »Jim hätte es gehasst, dass du hier wohnst. Ich wünschte, du würdest es dir noch einmal überlegen und bei mir bleiben, bis du auf eigenen Füßen stehst.«

»Du weißt, wie viel mir dein Angebot bedeutet, Angie, aber ich muss für mich selbst sorgen.« Ich ging um die beiden herum; spürte, wie sich ihre Blicke in mich bohrten, als ich meinen Rucksack nahm, um ihnen zu verstehen zu geben, dass ich weg wollte. Jims Familie war im Lauf des letzten Jahres mehr als nett zu mir gewesen und betrachteten mich nach wie vor als Mitglied ihrer Familie. Aber ich ertrug ihre Nähe schwer.

»Gehst du weg?«, erkundigte sich Seonaid ungehalten. »Wir wollten dich fragen, ob du mit uns zum Lunch kommst. Wir haben beide heute frei.«

»Ich kann nicht«, entschuldigte ich mich. »Ich arbeite ehrenamtlich im Krankenhaus.«

»Ehrenamtlich ist das Zauberwort«, erwiderte Seonaid. »Geh an einem anderen Tag hin. Wir haben dich eine Ewigkeit nicht mehr gesehen.«

Schuldgefühle, weil ich ihnen aus dem Weg gegangen war, nagten an mir. Mir war klar, dass die Mauer, die ich zwischen mir und Jims Familie und Roddy errichtet hatte, sie verletzte, aber ich konnte es nicht ertragen, sie darüber reden zu hören, wie glücklich sich Jim hatte schätzen dürfen, mich in seinem Leben gehabt zu haben; wie er wenigstens vor seinem Tod noch eine so tiefe Liebe erleben durfte. Mein Gewissen erdrückte mich, fraß mich innerlich auf, weil sie die hässliche Wahrheit nicht kannten. Sie bestanden darauf, mich auch weiterhin in ihrer Familie zu behalten, und ich ließ es zu, weil ich meinte, die Strafe zu verdienen, die ihre Gegenwart für mich bedeutete.

»Ich kann nicht. Jan rechnet fest mit mir.«

Angie machte ein langes Gesicht. »Dieses eine Mal kommt sie doch sicher ohne dich aus. Ich habe dich wochenlang nicht zu Gesicht bekommen, Nora.«

»Ich weiß.« Ich drückte ihren Arm, als ich auf dem Weg zur Tür an ihr vorbeiging. »Ich mache es wieder gut. Aber ich habe den Kindern versprochen, diese Woche zurückzukommen, und ich kann kranken Kindern kein Versprechen geben und es dann nicht halten.«

»Ich finde deine ehrenamtliche Arbeit im Krankenhaus großartig, aber es sollte sich nicht dein ganzes Leben darum drehen. Schwör mir, dass das nicht der Fall ist«, flüsterte Angie mit ängstlicher Miene.

Ich hatte die Tür geöffnet und hoffte, ohne eine Antwort zu entkommen, weil ich ihr nicht die geben konnte, die sie hören wollte. Also log ich. »Ich verspreche es dir. Aber es lohnt sich. Es befreit die Kinder für eine Weile aus der Realität ihrer Situation, und das gibt mir ein gutes Gefühl.«

Diese Erklärung schienen sie widerstrebend zu akzeptieren, als sie enttäuscht mein Apartment verließen. Sie schienen ebenfalls zu spüren, dass hinter meiner freiwilligen Aufgabe mehr steckte als das Bedürfnis, etwas Gutes zu tun. Ich fragte mich, warum sie jetzt meine Motive hinterfragten, aber nie bemerkt hatten, dass zwischen Jim und mir nicht alles eitel Sonnenschein war. Ich erinnerte mich, wie Angie mitfühlend meine Wange berührt hatte, als sie gesehen hatte, dass ich meine Haare abgeschnitten hatte. Sie dachte, sie würde es verstehen, weil Jim immer gesagt hatte, dass ich mir nie die Haare schneiden lassen dürfte, weil er sie so liebte. Aber Angie verstand meine wahren Gründe nicht.

Meine langen Haare waren *keine* schmerzliche Erinnerung an Jim. Es war die quälende Mahnung, dass ich dabei gewesen war, mich zu verlieren, als ich ihm nach Edinburgh gefolgt war, um meinem Leben zu entkommen. Sowie ich dort war und erkannt hatte, dass ich seine Liebe nicht im selben Maße erwiderte, war ich, statt ehrlich zu ihm zu sein, bei ihm geblieben, und hatte die Rolle der Frau gespielt, die er sich wünschte, und mich dabei dann endgültig verloren.

Sylvie war wieder da. Ihr Vater hatte beruflich zu tun und sie trotz seiner früheren Aussage, sie dürften sich nicht aufdrängen, für ein paar Stunden im Krankenhaus abgesetzt. Nachdem ich den Kindern – wieder gemeinsam mit Sylvie – vorgelesen hatte, bat mich meine altkluge kleine Freundin, zum Lunch mit ihr in die Cafeteria zu gehen. Zu meiner Erheiterung hatte sie sogar versucht, mich einzuladen.

»Warum denn hier?«, fragte ich neugierig, als wir Makkaroni mit Käse aßen. »Warum hat dein Dad dich nicht zu deinem Onkel gebracht?«

Sie seufzte, als würde die Last der ganzen Welt auf ihren schmalen Schultern ruhen. »Onkel Aidan hat viel zu tun. Ich weiß das. Aber er würde sich immer Zeit für mich nehmen, statt zu arbeiten. Es ist nicht fair. Daddy hat Onkel Aidan sozusagen versprochen, es würde nicht mehr vorkommen, aber …« Sie zuckte die Achseln. Und dann lächelte sie. »Aber jetzt hast *du* ja Zeit für mich, und das ist echt cool.«

Die mangelnde Stabilität in Sylvies Leben machte mir immer noch Sorgen, aber ich lächelte ebenfalls. »Oh ja.«

»Ich habe Onkel Aidan alles von dir erzählt, auch dass ich mit dir zusammen vorlesen durfte.« Sie grinste. »Habe ich dir schon gesagt, dass Onkel Aidan ganz viele berühmte Leute kennt?«

Ich hatte Mühe, nicht zu lachen, als ich nickte. »Du könntest es erwähnt haben.«

»Er ist Musikproduzent und Komponist«, fuhr sie fort. »Das heißt, dass er zusammen mit den berühmten Leuten ihre Musik bearbeitet, und dann schreibt er noch Musik für Kino und Fernsehen und so. Du weißt schon, so Musik ohne Worte.«

Das war ziemlich stylisch und beeindruckend. »Also Filmmusik.«

Sie nickte nachdrücklich. »Er hat all diese Instrumente und Computerkram. Er ist echt clever.«

»Das kommt mir auch so vor.«

»Yeah, und«, schwärmte sie, wie immer von diesem Thema begeistert, weiter, »Onkel Aidan hat ein Zimmer in der Wohnung nur für mich blau und violett streichen lassen und ganz viele Sachen und ein Bett hineingestellt. Miss Robertson sagt, ich wäre wirklich ein glückliches Mädchen.«

»Ja.« Ich lächelte, weil mich ihr Leben von Sekunde zu Sekunde mehr interessierte. »Und bringt Miss Robertson dir viel bei?«

»Mm-hm. Sie kommt montags, dienstags und freitags. Und wir arbeiten den ganzen Tag«, stöhnte sie. »Es ist überhaupt nicht wie in der Schule, sondern viel anstrengender, weil ich das einzige Kind in der Klasse bin. Ich komme mit überhaupt nichts durch.«

Sie klang so gequält, dass ich lachen musste. Es beruhigte mich, dass sie eine gute Ausbildung bekam, trotzdem war es meiner Meinung nach höchste Zeit, dass das Kind wieder zur Schule ging und ein halbwegs normales Leben führte.

Plötzlich kicherte sie, was mir ein Lächeln entlockte. »Was ist denn?«

Sie beugte sich über den Tisch und flüsterte verschwörerisch: »Ich glaube, Miss Robertson ist in Onkel Aidan verknallt.«

Ihr Tonfall amüsierte mich. »Ach ja? Versuchst du, dich als Ehestifterin zu betätigen?«

Sylvie rümpfte die Nase. »Nö. Onkel Aidan ist schon überall in der Welt gewesen und war mit ein paar der schönsten Frauen zusammen, die ich je gesehen habe.«

Da mir Miss Robertson fast leidtat, ermahnte ich sie sanft: »Schönheit ist nur äußerlich.«

»Das hat Mum auch immer gesagt.« Sylvie nickte. »Aber nie zu Onkel Aidan, glaube ich.«

Ich brach in schallendes Gelächter aus. Ihr Onkel schien ja seinen ganz eigenen Kopf zu haben.

»Hast du auch einen Onkel?«, fragte Sylvie plötzlich.

Bei der Erwähnung meiner Familie wurde ich ernst. Ich schüttelte den Kopf. Weder meine Mutter noch mein Vater hatten Geschwister.

»Sind deine Mum und dein Dad in Amerika?«

»Ja.«

»Sie vermissen dich bestimmt.«

Der Gedanke saß wie ein bohrender Schmerz in meiner Brust. Zu bohrend. Zu qualvoll. »Was ist denn mit dir? Hast du außer Onkel Aidan noch andere Verwandte?«

»Meine Oma und mein Opa leben in England, deswegen sehe ich sie nur selten. Mein Dad hat keine Eltern. Er ist als Pflegekind aufgewachsen.«

»Was ist dein Dad denn von Beruf?« Ich fand es bezeichnend, dass sich Sylvie so begeistert über ihren Onkel Aidan ausließ, aber in Bezug auf ihren Vater ziemlich zurückhaltend blieb.

»Ingenieur«, erwiderte sie. »Ich weiß nicht genau, was das bedeutet.«

»Es heißt, dass er sehr klug ist.«

Sie nickte. »Vermutlich.«

Ich runzelte die Stirn. »Manchmal haben Erwachsene furchtbar viel zu tun, nicht?«

Ein überraschend eigensinniger Ausdruck trat auf ihr Gesicht. »Onkel Aidan hat immer Zeit für mich.«

Die Heldenverehrung, die sie ihm entgegenbrachte, war kaum zu übertreffen. Ihr Vater tat mir fast leid. Wie praktisch jeder, der ihre Zuneigung erringen wollte. Bei ihr hörte es sich so an, als wäre ihr Onkel ein weltgewandtes, gebildetes, einschüchterndes und beinahe mythisches Wesen, das einfach alles konnte.

Onkel Aidan war eindeutig ein überirdischer Superheld.

In der nächsten Woche war Sylvie auch wieder da, diesmal hatte sie ihren Onkel angebettelt, sie beim Krankenhaus abzusetzen, damit sie bei meiner Vorstellung mitwirken und hinterher eine Weile bei mir sitzen konnte. Ich konnte jedoch nicht so lange wie sonst bei ihr bleiben, weil ich Seonaid versprochen hatte, sie zum Lunch zu treffen. Also überantwortete ich Sylvie Jans fähigen Händen und verabschiedete mich widerstrebend. Seonaid brachte es zwar meisterhaft fertig, mir ein schlechtes Gewissen einzuimpfen, aber ich brauchte sie auch, und deshalb wollte ich keine so große Entfremdung zwischen uns entstehen lassen, dass unsere Freundschaft darunter litt.

Wir trafen uns in ihrem Lieblingscafé, The Caffeine Drip, in New Town. An einem normalen Tag brauchte man zu Fuß eine halbe Stunde bis dahin. Während The Fringe wurde daraus eine Dreiviertelstunde, da ich mich durch die überfüllten Straßen kämpfen musste. Es war warm, aber die dunklen Wolken und die Luftfeuchtigkeit deuteten darauf hin, dass ein Sturm aufzog. Als ich bei dem Coffeeshop ankam, klebten meine Kleider an meiner Haut, und ich war dankbar für meinen Kurzhaarschnitt.

»Du hast zugenommen.« Seonaid umarmte mich.

Fragend sah ich sie an und trat einen Schritt zurück. »Findest du das gut?«

Sie lächelte mir aufmunternd zu. »Du warst ein bisschen zu dünn geworden.«

Es stimmte, ich hatte in der letzten Zeit mehr Appetit entwickelt. Ob es an den Kids lag oder ob durch Sylvie die Dinge für mich wieder in die richtige Perspektive gerückt hatte, konnte ich nicht sagen, aber ich nahm alles um mich herum wieder etwas bewusster wahr. Als wäre ich eine Weile ohnmächtig gewesen und würde nun wieder zu mir kommen.

»Mir geht es gut.«

»Ausgezeichnet.« Sie musterte mich forschend.

Ich war froh, als die freundliche Kellnerin kam, um unsere Bestellung aufzunehmen, und meine Freundin den Blick von mir abwenden musste. Als die Kellnerin sich entfernt hatte, versuchte ich, das Gespräch von mir abzulenken. »Was macht deine Arbeit?«

»Wie immer.« Sie zuckte die Achseln. »Viel zu tun.«

Seonaid liebte es, von ihrer Arbeit zu sprechen, was hieß, dass sie jetzt bewusst versuchte, die Unterhaltung wieder zu mir zurückzusteuern.

Mist.

»Und wie geht es …« Ich zermarterte mir den Kopf, um mich an den Namen des Typen zu erinnern, mit dem sie zuletzt ausgegangen war. Nach Jims Tod war Fergus alles andere als eine Stütze für sie gewesen. Es war alles zu viel für ihn, daher hatte er mit Seonaid Schluss gemacht, gerade als sie ihn am dringendsten brauchte. Obwohl er sich mehr als schäbig verhalten hatte, glaube ich, dass die Trennung das Beste war, was Seonaid passieren konnte. Sie öffnete ihr die Augen für die Art von Männern, mit denen sie sich eingelassen hatte. Von da an beschloss sie, sich nur mit netten Typen zu treffen, egal wie sexy sie sie fand. Sie versuchte es auch mit Onlinedating und hatte leider einen ganzen Haufen netter Typen aussortiert, weil sie sie ganz und gar nicht angetörnt hatten.

»Frank«, half sie mir seufzend aus der Klemme. »Frank ist Geschichte. Frank konnte die Klitoris nicht finden, also auf Nimmerwiedersehen, Frank.«

Ich lachte laut auf. »Armer Frank.«

»Hey, Frank war zehn Jahre älter als ich. Wenn er in den über zwanzig Jahren, in denen er Sex hatte, die Klitoris nicht gefunden hat, dann ist er entweder faul oder dämlich. Beides gefiel mir nicht.«

Ich nickte feixend. »Hab's kapiert.«

»Wie dem auch sei, trotz Frank macht das Onlinedating Spaß. Ich habe ein paar interessante Leute kennengelernt und mich mit den Typen, bei denen es sexuell nicht gefunkt hat, angefreundet.«

»Das freut mich.« Der Ausdruck in ihren Augen gefiel mir weniger.

»Deswegen dachte ich, du könntest vielleicht ein Profil für die Datingsite erstellen, die ich nutze.«

Da hatten wir den Salat.

»Kein Interesse.«

»So würdest du mal wieder aus dem Haus kommen.«

»Ich habe kein Haus.«

»Dann eben Wohnung. Du würdest aus diesem deprimierenden Loch von einer Wohnung kommen, in der du überwinterst.«

»Ich überwintere nicht.«

»Arbeiten und sich ehrenamtlich im Krankenhaus engagieren hat mit Gesellschaftsleben wenig zu tun.«

»Da bin ich anderer Meinung.«

»Nora, bitte denk darüber nach. Ich will dich ja nicht drängen, aber ich mache mir Sorgen um dich. Mir kommt es so vor, als würdest du dich weigern, nach vorne zu schauen.«

Die Kellnerin kam mit unserem Essen. Als sie weg war, blickte ich auf meinen Teller. Mein Ärger kämpfte mit meinen Schuldgefühlen. Ich griff nach Messer und Gabel, schloss die Finger gereizt so fest wie möglich darum, bevor ich damit mein Panini schnitt. Da ich befürchtete, Seonaid könnte in meinen Augen lesen, was in mir vorging, wagte ich nicht, sie anzusehen, als ich ruhig, aber bestimmt weitersprach: »Onlinedating kommt für mich nicht in Frage. Du wolltest mich nicht drängen, also tu es auch nicht.«

Betretene Stille breitete sich aus, während wir vorgaben, uns auf unser Essen zu konzentrieren. Als ich ihr gekränktes Schweigen nicht mehr ertragen konnte, fragte ich: »Wie geht es Roddy?«

Offenbar hatte ich die richtige Frage gestellt, denn Seonaid stieß verdrossen den Atem aus. »Er macht mit der neuen Barkeeperin vom Leith's Landing rum. Ich weiß nicht, was er an ihr findet. Sie ist so dumm wie die Nacht schwarz. Tut nichts außer schmollen und kichern.«

»Und bietet ihm Sex ohne gefühlsmäßige Bindungen«, stach ich in ein Wespennest.

Seonaids Augen wurden schmal. »Das glaubt er. Aber ich sehe, dass sie versucht, ihn in eine Beziehung hineinzumanövrieren. Wenn er je auch nur daran denkt, sich mit dieser Tussi dauerhaft zusammenzutun, dann bringe ich ihn um, das schwöre ich bei Gott.«

»Was kümmert es dich, mit wem er sich zusammentut?«

Sie warf mir einen *Wie bitte?*-Blick zu. »Wir reden hier von Roddy.«

»Sollten wir uns nicht lieber für ihn freuen, egal bei wem er am Ende hängenbleibt?«

»Das würde ich dich gern zu ihm sagen hören, wenn er das nächste Mal über einen meiner Freunde lästert.«

Himmel, ich wollte beiden am liebsten in den Hintern treten! Konnten zwei Menschen noch blinder für ihre Gefühle füreinander sein?

»Das ist nur fair.«

»So …« Sie musterte mich auf ihre nachdenkliche Weise. »Erzähl mir von deiner ehrenamtlichen Tätigkeit.«

»Was willst du wissen?«

»Ich möchte wissen, dass du dich nicht mit Kindern umgibst, die in einem Jahr nicht mehr da sein werden.«

Da ich ihre Besorgnis verstand, lächelte ich sie tröstend an. »Einige dieser Kids sind ziemlich krank, die meisten aber nicht todkrank. Einige sind nicht in der Lage, irgendwo zu sitzen und mir zuzuhören. Aber mir geht es gut. Ein Kind ist sogar überhaupt nicht krank.« Ich lächelte, als ich an Sylvie dachte. »Ihre Mom war dort Krankenschwester …« Ich fuhr fort, ihr von Sylvie und ihrem Wachhund, dem unvergleichlichen Onkel Aidan, zu erzählen.

»Er klingt heiß«, entschied Seonaid.

Ich schnaubte. »Wie kann jemand heiß klingen?«

»Na ja, meiner Meinung nach hat er ganz klar Geld. Dieses Apartment in Fountainbridge, das sie beschrieben hat … nicht billig. Außerdem sagt sie, er arbeitet mit berühmten Leuten und hätte Dates mit schönen Frauen. Gut aussehende Menschen tun sich normalerweise mit ihresgleichen zusammen.«

»Stimmt nicht. Es hat viele unattraktive berühmte Männer gegeben, die schöne junge Frauen hatten.«

»Ich behaupte ja nicht, dass er auf die herkömmliche Weise gut aussieht. Scheinbar unattraktive Männer können so charismatisch sein, dass sie heiß wirken.«

Ich schüttelte kichernd den Kopf. »Warum kommt es darauf an, ob er heiß ist oder nicht? Es geht darum, dass diesem tollen Kind das Furchtbarste überhaupt passiert ist, und sie ist so stark, was ihm anscheinend völlig entgeht. Er sperrt sie mit einer Hauslehrerin in diese Wohnung ein, statt sie wieder zur Schule zu schicken, wo sie hingehört. Und sie verehrt ihn wie einen Helden, deshalb beklagt sie sich nicht, dass sie nicht bei ihren Freunden in der Schule ist. Sie hat ihre Mom verloren – sie wird nichts tun, was ihn gegen sie einnimmt.«

Seonaid nickte. »Ich verstehe, worauf du hinauswillst. Aber du kennst die Gesamtsituation nicht, du weißt nur, was das Mädchen dir erzählt hat. Stell dir vor, du bist plötzlich für ein Kind verantwortlich, das seine Mum nach einer langen Krankheit verloren hat und dessen Vater ein windiger Typ ist. Würdest du dieses Kind dann nicht auch in Watte packen? In so einer Situation überfürsorglich zu sein ist nicht das Schlechteste. Gib dem armen Kerl eine Chance.«

Ihr Rat fiel auf fruchtbaren Boden, und ich runzelte unwillkürlich die Stirn. »Ich wollte ihn nicht verurteilen. Es ist nur so … ich mag die Kleine wirklich. Ich mache mir Sorgen um sie.«

»Das sehe ich.« Seonaid legte nachdenklich den Kopf schief. »Vielleicht solltest du versuchen, den Onkel zu treffen – ihn ein bisschen kennenzulernen. Dann weißt du, dass sie in guten Händen ist.«

Da ich nur zu gut wusste, warum sie wollte, dass ich den Onkel kennenlernte – und zwar nicht allein Sylvie zuliebe – schüttelte ich den Kopf, wobei ich Mühe hatte, nicht zu lachen. »Du bist unverbesserlich.«

Seonaid zog die Brauen zusammen. »Alles, was ich verstanden habe, ist das Wort ›besser‹.«

»Es heißt hartnäckig. Verbissen. Du gibst nie auf.«

Sie machte ein unschuldiges Gesicht. »Ich weiß nicht, wovon du redest.«

»Ich rede davon, dass du versuchst, mich mit jedem Mann zu verkuppeln, mit dem ich in Kontakt komme.«

»Das stimmt nicht.« Sie fuchtelte mit ihrer Gabel vor meinem Gesicht herum. »Ich habe nicht versucht, dich mit Roddy zu verkuppeln. So grausam bin ich nicht.«

»Hey.« Ich winkte mit meiner Gabel zurück. »Ich würde mich glücklich schätzen, Roddy Livingstons Mädchen zu sein.«

»Ach ja?« Sie grinste spöttisch. »Dann solltest du vielleicht zum Telefon greifen und … ich weiß nicht … ihn ab und zu mal anrufen.«

Da war ich ihr doch glatt in die Falle getappt. »Ich rufe ihn an«, wich ich aus.

»Und dann legst du auf, und wenn er zurückruft, gehst du nicht ran.«

Ich verwünschte meine Dummheit, als ich leise fragte: »Hat er dir das erzählt?«

»Aye. Hat er. Und das ist Roddy, Nora. Er denkt nicht: ›Ah, zu traurig, Nora fällt es total schwer, Kontakt zu dem besten Freund ihres toten Mannes zu halten, der zufällig auch ihr bester Freund ist.‹ Er denkt, ›wenn sie mit dem Scheiß nicht aufhört, bin ich fertig mit ihr.‹«

Bei dem Gedanken daran, Roddy zu verlieren, wurde ich blass. »Ich werde ihn anrufen.«

Sie griff über den Tisch hinweg nach meiner Hand. »Er kann das nicht sagen, weil er Roddy ist und niemals irgendwelche echten Gefühle zugeben könnte, aber er liebt dich. Als er Jim verloren hat, hat er einen Bruder verloren. Du bist für ihn wie eine Schwester, mehr als ich es je war. Bitte … verletz ihn nicht, Nora.«

Plötzlich brannten Tränen in meinen Augen, und ich senkte den Blick. »Er ist der letzte Mensch, den ich verletzen möchte.« Ich konnte ihr nicht erklären, wie schwer es für mich war, mit Roddy zusammen zu sein. Wie sämtliche Erinnerungen an die Zeit wieder hochkamen, in der ich aus Jim McAlisters Leben hätte verschwinden sollen, damit er jemanden finden konnte, die ihn so liebte, wie er es verdiente.

»Was hältst du von der Idee? Du, Roddy und ich treffen uns auf einen Drink im Leith's Landing?«

»Ist deine verhasste Barkeeperin dann nicht auch da?«

Sie schnaubte. »Schon. Aber ich bin bereit, mich damit abzufinden, wenn es dir leichter fällt, Roddy zu sehen.«

»Ich muss dann immer an Jim denken«, beeilte ich mich zu erklären, weil ich nicht wollte, dass sie den wahren Grund herausfand.

Seonaid nickte. »Verstanden. Also? Nächsten Sonntag?«

»Yeah, okay«, willigte ich ein und verabscheute das flaue Gefühl, das sich mit einem Mal in mir ausbreitete.

Kapitel 9

Es war sehr viel leichter, als ich gedacht hatte, ein paar Stunden mit Roddy durchzustehen. Seonaid lockerte die Atmosphäre auf, indem sie ihn ständig mit spitzen Bemerkungen über die Barkeeperin ablenkte, mit der er sich traf, obwohl das Mädchen gar nicht arbeitete und sich daher auch nicht verteidigen konnte.

Es waren jedoch überhaupt keine echten Gefühle zu erahnen, wenn das Gespräch auf die Barkeeperin kam. Roddy hatte es bei weitem nicht so schlimm erwischt, wie Seonaid befürchtete. Er war viel zu sehr damit beschäftigt, sich mit der Frau, die ihm wirklich am Herzen lag, zu kabbeln, um allzu viele Gedanken an das Mädchen zu verschwenden.

Die frische, ungezwungene Art meiner Freunde war ansteckend, ich überstand die Zeit mit Roddy und war überzeugt, auch ein weiteres Treffen bewältigen zu können. Und falls Roddy sauer auf mich gewesen war, zeigte er es nicht.

In dieser Woche hatte ich auch das Privileg, wieder Zeit mit Sylvie verbringen zu dürfen, die ihren Onkel überredet hatte, sie wieder an meiner Vorführung teilnehmen zu lassen. Ich stellte an diesem Tag auch ein paar Spiele vor, und Sylvie fungierte als meine kleine Helferin. Diesmal konnten wir beide hinterher nicht noch ein bisschen zusammensitzen und uns unterhalten, weil ich mich erneut mit Seonaid zum Lunch verabredet hatte. Sylvie wirkte so bedrückt, als ich ihr sagte, dass ich gehen musste, dass ich beschloss, solche

Verabredungen nie wieder auf meine Besuchstage im Krankenhaus zu legen.

Während der Zeit mit den Kids ließ sich Sylvie den anderen gegenüber lang und breit über ihren großartigen Onkel Aidan aus. Ich glaube, einige Kinder waren es inzwischen leid, ständig: »Nun, mein Onkel Aidan sagt …« zu hören, aber andere hatte sie in ihren Bann gezogen. Sie hatte ihren Onkel in ein gottähnliches Wesen verwandelt, und zwar bis zu dem Punkt, an dem einige der Jüngeren wirklich glaubten, er wäre ein Superheld. Ich ließ sie gewähren. Was konnte es schon schaden? Diese Kids mussten mehr denn je an Wunder und Superhelden glauben. Machte ich denn nicht genau dasselbe? Erzählte ihnen Geschichten von Magie und Flucht?

Am Mittwoch, nach den Sonntagsdrinks mit Roddy und Seonaid, befand ich mich in der schwierigen Lage, Sylvie etwas abschlagen zu wollen und es nicht über mich zu bringen. Irgendwie hatte sie eine Twister-Spielfolie in die Finger bekommen und die Kids überredet, mitzuspielen.

Ich hatte das für keine gute Idee gehalten, und Jan war auch nicht begeistert, aber Sylvie überzeugte uns, indem sie verkündete, nur sie und ich würden spielen und die Kids abwechselnd die Scheibe drehen. Doch es wurde ein großer Erfolg, weil wir mit unseren ungelenken Positionen, unterbrochen von ständigem Kichern, alle Kinder zum Lachen brachten und versuchten, uns durch Schummeln zu noch groteskeren Verrenkungen zu zwingen.

Ich war gerade dabei, Poppy zu ermahnen, nicht mit der Twisterscheibe zu mogeln, als eine tiefe Männerstimme hinter mir an der Tür erklang.

»Was geht denn hier vor?«

Ich konnte nicht sehen, wer gekommen war, hörte nur Jans Stimme: »Die Kinderunterhal…«

»Onkel Aidan!«, quiekte Sylvie mir so laut ins Ohr, dass

ich zusammenzuckte. »Ich bewege mich, aber du darfst dich nicht bewegen!« Sie löste ihr Bein von meinem und war verschwunden.

»Und das soll fair sein?« Ich wollte mich bewegen. Mein Hinterteil ragte in die Luft, und der mysteriöse Onkel stand direkt dahinter.

Ich senkte den Kopf und versuchte, durch meine Beine zu spähen, aber ich sah nur seine und Jans Füße und dann die von Sylvie, die auf ihn zustürmte.

»Spiel mit, Onkel Aidan«, bat sie begeistert.

»Ich denke, ich schaue lieber zu.« Seine tiefe Stimme klang belustigt. Er hatte eine tolle Stimme. Einen wunderschönen, melodischen, kultivierten schottischen Akzent. Und mein Hintern ragte ihm ins Gesicht. In grünen Peter-Pan-Leggings, die nicht dazu beitrugen, meine Körperformen zu verbergen, wie ich hinzufügen sollte.

Super.

Just in diesem Moment wirkte ich total professionell.

»Ach bitte«, bettelte Sylvie. »Bitte.«

»Nein, Süße. Spiel du weiter. Ich bin da, wenn du fertig bist.«

»Aber ich möchte, dass du mit Nora spielst – Peter Pan, meine ich.«

Ich verschluckte mich fast. Es war Zeit, aufzustehen, bevor Peter Pan mit einem fremden Mann Twister spielen musste. Die Idee klang so verrückt, dass ich ein Kichern unterdrückte.

»Bitte, bitte«, fielen die anderen Kinder plötzlich mit ein.

Sylvie begann, ihm die Position zu erklären, die sie innegehabt hatte.

»Kinder, lasst Sylvies Onkel in …« Das Quietschen der Plastikfolie ließ mich mitten im Satz verstummen.

Und dann spürte ich seine Hitze, gefolgt von dem Duft

eines teuren Cologne. Erdig und doch frisch. Wie Holz, Ambra, Minze und Apfel.

Großer Gott.

Ich hob langsam den Kopf und blickte in grüne Augen, die vor Vergnügen funkelten. Mir *bekannte* grüne Augen mit gelbgoldenen Flecken.

»Du musst Peter Pan sein.« Seine Lippen zuckten vor unterdrücktem Lachen.

Lippen, an die ich mich nur zu gut erinnerte.

Genauer gesagt erinnerte ich mich auch an die breiten Schultern, das markante, unrasierte, kräftige Kinn und den ausdrucksvollen Mund. Ich erinnerte mich an die sexy Lachfältchen um seine Augen. All das gehörte zu einem sehr großen, gut gebauten Typen, der mir einst vom Boden eines Pubs aufgeholfen und am nächsten Tag in einem Supermarkt mit mir geflirtet hatte – an einem der, wie sich herausstellen sollte, schlimmsten Tage meines Lebens.

Onkel Aidan war der Fremde aus der Bar.

Die Welt war wirklich gottverdammt klein.

Da mir bewusst wurde, dass ich noch keinen Ton gesagt hatte, brachte ich ein gekrächztes: »Hey« heraus.

Unsere Gesichter waren sich zu nah, und sein langes Bein hatte sich mit meinem kurzen verhakt.

»Rechte Hand auf Grün, Peter Pan«, verkündete Sylvie.

Ich riss meinen Blick von ihm los und heftete ihn auf die Folie. Den nächsten grünen Punkt zu erreichen bedeutete, wie ein Affe über ihren Onkel zu klettern. Insgeheim fragte ich mich, ob sie geschummelt hatte. Ich schielte misstrauisch zu ihr hinüber und sah, dass sie vor Lachen zitterte.

»Oh Scheiße«, murmelte ich verhalten.

Als ich ein tiefes Lachen hörte, flogen meine Augen wieder zu ihm. In seinen las ich eine Herausforderung, aber kein Wiedererkennen. Er erinnerte sich nicht an mich. Warum sollte er auch? Ich war nur ein Mädchen, dem er einmal kurz begegnet war.

»Das mache ich nicht.«

Seine Augen weiteten sich in gespielter Unschuld. »Aber das wäre Mogelei.«

»Mogelei?« Sylvie hatte ihn gehört. »Nicht mogeln!«

»Nicht mogeln, Peter Pan!«, mahnte Poppy von ihrem Stuhl aus.

Kurz darauf lachten und riefen die Kids alle durcheinander, während ich den Mann anstarrte, dessen Nähe mir jetzt schon Unbehagen einflößte.

Es kam überhaupt nicht in Frage, dass ich diese Bewegung ausführte. Es wäre geradezu unanständig. Also rückte ich zu ihm, als würde ich versuchen, zu dem grünen Punkt zu gelangen, und tat so, als würde ich mit der linken Hand und dem Fuß wegrutschen, kippte um und landete rücklings auf der Folie.

»Oh nein! Ich bin umgefallen! Jetzt habe ich verloren!« Ich warf die Hände hoch.

Ich hörte sein Lachen, bevor sein Gesicht über mir auftauchte. Mir stockte der Atem, als er zu mir hinunterlächelte. »Lügnerin.«

»Das nennt man ein Täuschungsmanöver.« Ich grinste ihn an. »Ein großer Unterschied.«

Statt mein Lächeln zu erwidern runzelte er plötzlich die Stirn. »Kennen wir uns von irgendwoher?«

So ungern ich es auch zugab, ich war froh, dass sich in seiner Erinnerung etwas geregt hatte. Es war mehr als nur ein bisschen demütigend, dass ich ihn sofort erkannt, er aber keine Ahnung hatte, wer ich war. »Nein«, log ich. Warum sollte ich seinem Gedächtnis auf die Sprünge helfen? Wenn er sich an mich erinnerte, würde das nur zu Fragen bezüglich des Eherings führen, den ich nicht mehr trug.

Mit einem Mal kniete Sylvie über mir. »Das war Absicht.«

Ich setzte mich auf. »Beweise es.«

Sie hielt mir ein Buch hin. »Du musst jetzt lesen. Onkel Aidan soll die verschiedenen Stimmen hören, mit denen du sprechen kannst.«

Vor Scham drohte ich zu Eis zu erstarren. Es war eine Sache, einer Horde Kindern und vielleicht ein oder zwei Elternteilen eine Vorführung zu bieten, aber Aidan Lennox? Mr. Sexy Fremder aus der Bar / bekannter Musikproduzent / Komponist / hat nur Dates mit schönen Frauen / hat sein Junggesellenleben aufgegeben, um sich um seine sterbende Schwester zu kümmern, und dann seine Nichte adoptiert?

Der Typ konnte doch nicht echt sein, oder?

Ich sprang leichtfüßig auf und drehte mich um, um zuzusehen, wie er sich trotz seiner Größe und Statur geschmeidiger erhob, als es einem so gebauten Mann möglich sein sollte. Die Art, wie er über mir aufragte, bewirkte, dass ich mir wie ein Kind vorkam. Ich fragte mich, was für einen merkwürdigen Anblick wir boten, wenn wir nebeneinander standen.

Aidan setzte sich auf einen Stuhl, Sylvie hockte sich zwischen seinen Beinen auf den Boden. Die Kids sahen mich erwartungsvoll an, daher musste ich mich zwingen, ihn auszublenden.

Ich tat das hier für die Kinder.

Der Fremde aus der Bar würde mir die Zeit mit ihnen nicht verderben, nur weil er ein einschüchterndes Prachtstück von einem Mann war.

Zuerst war ich mir seines eindringlich auf mir ruhenden Blicks allzu sehr bewusst, ich kam nicht dagegen an. Trotz seiner Belustigung spürte ich, wie er mich beobachtete; er versuchte aus mir schlau zu werden. Ich konnte das natürlich verstehen. Seine Nichte verbrachte Zeit mit mir, und er wollte sehen, mit wem er es zu tun hatte.

Doch allmählich gewann meine Freude daran, die Geschichte vorzutragen, die Oberhand. Jedes Mal, wenn ich von der Seite aufblickte und Poppys große Augen und faszinierte Miene, Aarons ungewöhnliche Stille, die sein Interesse verriet, oder Alys strahlendes, mich anfeuerndes Lächeln und Sylvies Bewunderung sah, spornte mich das an, mein Bestes zu geben, und alle Hemmungen waren vergessen.

Bald darauf erschien Jan, um mir zu sagen, dass wir aufhören mussten. Wie immer und zu meiner Genugtuung bekundeten die Kids ihr Missfallen. »Ich bin nächste Woche wieder da, Kinder.«

Aaron kam langsam auf mich zu, blieb stehen und trat von einem Fuß auf den anderen, während er überall hinsah, nur nicht zu mir. »Ich bin nächste Woche nicht mehr da.«

Bitte lass das eine gute Nachricht sein. Bitte. »Oh?«

»Mir geht es besser.« Er zuckte die Achseln und sah mich endlich doch an. »Ich kann nach Hause.«

Tiefe Erleichterung durchströmte mich. »Aaron, du wirst mir fehlen, mein Kleiner. Aber das sind wirklich prima Neuigkeiten.«

»Aye.« Er nickte. »Danke. Du weißt schon, für …« Er schwenkte die Hand durch den Raum.

In diesem Moment erinnerte er mich so sehr an Roddy, dass ich mich beherrschen musste, ihn nicht zu umarmen. Stattdessen drückte ich seine Schulter. »Man sieht sich, Kid.«

Aaron nickte sichtlich erleichtert, weil ich nicht rührselig wurde. »Bye.«

Sowie er sich von mir verabschiedet hatte, zog Sylvie ihren Onkel zu mir. Ich lächelte sie an, obwohl Aidan mich nervös machte. »Geht ihr jetzt?«, fragte ich, während ich meine Sachen zusammensuchte.

»Onkel Aidan sagt, wir können in die Cafeteria zum Lunch gehen. Bitte, Nora, bitte!«

Mein Magen zog sich bei der Vorstellung zusammen, doch sie sah mich so flehentlich an, dass es weh tat. Sie verfügte über diese magische Fähigkeit, einen Stein erweichen zu können. Wie Hundewelpen.

Mein Blick wanderte zu Aidan, doch seine Miene blieb ausdruckslos. Ich konnte nicht ergründen, was in ihm vorging.

Als ich Sylvie wieder ansah, brachte ich es nicht übers Herz, ihr den Wunsch abzuschlagen. »Klar. Lass mich nur meine Sachen holen.«

Sie verließen den Raum, um draußen zu warten, und ich packte meinen Kram zusammen und verabschiedete mich. Im Vorbeigehen drückte ich Poppys Hand und wurde mit dem süßesten Lächeln der Welt belohnt.

Aidan und Sylvie waren im Schwesternzimmer und unterhielten sich mit Jan, aber als Sylvie mich sah, zog sie Aidan ungeduldig weg. Ich winkte Jan zu und verfiel dann in angespanntes Schweigen, während ich neben Onkel und Nichte den Gang entlangging. Allerdings schwiegen nur Aidan und ich, Sylvie schnatterte unaufhörlich aufgeregt auf uns ein. Ich wusste, warum ich mich so zu ihr hingezogen fühlte – sie erinnerte mich so sehr an Mel. Sie war eigenwillig, aber liebenswert, stark und tapfer, und sie hatte so viel durchgemacht, dass ich nicht umhin konnte, sie beschützen zu wollen. Außerdem war sie ein vernünftiges und unkompliziertes Kind. Sie bohrte nicht nach, warum ich mich als Peter Pan verkleidete und Geschichten erzählte. Sie wusste nichts von meinem verstorbenen Mann und bedrängte mich daher nicht, nach vorne zu schauen und mein Leben weiterzuleben. Bei Sylvie fand ich Frieden.

Ich wusste jedoch nicht, was Sylvie zu mir hinzog. Ich

hätte auf meine Geschichten getippt, aber sie schien mehr an Nora als an Peter Pan interessiert zu sein.

Wie zur Bestätigung deutete sie auf eine Damentoilette vor uns. »Willst du dich umziehen, Nora?«

Bei dem Vorschlag zuckten meine Lippen. »Ist dir meine coole Aufmachung peinlich?« Ich zupfte an dem fransigen Saum meines Kostüms.

Sylvie rümpfte die Nase. »Ein bisschen.«

»Sylvie«, tadelte Aidan, aber sein Grinsen verriet mir, dass er ihren Übermut hinreißend fand. Zum Glück für ihn ging es mir ebenso.

»Ich ziehe mich um, Eure Hoheit.« Ich verbeugte mich spöttisch vor ihr, was sie zum Lachen brachte.

Meine Hände zitterten, als ich mich auszog und meine engen Jeans und mein T-Shirt überstreifte. Ich war mir Aidans Gegenwart viel zu stark bewusst. Schlimmer noch, ich hatte Angst, dass er nicht einverstanden war, wenn Sylvie Zeit mit mir verbrachte. Es machte mich nervös, dass er mich unaufhörlich beobachtete, als würde er jedes Wort und jede Bewegung analysieren und zu ergründen versuchen, ob ich gut genug war, um mich mit seiner Nichte abgeben zu dürfen.

Ich hasste dieses Gefühl.

Ich trat wieder auf den Gang hinaus und krümmte mich innerlich, als Aidans Augen an mir hinunter und wieder nach oben glitten. Unbewusst hob ich die Hand zu meinen Haaren und rieb befangen über die kurzen Strähnen in meinem Nacken. Zum ersten Mal, seit ich sie hatte schneiden lassen, empfand ich einen Stich des Bedauerns.

Jim war nicht der Einzige gewesen, der meine Haare geliebt hatte.

Ich hatte meine Haare geliebt.

Da ich klein und zierlich war und gerne Jeans und Shorts

trug, hatten mich meine langen Haare femininer erscheinen lassen. Ich hatte sie offen getragen, in Locken gelegt, geflochten oder zu einem unordentlichen Knoten aufgesteckt. Mit ihnen hatte ich mich immer hübsch gefühlt.

Hmm.

Vermutlich war mir das mit meinen Haaren jetzt erst wirklich klargeworden. Irgendwie hatte ich gedacht, ich hätte sie Jim zuliebe lang getragen, aber das stimmte nicht. Absolut nicht.

Nur mich ging mein Kurzhaarschnitt etwas an. Dazu brauchte ich keinen Mann! Und schon gar nicht diesen!

Ich beschloss hier und jetzt, dass mich nichts weniger interessierte als das, was Aidan Lennox von meinem Äußeren hielt, straffte die Schultern und ging weiter. Die beiden hielten sich an meiner Seite.

»Onkel Aidan hat gesagt, ich kann Makkaroni mit Käse haben, wenn es die hier gibt.«

Makkaroni mit Käse klang *immer* gut. Ich mochte ein paar Schmetterlinge im Bauch haben, aber ich konnte um sie herum essen. Vielleicht würden Kohlenhydrate die kleinen Biester ausrotten. »Hört sich prima an.«

Das war es schon? Mehr hatte ich nicht zu sagen? Warum fiel mir nichts ein?

Zum Glück schnatterte Sylvie weiter, als wir die Cafeteria betraten, und als wir in der Schlange auf unser Essen warteten, bezahlte Aidan meinen Lunch. Ich bedankte mich, aber er winkte nur ab.

Gereiztheit stieg in mir auf, doch ich unterdrückte sie entschlossen. Sein Geplänkel im Gemeinschaftsraum mit den Kindern war in stoisches Schweigen und eine ausdruckslose Miene umgeschlagen, die ich ihm am liebsten aus dem Gesicht gewischt hätte.

Ich sah anderen gerne an, was sie dachten.

»So, Nora … wie heißt du denn mit Nachnamen?«, fragte Aidan, als wir uns an einen Tisch setzten.

»Das kann dein Privatdetektiv doch sicher herausfinden«, witzelte ich.

Er feixte. »Es wäre mir lieber, ihn nicht für etwas bezahlen zu müssen, was du mir genauso gut verraten kannst.«

Seltsamerweise konnte ich mir nicht vorstellen, dass *er* über den Einsatz eines Privatdetektives Witze machte.

»O'Brien«, sagte ich, obwohl er offiziell immer noch McAlister lautete.

»Onkel Aidan fand dich ganz toll, nicht, Onkel Aidan?«, piepste Sylvie, bevor sie sich eine große Gabel voll Makkaroni in den Mund schob.

Wieder dieses Grinsen, das mich so wütend machte. »Sehr unterhaltsam.«

Meine Augen verengten sich zu Schlitzen, weil ich wusste, dass seine Worte herablassend gemeint waren. »Danke.«

»Wo arbeitest du?«, fragte er abrupt.

»In einem Laden«, erwiderte ich.

Meine vage Antwort schien ihm nicht zu gefallen. »Müsste ich den kennen?«

»Eher nicht.« Ich wandte mich an Sylvie. »Die Makkaroni sind gut, nicht?«

»Nicht so gut wie die von Mum, aber okay. Kannst du auch Makkaroni mit Käse machen?« Ihre Augen leuchteten bei dem Gedanken auf.

»Ich fürchte, das ist nicht gerade meine Spezialität.« Ich hatte während meiner Jugend Kochen gelernt, weil ich es musste, aber Spaß hatte es mir nie gemacht.

»Was ist denn deine Spezialität?«, wollte Aidan wissen.

Mit seinem Verhörton schüchterte er mich ein, aber ich hatte nicht die Absicht, ihn das merken zu lassen. »Ich bin eine Meisterin der Mahlzeiten zum Mitnehmen, ich kann sie innerhalb von fünf Sekunden bestellen.«

Widerwillige Erheiterung huschte über sein Gesicht. »Du kochst nicht. Du arbeitest in einem Geschäft. Und du bist ehrenamtlich in einer Kinderklinik tätig. Nicht gerade viel, worauf man aufbauen kann.«

In dem Versuch, das Gespräch von mir abzulenken, erwiderte ich: »Kannst du denn kochen?«

»Ich versuche es.«

»Onkel Aidan ist ein Superkoch«, sagte Sylvie.

Was für eine Überraschung.

»Er hat auf seinen Reisen viel gelernt, nicht wahr, Onkel Aidan?«

Er blickte sie liebevoll an, und ich bemerkte, dass er weder die Suppe noch den Salat, der vor ihm stand, angerührt hatte. Allerdings sah das Grünzeug auch aus, als wäre es schon vor einem Monat gepflückt worden. »Stimmt.«

Es interessierte mich zwar nicht wirklich, aber ich musste verhindern, dass sich die Unterhaltung wieder um mich drehte, daher fragte ich: »Wo warst du denn überall?«

»In allen möglichen Teilen der Welt. China, Japan, Australien, Neuseeland, Russland, im größten Teil des europäischen Kontinents, Skandinavien. Israel, Polen, Bulgarien, Südafrika …« Ich wusste, dass sich die Liste noch fortsetzen ließ.

Plötzlich kam ich mir sehr jung, ungebildet und unerfahren vor. »Wie alt bist du?«

Aidan quittierte den abrupten Themenwechsel mit einem Hochziehen der Augenbrauen. Seine Augen wanderten über mein Gesicht und schienen an meinem Mund hängen zu bleiben, bevor sie sich wieder nach oben bewegten, um meinem Blick zu begegnen. Bei der Prüfung, der er mich offensichtlich unterzog, stieg mir das Blut in die Wangen. »Wie alt bist du?«

Ich musste ihm Informationen liefern, um selbst an welche zu kommen, und so erwiderte ich ehrlich: »Zweiundzwanzig.«

Er runzelte nachdenklich die Stirn. »Bist du sicher, dass wir uns noch nie begegnet sind? Du erinnerst mich an jemanden.«

»Ich glaube nicht.«

»Du hast ihr nicht gesagt, wie alt du bist.« Sylvie sah ihren Onkel unschuldig an. »Nora dir aber schon.«

Er grinste sie an. »Und ich muss jetzt mitspielen?«

»Das ist nur fair.«

»Sie hat recht«, stimmte ich zu.

Aidan lehnte sich in seinem Stuhl zurück und schob sein unberührtes Tablett weg. »Ich bin vierunddreißig.«

»Er ist alt«, frotzelte Sylvie.

Zwölf Jahre älter als ich. Zwölf Jahre mehr Lebenserfahrung. Reisen durch die Welt.

Gott, ich musste wie ein dummes, albernes Gör auf ihn wirken, das sich in Krankenhäusern herumtrieb und so tat, als wäre es Peter Pan.

»Alt?« Er presste eine Hand auf die Brust, als hätte sie ihn tief getroffen, was mich an den Moment im Supermarkt erinnerte. Wie konnte er das vergessen haben? Die Luft zwischen uns hatte förmlich geknistert.

Auch jetzt herrschte Spannung zwischen uns. Aber eine andere Art von Spannung. Damals hatte er mich voller Neugier und leiser Faszination angesehen. Jetzt ging er vorsichtig mit mir um. Zurückhaltend.

Verständlich, denn jetzt war ich in das Leben seiner Schutzbefohlenen getreten. Ich war nicht mehr nur ein Mädchen in einem Supermarkt, das er vielleicht ein bisschen attraktiv gefunden hatte.

»Nicht soooo alt«, lenkte Sylvie grinsend ein. Um ihren

Mund klebte Käsesauce, und Aidan faltete eine Serviette und beugte sich vor, um sie behutsam abzuwischen. Sylvie nahm sie ihm ab und erledigte den Rest selbst. Diese anrührende Geste versetzte mir einen Stich. Sein Gesicht mochte verschlossen geblieben sein, wenn er mit mir sprach, aber jedes Mal, wenn er seine Nichte ansah, machte er keinen Hehl daraus, dass er sie anbetete.

Meine Neugier auf ihn wuchs. »Sylvie sagte, du bist Musikproduzent?«

Er nickte. Sein Gesichtsausdruck veränderte sich, als er mich ansah. Es war, als hätte er ein emotionales Fallgitter eingebaut, das hochging, wenn er sich zu Sylvie drehte, und in die Tiefe rauschte, wenn er sich an mich wandte. »Ja. Deshalb bin ich auch so viel gereist. Jetzt bin ich nicht mehr so viel unterwegs.« Er nickte zu Sylvie, die ihre letzten Makkaroni mit Brot aufpickte. »Aus naheliegenden Gründen.«

»Welche Instrumente spielst du?«

Er runzelte die Stirn.

Ich rutschte unbehaglich auf meinem Stuhl herum. »Was ist denn?«

»Nichts.« Er schüttelte den Kopf. »Danach fragen die Leute normalerweise nie.«

»Wirklich nicht?« Ich verzog das Gesicht. »Wenn du ihnen erzählst, dass du Musikproduzent bist, fragen sie nicht, ob du ein Instrument oder mehrere spielen kannst?«

»Sie fragen als Erstes, mit wem ich zusammengearbeitet habe.«

Allmählich begriff ich. »Sie wollen etwas über die Berühmtheiten erfahren?«

Wollte er sich mit ihnen brüsten? Das war nämlich keine Eigenschaft, die mich besonders für andere einnahm.

»Die interessieren mich nicht wirklich«, entgegnete ich

geradeheraus. »Es sind nur Leute mit mehr Instagram-Followern als die meisten anderen.«

»Findest du?«

Ich fragte mich, ob ich ihn gekränkt hatte. »Ich will nicht sagen, dass sie ihren Ruhm nicht verdienen … oder nicht hart arbeiten«, erläuterte ich hastig. »Ich … ich meine, mich beeindruckt die eigentliche Musik mehr als der Ruhm … ich kann das nicht gut erklären.«

»Du erklärst das ausgezeichnet. Mich interessiert der Ruhm bei der ganzen Sache auch weniger. Ich arbeite gern mit begabten Menschen.«

»Wie David Bowie«, warf Sylvie ein.

David Bowie? Vor Überraschung blieb mir fast der Mund offen stehen. »Du kennst David Bowie?«

»Onkel Aidan liebt seine Musik.«

Mir schwirrte der Kopf, als ich Aidan ansah. »Du hast mit David Bowie zusammengearbeitet?«

Er grinste über meine Ehrfurcht. »Nein. Ich hatte nur ein paar Mal das Vergnügen seiner Gesellschaft. Ich habe ihn über seinen Produzenten kennengelernt. Da war ich etwas jünger als du und stand noch ganz am Anfang.«

Die Erkenntnis, dass Aidan seine Zeit nicht mit einfach nur bekannten, sondern BERÜHMTEN Menschen verbracht hatte, sickerte plötzlich in mein Bewusstsein. Jetzt war ich von dem Mann nicht nur überwältigt, sondern total eingeschüchtert. Verstandesmäßig hatte ich von dem Moment an, als Sylvie mir von ihm zu erzählen begann, gewusst, dass ihr Onkel älter, erfahren und weltgewandt war. Und sogar damals, als wir uns vor einem Jahr erstmals begegnet waren, hatte er förmlich nach Klasse und Geld gerochen.

Aber dahinter steckte noch mehr.

Er war smart und ehrgeizig und der erfolgreichste Mensch, den ich je getroffen hatte. Er hatte sein phantastisches Leben mit den offensichtlich umwerfenden Frauen und einer steilen Karriere aufgegeben, um sich um seine sterbende Schwester und dann um ihre Tochter zu kümmern. Er hatte sich nicht vor der Verantwortung gedrückt. Dieser Mann hatte eine Wahl getroffen und blieb dabei.

Und *ich* verkleidete mich als Peter Pan, um Kinder zu unterhalten und mich in eine Phantasiewelt zu flüchten, damit ich mich der Realität nicht stellen musste.

Ich schob meinen Stuhl so hart zurück, dass er auf dem Linoleum quietschte. »Mir ist gerade eingefallen, dass ich noch etwas erledigen muss. Tut mir wirklich leid.«

»Du hast nicht aufgegessen.« Sylvie war die Enttäuschung deutlich anzuhören.

Obwohl mir ihr trauriges Gesicht leidtat, lächelte ich sie an, als ich aufstand. »Tut mir leid, Süße, ich muss gehen. Danke, dass du so viel Zeit mit mir verbracht hast.«

Sie schoss prompt von ihrem Stuhl hoch und schlang die Arme um meine Taille. Ich spürte einen Kloß in meiner Kehle, als ich ihre Umarmung erwiderte. Schuldgefühle wallten in mir auf, und mein Blick wanderte unwillkürlich zu Aidan.

Er wirkte nicht gerade erfreut.

»Danke fürs Lunch«, sagte ich höflich.

Er nickte nur knapp, als Sylvie mich endlich losließ.

Ich strich ihr mit dem Handrücken über die Wange. Die Zärtlichkeit, die ich für sie empfand, wuchs mit jeder Minute. »Ich hoffe, ich sehe dich wieder, Sylvie.«

Sie nickte heftig. »Definitiv.«

Mit einem weiteren liebevollen Lächeln in ihre Richtung und unter völliger Nichtbeachtung ihres Onkels verließ ich den Raum.

Es ging nicht anders.

In seiner Gegenwart fühlte ich mich klein, und zwar nicht in körperlicher Hinsicht. Bevor ich ihm begegnet war, war ich mit den Entscheidungen, die ich für mein Leben getroffen hatte, ganz zufrieden gewesen. Ich war erst zweiundzwanzig Jahre alt! Vielleicht wäre ich in seinem Alter auch lebensklug und weltgewandt.

Im Moment war das jedenfalls nicht der Fall. Wir beide konnten unterschiedlicher nicht sein, und selbst wenn ich bei ihm aus meiner Deckung kommen wollte, würde er mich nie verstehen. Er konnte Sylvie erlauben wiederzukommen, oder er konnte es bleiben lassen. Aber ich hatte es satt, mich ins Kreuzverhör nehmen zu lassen und von ihm einer so eingehenden Prüfung unterzogen zu werden, dass ich mir klein und unbedeutend vorkam.

Kapitel 10

Ich würde ja gerne behaupten, dass ich den Rest der Woche nicht mehr ständig an Sylvie und Aidan gedacht hatte, aber das stimmte nicht. Es war lange her, dass mich jemand verurteilt hatte. Seit Indiana nicht mehr.

Jims Familie und seine Freunde hatten mich akzeptiert, und obwohl sie von meinen Entscheidungen enttäuscht waren, hatte ich nie das Gefühl gehabt, sie würden mich verurteilen. Sie machten sich schlicht und ergreifend Sorgen um mich.

Bei Aidan kam ich mir vor wie unter einem Mikroskop.

Und das mochte ich überhaupt nicht!

Es löste etwas in mir aus, das ich mir nicht erklären konnte. Die Erinnerung an sein überhebliches, wissendes, voreingenommenes Lächeln ließ sich einfach nicht abschütteln.

Aber es erzeugte auch Schuldgefühle, denn so wütend Aidan mich auch machte und so winzig ich mir angesichts seiner überlebensgroßen Präsenz auch vorkam … er übte eine ungeheure Anziehungskraft auf mich aus. Das war vom Augenblick unserer ersten Begegnung so gewesen. Schon vor Jims Tod. Die Art von Anziehungskraft, die mir bei meinem Ehemann immer gefehlt hatte.

Dafür hasste ich mich.

Mit Sylvie verhielt es sich zum Glück anders. Um sie machte ich mir immer noch Sorgen, und obgleich dies zwangsläufig Aidan in mein Leben zurückbringen würde, wollte ich mich von dem Kind nicht endgültig trennen. Ich wollte sie in Sicherheit und glücklich und in der Schule bei ihren Freunden sehen. Mich davon überzeugen, dass es ihr gut ging.

Deswegen war ich erleichtert, als ich Sylvie in der nächsten Woche im Krankenhaus antraf – gleichzeitig war ich eingeschüchtert, weil Aidan sie begleitete. Sie standen vor dem Schwesternzimmer, Sylvie hielt ein Buch in einer Hand und umschloss Aidans Hand mit der anderen. Jan war nirgendwo zu sehen, was erklärte, warum die junge Schwester, die sich über ihren Schreibtisch beugte, träumerisch zu Aidan hochlächelte, während er redete.

Wahrscheinlich machte sie das ganz automatisch.

Er trug schwarze Jeans, schwarze Stiefel und ein schlichtes, schwarzes T-Shirt mit Rundhalsausschnitt, das um die Taille locker saß, um den Bizeps herum aber eng anlag. Da sein Bizeps überaus beeindruckend war, schluckte ich hart, während ich meine Schritte verlangsamte. Wie schaffte er es, so einfache Kleidung wie Jeans und ein T-Shirt edel wirken zu lassen?

Er sah aus wie ein Bodyguard an seinem freien Tag.

Ein Bodyguard, der beschützend die Hand seines kleinen Mädchens hielt.

Heterosexuelle Frauen, die ihn sahen, bekamen feuchte Träume.

Und hofften, dass sie Wirklichkeit wurden.

Bei dem Gedanken verdrehte ich die Augen und riss mich zusammen.

Es hatte zweiundzwanzig Jahre gedauert, aber jetzt endlich hatte ich mich Hals über Kopf verliebt. Oh Gott! In das schlimmste Objekt meiner Begierde überhaupt.

Sylvie sah von ihrem Buch auf und blinzelte. »Nora!«, krähte sie glücklich, ließ Aidans Hand los und stürmte auf mich zu. Sie grinste, als sie das Buch hochhielt. Es war *Coraline* von Neil Geiman. Ich hatte ihr vor ein paar Wochen erzählt, dass ich es in ihrem Alter gelesen und geliebt hatte.

»Gefällt es dir?«

»Yeah«, erwiderte sie, als läge das auf der Hand. »Willst du es den Kindern vorlesen?«

Ich war entzückt, weil sie sich noch immer nicht in die Kategorie der »Kinder« einordnete.

»Ich dachte, heute fangen wir erst mal mit *Harry Potter* an, wenn dir das recht ist.«

»Ooh, ich liebe *Harry Potter.*«

»Gibt es einen lebenden Muggel, der das nicht tut?« Meine Aufmerksamkeit wurde von ihrem Gesicht abgelenkt, und mein Blick wanderte eine Etage höher, als ich spürte, dass Aidan näher kam.

Er nickte mir zu. »Nora.«

Der Klang meines Namens aus seinem Mund jagte mir eine Gänsehaut über den Nacken. Da ich meine Reaktion lächerlich fand, versuchte ich mir zu beweisen, dass ich mit diesem Typen umgehen konnte. »Bist du nicht ein bisschen zu alt, um dir Geschichten vorlesen zu lassen?«

Sylvie kicherte, während Aidan mir einen amüsierten Blick zuwarf. »Ein Angriff auf mein Alter. Wie unoriginell von dir, Peter Pan.«

»Oh, das war kein Angriff auf dein Alter.« Ich ging um ihn herum. »Sondern auf den Grad deiner geistigen Reife. Aber wer bin ich, um über andere zu urteilen? Wenn du dir ein bisschen *Harry Potter* antun möchtest, geht das für mich in Ordnung.«

»Ich weise dich darauf hin, dass *Harry Potter* die unterschiedlichsten Altersgruppen anspricht.«

Irgendwie bezweifelte ich, dass er zu einer davon gehörte. »Das stimmt.« Ich legte eine Hand an die Tür zum Gemeinschaftsraum, hielt aber inne, bevor ich eintrat, und spähte über meine Schulter zu Aidan. »Aber ich wäre überrascht, wenn er einen Mann wie dich ansprechen würde.«

Er brachte mich aus dem Konzept, als er sich zu mir lehnte und eine Hand über mir gegen die Tür stemmte. Ich sog scharf den Atem ein. Seine Brust befand sich so dicht vor meinem Gesicht, dass ich mich nur ein paar Zentimeter bewegen musste, damit meine Lippen sein T-Shirt berührten. Seine Hitze und sein Duft überwältigten mich, und ich wusste nicht mehr, wo ich hinsehen sollte.

Er grinste so selbstgefällig auf mich hinunter, als wüsste er, welche Wirkung er auf mich ausübte, und murmelte gerade laut genug, dass ich es hörte: »Du hast keine Ahnung, was einen Mann wie mich anspricht, Pixie.« Dann stieß er die Tür auf, bevor ich antworten konnte, und ich stolperte wie ein Volltrottel in den Raum.

Mir war klar, dass meine Wangen eine peinliche, rote Färbung angenommen hatten.

Zum Glück ersparte mir der warme Empfang, den die Kids mir bereiteten, Aidan noch einmal anzusehen. Als wir es uns bequem machten und ich *Harry Potter und der Stein der Weisen* aufschlug, war ich mir nur allzu deutlich seiner Anwesenheit bewusst. Er hatte die Arme vor der Brust verschränkt, was seine Muskeln betonte. Ich hätte wetten mögen, dass er das absichtlich tat.

Nervtötender Mann, der mich in den Wahnsinn trieb.

Ich verstand jedoch, warum er hier war. Sylvie wollte mich sehen und meinen Geschichten zuhören, und er wollte sie glücklich machen. Aber er traute mir nicht. Vermutlich hatte er auch keinen Grund dazu – er kannte mich nicht. Konnte ich ihm einen Vorwurf daraus machen? Ganz und gar nicht. Und wenn er sich weiterhin hier einfinden würde, würde ich auch zukünftig meine Unsicherheit unterdrücken und mir nicht anmerken lassen, dass ich mich in seiner Gegenwart wie eine ungebildete Landpomeranze fühlte.

Als meine Lesung für heute beendet war und ich noch ein bisschen mit den Kids geschwatzt hatte, kam Aidan auf mich zu, während Sylvie sich mit Poppy unterhielt. Ich wappnete mich dafür, was auch immer als Nächstes aus seinem Mund kommen würde.

Und ich hasste es, dass ich mir den Hals verrenken musste, um zu ihm aufzublicken. Jim war schon groß gewesen, aber dieser Kerl glich einem gottverdammten Rugbyspieler.

»Bist du Schauspielerin oder Filmstudentin?«, fragte er, als ich meinen Rucksack schulterte.

Geschmeichelt schüttelte ich den Kopf. »Weder noch. Nur eine kleine Verkäuferin.«

»Nein«, widersprach er und ließ keinen Zweifel an seiner Überzeugung. »Eindeutig nicht nur eine kleine Verkäuferin. Du hast Talent.«

Vor lauter Verwirrung wusste ich nicht, was ich antworten sollte.

Aidan sprach weiter, bevor ich etwas sagen konnte. »Du ziehst deine Zuschauer in deinen Bann, hauchst der Geschichte Leben ein. Das funktioniert nicht, wenn man einfach nur dasteht und ein Buch vorliest. Ich bin gegen meinen Willen beeindruckt.«

Gegen seinen Willen?

Ich funkelte ihn böse an, aber ehe ich etwas erwidern konnte, unterbrach Sylvie uns. »Noch mal Lunch. Bitte.«

Und wie immer war es schwer, ihr einen Wunsch abzuschlagen.

Ehrlich gesagt wollte ich das auch gar nicht. Natürlich wollte ich Zeit mit Sylvie verbringen. Aber so sehr Aidan mich aus der Fassung brachte, ich fühlte mich auch unfreiwillig zu ihm hingezogen. Gleichzeitig löste es den Drang in mir aus, in die entgegengesetzte Richtung zu flüchten. Verrückt, ich weiß.

»Sicher, Süße. Nora und ich gehen eine Minute nach draußen, um uns ungestört zu unterhalten. Du bleibst hier.«

Während mein Herz raste, weil ich nicht ahnte, was er mir »ungestört« zu sagen hatte, runzelte Sylvie die Stirn. »Warum?«

Er sah sie streng an. »Wenn ich dir das jetzt verraten würde, müsste ich ja nicht ungestört mit ihr sprechen, oder?«

»Ich mag sie.« In ihren Worten schwang ein überraschend harter Unterton mit. Sie schien die Schwingungen zwischen mir und ihrem Onkel zu spüren, etwas, was Erwachsene Kindern oft nicht zutrauten.

»Ich weiß.« Er umschloss ihr Gesicht mit den Händen und lächelte ihr beruhigend zu. »Es dauert nur eine Sekunde.«

Ich versuchte, ihr ebenfalls ein beruhigendes Lächeln zu schenken, als ich ihrem Onkel auf den Flur hinaus folgte, aber es fiel mir schwer, da mir schwante, dass eine Auseinandersetzung bevorstand. Ein Adrenalinschub durchströmte mich und ließ meine Hände zittern.

Auf dem Gang führte Aidan mich in eine ruhige Ecke, und ich sah ihn erwartungsvoll an.

Er verschränkte mit grimmiger Miene die Arme vor der Brust und verkündete: »Sylvie fängt an, zu sehr an dir zu hängen.«

Verwirrt ahmte ich seine Körpersprache nach. »Zu sehr an mir zu hängen?«

»Das ist nicht gut für sie.«

»Ich bin nicht sicher, dass ich dich verstehe.« Es war doch klar, dass Vertrauen Zeit brauchte. Man konnte einem anderen Menschen nicht automatisch vertrauen, Vertrauen musste erarbeitet und verdient werden. Ich brauchte Zeit, um Aidans Vertrauen zu gewinnen, was Sylvie betraf. Wieso begriff er das nicht?

Aidan reagierte sofort aufgebracht. »Weil sie schon so viel verloren hat. Ich möchte nicht, dass sie ihr Herz an jemanden hängt, der nur vorübergehend ein Teil ihres Lebens ist.«

»Aber ich gehe nirgendwo hin«, widersprach ich.

»Im Moment vielleicht nicht. Aber du bist erst zweiundzwanzig. Wie lange wird deine Ehrenamtsphase anhalten?« Seine grünen Augen funkelten mich an. »Ich will nicht, dass sich Sylvie in diesem Krankenhaus aufhält. Sie hätte erst gar nicht hier abgeladen werden dürfen.«

Da erkannte ich, dass sich ein Teil seines Zorns eigentlich gegen Sylvies Dad richtete, was nicht hieß, dass seine Worte mir keinen Stich versetzten.

»Einige dieser Kinder sind schwer krank, und mit denen hat sie sich angefreundet«, fuhr er gereizt fort. »Ich will nicht, dass sie noch mehr Menschen verliert. Und so edel es von dir ist, diesen Kids deine Zeit zu widmen, wüsste ich doch gerne, was genau diese Besuche dir bringen.«

Ich wollte ihm entgegenschleudern, dass ihn das nichts anging. Aber er war der Onkel eines der Kinder, mit denen ich Zeit verbrachte, und deshalb musste er meine Motive natürlich kennen.

»Es geht nicht um mich«, entgegnete ich. Vor Anspannung klang meine Stimme brüchig. »Wenn ein Kind in einer Situation, in der Glück Mangelware ist, in meiner Gesellschaft und beim Anhören meiner Geschichten ein wenig von diesem Gefühl empfindet, dann ist das jeden Kummer wert, den der Abschied von ihnen mir vielleicht bereitet.« Ich deutete auf mein lächerliches Kostüm. »Ich mache es nicht für mich, ich mache es für sie.« Abrupt drehte ich mich um und ging zum Gemeinschaftsraum zurück, bevor meine Wut überhandnahm.

Wenn ich schon Seonaid, meiner besten Freundin, nicht gestattete, meine Motive zu hinterfragen, dann würde ich mich sicher nicht von Mr. Ganz-Große-Nummer ins Kreuzverhör nehmen lassen.

Ich holte Sylvie ab, weil ich nicht wollte, dass sie für meinen Streit mit ihrem Onkel bestraft wurde, auch wenn ich am liebsten so weit wie möglich von ihm entfernt gewesen wäre. Stattdessen saß ich mit den beiden in der Cafeteria, vermied es, ihn anzusehen, und verstrickte Sylvie in eine Unterhaltung.

Die ganze Zeit spürte ich, dass er mich ansah. Ich hasste es.

Weil er es wieder einmal schaffte, dass ich mich klein fühlte.

Und diesmal *war* es seine Schuld.

Kapitel 11

Die Kinder sahen mich erwartungsvoll an, als ich mit einem dumpfen Gefühl in den Raum kam. Ich hatte mich vor diesem Moment gefürchtet. Die ganze letzte Woche hatte ich versucht, nicht daran zu denken. Und jetzt war ich hier, im Krankenhaus, als Peter Pan verkleidet, und ein Gesicht fehlte in der kleinen Menge.

Sylvie.

Ich war unfähig zu reden, während ich verzweifelt überlegte, womit ich Aidans Bedenken hätte zerstreuen können, statt ihn zu verscheuchen. Mir blieb nur die Hoffnung, dass Sylvie wieder zur Schule ging und deshalb heute nicht hier sein konnte.

»Peter?«, fragte Aly voller Erwartung.

Ihre Stimme riss mich aus meiner Betäubung, und zum ersten Mal fiel mir auf, dass sie unter einer Decke in einem Sessel ruhte. Letzte Woche hatte sie noch mit den anderen Kindern auf dem Boden gesessen und konnte noch herumlaufen.

Ihr Zustand verschlimmerte sich.

Verärgert über meine Gedanken schüttelte ich mich. Sylvie war durch die Hölle gegangen, aber sie war gesund und in Sicherheit, was mehr war, als die Kids hier von sich behaupten konnten. Aus irgendeinem Grund hatte ich Sylvie Lennox ins Herz geschlossen. Es war Zeit, sie loszulassen.

Ich grinste Aly an, als würde ich nicht sehen, wie krank

sie war, weil sie daran wirklich nicht erinnert werden musste. »Seid ihr alle bereit für *Harry Potter?*«

Bevor sie antworten konnten, schwang die Tür zum Gemeinschaftsraum auf, und es verschlug mir den Atem, als sich Aidan Lennox' Blick mit meinem kreuzte.

»Fangt nicht ohne mich an!« Sylvie stürmte unter seinem Arm durch die Tür.

Erleichterung durchflutete mich, als sie sich mit einem aufgeregten Grinsen zu meinen Füßen auf den Boden plumpsen ließ. Sie hob huldvoll die Hand zu einem wahrhaft königlichen Winken und zwitscherte: »Ihr dürft fortfahren.«

Ich versuchte, ein Lachen zu unterdrücken, vollführte einen Hofknicks und verneigte mich anmutig. »Eure Hoheit.«

Sylvie kicherte, legte eine Hand um den Mund und flüsterte: »Du machst das wie ein Mädchen.«

Ich legte ebenfalls eine Hand um den Mund und flüsterte zurück: »Ich glaube, sie wissen, dass ich ein Mädchen bin.«

»Ja, jetzt bestimmt.«

Mit zusammengepressten Lippen, um nicht laut loszuprusten, blickte ich zur Tür und sah, dass Aidan uns aufmerksam beobachtete. Ich legte all meine Dankbarkeit in meinen Blick, woraufhin seine Züge weicher wurden. Er quittierte meinen stummen Dank mit einem Nicken, dann schloss er die Tür und ließ mich mit den Kindern allein.

Er hatte mir sein Vertrauen ausgesprochen.

Ich weiß nicht, womit Aidan sich die Zeit vertrieb, während ich die Kids unterhielt, aber als Sylvie nach meiner Hand griff und mich aus dem Gemeinschaftsraum zog, lief er telefonierend über den Gang. Als wir in sein Blickfeld kamen, hörte ich ihn sprechen. »Wie ich schon sagte, wenn er das durchziehen will, muss er zu mir kommen … sag ihm das einfach. Hör zu, ich muss Schluss machen. Wir unterhalten uns später darüber.«

Er wirkte angespannt, als er vor uns stehen blieb und das Telefon in seine Tasche schob. Meine Sorge um ihn veranlasste mich zu der Frage: »Alles in Ordnung?«

Er musterte mich so gründlich, dass mir die Luft wegblieb.

»Aye, danke.« Er blickte auf Sylvie hinunter. »Hat es dir gefallen?«

»Yup! Wir sind mit dem ersten Band fast fertig. Kann ich jetzt Makkaroni mit Käse haben?«

Aidan seufzte belustigt. »Du wirst dich in einen Riesenteller Makkaroni verwandeln.« Er sah mich an. »Das ist das Einzige, was ich für sie kochen soll.«

»Ich kann verstehen, dass einem da das Wasser im Mund zusammenläuft.« Ich lächelte zu ihm hoch. Dann bemerkte ich den nachdenklichen Ausdruck in seinen Augen, begriff, was ich gesagt hatte, und errötete. »Ich meinte, dass man Appetit darauf hat. Auf Makkaroni mit Käse. Ich kann das gut verstehen.«

Und im nächsten Moment meinte ich, mein Höschen müsste unter der extremen Hitze schmelzen, denn Aidan Lennox' markante Gesichtszüge lockerten sich zu dem verdammt sexiesten Lächeln, das ich in meinem ganzen Leben je gesehen hatte.

Niemand konnte diesem Lächeln widerstehen.

»Hättest du gerne welche?«

Beim Klang seiner tiefen Stimme und der Worte schoss mein Puls in die Höhe.

Äh …

Ja, bitte.

Moment. Was? Flirtete er etwa mit mir. »Wie bitte?«

Aidans Grinsen wurde breiter. »Makkaroni mit Käse. Möchtest du welche? Zum Lunch?«

Oh Gott. Erde, öffne dich und verschlinge mich! Ich errötete. »Äh … gerne.«

»Warum bist du so rot geworden?«, wollte Sylvie wissen, als wir uns auf den Weg zur Cafeteria machten.

Meine Wangen brannten noch heißer. Aidan kicherte. »Ich bin nicht rot geworden.«

»Dann eben rosa«, lenkte Sylvie ein.

»Hier drinnen ist es heiß.«

»So heiß ist es gar nicht.«

»Kind.« Ich lachte trotz meiner Verlegenheit. »Ich bin weder rosa noch rot noch irgendetwas dazwischen. Ich bin absolut normal.«

Sylvies Brauen zogen sich zusammen. »Du verkleidest dich jede Woche als eine Figur aus einem Buch. Ich weiß nicht, ob das normal ist.«

Aidan brach in schallendes Gelächter aus, was ihm einen giftigen Blick meinerseits eintrug. Woraufhin er nur noch lauter lachte. »Eins zu null für sie.« Seine Stimme klang rau vor Belustigung.

Ich blickte auf Sylvie hinunter, die sich sichtlich freute, ihren Onkel zum Lachen gebracht zu haben, und musterte sie mit gespielter Empörung. »Du, Sylvie Lennox, bist entschieden zu gewieft für dein Alter.«

»Gut«, antwortete Aidan für sie. »Sie ist ein Ausgleich für all die Idioten, die entschieden zu dumm für ihr Alter sind.«

Da ich nicht wusste, ob das eine gegen mich gerichtete Spitze war, hob ich die Brauen. »Und ich gehöre auch zu diesen Idioten?«

»Nein.« Aidan öffnete die Tür zur Cafeteria und ließ uns den Vortritt. Sylvie stürmte als Erste hinein, und als ich Anstalten machte, ihr zu folgen, wurden meine Augen von ihrem Onkel angezogen wie Eisen von einem Magneten. »Mit dir ist es etwas ganz anderes, Pixie.«

Unsere Blicke versanken ineinander, und ich versuchte, Zeit zu schinden. »Pixie?«

»Aye. Da ist etwas …« Er schüttelte den Kopf, legte seine freie Hand auf meine Taille und schob mich vorwärts.

Ich rührte mich nicht von der Stelle, sondern verkrampfte mich bei der Berührung; ich fürchtete, entweder rücklings in seinen Arm oder nach vorne gegen seine Brust zu sinken. Erstaunlich, dass jemand, der praktisch ein Fremder für mich war, eine solche Wirkung auf mich ausübte. »Da ist etwas …?«

»Nichts«, erwiderte er barsch und zwang mich zum Weitergehen, als er uns beide hinter Sylvie in die Cafeteria führte. »Du erinnerst mich in diesem ulkigen Outfit bloß an einen Kobold, das ist alles.«

Ich blickte an mir hinunter und stellte fest, dass ich vergessen hatte, mich umzuziehen, und als ich den Kopf hob, um Aidan und Sylvie zur Essensausgabe zu folgen, registrierte ich, dass alle mein Kostüm neugierig beäugten.

»Weißt du, wir müssen nicht hier im Krankenhaus essen«, sagte Aidan zu Sylvie, als ich näher kam. »Wir können Nora auch woanders zum Lunch einladen.«

»Ich mag die Makkaroni mit Käse hier«, gab Sylvie zurück, dabei betrachtete sie sie hungrig. Ich fragte mich, wo sie all diese Essensmengen in ihrem zierlichen Körper unterbrachte. »Und Nora auch.«

Ich ließ zu, dass sie für mich sprach, weil ich nicht sicher war, ob ich schon bereit war, mich mit Aidan in die reale Welt hinauszuwagen. Hier drinnen befanden wir uns in unserer seltsamen, kleinen Seifenblase, in der ich mich geschützt fühlte. Hier drinnen waren wir nur zwei Menschen, die Sylvie in ihr Herz geschlossen hatten, und ich konnte die

Unsicherheit überwinden, die seine Gegenwart in mir auslöste.

Bevor er mir zuvorkommen konnte, bezahlte ich für unseren Lunch.

»Das musst du nicht«, sagte er, als wir Sylvie zu einem leeren Tisch folgten.

»Du hast letztes Mal bezahlt.«

»Ich kann es mir leisten.«

Ich quittierte seine freimütige Antwort mit einem gereizten: »Ich kann es mir auch leisten, dich zum Lunch einzuladen, Aidan.«

Er musterte mich wieder auf diese forschende, eindringliche Art, bei der ich mich innerlich krümmte, als ich ihm gegenüber Platz nahm. »Reich und unabhängig?«

Sein Sarkasmus brachte mich zur Weißglut. »Ja. Ich bin eine Prinzessin aus einem fernen Land, die sich als gewöhnliches Mädchen ausgibt, um frei von den Zwängen des Lebens einer Monarchin ihr Dasein genießen zu können.«

Sylvie starrte mich mit großen Augen an.

Aidan grinste spöttisch. »Hörst du nie auf, Geschichten zu erzählen?«

»Aber das wäre total cool«, seufzte Sylvie wehmütig. »Ich wünschte, ich wäre eine Prinzessin.«

»Du bist eine Prinzessin«, versetzte Aidan so sachlich, als wäre jeder begriffsstutzig, der etwas anderes dachte. Sylvie strahlte von einem Ohr zum anderen und fiel dann über ihre Makkaroni her.

Er machte sie so glücklich.

Tauchte ihre Welt in helles Licht.

Sein Blick wanderte von ihr zu mir, und er erstarrte. Was immer er in meinem Gesicht auch las, es schien ihn zu packen und festzuhalten, so dass er die Augen nicht von mir abwenden konnte.

Die Luft zwischen uns knisterte plötzlich, und ein Schauer lief über meinen Rücken und meine Brüste. Ich sog scharf den Atem ein, als ich spürte, wie sich meine Brustwarzen verhärteten.

Wie unanständig!

Tödlich verlegen starrte ich auf meinen Teller.

Als mir klar wurde, dass nicht nur Aidan, sondern auch Sylvie schwieg, blinzelte ich zu ihr hinüber und ertappte sie dabei, wie sie mit verwirrt gerunzelter Stirn von mir zu ihrem Onkel blickte.

Aidan räusperte sich. »Also, Nora, besteht die Chance, dass du uns irgendwann einmal etwas über dich erzählst, das der Wahrheit entspricht?«

Froh darüber, an etwas anderes denken zu können als an die Anziehungskraft, die er auf mich ausübte, grübelte ich über seine Frage nach. »Ähm ... ich mag Makkaroni mit Käse.«

Sylvie schnaubte. »Das wissen wir schon.«

»Ich komme aus den Vereinigten Staaten.«

»Das auch!«

»Okay, okay.« Ich tippte mir gegen das Kinn; gab vor, nachzudenken. »Ich weiß. Ich bin zweiundzwanzig.«

Sie schüttelte empört den Kopf. »Das wissen wir auch schon, Dummerchen.«

»Ich weiß etwas von dir«, schaltete sich Aidan plötzlich ein.

»Als da wäre?«

»Du weißt nicht, wann du aufhören musst, anderen etwas vorzumachen.«

Seine Worte waren wie ein Schlag in die Magengrube. »Das stimmt nicht«, flüsterte ich.

Aidan, den meine Reaktion aus der Fassung zu bringen schien, lehnte sich über den Tisch. »Ich habe es nicht böse gemeint, Pixie. Ich wollte nur Spaß machen.«

Tief beschämt nickte ich ihm knapp zu und betrachtete mein Essen. Das Schweigen am Tisch bewirkte, dass ich mich schuldig fühlte. »Ich liebe Shakespeare.«

»Shakespeare?«, wiederholte Aidan.

Ich hob den Kopf und sah ihn an. »Shakespeare.«

»Was ist Shakespeare?«, erkundigte sich Sylvie.

»Kein Was, ein *Er*. Er hat Theaterstücke geschrieben«, erklärte Aidan, ohne den Blick von mir abzuwenden. »Dafür bist du noch ein bisschen zu jung, Süße. Als Teenager lernst du alles über Shakespeare.«

»Warum muss ich denn warten?«

»Weil er sich mit Sachen beschäftigt, die noch nichts für dich sind.«

Das schien sie zu akzeptieren und widmete sich wieder ihren Makkaroni.

»So.« Aidan richtete seine Aufmerksamkeit wieder auf mich. »Die Komödien oder die Tragödien?«

»Beide.«

»Lieblingsstücke?«

Ich verstand nicht, warum er offenbar ehrlich an meiner Antwort interessiert war, aber sein Interesse weckte in mir den Wunsch, ihm alles zu erzählen. »Komödie: *Was ihr wollt*. Tragödie: Da kann ich mich nicht zwischen *Hamlet*, *König Lear* und *Othello* entscheiden.«

»Also sind dir die Tragödien eigentlich lieber«, folgerte er.

Wenn ich so darüber nachdachte, hatte er wohl recht. Ich zuckte die Achseln.

»Hast du schon einmal bei einer Aufführung mitgewirkt?«

Die Frage riss eine alte Wunde auf und ließ mich innerlich zusammenzucken. Ich schüttelte den Kopf und konzentrierte mich auf meinen unberührten Teller.

»Nora?«

»Mit wem hast du denn sonst noch zusammengearbeitet?«, fragte ich; bemühte mich, möglichst lässig zu klingen.

Aidan machte aus seiner Gereiztheit und Enttäuschung keinen Hehl. »Nora …«

»Er spricht nicht gern darüber«, mischte sich Sylvie ein.

Ich sah sie mit gerunzelter Stirn an. »Du hast mir von David Bowie erzählt.«

»Aber er hat gar nicht richtig mit ihm zusammengearbeitet.«

Dieses Kind. Ich musste grinsen. »Das stimmt.« Ich schielte zu Aidan, der mich einmal mehr studierte, als läge ich unter einem Mikroskop. Mein Lächeln erstarb.

Wieder machte sich unbehagliche Stille breit.

Kein Zweifel, Aidan war sauer auf mich, weil ich seinen Fragen ausgewichen war. Ich hatte ein kleines bisschen von mir preisgegeben und mich dann sofort wieder verschlossen wie eine Auster. Ich war nicht dumm – verstand, dass er sich darüber geärgert hatte. Aber ich fürchtete mich davor, weiterzureden. Es war mir schon schwergefallen, Jim genug zu vertrauen, um ihm das Wenige zu geben, das er von mir gehabt hatte, und ich schätze, man muss kein Genie sein, um meinen Mangel an Vertrauen in Männer auf meine Erfahrungen mit meinem Dad zurückzuführen. Ich hatte Angst, mir erneut das Herz brechen zu lassen. Und irgendwie wusste ich instinktiv, dass mich Aidan, wenn ich ihm auch nur ein bisschen von mir gab und er es zurückwies, dadurch stärker verletzen würde, als es irgendeinem anderen Mann möglich war.

Zum Glück rettete Sylvie die Situation. Während des Lunchs bestritt sie die Unterhaltung fast alleine. Diesmal lief ich nicht davon, obwohl ich das am liebsten getan hätte. Wir beendeten unsere Mahlzeit, und wir verließen gemeinsam das Krankenhaus. Aidan erbot sich, mich nach Hause zu fahren, aber ich bestand darauf, lieber zu Fuß zu gehen, weil ich nicht wollte, dass er sah, wo ich wohnte.

Wir trennten uns, und ich sah den beiden nach, als sie in seinem schwarzen Range Rover davonfuhren. Reue überkam mich. Ich war grob zu Aidan gewesen. Wenn er mich nicht ständig mit persönlichen Fragen belästigen würde, wäre ich freundlicher. Aber der verdammte Kerl schien es sich in den Kopf gesetzt zu haben, alles über mich in Erfahrung zu bringen.

Ein paar Tage später arbeitete ich im Apple Butter – mir stach eine teure elfenbeinfarbene Strickjacke mit einem eingestickten kleinen goldenen Fahrrad über der linken Brust ins Auge, und ich fragte mich, ob Leah sie mich in Raten bezahlen lassen würde – als die Tür aufging und Roddy den Laden betrat. Er trug ein graues, vor Staub und Schmutz starrendes T-Shirt, Jeans, die so ziemlich in demselben Zustand waren, und Arbeitsstiefel. Offenbar kam er direkt vom Bau.

Ich legte den Cardigan zurück und ging hastig zu ihm. Mein Puls raste. Roddy würde nur hierher kommen, wenn er schlechte Neuigkeiten hatte. »Was ist? Was ist passiert?«

Er runzelte die Stirn. »Nichts. Es ist Lunchzeit. Ich dachte, du könntest jetzt Mittagspause machen, damit wir zusammen eine Kleinigkeit essen gehen können. Du weißt schon, jetzt, wo du mir nicht mehr aus dem Weg gehst.«

Obwohl ich errötete, weil er mich mit der Nase darauf stieß, war ich zu erleichtert, als dass mir seine spitze Bemerkung etwas ausmachte. Ich spielte mit und verdrehte die Augen. »Warte kurz.«

Roddy blickte sich in dem Laden um; musterte die schicken, femininen Sachen und erwiderte trocken: »Aye, als würde ich mich weiter hier reintrauen.«

Kichernd lief ich durch den Durchgang, der zu der kleinen Abteilung für Accessoires führte, wo Leah auf den Knien lag und einen Schmuckständer neu dekorierte. »Leah, kann ich etwas früher zum Lunch gehen?«

»Mit dem Mann mit der unheimlich tiefen Stimme?« Sie schielte zu mir hoch. Ein neugieriges Lächeln spielte um ihre Lippen.

»Er ist nur ein Freund.«

Sie lehnte sich auf den Fersen zurück, um an mir vorbei zu spähen. Ein Ausdruck der Enttäuschung huschte über ihr Gesicht, weil sie ihn nicht sehen konnte. »Ist er so heiß wie seine Stimme?«

»Noch viel heißer«, wehte Roddys Bass zu uns hinüber und entlockte mir ein Schnauben.

Leah lachte. »Ooh, ich mag ihn.«

»Du bist so gut wie verlobt«, erinnerte ich sie.

Sie schmollte und winkte in meine Richtung. »Dann ab mit dir. Verbring deine Mittagspause mit dem Mann mit der tollen Stimme.«

Nachdem ich mich bei ihr bedankt hatte, holte ich meine Tasche aus dem hinteren Teil des Ladens und scheuchte Roddy nach draußen, bevor meine Chefin beschloss, zu uns zu kommen und ihn in Augenschein zu nehmen.

»Das ist ja eine Überraschung«, bemerkte ich, als wir die Cockburn Street hinuntergingen.

»Wir renovieren gerade Wohnungen in der Nähe der Mile«, erklärte er.

Nachdem wir beschlossen hatten, in einem Pub irgendwo in der Nähe zu essen, fanden wir einen Tisch in der Royal Mile Tavern. Wir unterhielten uns über Belangloses, während wir bestellten und warteten, und als unsere Fish and Chips gebracht wurden, herrschte zunächst Schweigen, da Roddy erst gesprächig wurde, wenn er ein paar große Bissen im Bauch hatte. Sobald der »Ich bin kein hungriger Höhlenmensch mehr«-Ausdruck auf seinem Gesicht zu sehen war, fragte ich: »Triffst du dich immer noch mit der Barkeeperin?«

Roddy feixte. »Ihr Name ist Petra.«

»Petra? Wo kommt sie denn her?«

»Sie ist Kroatin.«

»Hmm. Davon hat Seonaid nichts gesagt.«

Er grinste sein Essen an. »Das würde Seonaid nie tun.«

Manchmal fragte ich mich, ob er sich einen bestimmten Frauentyp nur aussuchte, um Seonaid auf die Palme zu bringen. »Ist es etwas Ernstes?«

»Wann ist es das schon?«

»Willst du denn etwas Ernstes? Irgendwann einmal?«

Roddy seufzte tief, was mir verriet, dass ihm das Gespräch unangenehm war. Roddy konnte mit Gefühlen nichts anfangen. »Irgendwann vielleicht.«

»Weiß Petra das? Seonaid meint, sie würde darauf abzielen.«

Diesmal schnaubte er und warf mir einen Blick zu, der mir bedeutete, das Thema fallenzulassen. »Aye, das weiß sie.«

Ich dachte an meine missliche Lage mit Aidan und fragte mich, ob Roddy mir vielleicht aus der Klemme helfen konnte. »Wie vermeidest du es dann, ihr irgendetwas Persönliches anzuvertrauen, ohne grob unhöflich zu werden und sie ganz zu vergraulen?«

Seine Antwort bestand aus einer versteinerten Miene.

Ich grinste. »Ich brauche wirklich dringend einen Rat.«

»Zu Fickkumpanen?« Seine Brauen schossen fast bis zum Haaransatz hoch.

Ich lief rot an. Es verdross mich zutiefst, dass Jims bester Freund dachte, ich würde bei ihm Rat in puncto Sex mit einem neuen Typen suchen. »Nein. Großer Gott, nein!«

»Warum ›Großer Gott, nein‹? Es ist okay, wenn du dein Leben weiterleben willst, Nora.«

Obwohl er es wirklich ernst zu meinen schien, ignorierte ich die Bemerkung. »Nein, das wollte ich damit nicht sagen. Es ist nur so … da gibt es dieses Kind im Krankenhaus, das ich wirklich ins Herz geschlossen habe, aber ihr Vormund – ihr Onkel – nervt mich mit Unmengen von Fragen über mich. Ich verstehe das, weil ich jede Woche Zeit mit dem Mädchen verbringe, aber es ist mir unangenehm, diesem Mann Informationen über mich zu geben. Nach meiner Zeit mit den Kids gehen wir zusammen zum Lunch, und er unterzieht mich einem Kreuzverhör. Ich versuche dem auszuweichen, aber ich werde dann ziemlich grob. Ich dachte, du könntest mir vielleicht sagen, wie ich direkte Antworten vermeiden kann, ohne ihn so vor den Kopf zu stoßen, dass er Sylvie – seine Nichte – den Umgang mit mir verbietet.«

Er musterte mich nachdenklich. »Wie alt ist er? Der Vormund?«

»Vierunddreißig. Warum?« Ein wissender Funke glomm in seinen Augen auf, und ich schüttelte den Kopf. »So ist das nicht.« Sogar in meinen Ohren klang das wie eine Lüge. Aber es war keine. Aidan Lennox fühlte sich nicht so zu mir hingezogen wie ich mich zu ihm.

Roddys Blick glitt über mein Gesicht. »Er versucht, Zeit mit dir zu verbringen?«

»Seine Nichte ist bei mir. Er also notgedrungen auch.«

»Das muss er aber nicht.«

»Sie hat ihre Mom verloren. Seine Schwester. Er will sie beschützen.«

»Aye. Aber jeder kann ein wenig nachforschen, um sich Informationen über die Person zu verschaffen, die sich mit seinem Kind abgibt. Er muss dazu nicht mit dir zum Lunch gehen und dich ausfragen.«

Roddy verstand alles falsch. »Es ist nicht so, wie du denkst.«

»Nora«, ereiferte er sich, »es geht um dich, also würde ich mich wundern, wenn es nicht so wäre. Du willst wissen, woher Petra weiß, dass das mit uns nichts Ernstes ist? Erst habe ich ihr gesagt, wenn sie in mein Bett will, dann nur vorübergehend. Und ab dem Zeitpunkt stelle ich ihr keine Fragen, abgesehen von: ›Hattest du einen guten Tag bei der Arbeit?‹, ›Willst du einen Drink?‹ und ›Soll ich dich härter vögeln?‹«

Ich strafte ihn für seine freimütige Ausdrucksweise mit einem finsteren Blick. »Du bist ein echter Charmebolzen, Roddy.«

»Was ich damit sagen will, ist, ein Kerl fragt eine Frau über ihre Person nur dann aus, wenn ihn die Antwort wirklich interessiert. Und das ist so, weil er auch wissen will, wie sie sich anhört, wenn sie in seinem Bett kommt.«

Das war Roddy pur, ohne Jim, der ihm einen Klaps auf den Hinterkopf gab, weil er in meiner Gegenwart so redete. Eigenartigerweise gefiel es mir, dass Roddy im Umgang mit mir sein wundervoll ungehobeltes Naturell ausleben konnte, ohne dass ich etwas dabei fand. Dass wir ganz ungezwungen miteinander umgehen konnten.

Sofort fühlte ich mich schuldig.

Roddy deutete meinen Gesichtsausdruck falsch. »Du darfst das, Nora. Es ist nicht schlimm, wenn du zulässt, dass dieser Typ mehr über dich erfährt. Beantworte doch seine verdammten Fragen, wenn du willst.«

»Das ist es doch gar nicht«, beharrte ich. »Aidan ist älter, gebildeter und erfahrener. Ich glaube, in seinen Augen bin ich nur dieses seltsame Kind, bei dem er sich Sorgen macht, dass es ein schlechter Umgang für *sein* Kind ist.«

Der Blick meines Freundes heftete sich eindeutig wohlwollend auf meine Brust, bevor er zu meinem Gesicht hochwanderte. »Er betrachtet dich nicht als Kind.«

»Woher willst du das wissen?« Seine Arroganz missfiel mir.

»Weil ich ein Mann bin. Ich weiß so etwas.«

Ich schüttelte ärgerlich den Kopf. Bei Roddy Rat zu holen war eine schlechte Idee gewesen. Seine schonungslose Aufrichtigkeit und männliche Sichtweise hatten mich nur noch mehr verwirrt.

Ich wechselte das Thema. »Seonaid hat einen neuen Freund. Zach. Er ist so alt wie du.«

Er starrte unverwandt auf sein Essen, konnte aber nicht verhindern, dass sein Kiefermuskel zuckte, als er mit den Zähnen knirschte. Nach ein paar Sekunden stieß er hervor: »Wieder ein *netter* Typ?«

»Nein. Ich glaube, sie nimmt sich eine Auszeit von den netten Typen. Zach ist für Sex da. Hat wohl jede Menge Ausdauer, der Kerl.« Ich lächelte in mich hinein, als ich sah, wie sich seine Finger fester um sein Messer und seine Gabel schlossen. Vielleicht war es gemein von mir, aber Roddy Livingston war der offenste und ehrlichste Mann, der mir je begegnet war. Es gab absolut keinen Grund für ihn, Seonaid seine Gefühle für sie zu verschweigen. Wenn er nicht wollte, dass andere Kerle in ihrem Bett schliefen, dann musste er sich aufraffen und etwas dagegen unternehmen.

Plötzlich blickte ich direkt in Roddys vor Zorn glühende Augen.

Schuldgefühle verdrängten meine Selbstzufriedenheit. »Roddy …«

»Ich weiß, was du da abziehst«, schäumte er. »Also lass uns gleich hier und jetzt eine Abmachung treffen. Ich bedränge dich nicht mehr, endlich über Jim hinwegzukommen und dein Leben weiterzuleben, und du setzt mir nicht mehr wegen Seonaid zu, und das heißt, dass du mir nicht unter die Nase reibst, mit wem sie es treibt. Davon kriege ich schon genug mit.«

Ich wollte mich auf diesen Deal nicht einlassen, ich wollte wissen, warum er meinte, ihr nicht gestehen zu können, was er für sie empfand. Sah er die Möglichkeiten denn nicht, die sich ihm da boten? Sah er nicht, wie eifersüchtig sie auf Petra und all ihre Vorgängerinnen war?

Aber ich konnte das Thema nicht weiterverfolgen, weil das für ihn ein Freibrief wäre, in meiner Beziehung zu Jim und meinen Problemen herumzustochern.

Ich nickte entschuldigend und sah, wie er sich sichtlich entspannte.

»So«, sagte er nach einer Minute des Schweigens. »Angie möchte, dass wir bald einmal sonntags zum Lunch zu ihr kommen. Bist du dabei?«

Ich konnte Angie nicht ewig aus dem Weg gehen. Es war ihr gegenüber nicht fair. Auf diese Weise hatte ich wenigstens Seonaid und Roddy als Puffer zwischen mir und der rosaroten Brille, durch die sie die Ehe ihres Sohnes mit mir betrachtet hatte.

»Klar. Klingt gut.«

Kapitel 12

Ich las gerade das erste Kapitel des zweiten *Harry Potter*-Bandes, und die Kids amüsierten sich, als die Tür zum Gemeinschaftsraum knarrend geöffnet wurde und Aidan auftauchte. Er warf mir einen entschuldigenden Blick zu. Bei seinem Anblick begann mein Puls zu rasen, aber ich las unbeirrt weiter, auch dann, als er Sylvie zu sich winkte und sich vor sie hinhockte, so dass sie sich auf Augenhöhe befanden. Widerstrebend gehorchte sie, und dann hörte ich sie sagen: »Aber ich will hierbleiben.«

Jetzt verstummte ich und ließ das Buch sinken. »Alles in Ordnung?«, rief ich zu ihm hinüber.

Aidan richtete sich auf und legte Sylvie eine Hand auf die Schulter. »Sylvies Dad ist auf dem Weg hierher. Er hat den Rest des Tages frei und möchte die Zeit mit ihr verbringen.«

»Oh.« Enttäuscht, dass mein Lunch mit ihr ausfallen würde, nickte ich. »Natürlich.«

»Aber ich möchte hier bleiben.« Sylvie wirkte genauso enttäuscht, wie ich mich fühlte.

Ich ging zu ihr und lächelte ihr aufmunternd zu. »Ich wette, dein Dad hat einen ganz tollen Tag für dich geplant. Und wir sehen uns ja bald wieder.«

»Kann ich wenigstens noch bis zum Ende bleiben?«

Ich blickte zu Aidan hoch, und wenn ich mich nicht sehr irrte, war er sauer. Nicht auf mich, sondern auf Sylvies Dad. Er schüttelte den Kopf.

»Ich glaube, dein Dad wird gleich hier sein, Süße.«

Ihre Lippe zitterte, und ich dachte, meine gleichmütige kleine Sylvie würde gleich anfangen zu weinen. Aber sie schüttelte ihre Enttäuschung mit einer so erwachsen wirkenden Geste ab, dass es fast unheimlich war. Als wäre sie es gewohnt, Trauriges abzuschütteln und weiterzumachen. »Okay. Nächste Woche?«

Wieder sah ich Aidan fragend an. Er nickte, und ich lächelte. »Nächste Woche.«

Sie umarmte mich und griff dann nach der Hand ihres Onkels. »Bye«, sagte ich zu ihm. Er nickte mir nur knapp zu, sonst nichts. Ich war frustriert.

Nachdem sie gegangen waren, überkam mich ein Gefühl der Leere, und ich biss mir auf die Lippe. Gegen meinen Willen dachte ich, Roddy hätte vielleicht doch recht und Aidan würde aus anderen Gründen versuchen, mich besser kennenzulernen. Vielleicht spürte er ja ebenfalls die sexuelle Spannung zwischen uns.

Aber dass er ohne auch nur einen Anflug von Enttäuschung zu zeigen auf die wenigen Stunden, die wir miteinander verbrachten, verzichten konnte, holte mich auf den Boden der Tatsachen zurück.

Ich brauchte Sylvie und Aidan, ich war regelrecht süchtig nach ihnen.

Sylvie schien es ebenso zu ergehen.

Aidan allerdings betrachtete mich wahrscheinlich nur als die leicht verrückte Frau, für die seine Nichte eine überraschende Vorliebe entwickelt hatte.

Jetzt, wo sie fort waren, versuchte ich mich wieder auf das Buch zu konzentrieren und verwandte meine ganze Energie darauf, meine Vorführung so unterhaltsam wie möglich zu gestalten. Da ich mich gut verstellen konnte, bekam keines der Kinder etwas von meinem Kummer mit, während sie lachten und sich aufgeregt vorbeugten, um mehr über Harry und seine Freunde zu hören.

Als die Zeit um war und Jan hereinkam, verabschiedete ich mich von allen und bat darum, mich in Alys Bad umziehen zu dürfen. Aly hatte ein Privatzimmer, in dem sie mehr und mehr Zeit verbrachte, da es ihr immer schlechter ging. Ich wusste nicht, wie lange sie an meinen Vorlesestunden noch teilnehmen könnte. Dieses liebenswerte kleine Mädchen würde leiden müssen, bevor sie erlöst wurde.

Ich zog mich in ihrem Bad um, ehe Jan sie zurückbrachte, und sagte dann den Schwestern auf Wiedersehen. Die Stadt wimmelte nicht mehr von Festivalbesuchern, und ich erwog, mir in dem nahe gelegenen Meadowlark Café einen Smoothie zu holen, als ich Aidan vor dem Krankenhaus entdeckte und wie angewurzelt stehen blieb.

Er telefonierte und hatte mich noch nicht gesehen. Was machte er immer noch hier? Und wo war Sylvie?

Im ersten Moment dachte ich daran, mich an ihm vorbei zu schleichen, bevor er mich bemerkte. Es machte mich nervös, dass mein Herzschlag sich so beschleunigte, wenn er in der Nähe war.

Doch er hob den Kopf, unsere Blicke trafen sich, und die Welt stand plötzlich still. Ich hörte nur noch das Rauschen meines Blutes in meinen Ohren.

Und dann Aidans Stimme, die seinem Gesprächspartner mitteilte, dass er Schluss machen müsse. Er schob das Telefon in seine Gesäßtasche, kam zu mir herüber und blieb viel zu nah vor mir stehen. Ich musste den Kopf in den Nacken legen, um Blickkontakt mit ihm zu halten.

»Was machst du denn noch hier? Hat Sylvies Dad sie abgeholt?«

Aidan nickte. »Aye. Aber ich dachte, ich warte auf dich und frage dich, ob du mit mir zum Lunch gehen willst.«

Ich war so überrumpelt, dass ich ihn nur anstarren konnte. Und dann hörte ich Roddys Stimme in meinem Kopf, die mir zuraunte, dass Aidan eindeutig an mir interessiert war. Ich konnte absolut nicht begreifen, warum ein älterer, weltgewandter, umwerfender und erfolgreicher Mann Interesse an mir zeigen sollte. Natürlich sprach das nicht gerade für mein Selbstwertgefühl, aber so war es nun einmal.

Bevor ich ihn getroffen hatte, hatte ich mich älter gefühlt, als ich war. Ich war erschöpft und ausgelaugt und das Leben ein einziger Kampf gewesen.

Dann kam Aidan des Weges und gab mir das Gefühl, überhaupt noch nichts von der Welt gesehen zu haben.

Wir waren extrem unterschiedlich, und dass ich mich so stark zu ihm hingezogen fühlte, war zweifellos nicht besonders klug … aber mein Herz raste, meine Haut prickelte, und in meiner Magengegend setzte ein erregtes Kribbeln ein. Ich fühlte mich lebendig. Zum ersten Mal überhaupt empfand ich eine fast lustvolle Vorfreude, und das Gefühl wollte ich unbedingt noch länger auskosten.

»Hört sich gut an.«

Ich war mir nicht sicher, aber ich meinte, Erleichterung in seinen Augen aufflackern zu sehen. Doch dann war sie verschwunden, und ich sah nur noch innere Anspannung. »Ist wirklich alles in Ordnung? Geht es um Sylvies Dad?«

»Hier entlang«, sagte er nur, und ich folgte ihm zu seinem SUV.

Er öffnete mir die Beifahrertür, etwas, was seit … na ja … noch nie ein Typ für mich getan hatte, und ich wunderte mich über die höfliche Geste und wie sehr sie mir gefiel.

»Nora?«

Ich begegnete seinem fragenden Blick und überspielte meine Reaktion mit Spott. »Ich frage mich gerade nur, ob es klug von mir ist, zu einem fremden älteren Mann ins Auto zu steigen.«

Aidan verbiss sich ein Lächeln. »Du musstest die ›Älter‹-Spitze unbedingt noch einmal anbringen, oder?«

Ich kletterte lachend in das SUV, und er schloss behutsam die Tür hinter mir. Das Innere des Wagens war geräumig und luxuriös. Ich hatte noch nie zuvor in einem Range Rover gesessen und staunte über den Komfort und den Luxus. Außerdem roch es nach neuem Leder.

So lebte also die andere Hälfte der Menschheit.

Die Fahrertür ging auf, und Aidan rutschte auf den Sitz, der ganz nach hinten geschoben war, damit seine langen Beine Platz hatten. Nachdem er sich angeschnallt hatte, ließ er den Motor an, und mein Blick fiel auf seine Hände, die entspannt auf dem Steuer lagen. Wie alles an ihm waren auch sie groß, aber zugleich eindeutig die Hände eines Musikers. Lange Finger, kräftige Knöchel und trotzdem elegant. Ein Ziehen in meinem Unterleib bewirkte, dass ich mich innerlich vor Verlegenheit wand.

Wie konnten mich die Hände eines Mannes so heiß machen?

»Cal bemüht sich, mehr Zeit mit Sylvie zu verbringen.«

Jäh aus meinen sexuellen Abschweifungen gerissen konzentrierte ich mich auf seine Worte. »Ist da etwas gegen einzuwenden?«

»Nein.« Aber seine Finger schlossen sich einen Moment lang fester um das Lenkrad. »Nein.«

»Irgendetwas stört dich daran.«

Wir hielten an einer roten Ampel, und Aidan sah mich an. »Ich möchte Stabilität für sie. Ich fürchte, diese Veränderung gerade zum jetzigen Zeitpunkt könnte schlecht für sie sein.«

»Was für eine Veränderung?«

»Dass sie ihren Dad öfter sieht. Im Moment hat er sie alle zwei Wochen für zwei Tage. Aber in der letzten Zeit hat er angerufen, wann immer er Zeit hatte, und darum gebeten, sie sehen zu dürfen.«

Ich wusste nicht recht, was dagegen sprach, dass ihr Dad den Hintern hochbekam und sich darum bemühte, sein Kind häufiger zu sehen, aber ich verstand Aidans Sorgen. Sylvie hatte erst vor einem Jahr ihre Mom verloren. »Vielleicht solltet ihr Jungs euch mal zusammensetzen und reden.«

»Aye, vielleicht.«

Im Wagen breitete sich Schweigen aus, und ich sah ihm an, dass seine Gedanken um dieses Problem kreisten. Da ich ihn nicht stören wollte, beobachtete ich den Verkehr. Wir verließen die Innenstadt. »Wo essen wir denn?«

»Direkt an der Promenade von Portobello Beach gibt es einen Pub. Es ist ein schöner Tag, und ich dachte, wir sollten das ausnutzen, solange es geht.«

Das sagten die Leute hier in der Gegend häufig. Schottische Sommer waren launische Gesellen, die uns mehr Regen bescherten als irgendetwas sonst. Daher wussten wir es zu schätzen, wenn die Sonne herauskam, und machten das Beste daraus.

»Klingt gut.«

Jim und ich waren von Anfang an locker und ungezwungen miteinander umgegangen. Ich hatte nie das Bedürfnis verspürt, Stille zwischen uns irgendwie auszufüllen. Bei Aidan störte mich das Schweigen ebenfalls nicht, aber die Atmosphäre war angespannt. Ich war mir jeder seiner Bewegungen zu sehr bewusst; beobachtete ihn aus den Augenwinkeln heraus, als er in östlicher Richtung nach Portobello fuhr.

»Sylvie hängt an dir«, bemerkte Aidan plötzlich.

Bei der Vorstellung breitete sich Wärme in mir aus. »Ich

habe sie auch ins Herz geschlossen. Ich werde ihr nicht weh tun, Aidan.«

Er musterte mich mit ernster Miene. »Das weiß ich jetzt, Nora.«

Erleichterung stieg in mir auf. »Danke.«

»Ich möchte nur, dass es ihr gut geht.«

»Es wäre aber verständlich, wenn dem nicht so wäre«, gab ich zurück. »Sie hat ihre Mom verloren. Du kannst sie vor allem Möglichen beschützen, aber nicht vor einem solchen Verlust, und wenn du glaubst, du könntest es doch, wird dir das nur das Gefühl geben, versagt zu haben. Und das stimmt nicht.«

Er schwieg so lange, dass ich schon dachte, meine Worte wären ihm sauer aufgestoßen. Doch dann sagte er: »Wie kommt es, dass du in deinem Alter schon so weise bist?«

Wenn es um Verluste geht, weiß ich, wovon ich rede. Aber das sagte ich nicht laut. »Ich schätze, ich bin so geboren worden.«

Kurz darauf parkte Aidan in einer Straße am Wasser. Die Sonne glitzerte auf den Wellen in der Ferne, und die Promenade wimmelte von Menschen, die ihren Lunch verzehrten, ihre Hunde ausführten oder einfach nur herumhingen. Die salzige Meeresluft versetzte alle sofort in Hochstimmung. Es war kurz vor eins, also hatten die Leute Mittagspause, aber wenn man den proppevollen Strand sah, hätte man meinen können, es wäre Wochenende.

»Glaubst du, wir bekommen noch einen Tisch?«, fragte ich. Er bestand darauf, mir die Tür zu öffnen und meine Hand zu nehmen, um mir beim Aussteigen behilflich zu sein.

Warme, schwielige Haut rieb über meine, und ich sog angesichts der elektrischen Funken, die an meinem Arm hochtanzten, scharf die Luft ein. Ich sah ihn an. Unsere Augen bohrten sich ineinander.

Spürte er es auch?

Als ob ich die Frage laut gestellt hätte, drückte er meine Hand und schloss die Tür, als ich ausgestiegen war. Zu meinem Schrecken ließ er meine Hand dann nicht los, sondern führte mich die Straße hinunter auf die Promenade zu.

»Ich habe vorher angerufen«, sagte er. »Ich kenne jemanden, der in dem Pub arbeitet.«

Ich bemühte mich, mich seinen langen Schritten anzupassen. Mein Herz hämmerte gegen meine Rippen, als ich zu ihm hochstarrte. Er spürte meinen Blick, sah auf mich hinunter und lächelte spöttisch.

»Was ist, Pixie?«

Ich beschloss, ehrlich zu sein. »Du hältst meine Hand.«

Sein Lächeln verwandelte sich in dieses sexy Grinsen, bei dem meine Knie jedes Mal weich wurden. »Richtig.«

Aber er ließ sie nicht los.

Ich biss mir auf die Lippe, um das mädchenhafte Kichern zu unterdrücken, das mir zu entschlüpfen drohte. »Gibt es einen Grund dafür?«

»Damit du nicht nach Nimmerland zurückfliegen kannst, versteht sich.« Er zwinkerte.

Ich lachte. »Clever. Ausgesprochen clever.«

Aidan blieb stehen, um die Eingangstür des Pubs aufzustoßen. Belustigtes Funkeln tanzte in seinen schönen Augen.

Ich ließ mich in den Innenraum führen. Ein paar Schritte von der Bar zu unserer Rechten entfernt gab es einen Bereich mit Tischen an Erkerfenstern, die auf das Wasser hinausgingen. Es war knüppelvoll. Kein freier Tisch mehr zu sehen.

»Äh …« Eine junge Frau mit hellblauen Augen und kurzen weißblonden Haaren blickte zu den Sitzgruppen und dann wieder zu uns. »Im Moment müssten Sie eine halbe Stunde warten.«

»Wo ist Giggsy?«, fragte Aidan.

»Hier, *mate.*« Wir drehten uns um und sahen einen Typen einen Gang neben der Bar entlangkommen. Als er uns erreicht hatte, wanderten seine Augen zu Aidans Hand in meiner, und er schüttelte den Kopf. »Sie werden jedes Mal jünger.«

»Verpiss dich, Giggsy.«

»Reizend. Und das, nachdem diese Kerle hier«, er deutete mit dem Daumen hinter sich zum Barpersonal, »mir die Hölle heiß gemacht haben, weil ich dir in letzter Minute einen Tisch auf der Promenade reserviert habe.« Ohne ein weiteres Wort ging er davon, und Aidan folgte ihm. Er führte uns auf die Terrasse zu den Glastüren, die auf die Promenade hinausgingen, und dann zu meinem Entzücken zu einem der vier Tische am Wasser.

Von der Nordsee wehte eine leichte Brise herüber und linderte die selten heiße Septembersonne. Möwen schrien, während sie hoch über uns am Himmel ihre Kreise zogen.

»Setzt euch.« Giggsy deutete auf unseren Tisch, und Aidan rückte mir einen Stuhl zurecht. »Ein echter Gentleman.« Sein Freund klopfte ihm auf die Schulter. Aidan verdrehte die Augen, und Giggsy nickte spöttisch zu mir. »Bitte sag mir, dass sie volljährig ist.«

Während mich die Vorstellung entsetzte, dass ich neben ihm *so* jung wirkte, seufzte Aidan schwer. »Hast du Todessehnsucht?«

»Ich fasse es nicht. Deine werden immer heißer und jünger, meine älter und zickiger. Wie machst du das bloß?«

Meine Wut auf den Mann wuchs mit jeder Sekunde; nicht nur, weil er von Aidans Liebschaften wie von Fließbandprodukten sprach, sondern auch, weil er über mich redete, ohne mich auch nur eines Blickes zu würdigen. Als käme es auf mich gar nicht an. *Sexistischer … Grrr!*

Giggsy grinste auf mich hinunter. »Was möchtest du trinken, Schätzchen?«

»Wasser, bitte. Obwohl ich auch ein Bier nehmen könnte, wenn ich wollte. Seit fast fünf Jahren schon.«

»Amerikanerin?« Er wandte sich wieder an Aidan. »Sehr schön. Aus einem anderen Staat als die letzten. Sammelst du sie jetzt nach Ländern geordnet? Du bist mein Held, *mate.*«

»He!« Ich schnippte mit den Fingern, um seine Aufmerksamkeit auf mich zu lenken. »Ich bin nicht Aidans neueste Schnalle, also hör auf, mich so zu behandeln, und hör auf, über mich zu reden, als könnte ich dich nicht hören. Das ist respektlos. Hat dir deine Mama keine Manieren beigebracht?«

Ich hatte keine Ahnung, wo mein Wutausbruch herrührte. Vielleicht wollte ich Aidan zu verstehen geben, dass ich nicht irgendein hohlköpfiges Püppchen war, mit dem er sich schmücken konnte.

Giggsy wirkte ein bisschen konfus. Er raunte Aidan zu, er würde ihm das Übliche bringen und dann unsere Bestellungen aufnehmen. Ich blickte unverwandt über das Wasser hinweg, da ich Aidan nicht in die Augen sehen konnte.

»Tut mir leid wegen Giggsy.«

Ich beobachtete ein Pärchen, das Hand in Hand den Strand entlangging. Jeder trug seine Schuhe in der freien Hand. »Schon in Ordnung.«

»Nora, sieh mich an.«

Ich gehorchte widerwillig.

Er wirkte besorgt. »Ich habe dich nicht als Vorspiel zum Sex zum Lunch eingeladen. Du bist definitiv nicht meine *neueste Schnalle.* Ich wollte nur ein bisschen Zeit mit dir verbringen.«

Ich war so verwirrt, dass ich ihn nur stumm anstarren und hoffen konnte, dass es mir mittels irgendwelcher Magie gelingen würde, aus ihm schlau zu werden. Wenn er mich nicht fürs Bett, sondern nur Händchen halten und Zeit mit mir verbringen wollte … nun ja … Scheiße. Was hatte das zu bedeuten?

Dann kam mir ein Gedanke.

Und ich konnte mir nicht erklären, wieso ich so blind gewesen war.

Vielleicht … vielleicht war Aidan einsam. »Wie steht es denn mit dir?«, platzte ich mit einem Mal heraus. »Wir haben ein bisschen über Sylvie und darüber gesprochen, wie es ihr seit dem Tod ihrer Mutter geht, aber noch nie über dich. Wie geht es *dir*, Aidan?«

Meine Frage überraschte ihn. Er starrte mich an, als könnte er kaum glauben, dass ich real war. Ich verstand seine Reaktion nicht, konnte aber nicht nachhaken, weil Giggsy mit unseren Getränken kam und unsere Bestellungen aufnehmen wollte.

Es war zu heiß für eine schwere Mahlzeit, also wählte ich etwas Leichtes. Aidan folgte meinem Beispiel, und ich wartete, bis Giggsy sich entfernte, ob er mir antworten würde.

Endlich rang er sich dazu durch. »Du willst die Wahrheit hören, Nora? Etwas, was ich noch nie jemandem erzählt habe? Ich habe es gehasst. Dass Nicky, meine Schwester, krank war. Starb. Von mir erwartete, dass ich mich um Sylvie kümmerte. Ich bin ein selbstsüchtiger Bastard, der ihr das tatsächlich übelgenommen hat. Ich hatte keinen gottverdammten Schimmer, was auf uns alle zukam oder was sie am Ende durchmachen musste. Ich konnte mir nichts davon vorstellen, weil ich nicht über meine eigene Scheißkarriere hinausschauen konnte.«

Er ahnte ja nicht, wie gut ich seinen Groll verstand. »Aber am Ende hast du es getan.«

Aidan musterte mich nachdenklich, als würde es ihn

wundern, dass ich ihn nicht verurteilte. Als er weitersprach, klang seine Stimme vor unterdrückten Gefühlen tief und rau. »Unsere Eltern sind keine sonderlich starken Menschen. Mit Schicksalsschlägen konnten sie nie umgehen. Sie verabscheuten den Umstand, dass Nicky alleinerziehend war, und nachdem sie in den Süden hinuntergezogen sind, unternahmen sie keine großen Anstrengungen, Sylvie zu besuchen. Sie waren zu schwach, um für meine Schwester da zu sein. Sie kamen erst, als es zu Ende ging. Nachdem ich mit ansehen musste, wie der Krebs meine Schwester bei lebendigem Leib auffraß. Ich habe mit angesehen, wie sie bis zum Ende stark, tapfer und selbstlos blieb und sich nur Sorgen um mich und Sylvie und darum machte, was aus uns werden sollte. Diese Monate haben alles verändert.«

»Wie lange war sie krank?«

»Ungefähr vier Monate.« Er kehrte mir sein Profil zu, blickte auf das Wasser hinaus, und ich bemerkte den Schmerz, den er meist in sich verschloss. »Es war Ende Januar letzten Jahres. Sie rief mich an, als ich in New York war, und bat mich, nach Hause zu kommen. Sie wollte mir nicht sagen, warum, aber ich wusste, dass es sich um etwas Gravierendes handeln musste, wenn sie sich zu einer solchen Bitte durchrang. Als ich da war, sagte sie es mir, als wir allein waren. Dass sie Gebärmutterhalskrebs hatte.« Seine vor Wut und Kummer lodernden Augen hefteten sich auf mich. »Nicky war Krankenschwester, verdammt noch mal. Sie wusste Bescheid, Nora. Sie wusste es, und sie war vor Angst so gelähmt, dass sie sich der Wahrheit erst stellen konnte, als es zu spät war. Sie hätte leben können. Sie hätte überleben können. Aber sie hat zu lange gewartet.«

Ich griff über den Tisch hinweg nach seiner Hand. »Das tut mir sehr leid.«

Er drückte sie. »Wir haben es Sylvie gemeinsam gesagt«,

fuhr er fort. »Du weißt ja, was für ein helles Köpfchen sie ist. Sie verstand sofort. Ich …« Er schluckte hart, war in Erinnerungen versunken. »Ich konnte es nicht ertragen, ich musste den Raum verlassen. Zu hören, wie sie jammerte wie ein verwundetes …« Er brach ab und ließ meine Hand los, um einen großen Schluck Wasser zu trinken.

Meine Brust zog sich vor Mitgefühl zusammen.

»Alles kam zum Stillstand. Das Leben bleibt einfach stehen. Ich zog zu ihnen, heuerte eine Vollzeitkrankenschwester an und stellte Olive Robertson ein, um Sylvie zu Hause zu unterrichten, damit sie so viel Zeit wie möglich mit ihrer Mum verbringen konnte, ohne etwas in der Schule zu verpassen. Aye … ich hörte auf, Nicky etwas übelzunehmen, als ich sie sterben sah, aber weiß du, was noch schlimmer war, Pixie?«

Ich blinzelte die Tränen zurück, die mir angesichts der hohlen Leere in seiner Stimme in die Augen stiegen, und fragte mich, wie ich nicht hatte merken können, wie viel Schmerz sich in diesem Mann verbarg. »Was war schlimmer?«

»Ich wollte, dass sie starb. Weil es eine verdammte Qual war, auf ihr Ende zu warten. Ich wollte einfach nur, dass sie starb.« Er schüttelte den Kopf, als würde er sich für sich selbst schämen. »Jetzt, wo sie fort ist, kann ich nicht glauben, dass ich nicht jeden einzelnen Tag, den sie mit mir und Sylvie verbringen konnte, als Wunder betrachtet habe. Und ich hasse mich dafür, dass ich diese Tage weggewünscht habe.«

Ich war überwältigt.

Ein bleischweres Gewicht legte sich auf meine Brust und erschwerte mir das Atmen.

Weil ich spürte, dass ich diesen Mann besser verstand als irgendjemand sonst, und ich wünschte mir nichts mehr, als ihn eng an mich zu drücken und ihm ins Ohr zu flüstern, dass er nicht allein war. Mein Herz war schon einmal gebrochen worden, und in diesem Moment brach es erneut. Weil ich wusste, dass dieser Mann und das kleine Mädchen, das er so liebte, mich aufzehren und nur Scherben hinterlassen würden.

Und ich wusste nicht, ob ich das zulassen konnte. Sie konnten meine Buße sein; ich konnte sie selbstlos das nehmen lassen, was sie brauchten, und ich würde zerstört zurückbleiben, aber vielleicht irgendwie Frieden finden. Aber ich hatte mir einen Rest Selbsterhaltungstrieb bewahrt, der in mir den Drang auslöste, einfach davonzulaufen. Weil Menschen dich enttäuschen konnten, und manchmal war das okay, aber manchmal, wie bei meinem Dad, verletzten sie dich so stark, dass es dich unwiderruflich veränderte. Aus diesem Grund hatte ich schon so viele Fehler gemacht, und ich hatte Angst, das Wenige zu verlieren, das ich an mir noch respektierte, wenn Aidan mich zwangsläufig auch enttäuschte.

Aidans Augen wurden schmal. »Ich habe das noch nie jemandem erzählt.«

»Warum erzählst du es *mir?*«

»Weil ich keine innere Ruhe finde, Nora, und ich spüre, dass du alles über dieses Gefühl weißt.«

Erschrocken, weil er das sehen konnte, schüttelte ich den Kopf. »Du weißt gar nichts über mich.«

»Dein Name lautet Nora Rose O'Brien McAlister. Du bist am 12. November 1992 in Donovan, Indiana, geboren und hast dort gelebt, bis du mit achtzehn Jahren mit Jim McAlister nach Vegas durchgebrannt und dann mit ihm nach Edinburgh zurückgekehrt bist. Ihr wart drei Jahre verheiratet, bevor er an einem Aneurysma im Gehirn starb. Du arbeitest im Apple Butter in der Cockburn Street und lebst alleine in Sighthill.« Er hielt inne, während ich versuchte, mich von dem Schock zu erholen, dass er all diese Informationen über mich zusammengetragen hatte. »Ich erinnere mich an dich, Pixie. Ich erinnere mich daran, in einem Pub ein hübsches Mädchen gesehen und sie dann vom Boden aufgehoben zu haben, nachdem ihr Mann sich wegen ihr mit einem Betrunkenen geprügelt hat. Und ich erinnere mich daran, dich am nächsten Tag im Supermarkt getroffen zu haben und zu wissen, dass du zu jung und zu verheiratet für mich warst. Trotzdem wollte ich dich, und sechs Monate früher wäre ich vielleicht ein egoistischer Hund gewesen und hätte versucht, dich ohne Rücksicht auf die Konsequenzen zu verführen. Aber meine Schwester lag in einer Wohnung über dem Supermarkt im Sterben, und ich hatte ihr und meiner Nichte versprochen, Pfannkuchen mit Sirup zu machen.«

Ohne dass ich es verhindern konnte, rollte mir eine Träne über die Wange. Ich wischte sie ungeduldig weg.

»Ich bin nicht der Typ Mann, der seiner zehnjährigen Nichte erlauben würde, so viel Zeit mit einer Frau zu verbringen, ohne mich über sie zu informieren, Pixie. Also nimm es nicht persönlich.«

Als ich nichts darauf erwiderte – ich brachte keinen Ton heraus, weil ich fürchtete, sonst in Tränen auszubrechen – fuhr Aidan fort, und jetzt fühlten sich seine Worte nicht länger an wie Fingernägel, die an den Wunden meiner Erinnerungen kratzten, sondern wie ein Messer, das sie aufschlitzte.

»Ich kenne dein Geheimnis, Nora. Ich weiß, dass du dich deinetwegen in Peter Pan verwandelst, nicht den Kids zuliebe. Aber ich verstehe nicht, wieso sich eine ganz offensichtlich talentierte, gescheite Zweiundzwanzigjährige, die ihr ganzes Leben noch vor sich hat, an ihrem freien Tag ehrenamtlich in einer Klinik für kranke Kinder betätigt … es sei denn, sie *muss* es tun. Du musst das einfach tun, Nora.

Das sehe ich klar und deutlich. Steckt da mehr dahinter als der Umstand, dass dein Mann so jung gestorben ist? Oder hast du ihn so sehr geliebt, dass du blind dafür bist, dass das Leben weitergeht? Was auch immer es ist, du findest genau wie ich keine Ruhe. Und ich kann mir nicht helfen, ich muss es wissen … was zum Teufel ist *dir* zugestoßen?«

Roddys Stimme hallte plötzlich in meinem Kopf wider. *Es ist nicht schlimm, wenn du zulässt, dass dieser Typ mehr über dich erfährt. Beantworte doch seine verdammten Fragen, wenn du willst.*

Nur dass ich nicht sicher war, ob ich das wollte. Ich war noch nicht dazu bereit. Ihn ins Vertrauen zu ziehen hieße, mich endlich all den Schuldgefühlen zu stellen, die ich unter meinem Kostüm vergraben hatte.

»Es tut mir leid!« Ich schob meinen Stuhl so heftig zurück, dass ich ihn beinahe umgestoßen hätte. »Ich muss gehen.«

Mit diesen Worten ließ ich ihn am Tisch sitzen.

Allein.

Nachdem er so viel von sich preisgegeben hatte.

Noch nie hatte ich mich so wenig leiden können.

Kapitel 13

Es hätte mich nicht wundern sollen, als Aidan nächste Woche nicht noch etwas länger blieb. Er würdigte mich kaum eines Blickes, als er Sylvie im Krankenhaus abholte. Sie hatte mir schon gesagt, dass Onkel Aidan eine Besprechung hatte und sie deshalb nicht mit mir zum Lunch gehen konnten.

Seine Reserviertheit nährte den Verdacht in mir, dass es diese Besprechung überhaupt nicht gab. Er wollte sich nur nicht mit jemandem abgeben, der zuhörte, wie er seine Seele bloßlegte, und dann die Flucht ergriff.

Ich war ein Feigling.

Die ganze Zeit hatte ich mir eingeredet, dass ich mein Leben damit ausfüllen musste, Gutes zu tun – wie den Kindern in der Klinik die Zeit zu vertreiben – um meiner Schuld zu entrinnen und Frieden zu finden. Dann hatte ich endlich zwei Menschen gefunden, denen ich vielleicht wirklich helfen konnte, und solche Angst bekommen, darin aufgerieben zu werden, dass ich davongelaufen war.

Mir blieb keine Zeit, mich bei Aidan zu entschuldigen, und da ich seine Telefonnummer nicht hatte, konnte ich ihn auch nicht anrufen. Trotzdem fürchtete ich mich noch mehr davor, er könnte mich hassen, als davor, verletzt zu werden.

Als ich am nächsten Mittwoch ins Krankenhaus kam, warteten Sylvie und Aidan dort auf mich.

»Da seid ihr ja.« Ich grinste erleichtert, da ich allmählich schon überzeugt gewesen war, Aidan würde Sylvie überhaupt nicht mehr herbringen.

»Yup!« Sylvie strahlte. »Und diesmal können wir zum Lunch bleiben.«

Mein Blick wanderte zu Aidan, der mit versteinerter Miene auf mich hinunterstarrte.

»Das ist ja toll.«

Sein Gesichtsausdruck veränderte sich nicht, und ich musste mich abwenden, weil ich es nicht ertragen konnte, dass er mich wie Luft behandelte. »Gut, dann lasst uns reingehen.«

»Ich warte hier, bis du fertig bist.« Aidan ließ sich auf einen Stuhl sinken, zückte sein Telefon und gab vor, für nichts anderes mehr Augen zu haben.

Ich hätte mich am liebsten gleich hier und jetzt entschuldigt, aber die Kids warteten, und ich wollte das heikle Gespräch nicht in Sylvies Gegenwart führen. Also verdrängte ich meine Sorgen um ihn und konzentrierte mich auf die Kids und ihre Aufregung, weil wir uns dem krönenden Abschluss des dritten *Harry Potter*-Bandes näherten.

Gegen Ende meiner Vorführung ließen meine Nerven mich im Stich. Ich verspürte schon ein heftiges Flattern im Magen, bevor Jan kam. Wie immer wartete Sylvie, bis ich mich von den Kindern verabschiedet hatte, bevor sie meine Hand nahm und mich nach draußen zog, um Aidan zu suchen. Er blickte auf, als wir auf ihn zukamen, hörte auf, etwas in sein Telefon einzutippen, stand auf und schob das Handy wieder in die Tasche. Als er auf Sylvie hinunterlächelte und sie fragte, ob es ihr Spaß gemacht hatte, gesellte sich ein leichtes, wonnevolles Ziehen zu dem Flattern in meinem Bauch.

Ich war regelrecht besessen von seinem Lächeln. Den

sexy Fältchen in den Augenwinkeln, den Hauch von Überheblichkeit, egal was das Lächeln ausgelöst hatte.

»Lunch!«, krähte Sylvie und lief voraus.

»Lass mich raten«, stöhnte Aidan. »Makkaroni mit Käse.«

Sylvie verdrehte die Augen. »Das war nicht so schwer zu erraten, Onkel Aidan.« Sie warf mir einen Blick zu, wie um zu sagen: »Er hält sich ja für sooo clever«. Ich musste unwillkürlich lachen.

Aidan lachte nicht. Er hatte sich in sich selbst zurückgezogen, als er schweigend hinter uns die Cafeteria betrat. Sylvie spähte immer wieder über ihre Schulter hinweg zu ihm, runzelte die Stirn und sah dann zu mir, als wüsste sie, dass ich der Grund für sein Verhalten war.

Doch obwohl er sauer auf mich war, ließ er nicht zu, dass ich den Lunch bezahlte. »Du hast letztes Mal bezahlt«, beschied er mich kategorisch.

Die quälende innere Anspannung wuchs, und als wir mit unserem Essen an einem Tisch in der Cafeteria saßen, spürte ich, wie Panik in mir aufstieg. Ob sie von der Furcht herrührte, Sylvie könnte Fragen stellen und dann aus der Fassung geraten, oder von der Angst, dass ich im Begriff stand, das zarte Band, das ich zu Aidan geknüpft hatte, wieder zu durchtrennen, konnte ich nicht sagen. Vielleicht lag es an beidem. Wahrscheinlich sogar.

»Bringt Miss Robertson dir interessante Sachen bei?«, versuchte ich verzweifelt, ein Gespräch mit dem einen Lennox, der mich noch mochte, in Gang zu bringen.

Sylvie verzog nachdenklich das Gesicht. »Sie erzählt mir von den schottischen Unabhängigkeitskriegen. Das ist ganz schön cool.«

Es klang eher ganz schön blutrünstig. Die Kinder beschäftigten sich also schon so früh mit diesem Stoff. »Irgendwann musst du mich mal darüber aufklären. Ich weiß nicht allzu viel über die schottische Geschichte.«

»Du solltest auch zu Miss Robertson gehen.« Sylvie war von der Aussicht sichtlich begeistert. »Onkel Aidan, kann Nora an meinen Unterrichtsstunden teilnehmen?«

»Nein, Süße, ich fürchte, das geht nicht.«

Sein nachdrücklicher Ton verriet ihr, dass sein Entschluss feststand. Ihre kleinen Brauen zogen sich zusammen und ihre Blicke gingen irritiert zwischen uns hin und her.

Aidans kalte Zurückweisung verletzte mich, und obwohl ich wusste, kein Recht dazu zu haben, suchte ich fieberhaft nach Worten. Nach irgendetwas, um die Spannung zu lockern.

Meine Bemühungen wurden abrupt unterbrochen, als Sylvie ihren Stuhl zurückschob. »Da ist Jan. Ich muss sie was fragen.« Und wie der Blitz schoss sie durch die Cafeteria, ehe wir sie aufhalten konnten.

Wir drehten uns beide um, um uns zu vergewissern, dass Jan tatsächlich da war. Und was auch immer Sylvie zu ihr sagte, ließ Jan zu uns hinüberschauen. Sie nickte uns beruhigend zu und führte Sylvie dann aus der Cafeteria.

Was zum Teufel ...?

Langsam drehte ich mich auf meinem Stuhl wieder um. Aidan sah angestrengt auf seinen Teller. Es gab kein Anzeichen dafür, dass er böse war, weil Sylvie uns absichtlich allein gelassen hatte. Ihr unberührter Teller Makkaroni mit Käse auf dem Tisch sprach Bände.

Dennoch blieb Aidan völlig unberührt. Er wirkte cool und gelassen.

Und erschöpft.

Erschöpft und alleine.

Mitgefühl und Verlangen überwältigten mich, und ich erkannte, dass er mich nicht mehr so einschüchterte, seit er sich mir an jenem Tag am Strand anvertraut hatte. Er erschien mir jetzt menschlicher, realer, für mich so real wie bislang nur sehr wenige Menschen. Weil ich zum ersten Mal seit langer Zeit eine Verbindung zu jemandem aufgebaut hatte. Es gab diese Verbindung, und davor konnte ich nicht länger die Augen verschließen.

Und Aidan hatte auch ein Band zu mir geknüpft, weil er mir sonst nicht von seinem geheimen Kummer erzählt hätte und jetzt nicht so wütend auf mich wäre.

Es war an der Zeit, Mut zu beweisen.

Ihm zuliebe.

»Donovan ist eine kleine Stadt. Für mich war sie zu klein.«

Aidans Kopf fuhr hoch.

»Zuerst kam sie mir gar nicht so klein vor, weil mein Dad eine so überlebensgroße Persönlichkeit war und mir versprochen hat, dass ich es in der Welt zu etwas bringen und jemand sein würde. Er stopfte mir den Kopf mit Träumen voll, während meine Mom zu viel arbeitete, um darauf zu achten. Dad hatte eine eigene Baufirma, und im Gegensatz zu den meisten Familien in Donovan wohnten wir in einem schönen Haus, also klang es gar nicht so unwahrscheinlich, dass ich es eines Tages tatsächlich weit bringen würde.

Aber das änderte sich alles. Mein Dad hatte Diabetes, und seine Firma lief so gut, dass er zu viel Stress bekam und aufhörte, auf seine Gesundheit zu achten. Er bekam Wundbrand im Bein, so dass es amputiert werden musste. Er musste seine Firma weit unter Wert verkaufen, wir verloren das Haus und zogen in eine kleine Hütte, in der der Rollstuhl gerade so durch die Tür passte.« Es kam mir jetzt wie ein anderes Leben vor, und durch die emotionale Distanz verzehnfachten sich meine Schuldgefühle, weil ich meine Eltern im Stich gelassen hatte. »Ich war elf, und meine Mom musste jetzt noch mehr arbeiten, um den Einkommensverlust auszugleichen. Plötzlich war ich die Pflegerin meines Dads. Und er war nicht mehr der Dad, mit dem ich aufgewachsen war. Er hasste die ganze Welt und konnte ein mieser, verbitterter Hurensohn sein.« Ich sah Aidan tief in die Augen: »Ich habe ihn geliebt, aber gleichzeitig war ich auch wütend auf ihn.«

Ein verständnisvoller Ausdruck trat auf sein Gesicht und gab mir die Kraft, fortzufahren.

»Es war nicht leicht, aber ich hatte ja Mel. Sie war in meiner Jugend meine beste Freundin. Sylvie erinnert mich so sehr an sie, dass es schon fast unheimlich ist. Sie war die Einzige, die von den Theaterstücken wusste, die ich in einem Schuhkarton unter meinem Bett versteckt hatte. Sie war die Einzige, die wusste, dass ich Schauspielerin werden wollte. Ich habe als Kind Theater gespielt und es geliebt, in eine Rolle zu schlüpfen und das Publikum glücklich zu machen.« Ich zwinkerte die Erinnerungen weg. »Mel glaubte daran, dass ich es schaffen konnte, und sie verstand mich, weil sie selbst davon träumte, Donovan zu verlassen und Sängerin in einer Rockband zu werden.« Ich lachte traurig, und im nächsten Moment wurden meine Augen feucht. »Sie starb, als wir dreizehn waren. Krebs. Ich habe sie immer besucht, sie und die Freunde, die sie im Krankenhaus gefunden hatte, unterhalten und ihnen Bücher vorgelesen und nachgespielt.«

Aidan seufzte. Es klang bekümmert. »Nora.«

»Ich weiß.« Ich blinzelte die Tränen weg. »Alles ergibt allmählich einen Sinn. Aber das täuscht. Nichts davon ergibt *wirklich* einen Sinn. Mel zu verlieren. Meinen Dad zu verlieren. Und meinen Traum aufgeben zu müssen, weil meine Eltern mir plötzlich erklärten, es wäre ›kein Geld für das College da, und überhaupt, wer soll sich dann um Dad kümmern?‹ Nach meinem Schulabschluss arbeitete ich in einem Fastfoodrestaurant, statt das College meiner Wahl zu besuchen. Ich hatte dafür gearbeitet. Ich hatte es mir verdient, aber nie bekommen. Und ich bin dort erstickt, Aidan. Ich konnte nicht atmen.

Dann kam Jim. Dieser schottische Junge, der einen Blick auf mich warf und sich aus einem Grund, den ich nie verstehen werde, in mich verliebte. Als er mich bat, mit ihm wegzulaufen und ihn zu heiraten, wusste ich, dass das absolut verrückt war. Aber ich war überzeugt, ihn auch zu lieben und mit ihm das Leben zu führen, das ich mir wünschte. Die Vorstellung, in Schottland zu leben, war so aufregend, dass sie mich geblendet hat. Und ich habe meine Eltern verlassen, ohne ihnen etwas zu sagen. Ich habe einen Brief auf meinem Bett zurückgelassen und mich nachts davongeschlichen. Ich habe sie verlassen, und jetzt sprechen sie nicht mehr mit mir. Meine Briefe kommen ungeöffnet zurück. Ich bin nie zurückgegangen. Und Jim ...« Ich brach ab. Die Worte blieben mir im Hals stecken.

»Was ist passiert, Nora?«

Die Schuldgefühle drängten sich aus dem Loch, in dem ich sie zu begraben versuchte, und der Schmerz wurde zu groß. Ich konnte nur noch Jims Gesicht sehen, als er vor mir auf den Knien lag, mich ansah, mich stumm anflehte, ihn zu lieben, und mich bat, bei ihm zu bleiben. Es fühlte sich an, als würde mir etwas die Rippen quetschen, als sich die Tränen einen Weg bahnten und über meine Wangen rollten. »Er hat mich zu sehr geliebt. Er wollte mir nichts gönnen, was mich von ihm entfremdet hätte. Und ich saß wieder in der Falle, hatte einen Scheißjob, der mir keinen Spaß machte, und belog mich selbst, um den Frieden zwischen uns zu erhalten. Ich habe ihn nicht geliebt«, gestand ich schluchzend. »Aber ich habe das nicht erkannt, bis es zu spät war. Und er wusste es und wollte mich trotzdem. Ich habe ihn bestohlen, Aidan. Diese Jahre mit ihm waren gestohlen. Er hätte sie mit einem

Mädchen verbringen können, das ihn so geliebt hätte, wie er es verdiente. Ich habe sie alle enttäuscht. Meine Eltern. Jim. Mel. Gott, Jim … ich hasse mich, Aidan. Ich hasse mich dafür, zugelassen zu haben, dass er seine letzten Jahre auf dieser Welt mit einem Mädchen verbracht hat, von dem er wusste, dass sie ihn nicht so liebte wie er sie. Das kann ich nie wieder gut machen. Nie wieder.« Ich weinte so heftig, dass es einen Moment dauerte, bis ich merkte, dass Aidan aufgestanden war. Aber dann spürte ich, wie er mich von meinem Stuhl hochzog, damit er die Arme um mich legen konnte. Ich schlang meine automatisch um seine Taille, barg den Kopf an seiner Brust und ließ meinen Tränen freien Lauf.

Auch als mein Schluchzen abebbte, blieben wir so stehen. Und hielten uns einfach nur ganz fest.

Kapitel 14

Nora. Komm zu dir, Nora. Erde an Nora. Hast du deinen Namen geändert oder etwas in der Art, und ich weiß nichts davon? Nora!«

Ich blinzelte, als mich Leah aus meinen Gedanken riss, und stellte verwirrt fest, dass ich mich im Apple Butter befand und meine aufgebrachte Chefin vor mir stand.

Oh.

Ich war bei der Arbeit.

Ups.

»Sorry«, entschuldigte ich mich. »Ich habe letzte Nacht nicht gut geschlafen.«

»Offensichtlich nicht.« Sie deutete mit erhobenem Finger auf mein Gesicht. »Du könntest etwas Concealer gebrauchen, um die dunklen Ringe abzudecken. Ich habe welchen dabei, du kannst dich bedienen.«

Ich schaffte es irgendwie, keine Grimasse zu schneiden, und schüttelte den Kopf. »Es geht schon, danke.«

Leah legte den Kopf schief und musterte mich forschend. »Irgendetwas an dir ist anders … lässt du dir die Haare wachsen?«

Ich berührte die Strähnen, die sich jetzt in meinem Nacken lockten. »Yeah.«

»Na, dann solltest du zu deinen Stylisten gehen und ihnen das sagen. Sie verpassen dir dann einen Schnitt, den du herauswachsen lassen kannst.«

Mit anderen Worten, sie fand, dass es beschissen aussah.

»Danke, Leah.«

»Gern geschehen.« Mein Sarkasmus entging ihr, denn sie strahlte. »Wie dem auch sei, ich muss kurz zur Bank, also musst du hier die Stellung halten.« Sie schnippte mit den Fingern. »Keine Tagträume mehr.«

»Geht klar«, versprach ich und war erleichtert, als sie endlich ging.

Seufzend lehnte ich mich gegen die graublaue Kassentheke und bemühte mich nach Kräften, nicht an gestern zu denken. Was sich als schwierig erwies. Meine Gedanken kehrten immer wieder zu dem Moment zurück, wo ich mich Aidan gegenüber gänzlich verwundbar gezeigt hatte. Nach dieser ganzen Zeit hatte ich mir endlich jemanden ausgesucht, dem ich mich öffnete, und dann musste es ausgerechnet ein Mann sein, von dem ich wusste, dass er alles zerstören konnte, was von mir noch übrig war.

Obwohl er sich wirklich von seiner sanftesten Seite gezeigt hatte.

Endlich lösten wir uns aus unserer Umarmung, doch Aidans Hände lagen auch weiterhin auf meiner Taille und er sah so liebevoll auf mich hinunter, dass ich beinahe schon wieder geweint hätte.

Ich berührte meine Wange und erinnerte mich, wie er mit dem Daumen darübergestrichen hatte.

Dann war sein Blick zu meinem Mund hinuntergewandert, und plötzlich herrschte wieder Spannung zwischen uns, nur war es diesmal eine andere Art von Spannung.

»Bist du okay, Nora?« Sylvies Stimme brach den Bann.

Ich löste mich von Aidan und sah Jan und Sylvie vor uns stehen. Jan hatte einen wissenden Ausdruck in den Augen, aber ich sah ihr an, dass sie sich Sorgen um mich machte. Irgendwie schaffte ich es, mich so weit zusammenzureißen, um Sylvie zu versichern, dass alles in Ordnung war. Sie wollte mich mit Fragen löchern, weil ganz offensichtlich nicht alles in Ordnung war, aber Jans Hand auf ihrer Schulter schien ihr Schweigen zu gebieten.

»Ich muss aber leider jetzt gehen.« Ich brauchte Zeit, um meine Gedanken zu sammeln. Da Aidan nicht denken sollte, ich würde erneut davonlaufen, blickte ich vielsagend zu ihm auf. »Wir sehen uns bald wieder, nicht?«

Er schien mich zu verstehen. »Natürlich.«

Nachdem ich mich von Sylvie verabschiedet hatte, verließ ich mit Jan die Cafeteria.

»Wir sind schon früher zurückgekommen«, sagte Jan, »aber da hast du in seinen Armen geweint. Dir geht es nicht gut, nicht wahr?«

Ich lächelte schwach. »Aber bald wieder.«

»Ihm liegt etwas an dir.«

Das hoffte ich. Verzweifelt. »Wir kennen uns doch kaum.«

»Das ändert nichts an den Tatsachen.« Sie drückte meine Schulter. »Du *bist* bald wieder okay, Nora.«

Doch als ich in dieser Nacht erfolglos Schlaf zu finden versuchte, ging mir die ganze Zeit durch den Kopf, wie verwundbar ich mich einem Mann gezeigt hatte, den ich nicht wirklich kannte. Wenn ich mit ihm zusammen war, verflogen diese Ängste, aber sobald ich allein war und Zeit zum Grübeln hatte, kamen sie mit Macht zurück.

Und trotzdem … da war nicht nur Angst. Sondern auch Erleichterung.

Eine Erleichterung, die ich nie erwartet hätte.

Alle Schandtaten, die ich je begangen hatte, waren aus mir herausgebrochen, und er war nicht vor mir davongelaufen. Er hatte mich festgehalten und getröstet und mich nicht angesehen, als wäre ich ein kleines Ungeheuer.

Meine Zuneigung zu ihm vertiefte sich, so wie ich auch Sylvie immer stärker liebgewann. Und das war, wie ich wusste, unglaublich gefährlich. Wie meine Bindung an die Kinder in der Klinik, von denen sich einige im Endstadium ihrer Krankheit befanden. Zeit mit ihnen zu verbringen war bestenfalls ein Akt der Menschenliebe, schlimmstenfalls einer der Selbstgeißelung.

Aber mich in Aidan Lennox zu verlieben, wenn er selbst am verletzlichsten war, grenzte an Masochismus. Der Mann lebte ein Leben außerhalb meiner Welt, und wenn er sich nicht mehr so verloren fühlte und zur Ruhe gekommen war, würde er sicher keinen Gedanken mehr an die kleine Nora O'Brien aus Nirgendwo, Indiana, verschwenden.

Als ob meine Gedanken ihn heraufbeschworen hätten, öffnete sich die Ladentür. Ich stieß mich von vom Ladentisch ab. Mein Herzschlag beschleunigte sich, als Aidan hereinkam. Er schloss die Tür hinter sich und starrte quer durch den Laden zu mir hinüber.

Und ich wusste, dass meine Selbstgeißelung noch nicht vorüber war.

Ich konnte nicht vor ihm weglaufen.

Ich wollte es auch gar nicht.

Wie magisch angezogen gingen wir langsam aufeinander zu. Wir trafen uns in der Mitte des Ladens. Er legte mir eine Hand auf die Taille, um mich noch näher zu sich hinzuziehen. Mir stockte der Atem, als sich unsere Blicke trafen, und es dauerte ein paar Sekunden, bis ich ein Wort herausbrachte. »Was tust du denn hier?«

»Ich wollte dich sehen. Mich vergewissern, dass es dir gut geht.«

Ich legte eine Hand auf den Arm, mit dem er mich festhielt, und nickte. »Ich glaube schon.«

Er runzelte die Stirn und strich sanft über meine Wange.

Meine Knie zitterten. »Ich konnte letzte Nacht nicht schlafen, weil ich mir solche Sorgen um dich gemacht habe.«

Und da sah ich es. Obwohl ich so sehr versucht hatte es nicht zu sehen.

Er wollte mich … und ich wollte ihn.

Ich focht einen Kampf mit mir aus; ich wusste, er sollte gehen, aber ich wollte, dass er blieb. Und am wenigsten wollte ich ihn verletzen. Nicht noch einmal.

Vielleicht war Freundschaft die Lösung. Wir konnten füreinander da sein, ohne befürchten zu müssen, dass es unglaublich schmerzhaft sein würde, wenn es irgendwann vorbei war. Und es wäre irgendwann vorbei. Freundschaft. Damit konnten wir beide überleben.

»Aidan, ich …«

»Ah, Gott sei Dank steht der Laden nicht in Flammen.« Die Stimme meiner Chefin, die gerade hereinkam, brach den Zauber des Augenblicks.

Aidan zog die Brauen zusammen, als wüsste er von meinem inneren Kampf und wäre mit dem Ergebnis nicht einverstanden.

»Oh, hallo.« Leah blieb neben uns stehen, und ich löste mich behutsam aus Aidans Griff. Mein Gesicht verdüsterte sich, als ich sah, wie ihre Augen gierig über ihn hinwegglitten. Ihr Verlobter konnte einem leidtun. »Ich bin Noras Chefin – Leah.« Sie streckte ihm eine Hand hin und lächelte kokett. »Sind Sie der Mann mit der faszinierenden Stimme, der letzte Woche schon mal hier war?«

Aidan warf mir einen finsteren Blick zu. »Nein, der bin ich nicht.«

Vielen herzlichen Dank, Leah. »Das war Roddy.« Ich sah Aidan an. »Jims bester Freund.«

Bevor er reagieren konnte, lachte Leah schnaubend auf. »Wer hätte gedacht, dass du all diese Prachtkerle irgendwo versteckt hältst, Nora?« Sie drohte mir mit dem Finger, als wäre ich ein ungezogenes Kind, und wandte sich dann wieder an Aidan. »Ich habe Ihren Namen leider nicht verstanden.«

»Aidan.« Er nickte ihr knapp zu, trat zurück und heftete den Blick auf mich. »Das hier ist noch nicht vorbei, Pixie.«

Sein entschlossener Gesichtsausdruck ließ mich erstarren, und ich versuchte zu ergründen, was ich eigentlich wollte. Weil ich jedes Mal, wenn dieser Mann mich Pixie nannte, das unbändige Verlangen verspürte, ihm zu zeigen, wie ungezogen ich sein konnte.

Das Haus in Sighthill brachte Erinnerungen an meine ersten paar Monate in Schottland zurück. Diese Zeit schien eine Ewigkeit zurückzuliegen, obwohl es gar nicht so lange her war. Aber jetzt kam es mir so vor, als hätte jemand anderes sie durchlebt.

Angie öffnete mir die Tür. Ihr dunkles Haar war jetzt gefärbt und perfekt frisiert, ihr Make-up makellos, ihre Kleidung ebenfalls. Sie war eine ältere Ausgabe von Seonaid und immer noch sehr attraktiv, aber in ihren Augen lag eine Traurigkeit, die noch nicht da gewesen war, als wir uns kennengelernt hatten. Sie hatte erst ihren Mann und dann ihren Sohn verloren.

Manches von ihr war einfach … verschwunden.

»Es tut so gut, dich zu sehen.« Sie umarmte mich so fest, als hätte sie Angst, ich würde davonschweben, wenn sie mich losließ.

»Ich freue mich auch.«

Als ich das Haus betrat, trafen mich die Erinnerungen an Jim wie ein Schlag. Er war überall. Nicht nur, weil Angie an fast jeder Wand Fotos ihrer Familie hängen hatte. Ich konnte ihn auf der Treppe sehen, wie er mich die Stufen hochscheuchte und mir ein ebenso ängstliches wie entzücktes Lachen entlockte, wenn er mich oben auf dem Absatz packte und so tat, als würde er mir wie ein Vampir in den Hals beißen, nachdem wir uns einen dämlichen Horrorfilm angeschaut hatten.

Ich sah ihn, wie er in der Diele seine Mom an sich drückte, weil sie wegen unseres bevorstehenden Auszugs todtraurig war. Ich erinnerte mich, wie er zu ihr gesagt hatte, wir würden sie oft besuchen und sie könnte zu uns kommen, wann immer sie wollte.

»Ich kann seine Stimme nicht mehr hören«, flüsterte ich.

Angie legte mir einen Arm um die Schulter und küsste mich auf die Schläfe. »Das ist schon in Ordnung, Herzchen.«

Aber es war nicht in Ordnung. Aidan anzuvertrauen, was mich bewegte, hatte all meine widersprüchlichen Emotionen freigelegt, und ich war völlig durcheinander.

»Da bist du ja.« Seonaid kam aus der Küche. »Roddy futtert das ganze verdammte Huhn alleine auf, wenn du nicht bald kommst.«

Angie drückte mich noch einmal, und ich rang mir ein Lächeln ab. »Soll er es doch versuchen.«

Seonaid umarmte mich. »Er ist eine Nervensäge, und ich brauche Verstärkung.«

»Womit nervt er dich denn?«

»Mit ihrem neuesten Toyboy«, warf Roddy hilfsbereit ein, als wir in die Küche gingen.

»Er ist kein Toyboy, du hörst die Flöhe husten.« Seonaid bedeutete ihrer Mutter, sich zu setzen, während sie für uns alle etwas zu trinken holte. Der Tisch war bereits gedeckt. Es gab ein Festtagsbrathuhn mit allem Drum und Dran. »Und sag in Gegenwart meiner Mum ja kein Wort mehr.«

»Ich denke, Angie würde es auch für unverantwortlich halten, dass du einen Mann datest, der halb so alt ist wie du.«

Ich grinste über seine Stichelei und entspannte mich nun ein wenig. Roddys und Seonaids Neckereien entspannten die Atmosphäre.

»Wenn er halb so alt wäre wie ich«, sie knallte ihm ein Bier hin, »dann würde es gegen das Gesetz verstoßen.«

»Hey, ich bin nicht dein Richter.«

Seonaid gab ihm einen Klaps auf den Kopf, und er grinste mich erfreut an.

Ich lachte. »Du gibst ihm nur, was er will.«

Sie verzog finster das Gesicht und stellte ein Glas Wasser vor mich hin, bevor sie sich neben ihre Mom setzte. »Er kennt meinen wunden Punkt.«

Sein Grinsen wurde boshaft, und als er den Mund öffnete, um etwas zu sagen, hielt Seonaid ihre Gabel auf ihn gerichtet: »Sag jetzt ja nichts Versautes, Roddy Livingston.«

Ich verbarg mein Lachen, indem ich einen Schluck Wasser trank, während Roddy vor stummem Vergnügen bebte.

Angie seufzte. »Werdet ihr zwei je erwachsen?«

»Oh, ich bin schon längst erwachsen, Angie.« Roddy warf Seonaid einen vielsagenden Blick zu.

Zu seiner Freude errötete sie.

Interessant.

Aber so interessant es auch war, sie schien Hilfe zu brauchen. »Das Bild, das du mir von Zach geschickt hast ... wow.«

Sie lächelte dankbar und maß Roddy mit einem selbstgefälligen Blick, bevor sie zu einer Antwort ansetzte.

Diesmal wurde sie von Angie unterbrochen. »Aye, stimmt, er sieht gut aus, aber ansonsten ist er ein Trottel.«

Roddy verschluckte sich an seinem Bier.

»Die Durchschnittstypen, die du gedatet hast, hatten wenigstens Hirn im Kopf.«

»Zach hat Hirn genug.«

»Ich sagte im Kopf, Seonaid, nicht in der Hose.«

Während Roddy vor Vergnügen röhrte, versuchte ich meiner Freundin zuliebe, mir das Lachen zu verbeißen. Seonaid ging wutentbrannt auf Roddy los. »Als wäre deine Barschlunze eine gottverdammte Atomwissenschaftlerin! Ich habe gehört, wie sie dich gefragt hat, ob Grenadine ein Mädchenname ist.«

»Das ist ein Sprachproblem.«

»Yeah, die ordinären Elemente der englischen Sprache scheint sie zu beherrschen, da gibt es keine Probleme.«

»Und was soll das heißen?«

»Es heißt, dass sie nicht flüstert, wenn sie glaubt, dir etwas ins Ohr zu flüstern.«

Ich schnaubte, und als Seonaid mich gekränkt ansah, lächelte ich entschuldigend und wandte mich an Angie, um das Thema zu wechseln. »Das sieht alles richtig lecker aus.«

»Aye, also können wir jetzt endlich essen?«, knurrte Roddy.

»Greif zu«, forderte Angie ihn auf.

Da wir Roddy kannten, warteten wir, bis er sich seinen Teller vollgehäuft hatte, bevor wir uns bedienten. Obwohl Seonaid die ganze Zeit feministische Sprüche vor sich hinbrummelte.

»Endlich mal wieder Leben im Haus«, meinte Angie wehmütig. »Das vermisse ich.«

Seonaid griff nach ihrer Hand.

»Ich vermisse ihn«, fuhr Angie fort, und ich wappnete mich innerlich. Es half ihr, von Jim zu sprechen, aber es war so verdammt schwer, ihr zuzuhören. Sie sah mich an, und ich wusste, was jetzt kam. Ihre Worte trafen mich wie Messerstiche. »Aber das Wissen, dass mein Junge die Art von Liebe gefunden hat, die einige von uns nie erleben werden, gibt mir Frieden.«

Du musst mich nicht lieben, Nora. Hör einfach nicht auf, mich zu mögen, denn das tust du, das weiß ich, und versprich mir, dass du bleibst. Für immer. Entscheide dich für mich.

Ich unterdrückte ein Keuchen, als ich endlich Jims Stimme hörte, nachdem ich monatelang versucht hatte, sie wiederzufinden. Da war sie. Diese Worte und die Sehnsucht, die darin schwang, der Schmerz in seinen Augen, den er nicht verbergen konnte, als er sie aussprach.

Angie hatte keine Ahnung, wie weh ich ihrem Sohn getan hatte.

Und plötzlich wurde mir etwas klar … vielleicht musste nicht nur ich vor Aidan geschützt werden. Vielleicht brauchte er auch Schutz vor mir. Wie jemand Jims Herz vor mir hätte bewahren müssen.

Meine Finger schlossen sich fester um meine Gabel, als ich auf meinen Teller hinunterblickte. Ich spürte in diesem Moment, dass der Kampf, den ich seit Mittwoch mit mir austrug, beendet war. Dieses eine Mal musste ich richtig handeln.

Kapitel 15

Nora, kannst du bitte einer Kundin behilflich sein?« Leah schob den Kopf durch den Türrahmen und spähte in das Kabuff, das wir als Personalraum bezeichneten. »Wo willst du denn hin?«

Ich schulterte meinen Rucksack und drängte mich an ihr vorbei. »Vergiss nicht, dass ich heute um zwölf Uhr Schluss mache. Jetzt ist es schon fünf nach.«

»Aber Amy ist noch nicht da.«

»Tut mir leid. Ich muss ins Krankenhaus.«

Ihre Augen weiteten sich. »Oh? Was ist denn passiert?

Das Leben war passiert.

»Äh … entschuldigen Sie.« Ein sichtlich angesäuertes Mädchen stand an der Theke. »Könnte mir vielleicht jemand weiterhelfen?«

Leah wandte sich ab, um die Kundin zu bedienen, und ich nutzte die Gelegenheit, aus dem Laden zu stürmen, ohne irgendwelche Erklärungen abgeben zu müssen. Ich bereute es, mich an meinem freien Tag auf Überstunden eingelassen zu haben, weil ich wusste, dass Leah versuchen würde, mich länger hierzubehalten, obwohl ich ihr schon gesagt hatte, dass ich nur bis Mittag arbeiten konnte. Wie es aussah, würde ich mich beeilen müssen, wenn ich wie immer pünktlich um halb eins zu meiner Sitzung mit den Kids im Krankenhaus sein wollte.

Als ich über die alte Kopfsteinpflasterstraße Royal Mile

den Hügel hinaufeilte, nahm meine Nervosität mit jedem Schritt zu. Es war albern, weil die Kids alle da sein würden, wenn ich kam, aber ich hasste die Vorstellung, mich zu verspäten. In den ganzen Wochen war ich kein einziges Mal zu spät gekommen. Und ich musste mich noch umziehen, bevor eines der Kinder mich zu Gesicht bekam.

Man nannte Edinburgh die windige Stadt, und heute – wo es mir so vorkam, als würde sie ihre geballten Kräfte gegen mich einsetzen – machte sie ihrem Namen alle Ehre. Ich stemmte mich dem Wind entgegen und spürte seinen eisigen Widerstand. Meine etwas wunderliche Seite fragte sich, ob die Stadt mir etwas mitzuteilen versuchte. Würde ich irgendwann in der Zukunft auf diesen Tag zurückblicken und mir wünschen, ich hätte auf sie gehört und wäre umgekehrt?

Ich beeilte mich so, dass ich einen normalerweise zwanzigminütigen Fußmarsch auf eine Viertelstunde reduzierte. Ohne den verdammten Wind wäre es noch schneller gegangen. Ich blieb abrupt stehen, als ich das Krankenhaus erreichte, und die Schwestern blickten überrascht auf, als ich verschwitzt und außer Atem im Schwesternzimmer erschien. Kein Aidan wartete mit Sylvie draußen. Ich wusste nicht, was das zu bedeuten hatte.

»Hey«, schnaufte ich.

Jan und Trish grinsten mich an. »Wir wussten nicht, ob du heute kommst«, sagte Jan.

Ich erwiderte ihr Lächeln. »Nur Krankheit oder Tod könnten mich daran hindern.«

Sie begriff, was ich meinte, kicherte und ging um den Tisch herum. »Sie sind alle im Gemeinschaftsraum.«

»Wo kann ich mich umziehen, bevor sie mich sehen?«

Sie schüttelte belustigt den Kopf. »Es würde sie nicht stören.«

»Ich weiß.« Ich zuckte die Achseln.

»Alison ist im Gemeinschaftsraum, also dürfte ihr Privatbad frei sein.

»Danke. Ich brauche nur zwei Minuten«, versprach ich. Die Aussicht darauf, Aidan zu sehen und ihm diese ganze Freundschaftssache erklären zu müssen, hatte mich nervös gemacht. Nun begann ich zu fürchten, dass er gar nicht da war.

Scharfsichtig wie immer teilte Jan mir mit: »Sie sind schon da. Beide.«

Ich nickte erleichtert und hastete durch Alys leeres Privatzimmer zu ihrem Bad und schlug die Tür hinter mir zu.

Als ich meinen Pulli und meine Jeans abstreifte, begann in meinem Bauch ein leises Summen freudiger Erregung einzusetzen, so wie immer, wenn ich hier bei ihnen war. Und es *ging* nur um sie.

Ausschließlich.

»Das tut es«, zischte ich mir selbst zu.

Ich zog meine grünen Leggings und mein Hemd an und wollte das Hemd gerade zuknöpfen, als die Badezimmertür plötzlich aufgerissen wurde.

Jegliche Luft wich aus meinen Lungen, als ich erstarrte und in seine mir so vertrauten Augen blickte, die nun auf mich hinunterstarrten.

Er war so groß und seine Schultern so breit, dass er fast den ganzen Türrahmen ausfüllte.

Ich versuchte, den Mund zu öffnen und ihn zu fragen, was er sich eigentlich einbildete, als sein Blick von meinen Augen zu meinen Lippen und dann weiter nach unten wanderte. Er musterte mich lange und gründlich von Kopf bis Fuß und wieder zurück. Seine Augen hefteten sich auf den Anblick meines BHs unter dem offenen Hemd, und als sie endlich zu meinem Gesicht zurückkehrten, loderten sie vor Glut.

Sein Gesichtsausdruck verriet Entschlossenheit.

Eine Mischung aus Furcht, Erregung und Nervosität durchströmte mich und löste mich endlich aus meiner Erstarrung, als er ins Bad kam und die Tür hinter sich schloss.

»Was soll das denn?« Ich taumelte gegen die Wand hinter mir.

Ein erheiterter Funke tanzte in seinen Augen, als er sich langsam auf eine fast raubtierhafte Weise näher an mich heranpirschte. »Ich finde, dass Peter Pan noch nie so sexy ausgesehen hat.«

Dummerweise hatte ich eine Schwäche für einen schottischen Akzent.

Logisch, sonst wäre ich ja nicht hier gelandet, so weit weg von zu Hause.

Aber vor allem kam ich allmählich zu dem Schluss, dass er eine Schwäche für mich hatte. »Nicht.« Ich hob eine Hand, um ihn aufzuhalten, aber er stemmte seine Brust dagegen und bedeckte meine Hand mit seiner eigenen. Ich staunte darüber, wie klein meine im Vergleich dazu wirkte, und ein Schauer lief meinen Rücken hinunter und über meine Brüste. Mir stockte der Atem, als er noch ein paar Schritte auf mich zukam, bis kaum noch Abstand zwischen uns war. Er war so groß und ich so klein, dass ich den Kopf in den Nacken legen musste, um ihm in die Augen sehen zu können.

Sie glühten. Sie glühten wie ich es noch nie zuvor bei einem Mann gesehen hatte.

Wie sollte ich da widerstehen können?

Und doch wusste ich, dass ich widerstehen musste, also funkelte ich ihn finster an. »Du solltest gehen.«

Als Antwort presste er seinen Körper in voller Länge gegen meinen, woraufhin mich ein Hitzestrahl durchzuckte. Mein Unterleib zog sich vor Erregung zusammen, zwischen meinen Beinen setzte ein Kribbeln ein, und meine Brustwarzen verhärteten sich.

Voller Wut auf meinen Körper und auf ihn versuchte ich ihn wegzuschieben, aber genauso gut hätte ich versuchen können, eine Betonmauer zu verrücken. »Das ist absolut unpassend«, fauchte ich.

Er griff nach meinen Händen, um meinen fruchtlosen Abwehrbemühungen Einhalt zu gebieten, und klemmte sie sacht, aber wirksam über meinem Kopf fest. Mein Brustkorb prallte gegen seinen, und ich rang nach Luft, als meine Brüste anzuschwellen begannen.

Er neigte den Kopf zu mir. Seine Augen hatten sich wissend und zielstrebig verdunkelt.

»Lass das.« Ich schüttelte den Kopf; verabscheute den schneidenden Unterton in meiner Stimme. »Ich spiele dein Höhlenmenschspiel nicht mit.«

Seine Lippen zuckten. »Zu schade. Versagst du dir oft das, was du willst?«

»Nein, aber ich denke mit meinem Kopf, nicht mit meiner Vagina.«

Er lachte. Sein warmer Atem streifte meine Lippen.

Ich liebte es, wenn er lachte. Ich liebte es, wenn ich ihn zum Lachen brachte. Er brauchte das Lachen mehr als alles andere. Der Klang elektrisierte mich, bewirkte, dass sich mein Bauch vor Wonne verkrampfte. Und ich erkannte, dass mich nicht nur mein Körper verriet, sondern auch mein Herz.

Als hätte er diesen Gedanken in meinen Augen gelesen, gab er eine meiner Hände frei, so dass er kühle Finger über meinem Herzen auf meine Brust legen konnte. Das schwindelerregende Gefühl, so intim berührt zu werden, entlockte mir ein leises Keuchen. »Hast du je erwogen, damit zu denken?«, fragte er.

»Soweit es mir bekannt ist, denkt meine linke Brust nicht viel nach«, wich ich aus.

Er grinste. »Du weißt, was ich meine, Pixie.«

»Nenn mich nicht so.«

Sein Gesichtsausdruck wurde nachdenklich. »Ich dachte, wir wären Freunde.«

»Waren wir auch. Aber dann hast du mich gegen eine Badezimmerwand gedrängt.«

»Danke für die Erinnerung.« Er griff erneut nach meiner freien Hand und presste sie zusammen mit der anderen gegen die Wand. Angesichts des in meinen Augen aufblitzenden Zorns meinte er: »Wenn du deswegen wirklich sauer wärst, würdest du dich wehren.«

Ich lief rot an. »Das würde mir nichts nützen. Du bist ein Riese.«

»Ich würde dich gehen lassen. Das weißt du. Alles andere als gerne, aber ich würde dich gehen lassen ... wenn du das hier nicht wollen würdest.«

Wir sahen uns stumm an. Sein Gesicht war meinem so nah, dass ich die kleinen gelbgoldenen Flecken in seinen grünen Augen erkennen konnte.

In solchen Momenten vergaß ich, wo ich war. Wer ich war. Und was ich um seinetwillen tun musste.

Und ich merkte noch nicht einmal, wie sehr es mich zu ihm hinzog, bis er es mir zu Bewusstsein brachte. »Warum kämpfst du dagegen an, obwohl du es willst?«

Warum kämpfte ich eigentlich schon wieder dagegen an?

»Nora?«

Ich schloss die Augen und blendete ihn aus, was es der Erinnerung daran, warum ich gegen ihn ankämpfte, erlaubte, sich wieder in mein Gedächtnis zu schleichen. »Weil ...«

Sein Mund senkte sich auf meinen und brachte mich so zum Schweigen. Überraschung schlug in Instinkt um. Ich erwiderte seinen Kuss, umspielte seine Zunge mit meiner und versuchte meine Hände aus seinem Griff zu befreien, aber nicht, um mich von ihm loszumachen, sondern um die Arme um ihn zu schlingen. Und mit den Fingern durch sein Haar zu fahren.

Hitze wallte in mir auf, als wäre ich mit Öl übergossen worden und er hätte zu meinen Füßen ein Feuer entzündet. Es flammte auf wie ein Blitz, bis ich von lodernder Glut umgeben war.

Zu heiß. Zu gierig. Zu alles.

Ich wollte mir die Kleider vom Leib reißen.

Ich wollte ihm die Kleider vom Leib reißen.

Und dann beendete er den Kuss, wich ein Stück zurück und starrte mich triumphierend an.

Wenn er irgendein anderer gewesen wäre, wenn es irgendein anderer Moment gewesen wäre, dann hätte ich ihn wegen seiner Selbstgefälligkeit herausgefordert.

Stattdessen erinnerte ich mich genau daran, warum wir das nicht tun sollten.

Was auch immer er in meinem Gesicht las, es bewog ihn dazu, den Griff um meine Handgelenke zu lockern. Ich ließ sie sinken, aber er blieb, wo er war.

Er wartete, während seine Hände behutsam auf meinen Schultern ruhten.

Irgendetwas in seinen Augen ließ meine Abwehr erlahmen. Zärtlichkeit stieg in mir auf, und ich strich ihm unwillkürlich über die Wange, spürte, wie seine Bartstoppeln an meiner Haut kratzten. Traurigkeit löschte das Feuer aus. »Sie ist fort«, sagte ich leise zu ihm. »Noch nicht einmal ich kann dich davon ablenken.«

Unerträgliche, nackte Qual rang mit dem Verlangen in seinen Augen, und er ließ die Hände langsam von meinen Schultern und zu meiner Taille hinuntergleiten. Ein sachtes

Ziehen, und ich kippte gegen ihn und klammerte mich an seiner Brust fest.

Mit seinen nächsten Worten, die voller Qual waren, durchbohrte er meine Seele. »Aber du kannst es versuchen.«

Als ich nach oben blickte, in sein Gesicht, ein Gesicht, nach dem ich mich jeden Tag sehnte, das Erregung in mir auslöste, wenn ich nur daran dachte, begriff ich, dass ich ihn nie so verletzen würde, wie ich Jim verletzt hatte. Meine Gefühle für ihn bewegten sich auf einer ganz anderen Ebene, und so schuldig ich mich deswegen auch fühlte, so beruhigend fand ich das auch. Die Einzige, die hier in Gefahr schwebte, war ich selbst.

Und für ihn war ich bereit, zu riskieren, dass er mir das Herz brach.

Offenbar waren Aidan und Sylvie meine Strafe für die Fehler, die ich mit Jim und seiner Familie begangen hatte. Es zählte nicht, was am Ende mit meinem Herzen passierte – sondern nur, dass ich diejenige war, die die beiden in diesem Moment in ihrem Leben brauchten. Und vielleicht konnte ich danach meinen Frieden mit mir machen.

Warum sollte ich uns also nicht das geben, was wir beide wollten?

Ich legte die Hände um seinen Nacken, stellte mich auf die Zehenspitzen und zog seinen Kopf zu mir. Mehr brauchte er nicht, um sich zu mir zu beugen. Unsere Lippen trafen leidenschaftlich aufeinander, als stünden wir kurz vor dem Verdursten, und plötzlich umfassten seine Hände meine Oberschenkel und hoben mich hoch. Ich schlang die Beine um seine Hüften, als er mich gegen die Badezimmerwand presste, ohne dass sich unsere Münder voneinander lösten. Seine Bartstoppeln scheuerten auf meiner Haut, als unser Kuss von hungrig in gierig umschlug – schmutzig, verzweifelt und heiß wie die Sünde.

Diese Hitze zwischen uns, dieses Verlangen … etwas Derartiges hatte ich noch nie erlebt. Es war, als wüssten wir, dass wir nur Erlösung fanden, indem wir so tief miteinander verschmolzen wie möglich.

Eine Hand glitt an meiner nackten Taille hoch und umschloss meine Brust. Er drückte sie leicht, strich dann mit dem Daumen über die Rundung und zog den Stoff des BHs herunter. Meine Brustwarze verhärtete sich in der kühlen Luft, und ich rang nach Atem, als sein Daumen darüberstrich. Das Geräusch ging in Aidans Küssen unter, er stöhnte und stieß seine Hüften fester gegen mich, so dass seine harte, glühende Erektion sich genau an der Stelle gegen mich presste, wo ich sie brauchte.

Ich wimmerte leise und grub die Finger in sein Haar, als meine Schenkel sich fester um seine Hüften schlossen und stumm nach mehr verlangten.

»Es reicht, ihr beiden, raus da!«

Der Klang von Jans erzürnter Stimme war wie eine kalte Dusche. Wir fuhren auseinander, meine Augen weiteten sich vor Schreck, seine wurden vor Frust schmal.

»Fuck«, murmelte er, als er mich sanft auf den Boden sinken ließ.

»Habt ihr mich gehört?« Jan hämmerte gegen die Tür.

»Wir kommen schon, Jan«, erwiderte Aidan.

Wir hörten sie schnauben, dann entfernten sich ihre Schritte von der Tür.

Erschüttert, alles um mich herum vergessen zu haben, fuhr ich mir mit einer zitternden Hand durch das Haar. »Ich kann nicht glauben, was ich gerade gemacht habe.«

»Hey.« Er schob meine Hände weg, die versuchten, mein Hemd zuzuknöpfen, und übernahm die Aufgabe selbst. »Wir haben einen Moment lang den Kopf verloren. Zerfleisch dich deswegen nicht.«

Ich zwang mich, ihn anzusehen. »War das alles? Haben wir nur *einen Moment lang den Kopf verloren?*«

Aidan strich mein Hemd glatt und drückte einen liebevollen Kuss auf meine Lippen. »Nein«, flüsterte er an meinem geschwollenen Mund. »Das hier ist noch nicht vorbei, Pixie. Sylvie ist heute Nacht bei ihrem Dad, also habe ich die Wohnung für mich. Ich will dich dort haben.«

Bei dem Gedanken beschleunigte sich mein Puls, und mein Unterleib krampfte sich vor Erregung zusammen. »Okay.«

»Damit wir uns richtig verstehen.« Seine Augen loderten vor Entschlossenheit. »Heute Nacht liegst du in meinem Bett, und ich werde dich lieben, dich vögeln und zusammen mit dir kommen, bis jeder Muskel in deinem Körper schmerzt.«

Ein lustvolles Stöhnen entrang sich meiner Kehle, und ich biss mir auf die Lippen, um den Laut zu unterdrücken, aber der Nässe zwischen meinen Schenkeln konnte ich keinen Einhalt gebieten.

Zufrieden trat er einen Schritt zurück, und ich spürte, wie seine Augen auf mir ruhten, als ich meine Sachen zusammensuchte und meine Kleidung in meinen Rucksack stopfte. Dann strich ich mein Kostüm glatt, wobei ich wünschte, im Bad gäbe es einen Spiegel. »Ich habe von deinen Bartstoppeln keine roten Flecken auf den Wangen?«

Aidan schüttelte grinsend den Kopf. »Nein. Aber morgen früh hast du garantiert welche zwischen den Schenkeln.«

Um meine Brüste herum und zwischen meinen Beinen setzte ein Prickeln ein, und ich spürte, wie sich meine Brustwarzen aufrichteten. Meine Wangen brannten. »Jesus«, schnaubte ich. »Ich muss zu den Kindern rausgehen … hättest du dir keinen anderen Zeitpunkt dafür aussuchen können?«

Meine Reaktion brachte ihn zum Lachen, als er die Badezimmertür öffnete. »Außer mir weiß keiner, dass dein Höschen feucht geworden ist. Was mir übrigens außerordentlich gefällt.«

»Woher willst du das denn wissen?«, fragte ich in dem Versuch, seiner übermäßigen Selbstsicherheit einen Dämpfer zu verpassen.

»Stimmt es denn nicht?«

»Ich schätze, das wirst du heute Nacht herausfinden.«

»Pixie weiß, wie man das Spiel spielt«, murmelte er.

Ich spähte über meine Schulter hinweg zu ihm, als wir Alys Zimmer verließen. All der Schmerz und der Kummer, den ich kurz zuvor noch in seinen Augen gesehen hatte, war verflogen und Vergnügen, Verlangen und, wenn ich mich nicht irrte, Glück gewichen.

Ich hatte ihn glücklich gemacht.

Bei dem Gedanken musste ich grinsen. »Du hast ja keine Ahnung.«

Aidan lachte, doch das Geräusch erstarb, als wir auf den Gang hinaustraten, wo Jan auf uns wartete. Bei ihrem missbilligenden Gesichtsausdruck verstummten wir beide wie ungezogene Schulkinder, die bei einem besonders üblen Streich ertappt worden waren.

»Nie wieder.« Sie drohte uns mit dem Finger.

»Nie wieder«, versprachen wir einhellig und meinten es auch so. Wir hatten uns völlig danebenbenommen, und als Entschuldigung konnte ich nur anführen, dass dieser Mann über das Talent verfügte, all meine Gedanken bis auf den an ihn einfach auszulöschen.

Es reicht, wenn ich sage, dass es mir extrem schwer fiel, mich auf die Kids zu konzentrieren. Es war ungefähr so, als würde ich versuchen, durch knietiefes Wasser zu rennen. Aber ich gab mir alle Mühe, denn meine Zeit mit ihnen war genauso wichtig wie die Zeit, die ich jetzt Aidan versprochen hatte.

Kapitel 16

Es war so weit.

Die Nacht, die unwiderruflich alles zwischen uns verändern würde. Ich stand am Kanal, ein Kanalboot und ein Lastkahn lagen vor Anker. Es war ein kalter Abend, der ankündigte, dass sich der Sommer dem Ende zuneigte, und ich trug einen Cardigan über meinem Kleid. Ich besaß nichts Schickes zum Anziehen, aber da ich Aidan sogar in einem Peter-Pan-Kostüm gefiel, ging ich davon aus, dass es ihn nicht wirklich interessierte, was ich trug.

Das Kleid war rot mit winzigen weißen Punkten. Es hatte einen V-Ausschnitt, der mein Dekolleté betonte, kurze Ärmel, war vorne durchgeknöpft und wie ein Babydoll geschnitten. Dazu trug ich braune, knöchelhohe Lederstiefel mit niedrigen Absätzen, die schon bessere Tage gesehen hatten, aber es waren meine Lieblingsschuhe. Das Outfit war leger, nicht aufreizend. Der heutige Abend würde aufregend genug werden, da wollte ich mich wenigstens in meiner Kleidung wohlfühlen.

Außerdem hatte ich mir überlegt, wie ich mit Aidan schnellstmöglich zur Sache kommen konnte, und dieses Kleid konnte ich mir mühelos über den Kopf ziehen.

Es war um halb acht herum, die Sonne stand noch am Himmel und tauchte die Apartments rund um den Kanal in ein warmes Orange und Rosa. Aidans Haus lag in der Nähe des Fountainbridge Square, wo die beiden Boote festgemacht waren. Hier gab es eine Bar, ein Restaurant und Geschäfte, es herrschte also durchaus Leben in der Gegend. Trotzdem lag eine eigenartige Stille über dem Abend, als wüssten alle, dass ein ganz besonderes Erlebnis bevorstand. Solche wunderlichen Gedanken hegte ich in der letzten Zeit eigentlich überhaupt nicht mehr, aber als ich mit wild in meiner Brust hämmerndem Herzen auf den Eingang von Aidans Apartmenthaus zuging, war ich davon überzeugt, dass diese Nacht tatsächlich nur für uns beide bestimmt war.

Ein aufregender Lichtblick am Horizont einer tristen Vergangenheit, die wir hoffentlich bald hinter uns lassen würden.

Sylvie war mehr als entzückt gewesen, als ich mich von ihrem Onkel nach Hause fahren ließ. Für sie bedeutete das nicht weniger, als dass ihre beiden besten Freunde beschlossen hatten, ebenfalls beste Freunde zu sein, und somit war die Welt für sie in Ordnung. Sie plapperte auf der Rückbank des Range Rover unaufhörlich, während Aidan mich nach Sighthill fuhr. Da ich mich entschieden hatte, mich auf diese Sache einzulassen – was auch immer sich daraus ergeben würde – sah ich keinen Grund mehr, ihm zu verheimlichen, wo ich wohnte. Dass es in Sighthill war, wusste er ohnehin schon.

»Hat dein Dad einen coolen Abend für dich geplant?«, fragte ich Sylvie, dabei registrierte ich, dass die Straße, die wir hinunterfuhren, einen Block von meiner entfernt war.

Sylvie zuckte die Achseln. »Vermutlich.«

»Er geht mit ihr essen. In das Scran and Scallie. Da wird es dir gefallen, Süße«, erinnerte Aidan sie sanft.

Ich hatte mich gefragt, woher ihr plötzliches Desinteresse an einem Abend mit ihrem Vater rührte.

»Es ist Daddys Lieblingsrestaurant. Nicht meines.«

Der bockige Tonfall war ganz untypisch für Sylvie, und

ich warf Aidan einen Blick zu. Er nahm ihn aus dem Augenwinkel wahr und wandte sich an sie: »Stört es dich, dass Sally mitkommt? Ich habe dir doch gesagt, dass ich mit deinem Dad rede, wenn du nicht damit zurechtkommst, dass sie bei ihm wohnt.«

Aha.

Cal hatte eine Freundin. Das hatte ich nicht gewusst. »Ist Sally schon lange seine Freundin?«

Sylvie zuckte erneut die Achseln, also wandte ich mich an Aidan.

»Ja. Sie sind seit einem Jahr zusammen, aber sie ist erst kürzlich bei ihm eingezogen.«

»Sally ist okay«, meinte Sylvie.

Ehe ich etwas erwidern konnte, verlangsamte Aidan das Tempo und fragte: »Wohnst du hier?«

Ich drehte mich um und blickte aus dem Fenster zu meiner trostlosen Behausung hoch. Mein Apartment lag in einem mit Rauputz versehenen, schmutzigen, grauen Wohnblock. Die kleinen Grasflächen davor waren stellenweise mit Unkraut überwuchert, andere vertrocknet. Einige Fenster sahen aus, als wären sie seit Jahren nicht mehr von innen geputzt worden.

Hier wohnte ich. Ich musste mich nicht dafür schämen. Die meisten Menschen hier arbeiteten hart, um sich ihre Wohnungen leisten zu können. Ich war eine davon. Und mein kleines Heim machte vielleicht nicht viel her, aber es war sauber und ordentlich, und ich konnte die Miete zahlen, ohne Unterstützung in Anspruch nehmen zu müssen.

»Ja. Danke, dass du mich gefahren hast.«

»Jederzeit.« Er schenkte mir ein sexy Lächeln, als er sein Telefon aus der Halterung in der Mittelkonsole nahm. »Deine Nummer. Bitte.«

Zu seinem Glück hatte er »bitte« gesagt, was ihm meine

Miene verraten haben musste, denn er lachte, als ich meine Nummer in sein Handy eintippte. Als ich es ihm zurückgab, rief er mich an. »Jetzt hast du meine auch. Ich schicke dir eine Textnachricht«, er sah mich vielsagend an.

Ich nickte. Bei dem Gedanken, ihn heute Abend wiederzusehen, verspürte ich an allen möglichen Stellen ein Kribbeln.

Als ich mich zu Sylvie umdrehte, stellte ich fest, dass sie uns neugierig beobachtete, als spürte sie, dass etwas vor sich ging, was sie nicht verstehen konnte.

»Bis bald.« Ich hielt ihr eine Hand hin.

Nachdem sie sie genommen hatte, drückte ich ihre fest und gab sie nur widerwillig frei. Ihre Rufe und ihr heftiges Winken, als ich den Weg zu meinem Haus einschlug, brachten mich zum Lächeln. Der glühende Blick, mit dem Aidan mich bedachte, löschte mein Lächeln aus, und prickelnde Vorfreude ergriff von mir Besitz.

Kurz darauf bekam ich eine SMS mit seiner Adresse und einer Uhrzeit. Ich textete ein schlichtes: »Ich werde da sein« zurück.

Und jetzt war ich hier.

Mit schweißfeuchten Handflächen.

Ich drückte auf die Klingel seines Apartments und hörte Sekunden später seine tiefe Stimme. »Hallo?«

»Ich bin's.«

Die Tür wurde geöffnet. Lächelnd trat ich ein und dachte bei mir, dass er kein Mann vieler Worte war.

Aidan wohnte ganz oben, und als die Fahrstuhltür aufglitt, sah ich die Tür zu seinem Apartment gegenüber – er lehnte mit vor der Brust verschränkten Armen im Rahmen.

Mir stockte der Atem, als ich seinen Anblick in mich aufsog. Er war pure maskuline, markante Perfektion. Jedes

Mal, wenn ich ihn sah, fand ich ihn attraktiver. Seine ausdrucksvollen Augen konzentrierten sich auf mich, während ich registrierte, dass er jetzt ein anderes T-Shirt und total abgewetzte Jeans trug. Sein feuchtes Haar verriet mir, dass er ebenso wie ich gerade geduscht hatte.

Der Grund dafür jagte mir einen Schauer über den Rücken. Ich trat aus der Fahrstuhlkabine und ging langsam, ohne den Blick von ihm abzuwenden, auf ihn zu. Ich konnte immer noch nicht glauben, dass dieser liebenswerte, witzige, clevere und unglaublich anziehende Mann mich ansah, als würde er mich genauso begehren. Seine Augen glitten langsam an meinem Körper hinunter und wieder nach oben, prägten sich alle Einzelheiten ein, bevor er mich wieder ansah.

»Dein Kleid gefällt mir«, sagte er.

Ich lächelte. »Du bist leicht zufriedenzustellen.«

Aidan nahm meine Hand und führte mich in sein Apartment, aber ich bekam keine Gelegenheit, mich umzuschauen, weil er antwortete und mich dadurch ablenkte. »Das war nicht immer so.« Er schloss die Tür hinter uns ab. »Ich war ein Arschloch.« Ein fast verwunderter Ausdruck trat auf sein Gesicht, als er mich ansah. »Ein wählerisches, Frauen hinterherjagendes Arschloch.«

Ich erstarrte. Das Bild von ihm mit anderen Frauen gefiel mir nicht sonderlich. Und wählerisch? Ich erinnerte mich, dass Sylvie mir gesagt hatte, ihr Onkel würde die schönsten Frauen daten, die sie je gesehen hatte.

Lieber Himmel.

Ich zupfte an meiner Strickjacke und fragte mich, welcher Teufel mich geritten hatte, sie anzuziehen.

»Nicht.« Als würde er meine plötzliche Verunsicherung spüren, legte er einen Arm um meine Taille und zog mich an sich. Meine Hände flatterten zu seiner harten, warmen

Brust, und ich legte den Kopf in den Nacken, um Blickkontakt zu halten. »Du bist perfekt.«

»Meine Haare sind zu kurz.« Ich berührte die Strähnen in meinem Nacken. »Früher habe ich sie lang getragen.«

»Ich erinnere mich.«

»Ich habe sie wegen Jim abschneiden lassen«, bekannte ich traurig. »Damals war ich so wütend auf meine Situation, und er liebte meine Haare und verbot mir, sie abzuschneiden, und nach seinem Tod … ließ ich mir einen Kurzhaarschnitt machen. Radikal. Ich bestrafte ihn dafür, dass er gestorben war. Absolut blödsinnig, ich weiß.«

Aidan drückte tröstend meine Taille.

»Nur, dass ich meine Haare auch geliebt habe.« Ich kam mir langsam lächerlich vor. »Sicher, es sind nur Haare … aber ich bin stinksauer deswegen.«

Er musterte mich so lange, dass ich fast nicht wagte, ihn zu fragen, was er dachte, aber dafür gab es keinen Grund. Aidan löste eine Hand von meiner Taille, um damit durch die Fransen zu fahren, die mir bis über die Ohren reichten. Seine Finger legten sich um mein Ohr, sein Daumen strich über meine Wangenknochen, und seine Augen bohrten sich mit einer solchen Glut in meine, dass sich mein Magen zusammenzog. »Du könntest sie ganz abrasieren, Pixie, und wärst trotzdem so verdammt schön, dass ich mich auf nichts anderes konzentrieren könnte, wenn du im Zimmer wärst.«

Wow. Ich atmete seinen Namen förmlich aus. »Aidan.«

Wie unter Schmerzen schloss er die Augen und lehnte seine Stirn gegen meine. Sein Cologne stieg mir in die Nase, und die Hitze, die er verströmte, ließ meine Haut prickeln, als wäre ich aus einem klimatisierten Raum in die heiße Sonne hinausgetreten. »Ich möchte dich meinen Namen so sagen hören, wenn ich in dir bin«, murmelte er an meinen Lippen.

Diesen Wunsch würde ich ihm nur zu gerne erfüllen. Das teilte ich ihm mit, indem ich die Finger in sein T-Shirt krallte.

»Aber«, er richtete sich wieder zu seiner vollen Größe auf, »ich habe geschworen, nicht wie ein sexgieriger Teenager über dich herzufallen, sobald du zur Tür hereinkommst. Das hier ist mehr als nur Sex für mich, Nora.«

Genau das hatte Jim zu mir gesagt, als wir uns angefreundet hatten. Damals hatte ich diese Aussage als etwas ganz Besonderes betrachtet, weil die Jungen in der Schule keinen Zweifel daran gelassen hatten, dass es ihnen ausschließlich um Sex ging, wenn sie sich mit mir abgaben. Es war jedoch seltsam, wie zwei Männer dasselbe sagen und ich so total unterschiedlich reagieren konnte.

Bei Aidan fühlte es sich nicht einfach wie etwas Besonderes an, diese Worte zu hören.

Es fühlte sich so an, als würde mein Herz vor Freude über dieses Versprechen zerspringen. Ich hatte nicht gewusst, dass Glück, Verlangen und Erregung im Extremfall regelrecht schmerzhaft sein konnten.

»Für mich auch«, versprach ich.

Aidan nahm meine Hand. »Ich zeige dir erst mal die Wohnung. Von hier oben haben wir einen schönen Blick.«

Die Diele führte zu unserer Linken in ein Wohnzimmer mit offener Küche, und ein Flur in den hinteren Teil des Apartments. Der Wohnbereich und das, was eine Essecke hätte sein können, aber offenbar ein kleines Musikstudio war, nahmen den vorderen Teil des Raumes ein. Terrassentüren und Balkone gingen auf den Kanal und die Stadt hinaus.

»Wirklich schön«, sagte ich aufrichtig. Auf einem der Balkone standen ein Tisch und Stühle. »Es muss herrlich sein, an einem sonnigen Morgen hier draußen zu frühstücken.«

Er lächelte zärtlich. »Das gehört zu Sylvies Lieblingsbeschäftigungen.«

»Ich liebe es, dass du sie so liebst«, sagte ich, ohne nachzudenken.

»Mehr als irgendjemanden sonst.«

Ich konnte ihm nicht sagen, dass die Liebe zu seiner Nichte zu den Eigenschaften gehörte, die ich am anziehendsten an ihm fand. Lächelnd drehte ich mich um und betrachtete den Stutzflügel, die Gitarren (elektrische und akustische), das Keyboard und den großen Schreibtisch mit dem Computer und drei Bildschirmen darauf an der gegenüberliegenden Wand. Es war die einzige verklinkerte Wand, was dem Apartment zusammen mit den Parkettböden das Flair eines Citylofts verlieh.

»Mein Studio«, erklärte Aidan wehmütig. »Es war mal der Essbereich, und mein Studio war im zweiten Schlafzimmer untergebracht, wo ich die Wände schalldicht isoliert habe, aber ich musste alles herausreißen und den Raum in ein Zimmer für Sylvie umwandeln. Die Nachbarn haben sich noch nicht beschwert, und ich arbeite in einem richtigen Studio in New Town, aber irgendwann müssen wir wahrscheinlich umziehen. Eine geeignetere Wohnung für uns finden.«

Ich schlenderte zu dem Computer und den Instrumenten hinüber und staunte darüber, dass Aidan hier sitzen und komponieren und Musik produzieren konnte. »Du musst unglaublich clever sein.«

»Genauso gut könnte ich auch nur Mist zustande bringen.«

Ich schnaubte, drehte mich um und sah, dass er mich unverschämt angrinste. Gott, sein jungenhaftes Lächeln war so verdammt sexy. »Irgendwie bezweifle ich das.«

Er zuckte die Achseln. Ich lachte, wertete das als Geständnis, dass er richtig gut in seinem Job war, und ging mit ihm zu der Küche im hinteren Teil des Raums.

Sie war schick, weiß und glänzend – nicht mein Geschmack, ich bevorzugte den Landhausstil – aber sie passte in die Wohnung. Und mir gefiel die Insel mit den Hockern.

Aidan deutete darauf. »Die Küche. Wie man sieht.« Er führte mich weiter.

Weiter unten im Flur, hinter der Küche, gab es rechts eine Tür. Aidan öffnete sie. Dahinter lag ein großes Schlafzimmer. Die Wände waren blau gestrichen, und das Bett in der Mitte war einer Prinzessin würdig, ein Minihimmelbett mit lila Gazevorhängen, die um die Pfosten des oberen Rahmens drapiert waren. Das Bettzeug war ebenfalls lila, und darauf lagen Kissen aus Samt und indischer Seide. Ein Bett, in das ein Kind eintauchen und sich darin vergraben konnte. An den Wänden standen mit Büchern, Spielzeug, Puppen, gerahmten Fotos und anderem Krimskrams vollgestopfte Regale. Gegenüber vom Bett gab es einen Schrank mit Fernseher, DVD-Player und Computerkonsole, daneben war ein kleiner Schreibtisch mit einem iMac. Ein großer Schrank ließ darauf schließen, dass sie Unmengen an Kleidungsstücken und Schuhen besaß, und über der Lehne eines kuscheligen lila Samtsessels mit passendem Schemel lag ein aufgeschlagenes Buch.

Sylvie Lennox hatte den wichtigsten Menschen in ihrer Welt verloren, und obgleich er ihn ihr nicht ersetzen konnte, hatte ihr Onkel Aidan dafür gesorgt, dass es ihr sonst an nichts fehlte.

Tränen brannten in meinen Augen, als ich mir vorstellte, wie dieser Mann sein Musikstudio – das für ihn immens wichtig war – aufgab, um ein Zimmer für Sylvie zu schaffen.

»Es ist einfach perfekt«, flüsterte ich.

»Aye. Sie verdient es.«

Ich ging wieder nach draußen, weil ich in diesem Zimmer sentimentaler wurde, als es mir lieb war.

Als würde er das spüren, schloss Aidan die Tür und lenkte meine Aufmerksamkeit auf etwas anderes. »Das Hauptschlafzimmer ist hier.«

»Oh.« Ich starrte in den Gang und malte mir aus, dort mit ihm hineinzugehen. Mein Puls raste. Bis zu diesem Punkt hatte mich der Gedanke an Sex mit Aidan nicht nervös gemacht, weil es mir bei unserem kleinen Vorspiel gar nicht in den Sinn gekommen war, eingehender darüber nachzudenken. Wir waren zu sehr voneinander gefesselt gewesen.

Aber jetzt merkte ich, wie sich ein kleines nervöses Kribbeln zu der Vorfreude gesellte, die sich bereits in meinem Magen ausgebreitet hatte. Ich konnte mir gut vorstellen, dass Aidan Lennox viel herumgekommen war. Auch ohne die zwölf Jahre, die er mir voraushatte, musste er über beträchtlich mehr sexuelle Erfahrungen verfügen als ich. Ich hatte bislang nur mit Jim geschlafen und nie den Eindruck gehabt, ihn enttäuscht zu haben. Dennoch war das etwas anderes gewesen, denn Jim hatte mich geliebt. Was, wenn ich den Ansprüchen eines Mannes wie Aidan nicht gerecht wurde? Was, wenn ich nicht genug *wusste*?

»Wein?«, fragte Aidan plötzlich.

Mein Kopf fuhr zu ihm herum, und seine Stirn war leicht gerunzelt, als würde er sich fragen, was ich gerade dachte. »Wein?«

»Möchtest du ein Glas Wein?«

Wie sollte ich ihm erklären, dass ich keine Weintrinkerin war?

»Keinen Wein?«

»Hast du auch ein Bier?«

Aidan machte sich grinsend auf den Weg in die Küche. Ich folgte ihm hastig, und er blickte sich über seine Schulter hinweg zu mir um, während er zwei Flaschen aus dem Kühlschrank nahm, öffnete und mir eine reichte. Das kalte Glas ließ mich frösteln. Vielleicht lag es aber auch an der Hitze in Aidans Augen, die keinen Moment erloschen war, seit er mir die Tür geöffnet hatte.

»Ich bin nicht gebildet«, platzte ich heraus, ehe ich darüber nachdenken konnte, was ich ihm da enthüllte. »Ich komme aus einem kleinen Kaff, ich war nicht auf dem College, ich habe mit achtzehn geheiratet, und wir haben einfach gelebt. Ich führe immer noch ein einfaches Leben, und außer in Indiana und Schottland war ich noch nirgendwo.« Ich stieß zittrig den Atem aus. »Und ich trinke Bier.«

Ich sah Aidan an, dass er Mühe hatte, nicht zu lachen, und ich begriff nicht, was so komisch sein sollte, bis er sagte: »Du bist gottverdammt perfekt.«

Jim hatte das auch gefunden. »Niemand ist perfekt.«

»Du für mich schon.«

»Du bist ein Süßholzraspler.«

»Nur bei dir.«

Und ich glaubte ihm. »Warum?« Ich war nicht auf Komplimente aus, ich wollte es nur verstehen. »Das ist jetzt keine falsche Bescheidenheit, Aidan. Ich habe wirklich keine Ahnung, was Jim in mir gesehen hat. Ich weiß, dass ich nicht hässlich bin, aber er wirkte wie vom Blitz getroffen, als wir uns begegnet sind. Und danach hat er nie aufgehört, mich zu lieben. Warum? Weil er mich nicht wirklich kannte. Manchmal glaube ich, er hat eine Version von mir geliebt, die er sich im Geist von mir geschaffen hatte. Und jetzt du. Du sagst auch, du willst mich.« Ich beschrieb eine Handbewegung in Richtung seines Körpers. »Du hast dich doch schon mal angesehen, oder?«

Diesmal grinste er offen. »Bist du immer so witzig?«

»Ich meine es ernst.«

Seine Belustigung verflog angesichts meines Tons. »Ich bin nicht Jim. Bestand zwischen euch so eine Verbindung?«

Ich schüttelte bekümmert den Kopf.

»Darin liegt der Unterschied. Was *ich* empfinde, ist das, was *du* empfindest, und umgekehrt. Anziehungskraft kann niemand erklären, Nora. Sie ist da, oder sie ist nicht da. Und was Jim angeht … ich werde nie erfahren, warum genau er sich in dich verliebt hat, aber ich kann es mir denken. Dir haftet etwas Weises, Mitfühlendes an, als hättest du mehr gesehen als die meisten Menschen deines Alters. Es verleiht dir eine Reife, die mir bei einer so jungen Frau selten untergekommen ist. Und trotzdem … was immer es ist, es vermischt sich mit einer Unschuld und Verletzlichkeit, die dir, glaube ich, gar nicht bewusst ist. Und du bist klein und zierlich, Pixie.« Sein Blick glitt hungrig über meinen Körper. »In jeder Hinsicht feminin. Diese Zerbrechlichkeit, zusammen mit deinem Äußeren … nun, es weckt in einem bestimmten Typ Mann den Beschützerinstinkt – bringt den Höhlenmenschen in ihm zum Vorschein.«

Ich hob eine Braue, da ich mich noch nie so gesehen hatte. Ich fühlte mich nicht zerbrechlich. Verletzlich, ja, manchmal, aber nicht zerbrechlich. Der Gedanke, dass Männer mich irgendwie als schwach betrachteten, fuchste mich. Noch mehr fuchste es mich, dass Aidan sich zu mir hingezogen fühlen könnte, weil er dachte, ich würde seinen Schutz benötigen. »Gehörst du auch zu diesem Typ Mann?«

»Ich werde nicht lügen – als ich dich zuerst gesehen habe, war es so. Aber als ich dich besser kennengelernt habe? Nein, darin lag der Reiz nicht. Ich war nie an Frauen deines Alters interessiert. Ich mag Frauen, die intelligent, reif und sexy sind. Das trifft alles auf dich zu. Und jeder, der dich richtig kennt, begreift schnell, dass du keinen Beschützer brauchst. Du brauchst nur jemanden, der dir zuhört. Der sieht, wer du wirklich bist.«

Er hatte ja so recht. Ich dachte an meine Eltern; daran, wie ich geredet und keiner von ihnen mir je zugehört hatte. Mit Jim war es mir genauso gegangen. Seonaid hatte es versucht, aber Jim war immer dazwischen gegangen. Aidan war seit Mel der erste Mensch, der mir wirklich zuhörte. Er war seit Mel der erste Mensch, dem ich alle meine Gedanken anvertrauen wollte. So wie er mir seine geheimen Gedanken anvertraut hatte.

»Ich glaube, so jemanden brauchst du auch.«

»Genau.«

Ich trank einen Schluck Bier, weil zu viele Gefühle in mir tobten und ich Angst hatte, sie könnten jeden Moment aus mir herausplatzen. Mein Blick schweifte durch den Raum und blieb an dem Klavier hängen. Ich ging um die Küchentheke herum darauf zu, streckte eine Hand aus, um die schimmernde, schwarz lackierte Oberfläche zu berühren, und zog sie wieder zurück.

»Spielst du?«, fragte Aidan, der mir gefolgt war.

Ich schüttelte den Kopf und blickte zu ihm auf. »Spielst du etwas für mich?«

Er griff nach meinem Bier, und ich überließ ihm verwirrt die Flasche. Aidan ging zur Küchentheke zurück und stellte beide Flaschen darauf ab. Als er zu mir zurückkam, konnte ich die Spannung spüren, die von ihm ausging.

Plötzlich lag ich in seinen Armen, und seine Hände strichen über meinen Rücken und meinen Po und zogen mich zu sich hin. »Später«, versprach er. »Im Moment möchte ich lieber mit dir spielen.«

Mein Herzschlag beschleunigte sich, als ich mich an ihn klammerte. Mein Körper schien vor Verlangen anzuschwellen. »Was ist mit unseren Drinks und dem nicht über mich herfallen wie ein sexhungriger Teenager?«

»Es gibt da etwas, was du über mich wissen solltest, Pixie.« Er senkte den Kopf, um ganz leicht, lockend mit seinen

Lippen die meinen zu streifen. »Ich kann ein selbstsüchtiger Bastard sein, wenn ich etwas will.«

Meine Hände glitten um seinen Hals. »Solange du kein selbstsüchtiger *Lover* bist, stört mich das nicht.«

Sein Körper bebte vor Lachen, und seine Arme schlossen sich fester um mich. »Habe ich dir eigentlich schon gesagt, wie sehr ich dich mag?«

Ich grinste zurück. »Ich mag dich auch.«

»Und ich bin ganz eindeutig kein selbstsüchtiger Lover«, knurrte er, küsste mich hart und wich dann zurück. »Ich habe dir meinen Kopf zwischen deinen Beinen versprochen und das auch so gemeint.«

Heiße Begierde stieg in mir auf, und ich spürte, wie ich feucht wurde. »Aidan«, keuchte ich, dabei hielt ich mich an ihm fest, weil ich fürchtete, meine Beine würden jeden Moment unter mir nachgeben.

Er stöhnte, küsste mich und hob mich mühelos hoch, so dass ich die Beine um seine Oberschenkel schlingen konnte. Unter weiteren gierigen Küssen trug er mich zielstrebig zum hinteren Teil des Apartments. Und wie beim letzten Mal wurde meine Nervosität von meinem körperlichen Verlangen nach ihm ausgelöscht.

»Oh mein Gott.«

Die fremde, absolut schockiert klingende Frauenstimme ließ uns bei der Küche auseinanderfahren. Wir drehten die Köpfe ruckartig zur Eingangstür. Diese stand jetzt offen, und eine überaus attraktive, hochgewachsene, kurvenreiche Blondine starrte uns in stummem Entsetzen an. In einer Hand hielt sie einen Schlüssel, in der anderen eine Einkaufstasche.

»Laine.« Aidan ließ mich langsam zu Boden sinken, aber ich klammerte mich an ihn, weil mich das unerwartete Auftauchen dieses umwerfenden Geschöpfes völlig aus der Fassung gebracht hatte. Wer zum Teufel war das?

Sie trug ein legeres dunkelblau und weiß gemustertes Maxikleid, das ihre üppigen Kurven betonte, und flache Sandalen mit strassbesetzten Riemchen. Ihr langes blondes Haar fiel ihr in seidigen, kunstvoll zerzausten Wellen über die Schultern, und ihr Make-up war perfekt. Eine echte Augenweide.

Und sie hatte ganz offensichtlich einen Schlüssel zu Aidans Apartment.

Bei dieser Erkenntnis versuchte ich mich von ihm loszumachen, aber er hielt mich fest.

»Was machst du hier?«, fragte er.

Laine, die sich, nachdem sie ungebeten hier hereingeplatzt war, offensichtlich wieder gefangen hatte, schloss die Tür hinter sich. »Ich wollte dich sehen, und ich habe etwas zu essen mitgebracht. Tut mir leid.« Sie blieb vor mir stehen und bedachte mich mit einem leichten, entschuldigenden Lächeln, das ihre Augen nicht ganz erreichte. »Ich habe nicht damit gerechnet, dass du nicht allein bist. Du hast in deiner SMS geschrieben, dass Sylvie heute Nacht bei ihrem Dad ist.« Nachdem sie die Tasche auf dem Boden abgestellt hatte, streckte sie mir eine Hand hin, und Aidan musste mich endlich freigeben, damit ich sie ergreifen konnte. »Ich bin Laine. Aidans beste Freundin.«

Aidans beste Freundin? Wie kam es dann, dass er sie nie erwähnt hatte?

Obwohl sie sich aufwändig zurechtgemacht hatte, entgingen mir die feinen Fältchen rund um ihre Augen nicht, die darauf hindeuteten, dass sie und Aidan gleichaltrig waren. Sie roch nach teurem Parfüm, Geld und Klasse. So wie er. Abgesehen von dem Parfüm, versteht sich. »Nora. Ich bin … *auch eine Freundin.*«

»Nora ist mehr als eine Freundin.« Aidan musterte mich mit unverhohlener Missbilligung, die verschwand, als er sich an Laine wandte. Jetzt malte sich Zuneigung auf seinem Gesicht ab, was mir einen Stich der Eifersucht versetzte. »Schön, dass du wieder zu Hause bist.« Meine Eifersucht verstärkte sich noch, als er sie umarmte und ihre Finger sich in seinen Rücken gruben.

Hmm.

Beste Freundin, soso.

»Ich kann wieder gehen.« Laine trat einen Schritt zurück.

»Nein, bleib. Du warst ziemlich lange weg.« Aidans Antwort überraschte mich. Hatten wir uns nicht gerade beinahe gegenseitig die Kleider vom Leib gerissen? Natürlich wusste ich, dass es unhöflich wäre, sie zum Gehen aufzufordern, vor allem, nachdem sie sich aus irgendeinem Grund lange nicht gesehen hatten, aber ich fühlte mich trotzdem tief gekränkt. Er drehte sich zu mir. »Laine ist Filmproduzentin für eine kleine Produktionsfirma. Sie hat wochenlang in Neuseeland gedreht.«

Wow.

Okay.

Sie war also nicht nur schön, sondern auch erfolgreich.

Es bestand absolut kein Grund, sie als Bedrohung zu empfinden, da die beiden ja offenbar nur befreundet waren. Aber Laine sah Aidan nicht so an, als wäre er nur ein Freund. Und sie mochte mir ja die Hand geschüttelt haben, aber mir war dabei die Kälte in ihren schönen blauen Augen nicht entgangen.

»Ich habe Desserts mitgebracht.« Laine hob ihre Einkaufstasche. »Auf mein Dessert kann ich nicht verzichten. Was man mir ja wohl ansieht.« Sie strich sich mit einer falsch wirkenden selbstironischen Geste über ihre üppigen Hüften. Laine maß ungefähr einen Meter fünfundsiebzig. Sie bestand nur aus schmaler Taille, langen Beinen, großen Brüsten und vollen Hüften.

Genau genommen war sie ein feuchter Traum auf zwei Beinen und in jeder Hinsicht das genaue Gegenteil von mir. Ich beobachtete Aidan, lauerte auf irgendeine Reaktion auf sie, aber er sah mich an. Seine Miene spiegelte Bedauern und, wenn ich mich nicht irrte, sexuelle Frustration wider.

Ich entspannte mich ein wenig, weil mir klar wurde, dass er sich wirklich wie ein guter Freund verhielt, aber das hieß nicht, dass ich mich über die Störung freute.

Der Gedanke, wenn Laine eine echte Freundin wäre, würde sie die Situation erfassen und uns alleine lassen, kam mir ebenfalls in den Sinn, auch wenn es kleinlich war. Dann wurde mir bewusst, dass sie einen Schlüssel zu seinem Apartment hatte, und meine Eifersucht kehrte mit noch größerer Macht zurück.

Wie konnte ich auf eine Frau eifersüchtig sein, die mit Aidan Gott weiß wie lange befreundet war? Er und ich kannten uns erst seit ein paar Monaten. Aber ich war eifersüchtig, und dieses Gefühl gefiel mir ganz und gar nicht.

In dem Bemühen, mir nicht anmerken zu lassen, was in mir vorging, lächelte ich ihn beruhigend an und sah zu, wie er Laine in die Küche folgte, um dort den Berg von kleinen Windbeuteln und den Wein auszupacken, den sie mitgebracht hatte. Sie wirkten wie ein eingespieltes Team; fühlten sich in der Gesellschaft des jeweils anderen sichtlich wohl.

Ich schluckte hart, weil *ich* mir plötzlich wie der Eindringling vorkam. »Wo ist das Bad?«, fragte ich Aidan.

Er winkte mich zu sich, und als ich zu ihm hinüberging, hätte ich am liebsten an meinem Kleid herumgezupft, wollte aber nicht so deutlich durchblicken lassen, dass ich mir neben Laines lässiger Weltgewandtheit wie ein junges Landei vorkam.

Aidan legte eine Hand auf meinen Rücken. Seine Finger

berührten meinen Hintern, als er mich die Diele hinunter zu einer Tür führte, die gegenüber der Tür lag, hinter der sich sein Schlafzimmer befand. Er stieß sie auf und gab den Blick auf ein geräumiges, in maskulinem Schiefergrau gefliestes Bad frei. Es gab eine große Duschkabine, eine tolle Wanne mit Klauenfüßen sowie Toilette und Waschbecken. Aidan senkte den Kopf, hauchte einen Kuss auf meine Lippen und murmelte: »Es tut mir leid.«

»Muss es nicht«, flüsterte ich. »Sie ist deine Freundin.«

Er drückte mich enger an sich. »*Nur* eine Freundin.«

Ich glaubte ihm. Was Laine anging, war ich mir nicht so sicher. Nennt es weibliche Intuition.

Nachdem er mich allein gelassen hatte, schloss ich gedankenversunken die Tür. Vielleicht war ich unfair. Nur weil *ich* davon überzeugt war, dass sich *jede* Frau zu Aidan hingezogen fühlte, musste das nicht stimmen. Es stand mir nicht zu, ihre Motive in Frage zu stellen. Jedenfalls jetzt noch nicht.

Im Bad stellte ich fest, dass kein Toilettenpapier da war. Tödliche Verlegenheit überkam mich. Ich musste hinausgehen und danach fragen. Super. Ich versuchte, mit purer Willenskraft die Hitze aus meinen Wangen zu verbannen, öffnete die Tür und war gerade in die Diele hinausgetreten, als ich meinen leise ausgesprochenen Namen hörte.

»Ja, das ist Nora«, sagte Aidan.

»Das Mädchen, das sich als Peter Pan verkleidet, nicht? Im Krankenhaus.«

Ich sog den Atem ein und lehnte mich gegen die Wand. Zwar wusste ich, dass Lauschen nicht gerade cool war, aber ich konnte einfach nicht anders. Aidan hatte Laine von mir erzählt, mir aber nicht von Laine? Was hatte das zu bedeuten?

»Ich fasse es nicht, dass du Peter Pan vögelst.«

»Um Himmels willen, Laine.«

»Wieso, stimmt doch. Was ich da eben gesehen habe, war nicht gerade harmlos, Aidan.«

»Ich schlafe nicht mit ihr. Noch nicht.«

»Sie ist ein *Kind*.«

»Verdammt, Laine, sie ist kein Kind mehr. Sie ist fast dreiundzwanzig.«

»Sie sieht jünger aus. Und sie ist noch ein Kind. Ich dachte, du bevorzugst Frauen deines Alters – du weißt schon, kultiviert und gebildet. Du hast mir gesagt, das Mädchen ist eine amerikanische Highschool-Abbrecherin. Hat diese Sache mit Nicky und Sylvie bei dir eine vorgezogene Midlifecrisis ausgelöst?«

Aidans Antwort klang gereizt. »Diese *Sache* mit Nicky und Sylvie?«

»Das ist … nicht das … es tut mir leid. Das war taktlos von mir. Aber ich mache mir Sorgen um dich. Du bist im Moment nicht du selbst. Du triffst Entscheidungen, die du bereuen wirst. Dieses Mädchen … sie ist nichts für dich, Aidan.«

»Da irrst du dich gewaltig. Du kennst sie seit zwei Minuten und glaubst, sie beurteilen zu können. Du weißt überhaupt nichts über Nora. Sie ist das Beste, das mir in den letzten Jahren passiert ist. Und wenn du dir ein Urteil über sie anmaßen willst, Laine, kannst du deinen Arsch augenblicklich hier herausbewegen.«

»Jesus, Aidan, es tut mir leid.«

Ich huschte ins Bad zurück, bevor ich noch mehr hören konnte, denn ich bedauerte es schon, zu viel gehört zu haben. Zitternd schloss ich die Tür leise hinter mir und lehnte die Stirn dagegen. Laine hatte es nicht direkt ausgesprochen, aber es war klar, was sie meinte. Ich war nicht kultiviert und gebildet genug für Aidan. Obwohl ich die Highschool nicht abgebrochen hatte.

Eine Weile hatte ich meine Unsicherheit vergessen. Selbst

als er mir sein Apartment gezeigt hatte, das ich mir nie leisten könnte, nachdem ich sein Studio gesehen und gewusst hatte, dass er damit Musik für Berühmtheiten aus aller Welt produzierte ... ich hatte mich in seiner Gegenwart nicht mehr eingeschüchtert gefühlt. Für mich zählte nur, wie er mich ansah. Er hatte mir nicht das Gefühl gegeben, zu jung oder zu unkultiviert für ihn zu sein.

Er gab mir das Gefühl, gebraucht zu werden.

Aber wie lange würde das dauern, wenn seine beste Freundin schon sah, wie wenig wir zusammenpassten? Ich hatte mich auf die Geschichte mit ihm in dem Wissen eingelassen, dass ich jemand war, den Aidan nur vorübergehend brauchte, und ich hatte auch gewusst, dass mein Herz am Ende wahrscheinlich daran zerbrechen würde. Das sollte meine Buße sein. So war es.

Doch jetzt bekam ich plötzlich einen Vorgeschmack davon, was für einen seelischen Schaden ich erleiden konnte, wenn es mich schon so traf, Laine die Unterschiede zwischen uns aufzählen zu hören. Was noch schlimmer war – der Anblick, wie Laine Aidan mit einer solchen Vertrautheit umarmte, hatte in mir eine Eifersucht ausgelöst, von der ich nicht gewusst hatte, dass ich dazu fähig war.

Aidan Lennox würde mich vernichten.

Ich hatte gedacht, stark genug zu sein, um damit umgehen zu können, aber vielleicht war das ein Irrtum. Vielleicht war es gut, dass Laine uns gestört hatte, bevor wir Sex gehabt hatten.

Erschüttert betätigte ich die Spülung, als hätte ich die Toilette benutzt, ließ den Wasserhahn laufen und verließ dann das Bad. Ich fragte mich, ob ich so blass war, wie ich mich fühlte; hoffte es, weil das die Lüge unterstützte, die ich ihnen auftischen wollte, und ging in die Küche, wo Laine und Aidan von dem Dessert aufblickten, das sie auf der

Theke angerichtet hatten. Bei der Vorstellung, es zu essen, rebellierte mein Magen, so dass meine Lüge wahr wurde.

Und plötzlich war ich nicht mehr nur verletzt.

Ich war wütend.

Wütend, weil ich mich immer wegen irgendetwas selbst zerfleischte. Manchmal zu Recht. Aber war es nicht Zeit aufzuhören, mich mit all diesen Komplexen herumzuschlagen? Ich blickte aufgebracht von einem zum anderen. Mit einem Mal war es mir egal, ob sie wussten, dass ich gelauscht hatte.

»Entschuldigt mich.« Ich nahm meine Tasche von der Küchentheke. »Mir geht es nicht gut. Ich glaube, mein Magen ist heute Abend für ein Dessert nicht *kultiviert* genug.«

Ich verabschiedete mich nicht, sondern steuerte geradewegs auf die Tür zu, wobei ich Aidan hinter mir fluchen hörte. Als ich schon fast draußen war, schloss sich seine kräftige Hand um meinen Bizeps und zwang mich, mich umzudrehen.

Zorn und leise Furcht glühten in seinen Augen. »Bleib hier. Ich sage ihr, dass sie gehen soll.«

Ich befreite meinen Arm aus seinem Griff. »Schon gut.« Nichts war gut, aber gegen ihn richtete sich meine Wut nicht. Auch nicht gegen Laine. Ich war wütend auf mich selbst. »Verbring ruhig ein bisschen Zeit mit deiner Freundin. Wir reden später über alles.«

Ich wich rückwärts zum Fahrstuhl zurück, doch Aidan folgte mir. »Ich will nicht, dass du gehst.«

»Nora …« Laine tauchte plötzlich auf der Türschwelle auf. Sie hatte keine Sandalen mehr an und fühlte sich für meinen Geschmack in seiner Wohnung viel zu wohl. »Es tut mir so leid. Ich neige dazu, in Bezug auf Aidan einen viel zu starken Beschützerinstinkt zu entwickeln. Wir kennen uns, seit wir Kinder waren. Aber das ist keine Entschuldigung.«

Ihre Worte machten alles nur noch schlimmer. Diese

beiden hatten eine so lange gemeinsame Geschichte, und selbst wenn die Beziehung rein platonisch war, war ich im Grunde genommen der Störenfried. Sie war eine Weile weg gewesen, wollte ihren besten Freund besuchen und fand ihn eng umschlungen mit einer jüngeren Frau vor, die er erst vor Kurzem kennengelernt hatte.

Einer, von der sie nicht viel hielt.

Und selbst wenn sie mich falsch einschätzte – ich hatte verstanden.

Ihre Worte hätten mich nicht so verletzt, wenn ich mich nicht selbst auch so gesehen hätte. Und wenn ich mein Selbstwertgefühl stärken wollte, musste ich mein Leben ändern. Das wusste ich.

Aber ich hatte mir all meine Fehler bei Jim noch nicht verziehen, und vorher würde ich mir nicht gestatten, das Leben zu führen, das ich mir wünschte.

Mein jetziges Leben war verkorkst.

Ich war verkorkst.

Aidan verdiente es nicht, sich mit so einem seelischen Wrack einzulassen, selbst wenn das seinen Schmerz vorübergehend linderte. Ich hätte ihn nie damit verletzt, vor dem fortzulaufen, was wir begonnen hatten, aber Laine hatte uns genau rechtzeitig unterbrochen. Wir mussten uns erst besser kennenlernen, bevor wir Sex ins Spiel brachten und eine Beziehung aufbauten, aus der wir nicht mehr heil und unversehrt zurück konnten.

»Das ist schon in Ordnung«, versicherte ich ihr.

»Offensichtlich nicht.«

»Laine.« Aidan blickte über seine Schulter zu ihr. Er klang unwirsch. »Würdest du bitte wieder reingehen?«

Sie warf ihm einen gekränkten Blick zu, tat aber, wie ihr geheißen.

Ich stellte mich auf die Zehenspitzen und küsste ihn zum

Abschied auf den Mundwinkel, woraufhin er die Arme um mich schlang und mich festhielt.

Ich lächelte. »Lass mich los.«

Er schüttelte den Kopf. Seine Miene war so finster wie die Hölle.

Trotz des Gefühlsaufruhrs, der in mir tobte, musste ich lachen. »Ich laufe nicht weg, aber du musst mich gehen lassen, Aidan. Ich habe ein paar ziemlich unschöne Dinge über mich gehört, und ich möchte nur noch nach Hause.«

Sein Griff verstärkte sich unmerklich, dann gab er mich langsam frei. »*Versprich* mir, dass du nicht wegläufst.«

»Versprochen.« Ich berührte seine Brust und hoffte, dass er das Verlangen in meinen Augen nicht sah. Dann trat ich einen Schritt zurück, drückte auf den Fahrstuhlknopf, und die Türen glitten augenblicklich auf. »Rufst du mich an?«

»Aye, natürlich.« Er verschränkte missmutig die Arme vor der Brust. »Ich mache das hier wieder gut.«

Ich nickte und betrat den Fahrstuhl.

Unsere Blicke trafen sich, und als sich die Türen schlossen, trat etwas an Verzweiflung Grenzendes in Aidans Augen. »Nora …«

Was auch immer er sagen wollte wurde von den zugleitenden Türen abgeschnitten, und der Fahrstuhl fuhr in die Tiefe.

Ich lehnte mich gegen die Wand und seufzte erleichtert, weil ich einer schwierigen Situation entronnen war. Als der Fahrstuhl im Erdgeschoss Halt machte, summte mein Telefon in meiner Tasche. Ich kramte es hervor, während ich das Gebäude verließ, und war nicht überrascht, eine Nachricht von Aidan vorzufinden.

Ich glaube kein Wort von dem, was sie gesagt hat.

Eine nächste Nachricht ging ein.

Du bist ein gottverdammtes Wunder.

Und dann noch eine.

Ich lasse dich nicht gehen, Pixie.

Obwohl ich mir nicht sicher war, was ich mir bezüglich der Entwicklung der Geschichte mit Aidan erhoffte – mein Verstand focht einen Kampf mit meinem Körper aus – wusste ich eines mit Bestimmtheit.

Ich schickte ihm eine Antwort. *Ich will auch nicht, dass du mich gehen lässt.*

Kapitel 17

Nachdem ich am nächsten Morgen in der Princes Street aus dem Bus gestiegen war und am Bahnhof Waverly vorbei Richtung Cockburn Street ging, klingelte mein Telefon.

Aidan.

Nun ja, er hatte gesagt, er würde mich nicht gehen lassen, daher ging ich davon aus, dass mir nur eine Nacht blieb, um Laines Meinung von mir zu verarbeiten. Diese hatte nämlich dazu geführt, dass ich darüber nachgrübelte, mit welchen Augen andere unsere Beziehung sehen würden – seine Freunde, meine Freunde. Das hielt mich eine Weile wach, bis mir einfiel, dass es nie zu meinen Gewohnheiten gehört hatte, mir Gedanken darüber zu machen, was andere von meinen Entscheidungen hielten. Warum sollte ich also jetzt damit anfangen? Danach schlief ich mit dem festen Entschluss ein, mir von Laine keine Minderwertigkeitskomplexe einjagen zu lassen. Ich war nun einmal weder weltgewandt noch intellektuell, und ich *war* jung. Aber ich war deswegen nicht gleich wertlos. Ich hatte ein gutes Herz, auch wenn mich das schon ein paar Mal dazu verleitet hatte, falsche Wege einzuschlagen. Ich interessierte mich für andere Menschen, sogar für Fremde auf der Straße. Ich war intelligent und in gewisser Hinsicht Autodidaktin. Ich arbeitete hart, war eine gute Zuhörerin und reif für mein Alter.

Das waren alles bewundernswerte Eigenschaften, und es war an der Zeit, ein bisschen mehr an mich zu glauben.

Ich hoffte nur, dass meine aufmunternden Worte auch dann noch in mir widerhallten, wenn ich mich in Aidans Welt befand.

»Hey«, meldete ich mich, dabei hielt ich mir ein Ohr zu, um den Verkehrslärm von der Straße auszublenden.

»Ich wollte mich nur kurz erkundigen, ob alles in Ordnung ist.«

»Alles bestens«, versicherte ich ihm. »Mir geht es gut. Und wie sieht es bei dir aus?« Was ich brennend gern gefragt hätte, war, wie lange Laine nach meinem Abgang noch geblieben war, aber ich behielt meine Eifersucht für mich.

»Ich bin frustriert, weil unsere Nacht nicht so verlaufen ist, wie wir es uns vorgestellt haben. Wir hätten es beide verdient.«

Gern hätte ich ihn damit getröstet, dass es noch andere Nächte geben würde, aber ich wollte ihm nichts vormachen. »Wenigstens konntest du die Zeit mit deiner Freundin verbringen.«

Aidan seufzte. »Nicht wirklich. Ich war nicht gerade bester Laune, nachdem du weg warst, deshalb ist Laine nach Hause gegangen.«

»Das tut mir leid.« War es schlimm, dass das eine ganz dreiste Lüge war?

»Es gibt nichts, was dir leidtun müsste. Du warst nicht diejenige, die sich mehr als unhöflich verhalten hat.«

Oje. Wie es aussah, war Laine in Ungnade gefallen. Ich konnte mich eines Anflugs von Schadenfreude nicht erwehren. Eigentlich war ich nie kleinlich gewesen – bis ich gesehen hatte, wie besitzergreifend Laine Aidan umarmte.

»Wie dem auch sei, Sylvie ist von Cal zurück, und ich

dachte, wir drei könnten heute Abend zusammen essen, wenn du Zeit hast.«

Ich nickte erleichtert, obwohl er mich nicht sehen konnte. »Das klingt prima.«

»Ich will dich nicht in die Flucht schlagen, Pixie. Wir könnten das Ganze langsam angehen lassen, wenn dir das lieber ist. Oder so schnell, wie du willst. Deine Entscheidung. Ich will dich zu nichts drängen.«

Vielleicht hatte er meine Furcht gespürt, als ich gestern in den Fahrstuhl eingestiegen war, oder er wollte einfach nur Verständnis zeigen, indem er mir Zeit ließ. Warum auch immer, mir fiel ein Stein vom Herzen. »Ich glaube, wir sollten wirklich lieber nichts überstürzen.«

Am anderen Ende herrschte Schweigen, und in meinem Magen setzte ein nervöses Flattern ein, weil ich mich fragte, was dieses Schweigen bedeutete. Endlich sagte er: »Aber wir drosseln wirklich nur das Tempo, ja? Wir kommen nicht ganz zum Stillstand?«

»Wir lassen es nur langsamer angehen. Ich …« Da ich mich der Boutique näherte, zog ich mich in eine stille Ecke zurück. »Ich war bislang nur mit Jim zusammen. Ich … es ist nicht so, als würde ich nicht wollen. Ich bin nur … ich …«

»Nora«, unterbrach mich Aidan mit fester Stimme. »Du bestimmst das Tempo.«

»Dann wäre es mir lieber, wir würden uns vorher ein bisschen kennenlernen.«

»Kein Problem.«

Mir fiel ein Stein vom Herzen, und gleichzeitig wunderte ich mich, dass ich so offen zu Aidan sein konnte und er mir zuhörte. Ich grinste. »Ich kann es kaum erwarten, dich heute Abend zu sehen. Und Sylvie.«

»Geht mir genauso. Sylvie wird begeistert sein.«

»Gut. Ich muss weiter, sonst komme ich zu spät zur Arbeit.«

»Okay, Pixie. Um sieben bei mir. Ich koche. Soll ich dich abholen?«

»Nein, wenn du mit Kochen beschäftigt bist, nehme ich den Bus.«

»Ich schicke dir ein Taxi.«

Ich verdrehte die Augen. »Aidan, ich kann mit dem Bus fahren.«

»Ein Taxi ist sicherer.«

»Ich fahre ständig mit dem Bus. Wir sehen uns um sieben.«

»Schön, aber … zieh dich nicht zu sexy an. Nicht so wie gestern.«

Ich hörte die Belustigung in seiner Stimme und kicherte. »Du fandst das Kleid gestern sexy? Ehrlich?«

»Es war sexy«, beharrte er. »Man hat nur Beine und Busen gesehen.«

Ich brach in schallendes Gelächter aus, wodurch ich ein vorbeigehendes Mädchen erschreckte, das mich nicht gesehen hatte. Ich lächelte entschuldigend und wandte mich ab. »Stimmt doch gar nicht.«

»Nur Beine und Busen«, wiederholte er. »Heute Abend Jeans und ein Pullover, der alles unterhalb deines Kinns bedeckt.«

»Ich ziehe an, was ich will.«

»Aye«, knurrte er. »Ich dachte mir, dass du das sagen würdest.«

»Ich kann ja verstehen, dass es einen alten Knacker wie dich anmacht, zweiundzwanzig Jahre alte Beine und Titten zu sehen, aber du hast versprochen, es langsam angehen zu lassen«, stichelte ich.

Aidan schnaubte amüsiert, wobei die Verbindung knisterte. »Fast dreiundzwanzig. Und ich habe deine Titten nicht zu sehen bekommen, nur die Nippel, und ... Fuck, wir müssen sofort aufhören, darüber zu reden. Musst du nicht zur Arbeit?«

Ich musste so heftig kichern, dass es mir kaum gelang, die Frage zu bejahen.

»Dann ab mit dir. Oh, und Pixie ...«

»Yeah?«

»Reiß noch einen Witz über alte Knacker, und ich steigere das Tempo dermaßen, dass du tagelang nicht laufen kannst.«

Mir stockte der Atem, und einen Moment lang herrschte zwischen uns angespannte Stille. Endlich stieß ich hervor: »Touché«, und legte auf.

Als diesmal die Fahrstuhltüren auf Aidans Etage aufglitten, war es Sylvie, die angeschossen kam, um mich zu begrüßen. Sie schlang die Arme um meine Taille und drückte mich fest.

»Hey, du.« Ich strich ihr die Haare aus dem Gesicht, während sie mich angrinste.

»Onkel Aidan hat Lasagne gemacht!«

Ich lachte über ihre Aufregung, als sie mich in das Apartment führte. »Ich gehe davon aus, dass du Lasagne magst?«

»Das ist nach Makkaroni mit Käse mein Lieblingsessen. Du magst Lasagne auch, stimmt's?« Als ich nickte, strahlte sie. »Ich wusste es.«

»Was wusstest du?« Aidan kam um die Küchentheke herum, dabei trocknete er sich die Hände an einem Geschirrtuch ab. Ein verlockender Duft hing in der Luft, und mein Magen wusste nicht recht, ob er vor Hunger knurren oder sich beim bloßen Anblick von Aidan Lennox und dem sexy Lächeln, das er in meine Richtung sandte, vor Erregung zusammenziehen sollte.

»Dass Nora gern Lasagne isst«, rief Sylvie.

»Das ist *gut.*« Aidan kam auf mich zu. Lachfunken tanzten in seinen Augen. »Sylvie hat nämlich darauf bestanden, dass ich gleich eine ganze Tonne davon mache.« Er beugte sich zu mir, um mir einen etwas längeren Kuss auf den Mundwinkel zu drücken. Seine Nähe verschlug mir den Atem. »Hi, Pixie.«

»Selber hey.«

Ich glaube, er merkte, dass ich außer Atem war, denn sein Lächeln wurde selbstgefällig.

Sylvie reagierte auf all das nur, indem sie mich anlächelte und bestürmte: »Komm, schau dir mein Zimmer an.«

Statt ihr zu sagen, dass ich es schon gesehen hatte, machte ich ihr die Freude und folgte ihr in ihr eigenes blaulila Reich, das ich gebührend bewunderte, wie ich es gestern schon gern bewundert hätte.

»Und das ist das Beste …« Sylvie griff nach einem Gitarrenkoffer, der an einem ihrer Bettpfosten lehnte und den ich bislang übersehen hatte. »Onkel Aidan bringt es mir bei. Willst du mal hören?«

»Klar.« Ich setzte mich auf ihr Bett, während sie die Gitarre herausholte. Es war eine kleine blaue, mit lila Sternen beklebte Akustikgitarre. Als Sylvie begann, »Lazy Song« von Bruno Mars zu spielen und zu singen, verschlug es mir die Sprache. Ihre junge Stimme war klar und süß, und sie spielte gut. Sie war die reinste Wonne.

Als sie geendet hatte, sah sie mich erwartungsvoll an.

Ich applaudierte begeistert, und wir zuckten beide zusammen, als noch jemand mit einstimmte. Aidan stand applaudierend in der Tür. Sein Blick wanderte von Sylvie zu mir, und ich schüttelte verwundert den Kopf. »Sie ist phantastisch.«

»Ich weiß.«

»Findest du wirklich, Nora?«

Ich drehte mich wieder zu ihr. »Du hast wirklich Talent, Kind.«

Sie lächelte schüchtern. »Onkel Aidan will mich keinen Song aufnehmen lassen.«

Ich beobachtete über meine Schulter hinweg, wie Aidan langsam zu ihr hinüberschlenderte und ihr behutsam die Gitarre aus der Hand nahm: »Du bist noch zu jung. Jetzt sei ein gutes Mädchen und deck den Tisch.«

Sie verzog das Gesicht. »Wir haben keinen Tisch.«

»Du weißt, dass ich die Theke gemeint habe.«

Mit einem gequälten Seufzer gehorchte Sylvie und ließ uns allein. Ich sah zu, wie er die Gitarre in den Koffer zurücklegte, dann schlug ich zaghaft vor: »Vielleicht sollte sie wirklich etwas aus ihrem Talent machen?«

Er stellte den Gitarrenkoffer an die Wand und setzte sich neben mich auf das Bett. Sein Bein presste sich gegen meines, und seine Hand lag auf meinem Oberschenkel, als brächte er es nicht fertig, sich in meiner Nähe aufzuhalten, ohne mich zu berühren. »Zum Beispiel?«

Ich war heute Abend nicht mit der Absicht hierhergekommen, die Sprache auf Sylvies Ausbildung zu bringen, und ich wollte ganz sicher keine Grenze überschreiten, aber ich machte mir auch Sorgen um sie. Und die gewannen die Oberhand über meine Furcht, Aidan zu verärgern. »Zum Beispiel in einem Chor. In der Schule. In die sie vielleicht wieder gehen sollte.«

Aidans Hand spannte sich auf meinem Schenkel an, aber er zog sie nicht weg. »Ich habe sie zu Hause unterrichten lassen, damit sie in der Nähe ihrer Mum ist, und danach hielt ich es für das Beste, ihr Zeit zu lassen, sich an das Leben ohne Nicky zu gewöhnen.«

»Es ist über ein Jahr her, Aidan«, gab ich vorsichtig zu

bedenken. »Ich weiß, dass es mich nichts angeht, aber Sylvie blüht auf, wenn sie mit den Kindern im Krankenhaus zusammen ist. Vielleicht ist es an der Zeit, sie in die Schule zurückzuschicken, damit wieder Normalität in ihr Leben einkehrt.«

»Ich habe durchaus darüber nachgedacht. Ich will ihr nur nicht zu viele Veränderungen innerhalb einer so kurzen Zeit zumuten.«

»Es wäre eine Veränderung zum Guten. Sie ist ein kluges Kind, und wir beide wissen, dass sie weiß, was sie will.«

Er stieß vernehmlich den Atem aus. »Ich vermassele es, nicht?«

»Nein!« Ich nahm sein Gesicht zwischen die Hände und rieb mit dem Daumen über die dichten Bartstoppeln auf seinen Wangen. Meine Augen verloren sich in seinen, als ich mich dabei ertappte, dass ich sämtliche Sorgen und Ängste wegwischen wollte, die diesen Mann plagten. »Du machst das ganz wunderbar.«

Seine Lippen zuckten. »Wunderbar?«

Ich lächelte. »Wunderbar.«

Unverhofft lag sein Mund auf meinem, und ein Hitzestrahl schoss durch meinen Körper, als ich mich an ihn klammerte.

»Onkel Aidan, der Ofen piept.«

Aidan gab mich stöhnend frei. »Was machst du mit mir, Pixie?« Er stand hastig auf und fuhr sich mit der Hand durch das Haar. »Kein bisschen verdammte Beherrschung«, murmelte er, bevor er aus dem Raum stürmte.

Ich wusste nicht, ob ich vor Freude über sein Begehren außer mir sein oder befürchten sollte, dass sein Mangel an Beherrschung dazu führte, dass wir trotz meiner Bitte, es langsam angehen zu lassen, die Sache überstürzten. Zumal es so aussah, als wäre ich bereit, mir in Sekundenschnelle die

Kleider vom Leib zu reißen, sobald dieser Mann mich küsste.

Kurz darauf saßen wir auf Hockern an der Küchentheke und aßen. Ich amüsierte mich darüber, dass Aidan Sylvie bewusst zwischen uns platziert hatte. Sie brachte uns zum Lachen, als sie von dem Tag erzählte, den sie mit ihrem Dad im Zoo verbracht hatte.

»Er hat versucht, so zu tun, als hätte er keine Angst vor den Pinguinen, aber die hatte er doch.« Sie kicherte und verzog das Gesicht. »Wie kann man bloß Angst vor Pinguinen haben?«

»Er hat mit Sicherheit *Batmans Rückkehr* gesehen«, murmelte Aidan.

»Hä?«, machte Sylvie wie ein Echo meiner Gedanken.

»Das ist ein Film.« Aidan zuckte die Achseln. »In dem ein überaus furchteinflößender Pinguinmann vorkommt.«

»Oh, ich glaube, einen Film mit einem furchteinflößenden Pinguinmann möchte ich lieber nicht sehen.«

»Diesen Film würde ich dich auch dann nicht gucken lassen, wenn du es wolltest, Süße.«

Bevor sie widersprechen konnte – weil ein Mädchen, dem gesagt wird, es darf etwas nicht, das dann erst recht will – fragte ich: »Hat es dir denn mit deinem Dad gefallen?«

Sie nickte lächelnd. Es war die erste positive Antwort, die ich in Bezug auf Cal von ihr bekommen hatte. »Yeah. Es war klasse.«

»Das freut mich, Süße.«

»Hör mal zu, Sylvie.« Aidan wandte sich an sie. Er wirkte sehr ernst. »Was würdest du denn davon halten, wieder zur Schule zu gehen?« Ich wusste nicht, warum er sich entschieden hatte, sie das in meiner Gegenwart zu fragen, aber es hieß, dass ich sein Vertrauen errungen hatte, so viel war klar.

Sie starrte eine Sekunde lang zu ihm hoch, und mir gefiel der Ausdruck nicht, den ich in ihren Augen sah. »Warst du … wärst du denn nicht traurig ohne mich?«

Mir dämmerte etwas, und ich sah, dass es Aidan ebenso ging. »Ich bin glücklich, wenn du glücklich bist, Schätzchen. Und wenn es dich glücklich machen würde, wieder zur Schule zu gehen, wäre ich überglücklich.«

Sie sah zu mir, schien sich nicht sicher zu sein, daher nickte ich ihr ermutigend zu. Sie drehte sich wieder zu Aidan und nickte. »Ich möchte wieder hingehen.«

Aidan grinste, und Sylvie entspannte sich sichtlich. Sie hatte es sich die ganze Zeit lang verkniffen, ihm zu gestehen, dass sie gerne wieder zur Schule gehen würde, weil sie dachte, ihr Onkel wäre traurig, wenn sie ihn tagsüber allein ließ. Oh, dieses Kind! Ich hätte sie am liebsten in die Arme genommen.

Aidan legte einen Arm um sie und zog sie an sich. »Dann sehen wir zu, dass du so schnell wie möglich wieder hingehen kannst.«

Danach war Sylvie vor Aufregung kaum zu bändigen. Sie konnte nicht stillsitzen, um ihren Nachtisch zu essen, und gab uns keine Chance, ihn in Ruhe zu verdauen, weil sie zu Aidans Computer rannte. »Onkel Aidan, spiel Nora die Musik für die Tänzer vor.«

»Sylvie, wir haben gerade erst gegessen.«

»Dann spiele *ich* sie ihr vor.«

»Du weißt doch, dass du die Finger vom Computer lassen sollst.« Er glitt von seinem Hocker und ging rasch zu ihr hinüber.

Sie grinste ihn frech an. »Aber so bist du gleich gekommen.«

Ich prustete los und versuchte, mein Lachen zu vertuschen, als Aidan mir einen Blick zuwarf. »Sorry«, formte ich stumm, aber er schüttelte den Kopf, und ein Lächeln spielte um seine schön geschwungenen Lippen.

»Ist es das?«, fragte er Sylvie, als er irgendetwas anklickte.

»Yeah.«

Ich sprang von meinem Hocker und ging zu ihnen, aber schon erfüllte Musik den Raum, und ich blieb wie angewurzelt stehen.

Ich verstand nicht viel von Musik; wusste nur, was mir gefiel. Aidans Stück war ein Instrumentalstück. Es begann langsam, melancholisch, mit Geigen und Cellos. Und Klavier. Und Oboe. Ich bekam eine Gänsehaut, als sich das Tempo mit dem Schlagzeug steigerte und die Streicher klagender und heftiger wurden. Dann schwang sich die Melodie, begleitet von einem elektrischen Bass, in die Höhe, wurde wilder und löste in mir den Wunsch aus, durch den Raum zu fliegen.

Endlich ebbte sie zu einem Wimmern ab, und mein Blick wanderte zu Aidan. Irgendetwas verdunkelte sein Gesicht, etwas wie Verlangen, das sich, wie ich wusste, in meinen Augen widerspiegelte. »Das war überwältigend«, flüsterte ich fast ehrfürchtig.

»Danke.« Seine Stimme klang ein bisschen heiser. Er räusperte sich. »Es ist für eine internationale Tanztruppe namens The Company. Ich kenne eine der Regisseurinnen, und sie hat mich gebeten, die Musik für ihre neueste Show zu schreiben.«

Ich hatte schon von The Company gehört und sie im Fernsehen gesehen. Sie waren phantastisch. »Aidan, das ist grandios. Deine Musik ist grandios.«

Er schenkte mir ein jungenhaftes Lächeln, das mich fast vergessen ließ, dass Sylvie im Zimmer war.

»Spiel für Nora, Onkel Aidan, bitte!«

»Vielleicht später.«

»Später vergisst du es«, maulte Sylvie.

Da ich mir von dem Moment an, als ich das Instrument in seinem Apartment gesehen hatte, gewünscht hatte, ihn spielen zu hören, sagte ich: »Ich würde mich wirklich freuen, wenn du mir etwas vorspielst. Wenn es dir nichts ausmacht.«

Aidan schüttelte den Kopf, lächelte aber. »Ich bin in der Unterzahl.«

Vorfreude ließ mich förmlich erstarren, als er auf den Klavierschemel glitt. »Was würdest du denn gern hören?«

Ich wollte ihn gerade bitten, eine eigene Komposition zu spielen, als Sylvie forderte: »Goodbye Yellow Brick Road.«

Zu meiner Verblüffung verkrampfte sich Aidan, und die Belustigung wich aus seinem Gesicht. »Süße ...«

Sylvie stützte die Ellbogen auf das Klavier und legte das Gesicht zwischen die Hände. »Bitte«, murmelte sie mit großen, flehenden Augen.

Ich verstand weder Aidans Zögern noch den Kummer, der kurz über sein Gesicht huschte, ehe er sich zusammennahm und zu spielen begann. Ich kannte die Ballade von Angie, der Song von Elton John war eines ihrer Lieblingslieder. Sylvies Wahl kam für mich allerdings überraschend, nicht nur, weil der Song lange vor ihrer Zeit ein Hit gewesen war, sondern auch, weil es sich um ein melancholisches Stück über einen Mann handelte, der das bekommt, von dem er gedacht hatte, es sich schon immer gewünscht zu haben, nur um dann festzustellen, dass sein neues Leben gar nicht zu ihm passte und er sich nach einfacheren Zeiten zurücksehnte. Nach einem einfacheren Leben.

Es war für Sylvie eigentlich ein bisschen zu erwachsen.

Obwohl mir der Song gefiel, weckte er in mir nie so sentimentale Gefühle wie in Angie. Doch als ich beobachtete, wie Aidans Finger mühelos über die Tasten tanzten, und wie er Sylvie besorgt musterte, überlief mich erneut eine Gänsehaut.

Zwischen Onkel und Nichte ging irgendetwas vor, das ich nicht verstand, aber es waren so viele Emotionen im Spiel, dass der Song eigentlich nur eine Bedeutung im Zusammenhang mit Nicky haben konnte.

Als die Musik endete, schwiegen wir alle drei.

Ich hätte die beiden am liebsten in die Arme geschlossen.

Doch bevor ich dazu kam, richtete sich Sylvie auf und verkündete: »Ich gehe jetzt Gitarre üben, damit ich so gut werde, dass Onkel Aidan mich bei einem Song mitmachen lassen *muss*.«

Sie stürmte aus dem Raum. Die leichte Wehmut war Entschlossenheit gewichen, und Aidan und ich wechselten einen liebevollen Blick.

»Sie ist schon ein tolles Mädchen, nicht?«

Sein Blick heftete sich auf die Stelle, wo sie verschwunden war. »Sie ist Nicky. Solange ich Sylvie habe, habe ich meine Nicky nicht ganz verloren. Goodbye Yellow Brick Road war Nickys Lieblingssong. Ein paar Stunden vor ihrem Tod hat sie mich gebeten, ihn für sie zu spielen.«

Mein Herz zog sich vor Mitgefühl zusammen, und ich blinzelte die aufsteigenden Tränen weg und betrachtete die Aussicht auf den Kanal, damit er nicht sah, wie nah ich am Wasser gebaut hatte.

»Kann ich sonst noch irgendetwas für dich tun?«, fragte er.

Es klang, als würde eine Anspielung in seiner Stimme mitschwingen, was meine Tränen rasch trocknete. Ich maß ihn mit einem tadelnden Blick. »Nein, das kannst du nicht.«

Er lachte. »So hatte ich das nicht gemeint. Unanständiges Mädchen.«

Ich biss mir auf die Lippe, um ein Lächeln zu unterdrücken, aber das war in seiner Gegenwart unmöglich. »Ich hätte gern ein Wasser, bitte.«

Sekunden später hielt ich eine Flasche in der Hand, und wir saßen mit dringend notwendigem Abstand zwischen uns auf dem Ecksofa. Die Klänge von Sylvies Gitarre und ihre Stimme bildeten die Hintergrundmusik.

Ich dachte an den vergangenen Abend, daran, wie kurz wir davor gestanden hatten, Sex zu haben. »Warum hast du mir nicht schon früher von Laine erzählt?«, platzte ich heraus.

Aidan runzelte die Stirn. »Habe ich nicht?«

»Nein.«

»Sie war eine ganze Weile weg, deshalb habe ich vermutlich gar nicht an sie gedacht. Gestern Abend hast du eine beschissene Seite von ihr zu Gesicht bekommen. Das tut mir leid, denn sie ist eigentlich ein netter Mensch. Sie neigt nur sehr dazu, ihre Familie und ihre Freunde beschützen zu wollen.«

Hmm. Beschützen, soso.

»Wie lange kennt ihr euch schon?«

»Seit wir Kinder waren. Teenager.«

»Und ihr seid nur Freunde?« Ich hatte beschlossen, dass es keinen Sinn machte, um den heißen Brei herumzureden. Wenn Aidan ein Betthäschen hatte, dann musste ich das wissen.

Etwas flackerte in seinen Augen auf, bevor er antwortete: »Nur Freunde.«

Ich legte argwöhnisch den Kopf schief und musterte ihn forschend. »Wart ihr immer nur Freunde?«

Er seufzte. »Als Kids waren wir mal zusammen. Mit sechzehn oder siebzehn. Wir trennten uns, blieben aber Freunde. Es gibt nichts, worauf du eifersüchtig sein müsstest, glaub es mir.«

Sie waren also als Teenies ein Paar gewesen. Hatte er ihr den Laufpass gegeben, und sie war nicht darüber hinweggekommen? Ich konnte falsch liegen, aber für jemanden, der »eigentlich ein netter Mensch« war, hatte sie sich gestern Abend wie ein Riesenmiststück benommen. Und Menschen wurden nur dann biestig, wenn sie stinksauer waren oder Besitzansprüche stellten oder etwas in der Art.

Ich hörte Aidan zu, wenn er mit mir sprach. Aufmerksam. Er hatte klargestellt, dass er mehr wollte als nur Sex. Er wollte eine Beziehung. Aber er hatte kein Wort darüber verloren, ob es nur um uns beide ging, und so sehr ich auch daran arbeitete, meine Komplexe zu überwinden, zweifelte ich immer noch daran, dass es mir gelingen würde, seine Aufmerksamkeit dauerhaft zu fesseln.

Statt darüber nachzugrübeln beschloss ich, ehrlich zu sein. »Ich weiß, dass wir das mit uns langsam angehen lassen und dass du das wahrscheinlich nicht gewöhnt bist … deswegen muss ich … hast du noch eine andere, Aidan?«

Sein Gesicht verdüsterte sich. »Nein.«

Angesichts dieser unverblümten, unwirschen Antwort runzelte ich die Stirn. »Ich unterstelle dir ja gar nichts. Ich versuche, mir ein genaues Bild von dem zu verschaffen, was zwischen uns läuft, weil ich nicht zu den Frauen gehöre, die teilen können.« Was man gestern Abend nur allzu deutlich gemerkt hatte.

»Laine ist eine Freundin«, knirschte er. »Nur eine Freundin. Und andere Frauen sind nicht im Spiel.«

»Wieso regst du dich auf?«

»Weil ich dachte, es wäre klar, was ich für dich empfinde, und du gibst mir das Gefühl, mir nicht zu vertrauen.«

Ich verspürte ein Ziehen im Magen, so wie in einer Achterbahn, wenn man im Begriff steht, von der höchsten Stelle in die Tiefe zu sausen. »Ich vertraue dir. Ich bin nur ...« Ich wandte den Blick ab.

»Du bist nur ...?«

»... nicht gewöhnt, eifersüchtig zu sein«, gestand ich.

Aidan schwieg, und ich sah weiter aus dem Fenster. Ich hatte Angst, ihn endgültig verärgert zu haben. Wirkte ich kindisch, naiv und besitzergreifend?

»Wenigstens bist du auf die Lebenden eifersüchtig, Nora«, sagte er. »Ich bin scheißeifersüchtig auf einen Toten.«

Mein Kopf fuhr zu ihm herum. Meine Gesichtszüge entglitten mir vor Schock. Er fühlte sich sichtlich unwohl in seiner Haut, wich aber meinem Blick nicht aus.

»Mir hat noch nie so viel an einer Frau gelegen, dass ich eifersüchtig gewesen wäre, dafür bin ich nicht der Typ. Aber ich war von dem Moment an auf Jim eifersüchtig, in dem er dich aus dem Pub geführt hat, und ich war in dem Supermarkt auf ihn eifersüchtig, als du dir die Haare aus dem Gesicht gestrichen hast und ich seinen Ring an deinem Finger gesehen habe.«

»Da kanntest du mich doch noch gar nicht.«

»Nein, aber ich wollte dich. Und es hat mich gestört, dass du so jung und trotzdem schon verheiratet warst. Es erschien mir nicht richtig. Nicht fair. Aber jetzt, wo ich dich kenne, weiß ich, dass ich genauso gehandelt hätte wie Jim. Ich hätte dafür gesorgt, dass du nur mir gehörst und kein anderer dich haben kann.«

So sehr mich seine Worte auch berührten, ich kämpfte mit Schuldbewusstsein und Traurigkeit. »Du brauchst auf Jim nicht eifersüchtig zu sein, Aidan. Ich habe ihn drei Jahre lang geliebt, aber ich war nie in ihn *verliebt*. Er hatte gute

Freundinnen, die mit ihm geflirtet haben, und ich habe dabei mit keiner Wimper gezuckt. Ich habe nie gefürchtet, dass eine von ihnen ihn mir wegnimmt. Am Ende habe ich mir das sogar gewünscht. Ich wollte, dass er sich in eine andere verliebt und mich verlässt, damit der schwarze Peter nicht bei mir blieb. Laine hat die Finger in dein T-Shirt gekrallt, als sie dich umarmt hat, und das hat gereicht, um in mir den Wunsch auszulösen, ihr ein Bier ins Gesicht zu schütten. Und zwar bevor sie mich beleidigt hat.« Ich grinste schief und wagte immer noch nicht, ihm in die Augen zu sehen. Meine Finger zitterten.

»Nora, sieh mich an.«

Seine Stimme klang belegt, was mich mehr als seine Forderung veranlasste zu gehorchen. »Ich habe noch nie jemanden so gewollt wie dich. Aye. Ich will dich in meinem Bett haben, so sehr, dass es schon fast schmerzt, aber das ist es nicht allein. Ich will dich einfach. Hier bei mir. Mit dir reden. Dich in meinem Leben haben. Wissen, dass ich dich anrufen oder anfassen kann, wann immer ich will. So etwas habe ich noch nie empfunden. Ist das klar?«

Das war so klar, dass mein Körper darauf reagierte. Meine Brustwarzen verhärteten sich unter meinem BH, Schauer rannen mir über den Rücken, und ich sehnte mich mehr danach, einen bestimmten Körperteil von ihm zwischen meinen Beinen zu spüren, als nach irgendetwas sonst.

Sylvies schwache Stimme im Hintergrund hielt mich jedoch davon ab, mich auf ihn zu stürzen. So viel zum Thema langsam angehen lassen.

»Wir sollten besser von etwas anderem reden«, knurrte er und verlagerte sein Gewicht auf dem Sofa, als säße er unbequem, was darauf hindeutete, dass er ebenso erregt war wie ich.

Ich wusste, dass Sylvie das Feuer teilweise löschen würde.

»War es nicht goldig, dass Sylvie nicht wieder zur Schule gehen wollte, weil sie Angst hatte, du könntest dann traurig sein?«

Aidan sah mich dankbar an. »Aye, sie kann ein Schatz sein, wenn sie nicht gerade Unfug im Kopf hat.«

Ich lachte. »Sie ist eben clever.«

»Zu clever.«

»Du hast gesagt, das gäbe es nicht, schon vergessen?«, hielt ich dagegen.

Er grinste. »Stimmt.«

»Redet ihr von mir?« Sylvie tauchte plötzlich in der Diele auf.

Aidan blickte über seine Schulter zu ihr hinüber. »Warum sollten wir von dir reden?«

»Ich habe meinen Namen gehört.«

»Wir haben darüber gesprochen, dass du wieder zur Schule gehst.«

»Yeah?« Sie kam zu uns und warf sich zwischen uns auf die Couch. »Wann kann ich denn wieder hin?«

Und ihre Gegenwart linderte die Spannung zwischen Aidan und mir wie von selbst.

Als ich später an diesem Abend im Bett lag, nach dem ich mit dem Taxi, auf dem Aidan bestanden hatte, nach Hause gefahren war, dachte ich über diese unwirkliche Geschichte zwischen Aidan und mir nach. Sie war vollkommen unwirklich. Ich hatte überhaupt nicht gewusst, dass es möglich war, so viel für einen anderen Menschen zu empfinden. Mich so stark zu ihm hingezogen zu fühlen und keinerlei Kontrolle mehr darüber zu haben. Ihn jeden Tag sehen und Haut an Haut spüren zu wollen und uns von dem Feuer verzehren zu lassen.

Und das Wissen darum, dass er diese Gefühle erwiderte, verstärkte die Wirkung nur, die er auf mich ausübte.

Es war das Vernünftigste, es langsam angehen zu lassen; uns über die natürliche Chemie zwischen uns hinaus besser kennenzulernen. Das wusste ich. Aber lieber Himmel, es würde mir entschieden schwerer fallen, als ich gedacht hatte.

Kapitel 18

»Was möchtest du denn nun wirklich aus deinem Leben machen?«

Die abrupte Frage überrumpelte mich. Aidan und ich hatten bestellt, und als der Kellner sich entfernte, setzte ich mich bequemer hin, um den ersten Tag zu genießen, den wir seit längerer Zeit allein miteinander verbrachten.

Er stützte die Ellbogen auf den Tisch und sah mir eindringlich und konzentriert in die Augen. Es gab mir das Gefühl, für ihn der einzige Mensch auf der Welt zu sein. »Ich meine, wenn du damit zufrieden bist, im Apple Butter zu arbeiten, dann ist nichts daran auszusetzen, aber du bist intelligent, Nora. Ich kann mir nicht vorstellen, dass dir das auf Dauer reicht.«

Ich rutschte auf meinem Stuhl herum, da ich mich unter seinen Blicken unbehaglich fühlte. »Du löcherst mich heute mit komplizierten Fragen, wie?«

Seine Brauen schossen in die Höhe. »Mir war nicht bewusst, dass das eine komplizierte Frage war.«

In den letzten vier Wochen hatten wir uns so oft wie möglich gesehen. Es war bei Weitem nicht genug, aber ich hatte noch meine Arbeit, die Kids, Seonaid, Roddy und Angie, während Aidan mit verschiedenen Projekten jonglierte, und Sylvie seit etwas mehr als einer Woche wieder zur Schule ging. Das war für die beiden eine Umstellung gewesen.

Cal wollte mehr Zeit mit Sylvie verbringen, daher hatte

Aidan eingewilligt, sie freitagabends und samstags bei ihm zu lassen. Er hatte zugleich die Chance für ein Date für uns beim Schopf ergriffen, aber ich hatte zu seiner unübersehbaren Frustration keinen Zweifel daran gelassen, dass das nicht zwingend hieß, dass wir beide danach im Bett landeten. Ich musste am nächsten Morgen arbeiten.

Das Restaurant, das er ausgesucht hatte, war The Dome in der George Street. Ich war noch nie dort gewesen, aber von innen wirkte es noch teurer als von außen. Es war in griechisch-römischem Stil erbaut, mit einem korinthischen Säuleneingang. Im Hauptspeisesaal gab es eine Bar in der Mitte, um die sich Tische und Stühle gruppierten. Doch der Hingucker war die Kuppeldecke mit den Glaseinsätzen und der ungewöhnlichen Beleuchtung.

Ich hatte mir von Seonaid ein kleines Schwarzes von Ralph Lauren geliehen. Es war figurbetont und reichte bei ihr bis zum Knie, bei mir bis zu den Waden. Die schwarzen Stilettos, die ich im Ausverkauf erstanden hatte, machten mich ein bisschen größer, waren aber nicht sonderlich bequem. Ich war froh, dass wir den größten Teil des Abends saßen.

Seonaid hatte mir nicht nur ihr Kleid geliehen, sondern mir auch einen Haarschnitt verpasst, mit dem ich die Haare leichter wachsen lassen konnte.

Insgesamt sah ich anders aus als sonst. Älter, aufregender, und mir war Aidans Verblüffung nicht entgangen, als er mir aus dem Mantel half. Seine Augen waren über meinen Körper geglitten, und angesichts des Blicks, mit dem er mich bedacht hatte, hatte ich mich gefragt, ob das Kleid vielleicht ein Fehler gewesen war.

»Ist es eine komplizierte Frage, Nora?«

Ja, sogar eine ungemein komplizierte Frage. Meine Schuldgefühle waren nicht verflogen, weil ich Aidan und Sylvie kennengelernt hatte. Eigentlich dachte ich sogar häufig, dass sie sich noch verstärkt hatten, obwohl die beiden meine Buße darstellen sollten. Aidan gab mir so viel mehr, als es Jim je vermocht hatte, und dabei kannte ich ihn erst seit ein paar Monaten.

Ich war immer noch verwirrt und verunsichert und immer noch nicht bereit, mich meiner Zukunft zu stellen. Und vor allem wollte ich nicht darüber reden. »Ich arbeite gern im Apple Butter«, log ich.

»Bei deinen SAT-Punkten? Irgendwie bezweifle ich das.«

Meinen was? Woher wusste er …? »Wie bitte?«

»Es stand in der Akte, die der Typ, der in meinem Auftrag Nachforschungen über dich angestellt hat, mir gegeben hat.« Er sagte das so blasiert, als wäre es ganz normal, im Privatleben anderer Leute herumzuschnüffeln.

Ich hatte natürlich davon gewusst, aber nicht geahnt, dass er auch solche Details in Erfahrung gebracht hatte.

»Du könntest dich an den besten Universitäten einschreiben, wenn du das wolltest«, sagte er.

»Das kostet Geld, Aidan.

»Wir werden einen Weg finden.«

Mein Herz flatterte bei dem *wir*, aber mein Unbehagen blieb. »Hör doch einfach auf damit.«

Wieder hob er die Brauen. »Warum willst du nicht darüber sprechen? Du warst bis zu diesem Punkt doch ehrlich zu mir – warum jetzt nicht mehr?«

Ich blickte mich in dem dämmrigen Raum um, in dem Pärchen, Freunde und Familien sich köstlich aussehende Mahlzeiten schmecken ließen. Wenn Aidan weiter auf dem Thema herumritt, würde er mir den Appetit verderben. »Wir wollten gemütlich essen. Mach jetzt bitte kein Verhör daraus.«

»Das musste ich noch nie. Du warst bis jetzt ganz offen zu mir.«

Er klang verstimmt, als er sich mit einer steilen Falte zwischen den Brauen zurücklehnte und die Lippen zusammenkniff. Ich grinste in dem Versuch, die plötzliche Spannung zwischen uns zu lockern.

»Du siehst aus wie ein bockiger Schuljunge.«

Aidans Mund öffnete sich vor Verärgerung. »Mich hat in meinem ganzen Leben noch niemand als bockig bezeichnet.«

»Es gibt für alles ein erstes Mal.« Ich legte den Kopf schief; es machte mir Spaß, ihn zu necken. »Du siehst aus, als hätte dir jemand dein Lieblingsspielzeug weggenommen.«

Unser Essen kam, was Aidan einer Antwort enthob. Ich betrachtete das Highland-Hähnchen mit Whiskeysauce und cremigem Kartoffelpüree auf meinem Teller. Perfekt für einen kalten Oktoberabend. »Es duftet wunderbar.«

Er erwiderte nichts darauf, sondern begann zu essen, und ich erkannte, dass mein Spott ihn nicht von meinem Ausweichmanöver und seinem Ärger abgebracht hatte.

Ich nahm gleichfalls einen Bissen, da ich mir von ihm auf keinen Fall mein Dinner verderben lassen wollte, stöhnte leise und trippelte vor Wonne leicht mit den Füßen. Aidan hob ruckartig den Kopf, und ich bemerkte den Ansatz eines Lächelns. Ich wackelte auf dem Stuhl mit dem Hinterteil, als ich mir den nächsten Bissen in den Mund schob, und er lachte laut auf.

»Schmeckt es?«

Ich nickte mit vollem Mund und großen Augen. »Ausgezeichnet.«

»Du erinnerst mich an einen aufgeregten Welpen.« Noch immer lächelnd schüttelte er den Kopf.

»Ich liebe gutes Essen.«

»Dann werden wir dafür sorgen, dass du es in Zukunft öfter genießen kannst.«

Wir tauschten einen warmen Blick, und ich entspannte mich, als die Spannung zwischen uns nachließ.

Es war dumm von mir zu glauben, dass das Thema für Aidan erledigt war. Nicht für einen Mann mit einer erfolgreichen Karriere, der es irgendwie geschafft hatte, sein Leben völlig umzukrempeln.

Er war entschlossen.

Hartnäckig.

Verbissen.

Woran ich prompt erinnert wurde, als wir nach Hause fuhren. Wir hatten den Abend mit belangloser Konversation ausgefüllt, uns das ein oder andere voneinander erzählt und über unsere Woche gesprochen. Wir redeten auch über Sylvie und wie schnell sie sich wieder in der Schule eingelebt hatte.

Doch als wir in seinem Auto saßen, veränderte sich die Stimmung. »Es gefällt mir nicht, dass du meinst, nicht mit mir reden zu können.«

Ich war von dem plötzlichen Themawechsel und der unzutreffenden Bemerkung überrascht und sah ihn stirnrunzelnd an. Er warf mir einen raschen Blick zu, bevor er sich wieder auf die Straße konzentrierte. »Du kannst mich so finster anfunkeln, wie du willst, aber du bist diejenige, die etwas verschweigt.«

»Ich verschweige nichts.«

»Du willst nicht über deine Zukunft sprechen, und das ist ziemlich heftig, Nora.«

»Was willst du jetzt von mir hören?«

»Du sollst mir sagen, was du dir von deiner Zukunft erhoffst.«

Den Mann, der neben mir sitzt. Aber das gab ich nicht zu. »Ich bin mir nicht sicher.«

»Was ist mit dem Theater? Du hast mir erzählt, dass du als Kind Schauspielerin werden wolltest. Daran hat sich ganz eindeutig nichts geändert. Ich sehe, wie du bist, wenn du Peter Pan spielst. Du verwandelst dich für diese Kinder in eine ganz andere Person. Es ist faszinierend, das zu beobachten.«

Ich errötete ob des Kompliments. »Danke. Nett von dir. Aber das heißt nicht, dass ich Schauspielerin werden will.«

»Es heißt auch nicht, dass du das nicht willst.«

»Argh. Manchmal tötest du mir den letzten Nerv.«

Er grinste. »Wie ich sehe, kommen wir weiter.«

»Aidan.«

»Pixie.«

Mein Magen zog sich bei der Vorstellung, ihm die Wahrheit zu gestehen, zusammen. »Du möchtest gar nicht wissen, was gerade jetzt in meinem Kopf vorgeht.«

»Genau da irrst du dich.«

»*Ich* will nicht, dass du erfährst, was in meinem Kopf vorgeht«, räumte ich ein.

Die Stimmung schlug abrupt um, und ich konnte seinen Kiefermuskel zucken sehen.

»Aidan?«

»Dann belassen wir es dabei.«

Ich hatte seine Gefühle verletzt. Scheiße. »Aidan …« Ich stieß den Atem aus. Es klang schwer und zittrig. »Ich will nicht, dass du mich für einen noch größeren Seelenkrüppel hältst, als ich es ohnehin schon bin.«

»Du bist nicht seelisch verkrüppelt.«

Ich lachte, aber es klang hohl und bewirkte, dass er mich besorgt ansah. Ich drückte dankbar seinen Arm. »Es ist lieb von dir, das zu sagen, aber wir wissen beide, dass ich mich momentan in einer Art Schwebezustand befinde. Und ich möchte dir sagen, dass ich bereit bin, mich daraus zu lösen, aber dazu bin ich noch nicht imstande. Vor einiger Zeit, als Jim noch am Leben war, habe ich mit Seonaid über das College hier gesprochen, und wir haben herausgefunden, dass ich mich an der Universität einschreiben und Psychologie studieren könnte. Es würde nur ein paar Tausender kosten, und ich wusste, dass Jim und ich uns das leisten konnten, wenn wir unseren Plan, ein Haus zu kaufen, aufschieben würden. Ich fing an, mir das Leben als Studentin auszumalen, und informierte mich sogar schon über Amateurtheatergruppen. Aber als ich das Jim gegenüber auch nur ansatzweise erwähnt habe, ist er mir sofort über den Mund gefahren.«

»Warum?« Aidan klang so verwirrt, wie ich mich erst gefühlt hatte.

Bis ich die Wahrheit begriff. »Er wusste es, Aidan. Er wusste, dass ich ihn nicht so liebte wie er mich, und er hatte Angst, ich würde ihn nicht mehr brauchen, wenn ich das College besuchte. Er hatte Angst, mich zu verlieren. Aber indem er mir meine Pläne verbaut hat, hat er mich nur noch mehr von sich weggetrieben.«

»Warum hast du es dann nicht getan … jetzt, wo er …«

»Wo er tot ist?«, beendete ich den Satz für ihn. Die Worte klangen sogar in meinen Ohren bitter. »Schuld.«

»Schuld?« Aidan hielt vor meinem Haus, stellte den Motor ab und drehte sich zu mir um. In seinen Augen braute sich so etwas wie Zorn zusammen. »Schuld?«, wiederholte er.

Da ich wusste, dass es einer Zurückweisung gleichkommen würde, ihm nicht zu antworten, zwang ich mich, mit der Wahrheit herauszurücken. »Ich verdiene es nicht. Ich habe es dir doch schon gesagt … ich habe die Jahre mit Jim gestohlen. Warum sollte ich zur Belohnung das bekommen, was ich mir wünsche?«

»Jesus, Nora.« Betroffen fuhr er sich mit der Hand über das Gesicht.

Ich wartete, fürchtete mich davor, zu erfahren, was das zu bedeuten hatte.

Plötzlich schien ihm ein Gedanke zu kommen, denn er sah mich scharf an. »Wenn du wirklich der Meinung bist, dass du es nicht verdienst, deinen Weg weiterzugehen, warum bist du dann hier? Was bedeute ich dir?«

»Ich könnte mich nicht von dir fernhalten, selbst wenn ich es wollte. Du? Du bedeutest mir alles, Aidan.«

Es war, als hätten meine Worte ihm den Wind aus den Segeln genommen, plötzlich flammte wilde Entschlossenheit in seinem Gesicht auf, als er die Hand ausstreckte, um meinen Sicherheitsgurt zu öffnen. Er schob ihn zur Seite, schlang die Arme um meine Taille und zog mich auf seinen Schoß.

Mein Fuß blieb am Lenkrad hängen, und ich lachte, als ich versuchte, eine bequeme Stellung zu finden. »Du hättest mich einfach bitten können, ein bisschen näher zu rücken.«

Er lachte nicht. Er küsste mich.

Ich ließ mich gegen ihn sinken und öffnete die Lippen, um den Kuss zu erwidern. Ich liebte es, wie sich seine Finger vor Verlangen fester, fast schmerzhaft in meine Hüften gruben. Zur Antwort nahm ich sein Gesicht zwischen die Hände, kostete das Kratzen seiner Bartstoppeln auf meiner Haut aus und spreizte die Beine auf seinem Schoß, um mich enger gegen ihn pressen zu können. Als ich seine Erektion spürte, keuchte ich erstickt auf und drängte mich an ihn. Sein Stöhnen hallte in meinem ganzen Körper wider. Ich hob die Hüften an und genoss die lustvollen Wellen, die über mich hinwegfluteten, als ich mich an ihm rieb.

Plötzlich schob er mich weg, und ich blinzelte einen Moment lang verwirrt, bis ich die ungeduldige Begierde in seinen Augen sah. »Bitte sag mir, dass wir lange genug gewartet haben. Ich brauche dich, Nora.« Seine Stimme klang tief und heiser. »So sehr.«

Auch ich glühte förmlich vor Lust, und ich brachte es nicht fertig, ihn abzuweisen. Vier Wochen waren lange genug. »Großartig möbliert ist mein Apartment gerade nicht, aber ein Bett ist da.«

Im nächsten Moment stieß er die Tür auf, und ich versuchte, so anmutig wie möglich von ihm herunterzugleiten und auszusteigen. Aidan blieb dicht hinter mir, sein Arm lag um meine Taille, als er meine Tasche aus dem Auto holte und die Tür schloss. Ich nahm die Tasche in eine Hand und seine Hand in die andere, hörte die automatische Verriegelung piepen und überlegte flüchtig, ob es eine gute Idee war, den Wagen hier stehen zu lassen. Aber im Moment wollte ich nur nach oben und ihm die Kleider vom Leib reißen.

Drinnen drehte ich mich zu ihm um; ich hielt es nicht aus, auch nur eine Sekunde länger auf seinen nächsten Kuss zu warten. Er erfüllte meinen Wunsch bereitwillig, und wir stolperten gegen die Wand des Treppenhauses, als ich in den verdammten Stilettos das Gleichgewicht verlor.

Ich stöhnte kehlig, als seine große Hand zu meinem Hintern hinunterwanderte, ihn umschloss und mich an sich zog, so dass seine steinharte Erektion gegen meinen Bauch stieß, während er mit der anderen Hand sacht meine Brust knetete. »Oh Gott ...« Ich brach den Kuss ab; verspürte eine so heiße Erregung wie noch nie zuvor in meinem Leben. »Ich fühle mich, als würde ich in Flammen stehen.«

»Wem sagst du das?« Er löste sich von mir und schob mich behutsam die Stufen hoch. »Geh vor, Pixie, bevor es gleich hier im Treppenhaus passiert.«

Das Kribbeln zwischen meinen Beinen verstärkte sich bei der Vorstellung, hier und jetzt zur Sache zu kommen, und ich stellte fest, dass mich der Gedanke an riskanten Sex mit Aidan ziemlich antörnte. Hmm. Ich speicherte ihn für später ab und lief die Treppe hoch. Wir brachten keinen Ton mehr heraus, so sehr beherrschte uns die Gier, in mein Apartment und mein Bett zu kommen. Es kümmerte mich noch nicht einmal, dass er sehen würde, wie ich lebte. Ich wollte nur noch diesen Mann in mir spüren. Endlich!

Ich schlitterte praktisch um die Ecke zu meinem Flur und blieb dann wie erstarrt stehen, als ich jemanden vor meiner Tür sitzen sah.

Was?

Scheiße.

Seonaid blickte zu mir hoch. Ihre Augen waren rot gerändert, ihre Wangen bleich. Ich spürte Aidans Hitze an meinem Rücken sowie den Druck einer besitzergreifenden Hand auf meinem Po. Seonaids Augen wurden groß, als sie ihn anstarrte und sich dann hastig erhob. Sie lächelte mich zittrig an. »Ich kann wieder gehen.«

»Nein«, widersprach ich prompt. Meine Freundin sah aus, als hätte sie seit Tagen nicht geschlafen. »Was ist denn los?«

Sie strich sich mit der Hand über ihren unordentlichen Pferdeschwanz, wirkte verlegen und peinlich berührt. »Ich komme ein anderes Mal wieder.«

Da mir bewusst wurde, wie unhöflich ich mich verhielt, drehte ich mich zu Aidan, der einen verwirrten und frustrierten, aber auch besorgten Eindruck machte. »Aidan, das ist Seonaid.« Ich hatte ihm von ihr erzählt, und seine Miene hellte sich auf. »Seonaid, das ist Aidan.« Seonaid hatte ich erst letztes Wochenende von Aidan erzählt, weil ich mir für mein Date mit ihm etwas von ihr zum Anziehen hatte borgen müssen. Ich hatte die ganze Sache offenbar erfolgreich heruntergespielt, wenn ich aus ihrem plötzlichen Auftauchen hier die richtigen Schlüsse zog. Seonaid wäre nie hergekommen, wenn sie denken würde, ich würde mit Aidan schlafen – schon weil gerade sie mich ständig beschwor, nach vorne zu schauen. Aber nachdem sie uns im Flur mitbekommen hatte, war die Katze wohl aus dem Sack.

Im Moment interessierte mich das nicht.

Irgendetwas stimmte mit meiner Freundin nicht.

»Freut mich, dich kennenzulernen.« Aidan streckte ihr eine Hand hin.

Sie nahm sie und lächelte schwach. »Ganz meinerseits.«

»Hör zu.« Er legte mir eine Hand auf die Schulter, um meine Aufmerksamkeit wieder auf sich zu lenken. »Ich fahre jetzt nach Hause, damit du in Ruhe mit deiner Freundin reden kannst. Rufst du mich an?«

Da ich ein schlechtes Gewissen hatte, weil ich ihn erst in Wallung gebracht hatte und ihn nun abblitzen ließ, lächelte ich entschuldigend. »Bist du sicher?«

»Natürlich.« Er beugte sich zu mir und drückte mir einen sachten Kuss auf den Mund, und als er sich von mir löste, murmelte er an meinen Lippen: »Aber wir machen da weiter, wo wir aufgehört haben, Pixie.«

Ich grinste. »Einverstanden.«

Er küsste mich noch einmal rasch, als könnte er sich nicht zurückhalten, nickte Seonaid zum Abschied zu und ging.

Ich starrte ihm hinterher. Es tat mir leid, dass wir unterbrochen worden waren, obwohl ich mir Sorgen um Seonaid machte. Als ich sie wieder ansah, zuckte sie zusammen. »Es tut mir wirklich leid.«

»Nicht nötig.« Ich nahm sie am Arm, zog sie zur Tür und kramte in meiner Tasche nach dem Schlüssel. Dann öffnete ich die Tür und schloss sie hinter uns ab. »So, was ist denn passiert?«

»Oh, fuck, Nora«, stöhnte sie, dabei presste sie verzweifelt die Hände gegen den Kopf. »Ich hatte Sex mit Roddy.«

Kapitel 19

Du hattest was?«

Seonaid quittierte meine Reaktion mit einem neuerlichen Stöhnen und sank auf mein Sofa. »Oh Mann, ich habe Scheiße gebaut, stimmt's?«

Verblüfft, verwirrt und immer noch bemüht, meinen sexuellen Frust zu überwinden, ging ich in die Küche, um Teewasser aufzusetzen. »Erzähl doch einfach von Anfang an.« *Wie zum Teufel konnte das passieren?*

»Mist, Mist, Mist.«

»Seonaid.«

»Ich weiß es nicht … verdammter Mist.«

Ich wartete geduldig darauf, dass sie anfing zu reden. Das Wasser kochte, und der Kessel pfiff laut, also blieb ihr etwas Zeit, die sie vermutlich nutzte, um ihre Gedanken zu sammeln. Wir sahen uns an. Die Furcht, die ihre blauen Augen verdunkelte, machte mir Angst. Was bedeutete das für unsere Freundschaft? Wenn Seonaid und Roddy sich aus dem Weg gingen, würde unser Dreierbund im Lauf der Zeit auseinanderbrechen. Würden Roddy und ich am Ende auch nicht mehr miteinander sprechen, wenn er nicht mehr mit Seonaid redete? Und wie würde Angie darauf reagieren?

Obwohl es am Anfang so schwierig gewesen war, hatte ich in letzter Zeit mehr und mehr das Gefühl bekommen, meine Freunde zurückzugewinnen, und mittlerweile wurde ich auch nicht mehr ständig von Kummer und Schmerz geplagt. Wichtiger war jedoch, dass Seonaid und Roddy einander brauchten. Ich hoffte, sie hatten da nichts verbockt.

Sie wartete, während ich Tee machte und ihn hinüberbrachte. Dann schloss sie die Hände fest um ihren Becher und erschauerte, als die Hitze sich in ihr ausbreitete.

Im Apartment war es kalt, was auch so bleiben würde, während die Zentralheizung hochfuhr. Wir behielten die Mäntel an und sahen uns über den Rand unserer heißen Teebecher hinweg an. »Und?«

Seonaid verzog grimmig das Gesicht. »Gestern kam ein Mann mit seiner Freundin in den Salon, und ich schwöre bei Gott, Nora, er hätte Jims Klon sein können. Ich habe versucht ...« Ihre Lippen zitterten, als sich ihre Augen mit Tränen füllten. »Ich habe dir und Mum zuliebe wirklich versucht, mich zusammenzunehmen, aber irgendetwas ist passiert, als ich diesen Typen gesehen habe ... es hat mir den ganzen Tag keine Ruhe gelassen. Und ich wollte mit jemandem zusammen sein, der ihn so geliebt hat wie ich und der mit meinem Kummer umgehen konnte. Also bin ich zu Roddy gegangen.« Sie maß mich mit einem tränenerfüllten, entschuldigenden Blick, und ich fühlte mich schuldig, weil sie mir nicht zugetraut hatte, mit ihrem Kummer umzugehen. »Ich habe ihm erzählt, was passiert war und er ... hielt mich fest, während ich weinte. Und dann haben wir ein paar Bier zusammen getrunken und ...« Sie schüttelte ungläubig den Kopf. »Wir haben auf der Couch gesessen und geredet, und dann sind wir irgendwie förmlich übereinander hergefallen.«

Fasziniert drängte ich: »Was ist dann passiert?«

»Wir hatten Sex auf der Couch, und bevor ich auch nur darüber nachdenken konnte, was zum Henker wir da machten, hob er mich hoch und trug mich zum Bett.« Sie sagte das, als wäre sie entsetzt darüber, aber ihr Gesicht zeugte von allem, nur nicht von Entsetzen. »Und dann haben wir es wieder miteinander getrieben. Wie die Tiere.« Sie biss sich erschauernd auf die Lippe, und ich musste mir das Lachen verbeißen.

Seonaid hatte offenbar richtig Spaß gehabt.

Wo war das Problem?

»Danach war ich fassungslos!« Sie warf die Hände hoch und stand auf, wobei sie Tee verschüttete, ohne es zu merken. »Wie konnten wir nur? Wir sind Roddy und Seonaid! Freunde! Der beste Freund meines kleinen Bruders!«

»Du hast mit jüngeren Männern als Roddy geschlafen«, erinnerte ich sie.

»Darum geht es nicht.« Sie wirbelte mit blitzenden Augen zu mir herum. »Wir haben eine der wichtigsten Beziehungen in unserem Leben ruiniert.«

»Sieht Roddy das auch so?« Irgendwie bezweifelte ich das.

»Ich bin nicht blöd, okay? Roddy hat sein ganzes Leben für mich geschwärmt, also war er natürlich ziemlich zufrieden.« Sie verzog das Gesicht. »Aber ich kann das sehen, was er nicht sieht.«

»Und das wäre?«

»Dass Sex zwischen uns nur Probleme bringt. Ich kann mit Roddy keinen unverbindlichen Sex haben.«

»Was, wenn er gar keinen unverbindlichen Sex will?« Das wollte er eindeutig nicht.

»Natürlich ist das nur unverbindlicher Sex. Wir reden von Roddy.«

Lieber Himmel, wie konnte sie nur so blind sein? »Ich bin ziemlich sicher, dass Roddy mehr will als nur Sex.«

»Ganz genau. Ihm liegt etwas an mir. So wie mir an ihm. Und daher wird es unsere Gefühle füreinander kaputtmachen, wenn Sex ins Spiel kommt – egal wie gut der Sex war, und bei Gott, er war ärgerlicherweise absolut phantastisch. Er ist ein Kerl, ihm fehlt der Weitblick dafür, aber mir nicht.«

»Vielleicht wird ja ein bisschen mehr daraus.«

»Nora!« Mein Name wurde von einem aufgebrachten Schnauben begleitet. »Niemals! Das versuche ich ja gerade zu sagen. Aber Roddy … er kapiert das nicht.« Sie ließ sich wieder auf das Sofa fallen. Ihre Augen wurden feucht. »Momentan ist er richtig sauer auf mich. Kann sein, dass ich mich so verhalten habe, als würde ich alles bereuen, und jetzt sind seine Gefühle verletzt. Du weißt … die, bei denen er so tut, als hätte er sie gar nicht.«

Mir tat Roddy zutiefst leid, weil ich wusste, dass mehr dahintersteckte. Sie hatte ihm alles gegeben, was er sich immer gewünscht hatte, und es ihm dann wieder genommen, als müssten sie sich für das Vorgefallene schämen. Ich wusste, dass Seonaid es nicht so gemeint hatte, und ich sah, wie leid es ihr tat, aber ich fühlte trotzdem mit Roddy. »Du bedeutest ihm viel, Seonaid. Du musst ihm genau das sagen, was du mir gesagt hast.«

»Ich möchte es eigentlich unter den Teppich kehren und hoffen, dass sich alles wieder normalisiert. Ich will seine Freundschaft nicht verlieren, Nora.«

»Dann geh zu ihm. Sag ihm das.« Es mochte nicht das sein, was er hören wollte, aber wenigstens wusste er dann, dass er ihr wichtig war.

Seonaid schwieg, und dann blickte sie unter ihren langen, feuchten Wimpern hervor zu mir hoch. »Sorry, dass ich dir den Abend verdorben habe.«

Angesichts ihrer Bemerkung rutschte ich unbehaglich auf dem Sofa herum. »Was das angeht …«

»Es ist nicht verboten, dass du Sex mit anderen Männern hast, Nora. Ich freue mich für dich.«

»Ich habe nicht damit gerechnet. Ich meine …« Ich ließ mich zurücksinken. »Wenn ich mit ihm zusammen bin, verliere ich regelmäßig den Kopf.«

»Heißt das, ihr zwei habt schon …«

»Nein. Ich meine, wir bewegen uns definitiv in diese Richtung und zwar nicht zum ersten Mal.« Ich sah sie kleinlaut an. »Ich wollte noch nicht darüber reden.«

»Verstehe.« Sie streifte ihre Stiefel ab und zog die Füße auf die Couch. »Du hast nicht gesagt, dass er älter ist als du. Und wirklich absolut heiß.«

Ich lachte nervös. »Zu heiß.«

»Keineswegs.«

»Fällt der Altersunterschied so auf?«, erkundigte ich mich besorgt.

»Man merkt nur, dass er älter ist als du. Wie viel?«

»Zwölf Jahre älter.«

»Ach, das ist gar nichts. Das heißt, er weiß im Bett, was er tut.«

Ich grinste. »Yeah, da bin ich mir ziemlich sicher.«

Ihr Lächeln verblasste, als sie mich eingehend musterte. »Du empfindest etwas für ihn?«

»Er braucht mich«, wich ich aus. »Er und Sylvie brauchen mich. Und du? Bist du sicher, dass du nicht auch etwas für Roddy empfindest?«

»Ich habe Jim verloren. Ich kann Roddy nicht auch noch verlieren«, wich sie ebenfalls aus.

In den nächsten Tagen versuchte ich, Roddy anzurufen, um mich zu vergewissern, dass er okay war, aber er nahm die Anrufe nicht entgegen, was hieß, dass er ganz und gar nicht okay war. Ich wollte am Sonntag im Leith's Landing vorbeischauen. Vielleicht traf ich ihn dort an und konnte mir selbst ein Bild von der Lage machen.

Aber ehe der Sonntag kam, machte ich mich auf den Weg zu Aidan, um mit ihm und Sylvie zu Abend zu essen. Ich wusste nicht, wie wir einen weiteren Abend durchstehen sollten, ohne miteinander im Bett zu landen, aber ich wusste, dass wir beide keinen Sex wollten, wenn sich Sylvie im Apartment aufhielt.

Er brauchte eine größere Wohnung mit dicken Wänden und vielen Türen zwischen seinem und Sylvies Zimmer.

Niemand reagierte, als ich an der Eingangstür klingelte, und ich versuchte es bei seinen Nachbarn, und einer machte mir auf. Aidans Apartmenttür war nicht abgeschlossen, also stieß ich sie zögernd auf, dabei fragte ich mich, wo die beiden waren. Ich hatte ein ungutes Gefühl, das ich mir nicht erklären konnte.

»Ist da jemand?«, rief ich, als ich das Apartment betrat.

Aidan stand draußen auf dem Balkon, hatte die Hände in die Hosentaschen geschoben und starrte die Aussicht an. Sein Gesicht konnte ich nicht sehen, aber seine Haltung war steif und verkrampft. Das und der Umstand, dass mich niemand an der Tür begrüßt hatte, versetzte mich in Alarmbereitschaft. Ich blickte mich um. Keine Sylvie. Doch als ich lauschte, hörte ich leise Musik aus ihrem Zimmer.

Ich ging zu den Terrassentüren und schob sie auf. Aidan drehte leicht den Kopf, aber er sah mich nicht an. Er wirkte vollkommen unnahbar.

Ich trat auf den Balkon hinaus, legte ihm eine Hand auf den Rücken, sah ihn an und versuchte ihn durch bloße Willenskraft dazu zu bringen, mich anzusehen. Was ich in seinem Gesicht las, ließ mich vor Furcht erstarren.

Ich sah nackte Wut und Schmerz. »Aidan?«

Er schüttelte den Kopf und konzentrierte sich wieder auf die Aussicht. Ich begann innerlich zu zittern.

»Aidan, sag mir doch bitte, was los ist.«

»Ich habe Angst, dass ich etwas Dummes tue, wenn ich den Mund aufmache«, stieß er hervor. »Wie zum Beispiel … ihn umbringen.«

Lieber Gott, was war bloß passiert? »Okay, jetzt jagst du mir eine Heidenangst ein.«

Statt etwas zu erwidern, fuhr er herum und stapfte wieder in sein Apartment. Ich folgte ihm hastig, schloss die Tür hinter uns und sperrte die Kälte aus. Er hatte nur in Jeans und einem Langarmshirt da draußen gestanden.

»Wo ist Sylvie?«

»In ihrem Zimmer. Hört das neueste Album ihres Idols. Sie ist ahnungslos, und dabei soll es auch bleiben.«

»Aidan, rede mit mir.«

Er nahm meine Hand und führte mich durch die Diele zu einer Tür, hinter die ich nur einen kurzen Blick geworfen hatte. Sie führte zum Hauptschlafzimmer, einem in Taubengrau mit dunkelblauen Akzenten gehaltenen weitläufigen Raum. Maskulin und ruhig. Es gab ein großes Bett, Nachtschränkchen, einen großen bequemen Sessel und sonst nicht viel. Durch eine offene Tür gelangte man in ein Ankleidezimmer, eine andere führte in ein angrenzendes Bad.

Er schloss die Tür hinter uns und zog mich dann plötzlich in die Arme. Ich schlang meine Arme um seine Taille, und er barg den Kopf an meiner Halsbeuge und hielt mich fest. Meine Besorgnis verstärkte sich, als ich die Schauer spürte, die durch seinen Körper liefen, und ich umarmte ihn fester, als könnte ich so seinen Schmerz lindern.

Nach einer gefühlten Ewigkeit löste er sich von mir, nahm mein Gesicht zwischen die Hände und sah mich an. Was ging hier vor? »Aidan?«

»Er nimmt sie mir weg.« Seine Augen glitzerten, was mir das Ausmaß seiner Wut verriet. »Cal nimmt Sylvie zu sich.«

Ich konnte ihn nur anstarren, als ich mir zusammenzureimen versuchte, was zur Hölle das bedeuten konnte. »Was? Nein. Wie … Aidan, das ist nicht möglich. Ich dachte, das ginge nicht. Du bist ihr Vormund. Hast das alleinige Sorgerecht.«

Er schüttelte den Kopf und rieb sich mit den Händen über seinen kurzen Bart, als wollte er ihn vor lauter Frust ausreißen.

Ich verstand überhaupt nichts mehr. Hatte Jan mir nicht erzählt, Nicky hätte das alleinige Sorgerecht gehabt und Aidan zu Sylvies Vormund bestimmt?

»Die Sorgerechtsvereinbarungen zwischen Nicky und Cal waren nie rechtlich bindend«, knirschte er. »Sie sind übereingekommen, dass Sylvie bei ihr bleibt und er sie sehen kann, wann immer es ihm möglich ist. Nach Nickys Tod hat er den Umstand, dass sie mich gebeten hat, sich um Sylvie zu kümmern, nie in Frage gestellt.«

Wut ballte sich in mir zusammen. »Und warum jetzt?«

Aidan war mein aufwallender Zorn nicht entgangen, und er nährte seinen eigenen damit. Sein Gesicht verdunkelte sich. »Tja, er behauptet, er hätte das immer vorgehabt, aber Sylvie nicht so viele große Veränderungen zumuten wollen. Sie hatte monatelang mit Nicky bei mir gelebt. Aber jetzt … jetzt heiratet der Wichser und will Sylvie ein stabileres Umfeld bieten. Seine beschissenen Worte.«

»Wir müssen doch irgendetwas tun können.«

»Ich habe schon mit meiner Anwältin gesprochen. Sie hat …« Er wandte den Blick ab. Sein Adamsapfel zuckte, als würde er versuchen, starke Gefühle zu unterdrücken. Mit heiserer Stimme fuhr er fort: »Sie hat mir nicht viel Hoffnung gemacht. Aber sie sagt, wir können es versuchen. Es gäbe Beweise dafür, dass er bislang ein unzuverlässiger Vater gewesen sei.« Aidan sah mich an. Seine Furcht war ihm deutlich vom Gesicht abzulesen. »Wir müssen es versuchen,

Nora, denn er … er zieht nach Kalifornien.« Er öffnete und schloss die Hände. Ungeweinte Tränen brannten in seinen Augen. »Er nimmt mir mein kleines Mädchen weg.«

Meine Tränen flossen stellvertretend für seine, als ich den Kopf schüttelte. Nein. Cal durfte ihm das nicht antun. Das würde ich nicht zulassen. »Nein.« Wieder schüttelte ich den Kopf. »Nein.«

Aidan zog mich in die Arme, küsste mein Haar und hielt mich fest. Aber am Ende tröstete ich ihn; versicherte ihm hitzig, dass nichts auf der Welt uns davon abhalten würde, dafür zu sorgen, dass die Kleine bei ihm blieb.

Da Nicky nie das alleinige Sorgerecht beantragt hatte, es keine offiziellen Beweise dafür gab, dass Cal sich nicht um Sylvie gekümmert hatte, als sie klein war, und da er Unterhalt gezahlt hatte, auch wenn er seiner Tochter nie eine emotionale Stütze gewesen war, teilte Aidans Anwältin ihm weniger als eine Woche später die schlechte Nachricht mit.

Ich hatte ihn jeden Tag direkt nach der Arbeit angerufen und wollte ihn am Mittwoch nach meinem Auftritt im Krankenhaus sehen, aber er hatte erwidert, er wäre mit der Arbeit und der rechtlichen Situation voll ausgelastet, und wir würden später reden. Ich versuchte, mich nicht nutzlos zu fühlen, und redete mir ein, dass ich ihn verstand, aber eigentlich wollte ich nur unbedingt für ihn da sein.

Am Donnerstag rief ich ihn nach der Arbeit an, als ich die Cockburn Street hinunter zur Bushaltestelle ging. Gerade als ich auflegen wollte, meldete er sich.

Und ich entnahm seinem Ton sofort, dass er schlechte Nachrichten hatte. »Wo bist du?«, fragte ich.

»Zu Hause.«

»Ich komme zu dir.«

»Nein, Nora. Ich … ich musste es Sylvie heute sagen, und

es geht ihr nicht gut. Ich denke …« Er wurde von Sylvies trotzigem Zwischenruf im Hintergrund unterbrochen. »Ich will Nora!«

Da ich jetzt dringend bei ihnen sein wollte, beharrte ich: »Lass mich rüberkommen, Aidan. Ich möchte für euch beide da sein.«

Er schwieg erst und willigte dann schroff ein. Um jegliche Verzögerung zu vermeiden, nahm ich ein Taxi, das ich mir normalerweise nicht leisten konnte. Auf der kurzen Fahrt versuchte ich nicht darüber nachzudenken, dass Aidan mich ausgerechnet jetzt nicht bei sich haben wollte. Verstand er denn nicht, dass mich der Gedanke, er könnte Sylvie verlieren, fix und fertigmachte? Die beiden hatten mein Herz erobert. Es gehörte ihnen. Und nun brach es ihretwegen.

Diesmal wartete Sylvie auf mich, als ich aus dem Fahrstuhl trat. Sie stürmte auf mich zu und warf sich so heftig gegen mich, dass ich zurücktaumelte. Sie klammerte sich an mich, und ich drückte sie an mich, während sie stumme Tränen vergoss.

Nachdem wir in dem Apartment waren, nahm Aidan ihre Hand und führte sie weg, um ihr das Gesicht zu waschen, dabei versicherte er ihr die ganze Zeit leise, dass alles gut werden würde. Als er zurückkam, war er alleine. »Sie braucht eine Minute.«

Ich kochte vor Wut. »Ich verstehe nicht, wie es dazu kommen konnte.«

»Nicky hat dummerweise geglaubt, für das Arschloch hätte seine Karriere immer Vorrang vor Sylvie. Dass sich irgendwelche gesetzliche Vereinbarungen erübrigen würden«, zischte er. »Und ich habe mich idiotischerweise von ihr überzeugen lassen.«

»Ist es diese Frau?«, fragte ich. »Diese Sally? Meinst du, sie hat etwas damit zu tun?«

»Oh, sie hat alles damit zu tun.« Er dämpfte seine Stimme. »Sie war bei dem Treffen mit den Anwälten heute dabei und triefte förmlich vor Selbstgefälligkeit. Wenn er nicht heiraten würde, wäre er ohne Sylvie nach Kalifornien abgehauen.«

Ich blickte zum hinteren Teil des Apartments und dachte an meine wenigen Begegnungen mit Cal. Ihm schien etwas an Sylvie zu liegen, aber was wusste ich schon?

»Er hat sein Besuchsrecht letztes Jahr absichtlich ausgeweitet.« Aidan schüttelte den Kopf. Es nagte sichtlich an ihm, dass er das Unheil nicht hatte kommen sehen. »Alles, was er nach Nickys Tod getan hat, war pure Berechnung.«

»Er hätte es dir sagen sollen.«

Aidan sah mich an. Die Qual in seinen Augen war mehr, als ich ertragen konnte. »Aye.«

Wir wussten beide, ohne es auszusprechen, dass Aidan Zeit gehabt hätte, sich darauf vorzubereiten, wenn Cal ihn von Anfang an in seine Pläne eingeweiht hätte. Er hätte das vergangene Jahr nicht damit verbracht, seine Zukunft als Sylvies Vater zu planen.

Mir kamen erneut die Tränen. Ich streckte die Hand nach ihm aus, doch er winkte ab. »Ich kann nicht«, versetzte er barsch. »Ich muss mich Sylvie zuliebe zusammennehmen.«

Ich nickte. »Sie scheint zu verstehen, was hier passiert.«

»Ich glaube, sie hätte sich mit dem Gedanken abfinden können, wenn sie in Edinburgh bleiben und mich und ihre Freunde behalten könnte. Aber sie nach Kalifornien zu verschleppen …« Er brach ab und schüttelte den Kopf. »Er ist ein egoistischer Bastard.«

»Sehen die Anwälte das auch so?«

»Was das Gesetz betrifft, ist Cal ihr Vater. Er ist in der Geburtsurkunde eingetragen, er hat Unterhalt für sie gezahlt, und er heiratet und wird sesshaft. Ich bin nur der Onkel, ein

Junggeselle mit einer unsicheren Karriere. Meine Anwältin sagte, das wäre alles so klar und eindeutig, dass wir noch nicht einmal damit vor Gericht gehen könnten. Ich müsste beweisen, dass Cal irgendwie Dreck am Stecken hat, und da gibt es nichts. Außerdem würden sie Sylvie wahrscheinlich jede Menge Gespräche mit Sozialdiensten und solche traumatisierende Scheiße aufzwingen, der ich sie nicht aussetzen möchte. Und dass Cal sie ins Ausland mitnimmt – sie meinte nur, es wäre bedauerlich, dass er wegen seines Jobs in die Vereinigten Staaten muss, aber – und ich zitiere den Mist wörtlich: ›Besonders in Anbetracht des kürzlich erfolgten Verlustes der Mutter sollte das Kind lieber in der Obhut des leiblichen Vaters bleiben, und jeder Richter würde das genauso sehen.‹«

»Aidan.«

»Und ich weiß, dass sie recht haben. Rein kopfmäßig weiß ich es. Ich könnte vielleicht sogar akzeptieren, dass er sie zu sich nimmt, aber warum zum Teufel muss er sie so weit von mir wegbringen? Eh? Warum tut er das einem Kind an, das er angeblich liebt und das ohnehin schon so viel verloren hat?«

Ihm zuliebe versuchte ich meine Wut zu bezähmen, der Felsen in seiner Brandung zu sein, und das kostete mich meine ganze Selbstbeherrschung. Trotzdem flüsterte ich: »Weil er ein Egoist ist.«

»Ich bin wieder okay.« Sylvies Stimme ließ unsere Köpfe herumfahren. Sie stand an der Küchentheke. Auf ihren blassen Wangen prangten rote Flecken vom Weinen. Ihre Augen waren rot gerändert, aber klar, und auf ihrem hübschen Gesicht lag ein resoluter Ausdruck, der in mir den Wunsch auslöste, zu schreien wie ein Baby. »Können wir Pizza bestellen, Onkel Aidan?«

»Wir können alles bestellen, was du willst, Süße.«

Ich wollte brüllen.

Ich wollte brüllen, toben und die Welt für ihre scheißgnadenlose Ungerechtigkeit verfluchen!

Aber ich riss mich zusammen.

Ich rang mir ein zittriges Lächeln ab und setzte mich zu ihnen ins Wohnzimmer, während Aidan telefonisch Pizza bestellte.

Wir konnten es schaffen. Sylvie zuliebe konnten wir noch eine kleine Weile zu so tun, als würde alles gut werden.

Kapitel 20

Ich blickte mich verwirrt in dem vertrauten Wohnzimmer um. Der Fernseher spähte aus einem Walnussholzschrank in den Raum, in dem er gestanden hatte, so lange ich denken konnte. Davor stand eine große Couch mit einem Glastisch, den ich hasste, weil man alle fünf Minuten Staub und Fingerabdrücke von der Platte wischen musste.

Über dem Fernseher hing ein gerahmtes Foto an der Wand. Es war aufgenommen worden, als ich ungefähr neun Jahre alt war. Mein Dad hält mich in den Armen, und Mom beugt sich zu uns. Wir wirken wie eine glückliche Familie. Vielleicht waren wir das damals ja sogar.

»Da bist du ja.«

Ich wirbelte herum, zu Tode erschrocken, die Stimme meines Dads zu hören und noch erschrockener, als ich sah, wie er sich in seinem Rollstuhl in das Zimmer schob. Seit ich gegangen war, hatte er sich kein bisschen verändert.

»Dad?«

»Ich habe dich überall gesucht«, fauchte er. »Wo warst du?«

»Das wird sie uns nicht sagen.« Mom kam hinter ihm in das Zimmer und zog ihre Jacke an. »Und ich habe keine Zeit, um hier herumzutrödeln und mir ihre Ausreden anzuhören.«

»Es gibt keine Ausreden.« Jim drängte sich an ihr vorbei.

Mir blieb das Herz stehen. »Jim?«

Er lächelte bekümmert. »Du siehst aus, als hättest du einen Geist gesehen.«

»Du bist hier? Wie kannst du hier sein?«

Ohne auf meine gereizt miteinander tuschelnden Eltern zu achten, kam Jim direkt auf mich zu und nahm mein Gesicht zwischen die Hände. »Ich bin immer hier, Nora.«

»Pixie?«

Ich fuhr herum, löste mich von Jim, und mir wurde schwindelig, als ich Aidan und Sylvie am Kamin stehen sah. »Wie ist das möglich? Wie sind sie hierhergekommen?«

»Ich dachte, du wärst bei uns, Pixie?« Sein Gesichtsausdruck war grimmig. Dann verschwand Sylvie wie durch Zauberhand. Ich rief ihren Namen, und Aidan blickte zu der Stelle, wo sie gestanden hatte. »Bei mir«, berichtigte er sich leise. »Ich dachte, du wärst bei mir.«

»Das bin ich doch!« Ich wollte zu ihm stürmen, aber ich konnte mich nicht bewegen. Ich konnte mich nicht von der Stelle rühren. »Aidan!«

»Ganz ruhig, Nora, ich habe dich.« Ich spähte über meine Schulter und sah Jim zu Boden blicken. Ich folgte seinem Blick. Entsetzen durchströmte mich, als ich Skeletthände sah, die aus der Erde geschossen waren. Sie hatten meine Füße gepackt und hielten mich fest.

»Nein!«, kreischte ich und versuchte mich loszumachen.

»Schsch«, beschwichtigte Jim mich und schlang die Arme um meinen Oberkörper, um mich an sich zu ziehen. »Du kannst mich nicht verlassen, Nora. Du bist mir etwas schuldig.«

»Jim, bitte«, schluchzte ich.

»Pixie?«

Ich schielte zu Aidan hinüber und stellte fest, dass er mich mit feindseliger Enttäuschung fixierte. Er hob eine Hand, und meine Furcht wuchs, als die Hand Finger für Finger verschwand. »Aidan!«

»Nora! Nora, was ist los?«

Meine Augen schossen wieder zu meiner Mutter und meinem Vater, in deren Gesichtern Entsetzen stand, während sie zusahen, wie ihre Gliedmaßen langsam verschwanden. »Nora!«

»Jim, lass mich los!«, gellte ich und versuchte verzweifelt, zu ihnen zu gelangen.

»Es hat keinen Sinn, Nora. Du erreichst sie niemals rechtzeitig. Es ist besser, bei mir zu bleiben, als eine Wahl zu treffen.«

»Das ist eine Wahl!«, brüllte ich wutschnaubend.

»Dann wähle mich. Wähle am Ende verdammt noch mal mich. Das bist du mir schuldig.«

»Jim ...« Ich schmiegte mich an ihn. »Es tut mir so leid. Bitte, es tut mir so leid.«

»Pixie.«

Aidan verschwand. »Nein.« Ich kämpfte gegen Jim an, schlug und boxte und trat nach ihm, aber er hielt mich mit übernatürlicher Kraft fest. »Nein!«

»Ich wünschte, ich wäre dir nie begegnet, Pixie.«

»Aidan, nein!«

»Zu viele Geister zwischen uns«, flüsterte er.

Und dann war er fort.

»AIDAN!«

»Nora, wach auf. Nora.« Ich wurde abrupt wachgerüttelt und riss erschreckt die Augen auf. Ein verschwommenes Gesicht schwebte über mir, und ich zuckte vollkommen desorientiert wegen des Lichts zusammen, das mich blendete.

Wo zur Hölle war ich?

»Du bist auf der Couch eingeschlafen. Wir alle.«

»Aidan?« Ich versuchte, mit meinen schlafverklebten Augen zu blinzeln, setzte mich auf und stöhnte, als ein sengender Schmerz meinen Hals hochschoss. Oh ja, ich war ganz eindeutig nicht in einem Bett eingeschlafen.

Aidans Gesicht kam in mein Blickfeld, und ich erkannte, dass er vor mir neben der Couch kniete. Sein Haar war nass, und er hatte sich umgezogen. »Ich habe dich schlafen lassen.«

Ich bog meinen verkrampften Hals von einer Seite zur anderen und gähnte. »Tut mir leid.«

»Nicht nötig.« Er lächelte mir liebevoll zu und strich mir das Haar aus dem Gesicht. »Ich glaube, wir brauchten den Schlaf alle.«

Ich sah mich im Wohnzimmer um und runzelte die Stirn. »Wo ist Sylvie?« Nach der Pizza gestern Abend hatten wir einen Filmmarathon veranstaltet, um uns von der Realität abzulenken. Ich erinnerte mich nicht daran, eingeschlafen zu sein.

»Ich bin vor zwei Stunden aufgewacht, habe sie ins Bett gebracht und dann geduscht.«

»Wie spät ist es?«

»Erst acht. Ich weiß, dass du um zehn zu arbeiten anfängst, deshalb wollte ich dich später wecken, aber du hattest einen Alptraum.«

Ich versuchte mich stirnrunzelnd zu erinnern. »Einen Alptraum?«

Er berührte mit besorgter Miene mein Knie. »Du hast immer wieder meinen Namen gerufen. Als … als hättest du mich verloren oder etwas in der Art.«

»Ich weiß es nicht mehr«, flüsterte ich und griff nach seiner Hand. »Aber das klingt wirklich nach einem Alptraum.«

Er küsste meine Finger. »Frühstück?«

Ich nickte. »Ich helfe dir.«

Am Ende schaffte ich es, ihn zu überreden, seinen Prachthintern auf einem Hocker zu parken, während ich mich in der Küche zu schaffen machte und Omeletts zubereitete. Wir flüsterten nur miteinander, um Sylvie nicht zu wecken.

»Du machst dich gut in meiner Küche«, sagte Aidan und lächelte weich, was allerdings die Traurigkeit in seinen Augen nicht auslöschte. Ich wünschte, ich hätte die Macht, mit einem Schlag alles besser zu machen, aber ich setzte es mir wenigstens zum Ziel, ihm ein echtes Lächeln abzuringen.

»Deine Küche ist schöner als meine.«

»Woher soll ich das wissen?«

Die Erinnerung entlockte mir ein freches Grinsen. »Das tut mir immer noch leid.«

»Deine Freundin brauchte dich.«

»Yeah, das stimmt. Aber das heißt nicht, dass *ich dich* nicht gebraucht habe.«

»Wofür brauchst du Onkel Aidan denn?«

Ich schrak zusammen und hätte fast den Pfannenwender fallen lassen.

Sylvie war wie aus dem Nichts aufgetaucht, stand in ihrem Schlafanzug da, gähnte und rieb sich schläfrig die Augen.

»Möchtest du Frühstück, Süße?«, fragte Aidan prompt und rutschte von seinem Hocker. Obwohl sie schon zu alt dafür war, schwang er sie in den Armen hoch, als wäre sie sechs, und trug sie zu einem anderen Hocker.

Sylvie gähnte erneut. »Getreideflocken.«

»Kommt sofort.«

Während ich unser Frühstück fertigmachte, schüttete Aidan Sylvies Cheerios in eine Schüssel und stellte ein Glas Orangensaft vor sie hin.

Wir aßen schweigend, aber ob das an unserer Müdigkeit oder dem Wissen darum lag, wie vergänglich dieser

Moment war, konnte ich nicht sagen. Doch ich kostete ihn aus, und die Art, wie Aidan Sylvie immer wieder Blicke zuwarf, verriet mir, dass er ebenfalls die Zeit mit seiner Nichte genoss, die ihm noch blieb.

»Hast du hier geschlafen, Nora?«, fragte Sylvie plötzlich und spähte um ihren Onkel herum zu mir.

Damit sie die Situation nicht falsch verstand, erwiderte ich: »Wir sind alle auf der Couch eingeschlafen.«

Sie runzelte die Stirn, und ehe sie weiterfragen konnte, sprang Aidan ein: »Ich bin früher wach geworden und habe dich ins Bett gebracht.«

»Oh. Okay. Letzte Nacht war lustig.« Sie lächelte erschöpft.

»Yeah.« Aidan strich mit der Hand über ihr zerzaustes Haar. »Stimmt.«

Ich wandte den Blick ab, bevor ich in Tränen ausbrach.

Sylvies Augen wanderten von ihrem Onkel zu mir und dann wieder zu Aidan. »Können wir etwas zusammen unternehmen? Wir alle?«

»Nora muss arbeiten, Süße.«

Sichtlich enttäuscht sackte sie auf ihrem Hocker zusammen.

»Muss ich nicht unbedingt«, platzte ich heraus.

Aidan hob eine Braue. »Nicht?«

»Nein. Vielleicht …« Ich hustete dramatisch. »Ja …« Ich hustete stärker. »Ich brüte eindeutig etwas aus.«

Er grinste. »Tatsächlich?«

»Ja, aber keine Angst, es ist nicht ansteckend. Ich kann trotzdem noch mit euch beiden losziehen.«

»Jippie!« Sylvie strahlte. »Was wollen wir machen?«

»Nora muss erst mal ihre Chefin anrufen und ihr erklären, dass sie an einer rätselhaften, nicht ansteckenden Krankheit leidet.«

Ich versetzte ihm einen spielerischen Rippenstoß und sprang von dem Hocker. »Wo ist meine Tasche?«

»Es ist noch nicht einmal neun. Meinst du, sie ist schon da?«

»Ja. Leah kommt normalerweise um halb neun in den Laden.«

Gerade als ich meine Tasche gefunden hatte, klingelte es, und ich sah Aidan überrascht an. Für Besucher war es ein bisschen früh. Er runzelte die Stirn, als er aufstand, um den Türöffner zu betätigen. »Könnte Laine sein«, sagte er. »Sie ist von diesem Job in Paris zurück.«

Ich hatte keine Ahnung, um was für einen Job in Paris es sich handelte. Aidan hatte wahrscheinlich davon gesprochen, aber ich neigte dazu, die Ohren auf Durchzug zu stellen, wenn Laine erwähnt wurde. Ich hatte ihr noch nicht verziehen, dass sie so abfällig über mich gesprochen hatte.

Aber es war nicht Laine.

»Aidan, ich bin es, Cal«, klang eine Männerstimme aus der Gegensprechanlage.

Aidan erstarrte einen Moment und drückte dann widerwillig auf den Türöffner.

»Onkel Aidan, was macht Daddy denn hier?« Sylvie rutschte von ihrem Hocker und lief zu ihm. Obwohl sie groß für ihr Alter war, hatte sie noch nie so kindlich gewirkt, wie sie da in ihrem Hello-Kitty-Schlafanzug, den Hausschuhen und den zerwühlten kurzen goldenen Haaren neben ihm stand. Ihr kleines Gesicht war vor Furcht verkniffen.

»Ich weiß es nicht, Süße, aber ich schätze, das werden wir in einer Minute herausfinden.«

Nachdem Aidan die Tür geöffnet hatte, stellten wir drei uns in einer Reihe auf. Mir kam der Gedanke, dass wir Soldaten an der Front glichen, die auf einen feindlichen Angriff warteten.

Solche Gefühle sollten wir Sylvies Dad eigentlich nicht entgegenbringen, aber er hatte selbst dafür gesorgt. Wenn er von Anfang an ehrlich zu Aidan gewesen wäre, wäre diese ganze Sache nicht in einen solchen Schlamassel ausgeartet. Jetzt würde ihm in diesem Raum gleich eine geballte Macht Feindseligkeit entgegenschlagen.

Erst erschien eine Faust, um an die offene Tür zu klopfen, dann kam Cal herein. Seine Züge verhärteten sich, als er registrierte, dass wir ihn mit leicht gespreizten Beinen und vor der Brust verschränkten Armen erwarteten.

Eine hochgewachsene, attraktive Brünette folgte ihm. Sie trug einen teuer aussehenden, gut sitzenden Mantel mit Fischgrätenmuster, der ihre schlanke Figur betonte, schwarze Lederhandschuhe und schwarze Stiefel mit hohen Absätzen. An einem Arm baumelte eine schwarze Handtasche von Kate Spade.

Ihre auffallenden hellgrauen Augen musterten uns, und ihr schöner Mund verzog sich missmutig.

Cal lächelte seiner Tochter schwach zu. »Morgen, Mäuschen.«

»Hi, Daddy. Was machst du denn hier?« Sie spähte mit für ein kleines Mädchen entschieden zu viel Misstrauen und ängstlicher Sorge zu ihm hoch.

Nach einem Moment betretenen Schweigens räusperte sich Cal und wandte sich an Aidan, sah ihm aber nicht in die Augen. »Wir müssen reden. Allein.«

»Worüber?«

Cal seufzte tief. »Unter vier Augen, Aidan.«

»Und ich habe gefragt, worüber.«

Sein Ton passte zu der morgendlichen Oktoberkälte, die durch die offene Terrassentür fiel.

Cal blickte zu Sylvie. »Mäuschen, zeig Sally doch mal dein Zimmer.«

»Nein.« Aidan schüttelte den Kopf.

Cals Miene verfinsterte sich. »Sally, nimm Sylvie und sieh zu, dass sie sich wäscht und anzieht.«

Sally trat einen Schritt vor, aber Aidan hob warnend eine Hand, und sie war klug genug, stehen zu bleiben. Ohne den Blick von Cal und seiner Verlobten abzuwenden, sagte er: »Pixie, *du* bringst Sylvie in ihr Zimmer.«

Und so zog ich zutiefst beunruhigt eine widerstrebende Sylvie von der sich anbahnenden unschönen Szene weg.

»Was ist denn los, Nora?« Sylvies Mund zitterte, als sie mit nackter Angst in den Augen zu mir aufblickte.

»Ich weiß es nicht, Süße.« Meine Stimme gehorchte mir nicht ganz, was ihre Furcht wahrscheinlich noch verstärkte, aber ich hatte ein mehr als ungutes Gefühl im Magen. »Jetzt ziehen wir dich erst mal an.«

Ich hatte sie gerade ins Bad bugsiert, wo sie sich die Zähne putzte, als ich Aidan brüllen hörte: »Nur über meine Leiche!«

Sylvie wimmerte, als meine Augen sich weiteten.

Was zum Teufel ging da vor?

»Beeil dich ein bisschen, Süße.«

»Nora?«

»Alles gut.«

»Wag es ja nicht!«, donnerte Aidan.

»Rede gefälligst nicht so mit ihr!«, brüllte Cal zurück.

»Das ist meine Wohnung. Mach, dass du rauskommst!«

»Nicht ohne Sylvie.«

Ich spürte, wie sich ihre kleine Hand um meine schloss, und heftete meinen verwirrten Blick auf sie. »Anziehen, Sylvie«, flüsterte ich und half ihr rasch, in frische Unterwäsche, Jeans und einen Pullover zu schlüpfen.

Vorne ging das Gebrüll weiter, aber ich konnte nicht ewig mit ihr im Bad bleiben, und es machte mich ganz krank, dass

Aidan dem, was auch immer sich dort abspielte, schutzlos ausgesetzt war.

Ich nahm Sylvies Hand und wir gingen zu den anderen zurück, wo wir Aidan immer noch in einem heftigen Streit mit Cal und Sally vorfanden. »Was ist hier los?«

Cal drehte sich mit bittender Miene zu mir um. »Mein neuer Boss will mich leider ein paar Wochen früher als geplant in San Francisco haben. Sally und ich reisen in zehn Tagen ab, was heißt, dass das auch für Sylvie gilt. Wir hielten es für das Beste, sie jetzt abzuholen, damit wir uns ein paar Tage lang an das Leben als Familie gewöhnen können, bevor wir in die Staaten ziehen. Wir müssen mit ihrer Schule sprechen und sie drüben an einer örtlichen Schule anmelden. Sie sollte bei all dem dabei sein. Die meisten ihrer Sachen können wir nachschicken lassen, wenn wir dort sind.«

»Nein!«, schrie Sylvie sofort.

Cal machte ein langes Gesicht. »Baby …«

»Nein!« Sie entriss mir ihre Hand, flüchtete in ihr Zimmer und schlug die Tür hinter sich zu.

Ungläubig und rasend vor Wut maß ich Sylvies Vater mit dem giftigsten Blick in meinem Repertoire. »Meinst du nicht, hier wäre eine kleine Vorwarnung angebracht gewesen?«

»Wir sind auch nicht vorgewarnt …«, begann Sally, doch ich schnitt ihr das Wort ab.

»Ich meine für Aidan und Sylvie. Hättet ihr nicht zum Telefon greifen, Aidan anrufen und ihm alles erklären können? Ich nehme an, ihr habt nicht erst heute Morgen davon erfahren.«

Cal nickte.

»Wann?«, stieß Aidan hervor. Die Muskeln seines Bizeps zeichneten sich vor Anspannung unter seiner Haut ab, als er die Arme vor der Brust verschränkte, als könne er sich nur mühsam beherrschen.

Wieder sah Cal ihn nicht an. »Gestern Morgen.«

»Du mieses Schwein.« Aidan wollte auf ihn losgehen, aber ich packte seinen Arm und hielt ihn zurück. »Dann wusstest du bei dem Treffen mit unseren Anwälten gestern schon davon?«

Als Sylvies Dad nicht antwortete, seufzte Sally, als würden wir alle grundlos Theater machen. »Wir wussten, dass du versuchen würdest, alles zu verzögern, und dafür haben wir keine Zeit, Aidan. So ist es am besten.«

»So ist es gefühllos«, gab ich zurück.

»Das geht Sie nun wirklich nichts an.«

Ich funkelte sie bitterböse an. »Und ob mich dieser Mann und dieses kleine Mädchen etwas angehen.«

»Aidan, bitte.« Cals Gesicht spiegelte aufrichtiges Bedauern wider. »Du hast recht, es war nicht der beste Weg, aber für Sylvie wird das so oder so schwer. Ich hielt es für besser, einen klaren Schnitt zu machen. Ich war lange zu schwach, hatte zu viel Angst davor, auf meinem Recht zu bestehen. Aber sie *ist* meine Tochter, und ich will sie bei mir haben. Jetzt.«

Als Aidan auch weiterhin schwieg, warf Sally die Hände hoch. »Um Himmels willen, sie gehört zu Cal. Ganz legal. Wir rufen die Polizei, wenn es nicht anders geht.«

»Sally«, warnte Cal.

Sie schnaubte. »Ist doch wahr.«

Er schien sie stumm anzuflehen, den Mund zu halten. »Er ist ihr Onkel, nicht ihr gottverdammter Kidnapper.«

»Lass mir wenigstens den heutigen Tag mit mir«, sagte Aidan. Die Worte klangen heiser. Ich rückte näher an ihn heran, da ich den Schmerz in seiner Stimme hörte, auch wenn diese egoistischen Arschlöcher taub dafür waren.

»Ich wünschte, das ginge, aber wir haben zu viel zu erledigen. Und hart wird es sowieso, egal wann wir sie holen. Lass es uns hinter uns bringen. Außerdem reist du doch ständig nach Kalifornien. Du siehst sie bald wieder.«

Ich meinte, vor Wut gleich zu explodieren. »Kannst du ihm noch nicht einmal einen Tag gönnen, um sich von seinem Kind zu verabschieden?«

»Sie. Ist. Nicht. Sein. Kind«, betonte Sally kalt. »Jetzt geht aus dem Weg, sonst«, sie hielt ihr Telefon hoch, »rufe ich doch die Polizei.«

Da Cal diesmal nichts sagte, um sie aufzuhalten, trat ich widerstrebend zur Seite und zog den erstarrten Aidan mit.

Cal stapfte an uns vorbei. Seine Wangen brannten, ob vor Scham oder vor Wut, konnte ich nicht sagen. Seine Hexe von Verlobter folgte ihm und warf mir einen so selbstgefälligen Blick zu, dass ich sie am liebsten geohrfeigt hätte. Wie konnte es sein, dass Sylvie von dieser Ziege aufgezogen werden sollte?

Ich fühlte mich so hilflos, dass ich mich weder rühren noch Aidan trösten konnte, der sich anscheinend ohnehin so tief in sich selbst zurückgezogen hatte, dass ich ihn nicht hätte erreichen können.

»Nein!«, hörte ich Sylvie schluchzen. »Daddy, nein!«

»Sag mir, was du mitnehmen willst, Schätzchen«, sagte Sally mit überraschend beschwichtigender Stimme. »Du möchtest doch nichts zurücklassen, woran du hängst.«

Ach nein? Was ist denn mit ihrem Onkel, du dumme Kuh?

»Daddy, nein, lass mich bleiben«, weinte sie laut. Tränen brannten in meinen Augen, und meine Kehle war wie zugeschnürt.

Ein paar Minuten später kam Cal mit einer in Tränen aufgelösten Sylvie in den Armen zurück. Eine wesentlich kleinlautere Sally folgte ihm mit Sylvies Koffer in der Hand.

»Onkel Aidan!«, kreischte Sylvie und versuchte sich zappelnd von ihrem Vater loszumachen. Sichtlich gestresst ließ Cal sie zu Boden gleiten, und sie stürzte zu ihrem Onkel.

Aidan fing sie auf, hielt sie fest und schloss schmerzgepeinigt die Augen. Sylvie klammerte sich an ihn und bettelte darum, bleiben zu dürfen. »Schsch, Kleines, nicht«, sprach er leise auf sie ein. Seine Stimme zitterte. »Alles wird gut.«

Aber nichts konnte sie beruhigen, und nachdem Cal sie fünf Minuten lang sanft gebeten hatte, zu ihm zu kommen, verlor er die Geduld und zog sie aus Aidans Armen.

»NEIN!«, brüllte sie und streckte die Arme nach Aidan aus, als Cal sie aus dem Apartment schleppte. »Onkel Aidan! Nora! Onkel Aidan! Nora! NEIN!«

Ich starrte schluchzend auf meine Füße, da ich das Drama nicht mit ansehen konnte, und wünschte, ich würde das kleine Mädchen nicht auf dem ganzen Weg in den Gang schreien hören.

Und dann hörte ich Aidan zu meinem absoluten Entsetzen aufschreien und blickte gerade noch rechtzeitig auf, um zu sehen, wie seine Beine unter ihm nachgaben. Ich sank ebenfalls auf die Knie und schlang die Arme um ihn. Er kippte gegen mich, krallte eine Hand in mein Shirt und die andere in mein Haar, und ich lauschte, während er sich bemühte, durch die Tränen, die er so lange zurückzuhalten versucht hatte, nach Atem zu ringen.

Kapitel 21

Ich meldete mich schließlich doch bei der Arbeit krank, aber nicht, um einen bittersüßen Tag mit meinen beiden Lieblingsmenschen zu verbringen, sondern um mich um einen von ihnen zu kümmern.

Aidans Gemütszustand mit am Boden zerstört zu beschreiben wäre untertrieben gewesen, und ich war seinetwegen am Boden zerstört. Die Erinnerung an Sylvies flehentliche Bitten zerriss das Schweigen zwischen uns und ließ mich jedes Mal zusammenzucken, und ich konnte nur ahnen, dass Aidan das Geräusch ebenfalls in einer endlosen Warteschleife hörte. Der Kummer und die Erschöpfung, weil er letzte Nacht so wenig geschlafen hatte, überwältigten ihn, und er nickte auf der Couch ein.

Während er schlief, meldete ich mich krank und durchsuchte dann seine Schränke und seinen Kühlschrank nach etwas Essbarem, das ich ihm zubereiten konnte, wenn er aufwachte. Nachdem ich die Zutaten für einen schnellen Nudelsalat gefunden hatte, dachte ich über Sylvies Zimmer nach. Alle ihre Sachen mussten eingepackt werden, und es wäre mir lieber gewesen, wenn ich das für ihn hätte erledigen können.

Ich sah alle zehn Sekunden zu ihm hinüber, als würde ich befürchten, er könnte ebenfalls verschwinden. Er lag ausgestreckt auf der Couch, ein großer, kräftiger Bursche, der sich fünf Mal pro Woche im Fitnessstudio in Form hielt und zu den maskulinsten Männern gehörte, die ich je gesehen hatte.

Es machte mich fertig, ihn in dieser Verfassung zu sehen.

Während ich Tomaten schnitt, schäumte ich innerlich vor Wut. Ich fragte mich, was um alles in der Welt mit zwei Menschen nicht stimmen konnte, wenn sie aus reiner Selbstsucht eine Szene wie die heute Morgen heraufbeschworen. Und es machte mir Sorgen, dass mein süßes, kleines Mädchen bei solchen Egoisten wie Cal und Sally aufwachsen sollte. Ich verschloss die Augen beileibe nicht vor der Wahrheit. Sylvie war Cals Tochter, er hatte das Recht, sie großzuziehen. Aber es war mir zuwider, dass das allein zu seinen Bedingungen geschehen sollte. Als sie jünger war, war er zu sehr mit seiner Karriere beschäftigt gewesen, um sich groß um sie zu kümmern, aber jetzt, wo er endlich beschlossen hatte, erwachsen zu werden, forderte er sein Elternrecht ein – ohne sich darum zu scheren, wie schmerzhaft das nicht nur für Aidan, sondern auch für Sylvie werden würde.

Mein Telefon summte auf der Küchentheke, und ich beeilte mich, den Anruf entgegenzunehmen, um Aidan nicht zu wecken. Es war Seonaid. »Hey«, flüsterte ich.

»Nora? Warum sprichst du so leise?«

»Aidan schläft.«

»Oh.« Sie klang anzüglich.

Ich zuckte zusammen. »Nein. Nichts *oh*. Es ist etwas passiert.«

»Aye. Ich habe im Apple Butter vorbeigeschaut, um zu fragen, ob du mit zum Lunch kommst, und deine komische Chefin hat gesagt, du wärst krank.«

Ich konnte kaum reden, weil mir die Tränen kamen.

»Nora? Was ist los?«

»Ich habe dir doch erzählt, dass Cal das alleinige Sorgerecht will.«

»Yeah.«

»Er kam heute Morgen vorbei und hat sie mitgenommen. Keine Vorwarnung, nichts. Er und sein Luder von Verlobter sind hier hereingeplatzt und haben sie Aidan förmlich aus den Armen gerissen. Er konnte nichts dagegen machen.« Ich schniefte und wischte ärgerlich die Tränen weg. »Und ich konnte nichts für ihn tun.«

»Heilige Scheiße«, ereiferte sich Seonaid. »Das kann ja wohl nicht wahr sein.«

»Sie nehmen sie mit in die Staaten, und sie konnten ihm noch nicht einmal einen letzten Tag mit ihr gönnen. Ihn einen gottverdammten Tag mit ihr verbringen lassen. Was für ein Problem haben diese Typen? Und sie sind jetzt für sie verantwortlich. Ich mache mir solche Sorgen um sie, Seonaid.«

»Oh, Babe, ich bin sicher, dass ihr Dad gut für sie sorgen wird. Er mag ein Mistkerl sein, aber er ist ihr Vater. Er hat sie doch nie schlecht behandelt, oder?«

»Von heute mal abgesehen? Nein«, gab ich widerwillig zu. »Er liebt sie. Aber ist so ein krasser Egoist.«

»Das tut mir echt leid, Nora. Auch für Aidan. Kann ich irgendetwas tun?«

»Danke, aber nein. Ich bleibe heute hier, um mich ein bisschen um ihn zu kümmern.«

»Okay, ruf mich an, wenn du etwas brauchst.«

Ich versprach es und beendete das Gespräch. Aidan regte sich auf der Couch. Ich verkrampfte mich, hoffte, dass ich ihn nicht geweckt hatte, doch er bewegte sich nicht noch einmal, und ich fuhr fort, den Lunch zuzubereiten, damit alles fertig war, wenn er aufwachte.

Eine Weile später saß ich mit einem Becher heißen Tee an der Küchentheke, um die Kälte in meinem Inneren zu vertreiben, als Aidan stöhnte und sich aufsetzte. Ich beobachtete ihn, dabei war ich mir sicher, dass er mir meine Gefühle vom Gesicht ablesen konnte, als er sich mit den Händen durch sein zerzaustes Haar fuhr. Dann rieb er sich über das Gesicht, und seine Schultern sackten nach unten, als hätte er sich gerade an seine momentane Situation erinnert.

Er spürte, dass ich ihn ansah, blickte zu mir herüber, und ich erstarrte angesichts der dumpfen Trauer in seinen Augen.

»Ich habe dir etwas zum Lunch gemacht, falls du Hunger hast.« Meine Stimme klang jämmerlich dünn in dem weitläufigen Raum.

Er schüttelte den Kopf. »Danke, ich möchte nichts.«

»Aidan …« Ich kämpfte mit den Tränen, und er wandte sich ab. Seine Mundwinkel zuckten. »Vielleicht sollten wir jemanden anrufen, oder … ich weiß es nicht.«

»Es gibt nichts, was man tun kann«, sagte er tonlos. »Ob es nun heute, morgen oder in einer Woche passiert, es wäre auch nicht leichter gewesen.«

Wut flammte in mir auf. »Aber du hättest Bescheid gewusst. Die Art, wie er vorgegangen ist, war widerlich. Sowohl dir als auch Sylvie gegenüber. Himmel …«

»Nora, bitte«, fauchte er. Sein innerer Gefühlsaufruhr tobte jetzt in seinen Augen. »Ich war dabei, verdammt noch mal. Ich muss das nicht noch einmal durchleben.«

Ich presste verletzt die Lippen aufeinander und ermahnte mich, dass dieser Mann durch die Hölle ging. Gerade heute musste ich ihm Grobheit verzeihen.

»Was kann ich tun?«

»Gar nichts.«

Und er meinte es so.

Die nächsten Stunden blickte Aidan zur Terrassentür hinaus und war mit den Gedanken weit weg. Sein Körper hätte genauso weit weg sein können, er strahlte es förmlich aus, ihm nicht zu nahezutreten. Also ließ ich ihn in Ruhe. Ein paar Mal piepte sein Telefon, und er antwortete per SMS, sagte aber kein Wort.

Aber ich blieb bei ihm.

Mittags brachte ich ihn irgendwie dazu, den Nudelsalat zu essen, den ich zubereitet hatte. Er saß an der Theke, aß und starrte dumpf auf eine Küchenschranktür, als es an der Tür klopfte. Es war ein warnendes Klopfen, keine Bitte um Einlass, denn als Nächstes klickten Absätze auf dem Hartholzboden, und plötzlich stand Laine da.

Was wollte sie denn hier?

Und dann bemerkte ich ihren gequälten Gesichtsausdruck und wusste Bescheid. Sie war es, der er vorhin eine SMS geschickt hatte. Mein Magen zog sich zusammen, als ich mich fragte, ob er sie gebeten hatte, vorbeizukommen. Ich sah ihn an. Er starrte Laine mit derselben, leeren Kälte in den Augen an wie zuvor mich, was mich nicht hätte beruhigen sollen, aber es war so.

»Ich weiß, du hast gesagt, ich soll nicht kommen«, sagte Laine sanft. »Aber ich musste mich vergewissern, dass du okay bist. Bist du okay?«

Sie würdigte mich keines Blickes.

Nicht ein Mal.

»Das ist eine saudämliche Frage, findest du nicht?«

Laine zuckte zusammen. »Du weißt, was ich gemeint habe.« Sie zog ihren grauen Wintermantel aus und ging zur Couch, um ihre Handtasche abzulegen. Dann entledigte sie sich zu meinem großen Verdruss ihrer Stiefel und stellte sie ordentlich hinter die Couch. Als sie sich in engen Jeans und einem schicken, cremefarbenen Pullover, der wahrscheinlich mehr gekostet hatte als eines meiner Monatsgehälter, zu uns umdrehte, ergriff kleinliche Eifersucht von mir Besitz.

Es war falsch, weil jetzt nur zählen sollte, dass Aidan von Menschen umgeben war, die ihn liebten, aber ich mochte sie nicht. Wenn sie mich nicht auf jede nur mögliche Weise beleidigt hätte, wäre ich vielleicht über meine Eifersucht hinweggekommen.

Aber Laine betrachtete Aidans Rücken mit einem Verlangen, das sie gar nicht erst zu verbergen versuchte.

Yeah ... selbst wenn sie sich mir gegenüber nicht wie ein Miststück verhalten hätte, wäre ich wahrscheinlich nicht darüber hinweggekommen, dass sie in ihn verliebt war. Denn das war sie eindeutig. Richtig?

Als sie meinem Blick endlich nicht länger ausweichen konnte, sah sie mich an. »Du siehst müde aus, Nora. Warst du den ganzen Tag hier?«

»Wir sind alle drei gestern Abend beim Filmegucken auf der Couch eingeschlafen«, teilte ich ihr mit, weil ich ihr klarmachen wollte, wie nah ich Sylvie und Aidan inzwischen stand. »Ich war hier, als Cal und Sally Sylvie abgeholt haben.«

Laines Augen weiteten sich angesichts meiner sichtlichen Erschütterung besorgt. »Wie geht es Sylvie?«

Aidan erstarrte neben mir, und ich legte ihm tröstend eine Hand auf den Arm, die er ignorierte. Ich drückte seinen Arm trotzdem und zog die Hand weg. »Das wissen wir nicht. Als sie gegangen ist, war sie in keiner guten Verfassung.«

»Nein, das kann ich mir vorstellen. Ich könnte Cal umbringen.« Laine rauschte an uns vorbei in die Küche. Ich verfolgte argwöhnisch, wie sie einen Schrank öffnete, eine fast volle Flasche Macallan-Whiskey herausnahm, die Tür schloss, den Gläserschrank öffnete, zwei Gläser holte und sie vor Aidan hinstellte. Er schob seinen Teller weg und wartete geduldig, während Laine die Gläser füllte.

Sie reichte ihm eins und behielt das andere selbst. Dann sah sie mich an. »Du solltest nach Hause gehen, Nora. Ich komme jetzt hier gut allein klar.«

Oh ja, darauf könnte ich wetten.

Ich gab mir alle Mühe, mir meine Reaktion nicht anmerken zu lassen, weil dies nun wirklich nicht der Moment für einen Eifersuchtsanfall war. »Ich kann bleiben.«

»Du siehst aus, als hättest du seit Tagen nicht mehr richtig geschlafen«, sagte Laine, als würde es sie tatsächlich interessieren, wie es mir ging. »Aidan, sag ihr doch, dass sie Schlaf braucht.«

Aidan trank einen Schluck Whiskey und sah mich mit glanzlosen Augen an. »Schon gut, Pixie. Geh nach Hause, und ruh dich aus.«

Ich konnte ihn nur verwirrt anstarren, als er nach der Flasche griff, um sich nachzuschenken. War das jetzt auch eine höfliche Abfuhr seinerseits? Wollte er mich wirklich nicht hier haben? War ich eine Idiotin, mir einzubilden, er würde mich dringender brauchen als eine Frau, mit der er schon seit Jahren befreundet war?

Ich wollte sichergehen, dass Aidan okay war, aber ich wollte auch nirgendwo bleiben, wo ich nicht erwünscht war. »Ich kann bleiben, wenn du mich brauchst. Mir geht es gut. Wirklich.«

»Ich habe die Absicht, diesen fürchterlichen Tag in Alkohol zu ertränken.« Seine Stimme klang heiser. »Das musst du dir nicht ansehen. Geh nach Hause.«

In meinem Stolz getroffen rutschte ich sofort von meinem Hocker. Na schön. Wenn er auf meine Gesellschaft keinen Wert legte, wenn er meinte, sich bei Laine ausweinen zu können, statt bei mir, dann bitte. Ich würde jedenfalls nicht hier bleiben und mir wie ein lästiges kleines Mädchen vorkommen.

Sie hatte mir noch nicht einmal ein Glas Whiskey angeboten. Als wäre ich noch nicht volljährig.

Also suchte ich meine Sachen zusammen, zog Mantel und Stiefel an und verließ sein Apartment, ohne Laine den Triumph zu gönnen, mich noch einmal umzublicken.

Gerade als ich aus dem Haus trat und Tränen der Enttäuschung über meine Wangen zu rollen drohten, klingelte mein Telefon. Es war noch einmal Seonaid. Ich räusperte mich, weil ich nicht wollte, dass sie hörte, wie durcheinander ich war. »Alles in Ordnung?«

»Das wollte ich dich gerade fragen. Ich wollte mich erkundigen, wie es Aidan geht.«

Ich lächelte grimmig, dabei dachte ich, dass ich manchmal gar nicht zu würdigen wusste, was für ein Pfundskerl Jims Schwester war. »Äh … na ja … ich wurde sozusagen vor die Tür gesetzt.«

»Wie bitte?«, schnappte sie.

Es tat mir gut, dass sie prompt an meiner Stelle in Rage geriet. »Seine Freundin Laine … sie kreuzte auf, holte Whiskey aus dem Schrank und ließ keinen Zweifel daran, dass die Erwachsenen jetzt unter sich sein wollten. Aidan ist zu fertig, um sich daran zu stören. Er sagte, ich sollte nach Hause gehen und mich ausruhen. Ich weiß nicht, ob er das wirklich so gemeint hat oder ob er mich auch loswerden wollte.«

»Nein, Nora, das glaube ich nicht.«

»Ich weiß es nicht.«

»Wo bist du jetzt?«

»Auf dem Weg zu irgendeiner Bushaltestelle.«

»Okay. Melde dich, wenn du zu Hause bist.«

Wie sich herausstellte, musste ich ihr nicht Bescheid sagen, denn sie wartete schon auf mich, als ich nach Hause kam. Als ich sie vor meiner Tür stehen sah, brach alles, was ich Aidan zuliebe zurückgehalten hatte, mit Macht aus mir heraus. Meine Freundin schloss mich in die Arme und schaffte es irgendwie, den Schlüssel aus meiner Tasche zu kramen und uns in die Wohnung zu lassen, während sie mich umarmte.

»Ach, Babe ...« Sie drückte mich auf das Sofa, machte sich in der Küche zu schaffen und setzte Teewasser auf. »Es tut mir so leid. Ich weiß, wie gern du Sylvie hast.«

»Ich konnte sie noch nicht einmal mehr in die Arme nehmen oder mich von ihr verabschieden.«

Seonaid kam eilig zu mir zurück, um mich festzuhalten, bis endlich, nach einer gefühlten Ewigkeit, keine Tränen mehr kamen. Endlich machte ich es mir mit einem Becher Tee in der Sofaecke bequem. »Ich bin müde, Seonaid. Ich bin erst zweiundzwanzig und fühle mich so gottverdammt müde.«

Seonaid musterte mich nachdenklich. Ihre nächsten Worte versetzten mir einen Schock. »Wenn du aufhören würdest, dich für Verbrechen zu bestrafen, die du gar nicht begangen hast, würdest du dich vielleicht nicht so gottverdammt müde fühlen.«

Ich starrte sie entgeistert an. »Was?«

»Glaubst du, ich weiß nicht, warum du angefangen hast, regelmäßig in das Krankenhaus zu gehen oder warum du mir und Mum und sogar Roddy so lange aus dem Weg gegangen bist? Ich meine, wenn ich nicht gewesen wäre, würdest du wahrscheinlich überhaupt nicht mehr mit uns reden.«

Verblüfft setzte ich zu einer Antwort an, wusste aber nicht, was ich sagen sollte. Es abzustreiten hieße, sie anzulügen, und das hatte sie nicht verdient.

Seonaid beugte sich zu mir. Ihre Augen leuchteten warm. »Ich weiß, dass du Jim nicht so geliebt hast wie er dich. Er wusste es auch. Wir haben darüber gesprochen. Du warst ja fast noch ein Kind. Du hast einen Fehler gemacht, als du ihn geheiratet hast, aber nicht absichtlich. Und du kannst dich nicht ewig dafür bestrafen. Ich habe meinen Bruder wirklich geliebt, aber seine Liebe zu dir war egoistisch, Nora. Er wollte dich nur für sich allein haben, und damit war die Katastrophe vorprogrammiert. Aber du … du, Babe, kannst mir glauben, dass du meinem Bruder, obwohl er wusste, dass du ihn nicht so liebst wie er dich, die glücklichsten Jahre seines kurzen Lebens geschenkt hast.«

Tränen rannen über ihr hübsches Gesicht, und sie lächelte traurig. »Wenn du dich dafür bestrafst, hör auf damit. Glaubst du denn, ich wäre noch hier, wenn du ein Scheusal wärst, das das Leben meines Bruders ruiniert hat? Und dich so gernhaben würde?«

Ich konnte ein Schluchzen nicht unterdrücken, und die Tränen, von denen ich gedacht hatte, sie wären versiegt, rannen mir erneut über die Wangen. Ich schlang die Arme um sie und hielt mich an ihr fest. Die Erleichterung erschütterte mich, weil es Seonaid war, der Mensch, der Jim am meisten geliebt hatte.

»Es tut mir leid«, schluchzte ich, klammerte mich an sie wie an Treibholz in einem reißenden Fluss. »Es tut mir so leid.«

Und zum zweiten Mal an diesem Tag tröstete mich meine Freundin, bis ich mich beruhigt hatte.

Später rollte ich mich erschöpft auf dem Sofa zusammen und schob die Hände unter den Kopf. Seonaid lag auf der anderen Couch und schien Tagträumen nachzuhängen.

»Ich liebe sie«, gestand ich.

Sie sah mich überrascht an. »Wen?«

»Sylvie und Aidan.« Ich drängte erneut aufsteigende Tränen zurück, weil ich das Salz auf meiner Haut leid war. »Ich liebe ihn, Seonaid. Es tut weh, so weit weg von ihm zu sein, während er das alles durchmacht. Es tut so verdammt weh, wie ich es noch nie erlebt habe. Und ich habe mich in dem Wissen auf die beiden eingelassen, dass sie mir das Herz brechen würden. Aber ich dachte, es müsste so sein. Dass es mir bestimmt war, ihnen über den Verlust von Nicky hinwegzuhelfen; diejenige zu sein, auf die sie zählen, die sie benutzen konnten, um dann weiterziehen zu können. Jetzt bricht mein Herz wirklich, und ich kann es nicht so wegstecken, wie ich gedacht hatte. Sylvie ist fort. Ich weiß nicht, ob ich sie je wiedersehen werde. Und Aidan … das war der Test, nicht wahr? Und er braucht mich nicht. Ich mache ihm keinen Vorwurf daraus, denn … was habe ich ihm schon zu bieten? Einem Mann wie ihm? Ich bin nur eine Verkäuferin, die nicht den Mut aufbringt, den Tod ihres Mannes zu überwinden und die Scherben ihres Lebens zusammenzusetzen – stattdessen hänge ich wie eine pathetische Witwe in einer Kinderklinik herum.«

»Das reicht«, zischte Seonaid. Ihre Augen blitzten mich ärgerlich an.

Ich zuckte bei der Wut in ihrer Stimme zusammen und setzte mich langsam auf.

»Du bist noch nicht einmal dreiundzwanzig Jahre alt, Nora. Du bist intelligent, du bist witzig, du bist hübsch, und du hast alle Zeit der Welt, etwas aus deinem Leben zu machen. Und das wirst du auch, das weiß ich. Du bist etwas Besonderes, Nora. Das hat Jim zu dir hingezogen, und ich bin sicher, dass das auch Aidan gefesselt hat. Er sollte sich glücklich schätzen, dich zu haben. Jeder Mann sollte das. Und er hat gerade ein paar Monate nach dem schlimmsten Tag seines Lebens den zweitschlimmsten erlebt. Hör auf, dich niederzumachen, und sei für ihn da. Geh morgen wieder zu ihm, zur Hölle mit dieser Laine, und erinnere ihn daran, dass *du* seine beste Freundin bist.«

Mit Seonaids ermutigenden Worten im Kopf, die mein Selbstvertrauen stärkten, kehrte ich am nächsten Morgen zu Aidans Wohnung zurück. Zu meiner Enttäuschung meldete sich Laine an der Gegensprechanlage und ließ mich ins Haus.

Sie erwartete mich an der Apartmenttür, und ich verspürte einen Anflug von Panik, als ich sah, dass sie dieselben Sachen trug wie am Abend zuvor. Sie hatte sich abgeschminkt, und obwohl sie müde aussah, war es offensichtlich, dass sie nicht viel Make-up brauchte. Ihr ebenso grimmiger wie mitleidiger Gesichtsausdruck steigerte meine Panik noch.

»Komm rein.« Sie winkte mich ins Innere und legte mir tröstend eine Hand auf die Schulter, als ich das Apartment betrat.

Ich hörte kaum, wie sie die Tür hinter mir schloss, weil mich der Anblick seines Wohnzimmers wie ein Schlag traf. Beziehungsweise das, was nicht mehr dort war.

Aidans gesamte Musikausrüstung – die Instrumente und die Computer – waren verschwunden.

Einfach weg.

Der Bereich war komplett leer.

»Was ist hier los?«

»Nora ... ich weiß gar nicht, wie ich es dir sagen soll, und ich bin in Anbetracht meines unmöglichen Benehmens sicher die Letzte, von der du es hören willst ...« Laines Mitleid löste in mir den Wunsch aus, sie anzuschreien, endlich zur Sache zu kommen. »Aidan ist weg.«

Meine Knie zitterten, als hätte sich der Boden unter meinen Füßen bewegt. »Weg? Was soll das heißen, weg?«

Zorn flackerte in Laines Augen auf, vielleicht sogar Frust. »Nachdem du gestern gegangen bist, hat er plötzlich Vorbereitungen getroffen, das Land zu verlassen. Er hat einen Job in L. A. angenommen, um in Sylvies Nähe zu sein, aber das hieß, dass er heute früh abreisen musste.« Sie deutete zu der leeren Fläche im Wohnzimmer. »Er hat eine Firma aufgetrieben, die auf die Schnelle seine Sachen abgeholt hat, und er kennt jemanden drüben, der ihm eine Wohnung besorgt.«

Nein.

Was?

Ich starrte sie ungläubig an. Die Panik, die in mir aufgekeimt war, griff auf meine Lungen über, so dass mir das Atmen schwerfiel. »Er würde doch nicht … er ist einfach abgereist?« Ohne sich zu verabschieden, ohne Erklärung.

Nein.

Aidan.

Das aufrichtige Mitgefühl in Laines Augen war mehr, als ich ertragen konnte.

Es zerfleischte meine Eingeweide. Oder das, was von den Fetzen in meinem Inneren noch übrig war.

»Nora, ich hoffe, dass das, was ich jetzt sage, dir auf lange Sicht hilft, auch wenn es jetzt nicht danach aussieht. Aber … das wäre auch passiert, wenn Sylvie nicht im Spiel gewesen wäre. Glaub es mir. Ich bin länger Bestandteil von Aidans Leben als irgendeine andere Frau, und ich weiß, dass er ein eingefleischter Junggeselle ist. Das heißt nicht, dass ihm nichts an dir liegt – ich bin sicher, dass das durchaus der Fall ist – aber er kann sich Frauen gegenüber wie ein richtiges Arschloch verhalten. Ich mag ihn wirklich sehr, aber es ist die Wahrheit. Er gibt ihnen allen das Gefühl, seine beste Freundin zu sein, sagt, er hätte noch nie für jemanden so viel empfunden, und vielleicht glaubt er das sogar selbst eine Weile lang. Wirklich. Aber nur eine Zeit lang. Dann beginnt er sich zu langweilen und zieht weiter. Ich war überrascht, dass er mit dir so lange zusammen war … nun ja.« Sie zuckte von diesem verdammten Mitgefühl erfüllt zusammen. »Er hat mir erzählt, ihr hättet nie miteinander geschlafen, deswegen hast du dich vielleicht länger gehalten als die anderen. Vorfreude, du weißt schon. Wie ich sagte … er kann so ein Mistkerl sein.

Aber einer, an dem mir etwas liegt. Denn er hat nicht nur schlechte Seiten. Eigentlich ist er ein herzensguter Mensch, du hast ja gesehen, wie er mit Sylvie umgegangen ist. Also versuch bitte, ihm zu verzeihen, Nora. Er ist nicht absichtlich so grausam zu dir gewesen.« Sie deutete erneut auf die leere Fläche im Wohnzimmer. »Er braucht Sylvie nur mehr als irgendjemanden sonst. Ich bin sicher, dass du das verstehst.«

Da ich das Gefühl hatte, mir würde gleich übel werden, während ich mich gleichzeitig an die Hoffnung klammerte, dass es sich um ein furchtbares Missverständnis handelte, schob ich mich an ihr vorbei und ging zur Tür. »Wann geht denn sein Flieger?«

»In ungefähr zwanzig Minuten. Du schaffst es nie rechtzeitig zum Flughafen, falls du das vorhast!«, rief sie mir nach, als ich aus dem Apartment flüchtete.

Nein, ich konnte es nicht rechtzeitig zum Flughafen schaffen. Ich suchte in meiner Tasche nach meinem Telefon. Ich konnte jedoch versuchen, ihn daran zu hindern, in dieses Flugzeug zu steigen, und herauszufinden, was zum Teufel in seinem Kopf vor sich ging.

Ich fluchte, als ich feststellte, dass ich im Fahrstuhl keinen Empfang hatte, stürmte hinaus, sowie er im Erdgeschoss Halt machte, und drückte die Ruftaste.

»Hier ist Aidan Lennox. Bitte hinterlassen Sie mir eine Nachricht.«

»Nein«, entfuhr es mir frustriert, als ich seine Mailbox hörte. Mit zitternden Händen schickte ich ihm eine SMS.

Wo bist du? Was ist los? Stimmt es, was Laine gesagt hat?

Keine Minute später summte mein Telefon.

Mein Puls raste, als ich sah, dass Aidan geantwortet hatte.

Es tut mir mehr leid, als ich sagen kann. Aber ich muss in Sylvies Nähe sein. Du hast etwas Besseres verdient. Bye, Pixie.

Irgendwie, wie, weiß ich nicht, fand ich blind nach Sighthill zurück. Und obwohl ich auf dem Bürgersteig, im Bus und auf den Straßen, die ich überquerte, kleine Scherben meines Ichs zurückließ, explodierte der in mir tobende sengende Schmerz erst in meiner Wohnung und ließ mein Leben als Scherbenhaufen zurück, den ich glaubte, nie wieder zusammenkitten zu können.

Dritter Teil

Kapitel 22

Edinburgh, Schottland
März 2017

Verhehle, wer ich bin …«

»Stopp!«

Bei Quentins scharfer Anweisung blickte ich von meinem Englischreferat zu der kleinen Bühne hinüber, wo Eddie und Gwyn das Ende der zweiten Szene des ersten Aufzugs von William Shakespeares *Was ihr wollt* probten. Eddie spielte den Schiffshauptmann, Gwyn die Viola. Als Violas Zweitbesetzung hätte ich besser aufpassen sollen, aber ich versuchte, eine schriftliche Arbeit zu beenden, die ich Ende der Woche abgeben musste. Und außerdem kannte ich dieses Stück in- und auswendig.

Quentin funkelte Eddie erbost an. »Hör auf, auf ihre Titten zu glotzen, während sie spricht. Du bist der Hauptmann, ihr Führer und Beschützer! Da stierst du eine junge Lady nicht so lüstern an, du dauergeiler Hund!«

Ich schlug eine Hand vor den Mund, um mein Schnauben zu ersticken. Als ich letzten September zu der *Tollcross Amateur Theatre Company* gestoßen war, hatte mich ihr ständig melodramatischer walisischer Regisseur Quentin Alexander etwas eingeschüchtert. Im Lauf der Zeit hatte ich mich aber an ihn gewöhnt, vor allem, weil er mich unbeabsichtigt zum Lachen brachte.

»Sie sind aber nicht zu übersehen«, beschwerte sich Eddie, dabei deutete er auf Gwyns beeindruckende Brüste. Sie trug einen engen Pullover mit tiefem Ausschnitt, der ihr üppiges Dekolleté betonte. »Sag ihr, dass sie sich anständiger anziehen soll.«

Gwyn bedachte ihn mit einem höhnischen Lächeln. »Dir ist schon klar, dass alles, was soeben aus deinem Mund gekommen ist, einer der Gründe ist, warum die Frauenbewegung gegründet wurde, ja?«

»Weitermachen«, schnarrte Quentin mit seinem Oberklassenakzent, der eher englisch als walisisch klang. »Du Meckerfritze! Sprich deinen Text, ohne auf ihre Titten zu starren, oder ich suche mir einen anderen Schiffshauptmann, das schwöre ich dir bei Shakespeares Göttern.«

Dauergeiler Hund, Meckerfritze. Meine Lippen zitterten, als ich mit meinem Stift dagegen tippte. Quentin war heute schwer in Fahrt.

»Ich muss mir diese Beschimpfungen nicht gefallen lassen«, schnaubte Eddie.

»Dann verschwinde von meiner Bühne.«

Er verließ die Bühne nicht. Sie begannen von Neuem mit der Szene, und ich blickte wieder auf meine Arbeit hinunter.

»Ich nehme an, du kennst den Text … da du überhaupt nicht zuhörst?«, murmelte Quentin. Ich schrak zusammen, als er sich über mich beugte.

Dann lächelte ich beschwichtigend. »Jede Silbe.«

»Was machst du denn da?« Er nickte zu dem generalüberholten MacBook auf meinem Schoß und den auf dem Stuhl neben mir verstreuten Notizen hinüber.

»Englisches Literaturreferat.«

»Na, das ist wenigstens produktiv, was man von dem, was Amanda gerade treibt, nicht behaupten kann.« Er nickte zu einer Stelle hinter mir, und ich blickte über meine Schulter und sah, wie meine Zweitbesetzungskollegin Amanda über etwas kicherte, was Hamish (unser Sebastian) ihr ins Ohr flüsterte.

»Ich kann nur beten, dass Jane nichts zustößt, sonst könnte dieses Stück ein Scheidungsgrund werden«, brummte Quentin, bevor er seine Aufmerksamkeit wieder auf seine Darsteller auf der Bühne richtete.

Jane war unsere Olivia und Amanda ihre Zweitbesetzung. Sie war reif, professionell und bis über beide Ohren in ihre Frau verliebt, Amanda dagegen Studentin an der Universität von Edinburgh, intelligent, aber kindisch und eine selbst ernannte Flirtkanone. Sie liebte es, im Mittelpunkt zu stehen. In *Was ihr wollt* war Olivia Sebastians Angebetete. Kein Problem für Jane und Hamish.

Sollte Amanda jedoch die Rolle übernehmen, war ich nicht sicher, wie sich das auf Hamish auswirken würde. Er war fünfzehn Jahre älter als sie, verheiratet, hatte zwei Kinder, und offensichtlich langweilte ihn sein Familienleben, weil der Mann ganz klar nicht über die Willenskraft verfügte, Amandas Reizen zu widerstehen.

Ich runzelte die Stirn und schüttelte angewidert den Kopf. Amanda und ich kamen nicht sonderlich gut miteinander klar. Seit ich sie im September kennengelernt hatte, hatte sie reihenweise Männer verschlissen. Viele davon waren bereits mit einer anderen zusammen. Es sah so aus, als würde sie darauf abfahren, Männer ihren Freundinnen und Frauen auszuspannen, und sobald sie die Beute erlegt hatte, ließ sie sie gelangweilt wieder fallen.

Armer Hamish.

Was für ein Idiot.

Ich blickte auf meinen Laptop und dachte mir, dass es mich nicht wundern sollte, durch das Mitwirken bei einer Theatergruppe Zeuge solcher Dramen auf und hinter der Bühne zu werden.

Zum Glück war es nicht *mein* Drama hinter der Bühne, und nur das zählte für mich. Mein Leben war offiziell dramenfrei, schon seit einer ganzen Weile. Genau so wollte ich es haben.

Ich war zufrieden. Endlich.

Der Weg bis zu diesem Punkt war lang und steinig gewesen, und bei Gott, ich würde das, was ich erreicht hatte, mit Zähnen und Klauen verteidigen.

»Okay, wo sind Valentin und der Herzog?«, rief Quentin.

Herzog Orsino wurde von Jack gespielt. Er war ein gut aussehender Typ, ein paar Jahre älter als ich, mittelgroß, athletisch gebaut mit schönen dunklen Augen, die ständig boshaft funkelten. Er flirtete ebenso gern wie Amanda, nur dass er von vergebenen Frauen die Finger ließ und eigentlich mehr ein Serienmonogamist als ein Aufreißer war. Seit wir uns kannten, hatte er zwei Freundinnen gehabt und war mit jeder ein paar Monate zusammen gewesen, bevor er sich von ihr getrennt hatte. Wenn er ein Mädchen hatte, war er ihr, soweit ich wusste, treu, was ihn aber nicht daran hinderte, mit jeder halbwegs attraktiven Frau in Edinburgh zu flirten.

Außer mit Amanda.

Er machte keinen Hehl daraus, dass sie ihm gewaltig auf die Nerven ging.

Jack war Autoverkäufer, wollte aber unbedingt Schauspieler werden. Er hatte als Statist in Filmen mitgewirkt, Kurzauftritte in TV-Shows gehabt und sogar ein paar Werbespots gedreht. Aber das reichte nicht aus, um auf Dauer die Lebenshaltungskosten zu decken.

Aber er blieb trotzdem bei der Stange und frönte seiner Schauspielleidenschaft als Darsteller bei dieser Truppe.

Er hatte ein paar Stühle von mir entfernt gesessen, die Beine lässig übereinandergeschlagen auf den Sitz vor ihm gelegt. Er und Jane hatten sich die Probe angeschaut und dabei mit ihren Telefonen gespielt. Andere Darsteller mit kleineren Rollen warteten in dem kleinen Theater verstreut darauf, dass Quentin sie aufrief.

Ich rückte zur Seite und zog mein MacBook aus dem Weg, als Jack den Gang entlangschlurfte, um auf die Bühne zu gehen. Er feixte, als sich unsere Körper streiften, und tippte auf den Deckel meines Laptops. »Das ist der Grund, warum du Single bist. Zu viel Arbeit und zu wenig Vergnügen machen Nora zu einem langweiligen Mädchen.«

Ich bedeutete ihm, weiterzugehen. »Ich bin Single, weil ich es so will, Jack.«

»Oh, das ist offensichtlich, Sahnestückchen.« Er zwinkerte mir zu.

»Beeil dich, Orsino«, schnarrte Quentin. »Wir haben nicht den ganzen Abend Zeit.«

Will, der den Valentin spielte, war schon mit Gwyn auf der Bühne.

»Okay«, sagte Quentin, als Jack, bereit für seinen Auftritt, hinter der Bühne stand. »Erster Aufzug, vierte Szene.«

Will schritt mit Gwyn zur Mitte der Bühne. »Wenn der Herzog mit solchen Gunstbezeugungen gegen Euch fortfährt, Cesario, so könnt Ihr es weit bringen: Er kennt Euch erst seit drei Tagen, und schon seid Ihr kein Fremder mehr.«

Gwyn blickte Will verständnislos an.

Er flüsterte ihr etwas zu, woraufhin sie errötete und sich entschuldigend an Quentin wandte. »Welche Zeile?«

Unser Regisseur verdrehte die Augen gen Himmel.

Ehe er ihr die Zeile aus dem Textbuch in seiner Hand vorlesen konnte, rief ich: »Ihr fürchtet entweder Laune von seiner Seite oder Nachlässigkeit von der meinigen, wenn Ihr die Fortdauer seiner Zuneigung in Zweifel zieht. Ist er unbeständig in seiner Gunst?«

»Danke!«, rief Gwyn zurück. »Jetzt fällt es mir wieder ein.«

Quentin warf mir einen nachdenklichen Blick zu und richtete seine Aufmerksamkeit dann wieder auf Gwyn. »Du kannst dir ja wohl denken, was ich davon halte, dass deine Zweitbesetzung dir den Text vorsagt, Viola.«

»Sie hat das Buch da«, widersprach Gwyn.

»Nein.« Er schüttelte den Kopf. »Das konnte sie auswendig.«

Der finstere Blick, mit dem Gwyn mich bedachte, trieb mir das Blut in die Wangen. Ich schielte zu Eddie, der gelangweilt wirkte, und dann zu Jack, der mich angrinste, als würde ich in Schwierigkeiten stecken. Ich ignorierte ihn und konzentrierte mich auf mein Referat.

Schäm dich nie dafür, intelligent zu sein, Nora. Ich hätte dich mehr fördern müssen. Es tut mir leid.

Die Stimme meiner Mom hallte in meinem Kopf wider, und ich blickte wieder zur Bühne hoch. Es war nicht meine Schuld, dass ich die Rolle auswendig kannte, und ich würde mir von Gwyn deswegen kein schlechtes Gewissen einimpfen lassen. Über eingebildete Schuldgefühle war ich hinaus. Ich musste mich jeden Tag ermahnen, dass ich eine andere Frau sein wollte als vor achtzehn Monaten.

Die Verwandlung hatte an jenem verhängnisvollen Morgen begonnen, als ich meinte, alles verloren zu haben. Als ich einen Schmerz durchlebt hatte, den ich nie zuvor hatte aushalten müssen – die Qual, einen Menschen verloren zu haben, weil er verloren werden wollte – eilte Seonaid zu meiner Rettung herbei. Sie wusch mir den Kopf und hämmerte mir ein, dass kein Mann das wert war. Und sie sagte mir, dass es Zeit war, die Kontrolle über mein Leben zu übernehmen.

Und ihre hitzige Entschlossenheit hatte, gepaart mit meiner Wut auf *ihn*, ein Feuer in mir entzündet.

Ich wollte so stark sein, wie ich es ihren Beteuerungen zufolge sein konnte, also hatte ich ein paar Sachen in meinen

Rucksack gepackt, mir genug Geld von Seonaid geliehen, um einen günstigen Flug nach Indiana zu bezahlen, und mich auf die Suche nach meinen Eltern begeben. Mit ihnen hatte alles begonnen, und ich wusste, dass ich, wenn ich einen Neuanfang wagen wollte, einen Schlussstrich brauchte. Ich musste wissen, ob sie mir verziehen hatten.

Ich hatte keine Ahnung, ob ich es mir je leisten könnte, nach Edinburgh zurückzukehren, aber Seonaid sagte, sie würde dafür sorgen; sie müsste es möglich machen, weil Angie und Roddy ihr den Kopf abreißen würden, weil sie mich ohne Abschied in einen Flieger in die Staaten gesetzt hatte.

Aber sie konnte in meinen Augen lesen, was in mir vorging.

Ich musste es jetzt tun, um mich auf etwas konzentrieren zu können, etwas, was mir half, mit dem Umstand fertig zu werden, dass der Mann, den ich liebte, mir das Herz gebrochen hatte.

Donovan, Indiana
November 2015

Ich blickte die Frau, die in der Vordertür des Hauses meiner Eltern in der West Washington stand, verwirrt an. Wenn es eine andere Straße in einer anderen Stadt gewesen wäre, hätte ich das Klopfen an der falschen Tür mit Jetlag und Kummer entschuldigen können.

Aber dies war Donovan, und mein Elternhaus fiel wegen seiner Kleinheit in der Straße auf. Und da war noch der Riesenbaum im Vorgarten.

Die Lady war vielleicht Anfang vierzig und kam mir vage bekannt vor. Sie runzelte beim Anblick der durchnässten jungen Frau auf ihrer Schwelle die Stirn. »Kann ich Ihnen helfen?«

»Äh … ich suche meine Eltern. O'Brien.«

Vor Überraschung schossen ihre Brauen bis zum Haaransatz hoch. »Sind Sie die Tochter, die abgehauen ist?«

Die Annehmlichkeiten des Lebens in einer Kleinstadt. »Genau die.«

Sie kräuselte höhnisch die Lippe. »Nun, Ihre Mutter wohnt nicht mehr hier. Sondern draußen auf der Willow Street, östlich von der Northwood Farm. Sie hat da gebaut. Das Haus heißt Willow House.«

Ihre Worte schwirrten in meinem Kopf herum, aber ich bekam keine Gelegenheit, weitere Fragen zu stellen, weil sie mir die Tür vor der Nase zuschlug. Ich stolperte von der kleinen Veranda herunter und wäre fast über meine eigenen Füße gefallen, als ich den Gartenweg entlangging. Wie um alles in der Welt konnte meine Mutter es sich leisten, auf dem Land in der Nähe unseres allerersten Heims ein Haus zu bauen? Und warum hatte die Frau es so dargestellt, als hätte Mom das alleine hinbekommen?

Wo war mein Dad?

Ich war noch aufgeregter als vorher und ging weiter.

Zuerst war ich froh, meinen Mantel anzuhaben, denn es herrschten kühle neun Grad, und ein böiger Wind versuchte mich dahin zurückzuwehen, wo ich hergekommen war. Doch nachdem ich fünfzig Minuten lang Richtung Willow am Stadtrand von Donovan marschiert war, schwitzte ich. Meine furchtbare Nervosität könnte dazu beigetragen haben.

Ich hatte Angst, das Haus zu übersehen, wenn es abseits der Hauptstraße lag, aber ich entdeckte Willow House sofort. Es war größer als das Haus auf der West Washington, aber immer noch recht bescheiden. Zwei Stockwerke, weiß verklinkert, mit einer rund um das Gebäude verlaufenden Veranda und einem hübschen Vorgarten, der aussah, als würde ihn tatsächlich jemand in Schuss halten.

Meine Handflächen fühlten sich vor kaltem Schweiß glitschig

an, als ich stehen blieb. Meine Füße schienen plötzlich einen eigenen Willen zu haben, sie wollten partout nicht dort hingehen. An den beiden vorderen großen Panoramafenstern hingen hübsche Vorhänge, und in einem stand eine Vase mit Lilien und Rosen.

Mir fiel ein kirschroter Jeep Renegade neueren Baujahrs in der Auffahrt an der anderen Seite des Hauses auf. Ein schmucker Wagen.

Er passte gar nicht zu meiner Mutter.

Und zu meinem Vater schon gar nicht.

Was zum Teufel …?

Ein tiefes Bellen riss mich aus meiner Erstarrung. Die Vordertür wurde geöffnet, ein großer schwarzer Hund kam zum Vorschein, stieß das Fliegenschutzgitter auf und sprang mit großen Sätzen auf mich zu. Die Angst löste meine Füße vom Boden, und ich stolperte zurück, als der schwarze Labrador näherkam.

»Lass das, Trixie.«

Die Labradorhündin blieb vor mir stehen. Ihr Schwanz klopfte auf den Gartenweg, während sie mit aufgeregten braunen Augen zu mir hochschaute.

Mein Blick wanderte von dem Hund zu seiner Besitzerin.

Und ich traute meinen Augen nicht.

Es war meine Mom, wenn auch kaum wiederzuerkennen.

Sie trug enge Jeans, die ihre immer noch schlanke Figur betonten, und einen weiten grünen Pullover, eine Farbe, die ihr ausgezeichnet stand. Ihr dunkles Haar war nicht mehr streng aus dem Gesicht gekämmt, sondern fiel ihr in losen, attraktiven Wellen um die Schultern. Und obwohl sie mich verwirrt und argwöhnisch musterte, war der erschöpfte, verkniffene Ausdruck, der früher ein Teil von ihr gewesen war, verschwunden.

»Mom?«

Beim Klang meiner Stimme setzte sie sich in Bewegung und kam langsam, wie in Trance, die Verandastufen herunter. Ich konnte in ihrem Gesicht keine Regung erkennen, also wappnete ich mich gegen

Gift. Sie ging an dem Hund vorbei direkt auf mich zu, bis wir fast zusammenstießen und sie die Arme fest um mich schloss.

Einen Moment lang konnte ich es nicht fassen.

Meine Mom umarmte mich.

Umarmte mich.

»Nora«, flüsterte sie mit erstickter Stimme.

Die Furcht, die ich seit Jahren mit mir herumtrug, verflog, und gleichzeitig lachend und weinend erwiderte ich ihre Umarmung.

Wir hielten uns fest, bis Trixie ungeduldig wurde und an Mom hochsprang. Sie ließ mich lachend los. »Platz, du dummes Mädchen.« Sie schob den Kopf des Hundes spielerisch weg, und ich staunte erneut: Wer ist diese Frau?

Moms Lachen erstarb angesichts der Fragen, die sie mir vom Gesicht ablas. »Komm rein.«

»Wo ist Dad?«

Mom wich meinem Blick aus, machte auf dem Absatz kehrt und ging zum Haus zurück. »Drinnen, Nora.«

Erst als wir uns in einem modern eingerichteten Wohnzimmer gegenüberstanden, das ich nie mit meiner Mutter in Verbindung gebracht hätte – ganz in Hellgrau und Butterblumengelb gehalten – erfuhr ich die Neuigkeit, vor der ich mich die letzte Stunde lang gefürchtet hatte.

»Dein Dad ist tot, Nora. Er starb vor ungefähr neun Monaten. Herzinfarkt.«

Es war zu viel.

Es war einfach zu viel.

»Malvolio!«

Aus meinen Erinnerungen gerissen schnappte ich nach Luft und errötete vor Entsetzen bei dem Gedanken, jemand könnte mich gehört haben. Aber niemand beachtete mich, und Terence, unser Malvolio, kletterte über Stühle, um zur Bühne zu gelangen.

»Es gibt nicht ohne Grund einen Gang, du elender Schurke.« Quentins Miene verdüsterte sich.

»Ich denke nicht, dass das Klettern über ein paar Stühle die Beleidigung rechtfertigt. Ich, Sir, bin kein Schurke. Na ja ... wenn du es willst, bin ich eben einer.« Er zwinkerte ihm zu.

Ich unterdrückte ein Kichern. Auch Quentin hatte Mühe, nicht zu lächeln. An dieser Stelle sollte erwähnt werden, dass Terence seit drei Jahren Quentins Lover war. Er war dreizehn Jahre jünger als Quentin, und nach außen hin schienen sie so verschieden wie Tag und Nacht zu sein. Zwar spielte Terence den stoischen, fast puritanischen Malvolio, war aber im wahren Leben das genaue Gegenteil – witzig, sarkastisch, ein bisschen wild und kontaktfreudig, im Gegensatz zu Quentin, der manchmal etwas steif wirkte.

Wahrscheinlich kamen sie deshalb so gut miteinander aus. Terence verfügte über die Lockerheit, die Quentin brauchte, und Quentin zwang Terence, das Leben etwas ernster zu nehmen.

»Fangt an!«, befahl unser Regisseur.

Derek, der den Narren spielte, kam mit Olivia und Malvolio auf die Bühne.

»Witz, wenn es dein Wille ist ...«

Ich verbannte sie in meinen Hinterkopf und versuchte erneut, meine Notizen zu lesen, als Quentin meine Konzentration unterbrach. »Das ist deine erste Zeile, Malvolio.«

»Ich kann mich nicht daran erinnern.« Terence lächelte jungenhaft und spähte an seinem Freund vorbei zu mir. »Vielleicht weiß Nora sie.«

»Wie kommt es, dass du die erste Zeile von deinem Text nicht kennst?«, wollte Quentin wissen.

Er kannte sie garantiert, er wollte mich nur ärgern.

»Komm schon, Nora, gib mal ein bisschen an. Ich wette, du kannst das ganze Stück auswendig.«

»So beeindruckend das auch wäre, wir haben nicht die Zeit dafür«, versetzte Quentin. »Text!«

Aber Terence grinste mich an, forderte mich heraus. Ich schnaubte und konnte förmlich Rauch aus Quentins Ohren quellen sehen. »Jawohl, und wird damit fortfahren, bis er in den letzten Zügen liegt.«

»Aha. Geht doch.« Terence applaudierte und bedeutete mir dann, fortzufahren. »Weiter.«

Ich verzog das Gesicht. »Lern deinen Text selber.«

»Ihr seid alle Amateure«, grollte Quentin.

Jane schnitt eine Grimasse. »Tja ... wie wahr, wie wahr.«

»Steht ja auch im Namen der Truppe, mein Schatz.« Terence fuhr fort, ohne jede Reue zu grinsen. Unser Regisseur knurrte etwas, aber er stand zu weit weg, ich konnte es nicht verstehen.

»Kommt das nur mir so vor«, ich schrak zusammen, als Jacks Stimme direkt hinter mir erklang, »oder sind heute Abend alle ziemlich nervtötend?«

»Du vor allem.« Ich deutete auf den Stuhl und dann auf die Bühne. »Wann bist du denn da runtergekommen?«

»Während du auf deinen Laptop gestiert und so getan hast, als würdest du arbeiten, aber in Wirklichkeit heimlich von mir geträumt hast.«

Ich seufzte und drehte mich wieder um. »Ich gehe nicht mit dir aus, Jack.«

»Ich wollte gar nicht noch mal fragen. Jedenfalls nicht heute Abend.«

»Du willst überhaupt kein Date mit mir. Du bist nur ... durcheinander. Keine Frau hat dir bislang einen Korb gegeben.«

»Richtig, aber es liegt nicht nur daran. Du bist ein Rätsel,

Nora O'Brien. Davon sind mir in der letzten Zeit nicht viele untergekommen.«

»Pech für dich, dass ich nicht gelöst werden will.«

Quentin sah stirnrunzelnd zu uns herüber.

Jack beugte sich vor, so dass sein Mund nah an meinem Ohr war. »Was ist es dann? Tragische Vergangenheit? Herz einmal zu oft gebrochen?«

Ich tat so, als würde ich mich suchend umblicken. »Was ist denn das für ein ständiges Summen?«

Er kicherte. »Oder Herz nur einmal gebrochen, aber das hat dich sex-scheu gemacht.«

»Ich werde es ganz sicher nicht zum Sex mit dir kommen lassen.«

»Oder vielleicht ein Vaterproblem? So Frauen sind mir auch schon begegnet. Hast du ein Vaterproblem?«

Ich erstarrte und blickte mürrisch auf den Bildschirm. »Mein Dad ist tot.«

Donovan, Indiana
November 2015

»Ich habe alle deine Briefe bekommen«, sagte Mom am nächsten Morgen. Wir saßen an der Frühstückstheke ihrer hübschen Küche in Neuengland. »Ich dachte nur, dass ich es nicht verdiente, sie zu lesen, Teil deines Lebens zu sein, nachdem ich dich so schlecht behandelt hatte. Damals dachte ich, es wäre besser für dich, wenn du mich los bist.«

Ich hätte nie damit gerechnet, meine Mutter so etwas sagen zu hören.

Aber nichts von dieser Reise zurück nach Hause verlief wie erwartet.

Nachdem ich erfahren hatte, dass mein Vater tot war, hatten wir nicht mehr viel geredet. Erst weinte ich, dann verspürte ich eine innere Kälte und fand keine Worte mehr, während ich die Tatsache verarbeitete, dass mein Dad schon fast ein Jahr lang nicht mehr am Leben war und ich nichts davon gewusst hatte.

Statt weiter über meine Briefe zu sprechen, ließ ich mich von meiner Wut leiten. »Hast du dich deshalb nicht mit mir in Verbindung gesetzt, um mir zu sagen, dass er tot ist?«

»Nein, ich habe dir vom Tod deines Dads geschrieben. An deine letzte Adresse, aber der Brief kam ungeöffnet zurück.«

Scheiße. »Ich bin umgezogen.«

Sie nickte. »Das habe ich mir gedacht. Ich habe es über die sozialen Medien versucht, aber ich konnte dich nicht finden.«

Weil ich nach Jims Tod meinen Facebook-Account gelöscht hatte.

Scheiße.

»Es tut mir leid«, flüsterte ich. Meine Wut verrauchte.

»Ich habe mir gesagt, dass ich irgendwann von dir hören würde.« Sie betrachtete meinen bloßen Ringfinger. »Geschieden?«

Ich zuckte zusammen. »Er ist gestorben. Anfang letzten Jahres.«

Auf dem Gesicht meiner Mutter malte sich Entsetzen ab. »Nora … das tut mir so leid.«

Ich stieß zittrig den Atem aus. »Es waren ein paar beschissene Jahre.« Dann fiel mein Blick auf das Foto von uns, das ich am liebsten mochte – das, wo sich Mom an Dad kuschelt und Dad mich im Arm hält. Auf dem Bild war ich acht oder neun Jahre alt. Mom hatte es neben die Küchentür gehängt. »Hat er mich gehasst?«

»Nein«, erwiderte sie prompt. »Er hat gepoltert und getobt, aber ich kannte deinen Vater besser, als er gedacht hat. Er hat sich Vorwürfe gemacht, dich fortgetrieben zu haben. Geändert hat er sich deshalb aber nicht. Eigentlich wurde es nur noch schlimmer mit ihm.« Sie seufzte. »Ich fürchte, schwere Zeiten haben nicht gerade die besten Seiten deines Vaters zum Vorschein gebracht.«

»Die Art und Weise, wie ich gegangen bin, tut mir leid.« Ich sah ihr fest in die Augen. »Um dir das zu sagen, bin ich hier. Und um zu sehen, ob du mir verzeihst, dass ich abgehauen bin, als du mich gebraucht hast.«

Mom zog die Brauen zusammen. »Es gibt nichts zu verzeihen. Wir waren diejenigen, denen verziehen werden musste, Nora. Ich verstehe, warum du gegangen bist. Du warst ein kluges, tolles Mädchen, und ich habe dir das Gefühl gegeben, dass es dir nicht zusteht, nach etwas außerhalb der Grenzen dieser Stadt zu greifen. Ich war verbittert. Ich war lange verbittert, und erst als du uns verlassen hast, bin ich aufgewacht. Zu wenig, zu spät.«

»Du hast dich verändert.« Ich musterte sie und registrierte dankbar, dass ihre Augen nicht mehr stumpf und müde blickten. »Und dieses Haus …«

Sie grinste über meine unbeendete Frage. »Das war alles dein Dad. Dieser Mistkerl saß auf einem Geldsack, Nora. Das Erbe von seinem Onkel, das der ihm hinterließ, weil er keine eigenen Kinder hatte. Damit hat dein Dad seine Baufirma gegründet. Geld, das der hinterlistige Bastard vor seiner Frau geheim gehalten und gut investiert hat. Ganz zu schweigen davon, dass ich auf der gottverdammten Beerdigung deines Vaters von Kyle Trent erfahren habe, dass er Dad eine stolze Summe für die Firma und das Haus bezahlt und dein Dad ihn gebeten hat, es mir nicht zu erzählen.«

Ich war so schockiert, dass ich nicht gleich verstand, was sie sagte. »Aber warum sollte er deswegen lügen?«

Und dann traf mich die Erkenntnis wie ein Schlag.

Ich hätte zum College gehen können.

»Studium«, flüsterte ich.

Ein schuldbewusster Ausdruck trat in die Augen meiner Mutter. »Ich dachte wirklich, wir könnten es uns nicht leisten. Wenn ich gewusst hätte, dass wir dich zum College hätten schicken können, dann schwöre ich …« Sie schüttelte den Kopf. »Ich war ziemlich wütend auf deinen Dad, nachdem er gestorben war und ich sein ganzes Geld bekam. Unsere Beziehung war nie sonderlich glücklich, und ich wusste, dass ich nur überleben würde, wenn ich die ganze Zeit schuftete. Ich habe gern gearbeitet. Ich war gern unter Menschen. Aber ich war verbittert, weil wir unser schönes Haus verloren hatten und mein Kind, dem sein Dad Träume von einer Eliteausbildung in den Kopf gesetzt hat, am Ende verhasste Jobs annehmen musste. Als ich begriff, dass er dir ein Studium und uns allen Bequemlichkeit und Sicherheit vorenthalten hat … ich wollte ihn wieder zum Leben erwecken, um ihn umbringen zu können.«

Auch in mir brannte Zorn, gemischt mit einem unglaublichen Berg von Schmerz. »Ich dachte, er liebt mich. Warum hat er gelogen?«

»Er hat dich geliebt. Ich denke, er hatte Angst, du würdest zum College gehen und ihn mit mir allein lassen. Ironie des Schicksals, dass du trotzdem weggelaufen bist.«

Wir schwiegen eine Minute, dann sah ich mich in der hübschen Küche um. »Also hast du das Geld ausgegeben?«

»Dieses Haus zu bauen war eine Therapie. Es hat mir geholfen, darüber hinwegzukommen, was er getan hat.«

»Es ist schön geworden.«

»Danke.« Sie lehnte sich zurück. »Und du kannst bleiben, solange du willst. Aber du musst wissen, dass ich für den Fall deiner Rückkehr Geld auf ein Konto für dich gelegt habe.«

»Mom, du brauchst mir kein Geld zu geben. Deswegen bin ich nicht gekommen.«

»Natürlich nicht. Aber das Geld gehört dir.« Sie legte den Kopf schief. »Hast du es auf das College geschafft?«

Ich schüttelte den Kopf.

Sie grinste. »Falls du das immer noch willst, ist genug Geld auf dem Konto, damit du dahin gehen kannst, wohin du willst. Es reicht für vier Jahre.«

Meine Ungläubigkeit musste sich auf meinem Gesicht widergespiegelt haben, weil sie lachte und sich vorbeugte, um meine Hand zu tätscheln. »Ich wusste, dass es ein gutes Gefühl sein würde, dir das zu sagen, aber ich hätte mir nicht träumen lassen, dass es mich so glücklich machen könnte.«

Kapitel 23

Nora? Nora«, flüsterte Jack mir ins Ohr. »Ich sagte, es tut mir leid.«

Ich verdrängte die Erinnerungen und warf ihm über die Schulter hinweg einen Blick zu. »Schon gut.«

»Zweitbesetzung Viola und Herzog Orsino.« Quentin drehte sich zu uns und brach die Probe erneut ab. Ich sank mit einem Stöhnen auf meinem Sitz zusammen. »Würdet ihr bitte von eurem unsinnigen Geschwätz Abstand nehmen?«

»Entschuldigung«, rief Jack. »Ich höre mit dem Unsinn auf und Miss O'Brien mit dem Geschwätz.«

»Ihr bringt mich alle noch ins Grab.« Quentin fuhr mit der Hand durch sein dichtes, dunkles Haar. »Mein Vater hatte recht. Ich hätte mein Geld in Facebook-Aktien investieren sollen. Aber nein, ich musste ja ein Theater eröffnen.«

Ich hustete, um mein Lachen zu vertuschen, und klappte meinen Laptop zu. Bei der Probe würde ich dieses Referat nie zu Ende schreiben. Wie hatte ich mir das nur einbilden können?

»Hey.«

Ich verdrehte die Augen und sah ihn wieder an. »Was?«

Jack wirkte ungewöhnlich ernst. »Das mit deinem Dad tut mir wirklich leid.«

Ich nickte zum Dank, drehte mich um, blickte zur Bühne und versuchte, mich auf das Stück zu konzentrieren. Aber meine Gedanken kehrten immer wieder nach Donovan zurück. Ich war ein paar Monate bei meiner Mom geblieben, hatte eine neue Beziehung zu ihr aufgebaut und sie endlich richtig kennengelernt. Sie arbeitete nur noch ein paar Stunden pro Tag in May's Coffeehouse, weil sie sich um Trixie kümmern musste. Es wurmte mich ein wenig, dass ein Hund mehr Aufmerksamkeit bekam als ihr Kind früher, aber ich wollte keinen Groll mehr hegen. Nicht gegen sie und nicht gegen meinen Dad. Ich war das alles so leid. Außerdem hatte sich meine Mutter ganz offensichtlich geändert.

Wir verbrachten ein paar gute Monate miteinander, in denen ich mehr darüber erfuhr, wie mein Dad in den Jahren nach meiner Abreise gewesen war. Ich konnte hier besser und offener um ihn trauern als irgendwo sonst, weil nur meine Mom die komplizierten Gefühle verstand, die ich meinem Vater entgegenbrachte. Er war der Held, der mich enttäuscht hatte, aber das hatte ich ihm schon lange verziehen. Wenn ich ehrlich war, mochte ich den Mann nicht, der er geworden war, aber ich liebte den Mann, der er gewesen war, von ganzem Herzen. In gewisser Hinsicht hatte ich den Verlust meines Vaters schon vor langer Zeit betrauert. Aber ich brauchte Moms Hilfe, um über die Furcht hinwegzukommen, dass er es mir nie verziehen hatte, ihn verlassen zu haben.

Außerdem erzählte ich meiner Mom die Wahrheit über mein Leben in Edinburgh, über Jim, Seonaid und Angie. Und über Sylvie und den Mann, wegen dem ich nach Indiana geflohen war.

Sie maß sich kein Urteil an, es tat ihr nur leid, dass sie nicht da gewesen war, um mir beizustehen.

Was mich an meiner Rückkehr nach Edinburgh am meisten überraschte, war, wie schwer es mir fiel, in den Flieger zu steigen und meine Mom zurückzulassen. Wie durch ein Wunder hatte sich ein Band zwischen uns gebildet, und ich war nicht sicher, ob ich bereit war, sie schon gehen zu lassen.

Aber Donovan war nicht länger meine Heimat. Mir lag jetzt Edinburgh im Blut und rief mir zu, zurückzukommen.

Genau wie Seonaid, Roddy und Angie jeden Sonntag über Skype. Seonaid hatte sich von dem inspirieren lassen, was sie als meine mutige Entscheidung bezeichnete, nach Hause zu fliegen und mich meinen Ängsten zu stellen.

Sie stellte sich ihren eigenen.

Sie gestand Roddy, dass sie ihn liebte.

Seine Antwort: »Das wird auch verdammt noch mal Zeit, Weib.«

Oh, und er sagte ihr, dass er sie ebenfalls liebte.

Jetzt zankten sie sich entweder oder sie knutschten herum. Sie konnten die Finger nicht voneinander lassen, und obwohl ich mich für sie freute, beneidete ich sie insgeheim auch.

Doch während meines Aufenthaltes in den Staaten vermisste ich sie und brannte darauf, nach Hause zu kommen und zu erleben, wie eine Welt aussah, in der Roddy und Seonaid ein Paar waren.

Der letzte Anstoß, Donovan zu verlassen, kam von meiner Mom selbst. Sie sagte mir, sie wolle mir nicht länger Fesseln anlegen, sie würde mich besuchen kommen und umgekehrt. Die Pläne hatten wir so weit umgesetzt. Mom war in dem Sommer, bevor ich mit meinem ersten Semester an der Universität von Edinburgh begann, für ein paar Wochen hergekommen. Ich hatte mich für das englische Literatur- und Sprachprogramm entschieden und wollte ein Pädagogikdiplom machen, damit ich als Lehrerin arbeiten konnte. Eins nach dem anderen. Zwar war ich an der Psyche anderer Menschen interessiert, aber nach meiner Zeit mit den Kids in der Klinik war mir klargeworden, wie sehr ich es liebte, mit ihnen zusammen zu sein. Zu unterrichten schien mir die zweitbeste Lösung zu sein.

Was meine Kids in der Klinik betraf, hatte ich mit Jan verabredet, an jenem ersten Mittwoch über Skype mit ihnen Kontakt aufzunehmen. Ich vermisste sie. Beiden Seiten fiel der Abschied schwer, aber ich sagte ihnen, ich müsste in die Staaten zu meiner Familie zurück, was keine glatte Lüge war.

Ich vermisste sie.

Jedenfalls war Lehrerin zu werden der richtige Weg für mich.

Ich wollte jedoch meinen Traum, wieder auf der Bühne zu stehen, nicht aufgeben. Ich überwand meine Furcht, sprach bei Quentins Truppe vor, und zu meiner Überraschung und Freude nahm er mich auf, obwohl ich – ich zitiere wörtlich – »aus den verdammten Kolonien« stammte.

Seonaid, aufrichtig wie immer, sagte mir erst vor ein paar Wochen, wie stolz sie auf mich war, weil ich mein Leben in den Griff bekommen hatte, und sie hätte mich noch nie so zufrieden, so im Einklang mit mir selbst gesehen. Sie schien auch die Versicherung zu brauchen, dass ich glücklich war. Und ich sagte ihr, ich wäre nie glücklicher gewesen.

Das entsprach nicht der Wahrheit.

Aber was ich empfand, war *real*. Ich war entschlossen gewesen, mein Leben zu ändern. Ich hatte mir verziehen. Ich hatte aufgehört, mich mit Selbstvorwürfen zu zerfleischen. Und ich wollte nie wieder das Gefühl haben, für jemanden nicht gut genug zu sein. Ich würde mich nie wieder in eine Situation wie die mit Aidan Lennox manövrieren.

So.

Ich hatte seinen Namen gesagt.

Was war Aidan Lennox denn schon, außer einer aus Verlangen und den Umständen heraus geborenen *Phantasie*? Trotzdem schmerzte der Gedanke an ihn immer noch, also gestattete ich ihn mir nur selten, was hieß, dass ich mir auch nur selten erlaubte, an Sylvie zu denken.

Und jetzt würde ich auch nicht an sie denken.

Ich blickte über meine Schulter zu Jack, der mit seinem Telefon herumspielte. »Die Probe dauert heute Abend ein bisschen lange, oder?«, flüsterte ich.

»Seine Majestät vergisst, dass einige von uns auch ein Leben außerhalb des The-a-ters haben.«

Ich grinste und wollte gerade witzeln, dass wir den Feueralarm auslösen sollten, als die großen Doppeltüren hinten im Zuschauerraum geöffnet wurden. Ein großer Mann kam herein, aber es war zu dunkel, um ihn erkennen zu können.

Jack folgte meinem Blick. »Hey«, rief er, »heute Abend findet eine private Probe statt, *mate.*«

Der Mann gab keine Antwort.

Stattdessen hörten wir Quentin brüllen: »Ich glaube es nicht! Bist du es wirklich?«

Der Mann schritt den Gang entlang auf uns zu. Das Licht begann an seinem Körper hochzukriechen, je näher er kam. »Ich sagte doch, ich komme.« Seine Antwort klang tief und sonor.

Sie jagte mir einen Schauer über den Rücken.

Ich kannte diese Stimme.

Sein Gesicht wurde plötzlich beleuchtet, als er vorbeiging, und seine Augen wanderten zu Jack und mir.

In den grünen Augen loderte ein solches Feuer, dass ich meinte, ich würde in Flammen aufgehen.

Es sah ganz klar so aus, als würde er mir genau das wünschen.

Aidan?

Sein Gesicht wurde ausdruckslos, als wäre es mit einem Schwamm leergewischt worden, er schob den Kopf vor, ging auf Quentin zu und hielt ihm eine Hand hin. Unser Regisseur ergriff sie von einem Ohr zum anderen lächelnd und schüttelte sie. Die andere Hand legte er auf Aidans breite

Schulter und schüttelte verwundert den Kopf. »Aidan Lennox. Ich kann es nicht glauben.«

»Glaub es.« Aidan grinste ihn an.

Ich saß wie vor den Kopf geschlagen da und fragte mich, ob ich in eine Parallelwelt geschleudert worden war. Oder in die Vergangenheit. Oder in eine unheimliche Mischung aus beidem.

»Alle mal herhören.« Quentin wandte sich an uns. »Das hier ist mein guter Freund Aidan Lennox. Er ist ein sehr erfolgreicher Musikproduzent und Komponist. Und aus irgendeiner Anwandlung heraus, die ich nicht in Frage stellen werde, hat er sich bereiterklärt, Originalmusik für unsere Produktion zu schreiben.«

Alle applaudierten begeistert.

Ich?

Ich konnte mir die Hoffnung abschminken, dass die Proben weiterhin ohne Drama hinter der Bühne weitergingen.

Kapitel 24

Es war nicht leicht, in meinen Kursen Freunde zu finden. Viele Studenten waren noch ziemlich unreif, und die anderen hatten Partner und Kinder, zu denen sie direkt nach den Kursen gingen. Das hieß, wenn ich Jacks Angebot ablehnte, konnte ich nach der Probe zu niemandem gehen, der mir nicht gleich anmerken würde, dass mich etwas aus der Fassung gebracht hatte. Seonaid, Roddy und Angie würden sofort wissen, dass etwas passiert war, und ich wollte nicht über Aidans plötzliches Wiederauftauchen in meinem Leben sprechen.

In den fünf Minuten, die Quentin gebraucht hatte, um Aidan vorzustellen, hatte meine frühere Liebe mich nicht eines Blickes gewürdigt oder durchblicken lassen, dass wir uns kannten.

Er behandelte mich wie eine Fremde. Ich war Luft für ihn.

Nach allem, was er mir angetan hatte?

Laine hatte recht – er konnte sich Frauen gegenüber wie ein Arschloch verhalten.

Es war mir kaum möglich, den Mann, der unserer Truppe soeben vorgestellt worden war – diesen kalten, distanzierten Mann – mit dem in Einklang zu bringen, der mich angesehen hatte, als wäre ich die Antwort auf all seine Gebete. Hatte der Verlust von Sylvie diese Verwandlung herbeigeführt?

Ich verwünschte mich dafür, dass ich mir prompt Sorgen um ihn machte. Und für die Art, wie er schon wieder meine

Gedanken beherrschte. Das war das Letzte, was ich wollte. Ich brauchte Ablenkung!

Quentin hatte die Probe beendet, um mit Aidan zu fachsimpeln, und ich musste mir nicht zwei Mal sagen lassen, schleunigst von hier zu verschwinden. Doch als ich das Theater verließ, hätte ich schwören können, seinen eisigen Blick im Nacken zu spüren. Wider besseres Wissen drehte ich mich noch einmal um, bevor ich den anderen in die Nacht hinausfolgte.

Aidan sah mich nicht an. Er grinste Amanda an, die ihm spielerisch mit dem Finger drohte, als sie sich abwandte.

Zu meinem Entsetzen flammte eine so heiße, besitzergreifende Eifersucht in mir auf, als hätte es die vergangenen achtzehn Monate nicht gegeben.

Ich ging nach Hause. Als Seonaid anrief, ging ich nicht dran, weil sie, sobald sie meine Stimme hörte, merken würde, dass es mir *nicht* gut ging. Während ich mein Englischreferat finster anstarrte, dachte ich, dass es mir absolut unmöglich sein würde, zusammen mit Aidan an diesem Stück mitzuwirken. Mein Leben hatte sich zum Guten gewendet. Ich war endlich an einem Punkt angelangt, wo ich mit mir und meinen Plänen für die Zukunft zufrieden war. Warum sollte ich das alles jetzt aufs Spiel setzen?

Es war an der Zeit, mir eine andere Theatergruppe zu suchen.

Das Geld von meiner Mom reichte aus, um mir den Luxus zu erlauben, nur ein paar Abende pro Woche in einem Pub auf dem Grassmarket zu arbeiten. Ich behielt meine Wohnung in Sighthill, um die Kosten niedrig zu halten, und der Job im The Tavern brachte mir genug ein, um Lebensmittel und Stromrechnung zu bezahlen.

Die Theaterproben fanden Montag- und Mittwochabend

statt, und ich arbeitete donnerstags und freitags. Im Pub herrschte wegen der nahe gelegenen Studentenunterkünfte immer Betrieb. An diesem Tag war ich während der Kurse hin- und hergerissen zwischen dem Bedürfnis, einzuschlafen (ich hatte in der Nacht zuvor *nicht* gut geschlafen), und dem Wunsch, mir vor hilfloser Wut die Haare auszureißen, weil meine Gedanken ständig um Aidan Lennox kreisten. Vor allem versuchte ich mich dazu zu überwinden, Quentin anzurufen und ihm zu sagen, dass ich nicht länger dabei war. Da ich wusste, dass es ein unangenehmes Gespräch werden würde, dauerte es eine Weile, bis ich den Mut dazu aufbrachte.

Ich machte an diesem Abend im Pub eine Pause und überlegte, meine Arbeit als Vorwand dazu zu benutzen, die Tollcross Company zu verlassen, als mein Telefon klingelte.

Zu meiner Überraschung war es Quentin.

Quentin rief nie an.

Er textete Forderungen, das ja, aber er rief nie an.

»Willst du nicht rangehen?« Mein irischer Kollege Kieran sah mich missbilligend an. Er studierte hier in Edinburgh Jura und lernte während seiner Pausen in dem winzigen Personalraum im hinteren Teil der Bar.

»Sorry.« Ich trat in den schmalen Gang hinaus, der zu dem kleinen Hinterhof führte. »Hallo?«

»Gut, da bist du ja.« Quentin seufzte dramatisch. »Kleine Planänderung. Du bist jetzt Viola.«

»Äh … wie das?«

»Gwyn hat aufgegeben. Anscheinend leidet ihre Dissertation, und sie muss zeitlich auf irgendetwas verzichten. Da sie unfähig war, ihren Text zu lernen, trauere ich ihr nicht unbedingt nach. So, mein kleiner Rain Man, du bist jetzt Viola. Meinen Glückwunsch. Sei zur gewohnten Zeit bei den Proben.«

Und ehe ich etwas sagen konnte, legte er auf.

Ich hätte am liebsten die Faust in die Luft gereckt, weil ich nie damit gerechnet hätte, so schnell eine größere Rolle zu erhalten. Wir mochten eine Amateurtruppe sein, aber Quentin hatte seit über zehn Jahren hart daran gearbeitet, sich einen Ruf aufzubauen. Seine Aufführungen waren immer ausverkauft, weil er gute, solide Unterhaltung bot. Er bekam Besprechungen in den lokalen Medien. Jack hatte wegen seines Auftritts in *Endstation Sehnsucht* vor ein paar Jahren in einer Folge eines nationalen TV-Dramas mitwirken dürfen.

Wie konnte ich die Chance ausschlagen, die Viola zu spielen?

Natürlich legte ich keinen Wert auf das unvermeidliche Drama mit Aidan oder auf die Art, wie er es fertigbrachte, sich in den Mittelpunkt meiner Gedanken zu schieben. Aber war Davonlaufen nicht typisch für mein altes Ich gewesen? Es war *mein* Leben. Zeit, mir nicht mehr von anderen diktieren zu lassen, wie ich es zu leben hatte.

Was aber nicht hieß, dass meine Hände nicht zitterten, als ich in die Bar zurückging.

»Meidest du mich? Ich habe nämlich das Gefühl, du würdest mir aus dem Weg gehen«, sagte Seonaid, als ich die Home Street entlangeilte und dabei versuchte, den Verkehrslärm auszublenden, um meine Freundin besser verstehen zu können. Sie hatte angerufen, als ich gerade auf dem Weg zu meiner ersten Probe als Hauptdarstellerin war.

»Ich habe doch gesagt, dass ich dieses Wochenende ein Referat fertigmachen muss. Das hat nichts mit aus dem Weg gehen zu tun.«

»Zum Teufel, Cee Cee, hör auf, das arme Mädel zu verhören. Schon mal daran gedacht, dass sie einfach nur Ruhe vor dir haben möchte?«, hörte ich Roddy im Hintergrund rufen.

Ich schnaubte, als sie zurückgab: »Sie ist nicht du, Roddy. Sie fühlt sich in meiner Gesellschaft wirklich wohl.«

»Das tue ich auch. Aber noch mehr, wenn du nicht dauernd quasselst.«

»Dein Glück, dass ich weiß, dass du nur versuchst, mich auf die Palme zu bringen, Roddy Livingston, sonst müsste ich dir nämlich empfehlen, die Bekanntschaft mit deiner rechten Hand aufzufrischen.«

»Denk daran, dass er beidhändig ist«, sagte ich im selben Moment, in dem er sie darauf hinwies.

Seonaid schnaufte, aber ich hörte ihr die Belustigung an. »Hör auf, vom Thema abzulenken. Ist wirklich alles in Ordnung?«

Ich zögerte und überlegte, ob ich ihr von Aidan erzählen sollte. Seonaid besaß die Gabe, mir immer den Rücken zu stärken und mich dazu anzuhalten, eine bessere Version meiner selbst zu werden. Aber irgendwie brachte ich die Worte nicht heraus. Ihr zu erzählen, dass er wie ein Fremder in mein Leben zurückgekehrt war, würde alles realer machen, und ich hegte immer noch die leise Hoffnung, den Kopf in den Sand stecken und so tun zu können, als wäre er nur ein unwirklicher Traum gewesen.

»Nora?«

Ich suchte fieberhaft nach einer Lüge. »Ich … äh … bin im Moment mit dem Studium etwas überlastet, und ich möchte nicht jammern, weil ich es schließlich so wollte. Es kommt mir so undankbar vor, mich zu beklagen.«

Das klang plausibel.

Seonaid schien das auch zu finden. »Trotzdem darfst du ruhig zugeben, dass du ein bisschen Stress hast, Babe. Sag mir Bescheid, wenn ich dir irgendwie helfen kann.«

»Danke, aber ich schaffe das schon. Ich bin gerade auf dem Weg zu einer Probe. Ich … äh … die Frau, die die Viola gespielt hat, hat alles hingeschmissen, deswegen haben sie mir die Rolle gegeben.«

»Oh, Nora, das ist ja phantastisch!«, rief sie. »Ich kann es kaum erwarten, dich in dem Stück zu sehen.«

»Danke.« Ich lächelte. Bei der Vorstellung, die Rolle tatsächlich auf der Bühne zu spielen, wurde mir immer noch schwindelig.

»Zu schade, dass du dir die Haare hast wachsen lassen. Verkleidet sich die Figur nicht die meiste Zeit als Junge?«

Ich schnaubte. »Yeah, das tut sie allerdings.«

Seit meine Haare Kinnlänge erreicht hatten, wuchsen sie wie verrückt und reichten mir zu meiner Freude schon bis über die Schultern. Ich trug sie für gewöhnlich in weichen Wellen – Seonaid hatte mir gezeigt, wie man mit einem Glätteisen umging.

»Du, ich bin gleich da. Bis bald«, versprach ich.

»Okay. Bis bald, Babe.«

Wir beendeten das Gespräch, und ich versuchte (vergeblich), mich nicht schuldig zu fühlen, weil ich sie angelogen hatte. Aber ich hatte schon mit meiner eigenen Reaktion auf Aidans Rückkehr zu kämpfen. Ich musste mich nicht auch noch mit Seonaids befassen.

Als ich das Gebäude am Gilmore Place betrat, kam es mir so vor, als würden winzige Männchen auf den Wellen in meinem Magen surfen.

Dir darf nicht übel werden, Nora. Was auch immer du tust, übergib dich bloß nicht.

Ich hätte gerne so getan, als wäre ich nur wegen meines ersten Tages als Viola nervös, aber es steckte natürlich mehr dahinter. Und das ›mehr dahinter‹ stand in der Nähe der Bühne und unterhielt sich mit Quentin und Terence.

Quentin blickte auf, als er mich hörte, und deutete auf mich. »Viola kommt!«

Ich errötete, rang mir aber ein Lächeln ab. Es könnte ein bisschen verkrampft gewirkt haben.

Mein Regisseur schien das jedoch nicht zu bemerken. »Bereit?«

»Wie man es nur sein kann.« Ich blieb bei ihm stehen.

Zu meinem Erstaunen reagierte mein Körper so wie früher mit einem Kribbeln auf Aidans Gegenwart. Würde dieses verdammte Gefühl denn nie verschwinden? Wie war es möglich, immer noch so etwas zu empfinden, obwohl der Bastard mich einfach verlassen hatte? *Mich* verlassen hatte!

Wegen dieses Bewusstseins seiner Anwesenheit und der Art, wie sich die Härchen auf meinen Armen aufrichteten, wanderte mein Blick trotz meiner Wut zu ihm. Er konzentrierte sich auf sein Telefon und schickte jemandem eine Nachricht. Er presste die Lippen fest aufeinander, so dass der Muskel an seinem Kinn hervortrat. Und noch immer war er unrasiert, der Dreitagebart stand ihm gut. Mir stieg das Blut in die Wangen, als ich mich daran erinnerte, wie das Kratzen seiner Bartstoppel Schauer durch meinen Körper gejagt hatte, wenn wir uns küssten. Er hatte mir einmal versprochen, ich würde sie überall spüren, aber dazu war es nie gekommen.

Und jetzt war er hier.

Und ignorierte mich komplett.

Na schön.

Ohne auf den Schmerz zu achten, der durch meine Brust schoss, fragte ich: »Ist sonst noch keiner da?«

Terence nickte zu einer Tür links von der Bühne hinüber, die zu den Garderoben, einer kleinen Küche und einem Aufenthaltsraum führte. »Sie trinken Kaffee. Warten noch auf ein paar andere.«

Ich warf Aidan noch einen letzten Blick zu, aber er schaute absichtlich nicht in meine Richtung.

Arschloch.

Wut breitete sich in meinem Magen aus und spülte die kleinen Surfer weg, und ich ging weiter, als würde mich nichts weniger interessieren. Die meisten Darsteller saßen in der Küche.

»Da ist sie ja!«, dröhnte Jack, stand auf und breitete die Arme aus. »Unsere liebliche Viola!«

Ich verdrehte die Augen und lief rot an, als alle johlten und pfiffen. »Hört auf.« Ich winkte ab.

»Wir freuen uns für dich, Nora.« Jack grinste.

»Nein, Jack freut sich für sich.« Will feixte. »Jetzt kann er dich beschmusen, und du musst zurückschmusen.«

Während alle kicherten und anzügliche Bemerkungen machten, nahm ich es sportlich und schenkte mir schnell einen Kaffee ein. »Tja, zu schade, dass Quentin sich nicht strikt an das Original hält, hmm?« Im Original kam kein Kuss auf die Lippen vor.

Jack legte eine Hand auf seine Brust. »Oh, wie das schmerzt.«

Wir unterhielten uns noch eine Weile und witzelten herum, bis Terence kam und uns zu den Proben holte. Als wir in das Theater hinausgingen, hörte ich Jane fragen, wann die Kostümbildnerin zur Anprobe kam. Wir hatten schon Maß nehmen lassen, aber ich überlegte, ob ich jetzt, als Viola, noch eine Sitzung benötigen würde.

Quentins Idee für die Inszenierung war die einer dystopischen Variante. Er hatte das Stück in die Zukunft nach einer verheerenden Klimakatastrophe verlegt, und Illyrien war eine Insel, die überlebt hatte und florierte. Unsere Kostüme konnte man als »Moderne trifft *Mad Max*« bezeichnen, und obwohl die Dialoge aus dem Originalstück stammten, hatte Quentin sie ein bisschen aufgesext. Zum Beispiel gab es Momente, in denen ich als Cesario verkleidet so tat, als wäre ich auf einen richtigen Kuss aus, nachdem Orsino mich auf die Wange geküsst hatte. Dabei musste ich sexuelle Spannung vermitteln. Und Quentin wollte auch, dass ich Orsino als Viola küsste, wenn dieser endlich erfährt, dass ich eine Frau bin. Er sagte, das gäbe dem Publikum die Befriedigung, die es suchte, statt die Frage aufzuwerfen, ob Orsino Viola wirklich liebte oder einfach nur froh war, dass ihn jemand liebte, nachdem Olivia ihn so oft zurückgewiesen hatte.

Diese letzte Kleinigkeit nagte an mir, weil sie mich an Jim erinnerte. Obwohl ich lernte, mir zu verzeihen, hatte ich den Endpunkt noch nicht erreicht, und ich fragte mich immer noch, was ich wirklich für ihn empfunden hatte. War ich mit ihm durchgebrannt und hatte ihn geheiratet, weil ich von dem Ausmaß seiner Liebe zu mir gefesselt gewesen war?

Ich schüttelte die Gedanken ab – ich konnte sie nicht gebrauchen, wenn Aidan Lennox in der Nähe war – und setzte mich zu den anderen. Jack ging mit Terence auf die Bühne, der sowohl Curio als auch Malvolio spielte, da beide nie gemeinsam auftraten. Wir begannen vom Anfang bis hin zu Gwyns Abgang.

Ich warf Aidan, der neben Quentin stand, einen verstohlenen Blick zu und runzelte die Stirn, während ich ihn dabei beobachtete, wie er die Darsteller beobachtete. Was hatte er hier zu suchen? Musste er wirklich jetzt dabei sein? Konnte er nicht einfach nur Quentins Notizen, die Kostüme und die Kulissen studieren? Es war ja noch nicht einmal die Kostümprobe.

Aus meinem Blickwinkel konnte ich nur Aidans Profil erkennen. Gefühlswellen fluteten über mich hinweg, als ich sein vertrautes Gesicht betrachtete. Erinnerungen stiegen in mir auf. Lächeln. Lachen. Küsse. Sanfte Berührungen. Tränen. Wie er auf die Knie fiel. Mir in die Augen sah und mir sagte, ich sollte gehen und mich ausruhen. Das Letzte, was er zu mir gesagt hatte.

In meinem ganzen Leben hatte noch keine so verwirrende Mischung aus Wut und Verlangen in mir getobt. Ich wollte schnurstracks zu ihm gehen, ihn zwingen, mich anzusehen und mich festzuhalten, und ich wollte auch seinen Pullover packen und ihn schütteln, auch wenn er sich bei meiner Attacke keinen Zentimeter vom Fleck bewegen würde.

Ich erinnere mich an dich, Pixie.

Ich schloss bei der Erinnerung schmerzerfüllt die Augen. Sollte er mich noch einmal bei diesem Spitznamen nennen, wusste ich nicht, ob ich in Tränen ausbrechen oder ihm eine Ohrfeige geben würde.

Wahrscheinlich beides.

»Viola!« Quentin fuhr zu mir herum. »Auf die Bühne!«

Nervosität drohte mich zu überwältigen, und ich nahm mir einen Moment Zeit, um langsam auszuatmen, bevor ich aufstand und auf die Bühne zuging. Ich hoffte, ruhig und sicher zu wirken, weil ich innerlich ein Wrack war.

Ich gesellte mich zu Eddie auf die Bühne, und er schenkte mir ein aufmunterndes Lächeln.

Bei meinem Auftritt an den Aufführungsabenden würde ich von Eddie als Schiffshauptmann und ein paar Komparsen, die unsere Matrosen mimten, begleitet werden. »Welch Land ist dies, ihr Freunde?«, begann ich mit einem falschen englischen Oberklassenakzent, dabei schritt ich langsam, mit einem ehrfürchtigen Ausdruck, über die Bühne.

»Illyrien, Fräulein.« Eddie folgte mir.

Ich drehte mich rasch um, um ihn anzusehen. »Und was soll ich nun in Illyrien machen? Mein Bruder ist ja in Elysium …«

Wir versetzten uns in die Szene, und als wir zum Ende

kamen, hatte ich ein gutes Gefühl, bis ich zu Quentin und Aidan hinüberblickte. Endlich war mir Aidans Aufmerksamkeit gewiss. Aber von ihm ignoriert zu werden wäre mir lieber gewesen als seine momentane finstere Miene.

Als mein Regisseur sich anschickte, etwas zu sagen, rief Aidan mir zu: »Du musst an deinem Akzent arbeiten.«

Ich errötete und drehte mich vorwurfsvoll zu Quentin. Aidans Einwurf schien ihn ein wenig zu verwundern, aber er nickte mir zu. »Was einem nicht gefällt, findet der andere vielleicht gut. Üb ein bisschen. Das ist noch kein großes Problem.«

»Dass sie wie ein verwirrtes Kind über die Bühne läuft, aber schon«, sagte Aidan, als hätte er mich nicht schon genug gekränkt. »Viola hat den Mut, sich als Mann zu verkleiden, um ihren Bruder zu finden. Sie würde nie mit wildem Blick und verschreckt über die Bühne irren.«

Mit wildem Blick und verschreckt?

Ich war nicht mit wildem Blick und verschreckt über die Bühne geirrt!

Quentin musterte seinen Freund mit hochgezogenen Brauen, dann grinste er zu mir hoch. »Zeig dich in deiner nächsten Szene etwas weniger verwundbar.«

Vor Wut schäumend konnte ich nur nicken. Da ich Aidan nicht anzusehen vermochte, wandte ich mich zu Eddie. Er lächelte mitfühlend, und wir gingen gemeinsam von der Bühne ab. Die Darsteller der Maria und von Sir Toby und Sir Andrew traten auf.

Ohne auf Aidan zu achten, stapfte ich den Gang hinunter, um Abstand zu ihm zu schaffen, und Amanda, die neben Hamish saß, meinte mit einem selbstzufriedenen Lächeln: »Mit etwas Übung wirst du bestimmt besser.«

Ich quittierte ihr Lächeln schmallippig und ließ mich auf einen der hinteren Sitze fallen.

Kurz darauf rief mich Quentin jedoch wieder mit Will und Jack auf die Bühne. Nach Aidans Kritik – die außer mir niemand zu spüren bekam – war ich verunsichert, kämpfte aber dagegen an, damit es meine Darstellung nicht beeinträchtigte.

Wir hatten die Szene zur Hälfte gespielt, als Quentin uns unterbrach. Ich blickte voller Furcht zu ihm hinunter.

Aber es war Aidan, der das Wort ergriff. »Du tust es ja schon wieder. Machst Rehaugen, während er spricht.« Er deutete auf Jack.

Ich wurde wütend. »Ich soll in ihn verliebt sein«, gab ich zu bedenken.

»Und du verkleidest dich als Mann. In puncto Täuschung bist du gut«, stieß er hervor, und diesmal war der Zorn in seinen Worten unüberhörbar. Sprachen wir überhaupt noch von dem Stück? »An dieser Stelle hast du deine Gefühle für diesen Mann noch unter Kontrolle.«

Seine Worte hallten in meinen Ohren wider, und diesmal brachte ich nicht die Kraft auf, mit ihm zu streiten. Tatsächlich hatte sich die ganze Atmosphäre im Theater verändert, als hätten alle die unterschwellige Wut in seiner Stimme wahrgenommen und nicht begriffen.

So wenig wie ich sie begriff.

Warum zum Teufel war Aidan auf mich wütend?

Ich versuchte, ihn nicht weiter zu beachten, versetzte mich wieder in die Figur hinein und bemühte mich, die Verletzlichkeit zu zügeln. Jack war als Orsino unglaublich charmant, spielte ihn mit genau dem richtigen Maß an sinnlicher Männlichkeit und alberner, liebeskranker Komödie.

Als er die letzte Zeile der Szene gesprochen hatte, verbeugte ich mich vor ihm. »Ich will tun, was ich vermag, Eu'r Fräulein zu gewinnen.« Und dann entfernte ich mich, wie um von der Bühne abzugehen, blieb stehen, wandte mich zum Publikum und sah es mit in die Hüften gestemmten Fäusten gequält an. »Und wo immer ich werbe, Müh voll Pein! Ich selber möchte seine Gattin sein.«

»Noch einmal!«, rief Aidan.

Ich blickte verwundert nach unten, und selbst Quentin starrte ihn an. Aidan fing den Blick seines Freundes auf. »Ich bekomme kein Gefühl für das Stück, wenn nicht alle Schauspieler das tun, was sie sollen.«

»Was stimmt denn deiner Meinung nach hier nicht?« Zu meiner absoluten Überraschung duldete Quentin Aidans Anmaßung.

»Jetzt vermittelt sie nicht genug Gefühle. Ich brauche Gefühle, um Musik komponieren zu können.« Er bedachte mich mit einem abfälligen Blick. »Die hier braucht mehr Übung als die anderen.«

Die hier? Die hier!

Quentin runzelte die Stirn. »Es ist die erste Probe, Nora. Du packst das.«

Ich nickte dankbar, aber meine Wangen brannten vor Scham über Aidans harsche Kritik. Als ich die Bühne verließ beeilte sich Jack, mich einzuholen. Er legte mir einen Arm um die Schultern und drückte mich an sich. Diesmal lächelte er nicht, er wirkte ernsthaft verärgert. »Du warst wirklich gut.«

»Danke. Offenbar nicht.«

»Was versteht der schon davon?«, versetzte er. »Er ist nur ein emporgekommener Musikproduzent.«

In den ich verliebt gewesen war, bis er mich verlassen hatte.

Was ihm offensichtlich noch nicht reichte.

Ich blickte zornentbrannt zu Aidan, als ich mit Jack, der den Arm immer noch tröstend um mich gelegt hatte, weiterging. Aidan funkelte mich so giftig an, dass sich meine

Muskeln wie zur Vorbereitung für einen Kampf anspannten.

Ich war so benommen, dass ich mich kaum daran erinnern konnte, den Platz neben Jack eingenommen zu haben. Ich konnte meine Augen nicht von Aidan abwenden, auch dann nicht, als er sich abrupt von mir abwandte und sich wieder auf die Bühne konzentrierte. Aber ich kannte ihn. Sein Körper war vor Wut und Anspannung starr, und ich wusste nicht mehr, was ich davon halten sollte.

Die Art, wie Aidan mich auf der Bühne gedemütigt hatte, passte so gar nicht zu ihm. Es war, als hätte ich einen völlig anderen Mann vor mir gehabt. Einen Fremden, in den er sich absichtlich verwandelt hatte. In unserer gemeinsamen Vergangenheit war Aidan nur ein einziges Mal wirklich wütend auf mich gewesen, und zwar, als ich ihn nach dem Lunch, bei dem er mir vom Tod seiner Schwester erzählt hatte, einfach sitzen gelassen hatte.

Auch damals hatte er mich kühl und reserviert behandelt.

Mit kalter Wut.

Rational betrachtet würde der Aidan, den ich kannte, nur dann dermaßen wütend auf mich sein, wenn er dachte, *ich* hätte *ihm* Unrecht getan.

Kalter Schweiß brach unter meinen Armen aus.

»Nachdem du gestern gegangen bist, hat er plötzlich Vorbereitungen getroffen, das Land zu verlassen. Er hat einen Job in L. A. angenommen, um in Sylvies Nähe zu sein, aber das hieß, dass er heute früh abreisen musste.«

Ich hatte den Worten einer Frau, der ich nicht traute, mehr Glauben geschenkt als denen eines Mannes, dem ich mehr zu vertrauen gelernt hatte als irgendjemandem sonst.

Was, wenn Aidan gar nicht abgereist war? Was, wenn Laine das Ganze irgendwie inszeniert hatte?

Nein.

Das war zu lächerlich, oder?

Aber warum war Aidan dann so furchtbar wütend auf mich? Diese Art von Wut konnte nur aus dem Umstand heraus geboren worden sein, dass ich ihn genau an dem Tag verlassen hatte, an dem ihm sein Kind weggenommen worden war? Oder nicht?

Aber … Aidan hatte mir eine Textnachricht geschickt.

Aidan *hatte* mir doch eine Nachricht geschickt, oder?

Ich versuchte, die Puzzleteile zusammenzusetzen. Das Theater existierte nicht mehr für mich, als ich an die Zeit vor achtzehn Monaten zurückdachte. Ich hatte in dieser Nacht das Land verlassen. Mein Telefon funktionierte in den Staaten nicht, also hatte ich es zurückgelassen und mir nach einer Rückkehr Monate später ein neues samt neuer Nummer besorgt. Der alte Vertrag war abgelaufen, also entsorgte ich mein altes Telefon.

Wenn Aidan also versucht hätte, sich mit mir in Verbindung zu setzen, hätte ich es nicht erfahren.

Aber er wusste, wo ich wohnte. Er wusste, wo Seonaid arbeitete, weil ich es ihm erzählt hatte. Hätte er sich nicht an Seonaid gewandt, wenn er mich hätte erreichen wollen?

Aber trotzdem … was war mit seinem Telefon? Wenn er mir keine Nachricht geschickt hatte, wenn das alles Laines Werk gewesen war, warum wusste Aidan dann nichts davon?

Nichts von alldem ergab einen Sinn.

Aber irgendetwas stimmte nicht.

Ich sah ihn an. Furcht keimte in mir auf, und ich erkannte, dass ich mehr Angst vor der Entdeckung hatte, dass alles ein großes Missverständnis, eine Manipulation seitens einer eifersüchtigen Freundin gewesen war als davor, es mit einem gleichgültigen, kalten Aidan zu tun zu haben.

Der Aidan, den ich geliebt hatte, jagte mir mehr Angst ein.

Weil ich endlich ein gutes Leben hatte und mich um *mich* kümmerte, und ich war nicht im Entferntesten gewillt, mich den widersprüchlichen Gefühlen zu stellen, die Aidan Lennox in mir auslöste.

Kapitel 25

Mädchengelächter riss mich aus meiner Konzentration, und ich blickte zu der Gruppe achtzehnjähriger Erstsemester hinüber, die kichernd unter einem Baum saßen. Genau wie ich hatten sie beschlossen, den schönen Frühlingstag auszunutzen und sich draußen auf The Meadows hinter dem Hauptcampus niederzulassen.

Ich war allein. Wie immer.

Es war nicht so, als wären mir meine Kommilitonen nicht freundlich begegnet. Wegen meiner Größe hatten mich einige sogar irrtümlicherweise für gleichaltrig gehalten und sich überrascht gezeigt, als ich ihnen sagte, dass ich vierundzwanzig war. Sechs Jahre schienen kein übermäßig großer Altersunterschied zu sein, aber die Kluft zwischen achtzehn und vierundzwanzig erwies sich als bedeutend, zumal für jemanden wie mich, die verheiratet und verwitwet war und ein Kind und einen Mann verloren hatte, den ich liebte.

Als hätte ich ihren Geist heraufbeschworen, rannte ein kleines blondes Mädchen an den Studentinnen vorbei, drehte sich um und lachte jemanden hinter ihr an. Eine Frau, vermutlich ihre Mutter, lief ihr hinterher. Die Kleine war viel jünger, als Sylvie es bei unserer letzten Begegnung gewesen war.

Gott, Sylvie.

Ich gestattete mir nicht oft, an sie zu denken, weil das nur Sehnsucht und Kummer mit sich brachte. Sie musste jetzt zwölf sein. War sie glücklich? Sorgte Cal gut für sie?

Ich blickte über die Straße hinter The Meadows hinweg und verspürte plötzlich den Drang, zum Krankenhaus zu gehen. Seit meiner Rückkehr nach Edinburgh war ich nicht mehr dort gewesen, es gab zu viele Geister. Doch jetzt packte ich meine Bücher in meine Schultertasche und stand auf. Meine Füße trugen mich wie von selbst aus dem Park heraus, über die Straße und den Hügel hoch.

Vielleicht trieb mich Aidans Rückkehr in Richtung der Klinik. Ich war nicht sicher, wonach ich suchte, als ich auf das rote Gebäude zuging. Ich wusste nur, dass ich vor Aidans Wiederauftauchen ziemlich im Einklang mit mir und meinem Leben gewesen war und mich jetzt fühlte, als würde ich wieder im leeren Raum treiben. Total verloren.

Aidans gehässiges Benehmen bei der Probe war nicht gerade hilfreich.

Er war bei zwei weiteren Proben zugegen gewesen, und jedes Mal hatte er etwas an meiner Leistung auszusetzen gehabt. Ich bildete mir gern ein, dass Quentin ebenso die Geduld mit ihm verlor wie ich. Jack war an diesem Punkt längst angekommen.

Morgen hatte ich wieder Probe und würde ihn sehen müssen. Ich hoffte sehnlichst, Quentin würde uns dann mitteilen, dass es Aidans letzter Tag im Theater war.

Als ich das Krankenhaus betrat, schlug mir der vertraute Geruch entgegen und brachte eine Flut von Erinnerungen mit sich.

Sylvie, die auf mich zu rannte, um mich zu umarmen. Die mit Makkaroni und Käse im Mund zu mir hochgrinste. Die Kids, die lachten, wenn ich wie Graf Olaf in *Eine Reihe betrüblicher Ereignisse* durch den Raum stolzierte. Aidans Gesicht, das meinem ganz nah war, als wir uns auf der Twister-Folie verrenkten. Sein sexy Lächeln, bei dem mein Herz einen Satz machte.

Wie um zu verhindern, dass ich in meine Einzelteile zerfiel, schlang ich die Arme um meinen Oberkörper. Warum war ich hergekommen? Wie dumm von mir.

»Dumm, dumm, dumm«, brummte ich, als ich mich abwandte.

»Bist *du* das, Peter Pan?«

Ich fuhr herum und stand Jan gegenüber.

Sie lächelte mich liebevoll an.

Und ich stürzte auf sie zu.

Jan lachte und bog sich nach hinten, als ich sie umarmte. Sie erwiderte meine Umarmung und schob mich dann behutsam von sich weg. Sorge und Zuneigung spiegelten sich auf ihrem Gesicht wider. »Was führt dich her, Nora?«

»Ich weiß es nicht«, erwiderte ich ehrlich.

Zwanzig Minuten später saß ich mit Jan bei einer Tasse Kaffee in der ruhigen Cafeteria, und ich erzählte ihr alles.

Absolut alles.

Alles strömte unkontrolliert aus mir heraus.

»Da stimmt etwas nicht«, grübelte Jan. »Das klingt überhaupt nicht nach Aidan. Er würde jemanden, an dem ihm etwas liegt, nie so mies behandeln.«

»Genau das tut er aber.«

»Ich glaube, dass du mit deinem Verdacht richtig liegst. Ich denke, seine Freundin hat dich absichtlich getäuscht. Soweit ich weiß, ist Aidan nie nach Kalifornien gezogen. Und er wohnt immer noch hier.«

»Das macht nichts«, sagte ich. »So, wie wir jetzt zueinander stehen, ist es besser.«

»Warum siehst du dann so traurig aus?«

Ich lächelte gepresst und schloss die Finger fester um meinen Kaffee. »Ich vermisse Sylvie.«

»Sylvie geht es gut.« Jan tätschelte meine Hand.

Mein Herzschlag beschleunigte sich. »Du hast etwas von ihr gehört?«

Sie stieß langsam den Atem aus. »Aidan kommt ab und zu vorbei, um mich über sie auf dem Laufenden zu halten. Ich … äh … ich wusste, dass zwischen euch irgendetwas vorgefallen sein musste, weil er dichtgemacht hat, als ich dich erwähnte. Jetzt wird mir manches klar.«

»Und Sylvie?«

»Es gefällt ihr in Kalifornien. Sie macht sich gut. Ihr Dad hat sie letzten Sommer einen Monat bei Aidan bleiben lassen und sie zu Weihnachten noch einmal nach Schottland gebracht, damit sie ihn sehen konnte.«

Ich überlegte, ob sie wohl je nach mir gefragt hatte. Ob sie mich vermisste oder sich fragte, wo ich abgeblieben war. Aber vor allem war ich froh, dass sie glücklich war. »Also kümmert er sich gut um sie?«

»Glaubst du, Aidan würde etwas anderes dulden?«

»Stimmt.«

»Du musst mit ihm reden«, meinte Jan. »Alles erklären und dieses Missverständnis aus der Welt schaffen.«

»Ich hasse es, wenn er mich anschaut, als würde er mich verabscheuen«, gestand ich leise. »Aber ich glaube, ich habe noch mehr Angst davor, dass er mich so ansieht wie früher.«

Jan schüttelte verwirrt den Kopf. »Das verstehe ich nicht.«

»Ich fühle mich endlich gut, Jan.« Ich klopfte auf meine Büchertasche. »Ich studiere und spiele Theater, und mein Leben verläuft unkompliziert. Ich bin zum ersten Mal seit langer Zeit da, wo *ich* sein will. Aidan und ich … wir waren das, was der jeweils andere damals brauchte. Jetzt ist das anders. Jetzt sind wir zwei grundverschiedene Menschen auf grundverschiedenen Wegen.«

Sie sah mich so lange an, dass ich unbehaglich auf meinem

Stuhl herumzurutschen begann. Endlich sagte sie: »Wenn das stimmt … warum bist du dann hier?«

»Weil ich Sylvie vermisst habe.« Das war nur die halbe Wahrheit.

Und wir beide wussten es.

Nicht zum ersten Mal seit letzter Woche musste ich mit ansehen, wie Amanda mit Aidan flirtete und er grinste, als würde es ihm gefallen. Als sie seine Brust berührte, über etwas kicherte, was er sagte und die Gelegenheit nutzte, um näher an ihn heranzurücken, wandte ich mich ab.

Warum tat ich mir das an? Eifersucht brannte in meiner Brust.

Quentin hatte um eine fünfminütige Pause gebeten, während er einen »wichtigen Anruf« entgegennahm, und ich hatte die Zeit genutzt, um mir die Notizen für meinen Klassikerkurs vorzunehmen.

Doch Amandas Lachen lenkte mich ab, und ich spürte, wie ich mit jeder Sekunde unruhiger wurde.

Die Haupttüren zum Zuschauerraum öffneten sich quietschend, und ich drehte mich auf meinem Sitz um und sah eine große Brünette den Gang hinunterschreiten, als befände sie sich auf einem Laufsteg.

Mein Gott, ihre Beine waren endlos.

Ich blickte den Gang entlang und sah, wie Jack förmlich die Zunge aus dem Mund hing, als sie an ihm vorbeikam. Gerade als ich das modelähnliche Wesen fragen wollte, ob ich ihm helfen konnte, bemerkte ich, dass sie ihre exotisch geschnittenen Augen auf Aidan heftete.

Ich kam mir vor, als hätte mir jemand in die Magengrube getreten.

Amanda rückte ein Stück von ihm ab und machte ein finsteres Gesicht, als die Frau direkt auf ihn zukam, sich vorbeugte und ihm einen Kuss auf den Mundwinkel drückte. Aidans Hand ruhte mit ziemlicher Vertrautheit auf ihrer Hüfte, und ich hatte das Gefühl, innerlich zu sterben.

Als ich auf meine Notizen blickte, konnte ich kaum atmen.

Ich war den Tränen nah.

Natürlich datete er eine andere. Und natürlich maß sie fast einen Meter achtzig und glich einer älteren Ausgabe von Gigi Hadid.

Ich rutschte nervös auf meinem Sitz herum und tat so, als wären meine Notizen das Interessanteste auf der Welt, während ich mich eigentlich fragte, warum um alles in der Welt Aidan Interesse an mir gezeigt haben sollte, wenn er Frauen wie diese haben konnte.

Nein!

Im Geiste ohrfeigte ich mich für den Gedanken. Das würde ich nicht zulassen. Ich würde nicht wieder zu dem unsicheren Mädchen werden, das ständig darüber nachgrübelte, warum Aidan mit ihm zusammen sein wollte.

Nein, ich sah nicht aus wie Gigi Hadid. Ich war nicht bildschön, aber hübsch. Das sah ich inzwischen, wenn ich in den Spiegel schaute. Ich war der Typ hübsches Mädchen von nebenan, und damit war ich zufrieden.

Zur Hölle mit Aidan Lennox. Was musste er in mein Leben zurückkehren und meine Selbstachtung mit Füßen treten?

»Ist das jetzt sein Ernst?«

Ich schrak zusammen und sah zu Jack hoch, der neben mir stand und Aidan, der immer noch das Model an sich drückte, feindselig anstarrte. »Was meint das Arschloch, wer er ist?«

»Hast du ihn gegoogelt?«, fragte ich.

Er schüttelte den Kopf.

»Googel ihn. Er ist eine ziemlich große Nummer.«

Jack blickte auf mich hinunter. »Er behandelt dich wie Dreck, Nora. Er ist Abschaum.«

Ich lächelte ihn dankbar an, und dann kam mir ein boshafter Gedanke. »Warum beweist du diesem Mädchen dann nicht, dass du viel charmanter sein kannst? Das willst du doch.«

Ein träges Lächeln breitete sich auf seinem Gesicht aus. »Sie ist einfach umwerfend.«

»Allerdings.«

Zu meiner Überraschung beugte er sich zu mir und küsste mich auf die Wange. »Du bist genauso umwerfend, meine Schöne.«

Ich lachte und scheuchte ihn spielerisch weg. »Lügner.«

Er zwinkerte mir zu und wandte sich ab, und mein Blick wanderte zu Aidan. Ich zuckte zusammen, als ich feststellte, dass er mich fast hasserfüllt anstarrte.

Aber diesmal drehte ich mich nicht weg.

Stattdessen focht ich ein stummes Blickduell mit ihm aus; versuchte ihn durch Willenskraft dazu zu zwingen, als Erster nachzugeben.

Ich fragte mich, wer gewonnen hätte, wenn Quentin nicht wieder aufgetaucht wäre, Aidan eine Hand auf die Schulter gelegt und so unseren mentalen Kampf abgebrochen hätte.

»Wie furchtlos wird Olivia seufzen müssen! O Zeit, du selbst entwirre dies, nicht ich.« Aus irgendeinem Grund richtete ich meine Aufmerksamkeit auf Aidan, als ich diese Worte sprach. Er saß in der ersten Reihe, und als sich unsere Blicke trafen, verdunkelte sich seine Miene. Die Frau, die in unsere Probe hineingeplatzt war, saß neben ihm. Ich ignorierte sie und beendete meinen Monolog. »Ein zu verschlungner Knoten ist's für mich.«

»Grauenhaft«, verkündete Aidan prompt lautstark. »Der Akzent, das Fehlen jeglicher Gefühlsregung. Du bist ganz allein da oben. Du musst die Aufmerksamkeit des Publikums fesseln. Sogar als Cesario sollten die Männer unter den Zuschauern, die es besser wissen, sich wünschen, sie wären Orsino. Sie sollten dich begehren. Du bist ungefähr so reizvoll wie ein Furz in einem Raumanzug.«

»Jetzt mach aber mal einen Punkt …«, begann Jack, aber ich hob eine Hand, um ihn zum Schweigen zu bringen. Er stand in der Nähe des Bühnenrandes und presste frustriert die Lippen zusammen. Aber ich musste ziemlich angefressen gewirkt haben, denn er schwieg.

Und dann ergoss sich mein Ärger über den Mann, der ihn ausgelöst hatte. »Für wen zum Teufel hältst du dich eigentlich?«

Aidan wirkte überrascht. »Ich …«

»Das war eine rhetorische Frage«, schnappte ich. Meine Stimme hallte laut und vernehmlich durch den Zuschauerraum. Angespanntes Schweigen trat ein, aber ich ließ nicht zu, dass es anhielt. »Von dem Moment an, in dem du dieses Theater betreten hast, hast du nichts getan, außer mich zu beleidigen – nicht etwa mich zu kritisieren, was dir, wie ich hinzufügen könnte, auch nicht zusteht. Wenn du deine Rolle als egoistisches Arschloch weiterspielen willst, nur zu, aber ich spiele die Viola, und ich bin ein Mitglied dieser Truppe, also zeig gefälligst etwas Respekt, oder du fliegst raus!«

Es stand *mir* nicht zu, das zu sagen.

Aber ich hatte es trotzdem gesagt.

Aidans Augen flammten auf, aber diesmal konnte ich seinen Gesichtsausdruck nicht deuten.

»Nora.«

Mein Magen zog sich zusammen, als Quentins Stimme hinter Aidan erklang. Als ich meinen Regisseur ansah, registrierte ich erstaunt, dass er grinste. Ich hatte gedacht, er wäre fuchsteufelswild. »Gott sei Dank, dass du ihm endlich sein unverschämtes Benehmen nicht mehr durchgehen lässt.«

Eine Welle der Erleichterung schlug über mir zusammen, als Quentin aufstand und um Aidan herumging, um ihm ins Gesicht sehen zu können. »Wir sind Freunde, *mate*, und ich bin dir wirklich dankbar, dass du unsere Musik schreiben willst, aber ich muss meiner Schauspielerin recht geben.«

Aidan erhob sich und klopfte seinem Freund entschuldigend auf die Schulter. »Du hast recht. Du hast ganz recht. Das Mädchen ist neu und braucht Ermutigung, keine harten Worte. Und schon gar nicht von mir. Das ist das herrische Arschloch in mir, fürchte ich.« Er drehte sich mit einem falschen Lächeln zu mir. »Entschuldigung, Miss O'Brien. Es kommt nicht wieder vor.«

Wir musterten uns wie zwei Gegner in einem Boxring, bis Quentin die Probe beendete. Ich verließ hastig die Bühne, und Jack fing mich ab, als ich meine Sachen holte, um zu gehen. »Gut gemacht«, lobte er leise. »Das war überfällig.«

»Ich weiß«, stimmte ich zu. »Hoffentlich gibt er jetzt Ruhe.«

Jack blickte über seine Schulter. Aidan und das Model kamen näher.

»Nicolette, es war mir ein Vergnügen«, sagte Jack anzüglich zu der Frau.

Sie lächelte aufreizend.

»Gute Nacht, Jack.« Aidan nickte in seine Richtung.

Mich sah er nicht an.

Ich existierte nicht.

Und dann rauschte er, den Arm um die schöne Nicolette gelegt, aus dem Theater.

Ich bemühte mich, mich nicht verletzt zu fühlen, aber das erwies sich als unmöglich.

»Beschränkter Arsch«, schnaubte Jack. »Warum behandelt er dich wie Scheiße?«

Weil ich glaube, dass er meint, ich hätte ihm das Herz gebrochen.

»Ich weiß es nicht.«

»Weißt du, er und Nicolette sind nicht fest zusammen. Anscheinend hat der herumvögelnde Hund auf jedem Kontinent ein anderes Verhältnis. Und sie findet das in Ordnung«, erwiderte er ungläubig.

Die Neuigkeit traf mich mitten ins Herz. Ich lächelte meinen Freund schwach an. »Gute Nachrichten für dich.«

»Aye.« Er grinste. »Sie hat mir ihre Nummer gegeben.«

Das wunderte mich nicht. Jack war kein Aidan Lennox, aber mit seinem Charme konnte er jede Frau in sein Bett bekommen.

»Und du«, sagte er, »hör nicht auf ihn. Du warst brillant da oben.«

Ich küsste ihn auf die Wange so wie er mich zuvor. »Danke, Jack«, sagte ich traurig. Jetzt, wo Aidan fort und es nicht mehr nötig war, konnte ich meine Gefühle nicht länger in mir verschließen.

Aber ich legte keinen Wert auf Jacks Mitleid. Warum zum Teufel war Aidan hier? Für ihn was das nur eine Gefälligkeit, aber das Theater war meine ganze Freude.

Er verdarb mir meine größte Freude!

Kapitel 26

Zu behaupten, ich hätte nach der Probe schlechte Laune gehabt, wäre die größte Untertreibung des Jahres, und diese Laune hielt die ganze Woche an. Meine Kollegen im Pub mieden mich wie die Pest, und ich trug nicht viel dazu bei, das Trinkgeldglas am Ende der Bar zu füllen, also bot ich Kieran und unserem anderen Kollegen, Joe, an, dass sie es unter sich aufteilten.

Zum Glück linderte das ihren Ärger auf mich.

Ich hatte die Menschen nie verstanden, die mit anderen zusammen sein wollten, wenn diese schlechte Laune hatten. Wenn man es anderen ersparen konnte, sich mit diesem Mist anzustecken, warum tat man es dann nicht? Also blieb ich am Samstag alleine zu Hause, aber am Sonntag konnte ich Seonaid nicht abwimmeln. Sie rief an, und als ich versuchte, mich vor unserem monatlichen Sonntagstreffen bei Angie zu drücken, drohte sie, persönlich vorbeizukommen und meinen Hintern dorthin zu schleifen.

Angies Entzücken, mich zu sehen, besänftigte mich ein wenig, und es tat gut, von einer Mutterfigur begluckt zu werden, als sie mich in die Küche zu Seonaid und Roddy schob. Die beiden standen bei der Kaffeemaschine, Seonaid mit dem Rücken zur Arbeitsfläche, Roddy presste sich gegen sie und murmelte etwas an ihrem Mund, das ihr ein Lächeln entlockte.

Ein Gefühl von Neid, das ich noch nie erlebt hatte, strömte wie ein zersetzendes Gift durch meine Adern. Es befeuerte meinen Frust, der sich in Misstrauen und Wut zu verwandeln begann.

Angie räusperte sich. »Nicht in meiner Küche«, warnte sie, wirkte aber alles andere als verärgert.

Sie war glücklich, dass ihre Tochter und der Junge, den sie fast als Sohn betrachtete, glücklich waren.

Ich freute mich auch für sie.

Wirklich.

Aber im Moment brannte mein Magen wegen meiner Theorie bezüglich Aidan vor zorniger Vorfreude.

»Da bist du ja.« Seonaid löste sich von Roddy und kam mit einem Lachen auf ihrem hübschen Gesicht auf mich zu, einem Lachen, das erstarb, als sie meinen Gesichtsausdruck bemerkte. Sie blieb stehen. »Was ist los?«

Irgendetwas überkam mich. Ich brauchte Antworten. Und es war mir egal, dass sich Angie und Roddy im Raum befanden. »Hat sich Aidan nach mir erkundigt? Nachdem ich nach Indiana abgereist bin?«

Sie wurde blass.

Und ich bekam plötzlich keine Luft mehr. »Oh mein Gott.«

»Nora.« Sie trat sichtlich panikerfüllt zu mir. »Er ist ein paar Tage nach deiner Abreise in den Salon gekommen.«

Meine Verwirrung und meine Wut ließen mich explodieren. »Warum hast du mir das nicht gesagt?«, schrie ich sie an.

Seonaid zuckte zusammen, und Roddy kam ihr sofort zu Hilfe. »Kannst du mal einen Gang runterschalten?«

»Das hier geht dich nichts an«, fauchte ich. »Seonaid?«

»Er hat gefragt, wo du bist, und ich habe ihm gesagt, du wärst nach Hause zurückgegangen, und in der nächsten Sekunde ist er aus dem Salon gestürmt. Das war es. Das ganze Ausmaß unserer Begegnung.«

»Das erklärt noch lange nicht, warum du mir nichts gesagt hast. Ich dachte, er wäre in Kalifornien!«

»Ich konnte nicht ahnen, dass er wiedergekommen ist. Ich wusste doch nicht, warum er bei mir war, Nora.«

»Aber du hättest es mir sagen können!«

Ihre Miene wurde flehend. »Er hat dich todunglücklich gemacht, Nora. Ich dachte, er wäre zurückgekommen, um noch mehr Unheil anzurichten, und du brauchtest eine Weile Ruhe und Frieden. Okay, es tut mir leid, wenn das anmaßend von mir war, aber ich sah keinen Sinn darin, es dir zu erzählen. Und als du nach Hause kamst, warst du so zufrieden und so auf *dich* konzentriert. Dein Leben hat sich einmal um *dich* gedreht. Du schienst dir nichts mehr aus Aidan zu machen, und ich dachte, er wäre nur noch eine Episode aus deiner Vergangenheit.« Tränen schimmerten in ihren Augen. »Es tut mir leid. Es tut mir wirklich leid. Ich weiß nicht, was ich sonst noch sagen könnte.«

Ihre Worte ließen meinen Kampfgeist erlöschen. Warum zur Hölle brüllte ich meine beste Freundin an, wenn ich ihr nur voll und ganz zustimmen konnte? Bis auf eine Kleinigkeit. »Ich war noch nicht über ihn hinweg«, flüsterte ich.

»Oh Gott, Nora ...«

»Aber jetzt bin ich es«, schnitt ich ihr das Wort ab. »Es geht nicht anders. Du hast recht. Mein Leben ist endlich so, wie es sein sollte, und er hat das Chaos hineingebracht.«

Einen Moment herrschte Stille, dann ergriff Angie das Wort. »Ich habe absolut keine Ahnung, wovon ihr redet ... aber manchmal sind die schönsten Dinge im Leben zugleich auch die verfahrensten.«

Ihre Weisheit löste einen leichten Schmerz in meiner Brust aus, aber ich blieb standhaft. »Und manchmal bekommt man etwas, das so schön ist, dass man es kaum ertragen kann, es zu verlieren. Ich habe schon so viel verloren, dass es für ein ganzes Leben reicht.« Ich sah Seonaid an. »Entschuldige, dass ich dich angeschrien habe. Du hast das Richtige getan.«

Seonaid wirkte nicht ganz überzeugt. »Wirklich?«

Trotz Seonaids Warnung, dass ich meine Gefühle nicht auf Dauer in mir verschließen konnte, gab ich mir größte Mühe, mir einzureden, dass es gut war, wie sich alles mit Aidan entwickelt hatte. Es musste einfach gut sein, damit ich mein zufriedenes Leben weiterführen konnte. Während er sich mit seinen schönen Frauen im Theater herumtrieb und sich wie ein Arschloch benahm.

Aber Gelassenheit zu finden erwies sich als schwieriger, als ich gedacht hatte. Ich war ein Bündel widersprüchlicher Gefühle. Lag mit mir selbst im Clinch.

Daher war es kein Wunder, dass meine Reaktion genau das Gegenteil von dem war, was ich erhoffte, als mich Aidan schließlich unter vier Augen zur Rede stellte.

Da ich mich mit einer anderen Studentin treffen musste, um an einer Aufgabe für ein Tutorium zu arbeiten, hatte ich es für überflüssig gehalten, nach Hause nach Sighthill zurückzufahren, nur um dann zur Probe zur Tolcross zurückkommen zu müssen. Ich hatte mir in einem Laden auf der Potterow einen Salat geholt und ging damit zu Fuß zum Theater. Da ich eineinhalb Stunden zu früh dran war, war niemand sonst da. Zum Glück hielt sich Quentin normalerweise tagsüber im Theater auf, daher waren die Türen offen. Als ich in den Zuschauerraum kam, war dieser in tiefstes Schwarz getaucht.

»Quentin?«, rief ich. »Bist du da?«

Meine Stimme hallte im Raum wider.

Nichts.

»Irgendwer hier?«

Aber die Stille verriet mir, dass ich allein war. Ich fragte mich, ob Quentin tatsächlich vergessen hatte, das Theater abzuschließen. Ich würde ihn darauf hinweisen müssen.

Ich schaltete die Bühnenbeleuchtung ein, um mich nicht wie in einem Horrorfilm zu fühlen, und zog mich in eine leere Garderobe zurück.

Während ich meinen Salat aß, arbeitete ich an einem Referat und wartete, dass die Minuten verstrichen.

Als ich ein Geräusch hörte, erstarrte ich wie ein im Scheinwerferlicht gefangenes Kaninchen. Ich legte den Kopf schief und lauschte; Schritte näherten sich. Das Blut rauschte in meinen Ohren, als mein Puls zu rasen begann. Dann verwünschte ich mich dafür, fast auszuflippen, wo es sich doch offensichtlich nur um ein Mitglied der Gruppe handelte, das – ich sah auf meine Uhr – eine Stunde zu früh gekommen war.

Ich wartete. Die Garderobentür, die ich angelehnt gelassen hatte, öffnete sich knarrend.

Mir stockte der Atem, als Aidan auf der Schwelle erschien.

Er verschränkte die Arme, schlug die Knöchel übereinander, lehnte sich gegen den Rahmen und musterte mich kühl.

Ich konnte ihn nur stumm anstarren. Meine Gefühle wirbelten durcheinander wie ein Tornado, der keinen Gedanken daran verschwendet, was er in seinen Windtrichter saugt. »Was machst du denn hier?«, krächzte ich schließlich heiser.

»Ich habe in dem Coffeeshop gegenüber gesessen und dich hier hineingehen sehen.«

»Du bist mir gefolgt?«

»Ich habe eine Weile mit mir gerungen. Aber aye.«

Ein Adrenalinstoß ließ meine Hände zittern. Ich ballte sie zu Fäusten und hoffte, seinen Blick mit demselben Maß an Gleichgültigkeit zu erwidern wie der, mit dem er mich bedachte. »Warum?«

»Neugier.« Er zuckte die Achseln.

»Neugier?«

»Warst du schon immer so ein herzloser Roboter oder war ich nur zu blind, um das zu sehen?«

Ich zuckte zusammen und wusste, dass dies der richtige Moment war, ihm zu sagen, dass Laine mich belogen hatte. Aber ich brachte es nicht heraus. Ich wollte es herausschreien und auch wieder nicht.

Meine Angst, er würde mich hassen, war genauso groß wie die, dass er mich liebte, und diese Gefühle katapultierten mich in eine Art aufgebrachtes, frustriertes Niemandsland. Ich sprang auf. »Wenn du gekommen bist, um mich als emotionalen Sandsack zu benutzen, kannst du gleich wieder gehen«, zischte ich.

Seine Augen flammten auf, er stieß sich vom Türrahmen ab und kam in den Raum. Zum ersten Mal machte es mich wütend, dass ich den Kopf in den Nacken legen musste, um zu ihm aufzublicken. »Nicht bevor ich dir gesagt habe, was ich wirklich von dir denke, statt so zu tun, als ob es mich einen Scheißdreck interessiert, was aus diesem Stück wird.«

»Aidan …«

»Du bist der größte Feigling, der mir je untergekommen ist. Du bist schwach und gefühlsgestört. Aber was noch schlimmer ist, ist deine scheißmanipulative Art …«

»Aidan …«

»Aber glaub mir, Nora, du bist die letzte Frau, die so einen Narren aus mir gemacht hat. Ich sehe jetzt, wie du wirklich bist. Eine verkorkste, selbstsüchtige, ichbezogene, unreife, kleine …«

Seine nächste Gemeinheit erstickte ich mit einem Kuss. Da ich seine Verachtung nicht länger ertragen konnte, aber nicht wusste, wie ich ihr Einhalt gebieten sollte, handelte ich rein intuitiv.

Und mein Bauchgefühl riet mir, die Fäuste in sein T-Shirt zu krallen und ihn zu meinem Mund hinunterzuziehen.

Was für ein Fehler.

Weil ich mich jetzt an ihn erinnerte.

Ich erinnerte mich daran, wie gut er sich anfühlte.

Als seine Hände sich um meine Oberarme schlossen und versuchten, mich wegzuschieben, ließ ich es daher zu, nur um meine Arme um seinen Hals zu schlingen, ihn enger an mich zu ziehen und ihn weiter verzweifelt zu küssen. Er stöhnte auf und packte meine Arme erneut, und gerade als ich befürchtete, er würde mich wegstoßen, erlahmte sein Widerstand. Aidan presste mich an sich, sein Mund öffnete sich, und seine Zunge suchte meine.

Mit einem Mal war er Herr der Lage.

Ich spürte, wie ich hochgehoben und auf den Schminktisch gesetzt wurde. Er spreizte meine Beine, während wir fortfuhren, uns gierig zu küssen. Unsere Hände waren überall. Meine glitten unter sein T-Shirt, über die harten Muskeln seiner Bauchdecke, während seine rau über meine Seiten strichen, meine Brüste kneteten und sich endlich unter mein Kleid schoben.

Ich keuchte, als seine Finger unter den Bund meines Höschens glitten und es bis zu meinen Knien herunterzogen. Seine Lippen lösten sich abrupt von meinen, sein zorniger, glühender Blick brannte sich in mich hinein und hypnotisierte mich, während er hastig den Reißverschluss seiner Jeans öffnete und sie nach unten schob, um seinen Schwanz zu befreien.

Mein Blick wanderte dorthin, aber mir blieb nur eine Sekunde, um ihn zu betrachten und mich zu fragen, ob ich die mächtige, pochende Erektion, die vor mir aufragte, in mich aufnehmen konnte, bevor Aidan die Finger in meine Hüften grub. Er lenkte meine Augen wieder zu sich, als er meine Hüften anhob. Mit vor Begierde loderndem Blick schob er seinen Schwanz zwischen meine Beine und stieß so tief in mich hinein, dass es fast weh tat. Ich wimmerte, klammerte mich an ihn, als sich meine Muskeln um ihn zusammenzogen, und versuchte, mich an die überwältigende heiße Fülle in mir zu gewöhnen.

Sein Griff verstärkte sich, er bewegte sich grob, hart und ruckartig, aber das machte mir nichts aus. Ich wollte, dass er so tief in mir blieb, dass niemand uns trennen konnte. Schon begann sich die Spannung in mir aufzubauen, und meine abgehackten Atemzüge und Bitten um mehr vermischten sich mit seinem animalischen Keuchen und Stöhnen.

Meine Haut stand in Flammen, die Muskeln meiner Schenkel brannten, doch bei jedem seiner Stöße ebbte der Schmerz mehr ab und steigerte sich die Lust, bis sich meine Fingernägel in sein Kreuz bohrten und meine Hüften sich ihm entgegenhoben und nach mehr verlangten.

Ich wollte mir meine Kleider herunterreißen, um seine Haut auf meiner zu spüren, aber das hätte bedeutet, aufzuhören, mich von ihm zu lösen, und ich konnte einfach nicht aufhören. Ich wollte mehr. Ich wollte, dass es ewig dauerte. »Aidan«, bettelte ich.

Er löste eine Hand von meiner Hüfte, um meinen Hinterkopf zu fassen, und presste zur Antwort seinen Mund auf meinen, eine atemlose, keuchende Verschmelzung von Lippen und Zungen, keine Feinheiten … nur das wilde Verlangen, mit unseren Mündern das zu imitieren, was sein Schwanz in mir tat. Er brachte meine Hüften in eine schrägere Position und gab meinen Mund frei, als ich mich an ihm festhielt. Seine grünen Augen glichen einem dunklen Wald der Besitzgier, während er in mich hineinstieß.

Jeder Stoß schaltete meinen inneren Thermostat eine Stufe höher, jedes Eindringen schürte die Flammen, bis ich nicht mehr sicher war, ob ich den Höhepunkt erreichen konnte, ohne das ganze Gebäude durch eine monumentale Explosion zum Einsturz zu bringen.

Der Orgasmus schüttelte mich in Wellen, und ich rief laut seinen Namen. Das Geräusch ging in einem wonnevollen Schock unter, als er mit einem »Fuck!« kam und ich das unvergleichliche Gefühl auskostete, wie sich die Muskeln in meinem Unterleib um seinen pulsierenden Schwanz schlossen. Seine Hüften stießen gegen meine, und ich lockerte meinen Griff, weil meine Anspannung erlosch. Aidan sank gegen mich, seine Hände streichelten meine Schenkel, wie um sie für seinen harten Griff zu entschädigen. Ich spürte seinen Atem, als er an meinem Hals nach Luft rang und seine Brust sich dicht vor meinem Gesicht heftig hob und senkte.

Es kam mir viel länger vor. Die ganze explosive Begegnung. Aber dann wurde mir klar, dass nur ein paar Minuten verstrichen waren.

Er verharrte jedoch keine Minute in mir, und als er sich zurückzog, erstarrte ich angesichts der kalten, harten Erkenntnis, dass wir ungeschützten Sex gehabt hatten. Zum Glück nahm ich die Pille, seit Jim schon, und sah keinen Grund, sie abzusetzen, da sie meine Periode regulierte.

Aber wenn Aidan es mit einer geschätzten Million Frauen trieb, war es ausgesprochen dämlich von mir, nicht auf einem Kondom bestanden zu haben.

Ich war die dämlichste Gans auf Gottes Erdboden.

Hatte mich völlig von meinen außer Kontrolle geratenen Hormonen lenken lassen.

Aidan fluchte und zog Papiertücher aus einer Schachtel neben uns auf dem Schminktisch. Er wandte sich von mir ab und säuberte sich vermutlich, bevor er seine Jeans hochzog. Ich fühlte mich verletzlicher als je zuvor, als ich den Moment, wo er mir den Rücken zukehrte, nutzte, um von dem Tisch zu rutschen, mich selbst mit ein paar Tüchern abzuwischen und mein Höschen hoch- sowie mein Kleid hinunterzuziehen.

Als ich den Kopf wieder hob, starrte Aidan mich so finster an, als würde er mich regelrecht verabscheuen.

Ich wand mich innerlich unter seinem Blick und kämpfte gegen den Drang an, in Tränen auszubrechen. Stattdessen hob ich hochmütig das Kinn, als wäre es mir egal, ob er mich hasste.

»Nimmst du die Pille?«

Ich nickte. »Hast du dich durchchecken lassen?«

Er nickte ebenfalls.

Ich schnaubte. »Und ich soll dir vertrauen?«

Aidan verzog höhnisch das Gesicht. »Von uns beiden bin nicht ich derjenige, dem man nicht vertrauen kann.« Er schüttelte den Kopf und ließ den Blick über mich hinwegwandern, als wäre ich eine Schnecke, die er in seinem Salat gefunden hatte. »Ich kann es nicht glauben, dass mir wirklich einmal etwas an dir gelegen hat. Was zum Teufel habe ich nur in dir gesehen?«

Ich war noch nie angeschossen oder durch einen Messerstich verletzt worden, aber ich fragte mich, ob irgendetwas im Leben so schmerzen konnte wie Aidan Lennox, der das zu mir sagte, nachdem wir Sex gehabt hatten.

Nachdem ich den rauesten, wonnevollsten Sex meines Lebens gehabt hatte.

Nachdem ich zum ersten Mal nach dem Tod meines Mannes Sex gehabt hatte.

Ich wandte mich ab, damit er meine Tränen nicht sehen konnte, und gab vor, meine Papiere zusammenzusuchen.

Sag es ihm!

Aber ich konnte es nicht. Nach seinen Worten blutete ich innerlich, und mehr Beweise brauchte ich nicht, um zu wissen, dass das hier ein Ende haben musste. Aidan Lennox verfügte über die Macht, mich mehr zu verletzen als irgendjemand sonst auf der Welt, und mit diesem Scheiß war ich fertig. Warum ich die Initiative ergriffen hatte, wusste ich nicht. Aber es wurde Zeit, härter daran zu arbeiten, meine Verwirrung was seine Person betraf, zu überwinden. Seine Worte halfen dabei.

Beträchtlich.

»Nora …«

»Ich habe bekommen, was ich wollte.« Ich griff nach meiner Tasche. Ohne ihn anzusehen, ging ich an ihm vorbei und sprach die Worte aus, von denen ich wusste, dass sie diese Sache ein für alle Mal beenden würden. »Ich habe eine seit zwei Jahren juckende Stelle gekratzt. Belassen wir es dabei.«

Kapitel 27

Zu meiner großen Erleichterung blieb Aidan nicht zur Probe. Es war schlimm genug, dass ich ihn von mir abwaschen musste, da brauchte er mich nicht auch noch voller Widerwillen zu beobachten, wenn ich auf der Bühne stand. Aber ich konnte diesen Abend nicht durchstehen, wenn sein Geruch an mir haftete und ich ihn zwischen meinen Beinen spürte.

Also täuschte ich Übelkeit vor, und ich musste ziemlich überzeugend gewesen sein, denn Quentin wies mich an, seine Probe zu verlassen, falls es etwas war, womit die anderen Darsteller sich anstecken konnten.

Ohne irgendjemanden anzusehen, verließ ich das Theater. Ich wollte so dringend nach Hause und duschen, dass ich ein Taxi nahm, statt mit dem Bus zu fahren.

Ich zitterte.

Wie Espenlaub.

Tief in meinem Inneren tobte eine Angst, das schreckliche Gefühl, das sich einstellt, wenn man weiß, dass etwas unwiderruflich fort oder verloren oder vorbei war.

Ich ließ jedoch nicht zu, dass dieses Gefühl an die Oberfläche drängte, sondern schuf im Geist eine metaphorische Betonschicht rings um meine Emotionen, damit ich funktionieren konnte.

In meiner Wohnung zog ich mir mein Kleid über den Kopf und warf es samt meiner Unterwäsche in den Wäschekorb. Dann ging ich geradewegs unter die Dusche und wusch mich; schrubbte in der Hoffnung, nicht nur seinen Geruch loszuwerden, sondern auch die Erinnerung daran, wie er sich anfühlte, meinen ganzen Körper fest ab. Ich wollte nicht an seine Hände auf meiner Haut oder daran denken, wie er sich in mir bewegt hatte. Wer wollte sich an so etwas erinnern, wenn er es nie wieder erleben würde?

Es war eine emotionale Tortur.

Ich war stolz auf mich, weil ich nicht weinte. Endlich konnte ich meine Gefühle unter Verschluss halten.

Danach zog ich meinen Bademantel an, wickelte mein nasses Haar in ein Handtuch und ging in die Küche, um mir Tee zu machen, als jemand an meine Tür klopfte.

Aidan?, war mein erster Gedanke. In meinem Magen setzte ein Flattern ein.

»Nora, bist du zu Hause?«

Es war Seonaid.

Ich schnaubte über meine Albernheit und öffnete die Tür. »Hey.«

Ihre Augen verengten sich angesichts meines Aufzugs, und sie schob sich an mir vorbei. »Ich dachte, du müsstest gerade erst von der Probe zurück sein.«

»Ich bin früher gegangen. Möchtest du Tee?« Ich kehrte ihr den Rücken zu und ging wieder in die Küche.

»Aye, klar. Und warum bist du früher gegangen?«

Wozu lügen?

»Zuerst mal war ich viel zu früh da. Dann kreuzte Aidan auf. Er ist mit dem Regisseur befreundet und war letztens ein paar Mal bei den Proben. Er ist sauer auf mich, weil er glaubt, ich hätte ihn verlassen, nachdem ihm Sylvie weggenommen worden war. Also hat er mir ein paar üble Beschimpfungen an den Kopf geworfen. Ich habe ihn geküsst, um ihn zum Schweigen zu bringen, und am Ende haben wir wild gevögelt.« Ich nannte es so, weil es kein anderes Wort dafür gab. »Danach meinte er, er wüsste nicht, was er je in mir gesehen hat, und ich sagte, ich hätte nur eine seit zwei Jahren juckende Stelle gekratzt.«

Zuerst reagierte sie überhaupt nicht.

Dann legte sie mir plötzlich die Hand auf die Schulter und zwang mich, sie anzusehen. Sie forschte besorgt in meinem Gesicht, und das, was sie dort sah, bewirkte, dass sich ihre Kiefermuskeln anspannten. Sie schien verwirrt, weil ich ihr eine überzeugende Imitation von absoluter Gleichgültigkeit bot.

»Du klingst, als würdest du etwas erzählen, was jemand anderem passiert ist.«

»So wenig, wie es mich berührt hat, könnte das gut der Fall sein.«

»Du lügst.«

»Absolut nicht.«

»Nora, er ist seit Jim der erste Mann, mit dem du Sex hattest, und es klingt nach ziemlich unschönem Sex. Wie kann das okay sein?«

»Das ist schon in Ordnung.«

»Hör auf, das zu behaupten«, versetzte sie. »Hör auf, dich so zu benehmen.«

»Wie soll ich mich denn benehmen?«, erwiderte ich ruhig, dabei verschränkte ich die Arme vor der Brust. »Jammern und heulen und mich wie eine schwache, dumme Gans verhalten? Diese Frau bin ich nicht mehr, Seonaid. Ich habe mein Leben im Griff.«

Sie legte die Stirn in Falten. »Die alte Nora hat wenigstens Gefühle gezeigt. Die neue Nora jagt mir Angst ein.«

»Mir geht es gut.«

»Was ist zwischen euch vorgefallen? Darüber habe ich nachgedacht, seit du mir letzten Sonntag gesagt hast, dass er nie nach Kalifornien abgereist ist. Hat seine Freundin gelogen? Warum hat sie gelogen? Und weiß er, dass sie dich angelogen hat?«

»Ja, sie hat gelogen. Warum, weiß ich nicht, aber ich glaube, sie war eifersüchtig. Und nein, er weiß nicht Bescheid.«

»Du hast also zugelassen, dass er dich wie Dreck behandelt, obwohl du ihn darüber hättest aufklären können, dass das alles nur ein großes Missverständnis war. Warum?«

»Weil mein Leben ohne ihn ruhiger verläuft«, erklärte ich ungeduldig. »Und mein Leben war in der letzten Zeit gut, Seonaid. Ich kann keine Komplikationen gebrauchen.«

Ihr Gesicht umwölkte sich vor Ärger. »Und ich würde dir da von ganzem Herzen zustimmen, wenn du mich nicht just in diesem Moment mit total toten Augen anschauen würdest.«

Ich wandte den Blick ab, weil ich nicht wusste, was ich noch sagen konnte, um sie zu überzeugen, dass mit mir alles in Ordnung war.

Entnervt drehte sich meine Freundin um und steuerte auf die Tür zu.

»Was ist mit deinem Tee?«, fragte ich.

»Trink ihn selbst. Vielleicht vertreibt er die verdammte Kälte aus deinem Herzen.« Die Tür schlug hinter ihr zu.

»Scheiße«, murmelte ich, als ich gegen die Küchentheke sank. »Gut gemacht.«

Der April in Edinburgh war, wie ich im Lauf der Jahre herausgefunden hatte, nass. Sehr, sehr nass. Endlich verstand ich den Begriff »Aprilschauer«. Es war erst die erste Woche des Monats, aber es hatte bereits jeden Tag geregnet. Nicht ununterbrochen, was es nur noch schlimmer machte – ich ging in flachen Ballerinas aus dem Haus, weil das Wetter trocken war, und geriet zehn Minuten später in eine wahre Sintflut. Der Guss dauerte für gewöhnlich nur eine halbe Stunde, aber danach war ich nass bis auf die Haut.

Ich machte mir nichts daraus. Wenn die Frühlingssonne strahlend geschienen hätte, hätte ich mich ohnehin nicht darüber gefreut. Schließlich gab ich vor, innerlich betäubt zu sein.

Dies vorzugeben und es tatsächlich zu sein waren natürlich zwei verschiedene Paar Schuhe. Als ich mich am Mittwoch auf den Weg zur Probe machte, verspürte ich eine tiefe Beklemmung, weil ich mich fragte, ob Aidan da sein würde. Nach unserer Begegnung am Montag hoffte ich, er würde Vernunft annehmen und wegbleiben. Wir taten uns alles andere als gut.

Ich kam später zur Probe als sonst und sah Jack vor dem Gebäude stehen und telefonieren. Er blickte auf, sah mich und sagte: »Bleib einen Moment dran, Babe«, nahm das Telefon vom Ohr und warnte mich: »Das Arschloch ist da.«

»Aidan?« Mir wurde vor Nervosität flau.

»Aye.«

»Danke für die Warnung«, murmelte ich. Am liebsten hätte ich kehrtgemacht und wäre nach Hause gegangen. Doch ich straffte meine Schultern und zwang mich hineinzugehen.

Von leiser Furcht erfüllt stieß ich die Türen zum Zuschauerraum auf. Vom Bühnenende her schlug mir Stimmengewirr entgegen. Unsere Darsteller saßen auf den Stühlen und unterhielten sich. Quentin stand mit Aidan an seiner Seite auf der Bühne. Sie hatten über irgendetwas gesprochen, blickten aber auf, als ich hereinkam.

Beide starrten mich an.

Mein Puls flatterte.

Als ich näherkam, wanderte mein Blick unwillkürlich zu Aidan, und die Qual in seinen Augen verschlug mir den Atem. Kein Abscheu. Kein Hass.

Schmerz.

Und wenn ich mich nicht irrte: Schuld.

Was zur Hölle …?

»Da bist du ja. Ich dachte schon, du würdest es nicht schaffen«, sagte Quentin zu mir und lenkte meinen Blick auf sich. »Dir geht es besser, ja?«

»Wie bitte?«

»Du bist Montag früher gegangen, weil du krank warst«, erinnerte er mich.

Von Aidans Gesichtsausdruck verwirrt konnte ich nur nicken, ohne zu wissen, was ich eigentlich bejahte.

»Schön, dann lasst uns anfangen. Wo ist unser Orsino?« Quentin spähte hinter meine Schulter. »Quatscht zweifellos mit seinem verdammten Handy mit irgendeiner nichtsahnenden potentiellen Kandidatin für eine Geschlechtskrankheit.«

Wir schafften es endlich auf die Bühne, aber ich spürte die ganze Zeit Aidans Blicke. Ich vergaß meinen Text, und ich fühlte mich so unwohl in meiner Haut, als könnte ich sie jederzeit sprengen. Selbst wenn ich es versucht hätte, hätte ich nicht weiter weg von Illyrien sein können. Ich war erleichtert, als es so aussah, als wären einige andere Darsteller, Jack miteingeschlossen, genauso unkonzentriert.

Quentin war gereizt und beendete die Probe früh. »Und wenn ihr nächste Woche wiederkommt, will ich nicht einen Haufen talentloser Dilettanten vor mir sehen, verstanden!«

»Wenn ich wüsste, was er unter talentloser Dilettant versteht, dann aye«, knurrte Jack, als wir von der Bühne abgingen.

Ich schenkte ihm ein müdes zustimmendes Lächeln und wünschte ihm einen schönen Abend. Ich kehrte an meinen

Platz zurück und verstaute meine Unterlagen in meiner Tasche.

»Nora.«

Ich erschrak, als Aidans Stimme hinter mir erklang. Ich drehte mich langsam um, schulterte meine Tasche und blickte widerstrebend zu ihm hoch. Bildete ich es mir ein, oder wirkte er nervös?

Was zum Teufel ging hier vor?

»Können wir reden?«, fragte er.

Plötzlich sah ich ihn, wie er mit heißer Begierde auf mich hinunterstarrte, während er in mich eindrang; spürte seine tiefen, harten Stöße.

Errötend brach ich den Blickkontakt ab.

Nichts da. Ich durfte mit diesem Mann nicht allein sein. Wir waren wie Magnete, er und ich, das konnte ich nicht leugnen. Mir blieb keine andere Möglichkeit, als mich von ihm fernzuhalten. »Ich muss weg.« Ich wandte mich ab.

Aber er folgte mir. »Wir müssen reden.«

»Es gibt nichts mehr zu sagen.«

»Offenbar gibt es verdammt viel zu sagen.«

Was sollte das denn nun wieder heißen?

Ich fragte nicht, obwohl die Neugier mich fast umbrachte. »Aidan, ich weiß nicht, worauf du jetzt aus bist, aber ich möchte in Ruhe gelassen werden.«

Ich marschierte in den feuchten, klammen Frühlingsabend hinaus und die Straße entlang auf eine der Hauptstraßen der Tollcross, die Leven Street, und als ich ein Taxi entdeckte, hob ich den Arm und winkte. Der Fahrer sah mich und hielt auf mich zu.

»Nora, ich gehe nirgendwo hin.«

Ich sog zischend den Atem ein, als ich Aidan direkt neben mir sah.

Alles ringsum war regentrübe; die Gebäude der Straße

und die Menschen, die in dunklen Regenmänteln und mit aufgespannten Schirmen vorbeihasteten. Die bunt bemalten Türen der Läden und Wohnungen hier und das Werbebanner quer über dem Eingang des gegenüberliegenden King's Theatre, das ein Musical ankündigte, waren die einzigen Farbtupfer.

Und Aidan.

Für mich war er ein hell leuchtendes Signalfeuer in der trostlosen Welt um mich herum, das wusste ich sicherer als alles andere. Und deswegen musste ich die Sache endgültig beenden.

Ich funkelte ihn böse an. »Nun, ich schon. Ich gehe nach Hause, und das solltest du auch.« Das Taxi hielt an, und ich griff nach der Tür, aber Aidan kam mir zuvor. Ich wurde in das Auto geschoben, und Aidan rutschte neben mich.

»Fountainbridge Square«, wies er den Fahrer an.

»Was soll das?« Ich blickte zu dem Fahrer, der uns stirnrunzelnd im Rückspiegel beobachtete. »Nicht Fountainbridge Square, sondern …«

»Fountainbridge Square«, beharrte Aidan.

»Machen Sie Witze, *mate*?«, schnaufte der Fahrer. »Das ist ja bloß um die Ecke.«

»*Ich* will nach Sighthill.«

Aidan musterte mich finster. »Ich weiß alles, Nora. Seonaid war gestern bei mir im Studio.«

Mir fehlten die Worte.

Innerlich verfluchte ich meine beste Freundin, aber für Aidan fand ich keine Worte.

Er sah den Fahrer an. »Fountainbridge Square und dann vielleicht Sighthill.« Dann betrachtete er mich mit einer Mischung aus Reue und Frustration. »Warum hast du es mir nicht gesagt, verdammt?«

»Dir was gesagt?«, murmelte ich, dabei spürte ich, wie all

die Gefühle, die ich unter dieser Betonschicht verschlossen gehalten hatte, durch kleine Risse zu sickern begannen.

»Mir was gesagt?«, wiederholte er ungläubig. »Dass Laine dich angelogen hat.«

»Ich war mir nicht wirklich sicher«, log ich.

Aidans Gesicht verdunkelte sich. »Wir hatten gestern Abend eine Auseinandersetzung. Sie hat gelogen, Nora.«

»Du hast mir eine SMS geschickt«, erwiderte ich benommen; versuchte beharrlich an dem Missverständnis festzuhalten. »Mir mitgeteilt, dass du abreist. Dass es vorbei ist.«

Er biss die Zähne zusammen, was den Muskel an seinem Kiefer hervortreten ließ. Seine Hände ballten sich zu Fäusten und öffneten sich dann, als er ausatmete, als würde er verzweifelt versuchen, sich zu beherrschen. »Am Tag, nachdem ich dich zuletzt gesehen habe, habe ich mein Telefon verbummelt. Nachdem du gegangen warst, habe ich mich von Laine überreden lassen, eine neue Nummer zu beantragen, so dass du mich nicht erreichen konntest. Ich war so wütend auf dich, weil du gegangen warst, dass ich das für eine gute Idee hielt. Mir war nicht klar, dass sie dafür sorgen wollte, dass ich die letzte Nachricht, die damit verschickt wurde, nie zu Gesicht bekam.«

Gott, sie war ein Monster. Ein echtes Monster.

»Oh, es wird noch schlimmer. Cal hatte mir deutlich zu verstehen gegeben, dass er Freiraum wollte, damit er und Sylvie eine Beziehung aufbauen konnten, deshalb hätte ich, selbst wenn ich mich zum Weggehen entschlossen hätte, nicht nach Kalifornien gehen können. Und ich wäre ganz bestimmt nicht ohne dich gegangen.« Er wirkte plötzlich so gequält, dass ich den Blick senkte, weil ich es nicht ertragen konnte, dass er mich wieder so ansah. Als wäre ich ihm wichtig.

Als wäre ich ihm mehr als wichtig.

Lieber Gott, Seonaid, warum hast du das getan?

»Als du nicht ans Telefon gegangen bist und bei deiner Wohnung niemand aufgemacht hat, erinnerte ich mich an den Salon, in dem Seonaid arbeitet. Ich suchte sie auf und fragte sie, wo du warst, und sie sagte mir, du wärst fortgegangen. Nach Hause, in die Staaten.

Ohne Vorwarnung, ohne Abschied, einfach weg. Während der schlimmsten Zeit meines Lebens. Ich dachte, du hättest mich verlassen.«

»Ich weiß«, flüsterte ich und räusperte mich dann.

»Aber das stimmte nicht. Ich bin an dem Morgen, nachdem Cal Sylvie geholt hat, zu dir zurückgekommen. Laine ließ mich herein. Alle deine Instrumente waren weg, und sie sagte mir, du auch. Du hättest deine Sachen gepackt und einen Job in Kalifornien angenommen, um in Sylvies Nähe zu sein, aber du hättest früh aufbrechen müssen. Ich wollte es nicht glauben, aber alle deine Sachen waren weg … und als ich versucht habe, dich anzurufen, meldete sich nur die Mailbox. Ich habe dir eine Nachricht geschickt, und du hast bestätigt, was Laine behauptet hat. Ich konnte nicht … ich … ich musste weg hier, brauchte eine andere Umgebung, also bin ich nach Hause gefahren.«

Seine große, warme Hand mit den schwieligen Fingern schob sich über meine. Ich wollte meine zurückziehen, sie aber gleichzeitig fest um seine schließen. Tränen brannten in meinen Augen, als ich zuließ, dass er meine Hand hielt.

»Ich war bei Cal, Sylvie besuchen. Ich kenne eine Frau, die eine Umzugsfirma betreibt, die habe ich angerufen und ihr eine horrende Summe dafür bezahlt, um mit einem Team herzukommen und Sylvies Sachen zusammenzupacken. Ich war betrunken. Miserabel drauf. Und ich wollte nichts damit zu tun haben. Also brachten sie am Abend alles zu Cal, und ich habe meine Instrumente in Sylvies altes Zimmer geräumt. Am nächsten Morgen fühlte ich mich beschissen. Ich wollte nicht, dass Sylvie denkt, ich würde sie sozusagen entsorgen, also ging ich zu ihnen. Cal war alleine da, ohne Sally, und er hatte ein schlechtes Gewissen, deshalb konnten Sylvie und ich den Tag miteinander verbringen. Ich war den ganzen Tag unterwegs, und ich hatte mein Telefon nicht dabei, weil ich am Morgen so überstürzt weggegangen war.«

»Oh mein Gott.« Mir wurde bei dem Gedanken, dass jemand so lügen konnte, fast übel. »Laine hätte Schauspielerin werden sollen.«

»Sie hat zugegeben, dass sie dich absichtlich getäuscht hat.« Sein Griff um meine Hand verstärkte sich. »Sie hat mein Telefon gestohlen. Sie war diejenige, die dir die Nachricht geschickt hat.«

»Sie hat Probleme, Aidan.« Was nichts Neues war.

»Sie hegt Gefühle für mich, die ich nicht erwidere. Ich wusste das. Ich dachte, wir hätten das im Lauf der Jahre geklärt. Offenbar war ich ein Idiot. Sie hat entschieden, dass du zu jung für mich bist, zu unreif, um mit all dem fertig zu werden, was ich durchmachte. Ich sagte ihr ...« Seine Stimme wurde vor Wut lauter, und er nahm sich zusammen. »Ich sagte ihr, sie wäre rachsüchtig und eifersüchtig und würde versuchen, mir das Beste zu verderben, das mir je passiert ist.«

Ich starrte ihn ungläubig an. Seine Worte waren schön und schmerzhaft zugleich. »Sie hat ihr Ziel erreicht, Aidan.«

Bei meiner Antwort verdunkelten sich seine Augen. »Meine Beziehung zu Laine mag ja ein für alle Mal ruiniert sein, aber *unsere* hat eine Chance, Pixie.«

Bei dem Klang des Kosenamens schloss ich die Augen. Ich konnte es nicht ertragen, wenn er mich liebevoll ansah und gleichzeitig seinen Namen für mich hören. Es war zu viel. Viel zu viel!

Als würde er meine Gedanken spüren, schloss er die Hand um meinen Nacken und zwang mich sanft, ihn anzusehen. Sein Geruch und seine Wärme umfluteten mich, und meine Augen wanderten unwillkürlich zu seinen Lippen. Ich sehnte mich nach ihnen, obgleich ich auch den Wunsch verspürte, aus dem fahrenden Wagen zu springen.

Mit heiserer Stimme sagte er: »Ich habe dich so verdammt vermisst, Pixie.«

»Wir haben es vermasselt«, flüsterte ich; dachte an die letzten paar Wochen.

»Es tut mir leid, dass ich dich so ekelhaft behandelt habe. Ich war ein verbittertes Arschloch. Aber du hast mich achtzehn Monate lang verfolgt, und das habe ich dir schwer übelgenommen. Ich dachte, du hättest mich verraten, Nora, und das in einem Moment, in dem ich dich am dringendsten gebraucht habe. Das ist meine einzige und furchtbare Entschuldigung für das, was ich in den letzten paar Wochen getan habe.«

»Wusstest du, dass ich zu Quentins Truppe gehöre?«

»Aye«, gab er zu. »Er bat mich, ihm aus der Klemme zu helfen, und ich sah deinen Namen auf der Darstellerliste. Ich musste wissen, ob das wirklich du warst.«

»Damit du mich quälen konntest.« Ich löste mich von ihm, weil ich mich an sein gefühlloses Verhalten und meine bösartige Reaktion darauf erinnerte, nachdem wir Sex gehabt hatten.

»Ich wollte das ganze Kapitel abschließen. Aber ich konnte es nicht.« Aidan strich mir das Haar aus dem Gesicht, ließ nicht zu, dass ich körperlichen Abstand zwischen uns schuf. »Ich wollte dich immer noch, obwohl ich dachte, du hättest mich verraten.«

»Ja, das habe ich schon verstanden.«

Er schwieg, dann lehnte er sich zu mir, und ich spürte seinen warmen Atem an meinem Ohr, als er flüsterte: »Wenn in dir zu kommen das Letzte wäre, was ich je tue, würde ich als glücklicher Mann sterben, Pixie.«

Die Stelle zwischen meinen Beinen erwachte kribbelnd zum Leben, und obwohl ich nach Kräften dagegen ankämpfte, schien mein ganzer Körper vor Erregung anzuschwellen. »Aidan«, stieß ich atemlos hervor.

Seine Lippen streiften meinen Mund, und ich spürte, wie sich seine Finger sacht auf mein Kinn legten und mich erneut zwangen, ihn anzusehen. Die nächsten Worte sprach er ganz dicht an meinem Mund. »Lass uns noch einmal von vorne anfangen.«

Vor meinem geistigen Auge zogen Bilder von uns beiden vorbei, wie wir lachten, uns liebten, redeten und unsere friedliche Zweisamkeit genossen. Doch diese Bilder wurden rasch von dem furchtbaren Schmerz ausgelöscht, den ich durchlitten hatte, als ich ihn verloren hatte. Dieser Schmerz war noch zu stark und zu frisch, als dass ich hätte vergessen können, was es für mich bedeutet hatte, Aidan Lennox zu verlieren. Doch noch mehr fürchtete ich mich davor, mich selbst zu verlieren. Um mich selbst zu mögen und mir zu verzeihen hatte ich einen langen, steinigen, mühseligen Weg zurücklegen müssen. Ich hatte Angst davor, dass eine Beziehung mit Aidan mich wieder in das unsichere Geschöpf mit geringem Selbstwertgefühl verwandeln würde, das ich früher gewesen war.

Ich schüttelte den Kopf, löste mich so aus seinem Griff. »Ich kann nicht.«

Ungläubigkeit schlug rasch in Frust um. »Wenn es daran liegt, wie ich dich behandelt habe, oder an Nicolette … ich schwöre dir, dass wir nicht zusammen sind. Und ich werde sie nie wiedersehen. Und was die Art betrifft, wie ich mit dir umgegangen bin … allein die Erinnerung daran bringt mich um. Ich verspreche dir, dass so etwas nie wieder vorkommt. Nie wieder. Bitte sag mir, dass du das verstehst.«

»Ich verstehe es. Und es geht auch nicht darum oder um Nicolette.« Ich strich ihm mit dem Finger über die Wange, spürte die vertrauten Bartstoppeln. »Das soll keine Strafe sein, Aidan. Ich würde nicht im Traum daran denken, dich bestrafen zu wollen. Ich kann nur einfach nicht mit dir zusammen sein. Ich bin anders als früher, ich bin nicht mehr das Mädchen, das du gekannt hast. Ich führe jetzt ein gutes Leben, und alles ist so, wie es sein sollte.«

Ehe Aidan antworten konnte warf der Taxifahrer ungeduldig ein: »Hören Sie, ich kann nicht die ganze Nacht lang hier stehen.«

Erst jetzt merkte ich, dass wir in Fountainbridge angekommen waren, und das vermutlich schon vor einer ganzen Weile.

Aidan bedachte ihn mit einem grimmigen Blick, den er dann auf mich heftete. »Du brauchst Zeit zum Nachdenken.«

»Nein.«

»Dann möchte ich, dass du dir Zeit zum Nachdenken nimmst.«

»Ich brauche keine Zeit«, beharrte ich und wies den Fahrer dann an: »Nach Sighthill.«

Der Mann nickte und sah Aidan erwartungsvoll an.

Mein missgelaunter Schotte zückte sein Portemonnaie und gab dem Fahrer genug Geld für die ganze Fahrt. »Aidan …«

»Das hier ist noch nicht vorbei, Pixie«, warnte er mich, als er die Tür aufstieß und ausstieg.

Ich versuchte vergeblich, mich nicht noch einmal zu ihm umzudrehen, als sich das Taxi in den Verkehr einfädelte.

Mein Körper summte vor nervöser Energie, und ich wusste, dass ich heute Nacht keinen Schlaf finden würde.

Weil Aidan Lennox diese Worte schon einmal zu mir gesagt hatte, und dieses entschlossene Bild von einem Mann hatte sie *damals* ernst gemeint – und ich wusste, dass er sie *jetzt* gleichfalls ernst meinte.

Kapitel 28

Ich bin nicht sicher, ob ich dich reinlassen soll, so grimmig, wie du aussiehst.« Roddy versperrte mir mit dem Arm den Zugang zu Seonaids Wohnung.

»Grimmig?« Ich deutete auf mein Gesicht. »Ich bin nicht grimmig, ich bin durcheinander.«

»Möglich, aber du hast die Krallen ausgefahren, und mir gefällt das Gesicht meiner Frau so, wie es ist, vielen Dank.«

»Roddy, lass mich rein.«

»Wer ist das?«, rief Seonaid aus dem Wohnzimmer.

Roddy runzelte die Stirn. »Was hat sie denn jetzt wieder angestellt?«

»Sich eingemischt.«

Mit einem tiefen Seufzer trat er zur Seite und verdrehte die Augen zur Decke. »Warum konnte ich mich nicht mit einem netten Mädel ohne Freundinnen zusammentun?«

Ohne auf seine Spötteleien einzugehen, drängte ich mich an ihm vorbei und ging den Flur entlang ins Wohnzimmer. Seonaid saß am Esstisch und beschäftigte sich mit ihrem Laptop. Lächelnd drehte sie sich zu mir um. »Hey, Babe, das ist eine schöne Überraschung.«

Grr. Sie machte es mir schwer, sauer auf sie zu sein.

Ich ließ meine Tasche auf den Boden fallen und sank in einen Sessel. »Du hast dich schon wieder eingemischt.«

Ihre Augen wurden rund. »Ist er zu dir gekommen?«

»Ist wer zu wem gekommen?« Roddy trat in das Zimmer.

Seonaid winkte ungeduldig ab. »Dauert zu lange, das zu erklären. Warum machst du uns nicht allen Tee?«

»Ich gucke Fußball.« Er zeigte auf den Fernseher, wo er ein Spiel auf Pause gestellt hatte.

»Das ist auch noch da, wenn du zurückkommst.«

Er blickte zwischen uns hin und her, aber statt zu gehen setzte er sich auf die Couch und wartete darauf, dass ich anfing zu sprechen.

Seonaid, die sich an Roddys Neugier nicht zu stören schien, nahm am Ende der Couch Platz, die mir am nächsten war. »Und?«

Ich hob eine Braue. »Meinst du nicht, ich habe das Recht, mich ein bisschen darüber zu ärgern, dass du hinter meinem Rücken zu Aidan gegangen bist und ihm alles erzählt hast?«

Meine Freundin schüttelte den Kopf. »Absolut nicht. Deine Augen wirken nicht mehr so tot, also denke ich, ich werde mit meiner Entscheidung leben können.«

»Kupplerin.«

»Und?«

»Und was? Dank deiner tatkräftigen Mithilfe habe ich einen sexy Schotten am Hals, der entschlossen ist, da weiterzumachen, wo wir aufgehört haben.«

»Na also!« Sie klatschte entzückt in die Hände und wurde dann so schnell wieder ernst, dass es schon fast komisch war. »Er war ziemlich geschockt, nachdem ich ihm alles erzählt hatte, und wollte es gar nicht glauben. Aber ich schätze, er hat dieses Miststück zur Rede gestellt, und sie hat es zugegeben.«

»Laine hat alles zugegeben. Und wie ich schon sagte, jetzt will er unbedingt noch einmal von vorne anfangen. Danke, Seonaid. Das hat mir gerade noch gefehlt.«

»Das *hat* dir gefehlt«, hielt sie dagegen. »Ich habe eine halbe Stunde mit dem Mann verbracht, Nora, und verdammt, er ist umwerfend! Warum willst du auf ihn verzichten?«

Ich starrte sie aufgebracht an. »Ich habe es dir erklärt!«

»Du bist mit deinem Leben zufrieden, so, wie es ist, bla bla bla …«

»Reizend.«

»Schau mal, dein Leben ist gut. Ich könnte nicht glücklicher darüber sein, dass du dich endlich überwunden und angefangen hast, dir das Leben zu gönnen, das du verdienst.«

»Noch mal … reizend.«

Sie rollte mit den Augen. »Wie dem auch sei, noch nicht einmal zu versuchen, mit Mr. Ich-bin-so-verdammt-heiß-dass-du-dir-an-meinem-bloßen-Anblick-die-Augen-verbrennst, einen Neuanfang zu wagen, ist meiner Meinung nach das genaue Gegenteil davon, dir das Leben zu gönnen, das du verdienst.«

»Eben. Ich beschütze das Leben, das ich mir aufgebaut habe. Aidan bringt es durcheinander und macht ein emotionales Wrack aus mir. Ein absolutes Wrack. Das muss ich nicht noch mal haben.«

»Also hast du Nein gesagt, und er ist gegangen?«

Ich dachte an den entschlossenen Ausdruck in seinem Gesicht, bevor er aus dem Taxi gestiegen war. »Nein. Er hat gesagt: ›Das hier ist noch nicht vorbei.‹«

Ein Strahlen erschien auf ihrem hübschen Gesicht. Ich blieb mürrisch, was sie nicht zu merken schien.

»Mr. Ich-bin-so-verdammt-heiß-dass-du-dir-an-meinem-bloßen-Anblick-die-Augen-verbrennst?«, erkundigte sich Roddy.

Seine Freundin fing seinen verdrossenen Blick auf. »Oh, keine Sorge, Süßer, er ist *ihr* Mann.«

»Er ist nicht mein Mann. Er ist mein gar nichts.«

»Ihr absoluter Herzbube.«

»Seonaid …«

»Aber du fandst ihn heiß?«, beharrte Roddy.

»Ich habe schließlich Augen im Kopf.«

Ich war an ihre Wortgefechte gewöhnt, aber zu müde, um den Schiedsrichter zu spielen, daher stand ich auf und griff nach meiner Tasche. »Okay, ich bin weg. Tschüss, Leute.«

Roddy nickte mir zu, aber Seonaid folgte mir in die Diele. Sie öffnete die Wohnungstür und hielt mich zurück. »Du bist nicht wirklich sauer auf mich, oder?«

»Du machst es einem schwer, sauer auf dich zu sein.«

Sie umarmte mich fest. »Ich wünsche dir alles Gute dieser Welt.«

»Deswegen bin ich auch nicht sauer auf dich.«

»Ich denke immer noch, dass du keine Angst haben musst, Aidan wieder in dein Leben zu lassen. Es hat sich viel verändert.«

»Ich habe dich schon verstanden. Aber meine Entscheidung steht fest, und ich könnte deine Unterstützung wirklich brauchen.«

»Ich bin immer auf deiner Seite. Nur … sei keine verblendete Idiotin, Nora. Als dieser Mann begriffen hat, dass alles nur ein Missverständnis war und du auch dabei verletzt worden bist, habe ich gesehen, wie weh ihm das getan hat. Was auch immer du machst, Nora … versuch, ihm nicht noch mehr weh zu tun.«

»Gut, noch mal von vorn«, rief Quentin.

Ich saß – diesmal ohne irgendwelche Hausaufgaben – im Zuschauerraum und sah zu, wie Jack und Terence auf die Bühne kamen, um die erste Szene des ersten Aufzugs zu proben.

»Wenn die Musik der Liebe Nahrung ist, spielt weiter«,

drang Aidans tiefe, klangvolle Stimme an mein Ohr und ließ mich zusammenzucken. Ich erschauerte, weil sein warmer Atem meine Haut streifte, als er fortfuhr: »Ist sie das, Pixie?«

»Ist was was?«, flüsterte ich.

Er beugte sich auf dem Sitz hinter mir weiter vor, und ich spürte seine Finger in meinem Haar. »Ist Musik der Liebe Nahrung?«

»Nein«, beschied ich ihn.

»Zu schade. Das hätte es mir leichter gemacht.«

Ich drehte mich zu ihm um und sagte leise: »Ich dachte, du würdest mich in Ruhe lassen?«

Während der letzten Woche hatte es nämlich genau so ausgesehen. Nachdem er aus dem Taxi gestiegen war, hatte ich nichts mehr von ihm gehört. Seonaid hatte vorsichtig nach ihm gefragt, als wir uns zum Lunch getroffen hatten, aber es gab wirklich nichts zu berichten. Ich empfand es als Erleichterung, nichts mit ihm zu tun zu haben; einem Mann, an dem mir viel lag, nicht erklären zu müssen, dass ich nur an mich denken wollte. Meine Entscheidung gegen einen Neuanfang mit ihm, weil ich mein Lebensglück nicht gefährden wollte.

Trotzdem irritierte es mich ein bisschen, dass er sich ganz von mir zurückgezogen und nichts unternommen hatte, um sich mit mir in Verbindung zu setzen. Es bestätigte mir, dass ich richtig daran tat, diesem Mann keinen zu großen Platz in meinem Leben einzuräumen.

»Ich sagte, ich würde dir Zeit geben«, wisperte er zurück. »Das habe ich getan.«

»Weniger als eine Woche?«

»Wir wissen beide, dass ich kein geduldiger Mann bin, wenn ich etwas will, Pixie.«

»Nenn mich nicht so.«

»Jedes Mal, wenn ich dich so anspreche, wird dein Gesicht

ganz weich.« Er streckte eine Hand aus, um mit der Rückseite seines Fingers über meine Wange zu streichen. Ich wich vor seiner Berührung zurück. »Pixie …« Er klang traurig.

Meine Brust schmerzte vor Schuldgefühlen. »Aidan, bitte nicht.«

»Nicht, bevor du mir sagst, dass du mich nicht liebst.«

Plötzlich fiel mir das Atmen schwer. Das L-Wort war noch nie gefallen. »Was?«

»Ich sagte, nicht, bevor du mir sagst, dass du …«

»Lieber Himmel, Aidan, warum störst du meine Probe?«, rief Quentin zu uns hinüber.

Im Theater trat Stille ein. Ich blickte verlegen erst zu Quentin und dann zur Bühne hoch, wo Jack und Terence ziemlich angesäuert wirkten. Kein Wunder. Es war unsagbar unhöflich von uns, während ihres Auftritts miteinander zu tuscheln.

Ich setzte zu einer Entschuldigung an, doch Aidan kam mir zuvor.

»Tut mir leid, Quentin, aber Miss O'Brien und ich haben noch eine nicht beendete Angelegenheit abzuschließen.«

»Als da wäre?« Mein Regisseur verschränkte die Arme vor der Brust und sah uns erwartungsvoll an.

»Aidan …«

»Nichts, was ich mit allen hier im Raum teilen möchte«, schnitt Aidan meinen Protest ab.

»Nun, wenn das so ist, dann wärt ihr vielleicht so freundlich, die Klappe zu halten.«

Ich hörte Aidan leise kichern. »Natürlich.«

Ab da verhielt er sich still, aber ich konnte ihn hinter meinem Rücken spüren. Seine Augen brannten sich in mich ein, und ich war nie so erleichtert gewesen, auf die Bühne und aus seiner Nähe wegzukommen. Mein ganzer Körper war in Aufruhr, so sehr war ich mir seiner Gegenwart bewusst, und in meinem Bauch tanzten aufgeregte, wilde Schmetterlinge, die ich gerne meinem bevorstehenden Auftritt zugeschrieben hätte. Aber daran lag es nicht.

Diese Schmetterlinge hatten nichts mit dem Theater zu tun.

Sie gehörten alle Aidan.

Ich blendete ihn aus und ließ Viola / Cesario übernehmen.

»Wie liebt er mich?«, fragte Jane als Olivia mit spielerischem Misstrauen.

»Mit Tränenflut der Anbetung, mit Stöhnen, das Liebe donnert, und mit Flammenseufzern.«

»Das war perfekt, Pixie«, rief Aidan hinter den Kulissen.

»Pixie?«, schnaubte Quentin. »Wer zum Henker ist Pixie?«

Ich funkelte Aidan wütend an. »Ich. Und jetzt Ruhe auf den billigen Plätzen.«

Er lachte. »Ich mache dir nur ein Kompliment. Du weißt doch, wie gerne ich dir Komplimente mache.«

»Ach wirklich? Schmeichelei? Bislang waren es nur Beleidigungen.«

»Du weißt, warum, Pixie. Ich habe mich entschuldigt. Und das war keine Schmeichelei, sondern ein Kompliment. Das ist ein Unterschied.«

Ich bemühte mich, seinen Charme zu ignorieren. »Tja, deine Beleidigungen schmerzen aber immer noch.«

»Das kann ich wegküssen.« Er grinste frech zu mir hoch.

Meine Mundwinkel zuckten, aber ich weigerte mich nachzugeben. »Deine Lippen nutzen da gar nichts.«

»Oh, Pixie ...« Sein Lächeln wurde koboldhaft. »Wir wissen beide, dass das eine Lüge ist.«

Ein Hitzestrahl durchzuckte mich, und mein Atem ging flacher. »Arschloch.«

Für jemanden, der gerade als Arschloch bezeichnet worden war, wirkte er entschieden zu erfreut, als er erwiderte: »Engelchen.«

»Scheißkerl.«

»Schönheit.«

»Wahnsinniger.«

»Suchtmittel.«

»Aidan«, fauchte ich.

»Also, so unterhaltsam das auch ist – ich verstehe überhaupt nichts mehr«, knurrte Quentin. »Ihr vielleicht?«

Ein Raunen lief durch den Raum, und ich errötete, weil wir vor aller Augen unsere private Auseinandersetzung ausgetragen hatten. Verdammt! Wie konnte ich mich so vergessen?

»Du weißt, wie wichtig mir das ist. Hör auf, dauernd zu unterbrechen.«

Er musterte mich nachdenklich. »Wenn ich gehe, Pixie, dann nicht für immer. Du siehst mich wieder.«

»Dann bring deinen Ghettoblaster mit und lass ›Every Breath You Take‹ von Police laufen, dann weiß ich, dass du kommst.«

Aidan lachte. »Fuck, du hast mir gefehlt.«

Ich bekam weiche Knie, aber ich wollte nicht, dass er mir meine Gefühle ansah.

Er nickte. »Ich gehe. Aber ich komme bald wieder.«

Nachdem ich meine Augen von den Türen losgerissen hatte, bemerkte ich die neugierigen und ausgesprochen verwirrten Blicke der anderen Ensemblemitglieder. Dann schossen sie ihre Fragen auf mich ab. Wie kam es, dass Aidan mich erst ständig beleidigt und kritisiert hatte und wir plötzlich miteinander flirteten, wie Menschen, die sich gut kannten?

Ich zuckte die Achseln. »Wir sind alte Freunde, okay?«

»Alte Freunde?«, fragte Quentin.

»Yeah.«

»Und warum hast du das nicht gleich gesagt?«

»Weil wir wegen einer alten Geschichte sauer aufeinander waren, und ich wollte nicht, dass das Auswirkungen auf das Stück hat, aber jetzt vertragen wir uns wieder. Vielleicht ist *er* aber ein bisschen verrückt.«

»Verrückt verliebt in dich«, sagte Jane neben mir ruhig.

Ich sah sie verdutzt an. »Wie bitte?«

»Nora.« Sie lachte, während sie mich so ungläubig anstarrte, als hielte sie mich auch für ein bisschen verrückt. »Ich habe noch nie einen Mann eine Frau so anschauen sehen, wie er dich angeschaut hat. Jetzt ergibt auch die Wut einen Sinn, die er vorher auf dich hatte. Nur die Liebe bringt jemanden dazu, sich so zu verhalten. Vertrau mir, ich kenne mich aus. Eine Minute ist meine Frau ganz verrückt nach mir, und im nächsten Moment möchte sie mich am liebsten umbringen – während sie gleichzeitig mit mir ins Bett will.«

Mein Herz raste. »Aidan liebt mich nicht«, widersprach ich.

»Wenn das stimmt, dann spielt er den liebeskranken Idioten wirklich gut.«

Ich sah ihn über die Theke hinweg an. »Was machst du denn hier?«

Er beugte sich zu mir, scheinbar, um mich über den Lärm im Pub hinweg besser verstehen zu können.

Keine vierundzwanzig Stunden waren vergangen, und da war er schon wieder. Um mich zu peinigen. Sein Blick sagte alles.

»Aidan, das ist mein Job.« Ich umfasste den Pub mit einer Geste. »Ich habe zu tun.«

»Dann bediene mich.« Er schenkte mir ein jungenhaftes, spitzbübisches Lächeln, das mich dahinschmelzen ließ.

»Aidan …«

»Ich bin mit ein paar Freunden hier.« Er nickte zu einem Tisch in der Nähe eines der Buntglasfenster hinüber. Drei Typen saßen da und grinsten mich an. Es war eigenartig, aber in der ganzen Zeit, die ich Aidan kannte, hatte ich nie einen seiner Freunde getroffen – außer Laine.

Wir hatten wirklich in unserer abgeschotteten kleinen Welt gelebt.

Seine Freunde weckten meine Neugier stärker, als ich zugeben mochte. »Was wollt ihr denn trinken?«

Er bestellte vier Pints Guinness, und während ich sie zapfte, spürte ich die ganze Zeit seine Augen auf mir. »Gefällt es dir hier?«, fragte er, als er mir das Geld für die Drinks reichte.

»Yeah. Warum?«

Aidan wurde so ernst, dass ich hinter das freche Grinsen und die Spötteleien blicken und eine Traurigkeit sehen konnte, die ich hasste. »Ich will mich vergewissern, dass du glücklich bist.«

Meine Hand schloss sich um den Zwanziger, den er mir gegeben hatte, und um seine Finger. »Bist du glücklich, Aidan?«

»Interessiert dich das noch, Pixie?«

»Ich möchte auch, dass du glücklich bist«, wich ich aus.

»Hey, warum dauert das denn so lange?« Einer der Typen von Aidans Tisch kam herüber und schlug Aidan auf die Schulter. Ich gab seine Hand frei und drehte mich zur Kasse, um die Summe einzutippen.

»Nora, das ist Colin. Wir sind alte Kumpel von der Schule. Colin, das ist Nora.«

Nachdem ich Aidan sein Wechselgeld gegeben hatte (das er sofort in das Trinkgeldglas warf), lächelte ich Colin höflich zu. »Freut mich, dich kennenzulernen.«

»Wir sind *alle* alte Schulkameraden von Aidan.« Colin

deutete hinter sich zu dem Tisch hinüber. Er war fast so groß wie Aidan, hatte breite Schultern, kräftige Arme und einen leichten Bauchansatz, aber es bestand kein Zweifel daran, dass der Bursche über große Körperkraft verfügte. Ich blickte an ihm vorbei zu den anderen und bemerkte, dass sie alle ziemlich beeindruckend waren.

»Hmm. Ihr wart nicht zufällig zusammen in einem Rugbyteam?«

»U19.« Colin grinste durch seinen zottigen Bart hindurch. Er war dunkel wie Aidan und hatte graue Strähnen im Haar. »Wie kommst du darauf?«

Ich grinste Aidan an, der mich ansah. Seine Gefühle leuchteten ihm aus den Augen. Mein Lächeln erstarb, als mir Janes Worte von gestern wieder in den Sinn kamen. War Aidan in mich verliebt?

Er musterte mich jedenfalls so, als wäre er in mich verliebt.

Zu meinem Verdruss machte mich die Vorstellung sofort heiß. Ich verspürte an Stellen ein Prickeln, wo es unerwünscht war, während mein BH zu spannen begann.

Ich wandte mich an Colin, um den intensiven Blickkontakt abzubrechen. »Ihr seid alle ziemliche Hünen.«

»Magst du Rugby?«

»Offen gestanden kann ich dankend darauf verzichten.«

Colin grinste. »Daran können wir arbeiten. Ich sage dir, Schätzchen, wenn wir mit dir fertig sind, bist du ein Rugbyfan.«

»Wenn ihr mit mir fertig seid?«

»Na ja, wenn Aidan dich überzeugt hat, ihm zu verzeihen, dass er sich wie ein Scheißkerl aufgeführt hat, hoffen wir doch, dich öfter zu Gesicht zu bekommen.« Er klopfte Aidan aufmunternd auf die Schultern, griff geschickt nach drei Pints und trug sie zu seinen Freunden hinüber.

Ich funkelte Aidan böse an. »Du hast es ihnen erzählt?«

»Sie wollten wissen, warum meine Freundschaft mit Laine zerbrochen ist.«

Da ich begriff, dass ihr Verrat ihn viel schlimmer traf, als er mich je treffen konnte, erwiderte ich: »Es tut mir leid, Aidan. Ich weiß, dass ihr lange befreundet wart.«

»Aye. Niemand kann es glauben.« Er schüttelte den Kopf. »Ich möchte nicht länger darüber nachgrübeln, sondern nach vorne schauen.«

»Ich auch.«

»Nora!«

Ich kniff einen Moment lang die Augen zusammen und drehte mich in die Richtung der ungeduldigen Stimme. Kieran warf mir von der anderen Ecke der Theke her einen missbilligenden Blick zu.

»Würdest du mit der Flirterei aufhören und uns helfen?«

Ich stieß mich errötend von der Theke ab. »Die Pflicht ruft.«

»Ich bin da drüben.« Aidan nahm sein Pint und zeigte auf den Tisch.

Da ich wusste, dass nichts seine Meinung ändern würde, nickte ich und machte mich daran, einen anderen Gast zu bedienen.

Doch für den Rest des Abends spürte ich seine Gegenwart, selbst wenn er mit seinen Freunden beschäftigt war und nicht zu mir hinschaute. Ich spürte ihn. Und ich wurde den traurigen Ausdruck in seinen Augen einfach nicht los.

Aidan hatte innerhalb so kurzer Zeit so viel verloren, und damals hatte es zwischen uns gefunkt, weil ich ihn verstanden hatte wie niemand sonst.

Ich hatte Angst, die Frau zu verlieren, zu der ich geworden war – jemand, den ich mochte und respektierte – wenn ich mich auf eine Beziehung mit einem Mann einließ, der mich unwissentlich dazu gebracht hatte, mein Selbstwertgefühl in Frage zu stellen. Aber ich hatte auch Angst um Aidan. Und ich fragte mich, ob er jemanden zum Reden brauchte.

Mir lag immer noch zu viel an ihm.

Kapitel 29

Da ich nicht daran dachte, dass wir April hatten, entschied ich mich dummerweise dafür, darauf zu vertrauen, dass die Sonne schien und es ein ungewöhnlich warmer Frühlingsabend war. Eine Woche später hatte ich in der Universitätsbibliothek gearbeitet und machte mich in Ballerinas, Sommerkleid und Cardigan zum Theater auf. Als ich die Bibliothek verließ und auf The Meadows hinaustrat, sah ich, dass sich über mir dunkle Wolken warnend zusammenballten.

»Lass es bitte nicht regnen«, murmelte ich leise.

Aber meine Bitte stieß auf taube Ohren.

Der Regen prasselte in Strömen auf mich hinunter, so dass meine Haare und meine Kleider innerhalb kürzester Zeit an meiner Haut klebten. Parkbesucher kreischten auf, als sie von dem Guss überrascht wurden, und ich bedeckte meinen Kopf mit meiner Tasche und rannte Richtung Gilmore Place.

Meine Schuhe rutschten auf dem glitschigen Bürgersteig. Ich fluchte, als ich beinahe der Länge nach mitten auf der Straße gelandet wäre. An der Ecke Leven und Home Street musste ich an einer Ampel warten und ignorierte das mitleidige Lächeln einer vorbeifahrenden Frau sowie die Pfiffe der Typen im Auto hinter ihr.

Dann blickte ich an mir hinunter und errötete angesichts meiner klatschnass an meinem Körper klebenden Sachen.

Na super.

Ich brauchte gar nicht darauf zu hoffen, dass Aidan nicht bei der Probe sein und mich so sehen würde. Obwohl er während meiner nächsten Schicht nicht im Pub aufgetaucht war, hatte er versprochen, zur Probe zu kommen, und Montag war er dort gewesen. Um mit mir zu flirten. Mich einzuwickeln. Und Quentin und Amanda (die von Aidans auf mich konzentrierter Aufmerksamkeit alles andere als begeistert war) gehörig auf den Geist zu gehen. Obwohl mich das ärgerte, war die andere Hälfte von mir bekanntlich schwach und genoss diese Aufmerksamkeit in vollen Zügen.

Endlich schaffte ich es, die Straße zu überqueren, und ich rannte die Gilmore hinunter. Schmutziges Pfützenwasser spritzte an meinen nackten Beinen hoch.

Ich stieß gegen die Türen des Gebäudes, rechnete damit, dass sie aufschwangen, und stöhnte, als ich auf Widerstand traf. Ich packte die riesigen Türknäufe und versuchte es erneut.

Nichts.

Ich rüttelte daran.

Nichts.

Was um alles in der …?

Zitternd duckte ich mich unter das kleine Vordach, ließ den Blick die Straße hinauf- und hinunterschweifen und hielt nach meinen Schauspielerkollegen Ausschau.

Niemand zu sehen.

Gereizt wühlte ich in meiner Tasche zwischen Unterlagen und Büchern herum und suchte mein Telefon. Ich checkte meine Nachrichten; suchte nach einer Erklärung dafür, warum die Theatertüren abgeschlossen waren, obwohl es Zeit war, mit den verdammten Proben zu beginnen. Nichts.

Fluchend rief ich Quentin an.

»Was ist?«, meldete er sich nach dem dritten Klingeln.

»Wo sind alle?«, fragte ich ohne Einleitung. »Die Türen sind abgeschlossen.«

»Bist du bei der Probe?« Er klang so verärgert, wie ich mich fühlte. »Terence, du solltest doch allen eine Nachricht schicken!«

»Ich habe alle benachrichtigt!«, hörte ich Terence im Hintergrund rufen.

»Nora jedenfalls nicht, du Vollpfosten!«

»Nora auch!«

»Er hat mir keine Nachricht geschickt.« Meine Zähne begannen zu klappern. »Was ist los?«

»Ich habe mir gestern Nacht den verdammten Fuß gebrochen.«

Mitgefühl lenkte mich von der Kälte ab. »Wie das?«

»Terence hat einen Schuh auf der Treppe liegen lassen. Es reicht, wenn ich sage, dass er jetzt mein persönlicher Laufbursche ist. Aber ich habe ziemliche Schmerzen, deswegen habe ich die Probe auf Samstagmittag verlegt – sehr zum Verdruss aller anderen. Sehr mitfühlend. Unsere Darsteller und das Team, meine ich. Sehr um mich besorgt. Das war Sarkasmus. Jammerlappen, alle miteinander.«

»Hoffentlich bist du bald wieder fit.«

»Klar. Nora, du bist süß. Tut mir leid, Terence kann manchmal wirklich ein dämlicher Wichser sein. Ich hoffe, du bist nicht in den Regenguss geraten.«

»Nein, alles in Ordnung«, log ich. »Gute Besserung. Wir sehen uns am Samstag.«

Wir beendeten das Gespräch. Ich schlang die Arme um mich und betete, dass ein Taxi auftauchen würde, damit ich nicht in die Sintflut hinausmusste. Erschauernd schüttelte ich mich wie ein nasser Hund, fühlte mich elend und bedauerte mich selbst, als ein dunkelgrüner Range Rover in die Straße einbog und vor dem Gebäude hielt.

Das Fenster auf der Beifahrerseite wurde heruntergelassen, und Aidans Gesicht tauchte auf. »Steig ein!«, brüllte er durch das Rauschen des Regens.

Mein Herz hämmerte so heftig in meiner Brust, dass ich mich nicht rühren und schon gar nicht auf sein plötzliches Auftauchen reagieren konnte.

»Nora, steig ein!« Diesmal klang er verärgert, was mich aus meiner Benommenheit riss. Ob ich beschlossen hatte, lieber seine Gegenwart zu erdulden als mir eine Erkältung zu holen, oder ob das nur ein Vorwand war, um in seiner Nähe sein zu können, ohne das Gefühl zu haben, meine Prinzipien zu verraten, konnte ich nicht sagen.

Ich packte meine Tasche und rannte die Stufen hinunter auf seinen SUV zu.

Wärme durchströmte mich, als ich auf den Beifahrersitz rutschte und die Tür schloss. Er hatte die Heizung bis zum Anschlag aufgedreht.

»Deine Sitze.« Ich vermied es, ihm in die Augen zu sehen.

»Was kümmern mich im Moment meine Sitze? Du bist völlig durchweicht.«

»Nur ein bisschen.« Meine Zähne klapperten. »Oder bis auf die Haut.«

Leise fluchend fädelte er sich wieder in den Verkehr ein. »Hast du die Nachricht, dass die Probe verlegt worden ist, nicht bekommen?«

»Offenbar als Einzige nicht.«

»Gott sei Dank war ich auf dem Rückweg vom Studio und kam auf die Idee, hier vorbeizufahren, falls jemand aus Versehen nicht benachrichtigt wurde.«

»Yeah, gut mitgedacht.« Ich konnte ihn immer noch nicht ansehen. »Neues Auto?«

»Aye.«

Ich saß zitternd stumm da, während er nach Fountainbridge fuhr. »Du kannst mich nicht zufällig nach Hause bringen?«

»Bis wir da sind, könntest du schon krank geworden sein«, erwiderte er ungeduldig.

Furcht nagte an mir, als er in der Tiefgarage unter seinem Mietshaus parkte und ausstieg, um zu meiner Seite zu gehen. »Aidan, mir fehlt nichts«, beharrte ich, als er die Tür öffnete und mir eine Hand hinhielt.

Er tat nichts, um aus dem Weg zu gehen, so blieb mir nichts anderes übrig, als seine Hand zu ergreifen.

Und als er scharf den Atem einsog, riss ich den Kopf hoch.

Sein Blick wanderte über meinen Körper. Das an meiner Haut klebende Kleid überließ nichts der Phantasie.

Ich lief rot an und versuchte, meinen Cardigan über der Brust zusammenzuziehen.

Aidan nahm meine Hand und wandte sich ab, aber die roten Flecken auf seinen Wangen entgingen mir nicht.

Meine Brustwarzen hatten sich schon vor Kälte und Nässe verhärtet, und jetzt fühlten sich meine Brüste geschwollen und angespannt an.

Lauf weg, Nora, lauf weg!

Ich lief nicht weg, sondern ließ mich von Aidan schweigend in den Fahrstuhl führen. In der Kabine löste ich meine Hand so behutsam wie möglich aus seiner, da ich seine Gefühle nicht verletzen wollte.

»Du kannst duschen, und ich suche ein paar trockene Sachen, die du vorläufig anziehst, während ich dein Kleid in den Trockner stecke.« Er starrte mit steinerner Miene geradeaus.

»Das ist nett von dir«, gab ich leise zurück.

Wir klangen wie Fremde.

Aber die Funken stoben zwischen uns hin und her, so dass ich mich wunderte, wieso sich meine Haare nicht sträubten.

Als die Fahrstuhltür aufglitt, wollten wir beide als Erste aussteigen, weshalb ich am Ende gegen ihn prallte und meine Brüste sich an ihn drückten. Aidan zuckte zusammen, als hätte ihn etwas gestochen, und umfasste meinen Arm eine Spur zu fest, als er mich von sich wegschob, bevor ich mich von ihm losmachen konnte.

»Ich wollte die Tür aufschließen«, erklärte er.

Ich blickte einen Moment lang zu ihm hoch. Das Blut rauschte so heiß durch meine Adern, dass ich förmlich spürte, wie meine Vernunft und mein gesunder Menschenverstand zum Fenster hinausflogen. Was auch immer er in meinem Gesicht las, es öffnete das Schloss der Kammer, in die er seine Begierde eingesperrt hatte, so dass sie ihm jetzt offen aus den Augen loderte.

»Die Tür«, erinnerte ich ihn flüsternd.

Er nickte mit vor Anspannung verhärteten Zügen, als er aus dem Fahrstuhl und den Gang entlangmarschierte.

Sowie ich sein Apartment betrat, bekam ich keine Luft mehr, als hätte mir jemand in die Magengrube getreten. Fast kam es mir so vor, als wäre ich achtzehn Monate in die Vergangenheit zurückversetzt worden. Dort, wo das Musikstudio gewesen war, standen jetzt ein Esstisch und Stühle, ansonsten war alles wie früher.

Meine Augen flogen zu Aidan, der stehen geblieben war und sich umgedreht hatte, während ich die Essecke betrachtete. Sein Verlangen stand dem meinen in nichts nach, als sich unsere Blicke trafen. Er erinnerte sich auch.

Ich erinnerte mich daran, wie sehr ich ihn liebte.

Ihn brauchte.

So tief in ihn hineinkriechen wollte, dass wir miteinander verschmolzen.

Und just in diesem Moment, in dem Lust durch meine Adern strömte und Tränen des Kummers um die Vergangenheit in meinen Augen brannten, konnte ich diese Gefühle nicht mehr unterdrücken.

Sie wurden zu einem alles verzehrenden Feuer.

Aidan räusperte sich. »Die Dusche im Schlafzimmer hat einen kräftigeren Strahl. Benutz die. Saubere Handtücher liegen da. Lass deine …«, er wandte den Blick ab, »… deine Sachen vor der Badezimmertür, ich stecke sie in den Trockner, während du duschst. Ich lege dir draußen ein trockenes T-Shirt oder so was hin.«

Irgendwie schaffte ich es zu nicken. Irgendwie schaffte ich es, meine Ballerinas abzustreifen, um keine schmutzigen Fußabdrücke auf dem Boden zu hinterlassen. Irgendwie schaffte ich es, an ihm vorbei und den Flur hinunterzugehen. Aber je weiter meine kalten, nackten Füße mich von ihm forttrugen, desto weniger richtig fühlte es sich an, von ihm getrennt zu sein.

Ich war angespannt, brannte vor Verlangen, und je größer der räumliche Abstand zwischen uns wurde, desto unzufriedener wurde ich.

Mehr als unzufrieden.

Unkooperativ.

Im Rückblick weiß ich nicht, welcher Teufel mich geritten hatte.

Ich glaube, ich war erschöpft davon, gegen etwas anzukämpfen, das ich mehr als alles andere wollte.

Als ich sein Schlafzimmer betrat, verstärkte sich das lustvolle Ziehen in meiner Magengrube. Der Raum roch nach ihm, und er hatte an diesem Morgen sein Bett nicht gemacht. Die Vorstellung, wie er sich nackt der Länge nach ausgestreckt darauf rekelte, löste einen nagenden Hunger in mir aus.

Ich ging zum Bad und öffnete die Tür. Die Duschkabine war viel größer als die in dem Familienbad in der Diele, und ich erschauerte; freute mich auf das Gefühl heißen Wassers, das über meine Haut strömte. Aber ich sehnte mich nach mehr. Mir fehlten lediglich die Worte oder die Kraft, sie zu sagen, da ich noch immer Angst davor hatte, sie laut auszusprechen.

Ich zog mich auf der Badezimmerschwelle aus und ließ die Sachen auf dem Boden liegen.

Und ich ließ die Tür offen.

Weit offen.

Dann stellte ich die Dusche an, wartete auf das heiße Wasser, betrat die Kabine und schloss die Glastür hinter mir. Als ich mich umdrehte, konnte ich genau in das Schlafzimmer blicken.

Mein Herz pochte. Babum, babum, babum, babum, babum, babum, babum, babum. Immer schneller und härter.

Mir stockte der Atem, als Aidan in mein Blickfeld kam. Zuerst kehrte er mir sein Profil zu, und ich konnte die kleine Furche zwischen seinen Brauen sehen. Dann erstarrte er, und ich wusste, dass er mich gesehen hatte. Als er sich umdrehte, wanderten seine Augen erst zu dem Kleiderstapel auf dem Boden und dann langsam nach oben, an meinem Körper hoch.

Ich wusch meine Brüste. Ein Schauer überlief mich, als Aidan mich beobachtete.

Endlich kreuzten sich unsere Blicke.

In seinem brannte ein solches Verlangen, dass meine Beine zitterten.

Trotzdem fuhr ich mit meiner Tätigkeit fort, benutzte sein Shampoo und seinen Conditioner, um mir die Haare zu waschen, und schwelgte darin zu sehen, wie er von meinen wogenden Brüsten geradezu hypnotisiert war.

Seine Erektion drängte sich gegen den Reißverschluss seiner Jeans, und ich wurde zwischen den Beinen feucht.

Nachdem ich mich gewaschen hatte und meine Haut von dem Wasser und vor Erregung brannte, drehte ich die Dusche ab, wrang meine Haare aus und trat aus der Kabine. Die kalte Luft streifte meine Haut, ließ mich frösteln, und meine Brustwarzen zogen sich zu harten Spitzen zusammen.

Und Aidan sog jeden Zoll von mir in sich auf.

Unter seiner eindringlichen Musterung bekam ich eine Gänsehaut.

Ich fühlte mich nicht mehr unsicher oder zu jung.

Sondern kühn und von Verlangen erfüllt und begehrt.

»Aidan«, flüsterte ich.

Alles, was er hören wollte, schwang in diesem einen Wort mit, und plötzlich knöpfte er sein Hemd auf. Eine Welle der Erleichterung schlug über mir zusammen. Ich musste die Worte nicht aussprechen, die ich nicht über die Lippen brachte, aber ich bekam trotzdem, was ich wollte.

Ich sah zu, wie er sich auszog, und mir entfuhr ein leises Wimmern, als sein steifer Schwanz zum Vorschein kam. Heiß, pochend und nach mir verlangend ragte er zu seinem Bauch hoch.

Ich war der Auslöser dafür.

Ich.

»Leg dich auf das Bett, Pixie. Und spreiz die Beine.«

Seine heisere Forderung hätte genauso gut seine Zunge auf meiner Klitoris sein können. Ich zitterte am ganzen Körper vor Begierde, als ich langsam quälend nah an ihm vorbeiging und auf das Bett kletterte, wobei ich darauf achtete, dass er einen ausgiebigen Blick auf mein Hinterteil erhaschen konnte, bevor ich mich auf den Rücken rollte.

»Beine. Jetzt.«

Ich verbiss mir ein Lächeln. »Kein ›bitte‹?«

»Ich will nicht, dass alles zu schnell geht, Pixie«, gestand er.

Ich öffnete die Beine.

Er kam näher auf das Bett zu, und ich spürte einen Schwall von Feuchtigkeit zwischen meinen Schenkeln, als er mich mit nacktem Hunger in den Augen betrachtete. Zu meinem Erstaunen nahm er sich jedoch nicht, was ich anbot. Er schob sich über meinen Körper, stemmte die Hände zu beiden Seiten meines Kopfes auf die Matratze und sah auf mich hinunter.

»Aidan?«

»Bist du wirklich hier, Pixie?«

Da ich das Gefühl hatte, hinter dieser Frage steckte weit mehr als nur die schlichten Worte, legte ich eine Hand auf seine Wange und rieb so wie früher mit dem Daumen über seine Bartstoppeln. »Lass uns doch einfach alles andere vergessen und nur den Moment auskosten. Ich habe das Gefühl, ich zerspringe gleich, wenn ich dich nicht in mir spüre.«

»Fuck«, stöhnte er und senkte den Kopf, um meinen Mund zu erobern. Der Kuss war ungeduldig, hart; meine Lippen bewegten sich unter den seinen, und unsere Zungen umspielten einander, ahmten nach, was unsere Körper tun wollten. Meine Hüften hoben sich ihm lockend entgegen.

Ich umfasste Aidans Taille, als der Kuss rau und heftig wurde, und stieß erneut ein leises Wimmern aus, als seine Hüften gegen meine stießen und seine Erektion über meinen Bauch strich. Er gab meinen Mund frei, nur um seine Lippen über meine Haut gleiten zu lassen, an meinem Kinn hinunter, als fände er keine Ruhe, bevor sie nicht jeden Zentimeter von mir erfasst hatten. Er küsste sich an meinem Körper hinunter. Sein Mund fühlte sich heiß und hungrig an, und ich streichelte seinen muskulösen Rücken, ließ meine Hände zu seinen Schulterblättern hochwandern und vergrub sie in seinen Haaren, während er sich weiter nach unten arbeitete.

Als sich die Gluthitze seines Mundes um meine rechte Brustwarze schloss, hob ich die Hüften ruckartig an, verstärkte den Druck meiner Schenkel, um ihn fester an mich zu drücken, bog den Rücken durch und bettelte stumm um mehr, als er erst an meiner Brustwarze leckte und dann hart daran saugte, während er die andere mit Daumen und Zeigefinger knetete.

Die Nässe zwischen meinen Beinen verstärkte sich.

Er hob den Kopf. Seine Augen schimmerten moosgrün, als er sich über mir bewegte und seine Erektion, die sich jetzt zwischen meine Beine geschoben hatte, die heiße, pochende Stelle dort berührte. »Mehr, kleine Pixie, oder gleich zum Finale?«

So sehr ich mich danach sehnte, ich wollte ihm geben, worauf er aus war. »Du willst mich doch foltern, du Bastard«, stöhnte ich kehlig. »Warum fragst du dann?«

Sein Lachen ließ meinen Körper vibrieren, und ich kniff die Augen zusammen, weil das Geräusch so viel mehr in mir auslöste als nur sexuelle Begierde.

»Mach die Augen auf.«

Ich gehorchte.

Zufrieden senkte er erneut den Kopf und befasste sich jetzt mit der anderen Brustwarze. Ich spürte, wie sich in meinem Unterleib Spannung aufzubauen begann.

»Aidan …« Ich rang nach Atem und umfasste seinen Kopf fester, als seine Zunge um den Warzenvorhof kreiste. »Ich brauche dich.«

Er rutschte an meinem Körper hinunter, zog eine Spur von Küssen bis zu meinem Bauch, während seine Hände gleichzeitig meine Brüste massierten. Ich erschauerte, als seine Zunge über meinen Bauchnabel glitt und seufzte glücklich, als er meine Schenkel auseinanderschob.

Aidan ließ sich dazwischen sinken, und dann strich seine warme, raue Hand über die Innenseite meines Oberschenkels, bis ich spürte, wie er die Finger in mich schob.

»Oh Gott …« Ich warf vollkommen überwältigt den Kopf in den Nacken; auf diesen Akt hatte ich noch nie dermaßen explosionsartig reagiert. Als würde ich im nächsten Moment kommen.

Wie konnte das sein?

Meine Reaktion bewirkte, dass sich Aidans Augen wieder auf mein Gesicht hefteten. Seine verschmitzte Spielfreude war verschwunden, wilder sexueller Entschlossenheit gewichen. Er zog die Finger zurück und stieß sie wieder in mich hinein. Meine Hüften pumpten, versuchten sich seinem Rhythmus anzupassen.

»Du bist klatschnass«, stellte er mit belegter Stimme fest. »Ist das bei dir immer so? Oder nur meinetwegen?«

»Deinetwegen«, keuchte ich wahrheitsgemäß. »Das löst nur du bei mir aus.«

Er entblößte seine Zähne. Seine Miene drückte Befriedigung aus, und ich schwöre, dass seine Ausstrahlung maskuliner Potenz mir ein Ziehen im Unterleib und ihm noch mehr Nässe bescherte.

Aidan senkte den Kopf wieder und zog seine Finger zurück, doch bevor ich protestieren konnte, schob er meine Schamlippen auseinander, und meine Hüften rutschten beinahe vom Bett, als ich seine Zunge spürte.

Endlich.

Sie umkreiste meine Klitoris, reizte sie, übte Druck aus … und dann saugte er daran.

Ich schrie auf, konnte die Lautstärke nicht kontrollieren, als sich der Höhepunkt in mir aufzubauen begann. Meine Schenkel schlossen sich unwillkürlich fester um ihn, wollten seinen Mund tiefer in mich hineinziehen, und als seine Bartstoppeln auf meiner Haut kratzten, überwältigte mich die Lust endgültig. Meine Hüften zuckten, versuchten seinen Mund zu reiten, als seine Zunge tief in mich eindrang, bevor sie wieder meine Klitoris umspielte. Dann saugte er von Neuem daran.

Die Spannung in meinem Inneren entlud sich so heftig, dass mein Kopf auf die Matratze zurückfiel und ich die Augen verdrehte. Und ich schrie.

Ich schrie sonst nie, wenn ich kam.

Aber jetzt konnte ich mich nicht zurückhalten, während meine Unterleibsmuskeln explodierten. Und noch immer fuhr er fort, mich zu lecken, bis ich mich an seinem Mund wand und meine Finger in das Bettzeug unter mir krallte.

Der Orgasmus ebbte ab, und meine Gliedmaßen wurden so schwer, dass meine Beine schlaff gegen seine Seiten sanken, als er sich hochzog, um auf mich hinunterzublicken.

Ich wusste nicht, warum er mich so ansah, als wäre ich ein Wunder.

Er war das Wunder.

Als er sich zurückzog und vom Bett aufstand, gab ich einen Jammerlaut von mir – tatsächlich einen Jammerlaut. »Wo willst du hin?«

Aidan erwiderte nichts darauf. Ich hörte ein Rascheln, dann war er wieder da, setzte sich breitbeinig über mich und beobachtete, wie ich gebannt verfolgte, wie er das Plastikpäckchen mit den Zähnen aufriss und das Kondom über seine eindrucksvolle Erektion rollte.

Seine große Hand glitt an meinem Körper hoch, und obwohl ich noch Sekunden zuvor keinen Funken Energie mehr verspürt hatte, bog ich mich ihm entgegen. Ein Hitzestrahl schoss von innen nach außen durch mich hindurch, als er mit einer Hand meine rechte Brust drückte, während er die andere zwischen meine Beine schob. Ich zuckte zusammen, da meine Klitoris überempfindlich war.

Aidan stöhnte. »Ich brauche dich.«

»Dann nimm mich.«

Er bot den letzten Rest seiner kaum noch vorhandenen Selbstbeherrschung auf, drückte mit verhärteten Zügen meine Beine weiter auseinander und drang dann in mich ein. Wie unter Schmerzen schloss er die Augen, als er sich in die Enge meines Körpers presste und meine Muskeln sich anspannten. Ich unterdrückte ein Wimmern. Es brannte. Ein wonnevoller Schmerz, wie letztes Mal. Er war so verdammt groß und ich so zierlich. Aidan keuchte. Seine Stimme zitterte ein wenig.

»Aidan?« Ich hob die Hüften, versuchte ihn tiefer in mich aufzunehmen.

»Du bist so eng und geschwollen.« Seine Augen flogen auf, und angesichts des darin lodernden Feuers zogen sich die Muskeln meines Unterleibs um seinen Schwanz zusammen. »Ah, fuck«, stöhnte er auf.

Ich streichelte seinen Rücken, kratzte mit den Nägeln ganz leicht über seine Haut. »Hör auf, Rücksicht zu nehmen.«

Seine Miene verfinsterte sich. »Letztes Mal habe ich schon keine Rücksicht genommen.«

»Und es war wunderbar.« Ich hob die Hüften an, forderte ihn auf, fester zuzustoßen, woraufhin Aidan förmlich knurrte, sich aus mir zurückzog und dann mit einem Ruck wieder in mich eindrang. Ich warf den Kopf zurück und grinste.

»Tier«, zog er mich mit einem kehligen Lachen auf.

»Das sagt der Richtige.«

Er grinste ebenfalls. Seine Augen wanderten über mein Gesicht, meine Lippen, zu meinen Brüsten hinunter und dann zu der Stelle, wo er in mir war. Er begann sich zu bewegen, sah zu, wie er in mich hinein- und wieder aus mir herausglitt. Seine Brust hob und senkte sich bei seinen flachen Atemzügen, während sich seine Erregung steigerte.

Sein Blick kreuzte sich mit meinem, und ich beantwortete die stumme Frage in seinen Augen mit einem Nicken.

Im nächsten Moment pumpte Aidan mit harten, tiefen Stößen in mich hinein, die meine Klitoris reizten und mich erneut stimulierten. »Komm für mich, Pixie«, verlangte er, während er mich immer härter bearbeitete und die Zähne zusammenbiss, um seinen eigenen Orgasmus zurückzuhalten. »Diesmal will ich es rund um meinen Schwanz spüren.« Seine Worte beschleunigten seinen Höhepunkt, und als ich sah, dass er kaum noch an sich halten konnte, entlud sein nächster Stoß die in mir angestaute Spannung.

Ich explodierte wieder, meine Muskeln umschlossen ihn auf eine sinnliche Weise, bei der Aidans Augen sich leicht weiteten. »Fuck«, stieß er hervor und erstarrte dann eine Sekunde lang, bevor seine Hüften erzitterten. Sein Schwanz pulsierte und pochte in mir, als er befriedigend lange und heftig kam.

Dann sackte er mit einem verblüfften Laut über mir zusammen, drückte mich mit seinem Gewicht in die Matratze und presste die Lippen an meinen Hals.

Ich versetzte ihm mit einem atemlosen Lachen einen leichten Stoß, woraufhin er sich von mir herunterrollte und eine schläfrige Entschuldigung murmelte. Der absolut zufriedene Ausdruck auf seinem Gesicht, als er sich auf den Rücken drehte, ohne sein Bein von meinem zu lösen, entlockte mir ein Grinsen. Ich konnte mich nicht erinnern, wann ich mich das letzte Mal so gefühlt hatte.

So glücklich, dass ich vom Bett hätte hochschweben und über die Decke tanzen können.

Dann schlug Aidan seine schönen grünen Augen auf und sagte: »Jetzt lasse ich dich nicht mehr gehen, Pixie.«

Und ich landete krachend wieder auf dem Bett und in der Realität.

Kapitel 30

Ich musste verstehen, warum Aidan so fest entschlossen war, mich unter allen Umständen zu halten.

Darüber grübelte ich nach und listete die Gründe in meinem Kopf auf, als wir in seinem Apartment standen und uns ansahen. Nach seiner Erklärung war ich aus seinem Bett hochgeschossen, hatte mir das T-Shirt geschnappt, das er getragen hatte, und war dann in der Hoffnung, dort vor meinen eigenen Gefühlen sicher zu sein, in den vorderen Teil des Apartments gestürmt.

Aidan folgte mir natürlich.

Sichtlich verärgert.

Und nun war ich hier. Fragte mich, weshalb er mit mir zusammen sein wollte. Unsere Beziehung während unserer Zeit mit Sylvie hatte an den Umständen gelegen. Das Gefühl, von den Geistern der Vergangenheit heimgesucht zu werden, hatte uns zusammengebracht. Wir *erreichten* uns gegenseitig. Wir fühlten uns weniger allein. Und eine Weile bildeten wir drei eine kleine Familieneinheit. Das schuf ein Gefühl extremer Nähe zwischen Aidan und mir.

Dazu kam noch der Umstand, dass wir während dieser Zeit kaum eine körperliche Beziehung gehabt hatten. Jede Menge Hitze und sexuelle Anziehungskraft – eine Tonne aufgestauter sexueller Frustration – diese Spannung hatte dafür gesorgt, dass wir voneinander angezogen wurden wie die sprichwörtliche Motte vom Licht.

Was mich zu dem Sex in der Garderobe des Theaters und dem Sex führte, den wir gerade gehabt hatten.

Der Sex in der Garderobe … es machte mich schon wieder scharf, nur daran zu denken. Das war eine Wirklichkeit gewordene Sexphantasie gewesen. Leidenschaftlich, rau und einmalig. Alle Wut und Bitterkeit und Begierde hatten sich in einer Orgasmusexplosion entladen, die ich nie vergessen würde.

Und der Sex gerade eben war aus demselben Frust und Verlangen heraus geboren worden.

Das hieß jedoch nicht, dass unser Sexleben immer so sein würde. Diese Momente hatten sich fast zwei Jahre lang aufgebaut. Natürlich sprengte der Sex zwischen uns am Anfang jeden Rahmen.

Was hieß, dass er Teil einer Phantasie war.

Er war nicht real.

Wir waren nicht mehr dieselben Menschen, die wir damals zusammen mit Sylvie gewesen waren. Es gab sie nicht mehr. Ich hatte mich verändert.

Doch genau deshalb wollte Aidan, dass wir es noch einmal miteinander versuchten. Er klammerte sich an etwas, das nicht mehr existierte.

Dann zeig es ihm. Zeig ihm, wie es wirklich wäre.

Bei dem Gedanken schnaubte ich höhnisch.

Da sprach mein Verlangen nach ihm aus mir. Ich würde diese Sache mit Aidan nicht fortsetzen, damit ich Sex mit ihm haben und uns beiden beweisen konnte, dass am Ende alles doch nur durchschnittlich sein würde.

Nein. Aber wir könnten Sex haben. Als Freunde. Bis er anfängt, sich zu langweilen, und erkennt, dass wir nicht füreinander bestimmt sind.

Das war das Krasseste, was mir je eingefallen war.

Ich sah ihn an, während er auf meine Antwort wartete,

nachdem er mir gefolgt war. »Was geht in deinem Kopf vor?«

Vielleicht war an der Sexfreunde-Möglichkeit doch etwas dran.

Vielleicht würden wir einander überdrüssig werden.

»Ich kann keine feste Beziehung mit dir eingehen, Aidan. Aber wenn du willst, können wir es hierbei belassen.« Ich umfasste uns beide mit einer Geste. »Solange du willst. Aber nur Sex.«

Komisch, aber ich wusste nicht, wovor ich mehr Angst hatte – davor, dass er einwilligte oder davor, dass er ablehnte.

Er starrte mich ungläubig an. »Schlägst du vor, dass wir Fickkumpane werden?«

Ich errötete. »So unverblümt würde ich es nicht ausdrücken, aber – ja.«

»Bist du verrückt geworden?«

»Ich kann nichts Verrücktes dabei finden. So lautet mein Angebot. Nimm es an oder lehn ab. Aber mehr bin ich nicht bereit zu geben.«

»Sex?« Er verschränkte die Arme vor der Brust. »Nur Sex?«

»Ich dachte, in Anbetracht der Tatsache, dass du auf jedem Kontinent eine Nicolette hast, wäre das kein Problem für dich.«

Seine Augen blitzten zufrieden auf. »Eifersüchtig? Denn wenn ich mich recht erinnere, bedeutet Eifersucht bei dir für gewöhnlich, dass du mehr als nur Sex willst.«

»Mach dich nicht über mich lustig.«

»Aye, ich hatte Nicolette und ein paar andere, die mir nichts bedeutet haben. Das kann ich nicht rückgängig machen. Aber ich kann dir sagen, dass ich bei fast jeder Frau, mit der ich geschlafen habe, darauf gehofft habe, dass sie sagt, sie will nur Sex. Doch es war immer so, dass ich das klargestellt habe und sie einwilligte, weil sie ihrerseits hoffte, ich würde irgendwie meine Meinung ändern und zu mehr bereit sein. Was für eine Ironie, dass die erste Frau, die mir diesen Vorschlag unterbreitet, die Einzige ist, mit der ich mir etwas Dauerhaftes vorstellen könnte.«

Vor Schuldbewusstsein konnte ich seinem Blick nicht standhalten. »Ich weiß nicht, was ich sagen soll«, flüsterte ich.

»Aye. Das sehe ich.« Die Bitterkeit in seiner Stimme tat mir weh. »Na schön. Wenn ich dich nur so haben kann, bin ich einverstanden. Ich verstehe es nicht. Aber ich bin einverstanden.«

Jetzt sah ich ihn an. Hoffnung keimte in mir auf. »Wirklich?«

Er nickte.

Und ich gestattete mir ein Lächeln. »Das ist eine bessere Idee als das, was dir vorgeschwebt hat.«

Aidan gab keine Antwort. Er durchquerte den Raum, bückte sich und warf mich mit solcher Wucht über seine Schulter, dass ich pfeifend den Atem ausstieß. »Aidan!«, quiekte ich erschrocken, als ich merkte, dass er mich wieder nach hinten trug.

»Wenn das alles ist, was ich bekommen kann, dann hör mir jetzt gut zu«, sagte er, als er mich auf das Bett fallen ließ und an den Knöcheln zu sich hinzog. »Heute Nacht gehörst du mir, und ich beabsichtige, das Beste daraus zu machen.«

»Du bist ein absoluter Mistkerl«, knurrte ich und schlug in die Luft über mir, als er einen Kuss auf meine nackte Schulter drückte.

Die Sonne schien durch das Rollo seines Schlafzimmerfensters, ein natürlicher Wecker, der die schweren Vorhänge vor meinen Augen aufzog.

Ich spürte, wie er neben mir vor Lachen bebte, hörte das tiefe, klangvolle Geräusch an meinem Ohr. »Du sagst immer so nette Sachen zu mir.«

Ich lächelte schläfrig. Mein verschwommenes Blickfeld wurde allmählich klar, und ich konnte den Wecker auf Aidans Nachtschränkchen erkennen. Zehn Uhr dreißig blinkte mir entgegen. Halb elf! Ich schoss kerzengerade in die Höhe und hörte, wie er hinter mir einen ungehaltenen Laut von sich gab. »Stimmt die Uhrzeit?«

»Aye. Wieso?«

Ich fuhr zu ihm herum und blitzte ihn erbost an, dabei wünschte ich, ich könnte den überwältigenden Anblick ausblenden, wie er da, einen Arm hinter seinem Kopf auf dem Kissen, den anderen auf seinem Bauch, der Länge nach ausgestreckt auf dem Bett lag. Die Bettdecke reichte bis unterhalb seines Nabels, und ich konnte sehen, dass der Mann schon fast wieder für die nächste Runde bereit war. So unvergleichlich die letzte Nacht auch gewesen war … ich fürchtete, keinen Schritt mehr gehen zu können, wenn er mich erneut anfasste. Außerdem war ich spät dran.

»Ich habe Vorlesungen. Du weißt schon, Verpflichtungen. Du nicht? Hast du keine Verpflichtungen, meine ich?«

»Ich kann später arbeiten.«

»Ich aber nicht später zu meinen Vorlesungen gehen.«

Aidan setzte sich auf, legte mir einen Arm um die Taille und zog mich an sich, so dass nackte Haut auf nackte Haut traf. Sein Blick wanderte mit einer solchen Intensität über mein Gesicht, dass ich wieder unter die Decken kriechen wollte. »Du kannst doch bestimmt eine oder zwei Vorlesungen ausfallen lassen?«

Das konnte ich durchaus, ohne dass die Welt unterging,

aber das war nicht der springende Punkt. »Das möchte ich aber nicht.«

»Du willst mir also weismachen, dass du lieber heute Morgen früh aufgestanden wärst, um zu deinem Unterricht zu gehen, als die mehrfachen Orgasmen der letzten Nacht zu erleben?«

Ich schnaubte. »Natürlich nicht.«

Seine Hand tauchte unter die Decken.

»Nichts da.« Ich beförderte sie ans Licht zurück. Als er die Brauen hochzog, errötete ich leicht. »Ich bin ein bisschen wund.«

Das jungenhafte Grinsen, das sich auf seinem Gesicht ausbreitete, war fast unwiderstehlich.

»Unverschämter Mistkerl.«

»Das ist das zweite Mal, dass du mich einen Mistkerl nennst.« Er kitzelte meine Rippen, und ich versuchte ihm quiekend zu entkommen. Doch er ließ nicht locker. Kichernd und um Gnade flehend fand ich mich mit einem muskulösen, sichtlich erheiterten Schotten über mir rücklings auf dem Bett wieder.

Nicht unbedingt der schlechteste Weg, einen neuen Tag zu beginnen.

»Okay, okay!«, lachte ich. »Es tut mir leid! Hör auf!«

Das Kitzeln hörte auf, dafür begann er mich zu küssen. Ich wunderte mich nicht, als meine Haut heiß wurde und meine Schenkel sich automatisch um seine Hüften schlossen. Obwohl ich mich beschwert hatte, mich wund zu fühlen, konnte ich seinen Berührungen nicht widerstehen. Letzte Nacht hatten wir uns überall geküsst und berührt, hatten ebenso leidenschaftlichen wie zärtlichen Sex gehabt. Danach war ich in den Schlaf hinübergeglitten, nur um einige Zeit später von Aidans suchendem Mund und seinen Händen auf meinem Körper geweckt zu werden. Zu meiner absoluten Verblüffung waren wir einander nicht überdrüssig geworden, wie ich gehofft hatte, sondern unsere Sucht nacheinander hatte sich eher noch gesteigert.

Und ich wünschte mir nichts mehr, als ihn noch einmal zu spüren.

Aidan hielt kurz inne, um ein Kondom überzustreifen, und ich lag die ganze Zeit da, konnte es kaum erwarten und dachte gar nicht daran, ihm Einhalt zu gebieten. Dann war er in mir, und überempfindlich, wie ich war, stöhnte ich leise.

»Pixie.« Er küsste mich beschwichtigend, während er innehielt, damit ich meine Position verlagern konnte. »Ich kann aufhören.«

»Bitte nicht«, flüsterte ich.

Also machte er weiter, bewegte sich in mir, und ich umklammerte seinen wie gemeißelt wirkenden Hintern, während er in mich hineinstieß.

»Aidan!«

Zuerst dachte ich, *ich* hätte vielleicht seinen Namen gerufen.

Aber dann …

»Aidan!«

Er hielt still und blickte verwirrt auf mich hinunter. »War das …«

»Aidan, bist du zu Hause?« Die Stimme war jetzt näher, kam auf uns zu.

Aidan zog sich aus mir zurück und riss die Decke hoch, um uns beide zu bedecken, als die Tür aufflog.

Zu meinem nackten Entsetzen stand Laine auf der Schwelle.

»Oh mein Gott.« Sie wirkte noch geschockter, als ich mich fühlte. »Oh mein Gott.«

»Laine, mach, dass du hier rauskommst!«, herrschte Aidan sie an, dabei schob er sich so gut wie möglich schützend vor mich.

»Oh mein Gott.« Sie wirbelte herum und wäre beinahe gegen die Tür geprallt, bevor sie fluchtartig den Raum verließ.

Wir warteten einen Moment.

Aber das Geräusch der sich öffnenden und wieder schließenden Apartmenttür blieb aus.

Erbost blickte ich zu Aidan hoch. »Sie fühlt sich hier immer noch genug zu Hause, um in dein Schlafzimmer zu platzen. Ihr müsst ja wirklich einen heftigen Streit gehabt haben.«

Er gab meinen Blick aufgebracht zurück. »Ich habe seitdem nicht mehr mit ihr gesprochen.«

»Tja, dann schätze ich, du gehst jetzt besser da raus.« Meine Stimme klang giftig, das wusste ich, aber die kalte, nagende Eifersucht war zurückgekehrt, als hätte es die letzten fast zwanzig Monate nicht gegeben.

»Das habe ich vor. Und du kommst mit.« Er stand auf und marschierte splitterfasernackt durch den Raum zu dem angrenzenden Ankleidezimmer. Als er zurückkam, trug er eine Jogginghose.

Ich setzte mich auf. »Äh … wo ist dein T-Shirt?«

»Im Ernst?«

»Yeah.«

Er grinste mich an. »Steckst du dein Revier ab, Pixie?«

Ich hob trotzig das Kinn. »Ohne T-Shirt wäre etwas unschicklich, nicht?«

»Aye, klar.« Er verschwand wieder im Ankleidezimmer, kam mit einem T-Shirt bekleidet und einem weiteren in der Hand wieder und warf es mir zu. »Zieh das an.«

»Du willst doch nicht ernsthaft, dass ich mit dir da rausgehe?«

»Und ob ich das will. Jetzt.«

»Warum?«

»Weil ich da rausgehen und in aller Deutlichkeit klarstellen muss, was ich dachte, bereits in aller Deutlichkeit klargestellt zu haben. Nämlich, dass ich Laine das, was sie getan hat, nicht verzeihe. Ich will nichts mehr mit ihr zu tun haben.«

Ich musterte ihn nachdenklich. Ich würde Laine gleichfalls nie verzeihen, ich kannte sie allerdings auch nicht so lange. Sie und Aidan waren seit ihrer Schulzeit befreundet. Ich fürchtete nur, dass seine Entscheidung, ihr nicht zu vergeben, darauf basierte, was ich seiner Meinung nach wollte.

»Schließ sie nicht meinetwegen aus deinem Leben aus, Aidan. Vor allem dann nicht, wenn ich dir nichts bieten kann …« Ich brach ab. Er wusste, was ich zu sagen versuchte.

Er trat einen Schritt auf mich zu. Ich sah einen Anflug von Schmerz über sein Gesicht huschen und hörte ihn in seiner Stimme. »Laine hat mir das Einzige genommen, was meine Welt zusammengehalten hat, als Cal Sylvie zu sich nahm. Sie hat selbstsüchtig und gedankenlos gehandelt und ihr Verhalten damit entschuldigt, dass ich ihr angeblich zu viel bedeutet habe.« Er schüttelte den Kopf, und jetzt sah ich außer Schmerz auch noch Wut. »Der einzige Mensch, an den Laine bei ihrem Täuschungsmanöver gedacht hat, war sie selbst. Und jetzt habe ich dich endlich, und ich habe dich doch nicht wirklich, oder, Nora? Was das angeht, bist du schon ein Geist in meinem Bett, und ich bin so verrückt nach dir, dass ich mich von diesem Geist freiwillig heimsuchen lasse.«

Er deutete hinter sich auf die Tür. »Nur kann ich mich noch nicht einmal in Ruhe heimsuchen lassen, ohne dass sie uns stört. Sie hat einen verdammten Schlüssel zu meinem Apartment. Ich will ihn zurück.«

»Du musst die Schlösser austauschen lassen.« Sowie die Worte heraus waren, zuckte ich zusammen. Aidan hatte seine Seele bloßgelegt, und ich konnte mir noch nicht einmal die Zeit nehmen, ihm zu erklären, was ich meinte?

Er presste einen Moment lang die Lippen zusammen. »Kommst du jetzt mit oder nicht?«

»Warum willst du wirklich, dass ich mitkomme? Um sie zu demütigen? Ich glaube, es hat schon ausgereicht, den Mann, den sie liebt, beim Sex mit einer anderen Frau zu überraschen.«

Aidan schien nachzudenken, dann wurden seine Züge weich. »Wie viele Frauen würden sich in dieser Situation darum scheren? Fuck, du treibst mich in den Wahnsinn, und die Hälfte der Zeit verstehe ich dich nicht, aber mir ist noch nie jemand begegnet, der so viel Herz für seine Mitmenschen hat. Wo kommst du her, Pixie?«

»Von dort oben. Im Himmel«, flüsterte ich traurig und zeigte nach oben. »Zweiter Stern rechts und bis zum Morgen geradeaus.«

Er erkannte das Zitat, stützte eine Hand auf das Bett und umschloss mit der anderen mein Gesicht. Sein Daumen strich über meine Lippe. »Du bist immer noch das Mädchen, das sich als Kinderbuchfigur verkleidet, um kranken Kids den Tag zu verschönern. Stärker, gefestigter, doch immer noch sie.«

»Nein, das bin ich nicht.« Genau das machte mir Angst.

»Niemand verändert sich so sehr.« Er hauchte einen Kuss auf meine Lippen. »Und warum solltest du das auch wollen? Diese Frau war genauso wunderbar wie die, zu der du geworden bist.«

»Wunderbar?« Ich lächelte tränenerstickt, als ich mich erinnerte.

Er erinnerte sich auch. »Wunderbar.«

Aber ich *war* nicht sie – ich zwang mich dazu, mich auch daran zu erinnern, zuckte vor seiner Berührung zurück und schüttelte den Kopf. »Ich bin nicht sie, Aidan. Das wirst du bald sehen.«

Er stieß frustriert die Luft aus, dann stand er vom Bett auf. »Ich rede mit Laine. Du kannst hierbleiben, wenn du willst.«

Ich blieb.

Gewissermaßen.

Ich kroch aus dem Bett und zog Aidans T-Shirt an. Es fühlte sich so sehr so an, als wäre ich darin wirklich *sein*, dass ich ein Erschauern unterdrückte. Dann bezog ich an der Tür seines Schlafzimmers Posten und lauschte.

Nicht cool.

Ich weiß.

Aber ich wollte in der Lage sein, Aidan beizustehen, wenn er mich brauchte.

»Ich wollte nicht einfach so hereinplatzen«, hörte ich Laine sagen. »Ich habe beim Studio vorbeigeschaut, und Guy sagte mir, du kommst heute Morgen nicht, daher dachte ich, ich …«

»Du benutzt einfach einen Schlüssel, den du gar nicht mehr haben solltest.«

»Aidan, du hast mich nie zurückgerufen. Ich musste dich sehen.«

»Welchen Teil von ›Ich will dich nicht mehr sehen‹ verstehst du nicht?«

»Aber ich muss einfach von dir hören, dass du mir verzeihst. Dass wir wieder Freunde sind. Bitte, Aidan, ich vermisse dich.«

Er schwieg einen Moment. Als er antwortete, klang seine Stimme sanft, seine Worte allerdings weniger. »Alles, was ich von dir höre, ist das Wort ›ich‹. Genau wie in deiner Erklärung, warum du Nora angelogen und mich in dem Glauben gelassen hast, sie hätte mich verlassen. Ist dir eigentlich klar, Laine, dass du den Menschen vergrault hast, den ich am dringendsten gebraucht hätte, nachdem mir meine Nichte weggenommen wurde? Verstehst du nicht, wie widerlich egoistisch es von dir war, mir das anzutun? Und selbst jetzt noch interessiert dich nur, was *du* willst und was *du* brauchst. An mir liegt dir gar nichts.«

»Doch, Aidan. Ich liebe dich«, schluchzte sie.

Ich schloss die Augen, weil so viel Schmerz in ihrem Geständnis lag. Ungeachtet ihrer Intrigen war diese Art Schmerz schwer zu ertragen.

»Dann ist deine Liebe eigensüchtig.«

Sie weinte noch lauter.

»Vielleicht lerne ich im Lauf der Zeit, dir zu verzeihen, aber vergessen werde ich dir das nie. Und ich werde dir nie wieder vertrauen. Doch selbst wenn ich es fertigbringe, dir zu verzeihen – jetzt ist nicht die Zeit dafür. *Ich* will, dass du gehst. *Ich* will, dass du dich aus meinem Leben fernhältst.«

»Aidan …«

»Und ich werde die Schlösser der Wohnung und der Haustür austauschen lassen.«

Ein weiteres Schluchzen. »Aidan, es tut mir so leid.«

»Aye, ich weiß. Das sehe ich. Aber ich glaube immer noch, dir tut nur leid, dass du überführt worden bist. Das, was du getan hast, tut dir nicht leid, Laine, und solange das nicht der Fall ist, ist es mit unserer Freundschaft vorbei.«

Stille trat ein, gefolgt von leisen Schritten, dann wurde die Wohnungstür geöffnet und wieder geschlossen.

Es verursachte mir Übelkeit, dass Aidan einer solchen Konfrontation ausgesetzt gewesen war. Ich eilte zu ihm und fand ihn auf der Couch. Er starrte aus dem Fenster. Ich setzte mich auf die Couch gegenüber. »Alles okay? Soll ich dir irgendetwas holen?«

Er sah mich an. Sein attraktives Gesicht war in den Glanz der Morgensonne getaucht, seine grünen Augen schimmerten im Licht der darin tanzenden Strahlen. Mir stockte der Atem – nicht, weil ich mich so zu ihm hingezogen fühlte, denn ich wusste, dass ich mich vielleicht nie daran gewöhnen würde.

Nein, es war sein Gesichtsausdruck. Er war nackt und bloß, als würde er mir seine Seele offenbaren. Und alles, was ich sah, war Liebe und Qual.

»Sag es mir. Erklär mir genau, warum wir keine richtige Beziehung führen können. Erklär es mir noch einmal. Bis ich es verstehe.«

Meine Brust fühlte sich so schwer an, als würde ein Gewicht darauf lasten, und ich konnte meine flachen Atemzüge hören. Dies war ein besonderer Moment. Ein Moment, in dem sich unser gemeinsames Schicksal entscheiden würde. Vor allem, weil ich Laines und Aidans kurze Auseinandersetzung mit angehört hatte, wusste ich, dass ich diesem Mann absolute Ehrlichkeit schuldete.

»Ich weiß nicht, wie ich das erklären soll, ohne genauso selbstsüchtig zu erscheinen wie Laine.«

»Ich will die Wahrheit erfahren. Ganz egal, wie sie klingt.«

»Es ist so, wie ich es dir schon einmal gesagt habe. Mein Leben jetzt gefällt mir, Aidan. Ich studiere, und ich habe das Theater, und das ist alles, wovon ich je geträumt habe. Das mit uns ist verworren und kompliziert, und wir tun uns gegenseitig weh. Es ist alles zu viel, und ich möchte nicht wieder zu dem Mädchen werden, das Angst hat, dich zu verlieren. Sie war nicht stark. Sie hat gelitten. Und zwar hauptsächlich deshalb, weil ich sie nicht sonderlich mochte.

Inzwischen mag ich mich aber. Ich bin nicht mehr das Mädchen, das denkt, nicht gut genug für dich zu sein. Ich brauche dich nicht mehr, um mein Selbstwertgefühl zu stärken. Ich mag mich«, wiederholte ich.

Er runzelte die Stirn. »Das freut mich, Pixie. Wirklich. Aber hast du je daran gedacht, dass ich vielleicht derjenige bin, der sich selbst nicht sonderlich leiden kann?«

Nein, das war mir nie in den Sinn gekommen. »Warum solltest du dich selbst nicht leiden können?«

»Weil ich es meiner Schwester übelgenommen habe, dass sie gestorben ist. Und gerade, als ich wieder dachte, ich wäre vielleicht doch kein ganz so schlechter Kerl, wurde mir das Kind, das ich liebte, quasi aus den Armen gerissen, und ich konnte nichts dagegen unternehmen.« Seine Stimme brach. »Sie sieht mich nicht mehr so an wie früher, Pixie. Seitdem … ich bin nicht mehr ihr Held.«

Mir stiegen die Tränen in die Augen, als ich daran dachte, wie sehr Sylvie ihn geliebt hatte. Ich hatte ihn nicht oft genug nach ihr gefragt. Ich hatte ihm keine unnötigen Schmerzen bereiten wollen, aber vielleicht *musste* er ja darüber reden. »Das glaube ich keine Sekunde lang.«

Er wandte den Blick ab, aber ich hatte seine feuchten Augen bemerkt. »Aye, aber du warst ja auch nicht da, als sie mich zum ersten Mal nach ihrem Umzug wiedergesehen hat.«

Ich wusste, dass ich, wenn er es so empfand, nichts sagen oder tun konnte, um es ihm leichter zu machen. Diese Wunde würde nur die Zeit heilen. Aber ich musste ihm auch etwas verständlich machen. »Wenn wir beide eine richtige Beziehung haben, wird es dir Sylvie nicht zurückbringen, falls es das ist, worauf dieses Gespräch hinauslaufen soll.«

Er zuckte zusammen, als hätte ich ihn geschlagen. »Das glaube ich auch gar nicht, verdammt.«

»Nein. Aber wenn du glaubst, du wirst auf wundersame Weise eine bessere Meinung von dir bekommen, wenn du mit mir zusammen bist, dann kann ich dir aus Erfahrung verraten, dass das nicht der Fall sein wird, Aidan. Nur die Zeit kann das bewirken.«

»Aye, da hast du zweifellos recht.« Seine Augen sprühten Funken. »Aber in der Zwischenzeit will ich nicht das Einzige in meinem Leben verlieren, für das sich alles andere lohnt. Du bedeutest mir alles, Nora. Wirklich alles. Bis ich dich getroffen habe, habe ich ein solches Glück nie gekannt. Und das jagt dir vielleicht eine Heidenangst ein, aber weißt du was: Es jagt mir auch eine Heidenangst ein. Ich weiß nicht, ob du vor Furcht vor mir zurückschreckst oder ob du das Alleinsein im Moment brauchst. Ich weiß nur, dass ich dich nicht selbstsüchtig lieben werde. Ich wollte auf dieses beschissene Arrangement eingehen, das du vorgeschlagen hast, weil ich hoffte, wenn es mir gelingt, dich irgendwie zu lieben, wenn auch nur durch Sex, würde dich das irgendwie zu mir zurückbringen.«

Er stand abrupt auf und blickte mit so viel Liebe und Kummer auf mich hinunter, dass ich erschauerte. »Aber ich kann es nicht, Nora. Ich kann nicht nehmen, was du mir nicht wirklich geben willst. Wenn du zu mir gehörst, dann ganz, so wie ich ganz zu dir gehöre.«

Tränen rannen über meine Wangen, und der Kloß in meiner Kehle war so dick, dass ich nicht sprechen konnte.

Herbe Enttäuschung verhärtete seine Züge, und er blickte zu Boden. Seine Stimme klang hart, als er sagte: »Man hat mir angeboten, in New York ein Studioalbum zu produzieren. Ich werde den Job annehmen. Wahrscheinlich fliege ich am Montag. Was aus uns wird? Sowie ich weg bin, bin ich endgültig weg. Ich halte diese Achterbahn der Gefühle nicht aus.«

Er wollte mich verlassen?

Aidan fort?

Ich konnte das gar nicht richtig verarbeiten.

NEIN!

Ich hatte ihn schon einmal verloren, und nun sollte das erneut passieren?

Aber diesmal … meine Schuld.

»Ich mache einen Spaziergang, und wenn ich wiederkomme, bist du verschwunden, daran hege ich keinen Zweifel.« Er ging zur Tür und bückte sich, um Schuhe anzuziehen, die nicht zu seiner Jogginghose passten. Was er überhaupt nicht zu bemerken schien. Als er sich aufrichtete, überwältigte mich etwas, ein Schrei drohte aus mir herauszubrechen, als er die Tür öffnete.

Aber ehe es dazu kam, ehe er ging, drehte er sich zu mir um. »Wenn du herausfindest, dass Menschen sich jeden Tag verändern, und dennoch stets irgendetwas in ihnen gleich bleibt, dann komm zu mir. Wenn du herausfindest, dass wir von den Menschen, die wir gestern waren, nichts zu befürchten haben, wenn dir klar wird, dass ich weiß, wer du bist, und dich trotzdem liebe, dann komm zu mir. Nur weil es mehr braucht, als sich zu verlieben, um zu sich selbst zu finden, heißt das noch lange nicht, dass es nicht herrlich sein kann, sich in einem anderen Menschen zu verlieren. Ich verspreche dir, Pixie, wenn dieser Zustand unser Leben lang anhält, wird es das Beste sein, was uns geschehen kann.

Und wenn du das rechtzeitig begreifst, dann komm zu mir, bevor ich abreise.«

Kapitel 31

Die folgenden Tage irrte ich in einem Nebel der Verwirrung, und das war noch untertrieben. Etwas nagte an mir, die ständige Mahnung, dass Aidan aus meinem Leben verschwinden würde. Es war unvorstellbar für mich, dass ich ihn am Donnerstagmorgen in seinem Apartment zum letzten Mal gesehen haben sollte.

Es musste nicht so sein.

Aidan liebte mich.

Liebte mich.

Liebte *mich.*

Nur mich. Nicht die Geister, die zwischen uns standen oder all die Gründe, aus denen wir uns überhaupt erst zueinander hingezogen gefühlt hatten.

Nur mich.

So wie ich ihn liebte.

Warum wurde ich dann die Angst nicht los, durch das Zusammensein mit ihm wieder zu einer gebrochenen, verlorenen Frau zu werden?

»Weil du das warst, als du ihn kennengelernt hast?«, meinte Seonaid, als ich endlich den Mut aufbrachte, sie zu fragen.

Es war Samstagabend, ich hatte mit den anderen Darstellern eine grässliche Probe durchgestanden, und Seonaid war herübergekommen, nachdem ich sie angerufen hatte, um ihr den Countdown bis Montag zu erklären.

Sie hatte Bier mitgebracht.

»Danke.«

»Na, das warst du doch. Dafür muss man sich nicht schämen, Nora. Du hast als Kind viel verloren und dann deine Familie verlassen, um mit einem Mann zu leben, der dich nicht wirklich berührt hat. Er hat dich geliebt, aber bei Gott, er hat dich nicht verstanden, und«, sie sog tränenerstickt den Atem ein, »er ist gestorben. Zu viele Verluste, und das hat Schuldgefühle in dir ausgelöst, für die es keinen Anlass gab. Du warst gebrochen und verloren. Aidan hat bewirkt, dass du dich da weniger alleine gefühlt hast, als du es am dringendsten gebraucht hast. Er hat dich geheilt, Babe, ob du das nun zugeben willst oder nicht. Er hat dir den Glauben an das Gute in dieser Welt zurückgegeben. Und dann hast du ihn verloren. Du dachtest, er hätte dich verlassen. Das hat alles zerbrochen, was von dir noch übrig war.

Aber diesmal wusstest du, dass du dich durchbeißen musst. Das hast du getan. Du hast dich zu einer Überlebenden und Kämpferin entwickelt und alles erreicht, was du dir vom Leben gewünscht hast. Das ist die Frau, die du heute bist. Warum um alles in der Welt solltest du jetzt davor zurückscheuen, dir dieses Glück zu erfüllen? Denn wir beide wissen, dass du Aidan Lennox mehr willst als irgendetwas sonst. Du warst vom ersten Moment an von ihm besessen, als du ihm begegnet bist.«

Dieses Wort: *Besessen.* Es klang nicht sehr gesund. Überhaupt nicht.

»Bist du von Roddy besessen, Seonaid?«

Sie lächelte und senkte den Blick zu dem Bierglas in ihrer Hand. »Ich weiß, dass es für alle anderen so aussieht, als würde der Kerl mich behexen und nerven und aus der Fassung bringen. Aber wenn wir alleine sind, ist er ein anderer Mensch. Er gibt mir ein Stück von sich, das nur mir gehört.

Und aye, ich bin davon besessen.« Sie sah mich an. »Wenn das Wahnsinn ist, Nora, dann bin ich gerne wahnsinnig.«

Ich beneidete sie um ihren Durchblick. »Ich weiß nicht, was ich tun soll.«

»Sprich mit Jim«, riet Seonaid.

»Was?«

»Besuch Jim. Ich bilde mir gern ein, dass er nicht wirklich fort ist.« Tränen glänzten in ihren Augen. »Und ich rede mit ihm. Mir gefällt die Vorstellung, dass er uns alle jetzt besser versteht als jemals zu seinen Lebzeiten. Deshalb ... sprich mit ihm. Vielleicht ergibt dann alles einen Sinn, und die Puzzleteile setzen sich zu einem Bild zusammen, das dich zu der richtigen Entscheidung lenkt.«

Ich trank einen Schluck Bier, um nicht in Tränen auszubrechen. Und als ich dachte, sprechen zu können, ohne zu weinen, sagte ich: »Du bist die klügste und beste Freundin, die ich je hatte, Seonaid McAlister.«

Als sie mich weiterhin nur anlächelte, konnte ich meine Tränen nicht länger zurückhalten.

Sonnenlicht fiel durch das Laub des Baumes über Jims Grab und warf Muster auf seinen dunkelgrauen Grabstein. Bevor ich nach Indiana aufgebrochen war, war ich das letzte Mal hier gewesen; meine Angst davor war ähnlich groß wie die, zu Aidan zurückzukehren.

»Entschuldige, Jim.« Ich legte eine Hand auf den Stein. »Es wird Zeit, dass ich aufhöre, allem aus dem Weg zu gehen, was mir Angst macht.«

Ich betrachtete die goldene Inschrift auf seinem Stein.

James Stuart McAlister.
12. Juni 1990–15. Juli 2014
Dein Leben eine schöne Erinnerung,
deine Abwesenheit eine stille Trauer

Ich erinnerte mich nicht daran, über Jims Grabschrift gesprochen zu haben. Ich wusste, dass Angie ohne meine Zustimmung keine Entscheidung getroffen hätte, aber ich konnte mich beim besten Willen nicht daran erinnern, es mit ihr erörtert zu haben. Sie hatte eine gute Wahl getroffen.

Ich hatte Jim nicht geliebt.

Aber er war jahrelang mein Freund gewesen, den ich gerne gehabt hatte und vermisste.

Die Erinnerungen an unser gemeinsames Leben überkamen mich, als würde Jim sie in meine Hand fließen lassen, die auf seinem Grabstein ruhte. Die nervöse Aufregung, als wir zusammen durchgebrannt waren, seine sanfte Geduld in der Nacht, als wir zum ersten Mal miteinander geschlafen hatten. Meine Angst. Die Wochen, die es gedauert hatte, bis ich mich in seiner Gegenwart unbefangen genug fühlte, um den Sex mit ihm zu genießen. Die Erinnerung daran, dass ich, wenn wir so zusammen waren, in seine Augen geblickt und mir gewünscht hatte, die Verbindung, nach der ich mich sehnte, würde sich wie durch Magie zwischen uns einstellen. Ich hatte mich in unserem Liebesspiel verlieren können, weil Jim gut darin war. Er war kein egoistischer Liebhaber, aber wenn es vorbei war, fühlte ich mich einsamer denn je.

So einsam, wie ich mich in dem kleinen, vollgestopften Zimmer in dem trostlosen Haus in Indiana gefühlt hatte.

Jim war nicht der Grund, weshalb ich mich selbst verloren hatte.

Das war in dem Moment geschehen, in dem mein Dad aufgehört hatte, mich zu lieben, und anfing, die ganze Welt zu hassen. Oder vielleicht stimmte das auch nicht. Vielleicht war ich zu jung, um überhaupt schon zu mir gefunden zu haben. Vielleicht hat Dad mich vom Kurs abgebracht. Und Jims Wellen hatten mich an das falsche Ufer gespült.

Und als ich Aidan verloren hatte, musste ich mich dazu

zwingen, aufzustehen und loszugehen, bis ich fand, was ich suchte. Ich fand mich.

Mit Jim an meiner Seite wäre mir das nicht gelungen. Ich hätte mich von ihm getrennt. Hatte ich das nicht bereits beschlossen, bevor er starb? Ich hätte ihn verlassen, weil er in mir nie solche Gefühle geweckt hatte wie Aidan. Ich mochte Jim, aber es war keine Hingabe. Ich hätte ihn durch die Trennung verletzt. Und die traurige Wahrheit lautete, dass ich mich dabei zwar schlecht gefühlt hätte, aber nicht daran zerbrochen wäre.

Aber Aidan verlassen, Aidan verletzen – daran würde ich zerbrechen.

Es ließ sich nicht leugnen, dass ich Aidan Lennox liebte.

Und wenn ich meiner Furcht nachgab und mich gegen ihn entschied, war meine Liebe egoistisch.

War es nicht an der Zeit, ihm zu vertrauen? Ihm zu glauben, wenn er sagte, dass er die Frau liebte, die ich heute war?

»Danke, dass du mich hierher gebracht hast, Jim.« Ich beugte mich über den Stein, um ihm etwas zuzuflüstern. »Und ich habe dich geliebt. Auf meine Art.«

Ich richtete mich auf und ging eilig davon, dabei schwor ich mir, Jim häufiger zu besuchen. Es war nicht klug, Teile meiner Vergangenheit ganz auszumerzen, nur weil einige davon scharfkantig waren und schmerzten. Auch das hatte mich zu dem Menschen gemacht, der ich heute war. Ohne sie war ich nicht komplett. Jim hatte es verdient, dass ich mich an ihn erinnerte, so wie ich die Erinnerungen an mein altes Ich bewahren musste.

Denn Aidan hatte recht.

Ich war immer noch diese Nora. Ich war auch die achtjährige und die zwölfjährige Nora, und ich war die heutige Nora. Ohne sie alle konnte ich nicht die sein, zu der ich geworden war.

Und wenn ich mich so mochte, wie ich behauptete, warum setzte ich dann alles daran, diese Noras zu vergessen, als würde ich mich für sie schämen? Es würde Tage geben – hoffentlich wenige und in großem Abstand – an denen ich aus irgendwelchen Gründen keine große Liebe für mich empfand. Das war nur menschlich und ging allen so. Der Versuch, mir das zu ersparen und deshalb Aidan zurückzuweisen, war kurzsichtig und gedankenlos. Absolut unklug. Und das war eine diplomatische Umschreibung dafür, dass ich eine blinde Idiotin gewesen war!

Ich seufzte, spürte, wie der Druck, der seit Donnerstag auf meiner Brust lastete, nachließ. Ich atmete tief, aber nicht beschwingt durch. Immerhin gab es da noch einen Mann, den ich davon überzeugen musste, bei mir zu bleiben.

Mir zu verzeihen.

Mich zu lieben, und zwar auch an den Tagen, an denen ich mich nicht liebte.

Kapitel 32

Ein Nachbar kam aus Aidans Mietshaus, als ich darauf zuging, und ich lief hastig auf ihn zu. »Bitte lassen Sie die Tür auf.«

Der Mann, der um die fünfzig sein mochte, erschrak und blieb stehen. Der Pudel an der Leine versuchte ihn wegzuzerren. Die Tür drohte zuzufallen, und ich stürzte auf sie zu, wobei ich den Mann fast umrannte.

»Entschuldigen Sie vielmals.« Ich stürmte an ihm vorbei.

»Ich hoffe, Sie kennen jemanden ...« Seine Worte wurden durch das Zufallen der Haustür abrupt abgeschnitten.

Mit schweißfeuchten Handflächen drückte ich auf den Fahrstuhlknopf und wippte nervös auf den Fersen, als sich die Tür öffnete.

Die Fahrt hoch zu Aidans Etage schien Millionen Male länger zu dauern als sonst. Ich stieß zischend den Atem aus, während ich stumm betete, er möge zu Hause sein.

Der Fahrstuhl gab einen Klingelton von sich, und ich schwöre, dass mir das Herz stehen blieb, als die Tür aufglitt. Aidans Wohnungstür kam massiv und abweisend in Sicht. Es bestand die ernstzunehmende Möglichkeit, dass auf der anderen Seite meine Zukunft lag.

»Mach dir nur nicht in die Hose, Nora«, warnte ich mich leise, als ich aus der Kabine trat. »Nicht sexy.«

Ich brauchte einen Moment, während ich auf die Messingnummer an seiner Tür starrte, bis ich meinen Arm hob. Und einen weiteren, um meine Hand zur Faust zu ballen.

Und dann noch einen, um anzuklopfen.

Die Stille hinter der Tür beschleunigte meinen Pulsschlag, bis das Blut so laut in meinen Ohren rauschte, dass ich mich fragte, ob ich mir die Schritte hinter der Tür nur einbildete.

Plötzlich flutete Licht über mich hinweg, als sie geöffnet wurde.

Aidan blickte auf mich hinunter.

Wartete.

Gespannt.

»Ich liebe dich auch«, sagte ich.

Kapitel 33

Nackt und in Schweiß gebadet rang ich nach Atem und sank auf das Bett zurück.

Aidan sackte neben mir in sich zusammen. Auch er atmete schwer.

»Ich schätze, das heißt, meine Auftritte als Drama Queen sind mir verziehen, und du liebst mich auch?«, fragte ich die Decke.

Die Matratze neben mir bebte, als er lachte. »Ich liebe dich auch, Pixie.«

Von tiefer Freude erfüllt drehte ich den Kopf, um ihn anzusehen, so dass sich meine Haare auf dem Kissen ausbreiteten.

Er hatte auf mein Geständnis sofort sehr zufriedenstellend und demonstrativ reagiert. In einem Moment hatte ich noch vor der Tür gestanden, und im nächsten lag ich in seinem Bett, und wir zerrten uns förmlich die Kleider vom Leib.

Ich bemerkte nicht viel, als er mich wie ein Höhlenmensch in sein Schlafzimmer schleifte, aber mir entging nicht, dass es keinerlei Anzeichen für seine morgige Abreise in die Staaten gab. »Wann geht denn dein Flug?«

»Was für ein Flug?« Er runzelte die Stirn.

»Dein Flug. Nach New York.«

»Willst du mich schon wieder loswerden?«

Ich gab ihm einen spielerischen Klaps. »Natürlich nicht.«

»Ich habe den Job nicht angenommen.«

Verwirrt und mit aufkeimender Wut setzte ich mich auf. »Wie bitte?«

Er setzte sich ebenfalls auf und sah mich beschwichtigend an. »Schau mal, ich würde meinen guten Ruf aufs Spiel setzen, wenn ich einen Job annehmen und in letzter Minute einen Rückzieher machen würde – was ich, wie wir beide wissen, getan hätte, wenn du zu mir zurückgekommen wärst. Ich hätte den Job nur genommen, wenn du nicht gekommen wärst.«

Ja, ich war definitiv wütend. »Du hast mich also angelogen? Du manipulierender Mistkerl!« Ich versuchte vom Bett zu rutschen, aber seine Arme schlossen sich um meine Taille und zogen mich zurück. Dann umfasste er mit beiden Händen meine Handgelenke und drückte mich auf die Matratze.

»Was? Nein. Lass das. Sofort, Aidan.«

»Ich liebe es, wenn du so herrisch bist«, brummte er an meinen Lippen.

»Aidan!«

Er verdrehte die Augen und wich zurück, aber ich konnte den belustigten Funken, der immer noch in seinen Augen tanzte, deutlich sehen. »Ich habe zu einer kleinen Notlüge gegriffen. Einer Geschichte ... für meine Geschichtenerzählerin.«

»Oh, verharmlose es doch nicht. Du hast gelogen.«

»Ich habe ein bisschen mit der Wahrheit gespielt. Aber nur ein bisschen.« Aidan gab meine Arme frei, rollte sich aber nicht von mir herunter. »Ich wusste nicht, was ich sonst tun sollte. Als du mich das erste Mal verlassen hast, hat mich das schwer getroffen, wie du wohl weißt. Ich hatte gehofft, der Gedanke, ich würde dich verlassen, würde dir die Augen öffnen – dir die Chance geben, herauszufinden, ob du mich liebst, ohne es ewig hinauszuzögern. Du weißt, dass ich kein geduldiger Mann bin, Nora.«

»Es ging nicht darum, ob ich dich liebe oder nicht, Aidan. Das stand nie zur Debatte. Ich liebe dich seit diesem Tag am Portobello Beach. Ich hatte nur Angst vor mir und vor der Vergangenheit.« Ich richtete mich auf, legte eine Hand um seinen Nacken und zog ihn zu mir hin. »Aber ich liebe dich mehr als irgendjemanden sonst. Ich bin es leid, immer zu *behaupten*, dass ich meinen Weg im Leben weitergehe. Jetzt werde ich es auch tun. Mit dir an meiner Seite.«

Er schloss die Augen und lehnte die Stirn gegen meine. »Und ich werde immer an deiner Seite sein, Pixie. Ich gehöre zu dir.«

»Und ich zu dir.«

Er hob den Kopf, aber nur, um mich fester an seine Brust zu drücken. Seine Hände streichelten meinen nackten Rücken, in seinen Augen spiegelten sich Verlangen und Zärtlichkeit wider.

Ich beugte mich vor, um seine Lippen zu streifen. »Vergiss nie, dass du der einzige Mann bist, den ich so von ganzem Herzen begehre.« Ich küsste ihn mit aller Liebe und aller Begierde, die ich verspürte. Unsere Zungen umtanzten einander in einem innigen, berauschenden Kuss, während wir uns so eng wie möglich aneinanderdrängten.

Aidan brach den Kuss ab, um mit seinem Mund eine Spur an meinem Hals hinunterzuziehen. Ich rang nach Atem, und meine Hüften hoben sich seiner Erektion entgegen, als er sich bis zu meinen Brüsten hinunterküsste. Als sich seine Lippen um meine Brustwarze schlossen, war es um meine Selbstbeherrschung geschehen.

Ich zog mich auf die Knie, umfasste ihn mit einer Hand und führte ihn zwischen meine Beine, dann ließ ich mich auf ihn sinken, und wir keuchten leise, als er in mich glitt. Die

Größe seines Schwanzes verschlug mir einen Moment lang den Atem, und wir hielten beide inne, während sich mein Körper ihm anpasste.

Ich seufzte, als ich mich sacht auf ihm auf und ab zu bewegen begann. Explosionsartige Schauer liefen über meinen Rücken.

Aidan küsste mich mit einer Gier, die sich auf mich übertrug – ich konnte nicht genug von ihm bekommen. Ich begann ihn langsam zu reiten, wobei ich jedes lustvolle Ziehen in meinem Unterleib auskostete.

Unsere Atemzüge wurden eins, während unsere Haut vor Schweiß glitschig wurde und Stöhnen den Raum erfüllte. Unsere Blicke trafen sich, brachen die Verbindung nie ab, während wir uns allmählich immer schneller im selben Rhythmus bewegten und gemeinsam Erfüllung suchten.

Als sich unsere Finger in die Haut des anderen gruben, wurde uns klar, dass wir bereits gefunden hatten, wonach wir verlangten.

Eine Verbindung, die niemand lösen konnte.

»Ich liebe dich«, flüsterte ich an seinen Lippen.

»Ich liebe dich auch.«

Seine Worte waren der Auslöser, und der Schrei, der meinen Orgasmus begleitete, ging in seinem Kuss unter, gefolgt von seinem in mir widerhallenden Stöhnen, als ihn meine sich um sein Glied zusammenziehenden Muskeln zum Höhepunkt trieben.

Ich sackte in seinen Armen zusammen, barg das Gesicht an seinem Hals und spürte seine weichen Lippen auf meiner Schulter. Er grub die Finger sanft in mein Haar und zog meinen Kopf zu sich. Ich blickte den Mann an, den ich mehr liebte als jeden anderen Menschen auf der Welt und fragte mich, wie lange ich diesen Moment noch auskosten wollte.

»Ich war zu lange ohne dich.« Er klang gequält.

Ich strich mit den Fingern sacht über seine immer noch mit Bartstoppeln bedeckten Wangen. »Das wirst du nie wieder sein«, versprach ich. »Ich war noch nie so glücklich.« Ein Gedanke, der mir höllische Angst machte, aber ich würde nicht davor davonlaufen.

Und ich wusste, dass er dasselbe dachte.

Von außen betrachtet passten Aidan Lennox und ich absolut nicht zusammen. Er war älter, weltgewandter und erfahrener ich.

Nur gut, dass ich endlich Vernunft angenommen hatte und mir das nichts mehr ausmachte. Die Geister der Vergangenheit – sie hatten ihren Platz gefunden.

Epilog

Edinburgh, Schottland
Zwei Monate später

Weil ich das letzte Mal als Kind auf der Bühne gestanden hatte, hatte ich vergessen, wie schwierig es war, im grellen Bühnenlicht die Gesichter in dem dunklen Zuschauerraum zu erkennen. Auf einer Bühne wie der des Tolcross Theatre war es unmöglich, und diese Erkenntnis erschreckte mich ein wenig, als ich bei der Kostümprobe das erste Mal dort stand.

Am Premierenabend war ich darauf vorbereitet.

Nicht vorbereitet war ich auf meine immense Nervosität, ich brauchte Aidan mehr, als ich gedacht hatte. Leider arbeitete er an einem Studioalbum, nachdem er mit der Musik für unser Stück fertig war. Wir hatten kein Orchester, nur einen Tontechniker, der die digitale Musik am Computer mischte.

Er hatte seine Kreativität in die Inszenierung eingebracht und weil es meine Premiere als Schauspielerin war, hatte Aidan versprochen, da zu sein, aber er konnte sich nicht lange genug vom Studio freimachen, um mich zu begleiten. Er würde im Publikum sein.

Ich war enttäuscht, zeigte aber Verständnis. In den ersten Wochen nach unserer Versöhnung hatte er viel Arbeit aufgeschoben, um Zeit mit mir zu verbringen. Es war nicht fair, jetzt zu nörgeln, weil er sich wieder seinem geliebten Job widmete.

Schließlich riss ich mich zusammen und zwang mich, auf

die Bühne zu gehen, während Jack mir Witze zuraunte, um mich zu beruhigen.

Bevor ich mich versah, war das Stück fast zu Ende, und unsere Worte waren im Dunkel des Zuschauerraums verhallt, obwohl das Ganze zweieinhalb Stunden gedauert hatte – inklusive einer zehnminütigen Pause. Die Baumwoll- und Lederschichten, die ich trug und die einem Mix aus *Mad Max* trifft Steampunk ähnelten, brachten mich unter den Schweinwerfern ganz schön ins Schwitzen. Und ich wünschte mir sehnlichst, Aidan nach meinem ersten richtigen Auftritt zu sehen. Aber ich verdrängte all diese Gedanken in eine Ecke meines Kopfes, damit mich Violas Gedanken und Gefühle und Handlungen auf der Bühne leiteten.

Ich war Viola, die Herzog Orsino küsste, und Nora, die Jack küsste.

Ich war Viola, die Orsinos Hand nahm, als er sie bat, sie in ihren eigenen Kleidern und nicht in denen von Cesario sehen zu dürfen. Ich war Viola, die sich an seiner Seite hielt und ihm sagte, dass ihr Freund, der Schiffshauptmann, ihre Kleider hatte, aber wegen Malvolio im Gefängnis saß.

Und das war es.

Das war meine letzte Zeile.

Ich konnte es fast nicht glauben.

Trotzdem spielte ich weiter, reagierte auf die Worte meiner Mitdarsteller, bis Orsino endlich seinen letzten Satz sprach und wir alle bis auf den Narren von der Bühne abgingen. Der Monolog des Narren wehte hinter die Kulissen, während wir stumm darauf warteten, dass er das Stück beendete.

»Doch das Stück ist nun aus, und ich wünsch euch viel Heil; und dass es euch künftig so gefallen mag.«

Stille.

Dann zauberte der tosende Applaus ein breites Grinsen

auf mein Gesicht. Ich drehte mich um und sah Quentin bei uns stehen, der ebenfalls grinste. Er sah uns alle an. »Bravo, meine Halunken. Bravo.«

Ich lachte, als ich mich an das Gelächter des Publikums während der Vorstellung erinnerte, an die kleinen Laute der Überraschung, an das Klatschen und Johlen, als die Komödie ihren Fortgang nahm.

Es gefiel ihnen.

Jack packte meine Hand und führte mich zur Bühne zurück, wo uns der Beifall wie eine Welle entgegenrauschte. Ich war überwältigt, bis Jack sich verbeugte und mich mit sich zog.

Auch das hatten wir geprobt.

Jane und Hamish traten vor und verbeugten sich.

Dann Jack und ich unter donnerndem Applaus.

Und so weiter, als die anderen Darsteller ihren Beifall entgegennahmen.

Quentin kam an die Reihe. Nachdem er sich verneigt hatte, trat er zurück, wir verbeugten uns alle noch einmal gemeinsam, und der Vorhang fiel.

Aufgeregtes Geschnatter summte um mich herum, als sich das gesamte Ensemble kurz auf der Bühne versammelte. Ich wollte mit ihnen jubeln.

Doch mehr als alles andere wollte ich diesen Moment mit meinen Freunden und meiner Familie feiern. Ich umarmte meine Mitdarsteller kurz, schaffte es, die Bühne zu verlassen, ohne unhöflich zu wirken, und begab mich in meine Garderobe. Ich hatte allen gesagt, dass wir uns nach der Vorstellung dort treffen würden.

Ich war erst einen Augenblick in dem Raum und hatte so viel Bühnen-Make-up abgewischt wie möglich, als es klopfte. Die Tür wurde geöffnet, und Seonaids Kopf erschien. »Dürfen wir reinkommen?«

»Klar.«

»Ahh!«, kreischte sie, stürzte hinein, schloss mich in die Arme und tanzte lachend mit mir durch den Raum. Dann stieß sie mich spielerisch weg. »Du hast mir nicht gesagt, dass du so herausragend bist.«

Ich grinste über das ganze Gesicht. »Findest du?« Mein Blick wanderte zu Roddy und Angie … und meiner Mutter.

»Mom«, flüsterte ich mit Tränen in den Augen.

Es stimmte mich immer noch sentimental, dass sie die lange Reise auf sich genommen hatte, um mich in einer Amateurproduktion zu sehen.

Sie kam zu mir und umarmte mich. »Ich bin so stolz auf dich. Du warst phantastisch.« Dann trat sie einen Schritt zurück, nahm mein Gesicht zwischen die Hände und wirkte plötzlich besorgt. »Wie um alles in der Welt schaffst du das alles neben deinen Prüfungen?«

Das war eine so mütterliche Frage, dass ich am liebsten in Tränen ausgebrochen wäre. Wer war diese Frau? Ich kannte sie nicht! Ich lachte und umarmte sie erneut. »Ich kriege das schon hin«, versicherte ich ihr.

Und das stimmte.

Nicht nur Aidan war beschäftigt gewesen, ich hatte erst ein paar Wochen zuvor meine ersten Prüfungen abgelegt. Es war nicht einfach gewesen, Studium, Theater und Zeit für den Mann, den ich liebte, unter einen Hut zu bekommen, aber all das machte mich so unendlich glücklich …

Sowie meine Mom mich freigab, nahm Angie mich in die Arme. »Du warst wunderbar. Ich bin so stolz auf dich.«

Ich schloss die Arme fester um sie. »Danke, Angie.«

Nachdem sie mich losgelassen hatte, kam Roddy mit dem für ihn typischen kleinen Grinsen auf mich zu. »Aye, du warst gar nicht schlecht.«

»Gar nicht schlecht?« Ich hob eine Braue. »Das ist ja mal ein überschwängliches Lob.«

»Na ja«, er schlang einen Arm um mich und zog mich an sich, »willst du jetzt ein großer Star werden und nach Hollywood gehen?«

Ich kicherte über seine Albernheit und winkte ab. »Du fandst also, dass ich gut war.«

»Du warst hervorragend.« Seonaid, die plötzlich aussah, als würde sie gleich in Tränen ausbrechen, schüttelte verwundert den Kopf. »Wirklich.«

Überwältigt und gerührt hob ich eine Hand. »Hör auf, oder ich fange an zu weinen.«

Sie und Angie lachten, während meine Mom lächelte und Roddy die Augen rollte.

Als mir bewusst wurde, dass noch jemand fehlte, erstarrte ich. Enttäuschung stieg in mir auf. »Wo ist Aidan?«

Es klopfte an der Tür, und das grässliche Gefühl verflog, als er den Kopf in den Raum steckte. »Er ist hier, Pixie.« Er lächelte mich liebevoll an, kam aber nicht herein. »Aber, äh …« Er wandte sich an Seonaid. »Hättest du etwas dagegen, uns allein zu lassen?«

Irgendetwas an der Art, wie er die Frage stellte, ließ Seonaids Augen groß werden, als hätte er ihr stumm etwas übermittelt. Verwirrt beobachtete ich, wie Aidan wieder in den Gang hinaustrat und Seonaid meine Mutter, Angie und ihren Freund aus dem Raum scheuchte.

Als sie ging, grinste sie spitzbübisch, was ich erst recht nicht verstand.

Die Tür wurde erneut geöffnet, und Aidan kam herein. »Du warst richtig gut, Pixie«, sagte er.

»Meinst du das wirklich?« Ich ging auf ihn zu, wollte mich an ihm festhalten.

Aber er hielt mich zurück, und ich bemerkte, dass er

irgendetwas oder irgendjemanden hinter sich geschoben hatte. »Und ich bin nicht der Einzige, der das denkt.«

Der Jemand kam hinter Aidan hervor, und mir blieb plötzlich die Luft weg.

Sie blickte mich mit zaghaften, hoffnungsvollen Augen an. Ihr hellblondes Haar war länger als früher und über ihrer linken Schulter zu einem Zopf geflochten.

»Sylvie?«, flüsterte ich. Ich konnte kaum glauben, dass sie hier war.

Vor vier Wochen hatte Aidan mich gebeten, an seinen wöchentlichen Skype-Gesprächen mit Sylvie teilzunehmen. Anfangs war es aufgrund der langen Zeit, in der wir nichts voneinander gewusst hatten, etwas linkisch und gezwungen gewesen, aber im Lauf der Wochen kam es uns so vor, als wären wir drei nie getrennt gewesen.

Soweit ich allerdings wusste, sollte sie Aidan erst Ende Juni besuchen.

»Ich wollte dich unbedingt in dem Stück sehen«, erklärte Sylvie.

Und dann stürzte sie so wie früher auf mich zu und schlang die Arme um mich. Ich zog sie an mich, dabei spürte ich, wie etwas in mir, das mir gefehlt hatte, seinen alten Platz wieder einnahm. Tränen der Dankbarkeit schimmerten in meinen Augen, als ich zu Aidan aufblickte, und er sah uns mit so viel Liebe an, dass ich meinte, mein Herz würde zerbersten.

Endlich spürte ich dank der Erkenntnis, das Sylvies Zuneigung zu mir unverändert war, wie sich der Rest der Schuldgefühle, die ich so viele Jahre meines jungen Lebens mit mir herumgetragen hatte, von meiner Seele löste und davonschwebte. Unbeabsichtigt hatte ich es mir angelastet, dass es mir nicht gelungen war, Cal an jenem Tag daran zu hindern, sie mitzunehmen.

Jetzt wusste ich es besser.

Wenn man Menschen liebte, war es leicht, Wege zu finden, sich die Schuld daran zu geben, wenn man sie nicht vor Kummer und Leid beschützen konnte. Aber das war nun einmal nicht immer möglich, und wenn man zu fest daran glaubte, es trotzdem zu schaffen, verletzte man nur sich und andere.

Das Einzige, was in unserer Macht lag, war, schwere Zeiten mit Liebe durchzustehen, an dieser Liebe festzuhalten und nicht zuzulassen, dass Selbstvorwürfe und Schuldgefühle sie vergifteten.

Hier in diesem Theatergebäude war all die Liebe versammelt, die ich brauchte, und als Aidan auf uns zukam und die Arme um Sylvie und mich legte, schwor ich mir, unsere Liebe mit Zähnen und Klauen zu verteidigen. Wichtiger noch, ich würde an Tagen, an denen wie aus heiterem Himmel der Regen kam und uns bis auf die Haut durchnässte, nicht die Schuld bei mir suchen. Und es würde solche Tage geben.

Jeder erlebte solche Tage.

Aber mit Aidan konnte ich auch an solchen Tagen das Lachen wiederfinden. Ich konnte mir mein Kleid über den Kopf ziehen, ihn verführen und ihm so über seinen Kummer hinweghelfen. Unsere Leidenschaft füreinander würde zwar nicht immer das Problem lösen, aber uns ständig daran erinnern, dass es sich lohnte, schwere Tage durchzustehen, um das zu schützen, was wir teilten.

Schotten bewältigten schwierige Zeiten mit Humor und Lockerheit. Sie spielten, lachten und träumten auch dann, wenn sie keinen Hoffnungsschimmer mehr sahen. Das verstand ich jetzt. Ich hatte es verinnerlicht. Ich respektierte es.

Dieses Land … es passte zu mir.

Indiana und meine Mutter würden immer ein Teil von mir bleiben.

Aber dieses Land … diese Menschen … dieser Mann …

Sie passten perfekt zu mir.

Danksagungen

Es war ein langes, sehr arbeitsreiches Schriftstellerjahr, und ohne die Unterstützung meines Umfeldes hätte ich nie so viel Zeit in meiner Schreibhöhle verbringen können. Als Erstes möchte ich meinen Eltern dafür danken, dass sie so oft als Hundesitter eingesprungen sind, so dass ich mich voll und ganz in besagte Höhle zurückziehen konnte, um Aidans und Noras Geschichte zu schreiben. Und ein riesiges Dankeschön geht an meinen Dad, der mir mehr als ein paar Jobs im Haus abgenommen hat, weil ich keine Zeit dafür hatte. Jeder sollte einen Dad wie meinen haben.

Darüber hinaus bedanke ich mich bei meinen Freunden und meiner Familie, weil sie meine Abwesenheit in den letzten Monaten geduldig hingenommen haben, während ich geschrieben und geschrieben … und noch ein bisschen mehr geschrieben habe.

Großen Dank schulde ich auch meiner persönlichen Assistentin Ashleen Walker, die sich um so viele andere Dinge gekümmert hat, damit ich mich auf das Schreiben konzentrieren konnte, und darüber hinaus Werbeveranstaltungen und Touren organisiert und sich überhaupt als Riesenhilfe erwiesen hat. Ich kann mich glücklich schätzen, mit meiner besten Freundin zusammenzuarbeiten, und noch glücklicher, weil du so gut in allem bist, was du in Angriff nimmst.

Ich muss mich bei meiner unglaublich smarten und witzigen Redakteurin Jenn Young dafür bedanken, dass sie PLAY

ON innerhalb eines überaus knappen Zeitplans redigiert hat und so verständnisvoll, geistreich und ermutigend war. Diese Schreiberei kann nervenaufreibend sein, und du, liebe Freundin, hast mir geholfen, einige dieser Nerven zu beruhigen.

Dank gebührt auch Amy Donnelly von Alchemy and Words, die in letzter Minute an Bord gekommen ist, um das Manuskript Korrektur zu lesen und all die kleinen Fehler auszumerzen, die bei den ersten Redigierrunden übersehen wurden. Ich bin so dankbar!

Oh, und jedwede Fehler in den Danksagungen gehen allein auf meine Kappe.

Bedanken möchte ich mich auch bei Jeff von Indie Formatting Services, der beim Erstellen professioneller E-Books und Ausdrucke ganze Arbeit geleistet hat.

Das Cover von PLAY ON wurde von dem unglaublich talentierten Hang Le gestaltet. Hang, deine Coverentwürfe haben mich einfach umgehauen. Dieses hier ist toller, als ich es mir hätte träumen lassen. Tausend Dank dafür!

Cover, Klappentext und Geschichte finden mit Hilfe phantastischer Buchblogger ihren Weg in die Hände der Leser. Ich möchte jedem danken, der die Veröffentlichung von PLAY ON unterstützt und seine Zeit so großzügig der Bücherwelt geopfert hat. Genug danken kann ich euch nicht, aber ihr sollt wissen, dass ich jeden von euch zu würdigen weiß.

Diese Danksagungen sind nicht vollständig, wenn ich meine Ausnahmeagentin Lauren Abramo nicht erwähne. Danke, Lauren, dass du so leidenschaftlich daran arbeitest, meine Geschichten in der ganzen Welt zu verbreiten. Ich habe die beste Agentin ÜBERHAUPT.

Und zum Schluss geht das größte Dankeschön an euch: meine Leser.

Danke immer und ewig dafür, dass ihr gerne lest.

Ich hoffe, Aidans und Noras Liebesgeschichte hat euch gefallen.